高文 ◎ 主编

李芙　席逢遥 ◎ 副主编

幸福的黄丝带

全国司法干警优秀作品选（2020）

中国检察出版社

前 言

中国共产党第十九届中央委员会第五次全体会议提出,要繁荣发展文化事业和文化产业,提高国家文化软实力。习近平总书记在教育文化卫生体育领域专家代表座谈会上的讲话中也强调,中国特色社会主义是全面发展、全面进步的伟大事业,没有社会主义文化繁荣发展,就没有社会主义现代化。推动高质量发展,文化是重要支点;满足人民日益增长的美好生活需要,文化是重要因素;战胜前进道路上各种风险挑战,文化是重要力量源泉。

司法干警的精神文化需求是人民日益增长的美好生活需要的内在组成部分。同时,司法行政工作文化建设构成了社会主义文化建设的重要环节。在以习近平同志为核心的党中央的正确领导下,全国各级司法行政部门坚持马克思主义在意识形态领域的指导地位,坚定文化自信,坚持以社会主义核心价值观引领文化建设。广大司法干警积极投入文化建设之中,充分展现了司法干警的精神风貌和文化修养。

作为司法部直属理论研究单位,司法部预防犯罪研究所长期关注、从事并推动着预防犯罪、监狱、社区矫正、强制隔离戒毒、国际犯罪与刑事司法、司法人权等领域的研究工作。同时,主办了在行业内具有重要影响力的专业性理论研究期刊《犯罪与改造研究》。《犯罪与改造研究》自创刊之日起就一直承载着推动与促进我国司法行政领域文化事业建设的任务,担负着司法干警精神文化建设的重要使命。

司法部预防犯罪研究所聚集着一群有着远大抱负的"追梦人",他们主动作为、积极探索,于2003年12月,精心策划组织,推出了一本主要面向服刑人员、强制隔离戒毒人员以及其他违法人员的法治类通俗读物《黄丝带》。可以说,它的横空出世填补了一项我国尚无一本适合违法犯罪人员阅读、学习的连续出版物的空白。违法犯罪人员的教育改造是一项系统性、综合性的工作,除了外在行为的改造外,最重要的是内在思想的改造。《黄丝带》旨在以文化的力量,针对性地服务于这一目的。读物定名为《黄丝带》,

有这样一个暖心的寓意：20世纪20年代，一名男人临近刑满出狱，但他却感到非常不安。他给妻子写了一封信，信中写到，如果妻子还愿意接纳他，就在门前的老橡树上挂一条黄色丝带，他看到了就会回家，不然就远走他乡。待他回到家乡时，远远地看到他家门前的老橡树上挂满了一树的黄色丝带。这个男人没有被抛弃，他重获了"新生"。他仍是妻子的好丈夫、儿子的好父亲与父母的好儿子。

《黄丝带》创办17年来，始终秉承"新知、新路、新魂"的宗旨，以真情感动失足者，以真诚抚慰失足者，以真意挽救失足者；用心对待稿件，精心编排栏目，苦心审校文字，悉心安排出版，由此获得了越来越多人的认可与认同，成长为我国司法工作文化建设的重要组成部分。她"点亮"了违法犯罪人员在"大墙之内"的生活，并实实在在地促进了他们在思想深处的转变。她通过一个又一个铅印的文字，见证了违法犯罪人员在狱内的点滴进步，那是他们新生的印记。她累积了司法干警对违法犯罪人员教育改造的素材与经验，丰富了他们的文化生活，展现了他们的精神风貌。她沟通了"高墙"内外，架起了了解、理解、谅解的桥梁。

为了更好地发挥《黄丝带》的影响力，推动司法文化事业高水平、高质量发展，从而有力地实现这项工作的社会效益，从2018年开始，司法部预防犯罪研究所精心组织策划出版了《幸福的黄丝带——全国司法干警优秀作品选》系列丛书，先后公开出版发行了2017年卷、2018年卷、2019年卷，在这个系列丛书平台上，社会公众能够了解到我国司法干警昂扬的精神风貌，以及我国司法行政工作改革与发展所取得的巨大成就。自编辑出版之日起，《幸福的黄丝带——全国司法干警优秀作品选》系列丛书就以其鲜明的观点立场、独特的宣传视角与精致的稿件编排，聚拢并培养了一大批优秀的司法干警创作人才，激发了他们为推进与繁荣司法工作文化事业而创作的积极性；同时，收获了广大读者的关注、信任与喜爱，成为司法工作对外宣传与交流的重要窗口，也成为社会公众走近、理解与支持司法工作的坚实桥梁。同时，《幸福的黄丝带——全国司法干警优秀作品选》三卷丛书的出版也反映了我国司法系统文化建设的丰硕成果与极高文学水准，繁荣和发展了我国的司法工作文化事业，受到全国广大司法干警的青睐与好评。

为此，司法部预防犯罪研究所决定延续这一优良传统，继续组织策划、编辑出版 2020 年卷《幸福的黄丝带——全国司法干警优秀作品选》，我们坚信，2020 年卷《幸福的黄丝带——全国司法干警优秀作品选》能够一如既往地取得良好的社会效果。

目录 Contents

缅怀篇

003	深情缅怀李均仁同志 / 王明迪
010	精神的力量：纪念李均仁先生 / 高　贞
014	悼念李均仁同志 / 郭建安
015	深情缅怀预防重新犯罪研究的奠基者李均仁所长 / 周　勇
018	岁月不留人　文化永流传——向以德感人、以智教人的老所长致敬 / 祝效民
020	永远怀念您　我的老所长 / 林　遐
023	职业启蒙的导师：追忆老所长 / 戴艳玲
026	老所长永远在我们心中 / 张志明

爱情篇

031	余生只想淡淡依 / 刘高艳
034	加油，我的英雄 / 李　凯
036	我俩的日子 / 刘利平
039	与夫书 / 党春侠
042	守土的背后 / 可　风

师生篇

049	严师吕雪梅 / 汪炜红

051	当老师的日子 / 春夏秋冬
053	良师张木德 / 马传法
056	我的老师郭春喜 / 王大江
058	恩师蒋凌进 / 罗文亮
060	罚站 / 褚荣兴
063	李老师 / 游志勇

乡情篇

067	碎碎念念的徐州烧烤 / 张　晶
069	抚慰心灵的地方 / 杨会娟
072	舌尖上的句容 / 孙银军
074	野果变身记 / 赵　恒
076	院子 / 赵建民
079	故乡行 / 覃文民
081	那段记忆漫长的上学路 / 王　航
083	静静的朝阳河 / 杨飞明
086	老房子 / 张艳斌
088	回雁 / 仵春秋
092	那条回家的山路 / 鲁晓松
094	爆米花儿香 / 徐　波
096	挑水 / 许乃强
098	生意三则 / 胡　敏
101	童年的美味 / 黄　勇

情怀篇

105	我在武汉一切安好 / 曹强新
108	"居家"的日子 / 李　芙
110	关于读书和写作的断想 / 陈广伟
114	人生至少赢一次 / 岑来明

116	努力把自己弄得一身才华 / 刘　颖	
118	看英雄归来 / 李　成	
120	人到中年 / 白　茹	
123	唯有善意可解忧 / 卜振东	
126	白湖的牺牲 / 周　明	
128	信仰的力量 / 杜毅文	
130	五十述怀 / 张　羿	
136	回家 / 曹玉洁	
139	新闻联播 / 汪丽芳	
141	生活在白湖 / 贾志宝	
143	"多事"老刘 / 张楚彧	
145	我家的门风 / 林　青	
148	门 / 张玉瑜	

友谊篇

153	一瞬间的辞别——致长青 / 史益华	
154	大哥长青 / 高　文	
156	长青　长青——忆《黄丝带》原总策划石长青先生 / 宋建伟	
159	人走春在石长青 / 张东波	
161	你像天边划过的一颗流星 / 金　伶	
165	亦师亦友石长青 / 陈江南	
168	书的密码 / 胡从发	
171	另一个自己 / 张丽红	
173	我的诗酒趁年华 / 张　保	
176	待客之道 / 刘凤英	

理想篇

181	秋收记 / 张学文	
184	如此痴情为哪般 / 丁祖胜	

186		灶台的变迁 / 汪明启
189		欢迎来到五图河 / 陈建洲
191		省斋堂主 / 葛新成
193		人生如霞 / 戴文会
195		科技改变生活 / 何　杰
198		观《少年的你》后感 / 朱　明

成长篇

203		新征程从美好开始 / 童海浩
205		转角，风起的日子 / 河在河东
209		我可爱的杏树坪 / 余　江
211		青春，那么远，这么近 / 贾黎萍
216		行走的月亮 / 古德英
219		再见，崔家沟 / 张康寒
221		不断线的风筝 / 陈玉东
223		农场之路 / 柏丽娟
226		挂职三年 / 马寅矗
229		锻造 10101 / 周　荣
232		我的写作人生 / 李　忠
241		我当监狱警察的心路历程 / 焦泽渊
246		千帆过尽难忘曾经意中人 / 张凌霄
248		心素如简 / 李亚伟
250		口罩 / 邵逸诚

父亲篇

255		父亲的文字 / 简　敏
258		父亲走了 / 殷耀斌
261		爸爸，我想您了 / 汪　磊
263		与父亲重逢 / 华新华

母亲篇

- 269　母亲的针线箩筐 / 梁　银
- 271　怀念母亲 / 刘　龙
- 280　裁缝母亲 / 涂光军
- 284　母亲的菜地 / 叶　剑
- 287　爱要大声说出来 / 毛红星
- 289　母亲的远方 / 许科峰
- 291　母亲是个童养媳 / 何小西
- 294　母亲的回忆 / 贺　伟
- 299　布鞋 / 张　瑞
- 301　母亲的最后岁月 / 杜徽家

亲情篇

- 305　门板上的日子 / 张建秋
- 308　家有九宝 / 乌日娜
- 311　家有小棉袄 / 苏明胜
- 313　外婆家的炊烟 / 姜　波
- 315　不开化的姨夫 / 刘玉功
- 318　警属之爱 / 于　翔
- 321　温暖的瞬间 / 李志国
- 323　奶奶走了 / 吴　翔
- 325　姥姥的"饺子馆" / 王　喆
- 327　家兄 / 马小磨

节日篇

- 331　记得住的春节，忘不掉的乡愁 / 田　霞
- 334　又是一年春节到，菜薹就着腊肉炒 / 彭　莹
- 336　最爱吃那柴火饭 / 张　展
- 338　记忆中的年味 / 惠　强

340	别样的新年 / 任　宏
342	节到端阳 / 谢春武
344	我爱你，中国 / 童　江

职业篇

349	外面的花开了吗 / 汪　彤
352	高墙内的石榴红了 / 赵　珏
354	青山一道同云雨 / 徐霞客
357	特殊玫瑰园 / 覃秋林
359	我是一名女警摄像师 / 易雪芹
363	一只饭盒的自述 / 于　翔
365	盼春回您也归 / 武子渲
368	亲情 / 蒋　莉
371	重启明天 / 焦莹慧
373	不是一个人在"战斗" / 谢倩倩
377	社区矫正故事多 / 齐　勇
380	监狱警察的晚安 / 李　环
382	春天里的坚守 / 杨　霞
385	机关食堂 / 石圣华
387	亲人之情 / 王燕虹
390	难忘的怀远挂职 / 马来胜
394	奔波的幸福 / 王　清
398	列车上的"个别谈话" / 王道广
401	坚守 / 雷小倩
403	将命运握在手心 / 吴志平

四季篇

407	春天还会远吗 / 余智明
410	沙雅的春天 / 郭剑敏

412	被风吹过的夏天 / 张　恋
414	秋的边城 / 华新华
417	桂花飘香 / 邵逸诚
419	连云港监狱之秋 / 孙茂成
422	别有微凉处 / 程　建
425	又是一年桂花香 / 刘青松
427	记忆里那个温暖的雪天 / 胡馨元
429	冬之魂 / 邹双菊
431	晨 / 陈忠萍
433	云的遐想 / 赵瑞英
435	冬雨畅想 / 郑　杰

励志篇

439	默默奉献为谁甜：记劳85级刘树全 / 孙　平
444	"老骥伏枥"张纹邦 / 王文来
447	星光不负赶路人 / 赵　桥
451	苦楝树的歌咏 / 王福星
453	《子规啼血》有感 / 韦　华
456	我们监狱的老前辈 / 段　飞
459	奋进的岁月 / 胡安乾
462	等那风雨后的彩虹 / 蔡　涛
464	"抠门"的老乔 / 胡　旭
466	追光者 / 黄丹丹
468	英雄就在身边 / 吴志毅

山水篇

473	浅读厦门 / 杨筱英
476	重上飞来石 / 田长锁
478	飞越千山 / 胡少元

481	请来海南看大海 / 周东风
483	河西走廊纪行 / 刘应尧
486	青海速记 / 文锁勤
488	跨越天山 / 冯静轩

缅怀篇

深情缅怀李均仁同志

王明迪

新中国监狱事业的历史见证人李均仁同志久病不治,于 2020 年 5 月 20 日在京离世,享年 96 岁。

20 世纪 70 年代后期,我与均仁同志先后调入公安部劳改局,在一起共事多年。作为后辈,我始终视他为良师益友,从他身上汲取政治营养,学习如何处事,怎样做人。

均仁同志早年孜孜追求进步,1948 年在南京中央大学入党。1949 年 8 月,在南京市委工作的均仁同志随二野西南服务团公安支队南下四川,任西南局常委、西南公安部部长周兴同志的秘书。1951 年镇反运动在全国开展后,他即参与刑事执法工作。1954 年,大区撤销,他随周兴同志上调公安部,后分到公安部十一局(劳改局)办公室政研组。其后,由于"左"的影响,他蒙受误解,先后调至青海、云南两省基层劳改单位担任副职领导。尽管如此,他始终全身心地把工作干得有声有色。

党的十一届三中全会后,他从云南省调回公安部劳改局参与"八劳"会议筹备工作,负责起草会议工作报告。"八劳"会议后正式调任公安部劳改局办公室主任。1983 年,劳改工作由公安部移交司法部,他参与两部劳改、劳教工作交接领导小组办公室工作,负责起草交接工作中的有关政策性文件,较好地完成了任务。

1983 年 8 月,均仁同志任司法部劳改局第一任局长;1984 年 9 月,均仁同志调任司法部预防犯罪与劳动改造研究所首任所长。可以说,从 20 世纪 50 年代起,到 21 世纪初期,60 多年来,均仁同志经历了劳改工作从开拓初创直到依法治监的全过程,与新中国刑罚执行与罪犯改造工作结下了终身情缘。

纵观均仁同志一生,他既在领导机关从事过宏观掌控,又在基层监狱参与了实践锻炼；既有实务工作部门的长期经历，又有理论研究领域的不断探索；既有深厚的学术修养，又有渊博的专业知识；既有坎坷人生的艰辛岁月，又有黄金时期的奋力拼搏。所有这些，在同时代人中是极为罕见的，在数十年的相处中，给我留下了难以忘怀的印象。

◆ 主持编辑《劳改工作文件汇编》

1979年，时任劳改局办公室主任的李均仁同志，组织办公室研究组的同志，会同中国政法大学几位老师，翻阅有关公安、劳改工作的历史文献、档案资料，历时3年，于1982年12月编辑出版了《劳改工作文件汇编》，在公安劳改机关内部发行。

《劳改工作文件汇编》按内容分类，每类又以时间为序，共七册（我们习惯称之为"七大本"）。第一册，中共中央、全国人大常委会、国务院关于劳改工作的指示、决定、条例及政法、公安会议有关的历史文献；第二册，全国劳改工作会议及计划、总结、报告等文献；第三册、第四册，狱政管理工作；第五册，教育、生活卫生、刑满就业、政治工作；第六册，劳改生产；第七册，基建、财务。

所有这些内容，清晰地展现了新中国劳改工作创建30年来的发展脉络，既是真实可信的历史资料，又是切实管用的业务材料。特别是卷首"中央领导同志关于劳改、劳教工作的指示"，详细记载了毛泽东、周恩来、刘少奇、朱德等老一辈革命家关于劳改工作创建发展的精辟论述、谈话和批示；还重点记录了邓小平、彭真等新一代中央领导同志对劳改（监狱）工作拨乱反正、改革开放、法制建设等问题的重要指示。领导同志的指示从数十字的批语到上千字的报告，共100余条，篇幅110页，使"七大本"开篇即精彩纷呈。

当时我刚到公安部劳改局工作，学习这些重要文献，顿感耳目一新，使我对自己所从事的具有中国特色的罪犯改造工作产生一种敬畏感、使命感、自豪感。事后我常对均仁同志讲，这"七大本"是我从基层到领导机关的业务教科书，你们办了一件"功德无量"的大好事！

◆ 筹建科研机构，推动监狱理论研究

1981年12月，经中共中央、国务院审阅同意的"八劳"会议《纪要》指

出,"为了加强劳改工作政策理论和罪犯心理的研究",要"成立精干的劳改工作研究所"。1984年9月,经国务院批准,司法部成立研究所,均仁同志任首任所长。

研究所初创时,仅仅7万元的启动经费,就在中国人民公安大学租了一个小院,人员只有均仁同志及部劳改局管教处处长李增辉同志,办公室研究组的李景余、管鹤鸣、李静,加上司法部调配的,共七八位同志。

好在这些同志多是熟悉业务的实干家,他们胸怀大志,筚路蓝缕,艰难困苦,玉汝于成。经过不懈努力,健全了机构,培育了一批具有较高学历的青年理论骨干,积极开展课题研究,创办月刊《犯罪与改造研究》,当年那批年青人中有不少成长为有关学科的领头人。

据统计,至2000年,研究所先后出版专著29部,文集9部,译著17部,论文250多篇,其中4部专著和1部译著分获部级法学教材(科研成果)一、二、三等奖。不仅如此,研究所还通过协调合作、组织试点,推动15个省、市成立监狱理论研究所,10个省、市、区监狱局成立了研究机构,使各地监狱理论研究蔚然成风,较好地促进了监狱实务工作。

◆ 推出一部重新犯罪研究的传世之作

1986年,司法部决定,由研究所牵头,会同部劳改局、劳教局抽调1万余名干警,在27个省、市、区对1982年至1986年16万名刑满释放人员三年内的表现进行大规模的普查和抽样调查,从1986年至1990年用5年时间开展此项活动。这是新中国成立以来规模最大、数据最充足、工作最规范的一次改造质量考察活动,即使在世界范围内,也未听到有过如此规模的调研活动。调查结果表明,因重新犯罪被再次判刑的占5.19%,因重新违法被决定劳动教养的占1.4%,两项合计,重新违法犯罪率为6.59%。这或可被视为监狱机关向政府和公众上交的一份答卷。

1991年开始,由均仁同志任主编,抽调17名研究人员,对资料进行综合分析和比较研究,于1992年正式出版《中国重新犯罪研究》理论专著。同年11月6日,司法部蔡诚部长、金鉴副部长主持召开首都法律界对此书的座谈会,13位专家学者发言,一致认为这部专著有两个突出特点:一是具有较高的权威性、理论性和现实指导意义,对建立中国预防重新犯罪的学科体系具有重要的奠基作用；二是专著的结论和各种观点都是言之有据，不尚空谈，把定量分析与定性分析有机地结合起来，用数据说话，以案例佐证，克服了法学研究一般只有模糊的定性分析而缺乏定量分析的弊病。

这部专著出版后，对监狱机关提高改造质量、降低重新犯罪率起到了较好的促进作用，也为监狱系统搞好课题研究、开展科研活动提供了实实在在的样板。

应当指出，这本专著，均仁同志担当主编，不只是提出思路、动动嘴皮子，而是亲自撰写全书的重点章节——综合分析部分。尤其是看到个别青年同志对自己分工撰写的章节难以胜任时，均仁同志就逐字逐句地帮助修改，实际上是重写，但最后仍由青年同志署名，充分显示出这位主编有这份功底，也有这个气量。

◆ 深入探讨毛泽东关于改造罪犯的理论

新中国成立初期，关于政权建设的重要组成部分——惩罚犯罪与改造罪犯，作为共和国的主要缔造者毛泽东以及他的亲密战友周恩来、刘少奇、朱德等老一辈革命家，多次从指导思想、行刑理念、方针政策、组织机构、策略方法、工作原则、队伍建设等方面，发表谈话，作出批示，为劳改工作指明了方向。

均仁同志当时正在中央（或大区）公安领导机关工作，有机会及早并直接接触来自高层的指示，以后又在长期的工作实践中对毛泽东改造罪犯的思想有了进一步的感悟和体会。

1993年，为纪念毛泽东诞辰一百周年，均仁同志怀着崇敬的心情，郑重撰写《试论毛泽东思想关于劳动改造罪犯的理论》，明确指出，毛泽东关于劳动改造罪犯的理论，"是马克思列宁主义的普遍真理与中国革命实践相结合的创造性的产物""贯穿着一条完整的科学思想体系"。这一体系包括六个基本点：坚持在社会主义条件下，绝大多数罪犯是可以改造的；坚持惩办与改造相结合，以改造人为根本宗旨的指导方针；实行生产劳动与政治思想教育相结合的基本方法；实行区别对待、给出路的政策；坚持实行革命人道主义的原则；实行党委领导下的专门机关与依靠群众相结合的工作路线。

当时有许多同志纷纷对毛泽东改造罪犯的理论进行积极的探讨，均仁同志的这篇文章从行刑理念、指导方针、基本方法、政策策略、重要原则、工作路线六个方面对毛泽东改造罪犯理论进行梳理和剖析，自成一家之言，具有一定的理论深度和较大的权威性，对推动监狱系统深入学习毛泽东改造罪犯理论起到了较大的促进作用。

◆ 为中国监狱工作方针增添"点睛"之笔

1993年12月，朱镕基同志主持召开第17次总理办公会议，在安排司法部请求解决监狱重大困难的具体措施后，朱副总理指出，为了落实邓小平"两手抓，两手都要硬"的方针，从根本上解决各级党委、政府对监狱工作的认识问题，请司法部代中央起草专门的通知，重点在于讲清楚监狱机关的性质、职能，监狱人民警察的法律地位，确认国家对监狱实行财政保障体制，等等。据此，我们集中力量起草，随后出台了《国务院关于进一步加强监狱管理和劳动教养工作的通知》（国发〔1995〕4号）。

当时设想在文件中要确立新的监狱工作方针，这是考虑到1964年"六劳"会议通过的劳改工作方针是"改造与生产相结合，改造第一，生产第二"，没有体现监狱对罪犯实行惩罚这一重要职能，而且在监狱经费主要依靠生产收入的情况下，认识上易产生歧义，引发争论，执行中也难以真正把改造放在第一位。根据宪法关于国家"惩办和改造犯罪分子"的规定，似应以"惩罚与改造相结合"来取代"改造与生产相结合"。

1994年末，在一次研讨会议文件的座谈会上，我就提出了制定监狱工作方针的意见，但在"惩罚与改造相结合"之后如何表述，是"重在改造"还是"注重改造"，犹豫不定。

坐在一旁的均仁同志说："可否表述为'以改造人为宗旨'？"我听后深感醍醐灌顶、茅塞顿开，高兴地对他说，老兄真是一字之师，这样一来，既符合宪法规定，又把"改造人"提到宗旨的高位，充分体现了中国特色。监狱工作方针共15个字，一气呵成，朗朗上口，气势非凡，在国发〔1995〕4号文件明文宣告后，得到了监狱系统包括离退休老同志在内的全体干警的一致拥戴，也赢得了社会各界的广泛认同。对此，均仁同志是作出重要贡献的，但之后他却从未提起过此事，足见他的务实和低调，但作为当事人，我必须让历史铭记他的"点睛"之笔。

在漫长的人生中，均仁同志不断思索，不断追求，他的人生是多彩的，成就是多方面的。之所以取得如此圆满的成果，不能不提到他的老伴潘嘉钊大姐。

潘大姐生于1928年，1945年在学校入党，1950年与均仁同志结婚，两人风雨同舟，相携终生，迎来了70年的白金婚。潘大姐知识面广，为人干练，富于活力。新中国成立初期，即在西南局领导同志身边工作，上调公安部后，一直搞文字、研究工作。1960年与均仁同志下放青海省劳改系统，先后在香日德、浩门两个劳改农场任分管改造的副场长，省劳改局办公室主持工作的副主任，1979年调云南省第一监狱任副政委。前前后后干了20多年的副处级，1980年调回公安部后，定为正处级研究员，随后办理了离休手续。

作为新中国成立前的地下党员、大学生，以潘大姐的资历、学识、能力，最后只以正处级退下来，实在让人为潘大姐感到遗憾。离休后，潘大姐被返聘，搞了多年的人物传记、文献资料工作，实际上是退而不休，但潘大姐从未有过丝毫的消极情绪，始终是兢兢业业完成组织交给的任务，真正体现了一位老共产党员的觉悟和奉献精神。

2016年11月，均仁同志遭遇车祸之后，1200多个日日夜夜，她总是从西郊家中赶到东城的医院看望、照顾均仁同志，虽是90岁左右的耄耋老人，但无论风霜雨雪、严寒酷暑，从不间断，即使在新冠疫情紧张暂停会见时，她还是通过视频向老伴致意。听说《新中国监狱工作五十年》出版后，她专门找我索取此书，说等均仁清醒时让他看看，对他也是一种安慰。什么叫患难与共，什么叫相濡以沫，在潘大姐身上得到了最好的诠释。

均仁同志住院后，我一直想去看他，但总因医院限制甚多，一直未能成行，直到2019年5月9日，高文同志等去医院看望老所长，我才随车同往。

在普仁医院大病房，见到均仁同志骨瘦如柴、昏然入睡，基本失去往日的模样，我十分震惊。潘大姐在板上写上我的名字放在他的面前，我把手伸过去握住他的双手，大声地叫他，终于他缓缓地张开眼睛，嘴巴翕动，握住我的手，随后越握越紧，持续了四五分钟。我觉得他已经认出我来了，感到有些欣慰。我们在病房里待了近一个小时，我怕他累着，想把手抽出来，他却紧握不放，最后不得不掰开他的双手与他告别。

其后，均仁同志与病魔斗争了一年，足见他的生命力有多么顽强。由于新冠疫情,我未能去八宝山与他送别,只能以这篇文字表达我的怀念、崇敬之情。

至今,我仍记得在普仁医院病房里,均仁同志紧紧握住我的双手,久久不肯松开,他那微张的双眼,他那翕动的嘴角,我总感到均仁同志并未远行,他仍与我们同在!

(作者系司法部监狱管理局原局长、中国监狱协会原副会长)

精神的力量：纪念李均仁先生

高 贞

李均仁先生是司法部预防犯罪研究所第一任所长，是研究所当之无愧的开拓者和奠基人，在他筹建、主持研究所工作期间，确立了研究所的发展方向，实现了预防犯罪研究的重大突破，为研究所的发展打下了坚实基础。到研究所工作之后，我有幸经常当面向李先生汇报讨教，留下了无数珍贵的回忆。如今李先生仙逝，音容笑貌犹在，每每想起，总有说不出的感动和许多新的感悟。

◆ 家国情怀

李先生说："人的一生不能虚度年华，总要有自己的梦想，与全国人民一道，圆梦中华。"（引自李均仁著《风雨人生九十载》）正是基于这样的人生信念，他一生都把革命工作、党的事业放在心中最高的位置。

这些年每次看望李先生，他都要跟我探讨研究所需要关注的重点课题。他常说的一句话就是：与时俱进、紧跟形势、把握大局。他认为，党的十八届三中全会决定全面深化改革，涉及许多方面，强调反"四风"、反腐败，这就是我们预防犯罪应当关心的大局。继而他有一个非常清晰的关于职务犯罪问题的研究思路，就是随着国家反腐力度持续加大，监狱服刑人员中职务犯持续增加，可以利用我们掌握全国监狱关押职务犯的资源优势，下功夫通过实证调查，研究职务犯罪的特点、规律，分析深层原因，提出预防职务犯罪的对策，为建立完善国家反腐败长效机制和制度提供理论支持。他的这个意见对我们研究所课题立项给出了重要的指导。

几年来，研究所与燕城监狱、北京市监狱局和研究所的几个科研基地联合开展"职务犯罪专题研究"项目，通过组织不同形式的专题研讨，持续关注职务犯罪问题。如今，回顾李先生的殷殷嘱托，对照反思我们目前在这方面的研究状况，感觉离李先生的期望还有较大差距，这也必将成为我们奋起直追、努力奋斗的方向和动力。

李先生的家国情怀始终如一，即便是在高龄病重之后也未改变。他因车祸住院后无法说话，每次我们去看他，只能用写字板交流，他最感兴趣的就是听我们讲研究所的最新工作。他的老伴儿潘阿姨很喜欢我们去看他，因为只要给他讲所里的工作，他就非常精神。有一次我告诉他我们已经重启重新犯罪调查项目，他竟然从我手里抢过写字笔，在写字板上与我交流起来。以他当时93岁高龄和高危的身体状况，能够如此反应敏捷，更印证了他心系事业的品格，其情其景令人动容！

正是凭着这种信念和品格，李先生把个人理想融入实现民族复兴的中国梦，他从事公安、司法工作几十年，立足岗位、忘我工作、尽显才华，在每一个战斗和工作过的岗位都留下了浓墨重彩的一笔，留给我们后辈无穷的精神力量。

◆ **求真务实**

作为新中国劳改（监狱）制度建设的亲历者、参与者，李先生把认真总结历史经验，深刻认识制度建设的曲折艰难，始终坚持奋斗目标不放松，作为自己的职业使命，在推进法治建设的重大问题上唯真唯实，绝不敷衍妥协。我有幸见证了李先生在他90岁高龄时撰写两篇文章的过程，真切地感受到他的执着与坚守。

2014年11月，李先生偶然看到《中国剪报》刊登《从"法制"到"法治"的转变》的文章，他赞成文中关于罪犯也是公民的观点，但对文中称这一观点是作者在1979年10月30日发表《坚持公民在法律上一律平等》一文时首先确立的，认为不符合历史事实。为了澄清事实，李先生不顾年迈体弱，在老伴的帮助下，翻阅几十年前的工作笔记，查找相关文件，亲自撰写《关于罪犯也是公民问题的探究》（刊载于《犯罪与改造研究》2015年第2期）。

不久之后，李先生又看到另一杂志中的一篇文章，对"罪犯也是公民"的观点的确立持同样看法。这再一次引起李先生的重视。他认为，这种以讹传讹，把复杂的问题简单化、理想化，对于深刻认识中国全面推进依法治国的艰巨性是不利的。为了帮助学者、公众了解真实情况，李先生又撰写了《浅谈我国保障罪犯公民权利的实践》（刊载于《犯罪与改造研究》2015年第4期），再次澄清早在1956年公安部就确立"罪犯是公民"的观点，并在官方文件中规定了罪犯公民权利的具体内容（包括"有享受必要的生活待遇的权利"等六项权利）。

他对于"罪犯是公民"命题源头的澄清，不是简单的较真儿和文字挑剔，而是基于对历史负责，更是对事业负责。在他看来，"罪犯也是公民"的观点容易确立，但是否能在实践中全面落实则不容易，基于此，李先生在第二篇文章中就罪犯六项权利保障的几十年实践进行了逐一分析，旨在推动"落实党的十八届四中全会依法治国决策，依法保障罪犯的公民权利，进一步提高教育改造工作水平"。

总结历史经验教训，对今天和未来提出警示，体现了一个老共产党员的忧患意识，也体现了一个研究者的责任担当和严谨求实的作风。

◆ 开拓创新

实践没有止境，理论创新也没有止境。李先生无论是在司法实务部门工作，还是从事理论研究工作，坚持探索实践、不断开拓创新，构成了他职业人生的主旋律。

李先生在研究所工作的6年中，策划、组织完成了新中国成立以来第一次全国范围大规模重新犯罪调查，组织开展劳改（监狱）体制改革研究，两项都是前人未做的工作，极具开拓性、创造性、挑战性，所形成的理论成果对实践的作用和价值也是划时代的。1992年国务院新闻办发布的《中国改造罪犯的状况》白皮书对外发布的官方数据就是以这次重新犯罪调查结果为依据的，延用至今已近30年；他主编出版的《中国重新犯罪研究》理论专著，不仅填补了我国预防重新犯罪理论研究的空白，还对建立中国预防犯罪的学科体系具有重要的奠基意义。在劳改体制改革研究中，他首次提出监企分离的思路，并且提出具体运行的方案，经后续全面深入的调查研究，促成相关改革试点，推动监狱体制改革实现重大突破。李先生的理论创新在于他始终坚持问题导向，围绕解决刑事执行和罪犯改造实践问题，从理论上进行开创性深入研究。

除上述两项重大成果外，他在很多方面都取得了理论突破，并迅速转化，推动了监狱工作和罪犯改造实践。比如，提出坚持监狱机关专政的性质、党委领导及在监狱设政委的原则；针对20世纪80年代近十年全国狱内案件的特点，提出建立监狱劳改队积极预防、快速反应的体系；针对一些同志否定我国劳改工作没有理论的观点，在1993年为纪念毛泽东诞辰100周年时撰写论文，系统总结了毛泽东思想关于劳动改造罪犯的基本内容、理论体系和历史地位。现在重读这些文章，依然感觉其思考深刻，具有极强的现实指导意义。

李均仁先生走过了精彩、光辉的一生，留给我们后辈的是取之不尽的精神财富。追随李均仁先生奋斗的足迹，领悟并传承他的精神力量，完成他未竟的事业，是对李均仁先生最好的纪念。

（作者系司法部预防犯罪研究所所长、研究员）

悼念李均仁同志

郭建安

平权均产定初心
乐事仁人情愫深
万壑千峰难憾志
今来古往不输人

第一句体现李均仁的政治理想，第二句总结李均仁的同志友情，第三句颂扬李均仁的矢志不渝，第四句评价李均仁的人生成就。其中，每行第三字连起来是"均仁千古"。

（作者系中国法律服务（香港）有限公司董事长、总经理）

深情缅怀预防重新犯罪研究的奠基者李均仁所长

周 勇

2020年5月20日清晨，接到老所长李均仁同志于凌晨5点18分在医院病逝的消息，虽然早已有心理准备（老所长已连续在医院治疗三年多，之前医院下达了病危通知），但老所长去世的噩耗仍然令我难抑悲伤……

尽管我与老所长之间本无太多的"交集"，因为我1994年参加工作来到老所长创办的司法部预防犯罪研究所（当时还称司法部预防犯罪与劳动改造研究所）时，老所长就已经在两年前的1992年离休了，工作后也很少在所里面看见老所长，但由于经常听年长的同事们谈起老所长的种种传奇"轶事"，心中老所长的"画像"就非常地"丰满"：新中国成立前的中央大学法学院的高材生；学生期间就参加了革命、入了党；20世纪50—70年代，虽几经坎坷，遭受逆境，但百折不挠，砥砺前行；为人正派，处事公道，对人厚道，严于律己；政策理论水平高，理论功底深厚；中国政法大学劳改法方向研究生导师，1983年的国务院"政府特殊津贴"专家；在所里和劳改劳教系统享有崇高威望……这都让我惊叹不已、仰慕不止。

让我与老所长之间产生"交集"的是重新犯罪调查研究。老所长是中国预防重新犯罪研究的开创者和奠基人。当年，他提出预防重新犯罪是预防社会犯罪的重要环节，建立我国预防重新犯罪的理论体系是一项紧迫的科研任务。1986年至1990年，在他的策划、设计和主持下，司法部预防犯罪研究所会同原司法部劳改局组织了对刑满释放人员重新犯罪问题的调查研究。这一为期5年的调查是我国关于重新犯罪状况的首次大规模调查，先后参加调查的地区达到了27个省、市和自治区，参加调查的干警一万余人，对1982年至1986年刑满释放的16余万名人员回归社会后三年内的表现进行了抽样调查和普查，取得了极为宝贵的资料。调查显示，回归社会后三年内有重新犯罪行为被再次处以刑罚的占5.19%。1992年8月，国务院新闻办发布的《中国改造罪犯的状况》白皮书据此提出，中国重新犯罪率保持在6%至8%的水平。该调查1988年报经批准被列为国家"七五"哲学社会科学规划重点课题。

1992年8月，作为这次规模空前的调查研究的最终成果，由老所长主编的宏著《中国重新犯罪研究》在法律出版社正式出版，成为重新犯罪研究的"开山之作"，不仅填补了我国预防重新犯罪科研领域的空白，还对建立中国预防重新犯罪的理论体系具有重要的奠基作用。

2003年初，司法部决定对重新犯罪率进行全面调查，成立了由司法部时任副部长范方平牵头、预防犯罪研究所具体承担的"重新犯罪调查研究"课题组。预防犯罪研究所时任所长郭建安为该课题负责人，我作为成员负责具体执行。记得《中国重新犯罪研究》是课题组重点研读的一本参考书，尽管当时该书已出版10年有余，但书中的许多观点见解仍颇具指导价值。老所长在书中亲自撰写的绪论和结论部分，立意深远，思想深邃，引人深思。老所长得知我负责重新犯罪调查的具体执行工作后，在一次所里举行的联欢活动空隙，特意把我叫到身边，在询问重新犯罪调查的有关设计安排后，就其中的一些细节问题和注意事项向我作了交代和叮嘱，老所长那认真的眼神、和蔼的笑容、敏锐的思维以及不太好懂的广东普通话至今我都记忆犹新、历历在目。

这次重新犯罪调查获得了1997—2001年监狱释放罪犯重新犯罪率等一些重要发现，形成了《关于监狱释放罪犯重新犯罪问题的调查报告》，在来自全国人大、最高法、最高检、公安部、司法部、北京大学、中国人民大学、中国政法大学的11名知名专家学者和有关领导参加的成果论证会上获得了很高评价，后来在司法部《领导参阅》（2005年第11期）全文刊载，还荣获了第二届全国法学教材和法学科研成果二等奖。当时已年过八旬的老所长专门托人给我带话，让我把调查报告送他一份，足见他对这项工作的"情有独钟"和执着坚守。

2014年，我从司法部办公厅回预防犯罪研究所担任副所长后，每年都会去探望老所长。这时候的老所长尽管已90岁高龄，但除了耳朵不好使外，身体和精神都很不错。不幸的是，在2016年11月的一起交通事故中，老所长颈椎受伤，从此只能待在医院治疗。其间，我和同事们多次去看望他。老所长因喉管被切开不能讲话，就用写字板与我们交流互动。每次看望后，大家都为老所长顽强的生命力、坚韧的意志和虽遭不幸但豁达开明的精神而感动不已。

2017年7月，司法部决定重启重新犯罪问题调查并建立调查监测长效机制，由预防犯罪研究所承担相关工作。当前去探望的高贞所长通过写字板将这一消息告知老所长时，老所长的神情立即为之一震，迅速抓过写字板，用颤抖的手写下了"周勇知道"四个字。当高贞所长从医院回来给我讲述这一幕时，我的眼鼻顿时发酸，我深深知道，这不仅是肯定、信任，更是嘱托、厚望。

2018年，建立重新犯罪问题调查监测长效机制被列入政法领域全面深化改革任务清单。根据中央政法委有关要求，司法部会同最高法、最高检和公安部成立了重新犯罪问题调查领导小组。领导小组办公室就设在司法部预防犯罪研究所。经各方通力合作，截至目前已取得了重大阶段性成果，完成了重新犯罪大数据监测分析平台（一期）建设，实现了公检法司各单位历年重新犯罪相关数据的大规模汇聚，建立了由全国部分监狱、看守所、社区矫正机构、安置帮教机构组成的重新犯罪监测点调查网，举办了3期重新犯罪实证调查工作培训班，培训了300余名调查员和督导员，组织开展了重新犯罪实证调查。令人欣喜的是，所里的一批年轻同志参与其中得到了锻炼，迅速成长起来。目前，相关工作还在抓紧推进中。

老所长虽已逝去，但他的精神将永存，他未竟的事业仍将继续。

我深信，我和同事们定会沿着老所长开辟的科研道路继续探索前行，不断破解重新犯罪的未知"密码"，不断探寻预防重新犯罪的客观规律，努力构建起比较完备、科学的中国重新犯罪学学科体系、学术体系和话语体系，用高质量的科研成果告慰老所长在天之灵。

（作者系司法部预防犯罪研究所副所长、研究员，
享受国务院"政府特殊津贴"专家）

岁月不留人　文化永流传
——向以德感人、以智教人的老所长致敬

祝效民

偶然从微信公众号《幸福的黄丝带》上看到了司法部预防犯罪研究所刊发的一组追忆和悼念老所长李均仁同志的文章，我这杖龄老者，不禁泪遮双眼，十分痛心。

静坐书房中，我的面前久久地浮现出老所长为官品高、为文智高的高大形象和人格魅力。我沉思在老主任、老局长、老所长一人三冠的各个阶段和节点，曾教我自立、带我自为、帮我自主、助我能动的桩桩件件往事。

1981年，有重大历史意义的全国"八劳"会议召开后，为抓紧落实会议精神，急需培养各级劳改干部。公安部决定在保定市迅速创建公安部劳改工作干部学校。

建校之初面临诸多困难，为便于上下沟通，纵向协调，公安部十一局局长（后为司法部副部长）李石生同志兼任保定干校临时党委书记，李均仁时任十一局办公室主任，西藏公安厅厅长韩杰同志奉调任校长，我从西藏公安厅随同韩杰到保定干校任校办秘书。

除重要决定议案要到保定召开临时党委会外，日常具体事务我经常由保定到北京，传闻送信，奉命办事，李均仁是我直接请示汇报的首长。

第一次见面，我们曾一个在青海省劳改局任过职、一个在西藏公安厅为过警的两代人，就大有相见恨晚的感觉。李主任对我的工作十分支持，一路开绿灯。办文时，他给我斧正；办事时，他给我指点。还为我与有关部门洽商联系工作穿针引线，铺路指点。我在保定干校如果说有点进取，办成了些许小事，发表了几篇拙作，李主任的点化支持、培养提携是重要原因。我牢牢记在心中，永远不敢忘怀。

李均仁任劳改局局长后，更加关注保定干校的工作，身为学者型领导、劳改系统的文胆，保定干校创建初期，不论是培训模式，组织落实；还是引才引智，开放办学；或是因势而为，自编教材，李局长都是谋事之能臣，成功之干臣。我十分崇敬他、佩服他，视为我做人、做事、做文的人生榜样。

1985年，司法部预防犯罪研究所成立。已是花甲老人的老革命，又向着社科理论的高峰创业攀登。往往机缘会突然来临，我也于同年5月由保定干校调回山东省劳改局，开始创办山东省劳改局犯罪研究所，我又成为老所长麾下的科研战士、理论哨兵。同年秋天，李均仁所长、李增辉副所长就到山东劳改系统考察调研，为我选择走监狱文化建设的路，在全国劳改系统最早创办犯罪研究所而鼓劲加油。

我一路陪同他，走过了从济南到青岛的主要劳改单位。一路学习，一路听他们的科研规划和设想。夜晚在招待所，我们还畅谈研究所如何办起来、办下去、办好它的问题。老所长知识渊博，阅历宏远，话能直抵我心灵，理可贯通我文脉，使我读书有了方向，积累有了凭依，求道有了目标。我能定心、静气、坚持十八年一直主持犯罪研究所工作，四十年始终走在向善、向上、种智、种美的监狱文化建设路上，司法部预防犯罪研究所早、中期的重要会议、重要调研、重要课题、重要活动，我都是主要参与者，这都是老所长给了我真气、底气、士气、灵气的结果。

我与老所长相识近40年，亲眼看着他为中国监狱事业的开拓发展、文明进步殚精竭虑，创建学校、创办研究所，为新中国监狱事业做出贡献。

国家需要文化自信，监狱干警需要文化自信。

老所长作为监狱干警文化自信的燃灯者、领航人，永远为我们所敬仰！

岁月不留人，文化永流传。尊敬的老所长，来世我还是你文化队伍中的老兵！

（作者系山东省监狱管理局退休民警）

永远怀念您 我的老所长

林 遐

闻悉李均仁老所长与世长辞了，深感哀痛和怀念。

作为研究所初建时期的亲历者与见证者，老所长领导与牵头组织开展多项具有重大影响的科研课题的情景，一幕幕清晰地在头脑里浮现；老所长的殷殷教诲与影响深深刻在我的记忆中，日久弥新；老所长亲切儒雅的音容笑貌令人难以忘怀。

老所长是我们研究所成立后的首任所长，我是1986年研究生毕业后被他亲自"招兵买马"招进来的一名"新兵"。进入研究所后，我们同时入所的几个研究生得到老所长重用，立即参与了当时所里的《1982—1986年刑满释放和解除劳教人员重新违法犯罪抽样调查和普查》课题。这项课题是研究所成立后，老所长亲自领导和牵头组织开展的首项重大科研课题。该课题动员了全国劳改劳教干警（当时的称谓）一万余人，参加调查研究的省、直辖市、自治区有27个，被调查的刑释解教人员达16万余人，连续五年开展调查，取得了极为可贵的数据资料。

在此基础上，1988年研究所又申请获批了国家"七五"哲学社会科学规划项目的重点课题之一——《中国重新犯罪研究》，这项科研项目成果填补了我国预防重新犯罪研究领域的理论空白。在整个项目研究过程中，老所长亲历亲为，不顾早该离休颐养天年的年迈身体，和我们年轻人一样，亲临实地调研，组织召开研讨会，加班加点撰写研究报告和著作书稿，不厌其烦地指导、修改我们每个人承担的书稿。

1989年，老所长又适时组织开展《在押罪犯新情况新特点与改造对策研究》《狱内案件情况调查研究》《监狱、劳改队领导体制改革调查研究》《监狱、劳改队经济体制改革调查研究》等一系列科研项目，并在1990年组织开展司法部预防犯罪与劳改劳教系统优秀论文评选活动。这些科研项目和活动，真正把准了当时预防犯罪与劳改劳教领域的脉搏，找准了问题，提出的对策为后来启动的我国监狱体制改革做了坚实的理论探索，得到业内的一致好评，为领导决策提供了科学依据。同时，动员、推动和引领了系统内基层科研工作的发展和科研工作者的成长。

老所长经常和我们这些刚走出校门的年轻人说，研究所从事的科研课题必须理论联系实际，这样才能为领导部门提供科学的决策参考与理论依据。研究所可以接触到全国几百所监狱、几十万名干警、一百多万名服刑罪犯，这是我们从事理论研究难得的数据库和"金矿"，鼓励我们深入调查，走访基层，了解实际，发现问题，提出对策，避免闭门造车。这种治学态度和方法，对我后来的科研工作影响至深，使我受益良多。

建所初期，研究所的办公条件非常简陋，资金紧张，租用小平房办公，设备短缺，老所长克服困难，因陋就简，发动各省、直辖市、自治区的一批科研能力较强的老部下参与研究所的科研课题，在所里采取集体攻关的方式，在比较艰苦的条件下，完成了多项意义重大的课题项目，为研究所赢得了良好的影响和声誉。

老所长丰富的实际经验和深厚的学识，让我十分敬佩。他有几十年各级政法、监狱工作的经验，对实际工作了如指掌。拥有高层次的学历、多年领导秘书的文字功底和劳改（即监狱）管理局局长的领导能力，又非常擅于学习新知识，在领导研究所创建和发展中发挥了积极、重要的作用：不论是科研项目选题，还是科研项目的组织开展，亦或科研成果的见解，都渗透着老所长的功底。

研究所创建过程中，让我印象最深刻的是每次召开全国性的理论研讨会，老所长的发言稿和总结发言都是亲自撰写，发言内容总会受到与会者的高度评价。每次的研讨会，我们所的参会人员分别参与到不同的讨论小组。当晚老所长都要组织我们汇报各组讨论情况，引导第二天的讨论议题。虽然辛苦，但我们从中学习到许多东西。

老所长离休以后仍然十分关心所里的工作，关注监狱工作的改革与发展，并且笔耕不辍，年近 90 岁还不时有论文、著作发表。真是活到老，学到老，干到老的典范！是我心中永远敬佩的老领导。

老所长平易近人，涵养极高，笑容可掬，从不厉色待人，他的长者风范，让人肃然起敬。

　　老所长生命中的最后几年,因不幸遭遇车祸,在病床上顽强生存。我那次去医院看望他,他仍然关心着所里的同志,心情乐观,让人动容。

　　敬爱的老所长,请您安息!

　　我们永远怀念您!

(作者系司法部预防犯罪研究所《犯罪与改造研究》杂志社
原副主编、研究员)

职业启蒙的导师：追忆老所长

戴艳玲

李均仁老所长走了，在与病痛顽强抗争了数年之后，留下他一生的精神财富，静静地离开了。消息传来，心中甚是难过，许多往事又渐渐清晰起来，将我的思绪带回到35年前。

1985年夏天的那个毕业季，我放弃了最后一个暑假，"兴冲冲"地走上工作岗位，谁曾想，竟意外地成为我们这个新成立不久的研究所"迎来"的第一个大学毕业生（同期来所共有三个毕业生，我是那个最"心急"最早来所报到的）。

当时的研究所只有几间平房、几个人（从所长到同事，我是第五个工作人员），如此状况跟大学校园楼宇错落、人众穿流的环境迥异，说实话，那时心理上还是有些异样感的。

这样一个新建的司法部直属科研机构百事待举，已年逾花甲的老所长扛起重担，一手抓基础建设，一手抓科研工作。接下来，老所长做出了科研处室布局，先期成立了劳改劳教政策、法律、制度研究室和预防犯罪研究室，我被分配到劳改劳教政策、法律、制度研究室。那个年代，倡导"干一行，爱一行"的职业精神，尽管我从未专门学习过与劳改劳教（主要是监狱方面）相关的知识，在校期间我学习过犯罪学课程并对此领域颇有兴趣，但是我接受"分配"，硬着头皮从"小白"起步。我很幸运，有老所长的职业启蒙，带我进入"状态"，逐步提振兴趣、树立信心；我深切感恩，老所长的职业启蒙引领我步入将近35年的不懈追求，春去秋来，不变的是对监狱理论与实践研究的执着与钟情，正所谓"润物细无声"。

◆ 说解历史，开启兴趣

为了帮助年轻人尽快了解监狱工作，老所长非常重视给我们讲述监狱工作的历史，虽然他在研究所很少专门开讲"史料"，就当时的情况既没有时间，也不具备基本条件（连一间会议室都没有），但老所长却经常结合研究工作部署、研究进展汇报、研究报告分析讨论等各种会议，给我们介绍相关史料和发展变化脉络，例如，劳动改造工作在不同历史时期的发展历程及重大事件，重要的会议及其《会议决议》，特别是第八次全国劳改工作会议及其《会议纪要》，等等。老所长透过自己的亲身经历和体会向我们说解历史，将劳改工作方针政策的产生背景、酝酿形成及其发展确立，以及劳改工作历经的挫折、经验和创新发展介绍给我们，并与我们分享他的总结和思考。这种结合研究内容和研究需求说解历史的方式，令我们记忆深刻，联想明确，从而兴趣大开。

◆ **鼓励以老带新，重视基层调研**

为了帮助我们尽快了解基层监狱工作的大体模式和概况，老所长邀请其老部下、老熟人分批、多次带着我们这些从学校毕业的"新兵"走监狱、下基层。当时研究所的工作经费紧张，说"捉襟见肘"毫不为过，就是这种条件，在老所长的安排、部署下，我们的调研工作是受到鼓励和"保障"的。为了节省费用，我们只坐火车，不坐飞机，而且每次至少接连两三个省，以节省旅途往返费用，记得我曾经历过辗转几个省连续40余天的基层监狱调研。为了方便调研，我们住监狱招待所，甚至住过服刑人员家属探视入住的地方。在老所长的鼓励下，我们跟着前辈深入监狱的基层大队、工场车间、田间地头，学习与干警交流、与服刑人员谈话，学习从纷繁的档案材料中摘要特点，学习在座谈、参观中快速记忆要点。老所长"借力"前辈带新兵，是他培养科研队伍的独特方式，饱含了对我们年轻人职业成长的热切期待，多年以后，我的体会是当时的"传、帮、带"奠定了我职业起步的扎实基础，感恩老所长的良苦用心，感谢各位不吝赐教的前辈。

◆ **重视调研汇报，鼓励年轻人"开口"**

老所长非常重视每一次"走基层"的调研成果，调研组回来必组织汇报工作。当时研究所没有会议室，我们会从各自的办公室"自带座椅"围坐在他的办公室。前辈们汇报结束，老所长一定会问"小张""小李""你说说看""你有特别关注到什么""有什么想法"等,我们年轻人是"逃不掉"的,必须开口讲话。说实话,最初真的很紧张,而且就是找不到"话头",感觉调研回来,才是"最难过的关"。但是,每逢此时老所长会微笑地看着你,帮你挑起话头,等你大着胆子接续的时候他会不时点头,而且择机与你简短对话。如此几次下来,我就不再怯场了,也愿意主动表达了,甚至我会期盼着老所长会心地点头,那是"肯定"的力量。老所长就是这样循序渐进地锻炼年轻科研人员独立思考、谨慎分析、择要表达、交流互动的能力。

在老所长的领导下,我完成了从学生到科研人员的"转身",开启了职业生涯,老所长的关心和引领给予了我温暖和力量。虽然他离休后,我们见面的机会少了,但每次见到,他总会关心我的职业进步情况,很亲切,很温暖。就在几年前,已年逾 90 岁的老所长出版了《风雨人生九十载》,特意写下名签逐一送给我们这些当年的年轻人,我们是他的老部下,更是他"手把手"带出来的研究人员,足见老所长几十年延续的爱护和情谊。

当年的年轻人已不再年轻,当年的稚嫩已步入成熟,感恩老所长的启蒙和悉心培养。

老所长,请您放心,我们会继续为您所关心的研究事业努力工作!

(作者系司法部预防犯罪研究所研究员)

老所长永远在我们心中

张志明

2020年5月20日早上6点40分，我接到老所长的儿子李大哥的电话，告知老所长已经走了，虽然这个消息对我来说或许不是特别突然（我一直负责老干部工作，老所长病危的情况我早已知晓），但由于前几天医院告知我岳父病危，在当前生活规律完全打乱，还处于睡梦中的我依然还是吃惊与悲痛。

吃惊在于他走得有点突然：重新犯罪问题实证调查工作正在如火如荼进行中，在成果正在逐渐显现时老所长走了；在研究所各项工作更上一层楼、科研课题一年一个台阶逐步扩大影响时他走了；在我们取得一个个成果想给他汇报时他走了。斯人已逝，逝者永存！

我与老所长没有工作交集。但无论是在人事处工作，还是在办公室工作，我一直协助负责老干部工作，自然与老所长打交道比较多，而且自从老所长车祸入院治疗后，我受单位指派负责与老所长家人的联络工作，就这样与老所长及其家庭结下了深厚情谊。

那一年，我军转来研究所工作，第一次登门赴老所长家为他送所内简报，老所长知道了我是一名军转干部刚来研究所，就耐心地向我讲解研究所的工作性质以及行政人员与研究人员的分工不同，并拉着我的手反复嘱咐我要收心，加快思想转变，尽快熟悉研究所的工作，迅速实现从一名军人到一名司法行政工作人员的转变。

当我下楼要回单位时，已经85岁高龄的老所长与老伴执拗要将我送下楼，当我走到小区门口回头一望，他与老伴依然站在原地向我招手，虽然明明只是一场再普通不过的分别，但老所长却给了我这个刚来研究所工作不久的新同志一份很温暖的鼓励与鞭策。

第一次陪老干部春游踏青。由于老所长高龄，行动已经不便，单位安排我与张群同志负责老所长的出行，我对老所长跟随大部队行动不便早有准备，提前租了轮椅，当碰到台阶时我与张群准备抬他下台阶时，老所长怕我们受累，坚持要求下轮椅走台阶以减轻我们的压力。这时候的老所长话虽然不太多，但总是歪着头儒雅地微笑，让我们感觉十分舒服，有干劲，他还时不时地抓住我们的手轻轻摇晃，用力握我们的手，给予我们力量。

踏青回城没几天，老所长叫李进文同志捎回了我的照片，让我十分吃惊，他年龄那么大，居然还将照片冲印了出来并托同事捎给我。

在老所长因车祸入院治疗时，我去看望他，那时的他已经喉管切开不能说话，但他思路依然清晰，我给他介绍单位近期工作时，他靠在病床上轻轻点头并用小黑板写"小张"两个字，告诉我他依然清醒，知道我是小张，让所领导放心、让我放心、让研究所的同事放心。当听到所里近期取得的成绩时他两眼明显有力、放光，切开的喉管明显听到急促的声音，我能感受到他的开心与快乐。

对于老所长的后事，在其入院时间不长时，单位领导与其家人早有思想准备，提前进行了部署。指派我负责老所长的后事，并积极与相关单位协调沟通，经过我与相关单位的积极协调与沟通，5月22日我陪同高文副所长协助其家人将老所长送入了八宝山殡仪馆，八宝山殡仪馆的相关领导给予老所长家人最大、最真诚的人文关怀与问候，以让逝者家属放心与慰藉，我们也只能用这样的方式来表达对逝者最真挚的敬意与对家属最实在的安慰。

对老所长的离世我深感伤痛与怀念：一幕幕、一幅幅清晰的画面在我头脑里浮现；仿佛老所长就在身边，他亲切的话语、缓慢的广式普通话、有点迟缓的手势深深地刻在我的脑海里，虽然他已经离开我们有几天了，但他犀利的眼神、微微歪着头儒雅的微笑和顿挫大声的话语已经深深地刻在我的记忆中。

老所长，请您放心，您未竟的事业我们正在部党组与研究所党总支的正确领导下一步一个脚印地坚实推进。

老所长，愿天堂不再有痛苦，在我们的心中，您永远活着，您的精神将永远被我们后人传承下去！

（作者系司法部预防犯罪研究所办公室副主任）

爱情篇

余生只想淡淡依

刘高艳

走过月上柳梢,走过稚嫩羞涩的初恋。走出高山流水,走出光芒灿烂的热恋。我们在无垠的大草原催马扬鞭,我们在茫茫的大海上彼此呼唤,我们在生活的炉窑里经受烧烤、体验哗变。我们搀扶着走过山路,擎伞一起走过雨天。我们把沟沟坎坎走成平川,又把平坦的青春走成了额头纵横的皱纹,脸上绽开的黄斑。

许多年了,我们在一起说着千言万语,关于孩子,关于生活,关于未来,关于不相干的人和事,可好像找不到几句滚烫的、专属于我们俩的话语,仿佛情字都在不言间。我们自然而然地,一起看飞雪迎春,一起看李白桃红,一起听夏蝉,一起赏秋菊。进超市,你抢先一步推了购物车,我径直走到蔬菜区,将茄子豇豆白菜豆腐……放到你前面的推车里。过马路,你习惯回头看,我习惯将手掉进你的掌心。回到家,你喜欢躺贵妃椅,我喜欢泡壶茶,放到离你最近的距离。

许多年,不知不觉,你丢失了自己的口味、自己的颜色、自己的脾性,我也不是最初的自己。我们炒菜,一荤一素,有红有绿。我们吃面,一天油泼一天臊子,一天扯一天擀。我的口味就在你的手下,你的口味长在我的心中。我们开开心心吃一锅饭,我们满足而幸福地轮流刷锅洗碗。

许多年,不知不觉,我就成了你的一部分。

还记得上一次吗?我买了一袋怪味胡豆递给你。你接过去,打开,又递给我。

"是你要的呀。"我提醒你。

"不是你昨天说你想吃这玩意吗?"你反问我。

"是吗,哦?"这时,我也搞不清到底谁想吃。于是,一人半袋胡豆,一人一杯红酒,嚼碎没有答案的问题,跟阴差阳错干杯。

恍然想起，我们曾经因为炒菜先放葱还是先放蒜的问题，高声辩论，横眉冷对，谁也不能说服谁，谁也不愿转过身。那时，我们是两棵笔直的树，即使头顶的阳光融汇在一起，距离近的枝叶无法错开彼此，却仍然守住自己的根系，不屑于随风弯腰，不习惯相互分享和宽谅。

这么多年过去了，你的笑貌写进我的历史，你的声音塑进我的生命。独立与独立合成了我和你，个性跟个性和解成家的风格。至于如何放下个性、放弃独立，其间肯定有过短暂的疼痛、难过抑或愤怒，但随着时间的推移，犹如我的记性，越来越接近模糊和朦胧了。我能记住的，似乎我们的脑袋，很多时候，长在对方的肩头——你代替我行走河边，我乔装你攀登青山。彼此不需要太多的表达，一路上，每一朵花的芬芳，每一棵树的浓荫，都诠释着两个生命默契的美。

有那么一个午后，从一个很长的梦中醒来，望着空荡荡天花板，我突然仿佛"开了天眼"——不再希望盛大绚烂的季节，只想着天高云淡的清爽；不再向往高台楼榭、飞檐翘角，而只要一个篱笆小院、红瓦两间。我们静静地坐在房檐下，一杯淡淡的茶，两本有情的书，要么在字里行间流浪，要么跟着五官闲逛。我抬头你也抬头，我们一起看云过树梢、看鸟栖篱上；你侧耳我也侧耳，我们一起听草长廊下、听花开佛前。三十年的朝夕陪伴，以致我们的生活遍布"不约而同"。

这，算不算相濡以沫？

人到中年，人生的船航过惊涛骇浪、千辛万难而渐渐驶进一个安全港湾。风从头顶吹过，我深深懂得，你是我最初的心动也是我最后的怀抱。我不再希求完美，也不愿希求完美了。

庄稼一季拥有一次美丽，一生拥有一个心有灵犀的人，镜中的我，眼里盛满透亮的坚定，双颊透露知足的宁静。

有人无限惋惜地说，爱情终将成为亲情。亲情式的爱，有什么不好？你的左手牵着我的右手，或者我的左手从你的右手里长出来，没有泾渭分明的陌生，没有血液奔腾的紧张……一切，仿佛是大自然按植物界的状态而做的安排。

我们肩并肩、手牵手,迎着朝霞般美好的夕阳,重叠成一个怀揣幸福密码的剪影,缓缓又款款地前行!

有什么不好?

(作者系陕西省庄里监狱民警)

加油，我的英雄

李 凯

亲爱的熊老头：

见字如面！

今日凌晨3点能拨通你的电话，真是"奇迹"呀，你知道我有多兴奋吗？

"失联"24小时后，听到你的声音，得知你安好，我的心情才稍稍平静下来，不过很快又开始担心了。

现在的新冠肺炎肆虐，但你却无惧而上，毅然冲上这没有硝烟的战场，我想在非常时期敢于逆流而上的普通人就是英雄。

熊老头，你就是我的英雄，就是我的骄傲！

你说你很忙，我不敢给你打电话，也不敢发信息，怕耽误你工作，只能静静地等着，等你有空的时候给我们发信息，报个平安。可是总等不到你的电话，等不来你的信息，我和女儿干着急呀！

昨晚，我找到"追踪"你的绝招了——追踪你的微信步数。

我抱着手机，眼睛死死盯住数字变化：

半夜12点你并未休息，因为步数在增加；

凌晨1点，步数仍在增加；

凌晨2点，步数还在变；

凌晨3点，步数终于定格！

我知道，你下班了，你的老婆聪明吧！

抓紧时间，拨通电话，你兴奋地跟我讲着工作上的琐碎：什么医用物品的调度，哪里的设备如何安装……

可我都不想听，我只想知道你自己防护措施是否做到位？药吃了没？有没有热水洗澡？有没有热饭吃？……熊老头，你都快60岁的人了，今天的步数相当于跑了一个半马……厉害呀！

出征命令来得太突然！

那是 21 日傍晚，值守在总医院大门口的你突然接到上级领导的电话，安排你 22 日一早赶往武汉。只留给你两个电话号码，其他一概不知。

一头雾水的我开始胡思乱想，你是学康复理疗的，即不懂西医，又不懂管教，派你去前线干嘛？

越想越不安、越想越害怕，问你怕不怕，你却说："么样不怕咯，特殊时期，怕也得克，不怕也得克，这是任务，是职责！"

没有迟疑，做好打持久战的准备。临行前，我果断地给你剃了郭德纲式的发型，为你收拾行李，反复检查了好几遍，生怕遗漏了什么。

"颤抖吧小病毒，我老爸准备出征啦"——闺女在一旁给你拍照发朋友圈，我们母女俩想用轻松的方式为你加油、鼓劲！

熊老头，武汉是重灾区，你知道我和闺女有多担心你吗？你独自前往"战场"，没有同事陪伴，住在工棚、吃着泡面、作息没有规律、工作也是边学边干，我们母女俩想着就很揪心，只盼着你能每天打一个电话，报一声平安足矣！

也忘记问你干眼症好些没有？耳膜内陷有没有加重？听力怎么样了？总之有太多太多的牵挂！

熊老头，你一定要照顾好自己呀！

踏平湖畔的鲜花都已盛开，我和闺女在家等你平安归来！

你的老婆子：李凯

2020 年 2 月 24 日

（作者系湖北省沙洋平湖监狱民警）

我俩的日子

刘利平

那一年,我带着 7 岁的儿子宝宝,妻带着 6 岁的女儿贝贝,两个天各一方的单身家庭,由于命运,机缘巧合地走到了一起。

白云山上,铜铃声响,白云飘荡。看着孩子们在一起玩得非常开心,妻子还算是比较满意的。

妻子不满意的,应该就是我了。那时的我,不用说妻子不满意,连我对自己也是不满意的:四舍五入,勉强一米六零的身高。谁说浓缩的都是精华,那只是自欺欺人的话罢了。加之家庭拖骡系马,又欠着 3 万多元的债务,要房没有,要车没有。家底呢,自然只能自己知道,人前是万万不敢提的。不然,妻还会过来给我带儿子吗?

晖是我的第二任妻子,话这样说,其实自己内心是很自卑的。晖说,刘会,老实告诉你吧,不是因为看上了你,而是看宝宝像个没娘的孩子怪可怜,才决定和你一起过的。妻快人快语,说的是实话。在单位我是会计,妻总是习惯刘会刘会地吆喝我,宝宝和贝贝不多久也就这样叫开了。

妻第一次接儿子放学回家时,小朋友们好奇地问:"小宝,今天谁接你来了?"

儿子自豪地说:"是我妈!姑姑有事。"小手紧紧地攥着妻有力的大手。

在家里,常常是妹妹让着哥哥,小宝想吃什么了妻就做什么。贝贝的玩具家里堆得到处都是,邻居家的小女孩过来玩时,贝贝给啥玩啥,不让乱动。宝宝想玩时,随便怎样都可以。小小年纪,懂事而又大气的妹妹丝毫没觉察到自己在家里的地位已受到挑战,仍然一味地迁就着哥哥。

初夏的一天,妻在电话里跟我说,咱家小宝今天又吐奶了。我说,小孩子家倒奶子是常事,没什么大不了的。一听这话,妻气不打一处来,吼道:什么倒奶子?那是你们小时候没把孩子照顾好,孩儿胃着凉惯了!

听声音不对了，我赶忙挂断电话。妻随即又打过来，恨得咬牙切齿：你敢这样，从来不过问儿子的长长短短，竟然连个情况也不想听，你就不担心我这个当后娘的偷着扭掐孩子？

说从来不担心是假的，但我又能怎么样呢？妻的暴脾气是出了名的，我又是个急性子。这么两个人一起磕磕绊绊难免，连妻哥也不看好我们两个的婚姻。但自从把小宝交给妻以后，我只能是听天由命了。为贴补家用，我利用大小礼拜的宝贵时间做起了兼职。在家的日子少了，陪伴孩子们的时间少了，孩子们的吃喝起居和教育成长就都落在妻一人身上。

一个女人，默默无闻地拉扯着一个和自己无任何亲缘关系的孩子，却从不叫苦叫累，一天、两天一般人能做到，一年、两年也是可能的，那十多年如一日呢？到底为了什么呢？妻说，娘难当，后娘更难当，为儿子叫我声妈啊！

艰难的日子总是过得太慢，心灵的熬煎只有亲历后才体会更深刻。妻把自己的所有心血全都倾注到两个孩子身上。值得庆幸的是，宝宝和贝贝并没有因为生活在这样的再组家庭而受累，心理和教育丝毫未受影响。妻说，即便咱们现在真分开了，估计宝宝也是不会跟你走的。看得出来，小宝对妻的依恋已经根深蒂固了。

为了孩子们将来的发展，妻和我想尽各种办法，小宝和小贝还算是比较争气。小学，兄妹俩读的是区重点小学；初中，两人读的是市重点初中；高中，先后又上了同一所省重点高中。

宝宝的高中班主任老师是省内赫赫有名的陈树清先生，陈先生教语文。第一次开家长会时，陈先生开门见山讲道：各位家长朋友们，孩子交给我请你们放心，我有足够的时间来陪伴孩子们。三年下来，班上成绩最差的一名同学都考进陕西师范大学，其余全是双一流大学，其中六名同学考上了清华和北大，当年的省文科状元也师出陈先生名下。桃李不言，下自成蹊。陈先生不仅为国家培养了许多优秀人才，更教给了孩子们做人的道理。

近来，妻和我通话的时间明显长了许多，尤其晚上，经常是唠唠叨叨一两个小时以上，我不说挂电话她肯定不会先挂。妻平静地讲述着她过去那些伤心的经历，我默默地听着，偶尔谈一下自己的理解。我们不仅仅是夫妻，生活的磨炼，双方已经视对方为心心相印的老友了。妻姐说，你们这种家庭，大概是我见过的十万分之一里的那一个吧。

女儿贝贝今年也要参加高考了,学习成绩居哥哥之上。兄妹俩经常一起到万达影院看场电影,一起出去吃个饭,缓解一下学习的劳累,天南海北,似乎有着说不完的话题。小时候,妹妹让着哥哥;长大了,哥哥呵护着妹妹。

我说:"晖,女儿上大学了,咱们出去旅游一趟,你最想去什么地方?"

妻笑说:"和你在一块拉话就知足了。"

我说:"那到时候咱们先去河南少林寺转转,到那儿听电影里的插曲吧。"

妻不语。歌唱家郑绪岚女士演唱的那首《牧羊曲》是妻最喜欢的一首歌,也是我百听不厌的至爱名曲。

人生就是一场邂逅,珍惜了就是缘。

晖说,来生还和你在一起!

(作者系陕西省榆林监狱民警)

与夫书

党春侠

爱情篇

亲爱的：

　　见信好！

　　今天"英雄不言谢"这句霸气的话把我震住了，对，在我心中儒雅、有风度的你就是英雄，你和你的弟兄们就是英雄！这些天，泪点低，每天都在被医护人员、志愿者和民警的故事深深感动着，竟忘了自己亲爱的人，正在高墙内默默值守的你，也是英雄，英雄就在我们身边，就是你们这一群平凡的人。

　　由于工作的特殊性，你们值班不能带手机。1月24日（除夕）这天，你进入值班模式，这样的工作模式持续了三天三夜。1月27日（初三）早上九点左右，你才回家，说："太累了，让我先睡一觉。"我不忍心打搅你，知道你工作压力大，那就好好休息吧，你一觉睡到下午三点才醒来。

　　本来计划等你值完班，我们一起接孩子，一起回家看父母，一起补上这个团圆年，但这一切都被突如其来的新冠肺炎疫情打乱了，看着疫情的蔓延一天比一天凶猛，我担心儿子，让你赶快把儿子接回家，你却抱歉地对我说："这几天我不能乱跑，单位随时都有事。"

　　纵使我有千万的理解，也忍受不了，要求你往车里装东西，随时做好出发的准备。也许你是为了让我有稍稍的安心，就把要带的东西装上了车。只是迟迟不见行动，一再推拖，说单位随时有事，再等等吧。随着疫情形势越来越严重，管控的力度不断增强，接儿回家竟成了泡影。

　　亲爱的，你在家休息的那两天，也一直操心着单位的事，不停地在电话里询问在家过年的民警是否接触过湖北、武汉返乡人员，协调着单位的事情，还时不时去单位处理工作。1月31日（初七），你去单位开会，忙完已很晚，回家对我说："给我准备洗漱用具，我要去备勤，明天12点出发。"本来打算第二天再细细给你整理，结果第二天九点左右，你突然打来电话，问准备好没有，临时提前，马上就要集结，你正在回家的路上。干活有点拖拉的我慌张了，匆忙间只来得及给你装上一身换洗的衣服和简单的洗漱用品，就让你进入全封闭的备勤值班模式。

那一天，你走时对我说："照顾好自己，2月24日，我就可以回家了。"望着你一身戎装离去的背影，我一下子觉得家里空荡荡的。眼看着回家的日子越来越近，你却突然打来电话说，"我们还得继续执勤，暂时回不了家。"

亲爱的，到今天3月16日，已是你封闭备勤执勤的第45天了，作为你的妻子，知道高墙的坚守，是需要多么强大的工作能力和多么超强的心理素质，我每天对你的担忧、牵挂也无时不在。

最近，喜欢上了武汉唐沙护士长说的一句话，"哪有什么白衣天使，不过是一群孩子换了一身衣服，学着前辈的样子治病救人，和死神抢人罢了"。

是的，世上哪有英雄，他们都是平凡的人，都是血肉之躯，都有儿女情长，只是在他们心中一直坚守着自己的那份信仰、那份执着，在国家和人民需要的时候，又义无反顾地挑起了那份责任和担当。

亲爱的，你要记住，在我眼里，没有什么英雄。你永远都是我的丈夫、孩子的父亲、父母的儿子，说着说着怎么又说得这么酸楚，但不知为什么，总想这么说一说。

亲爱的，按说我们已经是老夫老妻，但随着疫情逐渐好转，对你的思念却与日俱增，说出来都让人笑话。不知不觉，我们俩在一起风风雨雨已27年了，一路走来，我们哭过、笑过、也吵过，但依然彼此牵挂着。所以，我害怕这段时间你又那样忘我地工作，所以我自私地对你说：值好勤的同时，一定要照顾好自己。

亲爱的，我是你的妻子，也是一名共产党员，这些天，有太多的感动，没有办法不落泪……在这特殊的时期，只有尽心做好自己该做的事，守住本分。自线上教学开通后，我开始给孩子们上课，教学效果一团糟，通过向同事们请教，现在线上给学生授课较前段时间有了很大进步，教学效果也越来越好了。

亲爱的，我还要告诉你，居家的这段日子，其实是忙碌而又充实的，生活上，家属区热心的大嫂建了一个群，需要的菜呀、水果呀线上都能提供方便，所以你不必操心。儿子也非常孝敬，每次和我通话，他都叮嘱我说"要多关心关心我爸，他工作压力大"。所以，我跟你说，"孩子真的长大了，他总在'偷偷'关心着你"。前两天，你们单位的领导还来家里看望我，让我心里倍感温暖。

亲爱的，经过这次疫情，使我真正懂得了，人有时很伟大，有时又太脆弱了，那么多……在这次抗疫战斗中，作为白衣天使的二妹也坚守在隔离病区，其实，我们都是星夜里的一抹亮光，平凡而不失光彩，大家聚在一起就是光的海洋，这里有你、有我、有他。

亲爱的，我想对你说，阳光总会穿过阴霾，春天的味道越来越浓，路上的行人车辆也在逐渐增多。再坚持一段时间，等你归来，春色刚好，我笑迎你回家！

已好久好久没有提笔给你写信了，不爱舞文弄墨的我，在这特殊时期，不知为什么总想给你说点什么，今天就絮叨这些。

已是夜深人静，拉开窗帘，一轮明月正高高悬挂在这静谧美好的夜晚，让人陶醉，仿佛自己又回到了二十几岁，感觉真好！

爱你的妻：春侠

2020.3.16 夜

（作者系陕西省富平县庄里小学教师）

守土的背后

可 风

九点多,小屈的手机响了,是老公打来的。

听见小屈在电话里问:"你到小区了?刚到?找到楼没有?还没有? 19号楼401,好找得很,小区大门进去,左拐,再往右走,19号楼,你闷的,连地方都找不到,你问下跟前人,看楼在哪儿?"

我听了觉得太好笑了,对小屈说:"有意思,在监狱执几十天勤出来找不到自己家了!我要把你这个事情写篇报道,这是很好的素材。"

小屈说:"不写,有啥写的!"

小屈是崔家沟监狱办公室的一名民警,春节前去了西安,想着要不了两天,老公执勤结束后,一家人好在西安团聚,没曾想,这一去,再跟老公见面已是四个月之后的事。

小屈的老公小赵也是一名监狱警察,春节那几天正赶上在监狱执勤,本打算初三执完勤去西安跟老婆儿子团聚,没想到从监狱执完勤出来后,因为疫情却不准离矿,要在矿备勤。一家三口这边不准回矿,那边不准离矿,弄得分隔两地,春节也没能团聚。三月底,小屈终于被允许回单位上班了,想着能见着老公了,哪想,老公又进监狱执勤去了,这一去又是几十天,夫妻二人连面都没见上,更别说一家团聚了,这期间家里大小事情都靠小屈一人张罗。

小屈的儿子正上高二,快开学的时候,小赵本打算跟同事换班先回家,给儿子办入学事宜,没想到领导安排他继续在监狱执勤,娃开学的事,只好由小屈一个人张罗了。

小屈先是想办法解决儿子午餐问题,后又绞尽脑汁解决儿子上下学的交通问题:让儿子坐公交车吧,万一被传染上"新冠"怎么办;坐出租吧,万一叫不到车迟到了怎么办;联系顺风车,又联系不上。我看小屈着急的样子，提醒她可以考虑滴滴打车。小屈一想也只能叫滴滴快车了，即能减少娃被传染的可能，又不用担心因叫不到车而迟到。

刚盘算好，小赵的电话就打过来了，问娃上学的事情安排得咋样了。小屈在电话里说："我在咱小区群里先联系看有没有顺风车，要是有的话最好，每天把娃捎上，咱给人家掏钱嘛，没有的话，就先叫滴滴快车，过段时间你回来了，有你接送也就不急了。车慢慢找，主要是这几天，娃上下学不方便，这几天就先叫滴滴快车。"儿子上下学的交通问题，先就这样解决了。

开学没几天，儿子觉得学校离家远，上下学极不方便，又不想住校，就想在学校附近租房子住，小屈便趁着五一放假那几天，在学校附近找房子。那几天，西安天气很奇怪，突然变得很炎热，三十五六摄氏度的高温，一个女人，大太阳下，走街串巷，到处打听，好不容易才找到一间满意的房子租下。为了能让儿子早点住进去，上下学方便，也不等再有几天就能回来的老公，自己一个人搬家，忙前跑后地收拾房子、搬家当，小到锅碗瓢盆大到冰箱洗衣机，里里外外全她一个人张罗，幸好后来她堂弟来帮忙，否则可以想象一个女人把大小各样东西，从这个家搬到那个家，上楼，下楼，没有电梯，那是怎样的情景。

那天晚上，看小屈在朋友圈发的消息说，"搬家真不易，多亏堂弟帮忙搬到四楼（楼梯房），挥泪如雨"。虽然有堂弟的帮忙，她还是忙到半夜才睡下，累得够呛。想想，要是老公在，她哪能这么劳累，可她为了能让儿子早点舒心地住进去，宁愿自己受累，也要照顾好儿子，有这样的妻子照顾家、照顾娃，她老公小赵在监狱坚守执勤，又哪来后顾之忧呢？

第二天回单位上班，监狱办公室梁副主任听小屈说了家里的情况后，很关切地说："再有啥事，你就说一声。"小屈甚是激动。

2020年5月11日，一个极普通的日子，但在崔家沟，对于很多家庭来说却是一个特殊的日子。有要在这一天送老公去备勤隔离的，也有期待着老公在这一天执勤归来的。

那天下午上班，我问小屈："你家小赵回来没？"

小屈说："回来了，话都没顾上说我就上班来了，人家还问我'急得咋去呀？'"

我说:"就是嘛,你俩那么长时间没见面了,人家刚回来,你不陪陪人家,就急着来上班!"

小屈说:"我今天在咱监狱办公楼门口值班测体温呢,得提前到!"

"咋这么巧嘛。好不容易回来了,话都没说两句,你就走了,你俩多长时间没见了?"

"再有几天就四个月没见面了,见不见我倒没啥,他四个月都没见他儿子了,想死他儿子了,他爸也一个劲地打电话,问啥时候去三原看他!"

我说:"让小赵出外逛逛去,散散心,守监几十天,跟外界都快脱离了。"

小屈说:"他明天去三原看他爸,然后去西安陪他儿子,给他儿子做饭。"

我就赶紧说:"那你下午早点回去,给人家弄点好吃的。"

"不急,他就想吃面,好弄,简单!"

我笑了,"监狱里面好吃的那么多,不及你做的家常饭,出来就想吃你做的面。"

"嗯,监狱里头的面没有我做的劲道!"

再说小屈的老公小赵,结束连续执勤回了家,也没好好休息,就把家里坏了好多天的照明灯修好,然后就赶到三原去看望老父亲,接着又赶到西安去照管读书的儿子。

听小屈说,她为了收拾租下的房子,把原来的住所弄得乱七八糟,没有时间也没有劲收拾了,只等小赵到西安收拾。于是小赵先到自家打扫卫生,整理好房间,把这边家收拾停当,又急忙去找小屈租的新家,好赶在儿子放学前给儿子准备好午饭。

听小赵在电话里问新租的家的地址,我真切地感觉到他们的不易:小赵作为一名警察,服从组织安排尽忠职守,为了工作,无法照顾自己的家,家中事宜全靠妻子小屈,也正因为有小屈事无巨细的照料,他才能安安心心地那么长时间在监狱里执勤,执行任务。

由此我也想到,在此次疫情中,全国监狱警察里,像小赵小屈夫妻这种丈夫扑在监狱一线辛勤工作,长期执勤,妻子在家费心尽力安顿后方的家庭,该有多少啊!

有首歌唱得好，"丰收果里有你的甘甜，也有我的甘甜。军功章啊，有我的一半也有你的一半"。

这就是我们监狱民警为抗疫做奉献的真实写照！

（作者可凤，本名卢阿凤，系陕西省崔家沟监狱民警）

师生篇

严师吕雪梅

汪炜红

辗转要来吕老师的手机号，到教师节那天给她打了个电话。

吕老师的声音还是那么亲切，当我报出名字，问她还记得我吗，她快乐地回答："是小男伢呀，记得记得，怎么不记得呢！"

"还这么喊我哪！"我们都在电话里笑了，笑得我差点落泪。

初中时我是实实在在的学渣，除了语文在八十多人里保持前几名外，其他课有的勉强及格，有的从来没及格过，有些老师几乎放弃我了，只要不影响别人，任由我躲在后边看小说，或者写其他作业！

中考时，我没敢报名参加预选考试，父亲急得让我留级去了吕老师的班上。

都说吕老师厉害，到她班上后果真见识了：个头不高的吕老师有一双犀利的眼睛，她常常一边手指刚刚讲过的数学题，一边严厉地扫视整个课堂，问大家"懂了没有？"。

如果发现谁没认真听课，她就会直接点名问"你可听懂了？"，千万不要用假装听懂了来蒙混过关，因为她会说"那你来把这个题做一遍"，做对了她会说"下次上课不要东张西望影响别人啊"。

如果做不出来，她就特别生气，"我还以为你真懂了哦，你糊弄我啊，你给我学习啊，回到你位置上去，我再讲一遍，你要是再不认真听，就叫你家大人来把你领回家去，省得在这浪费钱！"

她是我见过最厉害的老师了。于是，我连上课的坐姿都变得规矩了，有时手摸到抽屉里的小说，想起期待的后续部分，仍然有些按耐不住，但看到她犀利的目光像子弹一样射来，我还是胆怯了，把手背到身后，坐得笔直，好让老师看见，我在认真听课，别找我"麻烦"。

这只是开始的两天，后来她了解到我语文成绩很好，对我说"语文能学这么好，说明不是笨。其他课学不好，是没用心，你只要跟着我认真学，保证你也能学好数学"。

从那天开始，每天上课她翻开课本，抬头就对我扫一眼，再迅疾扫视全班，很严厉地说"现在开始上课了啊"，声音不是很大，但威严十足。我几乎不敢直视她的目光，只好老老实实地背着手听课。

也是从那天开始，她对我进行强化训练，每天晚上十点下晚自习后都要带我和另外一个留级的同学去她家做一张数学试卷，不会的当场给我讲解，另外再给我一张试卷带回家做。这一年，我根本没有时间看小说。慢慢地，我的数学成绩从原来没有及格过，到偶尔也能考个满分，让我有了学习的兴趣，尤其攻破难题后获得的成就感更增加了我的自信，各科成绩都明显提高。

考上中专后的元旦那天，我给吕老师寄了一张贺卡，表达了我的感激。后来回家有一次去看她，喊她一声，她像母亲般摸摸我的头，笑眯眯地说："小男伢懂事了啊！"

她可能不知道，我那时怕她，不敢喊。她现在可能也还不知道，因为不放弃，她让当年一个自暴自弃的差生有了学习的信心和迎难而上的决心。

如今，27年过去了，她在我心里仍然像妈妈一样温暖着我，尽管她很严厉！

（作者系安徽省九成监狱管理分局新闻中心）

当老师的日子

春夏秋冬

每次教师节临近，都会让我想起那段当了30天老师的日子。

30年前的一个夏天，我当了30天老师。

带过的那50名活泼天真的学生可能早已忘记，在他们灿烂的童年时光中，一个月或许不算什么，可我无法忘却。

学了四年师范的我，带着老师们的谆谆教诲、带着自己沉沉的行李和书籍，在一个阳光灿烂的下午来到了一所朴素的乡村小学实习——一个古老的四合院小庙与一排二层的教学楼面对而立，中间有一块堆有各种谷物的场子。猪、鸡、狗遍地，在阳光里和几个爱玩的光屁股的娃娃和睦相处。陌生人的闯入丝毫没影响他们的游戏和风景。操场，看来不仅仅是学生课间操和体育课所用。

初到的夜晚，对异地有一丝莫名的兴奋。在月明星稀的校园里，隐约可以听到一阵阵涛声，知道这儿临近滇池。昨天还是老师的学生，今天却当起了学生的老师。

初上讲台，才意识到自己先前一直处于一种想象的空间和语言中，准备好的开场白、课文以及表情等都统统跑出了我的脑海，怎样捱过的45分钟，至今也说不清楚。

以后的二十几天，都在学生们"老师""老师"的叫喊声中不知不觉地度过了，唯有一只被风雨岁月冲刷得洁白的贝壳至今静驻在我的书柜，算是那一段日子的唯一信物。

贝壳不大，小巧玲珑，让我常会想到美丽、纯洁、公主、维纳斯之类的词。它是我实习完临走的时候一位五年级学生送给我的。

"以后到哪里，只要把贝壳放在耳边，就能听见海的声音。"

我收下了她诗一样的语言和贝壳，且时常有一种拿起来听潮声的欲望和行动,遗憾的是没有记住这个学生的姓名。

毕业时阴差阳错,我来到这个当时陌生得一无所知、现在却熟悉又熟悉的监狱系统,穿上橄榄绿的警服,做起了这个"特殊学校"的特殊园丁。

如今,穿上这身藏蓝已三十余载,众多的日子早已把我当老师的那一个月深埋,可我时常不忘用心掸去飞扬的尘埃飘落洁白的贝壳。

(作者春夏秋冬,本名李春东,系云南省监狱管理局民警)

良师张木德

马传法

张木德是我就读杨庙中学时的一名老师，其实他没有教过我课，但他却是我生命里遇到过的好老师，不仅改变了我的人生轨迹，也改变了我的命运。

小升初时，我以优异的成绩考入吴山重点中学，因脱离了哥嫂的管教约束，加之外向叛逆的性格，和一帮"志同道合"的同学"弃文从武"。半学期下来，"武功"有了不少长进，"文功"却一落千丈，成绩由升初中时的全区第二名，降到班里的最后一名。

哥哥闻讯大惊，立刻决定把我转到庄墓中学。庄墓中学教导主任马传云是我堂哥，哥哥的苦心是想让我在他的管教下能有所转变。开始我还装模作样，好景不长便露出了狐狸尾巴。当时电视剧《霍元甲》正在流行，我又和一帮同学痴迷于练武强身，比在吴山中学时有过之而无不及。结果，初中一年级，虽然"南征北战"，但输得一塌糊涂。哥哥无奈，只好学习孟母三迁，最终还是把我转回杨庙中学。

回到了哥哥身边，自己有了很大收敛，班主任李镇老师为了发挥我的优点、激发我的学习热情，还委以班长重任。但由于初一荒弃了学业，基础不扎实，造成初二的课程跟不上，有些课像听天书。我像个迷途羔羊，在狂风暴雨中苦苦挣扎。直到初二下学期结束，学习成绩仍然毫无起色，我由以前的轻狂渐渐变得自卑，由自卑又慢慢变得自弃，准备混到初中毕业，回家"修理"地球。

这时，班主任李镇老师的母亲突发疾病，他连夜赶回去送医治疗。他走时很是为难，担心班里的管理和学生学习情况，就委托别的老师转告我，要我这个班长，一定要负起责任。

我虽然学习较差，但为人处事还是很好的，同学们非但不小看我，而且对我还是挺佩服的，我这个班长的威信还是挺高的。在班主任不在岗的一星期里，我们二（二）班成为了全校学风、学纪的模范班，没有出现一例迟到、早退和旷课现象，特别是自习课，全班秩序井然，安静得连一根针掉地下也能听到。这边风景独好，不仅引来其他班级的学习和观摩，也引起了校长的重视，要求学校教务处好好研究"二（二）班现象"，总结经验在全校推广。另外，为了帮助家庭困难的李老师，我提议为他捐款，以感谢他平时对我们的关爱。倡议得到了全班的积极响应，五十来个同学共捐了182.5元，现在看没有多少，在当时可是不小的数目了。

真没想到自己这样一个平凡的举动，竟然引起了张木德老师的注意。张木德老师虽然不是校领导，也不是我的授课老师，但他在学校可是个了不起的人物。他曾被打成"右派"20年，其间，他不悲观、不消极、不诉苦、不喊冤。干不了重农活，整天左手粪筐、右手粪铲，满街遍乡地为生产队积肥。1978年平反后从教，他爱生如子，和学生不分大小，没有亲疏，都能结成忘年交。他常说："我是园丁，学生是苗。我要育好苗、选好苗、扶好苗，不让苗长歪、不让苗受伤、不让苗被埋被荒，不能误人子弟。"他一生性格开朗，虚怀若谷，不拘小节，不分贵贱，上到县长，下至学生，皆为己友。有人问他多大年龄，他总说："我属驴又属牛，党和政府还我清白，我要做驴做牛拉磨耕耘不歇，把我曾经失去的二十年夺回来，把欠人民的还上。"

就这样一位德高望重的老师，主动找到了我，见面就给我竖起了大拇指。我很羞愧地说自己没有那么好。他笑着说："你可不要自卑，我已经了解过了，学习成绩不好是有很多原因的，但关键是个人的学习态度问题。一个人的品德很重要，是立身做人的根本，是干事创业的基础，我为什么来找你，因为在我眼里，你是一块璞玉，只要经过打磨加工，一定会成为有价值的玉石。成绩差不要紧，俗话说，字无百日功，只要能吃苦，肯定会提高上去的。"他的话，慢慢让我放松下来，也有了自信。后来，他让我谈谈，为什么能把班级管理得那么好？给老师捐款是抱着什么样的想法？班里的其他同学都有什么样的态度？我都一一说出真实的想法和经过。了解情况后，他当晚满怀深情地写了篇关于师生情谊的新闻报道，第二天就在《合肥晚报》三版整版刊出。看到自己的名字变成了铅字，嗅着飘着油墨香介绍自己事迹的文字，我承认自己确实有点飘了，啊，原来我这么优秀！我真的很棒！一股力量瞬间传遍了全身，我要努力，我要做的更好！

鼓励给人勇气，肯定给人自信，表扬给人激情。从此，我像换了一个人似的，落下的课程全部重新自学，新的课程认真听讲，把全部精力都用到了学习上。俗话说：几分汗水，几分收获。我的努力终于有了回报，到初三上学期期末考试，成绩达到了班里的中等水平，这是我读初中以来取得的最好成绩。进步焕发了更大的动力，但中考的脚步也越来越近了，我不知疲倦地努力着，疲劳时想到张木德老师采访我时不断肯定、赞赏的话语，以及《合肥晚报》上那些表扬、赞美的文字，不由得增添了力量，真是不待扬鞭自奋蹄啊。

一切如我所愿，我通过了预选考试，最终考上吴山高中，开启了我人生的关键旅程。

有人说，一句刻薄的批评能够毁掉一个天才，而一句真诚的鼓励能激发人所有的潜能。说实话，虽然我不完全同意这句话，但从自身的经历看，确实有一定的道理。如果说，我能从一个顽劣少年，后来成长为一名优秀的监狱干警，张木德老师对我是有再造之恩的。

让我欣喜的是，如今张木德老师虽九十多岁高龄，但耳聪目明，身体硬朗，仍然笔耕不辍，为社会正义、美德呼声不止。

（作者系江苏省监狱管理局民警）

我的老师郭春喜

王大江

今年的教师节到了,我又想起了初三的英语老师郭春喜。

上初三的那年,教我们英语的是郭春喜老师。当时的他因为高考失利加上家境条件不允许复读,只好委屈回乡当了一名民办教师。郭老师英语词汇量极大,口语流利,上课时对我们的要求很严,凡是稍有走神的同学都会迎来一截空中飞来的粉笔并伴随严厉的目光,那时的我们没有谁不担心上课中枪的,所以他上课时课堂纪律特别好,听讲也格外认真。

现在想起来,能够明白当初郭老师的良苦用心:历经坎坷的郭老师多么想他的学生珍惜大好时光,走向更高的舞台。郭老师有句口头禅,"我毫不客气地说,我如果能够复读结果肯定不一样"。但郭老师为减轻家庭负担,选择了民办教师这样一个岗位。尽管身份不同,收入待遇相对其他老师低得多,但郭老师对学生依然非常关心,教学没有半点马虎。课上鼓励,课后互动,恨不得把他掌握的所有英语知识全面灌输到我们大脑中,让我们每个人都能考上更好的学校。

我至今都忘不了,每次我的英语作业本发下来,上面总会多上一句话。

"继续努力,进步很大。"

"以你的成绩,力争考上省中专!"

"保持,保持,再保持!"

……

尤其是多次劝我加倍努力考省中专这样的建议,蕴含了郭老师对我的细致关心。我家兄弟三个,我是老大,父母身体不好,对一个农村学生来说早点考上中专院校、早点参加工作不仅可以改变命运,而且可以缓解家庭负担,当初读中专是有一定的生活补助和助学金之类的。

带着郭老师的这份激励,中考前夕,我经常挑灯夜战,成绩一直稳定在全班甚至全年级前三名之内,所有的授课老师都给予了我很大希望,很多同学也很羡慕我的成绩。可遗憾的是我的中考发挥失常,仅仅考上了职业高中,这远远不如普通高中和重点高中,省中专对我来说更是一场梦了。

那一刻,我无法面对,甚至连去和郭老师告别的勇气都没有。后来,听说郭老师得知我中考失利的消息后连连叹息,不相信我的中考结果,甚至想让我去复查成绩。

无颜面对的我还是选择了去读职业高中。郭老师也托人劝我别放弃,继续努力,天无绝人之路!

职业高中三年,我带着郭老师的鼓励,埋头苦读,终于收获了心中的喜悦:全班45名同学中,我成为唯一一个被高等院校录取的人。

收到通知书,我迅速赶回初中母校,想把这一喜讯告诉郭老师,可没有想到他已调走,因为是暑假,校内的人并不知道他调到什么单位,返回的路上我心中不免有些哀伤。

1996年,我成为沙洋小江湖监狱的一名人民警察,在沙洋工作20余年里,我多次想借回老家的机会到母校去打听郭老师的去处,但每回都因为时间太紧,总没有得到郭老师的确切工作单位,心中对郭老师的挂牵与日俱增。

功夫不负有心人。有一次,在与毕业于咸宁师专(时称)的同学陈红聚会时,得知他在家乡当老师,就随口问问他认不认识郭春喜老师,结果竟没想到他俩在同一个中学当老师!

虽然是晚上,我还是当即请同学帮我立刻联系郭老师。听到我的声音,得知我春节回来了,恩师郭春喜迅速回信,马上赶来见面。从与郭老师的谈话中得知,原来郭老师一直在关注我的动态,对我现在的情况也略知一二,只是因为条件受限联系不便。

从那以后,转眼又是几年未与恩师见面。原来与恩师约好今年春节一起好好聚聚的,可因疫情影响,希望成为泡影。眼看教师节来临,寂静之时喜欢动笔的我唯有将对恩师的思念诉诸笔端,用别样的方式为恩师送去一名学生的节日祝福。

等疫情彻底过后,我定要与恩师樽前笑谈。

郭老师,学生在远方真诚祝愿您,教师节快乐!

(作者系湖北省小江湖监狱民警)

恩师蒋凌进

罗文亮

十五年过去了,很多记忆早已模糊不清,但一个跛腿、秃顶、手持戒尺的身影却始终在我的记忆里不停翻涌,那就是我的恩师蒋凌进。

教师节那天,想给远在湖南老家的恩师发去节日的问候,但翻遍手机,竟没有找到恩师的痕迹,碾转找到了联系方式,我反而不知所措,不知该说些什么?只能付诸于文,期待恩师可以看到我未发出的问候。

早些年,恩师是下海经商的精英之一,因一场车祸导致运输公司破产,腿上也被打上了钢钉,走路也因此变得跛腿,被迫回乡当了民办学校的老师。

上中学那会儿,我的物理、化学、班主任都是蒋老师一个人,我的很多同学对恩师是又爱又怕的。恩师上课很有特点,一方面特别强调课堂纪律,上课不认真的同学往往会迎来一颗伴随着犀利目光如子弹般的粉笔头,又疾又准。另一方面恩师又特别注重学生的个性培养,让同学们在课堂上畅所欲言、各抒己见。一堂课中,常常会融入恩师自己的故事和人生的感悟。

有一天凌晨,我和几个小伙伴约定翻墙去网吧上网。我们前脚刚进网吧,恩师后脚就拖着跛腿赶到了网吧,对我们实施了精准的"抓捕"。虽然我机智地从后门赶回了学校,但还是逃脱不了来自恩师的灵魂拷问。

"你要放弃自己吗?你对得起供你上学的父母吗?你忘记了我对你寄予的厚望吗?"

恩师的灵魂三问让我头都抬不起来,但这也让我脱离了成为网瘾少年的漩涡。至此后,恩师隔三差五会叫我去他办公室"开小灶",给我辅导功课,给我讲他的创业故事,讲他与我老妈是初中同学,让我抄他的读书心得,在学习上,一向偏科的我短时间内各科都有了极大的进步,更是让我对人生有了最基本的认知。

十五年过去了,恩师的跛腿也早已恢复了正常,当年的班主任现在也成为了副校长，我也从小山村的穷小子走到人民警察的岗位上，但那疾驰的粉笔头、跛腿秃顶的身影以及直面灵魂的拷问，却一直深深印刻在我的心中。

正如电影《老师好》中两句话："士不可不弘毅，任重而道远。"

这两句话一直深深打动着我，尽管自己受尽了挫折磨难，却依然选择去温暖点亮他人，恩师就是这样的好老师。

（作者系新疆生产建设兵团乌鲁克监狱民警）

罚站

褚荣兴

近期,教育部发布关于《中小学教师实施教育惩戒规则(征求意见稿)》公开征求意见的通知,意见稿中的一般惩戒中就有"适当增加运动"和"不超过一节课堂教学时间的教室内站立或者面壁反省"的字样,引起网友广泛热议。

看到这一热议话题,让我想起了小学时经历的一次罚站。

大概在读小学三年级时,一个艳阳高照的夏日午后,我和两个同学走在上学的路上。最大的是徐军,我们叫他徐大个儿,高我们一个年级,另一个是我同班同学王小二。

烈日烘烤下的我们,像被糖纸包裹着的巧克力,感觉都快要"化"了。

在快到学校的一个T字形路口,发现一个新的大水塘,很明显是为抗旱蓄水刚挖的。在黄泥塘底的映衬下,塘水显得格外清澈,没有一丝杂草,水里的那几只小麻鱼也清晰可见。

"哇!这水一定很凉,又这么干净,不如我们下去泖会水吧!"徐大个儿兴奋地说。

"恩,这么热的天下去一定很凉快,可快上课了吧。"王小二跟着答道。

"上课还有一会儿,来得及!"徐大个儿说。

"可我不会泖水啊!"我有点不好意思地跟了一句。

"没事,我教你!"徐大个儿说着,已经脱了衣服,往下跳了。

"好凉快啊……"徐大个儿在水中喊道。

看着徐大个儿畅游整个水塘很享受的样子,我跟王小二终于没忍住,也脱下衣服,小心翼翼地找到塘边水最浅的地方下了水,然后,将身体慢慢浸入水中,确实凉爽极了。我们两手牢牢抓住塘边的草梗,两条后腿佯作泖水的样子在那里比划着。

我们玩得正不亦乐乎的时候，一个凶狠狠的声音从岸上传来："你们三个赶快给我上来！"

转头向岸边望去，只见班主任刘老师一脸"凶相"地盯着我们，吓得我们乖乖地赶紧上岸穿好衣服。

"跟你们说过多少遍，不准下塘洑水。看我怎么收拾你们……"听着刘老师严厉的批评才觉得情况不妙。不过，刘老师平时一直很和善，又想到这是自己第一次洑水，也没下深水，觉得应该没什么大不了的。

刘老师揪着我们，边朝学校方向走边咬着牙气汹汹地训我们。到了学校，刘老师把徐大个儿交给了他的班主任，然后把我们拉到了教室门口光线最好的地方，这时我才意识到老师动真格的了。

"你们现在不得了了，还敢下塘洑水，你们不是想凉快吗？我就偏不让你们凉快，好好给我站着晒晒油！"刘老师气愤地说。

旁边很快围起了一些"好事"的同学，我自己当然觉得不光彩，这可是我第一次被揪到教室外面罚站啊。

铛铛铛，上课铃声响起，刘老师指着我们的脑袋说："你们给我站好了，不准上课，好好给我反思。"说完她自己朝着教室走去。

我心里对刘老师的处罚不服。上牙齿狠狠地咬着下嘴唇，心里暗想：我又没有去塘中央洑水，只是在塘边趴了一会儿，根本不可能出现什么危险。而且徐大个儿他的班主任都没让他罚站，凭什么我们两个要在这里"晒油"，这一点儿也不公平。

我一开始还满肚子气，后来想想别人在上课，我们不用听课，还是蛮开心的。接着，我跟王小二就开始窃窃私语，吹起了牛，你一句我一句，聊得蛮有趣。过了一会儿，校长看到我们被罚站，过来了解情况，得知我们下塘洑水，又是一顿劈头盖脸的训。

下课铃响了，我站得腰酸背疼、汗流浃背，我们看到刘老师从教室向我们走来，心想终于该让我们回去了吧。没想到她过来，又是劈头盖脸的一顿训。

"你们继续站着好好反思。"刘老师说完后调头回办公室了，根本没有放过我们的意思。

直到下午两节课结束，站得我们腿都麻了，刘老师又把我们教育了一番，并说:"你们回去好好给我反思,下次再敢洑水,就没有罚站这么简单了,一定把你们家长叫来!"训完才放我们回去。

刘老师这次罚站,让我尝到了苦头,尝到了"丢人"的滋味,我自己也开始对纪律、规矩有了模糊的认识。后来,陆续听到村里村外有小孩溺水的事,自己才认识到那次"洑水"的危险,现在想想真是一身冷汗。

那次罚站成了我终生难忘的记忆,让我在今后的成长道路上逐渐树立了守规矩的意识。

感谢那些像刘老师一样在我们年少无知的岁月里充当着"坏人"角色的人,是他们默默地帮助我们成长。

现在想来,正因为老师在乎你,才会罚站你。

其实,能被老师罚站也是一种幸福!

(作者系上海市白茅岭监狱民警)

李老师

游志勇

老师当中，我经常想起的是他——李忠，李老师。

李老师，一个头发略白的中年人，或者可以归于老者之列吧，但又不很贴切，平时爱做些文章，诸如新闻报道、散文之类，其中有不少诗歌，我以为这些作品中以诗歌的文学价值最大。

他的那篇《2018年的第一场雪》，应该是他2018年冬天的作品吧，以冬天的落雪为内容，描述了对冬天广袤大地的感想和所见所闻，让人震撼。还有不久前的《寂静的天空》，带着人们和他一起遐想。

其实，说到与李老师的熟识，却不是很久的事，但总算也逾过了一整年，那时我想写些文章，其中有一篇是关于初春观景和感想的文章——《又到春暖花开时》，是在初春路经警院里小路上的观景，到了夜里，很有感想，于是便写下来投了出去，只是没想到次日便收到了李老师的来电，询问文章的出处，我便回他是路经警院里的小路上的感想，李老师颇为赏识，给我提了指导意见，并叮嘱我要坚持写下去，这让我受到极大的鼓舞，越发增加了写作的勇气，这勇气到今天还在推动着我前行。不久，《又到春暖花开时》便改名为《恰逢春暖花开时》，发表于官媒。

自此以后，我虽与李老师逐渐熟识起来，但谋面的机会却极少，幸运的是，最终还是得到了机会。

那次，兵团监狱系统举办宣传骨干培训班，名曰"青湖论剑"，是宣传工作交流会，不仅有创作上的新秀，也有耳熟的大家，李老师就赫然在列。

那一次与李老师相见，他用他写作的心得发表了一番热情洋溢的演讲，让我们听得很入迷，非常有心得。后来，有几名笔友要发言，他便匆匆结束了讲话，末了，还不忘回来补上一句。后来，因写作上的交流，我与李老师有了更多的交流，又时常去他的家里，最常见的是他伏案而作的身影，坐在笔记本前，凝重地敲打着键盘。此后，这身影便烙进了我的记忆中。

如今，虽然李老师不再负责官方的编辑工作了，但他一丝不苟的工作态度仍然深深地印在我的脑海中，那是一个宽厚的背影，那是一个逐渐清晰的背影，那就是他一如既往的一种工作状态：坐在笔记本前，凝重地敲打着键盘！

凡世间之事，总会随着岁月的流逝而越发暗淡、隐退，但在我心里，唯有那背影清晰可辨，像刻画的影写，并且随着时间的流转而越发清晰、伟岸。

（作者系新疆生产建设兵团第三师图木舒克监狱民警）

乡情篇

碎碎念念的徐州烧烤

张 晶

徐州烧烤，在我的心中一直是一种挥之不去的情结。

徐州的朋友偶尔相聚，几乎必提烧烤；也每每相约烧烤；徐州的同学、朋友电话的开始或者结束，也多是以烧烤作为话题。

然而，我每次回徐州，虽然会路过烧烤店，但却一直没有踏进大门。似乎有说得出来的借口，似乎又没有任何拒绝的理由。

我几乎吃遍了祖国大地上最好的烧烤：新疆、甘肃、青海、内蒙古、宁夏……我是个吃货，对于碎碎念念的徐州烧烤，居然没有亲身体验过，着实有些说不过去。

和朋友相约去徐州吃烧烤这个突发奇想的念头冒了出来，于是，在一个夏日的周末在期待中出发了。

徐州真大，大徐州；徐州变化真快，新徐州。一城青山半城湖的景致，让同行的朋友感叹徐州已经不是昔日灰蒙蒙、脏兮兮的模样。根据朋友推荐的线索，很快找到了那个名气最大的烧烤连锁店。

我是极少吃夜宵，或者说是拒绝吃夜宵的人。这不是出于保健，而是没有这个习惯。偶尔吃，会不舒服。可这次不仅没有拒绝，还有点非吃不可的欲望：就想知道徐州的烧烤到底有多好吃！

其实，在内心产生强烈的吃的欲望的时候，更多是矛盾和纠结：很担心通过比较，徐州烧烤会被新疆烧烤甩出几条街，当然，也隐隐约约地期待徐州烧烤可能带来的惊喜。

那天晚上10点半，我们来到了那个外面酷似"夜总会"灯光效果的"烧烤俱乐部"。三层的营业面积，近千平方米，此时已经有不少食客。

烧烤店的环境整洁、时尚，这是给我的第一印象。店内的氛围有一点"酒吧"的味道，热闹、欢腾（不过，我不适应这样的风格。但这不影响我对烧烤的期待），这里已经完全不是几年前烧烤的塑料凳子、塑料杯子、塑料垫布的那种地摊式的烟熏火燎、乌烟瘴气。

烧烤的半自动化，让食客非常喜欢。服务员端上已经半熟的菜品，让食客自己在半自动的烤炉上，动手再烤，既有动手的参与感，又减少了前期折腾的时间。尤其是电动旋转，让所烤食物均匀受热，趁热入口，香哉爽哉！烤炉的设计非常人性化：抽风机把炉火形成的微烟向下进入风道，而火的热辐射朝向食材。这就没有了过去烧烤烟气熏人的缺陷，使吃烧烤成为纯粹的愉悦和享受。

一会儿工夫，琳琅满目的菜品摆上桌，尤其是我最期待的烤羊肉，在熊熊烈火炙烤下的羊肉串滋滋冒油，羊油滴答到碳火上，霎时窜出一团团、一簇簇的火苗，羊油燃烧的香味和羊肉炙烤的香味瞬间让嗅觉圆满。朋友说，羊肉串滋滋冒油，说明羊肉烤熟了，可以吃了。我急不可耐并小心翼翼地拿起一串品尝，果然孜然裹拌羊肉串异常鲜美，几乎不输新疆红柳枝条羊肉串的味道。大家品尝后也都说孜然味特浓，羊肉串好吃。

平时不吃夜宵的我，曾立志不吃新疆以外烤羊肉串的我，这一次，一口气吃了 10 串。

朋友问我，徐州的烤羊肉串和新疆的烤羊肉串哪个好吃？我说，一方水土，一种味道。新疆的烤羊肉串吃得我流连忘返，徐州的烤羊肉串吃得我乐而忘返。

这么说着吃着，便不觉到了夜里 12 点半。我在打了两个带着孜然味羊肉串香的饱嗝后，依依不舍地结束了这次别有趣味的约吃。

此刻，我担心一向不吃夜宵、不熬夜的自己，会不会"数羊"入眠了。

（作者系江苏省监狱管理局研究员，二级作家）

抚慰心灵的地方

杨会娟

下夜班了，带着一路风尘，唱着一路欢歌，赏着满目绿色，忘了繁忙，忘了烦忧，离开繁华，脱离挣扎，就这样回到心心念念的老家。

近了近了，泥土的气息，庄稼的味道，迎面而来的是姐姐抱着可爱的外孙女在门前冲我笑。

黄狗黑白狗在周遭打着圈、围着转，说不出道不明它们的跳跃心情；带着鲜桃，带着馋嘴鸭，带着回民区地道的牛羊肉，我的心是兴奋的、安然的；耳聪目明的父亲在屋里只要听见响动，便知道是我回来了，急切地一声声唤我："娟，娟！"

一面回应他，一面支好车。不常在他跟前，对他来说，我是鲜果，是及时雨，是能给他的心窗带来一抹亮色的小女儿。给他先递去一块肉让他慢慢吃着，顺便秀下演技，活灵活现地扮怪相逗下外孙女，她还不会完全表达，但心是灵透的，于是我们一起会意地畅笑。然后让我抱，伸手够下枝上葡萄，塞到嘴里让我吃，老少兼顾后我要稍事休息一下补个觉。

午饭后，外甥回来了，我帮着姐姐把木质扶梯从后屋抬出来，开始摘剪葡萄。这是老品种葡萄，已移植十多年了，枝繁叶茂带来清凉绿荫，硕果累累带来甜甜蜜蜜，触手可及带来田园乐趣，低处的早已被随意摘去，只有高处的还眼眉低垂、翠色欲滴等待着垂爱。

已经熟了，即便不全是紫色，也是透着亮，而且表皮下的丝丝络络已经分明，带着独有足味的酸酸甜甜，于是扶梯靠墙而立，帅气瘦削的外甥拾级登上，剪刀挥舞，咔嚓一声，晶莹剔透的葡萄应声落下，再传递下来，姐姐抱着外孙女，她也瞪着晶晶亮的眸子盯着，很专注，很欢喜。

收获满满的一大盆，是颜值担当，是味蕾唤起，是重温往事，是欢聚一堂，是苦尽甘来的好日子。

把父亲搀扶出来，坐上轮椅，他不吃葡萄，可能是见惯了这种水果，不稀罕。洗手间的设施坏了，决定给父亲简单冲洗一下，毕竟这正午的阳光暖暖的。用香皂涂沫全身，用毛巾轻搓着，让他也干净清爽舒服些。给他换好衣服后，推他在大门口看着人来人往，这是热闹春色，是他能看到的目之所及的山河。

平时都是姐姐一家在做，随着父亲生活渐渐不能自理，也是麻烦了许多，我没能照顾他，只是偶尔回家，客串一般，很是惭愧。

今天的天气凉爽，他还好过，于是外甥女把电饼铛拿出来，将已腌好的牛羊肉剪切好，再倒上一点油，开始居家烤肉。看着牛羊肉一点点变色至金黄，油滋滋冒着，洒点孜然粉，再翻个面，肥的瘦的似乎身形缩了缩，熟了捡出，蘸点辣椒面，生菜叶子一裹，先给老父亲送去一个，他不贪多，浅尝辄止即可。

再把桃子切成一片一片给他，也是只吃两片，觉得他更在意的是这种被人掂记着的感觉。他和外孙女两人还能一唱一和，都是吐字不清，全靠表情表达，看着他俩互动互乐，忍不住说："你俩倒是有共同语言哩，能交流。"

一天的光阴总是过得很快，夜幕降临时，我喜欢沿着村边的洛河走走。昔日的荒草野滩已修整成公园，打碗花开得遍地都是，在绿色草坪的烘托下也算是花团锦簇，有玫红色、鹅黄色、粉色，嫩嫩的，娇娇的，肆意的，活得任性而舒展。常常在河边坝上的广场长椅上休息，就这样听着风声水声，仰望星空，什么也不用想，什么也不必做，这是原始的空气，这是直达心灵的地方。

乡下的清晨总如在梦中，静得不觉已经醒来，脚步已然轻轻。葡萄在院子里的桌子上更是冰凉可人。那只黑白色的小狗已在屋外等侯多时，时不时讨好似的打个滚，蹭蹭你，粘着你，缠在脚下；黄狗比较矜持，女儿说是"成熟稳重了许多"，喂个吃的，也要嗅嗅闻闻方才放心食用，哪如其他小狗不由分说囊入肚中。

后院里的大小母鸡咯咯咯地叫着，一只鸡已冲出篱笆墙，埋头在院子里的蔬菜架下觅食；鹅在强作镇定地踱步，眼神已露饿狼之色。

急忙摘些红薯叶，拌些玉米糁麸皮，调了些料，端盆过去喂它们，众星捧月般围得我密密团团转，放下盆后，它们中强大的鸡鹅急啄急叨，再转身看，性急的已然把盆打翻，这样也好，簇拥着吃着方便，受益者良多。

这是另一片天地，另一番闹场。当我累了倦了，我就要回到这个地方，见见亲人，见见庄稼，见见河流和村庄。

这里的夜晚是安静的，安静的让人无所思、无所想；这里的清晨是禅定的，禅定的让人回归自然、回归心灵，它有种神奇的力量，让人忘却喧闹、忘却得失，不再记较、不言成功，这里是妥妥的抚慰心灵的地方。

（作者系河南省豫西监狱民警）

舌尖上的句容

孙银军

对于我这样爱好旅游的"吃货"来说,句容绝对是一个令人神往的地方!

句容市地处南京市东郊,我曾在句容监狱工作、生活20年,对句容的山山水水、风土人情有着深刻的印象。

作为中国优秀旅游城市,句容各类美食云集,甚至好多招牌菜都直接以产地命名,告诉我们可以走到哪里,就吃到哪里。

仅老鹅一道菜,就有两个产地、两项品牌。一个是"茅山老鹅"。茅山位于句容南部,是著名的道教圣地和抗日根据地,自古以来,当地老百姓就以养鹅腌制而闻名,秘制的老鹅肉质鲜嫩、口感好,风味独特。另一个是"新坊老鹅"。新坊村毗邻句容南大门,"老鹅一条街"贯穿全村,与机场高速连接,家家户户架起柴火土灶烹制老鹅,从南京、上海、镇江等地慕名而来的游客一年四季络绎不绝。

与南部老鹅齐名的,是城北长江边的"下蜀狮子头"。山民依江而居,放养的黑猪吃野草、饮山泉,肉质鲜美。选用这里上好的黑猪肉,以肥瘦肉七三配比,切成肉粒,加以山林间出产的各种香料,揉成圆团放入煲中文火慢炖,出锅尝一口,我们或许会不由地惊叹"此物只应天上有"!

同样是猪肉,在句容东乡的白兔镇又可以演绎成"白兔红烧肉"的精美。白兔镇地处江南丘陵,素有"中国鲜果小镇"的美誉。当地人将五花肉切成麻将牌大小的正方形,用铁锅热油大火炒,加糖色至肉块变色,入葱姜、料酒、酱油和开水,加盖转小火慢炖焖熟,最后铁锅收汁。这样精工细作的红烧肉色泽金黄,入口酥软即化,最具苏南地区菜"浓油赤酱"的特点。

要说句容美食中的"小清新",还要数产于秦淮之源的"宝华野笋"。宝华山国家森林公园西接南京,是享誉盛名的佛教律宗第一名山隆昌寺所在地。山中植被茂密、空气湿度大、无污染,宝华山野笋壳薄肉厚、质嫩脆甜、通身金黄，口感脆嫩鲜甜，用来炒肉丝、烧土鸡、烧鱼、炖雪菜，都是清香鲜美，不愧为山中珍品。

作为一名"吃货"级游客，走遍句容的东南西北，还会有更多的美食让我们目不暇接、大快朵颐，比如三岔猪头肉、行香蹄膀、天王白斩鸡、袁巷辣子鸡、后白红烧甲鱼、葛村驴肉、郭庄狗肉、大卓臭鱼、西冯羊肉等。我要反复强调的就是，这"三岔""行香""天王""袁巷""后白""葛村"和"郭庄"等地方，都是我们值得旅游的地方。

纸上得来终觉浅。

要尝遍句容的这些美食，还要靠自己来走一走。毕竟，我没有像颜真卿那样"力透纸背"的本事，让扑鼻的香气从纸面上飘到大家面前。

不妨来句容走走？

（作者系江苏省监狱管理局民警）

野果变身记

赵 恒

在我的老家,田野里到处都能看见灯笼果这样的野果子,在我儿时,堪称是我们童年的蜜果。

野果子成熟的季节,几个小伙伴总是在玩耍之余在山野里猎到很多。野果子一个个穿着"桃心"的外衣,显得特别可爱,那个时候也不明白什么是维生素C,只知道撕开桃心的外衣放进嘴巴中的甜蜜。这种果子很多地方都有,我知道的,它有很多个外号,如泡泡眼、狗葡萄、甜蜜果……

这种果子生命力很强,不管是杂草丛生的地方还是贫瘠的土地上总能见到它们的身影。也不知道它们是如何生长的,总是一不小心在一个不起眼的角落里就能发现它。虽然是个草本的植物却长着一颗木本的心。旺盛的生命力超乎想象。它的出现印证了一句话:生命力顽强的种子,从不对贫瘠的土地唱诅咒的歌。正是因为如此才换来了漫山遍野和硕果累累。

在我们家乡的那些田野、山丘和树林里,这种果子平凡地长在那里,每逢成熟的季节,在它们的身下总会发现一个个"小果堆"。虽然味道是极好的,但是跟苹果、香蕉、橘子之类的水果相比,缺少了一点名分和地位。似乎那个时代还没有把它列入水果的正式编制之中。

这种果子很甜。在家乡这就是孩子们的"免费水果",甜得像家乡的味道,更像童年的味道。离开故乡很多年,很久都没有再见到这种灯笼果。一次闲逛竟然在超市的水果架上发现了它。绚丽灯光下的水果架上整齐堆放着那些"小桃心",还贴上了昂贵的价格标签!

我心中一惊,那种亲切的感觉像失散多年的童年玩伴。曾经的"野孩子"成了如今的"高档水果",我仿佛找回了曾经的感觉。然而却不是在那山野间,而是在这拥挤而又嘈杂的闹市。于是毫不犹豫买了一斤,然后迫不及待地撕开"桃心"的果衣,还是当年那样亲切的感觉。味儿还是那个味儿,只是现在不是当年的"免费水果"了。如今它的价格比一般的水果要高出好几倍。童年时随手可摘的"免费水果",那时它没有价格,也没有列入水果的编制,更没有这华丽的灯光和嘈杂的人群来捧场。

这堪称是历练后完美的逆袭和华丽的变身。从"野果子"变成了"昂贵的水果",灯笼果自己应该也没有想过在这闹市的隆重登场。

这也是新时代提供了"大市场"和"大舞台"后的机遇和挑战。十几年前乡野的灯笼果,那里的百姓叫它野果子,十几年后闹市的昂贵水果,这里的商家把它搬进了超市。多少年前的乡间的野果子在变,华丽的变身和身价的升值正是因为它有着多年的沉淀、岁月的变迁、时间的考验以及从春种一粒粟到秋收万颗子这中间必遭受夏日的炙烤和雨水的冲刷,还有就是它具有的食用价值、营养价值。

野果子如此,我们也一样,梦想的路上我们若坚持、坚守、坚强、坚韧,当机遇来临时,我们的变身也将会华美炫丽、硕果累累!

(作者系安徽省马鞍山监狱民警)

院子

赵建民

村庄的老房子，有个小院子。

陪伴了我整个童年的老房子，有着一个相比邻里街坊更大些的院子。不是有什么特殊缘故，只因是老房子，建得早，老式的建筑结构，比现在的房子少了两间房。房屋占地少了，院子也就更宽敞些。

幼时如何在院子里摸爬滚打，自己早已记不清。只知对院子的最初印象，除了从房屋正门到院门有一条用砖石铺就的窄路，其他就都是泥土地。就是这条小路，是用红砖、青砖，乃至大块的石块铺就的，实用性还可以，和美观就不沾边了。院子其他地方都坑洼不平，一到雨天，一片泥泞，在院子里走一遭，鞋子上、裤腿上就沾满泥水。每逢暴雨，院子里排水不畅，还要防止雨水倒灌进屋里，让人好不烦恼。

但就是这满是泥土的院子，在我这个小小孩童眼里，却自有一番乐趣：拿出我的百宝箱，找出小铲子、小勺子，这边铲一下、那边挖一下，好不自在。有时突发奇想，趁着四下无人，在院子里找一个僻静的角落，把我一些心爱的宝贝悄悄地埋在院子里。好处是院子就那么大，不用做标记；坏处是埋得多了，有些就真找不到了。

幼时喜欢玩弹珠，有自己买的，也有玩游戏赢来的，有几百颗。有一天不知怎的突发奇想，竟然全部装在塑料袋里，缠了一层又一层，埋在院子里了。想着有一天想玩时再挖出来。殊不知，埋下之后，就再也没有找到。所以后来院子改造时，我还倔强地拿着我的小铲子，在这边铲铲，那边翻翻，但最终一无所获，这也成了直到现在，我仍然记忆犹新的遗憾。

院子改造前，有一个小小的水塘，水面不大，但是够深。水塘里常年无水，只有在夏季时，才有半塘水，放些鱼啊、虾啊、螃蟹什么的。当然，还有自己摸到的一些小鱼小虾。不过，放进去的鱼虾，爸妈从不放在心上。所以每次夏季暴雨，塘子里的水溢出来，会看到有小鱼在院子里游来游去，然后顺着院子里的排水沟，流到村里的水沟，最后不见了踪影。许是嫌弃这个小小塘子太过拘束，所以赶上机会，鱼虾都悄悄地溜走了。所以每到深秋初冬时节，塘里的水排干了，就只剩下满塘底的淤泥，和那个又哭又闹的孩童，嘴里还不停地嚷嚷着，我的鱼呢，我的虾呢？

等到塘底干了些，我就常趁着爸妈不注意，翻进塘子里。有时沿着塘边慢慢爬下去；有时就直接跳进去，结果是摔一脸、一嘴的泥巴。还好，塘子底的泥土即使干了，也还是软软的，至多脸上、胳膊上、衣服上沾些泥巴。这个时候，我总是急不可耐地乱铲一通，找我那些心爱的鱼虾，心底还会有些小小期盼，心想或许一不小心，就翻出一个新奇的玩意来，天天乐在其中，乐此不彼。

塘边种了几株葡萄，打记事起，藤蔓长得就很旺盛，几株藤蔓交缠在一起，把塘子罩得满满的。每到藤蔓上挂满果子，那也是我一年中最开心的时光。因为没有打理过，葡萄长的少，品相还不好，而且总有那么几串，高高地挂在最高处。这几串是吃不到的，只能等它自己慢慢掉落。记不清有多少次，因为摘不到最高处的那几株葡萄而闷闷不乐。其实这几株葡萄不好吃，酸酸的，几乎没有一点甜的味道。但我每次还是一边摘一边吃，哪怕被酸到口水直流、表情狰狞，但还是非常愉悦。

后来加盖了一间房子，顺带着把院子一起改造了。砖石小路拆掉了，塘子填埋了，陪伴了我许久的几株葡萄树也砍掉了，院子大半的地方都用水泥铺了起来。不用再担心雨水会灌进屋里，不用再担心鞋子上、裤脚上会沾满泥水，也从那时起，我不再拿着我的小铲子、小勺子在院子里铲土了。妈妈夸我长大了，开始懂事了。殊不知，填埋了的，不仅仅是那个小小的池塘，还有我的那一段无忧无虑的孩童时光。

院子改造时留了一小块空地，准备种些树、花草什么的，有原先半个塘子大小。后来，就种了枣树、柿子树，还有一些叫不上名的花草。枣树和柿子树是一起种下的，没过两年，就结了果。吃上枣子和柿子，转眼就把我的葡萄树忘记了。后来又种过石榴树，可是结出的石榴又小又酸，没过几年，就砍掉了。

再后来，老房子不住了，院子里只剩下一棵孤零零的柿子树，每年初冬，树上不剩一片叶子，却挂满了红彤彤的果子。回去的时候少，也没有人愿意摘，果子就落了一地，或者直接在树枝上干掉。院子空闲得久了，水泥地也都开裂了。后来又陆续种上樱桃树、桃树、梨树、石榴树等，哪里有地方，就种上一棵。都是小小的果树，要几年以后才能挂果子。我问妈妈种这么多作甚，妈妈若有所思地答道：这样，院子就显得不那么荒凉了。

  几间瓦房，一处院子，简陋不堪，却见证了我整个孩童时光。这是我心心念念、牵挂不已的地方，也是我最难割舍、最不想忘怀的地方。因为，在那个村庄、那个院子里，还有我深埋的弹珠，还有亲切的乡音和我所爱的人们，还有那，属于我的最美时光！

（作者系江苏省监狱管理局民警）

故乡行

覃文民

"在梦里，我又回到了美丽的故乡，那弯弯的小河、翠绿的山岗，使我留恋，让我向往……"这是那首老歌《小村之恋》中的一段独白，每当我听到，思乡之情便油然而生。今年，我终于回到阔别20年的故乡。

我的故乡在湘西土家族苗族自治州龙山县。

湘西在很多人眼里很神秘，因为人们对湘西印象深刻的是网传中的"苗蛊""赶尸""鬼迎亲"以及新中国成立后那一场惊心动魄、富有传奇色彩的剿匪战争。

其实，湘西不仅风光秀美，而且人杰地灵。旅游胜地张家界、凤凰古城坐落在湘西，开国元帅贺龙、民国元老熊希龄、文坛大家沈从文都是湘西人。说到龙山，人们更陌生，但它的邻县——来凤，却因为时代楷模张富清而全国知名。龙山和来凤是全国地跨两省距离最近的县城，相距只有七八公里，酉水河是两县、两省的界河，河的北边是湖北来凤，河的南边就是湖南龙山。

这次，我们从湖北恩施市出发，驾车走高速公路，一个半小时到达龙山县，这在过去简直不可想象：湘西北、鄂西南都是山区，山多、林密、道路崎岖、地形复杂，修路难度可想而知。

让人欣喜的是，湖南省那段叫作龙（山）吉（首）高速，这是第一条以故乡命名的高速公路，途中还设有龙山服务区、龙山收费站，看来故乡的发展已经走上高速公路。

下高速后，我们沿着新城大道直奔县城，此时已近黄昏，车行驶到长沙路，当我从车窗看到河畔桥下在夕阳中安逸起舞的人群时，被这幅画面深深打动：20年过去，弹指一挥间，故乡发生了巨大变化，现在已很少看到老年人为谋生计在乡村田间劳作，更多感受是他们在城里安享晚年的惬意。

第二天上午，在两位堂哥陪同下，我们驱车前往乡下银山村。这次回故乡，一个目的就是回银山村，到父亲生活过的老宅，带回一捧老宅的泥土，待到农历"十月一"，把它培植到千里之外父亲的墓前，以寄托子女的哀思。

记得20年前，从县城到银山坐班车要经过两个多小时颠簸。这次自己驾车，沿着宽阔平坦的省道，不到一个小时就来到银山村附近。只是当车驶入通往银山的乡道时，路况有些急转直下，狭窄而且坑洼不平。听堂哥讲，这是村子附近在修高铁，运送材料的大车把路面压坏了，这实在是一个令人振奋的消息，不久的将来，故乡将迎来了高铁时代，我似乎已经看到高铁呼啸着穿过寂静小山村的震撼场景。我想，假如父亲在世，他一定会对故乡的巨变感到无比欣慰。

经过半小时颠簸，车子驶入村道，在更加狭窄弯曲的道路中再行驶几公里，径直来到老宅门前。记得20年前，班车只能在乡道旁一个站点停靠，然后必须徒步一公里多，才能到老宅。这次，尽管路已经修到家门口，但却难免有些失落：老宅已经破旧不堪、少有人迹，只有年迈的嫂子偶尔在田间劳作，上辈人中，也只有健在的叔父、婶娘在站点默默守望，不再重现20年前"稻菽千重浪，遍地是夕烟"的繁荣景象。听老人们讲，如今的年轻人为谋生计，都远赴省城或省外做工去了，这也许是他们摆脱贫困、追求幸福的另一种方式吧。远处"禁垄"那几株参天古树依然苍翠，数百年来，它们始终佑护着这一方山水，见证着这里的岁月更迭。

"悄悄的我走了，正如我悄悄的来"，带着对故乡无限的眷恋，我带走了故乡的一捧泥土，带着全家朝着向往已久的凤凰古城驶去……

（作者系陕西省监狱管理局民警）

那段记忆漫长的上学路

王 航

小时候,家住在安徽省白湖监狱管理分局从严大队,去往学校的那段路途对我来说十分漫长。

每每雨季来临,路面的坑洼处积满泥水,车子经过溅起的泥浆会将裤腿从下到上全部弄脏。虽然养路队的师傅们时常会填满煤渣,却还是无济于事。

每天父亲都会准时接送我上下学,风雨无阻,就算是暴雨将至,我也会安心地坐在他那辆摩托车后座上,钻进他宽大的雨衣里,从背后紧紧搂住他。不知不觉到了校门口,回头看到父亲匆匆忙忙赶回单位上班的背影,有时候我还带着些许工蒙眬的睡意。

以前中心小学的后门有一个执法小岗亭,那是我们小朋友放学后的"聚集地",我们在那里捉迷藏、交换卡片,运气好时会遇上捏糖人、做爆米花的或是卖糖葫芦的小商贩。父亲有时候会买好一串棉花糖在那里等我,我看到了就满心欢喜地跑过去,接过来就咬上一大口,蓬松爽口的棉花糖瞬间甜到心坎里。记得对妈妈保密,这是我们爷俩长期议定的"君子协议"。五颜六色的棉花糖在现在看来可能并没有什么,但在那会还是非常珍贵的小零食,我总是把那根小木棍紧紧地攥在手中。有一次坐在摩托车后座,风太大了,整个棉花糖被风吹散开了,回到家里只剩下一根小木棍,我伤心了一个晚上。第二天上学的时候,脑海里依旧惦记着那根被风吹走的棉花糖。放学的时候,就在那个熟悉的地方,父亲早已买好了一根新的棉花糖在那里等我。

渐渐的,书包变沉了,我也长高了,而父亲那件宽大的雨衣也似乎变得拥挤了,他只好给我单独买了件新雨衣。我就在这样一条上学路上,就这样晃悠着、颠簸了整整五年光景,直到我们家搬到了厂部,离学校走路只需十几分钟,上学再也不用父亲接送了。

长大后，依旧怀念着那段路途时光和路旁飞快掠过的景色。每每想到父亲不辞辛苦接送我，用宽厚的肩膀为我遮风挡雨，任由我在知识的海洋中徜徉，我都有说不完的感激之情想要表达。

现在这条上学路又成为我上班途中的必经之路，我时常能够依稀忆起，不管风雨有多大，父亲总是骑着车载着我驰骋在这条路上，而在我的小手上，不是那急着回家和妈妈炫耀的满分算术试卷，就是那颜色鲜艳诱人的棉花糖。有时候和妻子沿着童年的那条上学路散步，我会不由自主地问道：从严大队到厂部小学这条路走路也就半个多小时，为什么上小学那时觉着异常遥远？

不记得从何时起，天边远山那抹霞光成为最打动我的景致。远边黛青色的山峰依旧矗立在那里，外河像一条白练向远方延伸着，渔船从河面缓缓驶来，偶有白鹭从水面掠过。我们总是在与时间赛跑，跑着跑着，黎明的曙光打破了黑夜的宁静，漆色的天穹又渐渐遮蔽住白日的喧嚣，而那四季的容貌又在河畔垂柳的枝头上悄然变化着。

"揽流光，系扶桑，争奈愁来，一日却为长。"在物质生活渐渐丰裕的今天，那段记忆犹新的上学路，依旧见证着我的成长，是父亲对我无言的爱。

（作者系安徽省白湖监狱管理分局民警）

静静的朝阳河

杨飞明

朝阳河是老家村落旁的一条乡间河流,原先连接着一个大湖以及百亩稻田,蜿蜒乡间十几里,算是家乡一条较长的干流河。

家乡虽属江南,却不是典型的水乡:县域分为东西两片区,东部为茅山余脉即山乡,西部北邻石臼湖,南连固城湖,为水乡或称圩乡。

我的老家居于家乡的中部,半山半圩地貌,却是县城的交通要道,向西连县城,向东连着东部乡镇,从市里到县城的第一站就是老家的乡镇。老家的乡镇集市原先位于朝阳河之南,仅沿一条上百年的老街铺陈开来,极为精炼小巧,街面前后不超半里长。

20世纪90年代初,随着交通的发展,原先的集市搬至朝阳河以北,更靠近高速道路,市口更旺。因此,从那时起老家所在的乡镇便成为周边乡镇小百货的集散地,街市日渐兴隆,商铺越开越多,街面上常是人流攒动,小商小贩游动叫卖,乡村经济兴旺发达。于是,跨过朝阳河进镇购物便成为周边百姓的生活日常和闲暇之所。

朝阳河的一头牵着家乡两大湖泊之一的固城湖,一头连着茅山余脉当地人称之小茅山的山涧溪流。我的老家是在小茅山脚下,站在老宅院地就能远远地看到小茅山蜿蜒匍匐在高高的山岗上,晴时青翠光鲜,雨则水墨氤氲,家乡有一则关于山中传说,讲得是明代一位大力士将军大战敌军的故事,让小时候的我无限遐想、无限尊崇。

家乡隶属南京,自朱元璋定都石头城,周边的县镇无疑会笼上了关于明代的各类传说。无论何种原由,久居于朝阳河畔的人们对于河水总会存有敬畏之心、感恩之心,哪怕是一段河流、一片水域都尽可能地细算好、维护好,如有小孩子朝水中调皮撒尿定会遭受父母的恶揍或乡邻的责骂。从记事起,每每有小伙伴勇敢地站在桥头向下跳水时,经常有大人带着洞察的目光"监视"着小屁孩们是否有丝毫的出格举动。

小时候流经老家村口的河水总是清清澈澈的，水草的身姿清晰可见，游动的鱼儿触手可摸，河岸两边的野花丛丛而开、芳香四溢。有时会想，想念老家是否就因为曾经的清清河流和久违的乡里乡情。老家的山，老家的水，老家的人，构筑起关于老家的记忆。

朝阳河的名字由来于那个广开渠道、大兴水利、以农为本的热火朝天的时代。朝阳河原先是一条无名小河。20世纪五六十年代至七八十年代，新中国成立不久，百废待兴，在工业尚不发达的现实下，自力更生、重农兴农成了必然的选择。父辈甚至外公辈就是在这样的背景下成长的。

早听过外公作为生产队长、乡村党员身体力行、大干苦干挖湖筑坝的故事，现在走到那个叫"龙墩水库"的地方就想起妈妈曾谈起的"十几岁时实在是饿了，单人跑到十几里开外的筑坝劳动现场，找到脸上沾着淤泥的外公，外公省下一口饭、拧紧一个饭粑粑递给妈妈吃"的往事，泪已满脸庞。

前年，一生勤俭、九十岁高龄的外公离开了我们。外公是参加过朝阳河开挖清淤的功臣，也许从那时起，这条无名小河就改成了一个响亮的名字——朝阳河。听父母说，他们参与过朝阳河的扩建与修葺。那时候，一个村承担一段，一户承担一定土方的挖掘清淤任务，男女劳力齐上，大家都知道只有修好了水渠、扩大了河道，才能确保更多的田地有水浇、有稻种，才有吃的。朴素的道理，生存的法则，百姓懂。于是，在周边一代代百姓的汗水接力下，朝阳河的堤坝越来越宽，后来在必经的路面上重新修建了一座水泥桥——朝阳桥，双车道，石子路，朝阳河在清晨的朝阳下越发显得有生气、有魅力、有光芒。

朝阳桥的北岸是我们的中学。1990年，我走进了初中校园，离开父母开始住校生活。那时，学校实行各自带饭盒统一蒸饭、排队打菜。每个星期末，身背一袋米、手提一罐咸菜就是我们住校生的"进校写真"。

蒸饭，就离不开淘米、洗饭盒，朝阳河就是上天赐予我们的洗池。早晨一般吃馒头，不用蒸饭就不用淘米等，但中午和晚上，淘米、洗饭盒那是必修课；朝阳河边上上下下就成了三五伙伴嬉笑的天堂，雨天摔个四仰八叉那就是大笑场、大乐子，定能说笑个一周半月。在朝阳河边洗饭盆，印象最深的一次是，某个调皮的同学竟然将河边的一辆拖拉机摇响了，而左摁右摁就是不能熄火，几人轮番上阵都败下阵来，情急之中，还是同村的一位平时憨厚寡言、长得壮实的同学捣腾熄了火，大家才免了一场受车主皮肉之苦、被老师训斥之灾，现在想来依然亲近、清晰。

如今，朝阳河的水还在家乡缓缓流淌，只不过岁月更替、时代发展、情势变化，浇灌之功用越发式微，但是，身为家乡人，怎能够忘却那个激情燃烧的火红岁月、那个凝结着好几代农人心血的创业梦想、那个牵系着美好童年的青春记忆。

静静的朝阳河还会流向远方，走出去便有希望，走出去才会更宽广。

水还是家乡的亲！

（作者系江苏省无锡监狱民警）

老房子

张艳斌

十月的西宁叶已然泛黄垂落，清晨路边的植被上落满了白霜，结束了一天的工作躺在床上，无意间刷到了小学课本里的一段文字——"秋天到了，树叶黄了，一片片叶子落下来，蚂蚁看见了把它当成运动场"。思绪就回到了儿时的老房子。

前些年一直在异地求学，没有回过老房子，参加工作以后，每每节假日也总留恋于大城市的繁华，就算回家也是在市里住上一两天，很少回到故乡的老房子，甚至对那偏僻的地方充满了厌烦和抵制。

可那一夜，我躺在床上辗转反侧，几近失眠，脑海中浮现出奶奶佝偻瘦小的背影和爷爷在地里挥鞭犁地的身影。由于父母常年在外工作，童年关于亲人的记忆中印象最多的就是爷爷奶奶。那时候的奶奶看似还很年轻，没有现在的两鬓斑白，但是常年的辛勤劳作在她光滑的脸颊上留下了岁月的痕迹。

是啊，是时候回一趟老房子了。

回乡的大巴车上一首"稻香"把思绪拉到2007年的中秋节，那时候村里刚换完新的电线杆，新线还没拉上。由于地形的原因，很多电线杆都杵在田地里，依稀记得那天晚上的月亮很亮很亮，月光洒在刚翻过的土地上，我和小伙伴们在夜晚的田间追逐玩耍。

"到站了！"

思绪瞬间被报站的乡音拉了回来，还是那座山、那条河，只是桥梁翻新了，路面拓宽了。老房子还在那里，像一位垂暮的老人，更像一位恭敬的仆人。

山里的气温比较低，秋天过得也比较快，辅路两旁的白杨树光秃秃的，路面上落满了厚厚的叶子，园子里的杏子树都被爷爷砍了烧柴，园面平平整整的。门前的沙柳树比以前更高更茂盛了，盛夏时一家人坐在门前吃饭的场景逐渐清晰起来。

摸索了半天从门耳里找到了那串锈迹斑斑的钥匙,"吱呀"的问候声从大门上传来,院中李子树上的叶子还没落完,花园里的花朵已经枯萎了,爷爷的摇椅依旧躺在墙角的台子上。北房房檐上的杂草已经枯黄,由于很久没有喷农药,房柱上新增了许多虫眼。西房门眉上的花槽经历了两代人的成长,虽然落满了灰尘,但依旧栩栩如生,奔跑的小鹿、吃竹子的熊猫、回头望客的喜鹊。

拉开房门走进去,可能是因为常年无人居住的原因,也可能是缺少烟火气息的原因,房间里充满了霉味,阵阵寒意袭卷全身,十月的老房子似乎没有以前那么温暖了。我退到院子的摇椅上,阳光慵懒地盖在身上,我学着记忆中爷爷的样子闭着眼睛享受这属于我一个人的慢时光,跟随着老房子的角落回忆着童年的时光。

一阵急促的手机铃声将我从回忆中唤醒,"下午最后一趟班车要开走了,你赶紧过来吧"。

匆匆忙忙锁了门朝着乘车点跑去,跑了几步,回头看了一眼老房子,猛然间发现它好像比记忆中的样子破旧了许多、矮了许多。是啊,我长大了,它变老了,现在村子里的人都不怎么认识我了。

经济社会的发展和城市化进程的加快逼着我们快速成长,曾经不想回来的地方,此刻却是那么的不舍,生活在闹市中执着于追求大城市的喧嚣繁华,追求功名利禄的我们怎么会发现它已经老了呢?

我不知道下次回来会是什么时候,但我知道老房子会一直在那里,就像母亲等待回家的孩子,一直望一直望。

(作者系青海省东川监狱民警)

回雁

仵春秋

老家十月的天气已经有些凉了，瘦黄的叶子围着半枯的树枝打转，为日渐繁荣的村子凭添了些萧索之意。莫名地，我的心中竟生出了近乡情怯的纠结。

这次回来，主要是为了外婆的周年祭。

外婆已经去世三年了，按照习俗，家里的孩子们都要在今年赶回来参加"释服礼"，这是家中老人去世之后的最后一场特殊的祭奠礼了。

天很晚才到了家，还以为许久才能睡着，没曾想挨了床便沉沉睡去了。

醒来的时候天色已经大亮，因为外婆去世后我们很少回家，院子边的花园里已满是丛生的杂草，几株果树也因为久未修剪而显得有些凌乱。

母亲望着凌乱的院子，眼角有些悲伤。东拉西扯地讲了些无关紧要的事情后，母亲终于讲起了外婆的祭奠礼。

"家里的事情已经准备的差不多了，席面请了杜楼（地名）的师傅，碑是郭寨（地名）的打的，纸钱请的是李湾（地名）的……""还记得回雁不？"母亲说着，突然又问我。

回雁？我一愣怔，旋即想了起来。

回雁，不知道是哪两个字，姑且就这么写吧。她比我大三岁，在家排行第三，长得很是好看，在周围几个村子里是出了名的漂亮聪慧。她爷爷以前是地主，因为舍不得家私，很是吃了些苦头，但也可能给家里留了些财物，因而政策放开后，相对村里的其他人，她家着实宽裕不少。她爹长得圆胖圆胖的，腰上系着当时少有的牛皮腰带，眯起的眼睛总是带着笑，逢人讲话也总是笑呵呵的，但在村里却是和谁家的关系都很一般。

虽然住在一个村子里，我们俩第一次讲话却是我读书之后。村里有一个小工坊，就是做些梳、摘羊毛的事儿，一斤才得一块钱，那时我刚读二年级，看着周围的小伙伴都去了，我也加入了这个小队伍，踌躇满志地想自己挣点零花钱。这活看似简单，操作起来却很是精细，我总也做不好，还常常把自己的手弄得满是疤口。

为了能早早去"挣钱"，我每天都会早早地完成作业，然后跑去那个工坊。回雁是我们当中比较厉害的，每次去，都看见她的面前列着整整齐齐的几大堆，脚边的纸箱里放了好几个"活儿"（羊毛成品）。看我总也做不好，回雁便过来帮我。她皮肤很白，长长的马尾上卡着一朵大大的红色绢花，玻璃珠似的黑眼睛，长长的睫毛，说起话来像两把小扇子似的忽闪忽闪的。

她有些内向，还没说话脸便先红了，声音蚊子似的总让人听不清，等看向她再听时，她脸更红了，头也会低下来，就更听不清了。

我还在想她讲些什么的时候，她就已经将手上的那堆羊毛分了根梢，理得整整齐齐。我满脸佩服地看着她，她说："这还能比读书识字难啊？"

"这不一样，这东西太累了，乱七八糟的总也理不顺。你太厉害了，就这样那样两下就弄好了！"

她黑黑的眼睛亮晶晶的，红红的脸上带着笑，头就又低下去忙手里的"活儿"，头上的绢花随着她的动作微微地摇动着。

一次我和她说："好羡慕你不用读书，自己赚钱想买啥买啥，多好！"

她忙活的手一顿："其实……读书才好……"就又开始忙活了。

回雁是如此的灵巧，会绣花，打毛线，能将秸秆编成各样的装饰物去卖，还懂得地里的活计，这些都是我不会的。儿时的玩伴也仅有那么一两个懂得些许，但都没她做得好。我最喜欢的便是看她将输液管变幻成各种小物件，小金鱼儿啊、小狗啊，活灵活现的，我们大家都跟她学，她也不藏着，总会认真地教，还会将编好的送给我们。可我总也学不会，性子又急，她总是说："别急，你再看一次！"声音细细柔柔的，一点也没有不耐烦。

有一次，我发现她手臂上有一条条的红印子，问她，却怎么也不说。后来一次去喊她一起去工坊时，她家大门紧闭，透过门缝，我看见她父亲用腰上的牛皮腰带像毒蛇般在她身上挥舞，她只是抖索着缩成一团，却连声音都不敢发。才知道，她每天要挣的钱都是有数的，不然就要挨这么一顿打，她却从来不和任何人说，自己收拾了伤口，打扮得干干净净的，又去做事儿。

读完了二年级，我便随父亲去了城里读书，因为回去的少，也就再没见过面。只听姥姥说嫁了人，同她的姐姐们一样，她爹也要了许多彩礼。

听到母亲说起她，记忆里的红绢花便又鲜亮起来，似乎又看到了那双黑亮黑亮的眼睛。我应声说："回雁，她，怎样？"

"日子很不如意……"母亲说着，眼里分明透着惋惜："她爹为着彩礼高，将她嫁了一个不着家的混不吝，一不如意便打她，如今，脑袋都有些神经了！"

我吓了一跳："她家里没有管吗？"

"管什么哟，每次都是拿些钱财就了事了，那家人摸着了跟脚，更不拿她当回事，一天牲口似的使唤，这两年她那个男人一天连个面都见不着，她一个人拉扯俩孩子，日子过得很是辛苦！"

紧接着因为近处的本家和亲戚都来了，母亲忙着应酬，便没有再讲了。

就这样过了两天，一日我吃过午饭，在院子里的椅子上打盹儿，觉得外面有人进来了，便回头去看。我看时，不由得非常吃惊，慌忙站起身，迎着走去。

这来的便是回雁。虽然我一见便知道是她，但这又不是我记忆里的回雁了。她依然很瘦，先前白皙红润的圆脸，已经变作苍白的瓜子脸，额角还隐隐透出一块已经愈合的疤痕；眼睛也变得晦暗、浑浊，高高的马尾剪成参差不齐的短发，穿一件有些发白的红衣，一条藏蓝色裤子，灵巧纤细的手满是开裂的口子，还有些发黑，看起来竟比母亲的手还要沧桑些。

我不知道怎么接话，只是说："啊！回雁，你来了……"

我接着便有许多话想要问她：丈夫、孩子……但又总觉得被什么堵着似的，怎么也说不出口。

她站住了，僵白呆滞的脸上现出欢喜神情："啊！囡囡，你回来了……"双脚踌躇了一下，立在了门口说道："我想借一下抓口（农具）"。随后低下了头，却再也没有往里走。

我一下子呆住了，不知道该说些什么。

"好，你等我给你拿……"

母亲从堂屋走了出来，大约也是听到了声音。

"大姐，您也回来啦，身体好不？"回雁说。

"好的好的，家里的东西长久没用了，有些不快了，你看看能使不。"

母亲说。

"能的，能的……"她拿了抓口就走了。

我向母亲细细打听她的景况，母亲只是摇头。

"非常难。听你勺婶说，前不久，她那丈夫在外面落了车祸，赔了一笔钱给她们，婆家人想贪了钱，就赶了她出来，她那爹去闹过几回，倒也得了点钱财，却是分文不给她，只留了几个用旧了的小柜子给她，说是再嫁的嫁妆！"

又过了两三天，外婆的祭奠礼结束了，我和母亲要出发的时候，回雁来了，穿了身红色的新衣裳，头发贴着头皮在后脑勺用橡皮筋绑了一个小团，肩上扛着抓口，手里拎着个南瓜："地翻完了，这是种的瓜，你拿着吃！"

母亲没有推辞过，就接了过来。她僵白的脸上生出一点潮红，想说什么，却闭了口慢慢地走了。

坐在车上，看着两边不断后退的杨树，我和母亲又提起了回雁。母亲说，回雁自回家以来，每日都要下地，身体本就不好，这就越发虚弱了，听田姨说，她家里已经给谋了新的亲事，男方家境很是落魄，三个兄弟一个都没娶亲，她那亲兄弟硬是要了三万块的彩礼，那家人东拼西凑才下了聘，这几日便要来接人了，嫁过去，日子怕也难过。

将母亲送到家，假期也要到了，我第二天便登上了返程的飞机。因为是阴天，起飞时周围到处都是灰蒙蒙的，坐在位子上的我越发感到压抑，整个人仿佛被禁锢在一团不知名的黏液中，陷入难以名状的窒息中无法自拔。朦胧中，飞机终于穿破了雾障，刺目的阳光在团团灰褐色的云上洒出一片金光，一朵朵红云被镶上了一圈炫目的金边。

我想：人生，就是一场修行，每个人都有自己的路，总会有这样那样的坎坷，但只要敢于冲破灰暗，阳光和目标总不会太远。

（作者系云南省中安监狱民警）

那条回家的山路

鲁晓松

那曾是一条破败的山路，一条泥泞不堪的泥土路；也是山里出村唯一的近路。它曾如沼泽般的梦魇困住一些人的梦想，它也曾如助力器一般坚定了一些人的执着。

我曾无数次跋涉在这条路上，那时候，初中没有住校的我，晚自习过后就要匆匆赶回家，遇到雨季每每走到村头都要脱了鞋子，赤着脚在那黄泥巴里趟过去。泥巴裹腿，沙石隔脚，脚掌脚底划伤割破是家常便饭。

这条山路两旁是庄稼地，这所谓的路其实是河道，两旁的泥土堤坝越垒越高，狭窄艰难的只能一个人行走，遇到雨天就有从上面滑下去的危险。

有一次，雨下的特别大，父亲来接我放学，一路上我们互相搀扶着艰难地向前趟。那堤坝被雨水淋透又泥又软，我们二人只好在已经齐腰的河水中往家的方向挪。那时瘦弱的我几次差点被河水掀翻，是父亲强有力的臂膀牢牢地挎住了我。

深夜，看到那盏亮着的门灯和站在门口焦急张望的母亲时，我总算长出一口气，有惊无险地到家了。就是那个雨夜，喝醉酒的小叔在那条路上永远没能回来。那时，我恨这条路，我怪这个偏僻的山村，暗暗发誓要走出这座大山，永不回来。

同样的话，次年秋天二叔在摔门离家时也这么说。

二叔勤劳能干，十里八村都这么夸他。那年，他在村里承包了十几亩的油菜地，看着喜人的油菜出苗、开花、张叶子，二叔好似看到了希望，看到了隔壁村秀秀和他共同的期待。

爷爷也盼着这一地的油菜今年能有个好价钱，好给二叔去邻村说媒办喜事。油菜市场价格一直向好，爷爷和二叔也越来越有了盼头，就在与人家谈好了价钱准备收割油菜送货时，一场大雨封死了进出村的路。

那一年的雨一下就是半个月，油菜全都烂在了地里。二叔哭了，他的梦碎了。就是那个冬天，特别冷，秀秀出嫁了，二叔负气离家外出务工，临走时他说他一定要混出个样来，再也不回这山里了。以后的几年里，二叔只是逢年过节给家里邮东西寄钱，却一直没有回来过。爷爷总是爱坐在村头，张望远方出神。

熬过了最艰难的高中三年，我终于如愿考上了大学。高中三年里，每每我想偷懒、想放弃的时候，都会想起那条回家的路，想起父辈人在此渡过一生的不易，就会让我重新燃起奋斗的热情与勇气。

我终于走出了那条山路……求学、就业、结婚、生子，慢慢的我离那条山路越来越远。电话视频的沟通变得经常，而那条泥泞的山路却不能时常走了，有时还有那么点怀念，那条路毕竟是通往家的路。

几年，几十年，父辈们过上了从未敢想的日子，电话的那头父亲得意洋洋地给我介绍山村的巨变：二层的洋楼、冬暖夏凉的空调、乡间小路上的路灯、休闲广场的运动健身器材、瓜地里的视频监控、电脑联网的视频直播、平整宽敞的柏油马路直通各家各户和上山的大棚、瓜地……每每过年回家，农村的老家总在发生着翻天覆地的变化。

那条泥泞的路，那条曾经夺去小叔性命的路，那条破坏了二叔梦想的路，如今平整、宽敞，成为脱贫致富的路。

如今，爷爷再也不去村头张望了，他每天在村里休闲广场的大榕树下喝着茶水跟老伙计们下象棋。一个乡土气息的憨实前卫主播经常开着大奔往返于这条小路，他是村里远近闻名的"明星"，他带领着全村人靠着网络直播销售农产品，这个人就是当年摔门而去的我的二叔。

又逢雨季，那条回家的山路又出现在我的梦里。

（作者系辽宁省锦州监狱民警）

爆米花儿香

徐 波

好友在朋友圈里发了一个短视频，标题叫"粮食放大器"。

视频拍摄了一个老头炸"爆米花"的场景，标题让我忍俊不禁，可视频却勾起我儿时的记忆。

那些年物质匮乏，没有现在这些琳琅满目的零食供孩子们享用，而爆米花便是我们儿时最喜爱的"主打零食"。

那些年，进入腊月，年的味道便浓了起来。或是在农村或是在乡镇上，偶尔就有炸爆米花的吆喝声传入耳中，即便是没有听到吆喝声，远远看见一群人围成团儿，间或传来一两声砰砰的爆破声，大抵就能猜到那正是在炸爆米花。

那些年吃啥都觉得香，更何况是只有到年根儿前才有的爆米花。一旦听到"爆米花儿"的吆喝声或是爆破声，我们肚里的小馋虫便被勾了出来，心里就像猫儿抓一样，火急火燎地回家缠着大人也要去爆一锅，而大人们往往经不住软磨硬泡，便胡乱地抓起家里的钵子、碗什么的，装些糙米或是苞谷，再塞给一个布袋子，寻些零钱，便打发了我们。

而我们这些小馋猫便拎着或端着这些物品，脸上洋溢着笑，忙不迭地一路小跑到"爆破点"。从围着的人堆里勉强挤进去，兀自得意地把原材料等递给"爆破手"，便眼巴巴地开始排队，等着那些"米"变成"米花"，盼着"粮食被放大"。

现如今回想起来，吃爆米花还是次要的，看着"米"被炸成了"米花儿"，才是童年真正的乐趣所在。

炸爆米花的一般是年迈的男子，因长期烟薰火燎，他们的皮肤多半有些黝黑，尤其是那一双手更是黑黢黢的，让人不忍直视。一辆板车、一个炉子、一些劈柴、一杆秤和一个蒙着布的竹筐子，便是他们的全部家当。

米先称重，倒入铁葫芦般的炉膛中，旋紧仓门，将"铁葫芦"架在炉火上，娴熟地摇着摇把，一下、两下、三下、四下……我们紧紧盯着那旋转的炉膛，小眼睛一刻也不愿移开，只等着他那句"都朝后站噢"，我们晓得"米花"要"出炉"了，便捂住耳朵慌忙后退几步，只听得闷闷地"砰"的一声响，加热膨胀的米花便随着高温气流冲出炉膛，落入蒙着布的竹筐子，紧跟着一股米花儿的香味在空气中弥漫开来，那香味直往鼻子里钻。

一旁等着的我们艳羡地看着小伙伴将那炸得膨大了好几倍的爆米花悉数装进袋子里，有的"小皮猴"边装边忍不住用沾着口水的指头粘起几粒米花儿往嘴里放，看得人忍不住跟着咽口水。

终于轮到自己了，看着拿去的粮食被装进"炉膛"，更舍不得挪一下步子、眨一下眼睛。只等那"砰"的一声，只等一碗粮食被"放大"后装满袋子，便乐不颠地拎着"米花"袋子回了家，还没进家门就大声地吆喝着"我回来了"，那神情就像打了胜仗的大功臣。

爆米花看似普通，但吃起来的花样可是不少。比如可以拎着袋子畅快地大把大把抓着干吃，一晚上就被"消灭"殆尽；也可以抓些在手心里，细细地一粒粒排着数着放进嘴里，等着唾液慢慢地将它们融化；还可以在碗里倒些开水，将米花放入，看着它们慢慢打着转，条件好的人家再加点红糖，用小勺子舀着细细品味，那滋味简直无与伦比，那做派如进了"星巴克"。

转眼许多年过去了，小小的"爆米花儿"承载着我们这代人满满的回忆。

年近了，年味也浓了，我似乎又闻见了"爆米花儿"的香味……

（作者系湖北省襄南监狱民警）

挑水

许乃强

家乡的小河哺育了我。童年的故事如同小河的流水，潺潺流淌，流过记忆，流向心中的向往。

我的家乡属于长江南岸的圩区，家家都是依河而居，小河成了名符其实的母亲河，吃喝拉撒都与小河息息相关：生活用水从小河里挑，农业灌溉从小河里抽，生活污水甚至生畜的粪便随雨水冲刷再流进小河里。洪水时向长江排涝，枯水时从长江里放水补给。日复一日，年复一年，小河就这样流淌着，述说着相同的故事。

那个时候，每家都有一口大缸，清晨从小河里挑水成了大人们必须完成的任务，大概两三天挑一次，然后将明矾放在竹筒里，竹筒周围钻一些眼，用明矾沉淀水，水缸挑满后将竹筒放在水里上下捣动十几下即可。并且每家还有一口小水缸，储存过度用水。每次清洗水缸都是我们小孩的事，各尽所能。在小河难堪负重，河水脏得无法看时，就在小河边围一个堰塘，专门供给生活用水，遇到雨天就用水桶、木盆在屋檐下接水取用，这样就可以临时吃上天然雨水。这样的日子，一直延续到20世纪80年代中期，在我的记忆中就有十几年。

我家旁边是丘陵地区，他们生活用水取自泉水汇集的池塘水，分为吃水池塘和洗衣池塘，用水条件比我们好很多。

我曾问父母亲，我们为什么不搬过去而非要居住在这个地方？

父母亲告诉我，我们好几代人就生活在这地方，圩里人生活在河边就像把脚放进鞋子里，踏实舒服。

随着改革开放，人们的生活条件逐渐向好，开始注重生活用水的质量，家家开始挖水井，四周用鹅卵石砌起来，条件好的人家还在水井上加盖压水泵，树叶等脏物就掉不进去了。

井水用起来清澈凉爽，冬暖夏凉，那时没有冰箱，有时就将剩菜剩饭放进水桶吊在水井里，效果还真不错。每年夏天家家都要对水井打扫一次，先一桶一桶地将井水提完，再顺着晒衣竹杆下到井底，把井底泥砂和去年的木炭清除干净，再换上干净的木炭，用鹅卵石压好。这样，挑水的日子间断了好多年。井水用起来方便，但硬度比较高，意识到这个问题的严重性后，于是人们又拿起扁担到一公里外的地方去挑自来水做饭、烧水。

远距离挑水是有窍门的，既是一项粗活，又是一项技术活。会挑的人挑一担水走一公里一滴不洒，像我这样不会挑水的，只好在水桶里放一双筷子，防止水晃荡出来，即使这样，一担水到家也只剩下大半桶。看来对生活的认知来源于生活的积累，实践出真知。

家乡终于在十几年前用上了自来水，挑水就成了记忆中的故事了，然而挑水的方式见证了家乡历史的变迁，叙说着一代人的生活。

回想几十年的吃水历程，仿佛是一股泉水从山涧顺势急流而下，到了池塘，停下欢快的脚步，恢复了平静。人们的生活，也恢复到正常。

（作者系安徽省九成监狱管理分局民警）

生意三则

胡　敏

生意！不得不佩服咱老祖宗，把经商买卖升华为"生意"，生活的意思，生生不息的意愿和希望。

这样理解，就不能简单地把经商买卖仅仅看作赚钱，而是买卖双方的互利，在交换中使人们生活的愿望得以实现和延续。

◆ 生意妈

旧时卖米的人家量好米后，在顶上再添一把米，成了"尖商"，把生意传给别人，自己也被盎然生意所环抱。

妈妈也做过小生意，在海南琼中黎母山镇上开了个小茶馆，卖咖啡茶水及炸包油条包子馒头粉条等。她的生意，体现在所挣得的生活费刚刚好供我们姐弟几个读书，让我们顺利完成学业、找份工作、结婚嫁人生子，生意中蕴含的生活愿望就延续在我们的生命里了。

她的生意也延续在他人的生命里。小时候，总有乡下亲戚来镇上赶集、看病或是办事，赶上饭点，不嫌弃清汤寡水的，都可以在店里随我们一家蹭"时顿"饭。也总有一些不认识的人，进了茶店，到了饭点又不点单，妈妈领会得到他们大多囊中羞涩，不动声色地送上一壶茶、一个包子。多年以后，谈起当年小镇上的茶店，总有人说兰姨（妈妈的昵称）的咖啡茶点粉汤味正真香真甜。这香甜的生意也延续在乡亲们的生命里了。

◆ 担担妈

在海口，因为工作原因，我住在琼山府城附近，这里原来是老琼州府治所所在地，现在是城乡结合部，在这里我见过最小最长久的生意莫过于"担担妈"的生意。

如果想买些海南本地人自家种的菜豆瓜薯，就要关注那群"担担妈"。那些老妈妈来自海口周边的小镇，每天天不亮就肩挑两箩筐沉甸甸的货品，乘坐海汽或者私人的小中巴早早赶来海口。长年累月负重使得她们弯腰弓背、显得瘦小干瘪。无论酷暑或严冬，总能看见她们头戴草帽顶着炎炎烈日或迎着凛冽寒风，出现在农贸市场、小区门口或大街小巷路边，一边眼巴巴地看着来来往往的行人，希望人们停下来挑选，一边又警觉防范城管人员的突击。如果有心人驻足仔细看看箩筐里的东西——红豆、黄豆、白豆、黑豆、毛薯、黄姜、小米、花生、芝麻、木瓜、黄皮、杨桃、菠萝蜜，还有米糕、萝卜干、姜母糖……各种各样应季的本地农家小特产——她们会高兴地合不拢嘴，爬满皱纹的脸上露出一口雪白的烤瓷牙。

箩筐里有我最喜欢的两样，也是最具海南特色的，一是产自海口"西伯利亚"遵谭镇火山岩上古法轧制的蔗糖，像一块黝黑结实的砖头，甜而不腻，老法熬制，不加任何添加剂，无论现在还是过去，都是天然又价格合理的滋补品；二是紫色的油汪汪的橄榄泥，像细腻绵柔的巧克力，这些橄榄属于海南独有的乌榄品种，在羊山地区，很多都是百年老乌榄树，去核之后油汪汪的乌榄泥制成果酱煮鱼食用。当然比较常见而简单的做法就是：夏天，把黑糖砖敲下一块来煮姜水，甘甜而不齁喉；冬天，把紫榄泥舀出一小勺来配热粥，咸香而不干渴。这一甜一咸，才是生活本味。

就这样，"担担妈"们不仅挑起了四季特产，挑起了她一家老小的生活，也把生活的真滋味挑进了我的生活和生命里。

◆ 鱼御姐

鱼御姐，是我给她命的名。因为我觉得这位卖鱼的小姐姐很有御姐范。在偌大的农贸市场里，就数她的鱼档最大，品种最多，价格也较高。

御姐范体现在她庖丁解牛式的"解"鱼技术上。如果买她的鱼，她手上的活，会让人眼花缭乱："啪"把鱼拍在案板上，三下五下挥舞刮鳞器，只见鳞片跳跃闪银光，又换了一把刀顺着鱼肚一抹即掏出了五脏六腑，左右双手开弓分拣出可食的、摘除不可食的；继而左手倒挂鱼、右手刀"咔"的一声，早已完整挖出鲜红的鱼鳃，再顺手在腰间"呲溜"出一个袋子，"来，拿好！"为顾客捧上。

她之所以让我觉得有御姐范，不只是她旁边总有一位时不时哼着小调、嬉笑怒骂的小丈夫，而是她对客户绝不谄媚的态度，自家的鱼品质放在那里，卖这个价格有她的底气和豪迈。

有一天，一位女客户把她手上的鱼袋子打开，对鱼姐说："把这个鱼肚、鱼肝扔掉，这个鱼头也切掉！"

鱼姐说："这是深海鱼，都是干净的能吃的！"

女客户说："我付的钱，我说不要就不要了。"

这时鱼姐的御姐范出来了："这么好的东西，怎么能扔掉？你以后不要来我这买鱼，我不欢迎你。真是糟蹋好东西！"

就是这么硬朗！

生意，绝不是一方居高临下，也不是一方卑躬屈膝，而是共同珍惜海岛大海河川天地自然馈赠的各种地道风物，并在唇齿间将这些美好化为"生生不息"的意愿和恬淡自然的心境，如此简单！

（作者系海南省戒毒管理局民警）

童年的美味

黄 勇

现在，吃什么？成了很多人下班后的困惑。

我经常在回家的路上问女儿：今天吃什么？但她一般都不回答我，只是在我说出吃什么的时候，摇摇头，似乎天下原本就没有她想吃的东西。

每周都会去超市买些零食，以前是挑自己喜欢吃的，到后来实在不知道自己想吃什么，就挑些没吃过的，其实也并不是真的没吃过，只是旧的东西换了新的包装而已。

每每到自己不知该吃什么的时候，我总会想起童年的那些美味，那个年纪不知酒色财气，好吃的东西似乎就占据了自己全部的记忆。

至今，我还爱吃母亲做的甜酒粑：将粑粑切成条，用红糖甜酒水一煮便成。虽然简单，但那却是只有春节前后才有的美味。

过了春节，田野里开始长出野油菜，摘来制成酸菜，就这样蘸辣子水，再配上两参饭（大米和玉米合在一起做成的饭），一顿就能吃上好几碗。

春天一过，麦子快要成熟了，我们就会在田野里烧一堆火，摘些青青的麦穗放在火里烧，等麦穗全部烧糊了拿在手掌里一搓，再轻轻吹一口气，手里便只剩下香喷喷的麦粒。

夏天是吃水果的时候，家乡常见的水果是桃子、李子和梨，老房子的院子旁有四棵梨树，还有几棵石榴和枇杷，于是这就成了我每年都能吃到的水果，至于桃子、李子，偶尔有亲戚送点来，自己也会偷偷去摘别人家的，但基本上都不成熟，连第二口都咽不下去。

山上还有很多野生的好吃的东西，我最喜欢一种玻璃球大小的地瓜，一开始是绿色，后来变红，成熟后带点黄色，有很浓的香气。我们常说六月六地瓜熟，七月半地瓜烂，还听说地瓜是分公母的，公的不能吃，只是我从小到大，就没找到几个母的。

还有一种比米粒大的小果实，酸酸甜甜的，我们叫它老米酒，成熟后呈暗红色，也很美味。

红子也是我们童年的美味，我们叫它豆金孃，颜色鲜红，散发苹果的芳香。

山上还有各种的泡，也是孩子们的最爱，有白的、有红的、有黄的、有黑的，我们叫它栽秧泡、狗屎泡等，几乎都长刺，只有白的那种叫地麦泡的不长刺，样子长得像草莓。

每年涨水过后，叔叔都会带我去坝子里的小河里捉鱼，遇到泥鳅黄鳝也一并捞起，不管是炒是煮，总感觉鲜美无比。

秋天呢，是吃蚂蚱的季节了，那个时候瓶子很难找，就扯一根草，把捉到的蚂蚱串在一起，回家用猪油一炸，只用放点盐巴，口水就早已按耐不住地往下滴。除了蚂蚱，我们还会捉蜻蜓和蜂甬，吃法也是和蚂蚱一样的。

除了野生的，还有地里栽的东西，只要能吃，也都是孩子们的美味：长在地里的地瓜、山药、洋芋，长在地上的玉米，只要烧一堆火，一会便都成了香喷喷的东西，总也吃不够似的。

上幼儿园的第一个儿童节，老师给了我四颗像纽扣一样的糖，彩色塑料纸包装，那是我从未见过的东西（以前只见过熊猫纸包装的糖），我小心翼翼地放在上衣口袋里，在回家的路上，时不时用手摸一下，确定它还在那里。爸妈不在屋里，我便找到地里去，亲手将它交给我的母亲。时至今日，我仍觉得，这是我送给父母最美味的东西。

也许人只有在饿肚子的时候才会产生很强的食欲，而一旦肚子饱了，所追求的便只是新鲜而已，一个人，满足了口腹，便又开始追求精神上的东西。

（作者系贵州省海安监狱民警）

情怀篇

我在武汉一切安好

曹强新

今天是武汉封城的第六天。

封城的举措,对于这座英雄而开放的城市来说,对于1300万武汉市民来说,真的是无奈之举。然而,生命是最宝贵的。为了宝贵的生命,为了全国人民的健康,为了更多人的健康,只能让这座城多做些牺牲了。

武汉,这是一个多么好的城市啊!九州通衢,四通八达,从这里飞机、铁路、水路可以走向世界各地,她每天像一位伟大的母亲,张开双臂热情欢迎四方来客。武汉,这是一座多么具有人文气息的城市啊!高等学府林立,科研机构云集,百万大学生朝气蓬勃,洋溢着青春的笑脸,跳动着城市的脉搏。武汉,这是一座多么美丽的城市啊!两江四岸美景,大气东湖,天下闻名的黄鹤楼、归元寺,还有江汉路、楚河汉街,大江大湖大武汉啊。武汉,这是一座多么具有生活气息的城市啊!热情开朗聪明爽快的武汉人,飘香四海入心入肺的武汉小吃,还有那红满世界的小龙虾、大螃蟹,烟火味是那样的绚烂温情。武汉,这是一座多么英勇的城市啊!1998年洪水没有冲垮她的堤坝,2003年非典没有压垮她的斗志,2008年雪灾没有冻垮她的激情,英雄的武汉人从来都是"不服周"(武汉方言不信邪的意思)的。还有,武汉刚刚成功举办了第七届军人运动会,武汉足球在中超激情四射,扬眉吐气;还有,武汉还要建成国际性大都市、战略支点。

这样好的一座城市,我们没有理由不爱她,不珍惜她!是的,我深深爱着这座城市,这片土地,爱这里的一草一木。

在这里生活、工作了二十多年,我的血液里、骨子里,甚至每一个细胞都已经深深融入了这座城市。回想二十多年前,我还是一个刚刚从农村走出来,甚至可以说是腿肚上还沾着泥巴的贫穷大学生,一个用蛇皮袋装着一床被子、几件衣服而胸怀梦想、追求理想的农家子弟,举目无亲来到这座城市。

是这座城市张开温暖的怀抱接纳了我，她从来都没有嫌弃过我，让我在这里学习成长，让我在这里变得成熟、变得阳光自信，让我在这里参加工作、成家立业。曾经有几次机会可以离开这座城市，然而最后我还是无法割舍这片土地，这里的人，这里的一切。

每次外出归来，看到这座城市川流不息的车流人流，看到这座城市的灿烂灯火，那一刻我会觉得如此温馨，如此心安，因为我知道，在外漂泊再久，终究要回家了。如果说对这片土地爱得深沉，我要说，我是真的对她爱得如此深沉，如此不舍！这些天的封城，在这座城市的历史上还真没有过：高速铁路水路全部停运，市内交通机动车全部禁行，武汉三镇相互隔断，人人出门戴着口罩，百万名市民自觉待在家里，白衣战士奋战在一线，全国各地爱心支援潮水涌来。是的，封城了，没有了往日欢乐喜庆团聚的春节，没有了与老父老母兄弟姐妹相聚一起举杯欢庆的美好时刻，也没有了这座城市的人来人往、灯火辉煌、绚丽繁华。这座城市仿佛在倏然之间，变得如此安静，变得如此陌生。

武汉，你到底怎么啦，你疼吗？你是在无声哭泣吗？你是在默默流泪吗？

武汉，美丽的母亲，我们不哭，好吗？我们知道，您只是暂时生病了，您只是暂时在封闭治病。您牺牲自己，是为了这个国家的健康和安宁。

您看，虽然封城了，但依旧无法封住全国人民对您的关爱和支援，无法封住您的不屈和活力。多少人正奋战在抗击疫情的第一线，又有多少人正在奔来的路上。

您看，虽然联系隔断了，但依旧无法隔断友情、亲情、真情。我身边多少兄弟姐妹春节没有回家团聚，毫无怨言地在监狱值守，义无反顾地走进监区封闭值班。又有多少的全国同仁好友，电话微信问我是否安好，是否有吃有喝，一再叮嘱我做好防护、保重身体，让我感动非常。

您看，我们都多么听您的话，没有出门，没有串门，没有抢购，不能回家团聚也罢了，遥举酒杯视频送上祝福同样真诚，不能出门也罢了，静心读书看报品茗也是别样幸福。

您看，这一切多好。您虽然没有了往日的繁华，没有了往日的美丽，没有了往日的喧闹，但在我们眼里，您依旧是那样大美，依旧是那样生机勃勃，我们依旧那么爱您，那样不离不弃，生死相依！

今天，我就在武汉，我一直都在，我不会逃离她，更不会嫌弃她。我就在这里静静地注视着她，看她的万家灯火，看她的大江大湖，看她的流光溢彩。

我知道，我更坚信，封闭只是暂时的，隔离也只是一时的，封闭不是放弃，隔离不是隔断，这座英雄的城市，这里勇敢的我们，一定会战胜疫情，一定会消除病魔。

到那时，开放的武汉定会联通五湖走向四海；美丽的武汉定会花开四季绚丽多姿；热情的武汉定会广交朋友情满天下！

朋友们，请放心，我在武汉，一切安好！

（作者系湖北省监狱管理局民警）

"居家"的日子

李 芙

站在阳台望着阳光下的院子，只有寥寥几个匆匆掠过的人影，再也捕捉不到往日的喧哗，我的心情沉重而思绪飘忽。

从 2020 年 1 月 27 日大年初三回京后，因为新冠肺炎疫情防控要求，我在家隔离观察和办公，居家期间只出门取过三次快递，每次不足五分钟。如今，我早已没有了刚接到在家观察和办公时的窃喜，只有心霾愈加地浓郁……

在家办公，节省了许多路途上的时间，这让我又有机会把 2019 年全国各地发给我们刊物的稿子重新梳理了一遍，我从中又挑选出一批符合刊物要求的稿子，并进行了修改。这些来稿都有作者的联系方式，我挨个加了他们的微信，等待回音，一条、两条、三条……遗憾的是，其中有六篇来稿的作者表示已在其他刊物发表或者收到了采稿通知。我真的有点难过与不舍，不是因为白搭了功夫，而是错过了好稿子。

2019 年的来稿量较大，但因刊物每期的容量比较小，故不敢轻易给作者一个承诺，心中不禁有点儿怅然若失，但这些来稿中的一些好观点、好方法、好举措、好经验并没有因为我们而埋没，想想也算欣慰。

我错过的是几篇稿件，但现在多少"逆行者们"错过了和孩子的第一眼、和亲人的最后一眼；我虽然错过了这些稿子，却与稿子背后的作者建立了长久的联系，可有些"逆行者们"错过的将成永别，是生命的终结。

我已不敢看泪目的图片、不敢看滴血的文字、不敢看目送亲人的眼神、不敢听企盼的呼喊……我盼"逆行者们"平安归来，我盼那一串串揪心的数字早日归"零"！

抖音平台推出了《殴打防疫人员？重判！！一年四个月》视频，截至目前，播放超过 1.5 亿次，点赞量 680 万次，评论数 152 万多条，转发量 22.4 万次，网友们纷纷留言：性质恶劣，应该严惩；良心何在，出手狠毒；判得其所，正义的宣言……充分体现了司法机关坚决依法惩治妨害疫情防控犯罪行为的决心和力度。

在大家响应党中央"疫情就是命令，防控就是责任"的号召之时，屡屡出现这样"狂妄""无知""挑衅"的事件，让人愤怒。但在党和国家全面建成小康社会，在坚持和完善中国特色社会主义制度、推进国家治理体系和治理能力现代化的重要时刻，正义不会迟到，更不会缺席。

我抬头挺胸远望窗外，中国，有着连绵不断的五千年文化，有着勤劳智慧的人民，有着战无不胜的信念，更有着面对艰难险阻的坚定、坚守和执着。没有一个冬天不可逾越，没有一个春天不会到来，2020年的这个春天，虽然到处还弥漫着铅灰色的阴霾，还没有驱散最后的"黑暗"和阴冷，但全民战"疫"已到了最吃劲的时候，胜利的曙光就在眼前。

人生之所以美好，是因为它不总是晴空万里，也不总是困难重重。艰难困苦，玉汝于成。我相信，有我们全国各地白衣天使的逆行而上，有我们人民解放军医疗队伍的挺身而出，还有每个人的支援配合，我们就一定能够很快走出家门，呼吸到自由的空气，看到那一张张灿烂的笑脸和那春天明媚的阳光。

为此，我心中默默呼喊：武汉加油，湖北加油，中国必胜！

（作者系司法部预防犯罪研究所《犯罪与改造研究》杂志社副主编）

关于读书和写作的断想

陈广伟

近日读到一段关于文学和作家的文字，该作者说：在当代作家中，能够称得上思想者的何其少，能够有相对成系统思想的何其少，能够不断痛苦地否定自己的思考渐渐深入的何其少，能够为坚持独立思考舍弃利益的何其少，能够为思考去冒犯周围的何其少。继续筛选：能够践行自己思想的，几乎没有了！

我认为，上述文字虽然谫陋直白，而且纯属一家之言，却或多或少地道出了当前文学的真相和作家的尴尬。我想就与此相关的读书和写作谈一些想法。

◆ **关于读书**

记得 10 年前我去上海图书馆借书，按规定一次可以借阅 4 本图书，于是我借了张贤亮和余秋雨的两本散文集和另两位不知名作家的图书。后两位的简介上赫然标明他们都是省、市级作协的主席、副主席。我想当然地认为，他们虽然没有名气，但是作为省市级作协领导写的书应该不会差到哪里去吧？

然而事实是：张贤亮和余秋雨的两本散文集不出所料的精彩，以至于一口气看完，仍然觉得意犹未尽、余味无穷；而两位作协主席的作品却思想贫乏、装腔作势、东拉西扯、言之无物，令人不堪卒读。当时我想，这就如同购物，名牌就是名牌。名牌产品绝非浪得虚名，它是依靠精心的设计、过硬的质量、严格的把关，经年累月的市场考验，才能在竞争中脱颖而出乃至深受顾客欢迎。文学作品也是如此，那些好的作品大都是经过成千上万读者口口相传才逐渐成为大家心目中的"免检产品"的。

从那以后，我在买书借书时就特别留神，对于那些无名作家的作品，首先浏览几十页，觉得确实不错，再买再借。

在读书方面，人们以往的很多经验早已过时甚至其意义早已变更。比如："书中自有黄金屋""读书是人类进步的阶梯""书籍是全世界的营养品""书籍是造就灵魂的工具"等不一而足。

今后必须在这些名言名句的"书"字上加一个前缀："好"或"好的"。只有好的书籍才是"黄金屋""进步的阶梯""营养品"或"造就灵魂的工具"。那些文字垃圾只能化为纸浆转世投胎后才有可能成为一本好书。

唐朝诗人杜甫在《奉赠韦左丞丈二十二韵》一诗中云："读书破万卷，下笔如有神"，说的就是博览群书，把书读透，写作时才能得心应手。宋代诗人苏东坡在《送安惇秀才解西归》一诗中曰："旧书不厌百回读，熟读深思子自知"，经典作品要反复熟读，深入思考，如此便能自然而然地领会其中含义。

读书需要"博览"，但更需要精读；精读有时比博览更重要。一本好书、一篇好文章，往往需要反复阅读，甚至逐字逐句地研读，才能从中汲取精华。要把一本书、一篇文章的精华部分融会贯通，化为己有，才能使自己有所升华。

汉代著名思想家王充说："人不博览者，不闻古今，不见是类，不知然否，犹目盲耳聋鼻痈者也。"我接触的作家中既有散文作家，也有小说作家。他们中凡是文章、小说写得好的，首先肯定是一位杂家。所谓杂家是指学问涉猎很杂的学者，他们的知识十分广博，不仅涉及文学，也涉及政治、经济、社会、哲学、历史、科学、战争以及古今中外的奇闻轶事等；他们既关心国内每天发生的新闻事件，也时刻关注国际形势。因而他们的视野十分宽阔，思想极为活跃，也必然具有创新思维。他们的作品往往别具一格、与众不同，因而不可能与他人的作品雷同或称"同质化"。

◆ 关于写作

最近新锐散文平台组织作者讨论："在这人人都是作家、时时可以发表作品的网络时代，如何写好散文？"其实这一设问同样适用于小说、诗歌、剧本的创作。

网络媒体的普及，使得发表文章的门槛越来越低甚至没有门槛，势必造成鱼龙混杂、泥沙俱下，优质作品寥若晨星；加之优质作品的认定并无广大读者参与，而是由各种眼花缭乱的评奖一锤定音，这就必然造成鱼目混珠，获奖作品中既有珍珠，也有"鱼目"。当年鲁迅、郭沫若、茅盾、巴金、老舍、曹禺的作品传播之广，受众之多是今人难以想象的。他们的成功是由亿万人民的口碑奠定的。当然，当代作家王蒙、张贤亮、莫言、贾平凹、陈忠实、路遥等也都是依靠响当当的作品闻名于世的。

因而，没有门槛的写作，没有稿费的写作（包括当前纸媒极低的稿费），没有责任的写作，没有专业编辑把关、修改、润色的写作，是很难产生优质作品的，更不可能产生惊天地泣鬼神的传世之作。我之所以提到稿费，是因为作家的付出和稿费收入应该基本相当。只有这样，才能激发作家的责任感，才能调动作家的创作积极性。

我一直认为，作家心中要有读者。因为你的作品不是日记，不是写给自己看的。文学作品一旦发表，就要面对广大读者的审视，必须对读者负责。这就如同饭店的厨师，你可以随便弄点什么，让自己填饱肚子；而决不能随便弄点什么，去糊弄你的顾客。你必须拿出十八般武艺精心烹调，用美味佳肴伺候好你的顾客，让顾客满意而归，他们才可能成为你的回头客。

有人说，散文就是纯粹抒发个人情绪的，可以花前月下，可以风花雪月，可以卿卿我我，可以自我陶醉……这些我不反对。但是，只要你的文章是用来发表的，就要顾及读者的感受，顾及文章所产生的社会效应。你抒发的个人情绪必须是健康向上的，必须是广大受众能够接受的。

当前散文写作中的同质化现象十分严重，其原因是多方面的。其中有一条十分突出：那就是一些作者孤陋寡闻，学识短浅，人云亦云，急于求成，勉强为之……因而造成文章雷同、内容贫乏、似曾相识等弊端。

季羡林先生在《我怎样写散文》一文中说："千万不要勉强写东西，不要无病呻吟。即使有病呻吟吧，也不要一有病就立刻呻吟，呻吟也要有技巧。"如果没有真情实感，没有感动自己的理由，没有达到"如鲠在喉，不吐不快"的程度，那就宁可不写。

作家必须自觉地、如饥似渴地汲取各种知识，除了阅读经典文学作品以外，还应阅读其他各种门类的书籍、报刊。更重要的是增加各种阅历，涉猎更加广阔的领域，让自己成为真正的杂家。

你要给读者一杯水，自己首先要拥有一池水或者至少拥有一缸水。否则，你拿什么向读者输出？而且，你的知识储备必须时时更新，要不断向书本报刊索取，向习近平新时代中国特色社会主义思想宝库索取，向社会大众索取，向大千世界索取，向你本人未知的领域索取。

各种知识的积累和消化，必然会对作家的创作产生潜移默化的影响，你掌握的知识越多，你的自由度就越大。写作过程中才可能做到灵感爆棚，另辟蹊径，得心应手，游刃有余……你的作品才可能高屋建瓴，见他人之未见，写他人之未写，嬉笑怒骂皆成文章。

著名评论家、散文作家阎纲曾经给自己立下四条规矩。他说："一是没有独特的发现，没有触动你的灵魂，不要动笔；二是没有新的或更新的感受，不要动笔；三是情节是天使，细节是魔鬼，没有一个类似阿Q画圈圈、吴冠中磨毁印章的典型的艺术细节，不要动笔；四是力求精短，去辞费，不减肥不出手。"（红孩《散文是说我的世界》）

谨以季羡林先生、阎纲先生的叮嘱和文友们共勉。他们的金玉良言应当成为我们的座右铭。

（作者系安徽省监狱管理局退休干部，曾任监狱学会秘书长）

人生至少赢一次

岑来明

在我看来，一直默默无闻或许苟苟且且的人，也会因为慷慨无私的捐助，也会因为奋不顾身的救助，获得了众多赞许，从而了却了"人生至少赢一次"的美好夙愿……

在当今社会，所谓成功者，无非人生中赢的次数多一点；所谓失败者，无非人生中输的次数多一点。通盘皆赢、通盘皆输者应该没有，小说、电影为了吸引眼球，会创造神奇、夸大悲喜！

如果说钱、权、名、才被视为成功的标志，那这些也是一步一步积累起来的，并且不可兼得、难以固化，遭遇瓶颈、一蹶不振者众多。歌星吸毒乃难以超越自己所致，愤青者往往系梦想难以企及。一项优秀已经了不起，具备两三项就被称作杰出和伟大，被人传唱、被人演绎。

过去的时代，一首歌唱红后就是著名歌唱家了，一部小说热销后就是著名作家了，虽然收入可能不及当今的网络写手……今天的社会，机会多多，竞争也惨烈：书法家、企业家、画家、作家众多，能够被人知晓、经久不衰的能有几人？即使"报刊有名、广播有声、电视有影"的从政者，退休后又有多少人还记得？人们铭记的主要是他们对社会的功绩和高尚品德以及对己有恩。喋喋不休地想让人记住反而容易使人讨厌——可以在小圈子里自娱自乐，但最好别到处出手。

所以，对于平凡的我，自感能做到"人生至少赢一次"就不错了。钱多没有定数，那么，可以达到温饱无忧；权大也无定论，那么，可以在自己的一亩三分地有点话语权；有名更无标准，"网络红人"是名，"斗方名士"也是名；才的标志很多——大国工匠、种粮大户、部队奇兵等都是，不一定非要成为科学家、艺术家和学术大师，不一定非要登太空、游南极！

人生的价值和意义在于：在时间的长河里停留得久远一些，在空间的范围里存在得广大一些,"人生至少赢一次",哪怕在人民大会堂静静观看一次电影或演出,在黄浦江上慢慢喝一顿酒或茶,当一回把持有度的婚礼主持人。

其实,即使如此,也要"过五关斩六将",付出诸多艰辛。不为显摆,追求"人生至少赢一次"的心理体验,就像《罗马假日》里的安妮公主充当一天自由平民,就像天空瞬间流失的星星,就像惊人一现的昙花,总有人记得她们的美好!

实现"人生至少赢一次"的目标,就能够体现出平凡人不平凡的人生感觉!

(作者系安徽省监狱工作研究所副编审,《安徽法制报》特约评论员)

努力把自己弄得一身才华

刘 颖

夜听，似睡非睡，突然被一句话击中，睡意全无。

"要不是生活所迫，谁会把自己弄得一身才华"这样看似吐槽的话，却让我听出重重叠叠的意思，一时无限感慨起来。

生活所迫的确透出一点无奈。无论心中多少诗和远方，在这个充满不确定性的世界，我们依然要首先面对柴米油盐，要面对生存的基本需求，要么是物质的，要么是精神的，大多时候是二者兼而有之的束缚困扰。随着年龄、阅历的增长，有一天会惊讶地发现，人其实只有自己、也必须依靠自己。只有自己这个肉身所具有的能力也就是统称为"才华"的支撑，别的都不能随身携带，这就是生活的真相，虽然无奈，但还是早知道早好，早清醒早面对。

而这句话的下半句"把自己弄得一身才华"，即使以生活所迫的低调说出，依然有满满的傲娇。试想想，"生活所迫"应该是每个人经常要面对的现实，但由此而把自己弄得一身才华也并不是人人都有这样说的底气。

我觉得这才是重点，应对永远是第一位。而那些我们艳羡的成名成家有大大小小成就的，哪个不曾是"把自己弄得一身才华"的斜杠青年。鲁迅因家人之病痛恨庸医误人而学医，又因国民之麻木而从文，一身的本领随便一样放在普通人身上都够了。当代的成功人士更是以跨界为荣，所以让"明明可以靠颜值，却偏偏靠才华"的调侃流行。

说归说，当我们处境安逸，还能得过且过时，大多还是会选择应付。我自己就是这样的人吧，惰性在身，以为眼前的驾轻就熟就是永远，舒适区待久了，熟悉的领域做久了，就当成了可持续的永远，不去学新的本领，不给自己压力掌握新技能，但可怕的是，哪有一成不变的永远，你不知道生活会突然在哪里转个弯，你就要面对未知的世界。而这时候，艺多不压身就派上了用场，你所有秋天的储备会还你一个衣食无忧的暖冬，你之前付出的种种努力，其实终会连本带利还给你。可惜，人总是不经历不知道，懂得这些，还是得现实亲自上一课。

想起来前几日和一位朋友通电话，一直以为他走的是行政路线，深聊才发现竟是一技术男，除了学业读到博士，他还有一把货真价实的专业证，工作中遇到的业务障碍，他都去考个证，累积下来就成了通才，我眼里的顺风顺水，其实是他孜孜不倦的勤奋，即使隔着屏幕，都能感到我满满的膜拜。后来他就我的提问，细致地给我普及了企业管理的一个知识点，谁能想到深夜一个多小时的电话会是一堂学习课呢。放下电话，深感惭愧，以前觉得自己也算始终抱有好奇心，读书涉猎还算宽广，相比之下，差距不是一点点。

由此及彼联想到身边的熟人朋友，做学问的喝杯茶都精进为茶道，经商的早已风生水起，从政的忙得一身是劲，竟然都那么励志，原来身边人一身才华还在拼，真让我细思极恐：我凭什么不把自己弄得一身才华？！

眼下的我，从熟悉的机关到陌生的基层，从完全的务虚到根本的务实，模板切换成截然不同的两面，无论我多为难、多畏难，再多的内心戏也只适合在午夜默默上演，天明就得披挂上阵，每一分才华增进都是我抵挡困难的铠甲啊。

也许，当我真的把自己弄得一身才华，就没有那么多生活所迫了。

向上的人生，每增一分，天地就会高远几倍，而我们努力拓展，才不辜负这既短且长的一生。

（作者系江苏省镇江女子监狱民警）

看英雄归来

李 成

近日看到抖音上国家接回志愿军烈士的相关视频，不禁泪目。虽然一个大男人动不动就情感失控不是件"光彩"的事，但对于这些作品，我真心希望越多越好，情愿为之流泪。

昨天中午在单位餐厅吃饭时，餐厅正在播放接回志愿军遗骸的新闻，自然也谈到了70年前那场发生在同是社会主义邻邦的战争，谈到了朝鲜战争前的大国博弈和利益分割……年轻的同事说他知道朝鲜战争和抗美援朝的大致历史，但对具体事件和渊源却不清楚。70年对现实生活中的人来说足够漫长，因为人几乎不可能再经历一个70年，很多鲜明的细节随着时光的流逝也慢慢归于尘埃。幸好因为爱好历史和借助互联网的便利，让我大致了解了那场战争的整个过程。

任何一个国家的独立自强都不是件容易的事，对于我国来说更是艰难。经过鸦片战争后的割地赔款、14年抗日战争和3年解放战争的艰苦卓绝，新生的中华人民共和国就像一个家徒四壁、人人面黄肌瘦的大家庭，虽然精神头还不错，但武器装备极度落后。可以想象，当年冰天雪地的战场上，无数个缺衣少食、武器落后的志愿军战士与人高马大、装备飞机坦克的美国大兵殊死搏斗时，那情景是多么的惨烈！

铁血战争从来不是艺术构造出来的产物，从来不是"红旗漫卷西风，从井冈山到延安遍地火种"的诗意畅想，而是意志和实力的比拼。不能不说老一代国家领导人的远见卓识、胆气魄力，不能不说志愿军将士的英勇无畏、视死如归，开国第一战让世界瞠目，打出了一个让后人腰杆挺直、收获尊严的朗朗乾坤。这样的领导人，这样的军队，许多国家都没有。

从鸭绿江推到"三八"线，从"圣诞节节前让孩子们回家"到"我是美国历史上第一个在没有取得胜利的停战协议上签字的将军"，是什么让新生的共和国军队取得如此辉煌的胜利？黄继光，24岁；邱少云，26岁；杨根思，28岁；毛岸英，28岁……

活着不好吗？也许朝鲜长津湖地区崇山峻岭零下30摄氏度那120多个被冻成冰雕的志愿军战士，也许那些长眠在朝鲜白山黑水间的19万余将士，就能说明一切！能让挟"二战"之威、傲世天下的名将麦克阿瑟和陆战一师灰头土脸的，在当时唯有我中国人民志愿军！

有时，我在想，人在面对死亡时到底是什么感觉？

毕竟生命只有一次。70年前的那些烈士为什么会义无反顾地舍弃自己的生命呢？思来想去，归为一句就是，在伟大的共产党领导下激发出了蕴藏在骨子里的中华民族的血性和家国一体的朴素情怀吧，也正是这种被激发出的血性和情怀让我们这个新生又虚弱的国家一步步走向繁荣富强。

无数个烈士为我们打造了一个安全稳定的家园，我们得以沐浴阳光雨露，看遍秋月春风，享受着一个大国国民的尊严。但坦率地讲，在对待那些烈士、对待军人上依然存在不尽如人意的地方，少数人故意歪曲、虚构历史来诋毁烈士进而解构这个国家的柱石，少数国人对军人应享有的荣誉和权利心态失衡，也有一些烈士的事迹还不为世人所知，军烈家属也未得到足够的尊重。想想那些烈士们，再想想现在自己所拥有的一切，我们应该对他们、对我们的军人致以最崇高的敬礼，对那些诋毁烈士和军人、破坏军民关系的言行予以理直气壮地批驳、怒斥、揭露。

70年前战争的硝烟早已散去，70年后的风景自是不同，但这个世界依然不太平。中国必须崛起，也必然崛起，崛起过程中也一定也伴随风雨艰辛。和那些已经长眠的烈士忠魂相比，我们已经是足够幸福！

我们这代人有幸生活在一个国力日见上升的年代，正走在国家复兴的伟大道路上。那些烈士用生命和鲜血撑起了国家的自立，我们又该用什么来实现国家的自强？志愿军烈士所表现出来的忠诚爱国、敢于亮剑、不怕牺牲的精神，在当下依然是我们的指引。

泪目这些最可爱的人，铭记他们，缅怀他们，传承他们，成为他们，我想这才是我们这代人的正道吧！

（作者系江苏省连云港监狱民警）

人到中年

白 茹

一

晚饭后，正和闺蜜散步聊天，妹妹打来电话。

接通后，一分钟没声，一种不祥的预感袭上心头。

急切地追问。妹妹泣不成声，哽咽着说："咱大姨走了，突发脑出血……"

啊，我那勤劳能干的大姨，怎么说走就走了呢？才62岁呀，是真的吗？走进她家门时，依然恍惚觉得她会满面笑容迎出来，"我娃来了"。可是当看到安详地躺在板上再也叫不应的大姨时，不由让人涕泪长流，感叹人的生命如此脆弱，像捧在手里的玻璃，一不小心就会摔得粉碎，心疼慈祥善良的大姨逝去，也心疼痛哭失声的妈妈，陪着妈妈哭了好久。

下葬那天，回到家来，头一次当着孩子的面哭得像个孩子，又一个关心疼爱我的人去了，我的生命中又少了一分庇护。在孩子的安慰声中，蓦然想起，自己已经四十岁出头，人到中年了。

二

网上近年流传着一个词：中年油腻。

发明这个词的一定是小年轻们，字面就透露出满满的不屑与鄙视。

中年怎么就油腻了？一直没弄明白。

是因为满脸的皱纹吗？那是岁月积淀的沧桑。

是因为发福的身材吗？那是生活幸福的体现。

还是因为说话处事的圆滑世故？那是人情练达多年的经验。

和孩子辈沟通时能感觉到明显的代沟，他们的很多新鲜词汇我们真搞不懂，有时还闹笑话。尽量挤出时间加强学习上网玩手机，看孩子们的书报，还是感觉跟不上他们的节奏，真心感到有点累。

青春期的他们可以少不更事可以任性胡为，可以挥霍青春，可以从头再来，而人到中年的我们，身体和时间都不属于自己，只能感叹岁月匆匆时光无情，步步紧逼着我们去赡养老人、抚育孩子、维持生计，自己只能是排在最后的，就像磨道上蒙着眼睛埋头拉磨的毛驴，只有卸下眼罩吃草休息时才可以喘息一下，望望远方。

无论生活得多艰难，在日渐老去的父母和尚未成人的儿女面前，我们还得装作凛然不可侵犯的坚强样子。

三

和同学朋友小聚，聊起某某同学英年早逝，他的老父亲老年丧子，肝肠寸断、痛不欲生，心里又是一惊，不抽烟不喝酒没有任何不良嗜好的他居然死于肺癌！竟然已经有同龄人提前走到了人生的终点，原来以为遥不可及的终点来得那么仓促匆忙、猝不及防。

疾病像个行动诡秘技艺高超的猎手，隐藏在未知的近处或远处，随时准备出其不意地攻击我们貌似强健实则已然走下坡路的身体，死亡离我们中年人并不遥远，它就在不知多近多远的地方等着我们。想至此，不由得心里发慌：我们还有那么多任务没有完成，那么多梦想没有实现，紧迫感不由阵阵袭来，人生其实并不漫长，经不起任何拖延和懈怠，想至此，不由得夜不能寐，和同龄人聊起，大家都一样，工作生活诸事缠身，焦虑失眠几乎是每个中年人的标配。

四

父母的身体一年不如一年，曾经健步匆匆的他们走路慢了，腰背弯了，耳朵也背了，家里的药品多了起来，时不时娘家婆家的老人就生病了、住院了，忙乱得人心力交瘁、焦头烂额。

孩子已经步入青春期，正是学习的最好时光，作为过来人的我们生怕他们浪费光阴，仍然要经常耳提面命，千万不能荒废学业、虚度青春。

尽管经常收到他们的顶撞和抱怨，甚至爆发冲突，但看到孩子们能勤奋刻苦，努力学习，还算懂事孝顺，还是很欣慰的，多年的无条件付出总算有所收获，愿孩子们都能长江后浪推前浪，一代更比一代强。

五

生活难免诸多不如人意，但依然要感谢上苍的眷顾和厚爱，一家人平安快乐健康，已经此生足矣了。

中年人是社会进步的中坚力量，家庭和谐的顶梁支柱。

人到中年，能得到父母的教诲和帮助，得到孩子的尊敬和关心，已经是上天的特殊关照和眷顾了，不能再奢求什么四角俱全了。

生活其实没有那么多风花雪月，更多的是生老病死和柴米油盐；没有那么多的山清水秀、花香扑鼻，倒经常性的一地鸡毛、令人抓狂。但我们比年轻时更多了份从容和勇敢，不畏前途艰险，没有比脚更长的路，没有比人更高的山，行稳者致远。

所以，再忙也要抽出空来读书和旅游，让书香浸润灵魂，给心灵放个假，然后再次意气风发驾起生活这辆大车，风雨兼程地继续前进。

不忘初心，砥砺前行。说的真好，为了发自初心爱我们和我们爱的父母爱人亲朋好友们，中年人只有斗志昂扬地负重前行，无怨无悔，尽自己该尽的责任和义务，等到老得哪儿也去不了了，回忆起来才会无悔无憾，才无愧于我们这个伟大的时代。

（作者系陕西监狱罪犯职教所民警）

唯有善意可解忧

卜振东

明天就要结束本轮封闭执勤了。

之前想的一些事情,有的完成了,有的没有完成。在这特殊的日子,总感觉时光转瞬即过,有些事来不及细细思量。但与46名罪犯的逐一谈话,却让我印象深刻,回味悠长。并不是我谈的多好,而这些人谈话的细节、片段和场景,颇具有"江湖恩怨、打打杀杀、血雨腥风"的代入感,而无知、悔恨、迷茫情绪隐约可见,隐忍、顺从、狡黠神态夹杂其中。即使没有亲身参与过往,也让人唏嘘不已。

毕竟好多年没有与罪犯谈话了,为此还再次拜读了老领导张建秋主任的著作《个别谈话——沟通心灵的艺术》。陆陆续续谈了大半个月,每天一个监区。

其实更多的是倾听,我尽量少聊服刑生活带来的"暗淡人生",多听一些他们曾经以为的"辉煌岁月",试图从中寻找这个群体真实的"黑色本源"。厚厚的一本谈话本,记载着这些罪犯一个个殊途同归的成长史。如果把这些人的经历编成一本书,特别像日本作家东野圭吾《解忧杂货店》中的叙述风格。一个个单独的故事,很多线同时进行,最后都可以隐约归结在一起,时间和空间上,相互关联,每一件事最后也能看到因果关系。

唯一的区别在于,一个关乎善意,一个关乎恶意。

很多罪犯没有表现出明显的匪气和痞气,甚至有的唯唯诺诺。但他们复杂且狗血的人生经历在交流中仍然表现得淋漓尽致,对这个世界充满沮丧、怨恨、愤懑。

小A,从小被父母抛弃,充斥着对社会的敌意,却在"黑老大"那里找到了归属感;小B,从遥远的宁夏来苏打工,屡次被骗,大西北人民原生的质朴和友善逐渐耗尽,在打砸抢中恶念丛生;小C,家境优越却四次服刑,混混沌沌中是非不分，一脸戾气，看不到一丁点儿悔恨之心；小D，长期游走在"灰色地带"，却不认为自己开赌场、垄断鱼虾市场是违法犯罪，对原审法官怀有"咬牙切齿"之恨。

《论语·述而》云：不愤不启，不悱不发。意思是不到他努力想弄明白但仍想不通的时候，不要急着开导他；不到他心里明白但不能恰当表达出来的时候，不要急着去启发他。但即便如此，仍然感叹于这个群体如此缺乏对是非善恶的基本判断，感叹于黑恶势力"丛林法则"的野蛮生长，很少在他们身上看到家国情怀、社会责任和人性善良。

对于监狱而言，用善意打败恶意，将黑色化成白色，以救赎点亮"心灯"，成为我们的重要使命。

善意，从某种意义上说，就是司法的原意。

今年的"两会"，司法善意频频见诸报端。让我看到对不同层次、不同群体的善意释放。

一个是对普罗大众的善意。2020年5月28日，新中国首部民法典表决通过。法不远人，这部民法典就像一个无形的天网，每一项都与社会大众息息相关，每一个环节都凝聚社会生活规则的最大共识，充满着浓厚的人文关怀色彩，让友善这一社会主义核心价值观更加深入人心。

一个是对公序良俗的善意。最高人民法院工作报告指出：人民法院兼顾国法天理人情，明辨是非，惩恶扬善，破解长期困扰群众的"扶不扶""劝不劝""追不追""救不救""为不为""管不管"等法律和道德风险，让司法"有力量，有是非，有温度"。这是遵循司法良知，用鲜明的司法立场，对社会一致谴责的恶勇敢地说"不"。

一个是对特定群体的善意。最高人民检察院张军检察长说："检察机关立足办案引领社会法治观念，法决不能向不法让步。会同有关部门发布惩治袭警违法犯罪指导意见，维护民警执法安全就是维护国家法治尊严。"这是法治对保护人民警察，包括监狱人民警察正当执法释放的善意。

封闭执勤期间，因为安全上的压力，更多的是强调一些问题和隐患，其实心里更清楚执勤民警的坚守和不易，长时间封闭环境下带来的压抑和枯燥挥之不去。但当5月下旬执勤模式调整，原有警组需要重新编排时，仍然有一些监区民警对战友怀着最大的善意，主动承担需要多值的轮次，照顾有困难的民警多休息几天。

我的身边，就有李斌宗、陈桂洲、鲁钦崟等民警，当其他战友因故无法接班时，主动请战，毫不犹豫留下来继续战斗。桑监狱长打电话给我，布置宣传报道时说："他们是真正的一战到底"。

这让我想起一部韩国电视剧《机智的监狱生活》，监狱虽小，故事虽短，但小小空间窥见了各色人生，感动满满。

善意是境遇中的共鸣，是黑暗中的光亮，是泥泞中的通途。

"警官，虽然以前在外边瞎混，别人看不起，但我在监狱里还能看清好歹，你要问我最佩服的民警是谁，说真话，我坐三次牢了，就觉得我们监区王志洲教导员是真不错，我也愿意听他话。"

"为什么觉得他不错。"

"他处理问题公道，也有原则，还有一点，我们有啥困难找他，他也蛮关心的，我觉得高淳监狱人性化管理真不错。"

这样看来，司法善意，对于监狱民警来说，就是保持职业的良善，竭尽所能让善意"抵达"，使它变得更加具象和可感。

最近，监狱正在筹划一部微电影，争取能参加省政法委组织的平安江苏"三微"比赛。看似很"硬核"的题材，小伙子们反其道而行，准备以"救赎"为主题，努力彰显监狱机关司法善意、改造罪犯的温情一面。

拭目以待，也为他们点赞。

（作者系江苏省高淳监狱民警）

白湖的牺牲

周 明

2020年7月18日,星期六,暴雨。

为了迎接脱贫攻坚普查,我们驻村工作队的同志周末没有回淮南。

我们所在的双庙集镇的雨,从昨晚开始一直在下,临晨时变成了瓢泼大雨。

据气象预报报道:昨日8时至今日8时,我们扶贫的安徽省寿县普降暴雨到大暴雨。具体雨量:双庙269.7毫米,大顺193.0毫米,保义178.5毫米,陶店172.0毫米,正阳关169.3毫米,瓦埠168.1毫米,窑口162.9毫米……(寿县气象台7月18日8时30分发布)。

淮南市紧急通知,要求做好防汛救灾工作。经过上午排查,我们村这次基本没有受损。

回到村部,望着外面的大雨,微信里忽然跳出安徽省防汛指挥部要求白湖监狱管理分局东大圩做好行洪准备的通知,这让我回想起自己记忆中安徽省白湖监狱管理分局历史上的三次行洪。

安徽省白湖监狱管理分局的前身白湖农场地处庐江、无为、巢湖市二县一市境内,1953年围湖造田建成,分东西两个大圩,162平方公里,为全国特大型劳改农场之一,建成后,为保护周围广大人民群众的生命财产安全,曾经多次行洪。

我从小随父母生活在白湖农场,父亲是一名管教干部。1969年7月14日20时,白湖农场西大圩行洪,那一年我才7岁,人员、物资都需要转移,当时没有交通工具,仅有的船要装运重要物资,人员只能步行转移。

印象中,转移的那天晚上雷雨交加,母亲背着妹妹,一手拎着东西,一手牵着我,跟随着转移的队伍出发。当时小,只记得泥巴路非常难走,也不知道摔了多少跤,鞋也掉了。我跟妈妈说走不动了,妈妈就鼓励我。从家出发到姥山弯,也不知道多长距离,只知道走不动了。这是记忆中的第一次。

第二次是 1983 年 7 月 4 日 12 时，白湖农场东大圩行洪。我当时在十三大队工作，十三大队位于东大圩东部。接到通知后，全员立即行动。那时白湖农场的交通工具主要是拖拉机，相对来说，人员转移、物资搬运都要快得多了。第二天，东大圩已是一片汪洋，我们站在坝堤上看着被淹的家园，有一种说不出来的伤感……

第三次是 1991 年 7 月 6 日，我从白湖监狱管理分局调往淮南劳教所工作，需要从白湖办理调动手续。那天，由于白湖到庐江的路被淹，从白湖到合肥的长途汽车停运了。我只好从白湖的青山坐车到巢湖，再从巢湖坐火车到合肥，去省监狱局、司法厅办理相关手续，下午赶到淮南。据说第二天，青山到巢湖的汽车也停运了，7 月 9 日 11 时 28 分东大圩又一次行洪，心里久久不能平静。虽然离开了白湖，但那是生我养我的地方……

之后，白湖监狱管理分局又行了两次洪。白湖牺牲了自己，却保护了周边地区人民群众的生命财产安全。

近几年，我也经常回白湖，感觉白湖现在的变化很大，发展也很快，非常高兴。

写完这篇日记的晚上 20 时 10 分，白湖监狱管理分局的东大圩再一次行洪了……

（作者系安徽省淮南强制隔离戒毒所民警）

信仰的力量

杜毅文

早上偶然翻出我专门留下的一集电视剧。剧中中共代表田丹等四人在撤出北平接受改编的数万国民党中抓捕罪大恶极的反共分子沈世昌。

沈世昌轻蔑地说：这附近有上万国民党，只要我喊一声，你们就没命了。

谁知，中共代表王伟民大喊道：中国共产党华北城工部执行抓捕沈世昌，干扰反抗者，就地格杀！

其声音之大，百步之内皆可听见。只见身边的国民党士兵似乎没有反应，只顾低头而行，一个坐人力车的军官看了一眼马上收回了目光，像是没看见一样。

这一段镜头我看了不下二十遍，每每看到，内心总是激动不已。当时，我军还没有进城接防，王为民等四人是艺高人大胆，充满着必胜的信念，更关键的是他身后有百万解放军，还有共产党这个强大的靠山。而此时的国民党士兵和中下级军官也只想平平安安接受改编，迎来新世界的和平生活，谁会为一个只闻其名的国民党高官出头，虽然这里的共产党员只有四个人，但他们的自信、果敢、坚毅代表了整个共产党人的气势。所以，最后的结局就是沈世昌借与妻子话别之际，想突然举枪打死田丹，却被王伟民一枪击毙。旁边的国军士兵也只是扫了一眼，却无人敢动，连他的亲生女儿路过，也只是稍作停顿，便匆匆逃走。

在这场敌我短暂的交锋中，信仰力量的强大彰显无遗。这让我突然想起了西汉名将陈汤那句令两千年来无数华夏儿女血脉贲张的名言："明犯强汉者，虽远必诛！"

写到此处，我不禁热泪盈眶。因为，今天是我封闭执勤的第51天，加上隔离备勤的14天，我已经离开家人在抗疫战线上奋斗了65天，但这65天不是虚度的65天，是我作为一名人民警察履行使命、奋勇担当的65天，是我守土有责、守土担责、守土尽责的 65 天。

这封闭执勤的 65 天必将在我的人生历程中留下深深的烙印，也必将融入我的血脉气质中，也将为我的生命增添更多的信心和勇气！

（作者系河南省新乡监狱民警）

五十述怀

张 昇

17年前的2003年,"非典"疫情封闭管理期间,我写了两篇随笔——《"非典"生活的"非典"日记》《听雨,穿越生命的隧道》,记下了当时"非典"封闭管理期间的点点滴滴。17年后,又逢新冠肺炎疫情封闭管理,写下这篇文字,记录封闭管理期间的所思所悟,以纪念这段特殊的日子。

◆ 一述——"悲"

总以为自己还年轻,50岁却这么悄悄地到来了。

人生过了大半,不免失落,失落中又不免多了几分怅惘……

设想过几种"五十大寿"的过法,却从未想到,自己的50岁生日,会在监狱高墙电网的封闭环境中渡过,肃穆中有几分压抑,却也蕴藏着生机。我想,这生和机,拆分下来,大概有几层含义吧,生命、生死、生存、机会、新生、重生……

一场疫情,逼迫着人们思考生死、人性、人生、价值、取舍等问题。打开疫情通报,每天跳动的数字,都是一个活生生生命的逝去。每天看着冷冰冰的数字的跳动,几乎成为一种常态和惯例,有时也会生出几分感慨,看到数字在不断减少,甚至有几分欣喜。但数字背后,却是一个个亲人的离开,一个个家庭的悲戚……

经历过灾难,才懂什么是岁月静好,什么是负重前行。这场疫情,让我们看到了很多,也思考了很多。有时候,好好活着真是一种奢望。

都说"洪福齐天",2019年8月,94岁的老父亲过世,原本我们心里想着也许他老人家可以有"百岁高龄"的洪福。但回头想想,为什么一定要"齐天"呢?物极必反,月满则亏,《易经》中已经把这个道理阐述得很明白了。在陪伴他老人家度过生命中最后岁月的日子里,面对他这最后的几十个痛苦难熬生不如死的日日夜夜，对生死的理解，更加深切！

◆ 二述——"喜"

弘一法师曾以其颇具特色的"弘一体"写下"悲欣交集"四个大字，对他的一生进行总结。四个字，虽言简，却意蕴深远。一"悲"一"欣"，写出了这位多才多艺、一生传奇的大师对人生的慨叹和大彻大悟。有悲就有喜，悲和喜，就像一对孪生兄弟，如影随形。就像疫情刚刚暴发时，到处充满悲痛、慌乱和凄惶；随着举国上下齐心协力使疫情逐步得到初步控制，欣喜、希望和秩序便如期而至了。

我的 50 岁生日，也是我作为监狱民警的第 27 个生日。

沿着 50 年的时光隧道，向后望去，人生就像一个摇曳多姿的大树，50 年的年轮，装得下四海风云，容得下千古恩怨。

我们这代人，留下的最深青春记忆，恐怕还是那个年代令人如醉如痴的歌声。"再回首，我心依旧""走在风雨中，我不曾回头""前尘往事成云烟，消散在彼此眼前"……姜育恒戴着墨镜、身穿风衣的潇洒身影，童安格忧郁深邃的目光……20 岁左右的青春少年踏着时代的节奏和韵律，一路高歌，激情澎湃……

曾想过邀几个大浪淘沙后的好友痛饮一场，高吟"人生几何，对酒当歌……"据说曹操当年写这首诗的时候，正好 53 岁，却依然豪情万丈。

记得 20 年前 30 岁时，写过一篇随笔《三十岁随想》，彼情彼景，历历在目，恍如昨日。都说四十不惑，因为天资钝愚，总感觉依然有很多的困惑，并无不惑之感，所以始终没有动笔写点纪念的文章。《三十岁随想》后收录在我的第一本书《沉沦与升华》中。曾经为我那时的年少轻狂而忐忑，直到这本书在司法部获奖，心中稍安。以现在 50 岁的年龄，回首再看，却有了不一样的感受。毕竟一个年仅 30 岁的年轻人，曾经努力过，留下岁月的印迹，年少轻狂但又何妨？至少没有为蹉跎岁月留下遗憾！

50 岁，意味着什么？20 岁的浪漫，30 岁的迷茫和 40 岁的躁动，此刻都成了过眼云烟，再不会像 20 岁时为赶时髦去硬啃萨特和尼采……50 岁，就像一杯陈年老酒，散发着愈久弥香的醇色，不会再让心灵做孤独的旅程。红泥小酒，浅斟低饮，看明白了人世间的是是非非，随着岁月之舟的前行，心胸开阔了许多，对世事看淡犹如天边那一缕轻飘的云彩。放眼望去，只有圈圈涟漪泛去，愈远愈平愈静，行囊和心一样沉甸甸，心会追逐自东而西的日落日出，走在人生的午后，抬头看看天，太阳温和了许多，迎面而来的风也轻柔了许多。当再次抬头仰望天空的时候，会觉得朝霞是美丽的，但夕阳的余晖更精彩。春天固然生机勃勃、万象更新，但秋天更是秋高气爽、硕果飘香。

50岁这个年龄，不再是波涛汹涌的大海，就像一条静静流淌的小溪，经历了喧嚣与辉煌，经历过挫折与痛苦。豪气与霸气已渐渐远离，常常会一个人静静地坐着，听窗外的鸟鸣，听小贩的叫卖，听自己的心跳。夕阳下，与爱人轻挽臂膀，徜徉在落日的余晖中……也许没有了年轻人激情的热烈、浪漫的狂喜，但它却籍由岁月的琢磨、时光的洗礼，闪烁着睿智与理性的光芒，表现出理智与恒久。

50岁，不再轻狂，不再莽撞，考虑更多的是肩上的责任。50岁，灵魂重新归位，权势与钱财不再羁绊脚步，仁爱悄无声息地占据心灵。懂得了生活的滋味，懂得了对生活的爱、责任和敬畏，懂得了珍惜生活的点滴，洞悉了过去，醒悟了时下，看穿了未来。

面对疫情，20岁、30岁、40岁、50岁显然有不同的认知，除去国家和单位要求的种种，单就个体而言，时间变多了，看电视、刷手机变成了常态，50岁，会想些什么，做些什么呢？不如用来阅读和思考，与智者交流，与哲人对话，给人生来一次断舍离。平时看了许多碎片的知识，诸多碎片化的感悟和思考，很多有用的东西没有平台来承载，这时不妨建个个人微博账号或拿出传统的日记本，来一个"阅读思考与认知的大整理、大升级"——这，才是50岁。

◆ 三述——"道"

老子讲天道，孔子讲人道，庄子讲盗亦有道……

近期读到《领导文萃》上一篇文章，集中笔墨阐述了"官场中的道德分量"，文章指出，道德上站不住脚的东西，政治上同样站不住脚。讲道德，政治才能长远；不讲道德，政治虽然一时取得胜利，但从长远来看，终是昙花一现。由是，我们就能理解武汉疫情暴发期间某些官员和专家的"有所为有所不为"，引发了怎样的民怨沸腾！

　　灾难面前才是人性最真实的暴露。从2003年"非典"到现在的"新冠"，从疫情的源起、疫情的发生、疫情的隐瞒、疫情的发现、疫情的暴发，我们不得不敬畏自然、敬畏生命，还有，敬畏规律和科学，不然，就要受到大自然的惩罚！这里的规律和科学是什么？我想，这就是古人常说的"道"吧。

　　王蒙专门写过一本阐述中华传统文化的书——《中华玄机》，重点讲了几千年来我们生活与头脑中的传统和文化，强调我们中华民族与众不同的"天道"与"人道"文化的可敬、可叹、可咀嚼与可珍惜。从《论语述而》中"不义而富且贵，于我如浮云"可以看出，孔子讲"人道"，更多的是指向德、仁、忠、诚、义、孝等个人道德修为层面。历史上一个比较著名的例子，是司马迁与李陵"趣舍异路，未尝衔杯酒，接殷勤之余欢"。然而他还是选择为"有国士之风"的李陵上书辩白以致下狱受刑，这才有了"史家之绝唱，无韵之离骚"美名的《史记》的流芳百世。

　　柏拉图说，人只有在50岁时才开始哲学生涯，这和中国的孔子不谋而合。孔子说"五十以学《易》，可以无大过矣"，说明50岁的确是个人生的分界线。要说50岁的年龄，面对疫情还会有什么不同的反应？我想，那大概就是对谣言的判断力。如今，我们普通人能做的就是做好身边事，面对病毒和疫情，懂规矩、守纪律、讲政治，不恐慌、不造谣、不传谣，静待黎明——我想，这就是天道和人道统一吧。

◆ **四述——"晋"**

　　《说文解字》中解释，"晋"，进也。日出，万物进，指追着太阳一直前进。这个解释，颇有点夸父追日、舍命涅槃的意味。

　　50岁，虽然过了人生的正午，却是人生的黄金时期，依然要前进、要进步。就像曹操，53岁了，还要豪情万丈地吟唱"老骥伏枥，志在千里"。

　　按照《易经》的观点，要"晋"，首先要考虑到"难"，就是我们在人生中遇到的艰难、困惑和挫折。

　　50岁，该是阅历丰富的年龄，而且更主要的，这时候思维并没有迟钝，脑袋瓜更没有糊涂，从踌躇满志到云淡风轻，风风雨雨、艰难困苦，人生的酸甜苦辣，都在50岁这个阶段汇集和消融。"苦而不言，喜而不语"是一种境界,却需要强大内心的支撑,能够自己消化一切痛苦,也能够享受一切喜悦,并以此为养料,促进自己的成长。

50岁,能把痛苦化为养分,能把灾难化为祝福,能把复杂化为简单,能把磨难化为幸福。但事物都有另一面,任何痛苦,只要能说与人听,那痛苦就会减轻一半;任何快乐,如果能有最重要的人分享,那快乐也会变成两份。因此,不论苦喜,是否言语,并不绝对,关键要看具体情况,要看是否有对的倾诉对象。譬如,当领导就必须承受别人无法承受的压力和委屈,内心一定要做到足够强大,要有度量去忍受自己无法改变的事情,有毅力去改变自己可以改变的事情,有能力去发现身边若隐若现的机会,有勇气去承认和面对自己做错的事情,有胆量接受下属尖锐的批评意见,并且能变成自我完善的动力,不断修正自己的综合素质。

这是50岁对待困难的心态,仅仅是形而上的认识论层面。那么,如果延伸到形而下的方法论,50岁,又当给我们什么启示呢?

前不久看到两种观点,感觉说的很有道理:一种观点,是对于一个成熟和阅历丰富的年龄阶段,应当善于运用"工具思维"解决困难和问题。事情困难,看似无法解决,往往是我们被表象所困,局限于就事论事。巨石无法搬动,用上杠杆就可以撬动。每个难题都有一个对应的杠杆,学会"工具思维",总会找到并制作出适当的工具,最终轻松解决问题。另一种观点,是要学会"阶段性思维",多从阶段性上考虑问题,许多问题就会被理解乃至消解。多从阶段性上考虑问题,就会发现其实不必再走老路,新路就在脚下。就像当下的"新冠"病毒疫情,举国上下齐心协力,疫情得到有效控制和遏止,包括中医在治疗的最艰难阶段发挥了巨大的意想不到的作用,无不体现了"工具思维"和"阶段性思维"的具体应用。其实在日常工作、生活和学习中,多运用"工具思维"和"阶段性思维",很多问题都会得到有效解决。

要"晋",更要学会以退为进,这也是所谓的"有所为有所不为"。为何?因为,人生属于50岁的时间真的不多了!

前段时间读了一篇《李白为什么不能当官》的文章,文章结尾有这么一段话:自己能行的事,才是真正的行。这句话概括得很好,自己觉着行,只是自我感觉良好,不经过实践检验与证明,也只是一句空话。李白做不了官,是因为在做官的方面有欠缺,但不妨碍他成为一个伟大的诗人,进而流传千古。就像《孟子》的提示："居天下之广居，立天下之正位，行天下之大道，得志，于民由之，不得志，独行其道。"这方面，宋代文人颇具代表性：司马光、王安石、范仲淹、苏轼，大都经过宦海沉浮，但仍洒脱地面对生活。原因何在？原来在其看来，财富、仕途并不是其全部的人生，还有让其沉浸的生活——在茶米油盐与琴棋书画中，人自然变得淡泊安然。当下人感觉茫然失措，大概是因为没有苏轼们对人生真意的彻悟。

真正的高手，一定是以心看人，从别人的行为细节和做事动机来分析，这样才能把人看准。可以肯定的是，以德报怨，退一步海阔天空，在锱铢必较现象依旧普遍的当今，六尺之心是多么珍贵的美德。即使是矛盾激烈的一方，也会为退让一方的美德感到惭愧，这样社会才有可能大同。一个人成就越高，就越能看到他人的优点，说出称赞别人的话。把自己放低一点，这不是妄自菲薄，而是与人相处和合作必备的一种品德。站在对方的角度看待你想做的事情，能让自己的方案更加完善；站在对方的利益点上，自然能够提出让对方接受的建议；站在对方的角度才能看到自己的不足。所以，换位思维是一门管理科学，也是一门管理艺术。

只有竭尽全力攀登今天的高峰才能让明天更上一层楼。超越别人不重要，绝大多数人付出了80%的努力，可最终的命运仍在中间那个"高概率"区间里面，然后他们就停步了。因此，坚持把事情做好，这是至关重要的一环。

50岁是什么？是真正拥有了自己！

当一个玻璃杯装满牛奶的时候，人们会说，这是牛奶，当改装菜油的时候，人们会说，这是菜油，只有当杯子空置的时候，才是自己。

同样，当我们心中装满成见、财富和名利的时候，就已经不是自己了。

不属于自己的东西，不可强求。人们往往热衷拥有很多，却难以真正拥有自己。

（作者系安徽省沘河监狱民警）

回家

曹玉洁

当2020年7月15日从汉口火车站出站的时候,我才突然意识到上一次回家从汉口火车站出来是1月15日,整整半年过去了。

终于,又可以回家了!

这一个月来,每天打开手机,看到最多的就是湖北多地暴雨抗洪的新闻,真的好揪心。

火车行驶到湖北,一路上可以看到很多地方都在涨水,江水水位高了很多。在我的记忆中,只记得1998年那次水灾,由于那时太小,只知道到处都在涨水,很多地方都被淹了。小姨家鱼塘的鱼趁着发大水全跑掉了,我们全家跑过去帮忙,年幼的我站在齐腰的水里,很多鱼在我脚下游来游去,吓得不行。

网上说,湖北人"上半年抗疫,下半年抗洪,2020年实在太难了"。但乘风破浪的湖北人定会乐观回应——我们战胜了病毒,更能战胜肆虐的洪涝。

在汉口火车站下车后,听着亲切熟悉的武汉话,看着熙熙攘攘的人群,生活如常,好像什么都没发生过,想到半年前,这个城市按下暂停键,火车站、飞机场、汽车站关闭,许多人经历了病毒的袭击,人们在煎熬中渡过好几个月,有点儿心酸,再次看到这座城市,忍不住想流泪。出站后忍不住拿出手机拍了一张汉口火车站的照片,回来的不仅有城市的烟火气,还有南来北往的旅客带来的城市活力。

在武汉做生意的朋友来家里吃饭,聊起武汉的情况,朋友谈起位于长江、汉江两江交汇处的百年汉正街,受疫情影响,线下门店生意还在艰难地恢复中。疫情极大地打击了生意,这是不争的事实。但汉正街的老板们也相信,信心比金子更珍贵,只要用心经营,生意总会慢慢好起来的。

自武汉解封至今,武汉一直不间断地在发放各种消费券,比如餐饮消费券、商场消费券、超市（便利店）消费券和文体旅游消费券，全体在汉人员均可参与抢券活动。朋友说他老婆都抢到过好几次，是实打实的优惠划算。为了给广大企业增添复苏动力，政府也在实行一些减税降费优惠政策。武汉的政府、武汉的企业、武汉的老百姓，都在为着奔向更美好的明天而努力。

回家的每一天都在下雨，仿佛又回到了上一次回家时的居家隔离，每天吃着妈妈做的饭菜。妈妈做饭特别好吃，好吃到什么地步呢，基本上所有认识的亲戚朋友们来我家，都不愿意出去吃，非要等着我妈做，个个争先恐后帮忙择菜。

夏季正是吃莲藕的好时节，与江苏人爱吃的蜜汁藕不同的是，湖北人喜欢吃素炒藕片，制作简单又爽脆可口，是湖北盛夏时节纳凉必备家常菜。

今年雨水充沛，特别有利于莲藕的生长，新出的莲藕个大、水分足。清炒藕片没有添加太多的调味料，保留了莲藕本身的清新和爽脆口感，这个季节吃再合适不过了。

我之前写过莲藕有分九孔藕和七孔藕。九孔藕水分含量高，脆嫩汁多，凉拌或清炒最合适。而七孔藕淀粉足，水分少，口感软糯，所以更适合煲汤炖菜。湖北人爱吃的莲藕排骨汤常用七孔藕，而清炒藕片常用九孔藕。就因为我说了句素炒藕片好吃，每隔两天，我们家餐桌上都会出现这道菜。

炒莲藕是一项技术活儿，做过这道菜的人都知道，炒藕片最怕的就是藕片发黑。妈妈炒出来的藕片永远都是又薄又脆，而且每片都光滑洁白。我向妈妈请教，妈妈说藕片炒的时候容易变黑，但是一边炒一边加些清水，就不会变黑了。

在我的记忆中，小时候奶奶经常给我们炸南瓜花吃。炸好的南瓜花酥脆爽口，清香味浓，吃起来一点都不油腻，我们兄弟姐妹几个都抢着吃。还记得小时候奶奶说，以前并不觉得南瓜花是好东西，因为家里穷，没有东西吃，看到南瓜花长得比较好看，有些清香味，所以就摘回来吃。如今奶奶已经不在了，也很少吃到炸南瓜花了。想不到这次回家妈妈做了炸南瓜花，吃起来还是小时候的味道。

第二天早上我去菜市场买菜，看到有位老人在卖南瓜花，我忍不住把老人的南瓜花都买回了家。妈妈做了一份南瓜花炒鸡蛋，色泽金黄诱人，味道清新可口，口感清爽腻滑，既有南瓜花特有的香味，又有鸡蛋的蛋香，真是好看又好吃。

从小到大，当我们在外面玩耍，妈妈喊得最多的，就是叫我们回家吃饭。长大离家之后总会时不时想念妈妈做的菜，每次跟家里通电话，妈妈都会问我在外面吃得好不好，不厌其烦地叮嘱我要养成好好吃饭的饮食习惯。这次回家，妈妈做了好多我喜欢的饭菜，排骨莲藕汤、小龙虾、酸豆角、土豆丝、香肠……生活虽忙碌，但生活中的一餐一食、一蔬一茶，总会出现某个打动我们的美好瞬间。

妈妈和厨房构成了家，妈妈在对烹饪的热爱中，隐藏的是对我们无微不至的爱护。不善言辞的妈妈，总是用一顿又一顿的佳肴，来表达对子女的关爱。

7月26日要离家回江苏了，早上被爸爸叫醒，对我说："吃完热干面再走吧！"原来，他特意去我们家附近最好吃的面店给我打包回来一份热干面。

热干面，湖北人特有的乡愁。生活在湖北时，热干面对于我来讲，就是过早的一种选择，离开后才发现，它已成为我对家乡的印象和记忆。吃着碗里的热干面，不禁有点伤感，不知道疫情什么时候彻底结束，下一次回家会是什么时候？

异常的天气，晒不干的衣服，摘不掉的口罩，真让人头疼。

发小在堤坝守夜，每隔一个小时起来看一次水位；以前的同事每天忙着下乡防汛，没空见我一面；有朋友走进武汉的电影院，看了疫情以来第一部电影；有同学特意去武汉吃了想念好久的靓靓蒸虾……

2020年，日子在疫情、自然灾害里交替煎熬，生活在纷繁的喧嚣里挣扎。

但日子就像首批上映影片《当幸福来敲门》里面的台词一样：纵使有那么多艰难，最难的时刻总会过去。

一起向前走吧，前方总会有光！

（作者系江苏省女子强制隔离戒毒所民警）

新闻联播

汪丽芳

下班回到家，时间也快到晚上 7 点了，离儿子放学还有一段时间。

心想着天气已慢慢转凉，也过了农忙季节，再加上新疆与内地有 2 个小时的时差，老家的天已经暗下来了，父亲会雷打不动地准点收看新闻联播，趁着空闲时间拿起电话与父亲聊些家长里短。

听着熟悉的乡音，感觉时间飞快地跑，父亲关爱的唠叨还是那么暖，与父亲的聊天总是那么愉悦，感觉聊起来也就那么几分钟的时间，不经意抬头看见时针已经指向 7 点，知道新闻联播开始了，为了不打扰父亲专心看新闻联播，便恋恋不舍地与父亲话别。

放下电话，我的思绪开始漫游，眼前浮现出了今年夏天回老家时，全家人一起观看新闻联播的画面。

农忙的季节，父母亲从门缝里见光就下地去了，稍后我和孩子们起床打扫庭院、收拾家务、准备早饭……因从地边到家就 5 分钟的时间，等一切就绪早饭端上桌后，便去田间呼喊双亲回家吃早饭。

往常父亲一进门就打开电视，就着吃早饭的空闲，歇一口气，抽空看看早间新闻，了解国家政策。看滚动的天气预报，预测一天的天气情况后再安排一天的活计。而母亲则准备极其简单的早饭。现在，因为我和孩子们都在家，我便基本包揽了所有家务活，会为双亲精心准备丰盛的、合口味的饭菜，让终日劳累的母亲能多歇息一会儿。

儿子一直紧贴在父亲身旁，拿着遥控器把玩，父亲摸透了儿子的心事，在看完天气预报后便放弃了继续观看新闻频道和农业科技频道，让儿子看他喜欢的动画节目。

"儿子，看新闻频道或农业频道，爷爷要学习呢。"

"爷爷让我看自己喜欢的节目。再说爷爷都老了，怎么还需要学习？"

儿子委屈地撇着嘴。

"行了，让孩子看他喜欢的节目，他开心我就高兴。"父亲满眼温柔地一边用手抚摸着儿子的头，一边轻轻地拍着他的背，又一边将儿子拥入自己的怀中，抱坐在自己的膝盖上。

"你知道爷爷为什么要看新闻联播吗？新闻联播，通俗地说就是当天的新闻集萃，就是把全世界、全国各地的新闻或重要事件集中起来播放。通过新闻联播可以了解当前及今后国家工作重点，再结合我们自己，无论是工作上还是生活上，都能作出更好的安排。让爷爷及时了解国家发展、新农科技知识、国家民生的政策等，你说，我们要不要看新闻联播？"知道儿子是父亲从小一手抓养大的，父亲肯定会向着儿子，所以我直接找儿子谈话。

"可我还是想看少儿节目呀！"

"你想想，你是一名学生，难道不应该关心国家大事吗？你还记得上学时学过的一句话：国事、家事、天下事，事事关心，为什么要把国家的事放在最前面呢？说明什么呢？"

"国家的事最重要！"

"生活中处处有学问，处处有良师益友，三人行，必有我师焉。孩子，学无止境，人是活到老学到老，爷爷虽然现在不用去学校学习，但是可以通过别的渠道进行学习。那你说我们应该看什么频道呢？"

"新闻频道，大家都要学习。"孩子懂事地抢着说道。

最后我们选择了孩子的意见，先看爷爷需要学习的节目，大家一同学习，等爷爷下地后，孩子作业写完了，再看他自己喜欢的节目。

其实，我想对儿子说的是，妈妈从小就给他灌输家国情怀，作为一名学生，更要了解国家新闻、国家政策，从小心怀远大理想，还报国家培养之恩。作为国家未来的栋梁，现在年龄虽小，但肩膀要有担当、有力量。少年强则中国强，将来无论从事哪个岗位工作，更是青年强则国强。

但愿儿子能真正理解咱家爱看新闻联播的目的与意义。

（作者系新疆维吾尔自治区第一监狱民警）

生活在白湖

贾志宝

对于白湖，我是一个外来者。

起初知道有白湖是在朋友圈里：同届的警院校友在2015年考来白湖工作后，经常在朋友圈晒白湖的山水美景、田园风光并附以诗歌美文，一辆单车、一片夕阳、一排杨柳、一方金灿灿的稻田是他的散文诗，这就是我起初对白湖无比向往的原因。

在2016年4月省考之际，我果断报考了白湖，紧随校友的步伐，历经五个多月，如梦一般考来了白湖。

如今，从报到上班算起，来白湖工作已经整整三年：在这里工作，在这里成家，在这里生子，我渐渐成了半个白湖人，和很多人一样，从外面赶来，逐渐在这里安定，在这里生活。

白湖从苍茫一片到绿野平畴，从筑堤修河到阡陌交通，从四合院的"小聚居"到楼房林立的"大杂居"，更迭的是这片热土的人和事，不变的是这里的景和情。

我从老同志口中了解到的白湖：有的是儿时洪水的记忆、中队过年的欢庆、点煤油灯学习的时光；有的是来工作一路上"跋山涉水"，一辆"二八"杠骑到"西伯利亚"报到的过往；有的是农忙"双抢"日晒雨淋的艰苦岁月；也有的是离开白湖这片挥洒了青春和汗水并奋斗多年的土地，却时常魂牵梦萦无法忘怀的故乡情愫，说不清是怀念这片炽热的土地，还是怀念这片土地上曾经的自己和那些年那些人那些事。

我讲不清白湖六十多年那一桩桩的感人故事，却清晰记得我在这三年里经历过的那些小事。

我曾在雨夜顶着新河边的灯光步行去监区，细雨蒙蒙打湿了我的头发、脸颊和后背的书包，但是等走到监区后才发现衬衣早已被汗水浸透；我荣幸地参加了2016年、2017年、2018年的警体运动会；参加了青年民警拓展活动、新公务员岗前培训、新公务员首授培训、基层民警能力提升培训；参加了春天里白湖的毅行、参加了东大圩植树、参加了秋天里的骑行、冬天里的扫雪和团拜会；参加了65周年的庆典晚会；从参加白湖摄影家协会到参加庐江摄影家协会再到加入安徽省摄影家协会；从警校毕业的大专生到安大法学的本科毕业，接着考上省委党校的在职研究生。从一无所知的带线民警到业务娴熟的内勤，再从忙于一隅的内勤到"谨小慎微"的监区安全员。三年来我学到了很多有益的知识，让我受益匪浅；也接触到了一些无益的"怪话"，让我时刻警醒。三年来我感受着来自亦师亦友同事们的关怀和上级组织的温暖，也加深了对白湖精神的领会和感悟。

  我生活在白湖这片土地上，逐渐爱上了这片土地，这里的人和事。爱拍池边的芙蓉、河边的柳树、夕阳下的白湖；航拍广袤无垠的油菜田、麦田、稻田；爱吃街上早上的杂粮饼、千层饼，下午的烤炉饼和煤球煎饼，即使有时候会吐槽白湖水喝着不省心，但是并不影响我自豪而热烈地告诉别人我来自白湖，逢年过节也总会给亲朋好友赠送白湖的大米。

  当我偶尔离开白湖时，总隐隐约约忐忑难安。等驱车回来从S319的省道转弯上坡停在红绿灯禁止线上，轻吸一口白湖空气时，我就觉得那颗不安的心静下来了。

  "试问白湖应不好，却道，此心安处是我乡。"

  我在白湖已生活了三年，还有未来的很多个三年，最终将组成一个三十年，会和很多人一样跟后来的人轻描淡写地谈着白湖的变化和发展。

（作者系安徽省白湖监狱管理分局民警）

"多事"老刘

张楚彧

因为疫情封城,我留在老家的小区做了一名志愿者,平常在小区值守,为进出小区的居民测量体温,填写出入登记。对面楼的孙奶奶有一个孙子在家,父母在外地过年没能回家,孙子作业没人辅导。本来一天的志愿者工作已经很疲惫,孙奶奶找到我,询问我能不能下班后去辅导一下她的孙子。

晚上孙奶奶的电话准时响起,我想装作没听见,晚上享受一下难得的休息时光,我硬着心肠想:"小区又不是只有我一个年轻人,凭什么要我多这个事呢?"

这个时候,门铃也不识时务地响起,我一边扬声叫着稍等,一边慢吞吞地套上拖鞋。

开门的声音点亮了楼道里惨白的灯光,小区的保安老刘带着口罩站在门口,脸上还有几滴清晰可见的汗珠。

"你订的酸奶给你拿上来了。"老刘笑眯眯地把酸奶递给我。

我不好意思地说:"我接到电话,可以自己下去拿呀,还辛苦您了,这送东西本身也不是您的工作,您快回去休息吧。"

老刘并没有离开的意思,而是抬起头看着我,仍然堆着笑容跟我说,"小张,你家有没有生活垃圾,我可以顺手帮你带下去扔了。"老刘的声音像是在墙角划亮的一把火柴,在这个略显寒冷的夜晚带给我一团温暖。

我愣了一下,涌起了一丝感动,说:"真不用了,谢谢您,您快回去休息吧。"

老刘就是这样一个喜欢"多事"的人,他的职责只是维护好小区的安全,看好大门,但他却主动承担起小区院子和楼道的卫生,帮小区的住户拿快递、搬东西。小区的环卫工都笑着说:"老刘,你这可是抢我的工作啊!"

习近平总书记说在这场战"疫"中,涌现出无数的平凡英雄,践行着雷锋精神的真谛，老刘就是这样一个人，他让我们切身感受到雷锋从未远去，一直都在。

春节期间，小区里的孤寡老人因为不会使用微信购买生活必须品，儿女又不在身边，老刘就主动登门帮忙选购菜品，老刘有在餐馆当大厨的经验，有时还帮这些老人做饭、洗碗、做些家务，每天不厌其烦地去询问这些老人有没有身体不舒服的情况。为了能节约时间多帮小区居民解决一些事情，他直接将"家"搬进了门卫房。

一滴水流动着另一滴水，一朵云推动着另一朵云。老刘的奉献精神推动着我们这些青年志愿者去学习他的品格。没有英雄壮举，没有豪言壮语，像老刘这样的一滴滴水汇聚成抗击疫情的不竭源泉。

我立刻回到床边，抓起电话给孙奶奶回了电话，因为，哪怕只是为了这份温暖，多事也不是坏事吧。

襄阳解封前的最后一个夜晚，我的志愿者工作也进入了尾声。最后一个夜班，居委会安排我晚上看好小区大门，"多事"的老刘又来问我，一个人看大门行不行，需不需要他的帮忙。

我冲他笑笑，半开玩笑地说道："老刘，你忘记我是干什么的了吗，我可是监狱警察，看好大门是我的老本行。"

"那你说我们算不算同行？"

我望着他，坚定地说："当然算，你可是我们的榜样！"

（作者系湖北省沙洋熊望台民警）

我家的门风

林 青

"家风",又称门风,指的是家庭或家族世代相传的风尚、生活作风,即一个家庭的风气。

记忆中,我们家里并没有世代相传或悬挂于中堂的家规家训,但父母善良朴实的性格、宽以待人的胸襟、严谨细致的作风,就是我们家无字无形的家规家训。

百善孝为先。父亲常说,一个人如果对父母不好,如何能够对他人真诚以待?更何谈尽忠国家?

小时候父母并没有口头教育我们该如何孝敬老人,但却用实际行动点点滴滴来影响我们。

父母都是早年从军远离家乡,记忆中,每逢节日,父母都要给远方的亲人寄钱寄物,从不间断。每次回老家探亲,都要亲自下厨为老人做饭端菜。可以说,父母对长辈的态度直接影响着我们,他们对老人恭敬孝顺,说话轻言细语,时常体贴问候,这些言行潜移默化地感染着我们,更深深地植根于我们的头脑中。直到现在,我们依旧会在每年的春节前后给老家的亲人寄去本地的特产,以表相思。

我们的行为也直接影响到了孩子。记得孩子上幼儿园的时候,我去接他,老师问我咋教育孩子的?我心一沉,以为孩子调皮捣蛋了,谁知老师说她蹲在地上给孩子们分东西时,由于感冒咳嗽了几声,儿子立即拿起板凳跑到老师背后,把板凳塞给老师,一边说"阿姨坐",一边给老师拍背,孩子的一个小举动让老师感动不已。听到老师的感慨,我也感触颇深。

其实,我并没口头教他如何做,之所以孩子懂得孝敬,我想应该得益于我照顾生病的母亲。孩子刚出生的那个时候,母亲有病,我的大部分时间都在照顾母亲,母亲肺不好,经常咳嗽,每每母亲咳嗽声起,我就慌忙给母亲拍背，儿子看在眼里，记在心里了。他刚学会走路，一听到咳嗽声，就知道跑去给他姥姥拍背，难怪人常说父母是孩子的第一任老师。

在生活中，父母对我们要求极严，一直要求我们守规矩、懂节约。他们常说粮食来之不易，要珍惜，我们如果吃饭时漏了饭菜在桌上，必须捡干净吃掉，不准浪费一丁点粮食，对于不爱吃的食物也必须吃掉，不许浪费。我不爱吃蛋黄，总是偷偷挤掉，父母从不迁就，一定要我吃掉。到现在我的行为直接影响到儿子，他已经长大成人，延续了我们的规矩，依旧是餐桌上有啥吃啥，不挑食，桌上干干净净，不洒饭菜。

在为人处事中，父母是严于律己、宽以待人的。小的时候，我与邻家小孩发生争执吃了亏，哭喊着找父母告状。父母并没有带着我去找邻家问情况，而是等我哭诉完，先是母亲的一句，"一个巴掌拍不响，他咋不打别人呢"；接着是父亲一句，"自己一身白毛，还说别人是妖怪"，不仅没帮我出气，还将我训斥了一通。

父母总是这样，凡事先从自己身上找原因，从不袒护我们。即便跟人发生摩擦真的不是我们的错，父母也不问原因，先把我们训斥一通。后来我再跟人发生争执，即便是自己觉得很有理，也不敢找父母告状，害怕被父母知道后反挨一顿批评。

回忆父母在的时候，还真没见父母跟任何人有过口角，对人总是客客气气、和颜悦色的，人缘特别好。当时并不理解，总觉得父母胆小怕事，慢慢才懂得，父母有大智慧，懂得谦让、对人宽容，同时也为我们带来了好人缘。

有了孩子后，我依旧延续父母的理念，从不为孩子出头，还经常把父母的口头禅挂在嘴边。

有一次孩子被小伙伴追着打，头都打破了，儿子哭着给我打电话告状，我当时没听孩子说完就来了句，"一个巴掌拍不响，人家为啥不打别人，光打你呢？"

儿子气得冲着电话哭喊，"你从来都不向着我，你不是我亲妈！"然后就把电话挂了。

我是又担心又生气，赶紧让弟弟去学校找老师问问情况。弟弟还没回来，老师的电话就来了，"那孩子平时就特别好动手，喜欢欺负弱小的同学。我们看见来了俩警察，以为是来替你孩子出气的，没想到，跟那孩子家长说了几句话，客客气气握手后就带孩子走了，很少见到你们这样的家长。"听老师的语气甚为疑惑不解的样子。

　　弟弟回来后很平淡地说："就是孩子们玩的时候无意中相互碰撞了一下，能说谁对谁错？一个巴掌拍不响。那家长也挺讲理的，各说各的孩子。"得，跟我老爸当年一样的口吻。老师如果知道我父母的理念，就不会奇怪为什么会客客气气握手言和了。

　　后来，儿子考上了大学，我去看他，无意间看到了儿子的床头格言："以责人之心责己，以恕己之心恕人。"我忍不住笑了，儿子用更哲理的句子延续了父母传给我们的"一个巴掌拍不响"。

　　林林总总，思绪不断，我想，这些虽然看似小事，但体现的或许就是我家的门风。

（作者系河南省豫西监狱民警）

门

张玉瑜

清晨，急匆匆推开家门奔向单位，即将走出小区门禁时，看门保安小哥的一声"早安"，诧异得我抬头望向一脸阳光的他。

"早安！"

我也礼节性地微笑回应着，心里暖暖的，走路的步子也欢快了几分。

今年的冬天似乎较往年要寒冷些，情绪似乎也结了冰一样，郁郁寡欢的。陌生保安小哥的一声早安，一脸灿烂的笑容，却让这个冬日的心之天空蔚蓝了几许。

我们每天出出进进，不知要经过多少大大小小的门，门里门外会遇见形形色色的人，也会从开门、关门这一个小小举动中，感受到不同的人对待门的百态：有的人，会生硬地拉开门，"哐"的一声把身后不远的人，无情冷漠地关在门外；有的人，会缓缓地打开门，笑眯眯地安静等待身后的那个人走进来。拉开门微笑等待别人进门的时候，也会遇见两种人：一种是加快步伐走进门，心怀感恩地点头笑着说声谢谢；一种是如皇上驾到后的面无表情，似乎在等着你向他请安问好。

对待别人举手之劳的善举，有的人会心怀感恩，有的人会理所应当地漠视，毫无感觉地辜负了他人的善意。

英国作家萨克雷曾说过："播种习惯，收获性格；播种性格，收获命运。"在我们生活中有种习惯叫举手之劳，这种习惯一旦养成就会焕发光彩。

清早，我们走出家门，走进校门、餐厅门、单位大门……门里门外都在折射着你对待他人的态度和你的修养。冷漠地关上一扇门，也许你将单枪匹马面对这个兵荒马乱的世界。温柔地打开一扇门，你会收获温暖的一天。如果你是温暖的，落在你身上的雪，也会有了温度。无论他人是如何对待这扇门，但请永远保持自己是门前那一束光，因为你不知道，谁会借着这束光走出黑暗。让寒夜里的疲惫旅人，感受到这个世界仍有生生不息的温暖。

夜晚，当我们走进家门，请把负面情绪与职位关在门外。怀揣一颗轻柔的心、草木般的心，给家人一个温暖的拥抱，端上一杯热茶说声：辛苦了！我爱你！在寒冷的冬日里相互抱团取暖。

愿今后的每一扇门，都会让我们发现世界的柔美与善意，相信人间的美好，削减沾染的戾气与粗莽。

刘同说：与其抱怨身处黑暗，不如提灯前行。

愿我们都能成为门外门内的一束光，照亮世界的一角，也能照亮我们前行的路。

愿我们都做那个即使在黑暗门前仍能提灯前行的人。

（作者系新疆维吾尔自治区第一监狱民警）

友谊篇

一瞬间的辞别
——致长青

史益华

一瞬间的辞别
那是黑洞般遥远的惊心。
可以听见的微笑
重叠、呼啸，以及与诺言
一起奔波于心领神会的默契里。
留一点激情
可以给无比寂寞的乐章。
抱负已成为温柔的花朵
被埋没在了继续洒脱的路上。
穿过辽阔的天庭
实际上一切已经改变
抑或一切又没有改变。
我只知道，永远的黑暗
就是永恒的光亮，就是
生与死选择了所有起伏的记忆
就是心魂已经包容了整个世界。

（作者系《上海警苑》原主编）

大哥长青

高 文

2020年10月27日中午，忽然接到远在上海的史益华老师献给石长青兄的诗——《一瞬间的辞别》，我才知道，2020年10月27日上午8时20分，我敬重的石长青大哥已经永远的离我而去了！

我和长青大哥从相识到相知，源于我们对中国监狱事业的共同热爱。20世纪90年代后期，我在北京负责编辑出版《犯罪与改造研究》月刊，长青大哥在保定担任《特殊园丁》的社长主编，那个时候，我们互相赠送彼此的刊物，了解各自的情况。2003年12月，《黄丝带》创办，受当时财力物力的制约，《黄丝带》的办刊力量非常薄弱，而因为期刊整顿的原因，那时《特殊园丁》刚刚停刊，我便报着试试看的心情诚邀长青大哥来北京与我共同创办《黄丝带》，长青大哥欣然应允，令我喜出望外。

那个时候的条件非常艰苦，没有宿舍，我只是在办公室为长青大哥支了一张单人床；没有食堂，每天三餐都是在单位附近的餐馆里凑合；没有浴室，只能在单位的卫生间里将就。不是因为对于中国监狱事业无比的热爱，不是因为对于繁荣中国监狱文化孜孜的追求，我实在想象不出已过知命之年的长青大哥有什么理由在这么艰苦的条件下，坚持了8年之久！

每每想到这些，我都对长青大哥心生愧疚之情。有时候，我对他说起我的感受，长青大哥总是淡淡一笑，说自己当过知青、当过兵，什么样的苦没吃过？什么样的罪没受过？这点苦这点累不算啥。他经常语重心长地对我说："高文你是一个干事业的人，我也是一个干事业的人。全国监狱文化建设需要有一个好的平台，过去《特殊园丁》聚拢了监狱系统非常多的优秀人才，可惜《特殊园丁》停办了。现在全国的平台就《黄丝带》一家了，《黄丝带》不承担，还有哪家能够承担得起这个责任？我就是想和你一道把《黄丝带》打造成为监狱系统最优秀的文化平台，为监狱文化建设多培养一些人才！"

那些年，长青大哥为《黄丝带》的建设和发展殚心竭虑，我们一起去吉林，到四川，过河北，往浙江……无数个监狱，留下了无数个我们为振兴和繁荣中国监狱文化而共同奋斗的印记！

长青大哥 1950 年生人，虽然年长我 17 岁，但共同的志趣让我俩成为莫逆之交，在我们共同奋斗的日子里，他就像一个大哥一样，对我非常关心和照料，工作中遇到难题，他总是帮我分析原因想办法找对策，生活中遇到不顺心的事情，他会用他诙谐的语言宽慰我、开导我。长青大哥字写得好，文章写得更好，我俩在一起经常切磋文字，他把他的一帮子作家朋友一一介绍给我，像著名作家谈歌。回想起来，和他共同奋斗的那些日子，是我最有成就的日子！

2019 年底，知道了长青大哥身体不太好，想去保定看望他，他却说他会来北京，到时候我们再聚。他给我发过来一张去内蒙古兵团战友的合影，合影中，他蹲在前排摆着一个大鹏展翅的姿势，依然是那样的诙谐可爱，却不知那时的他已经病魔缠身了。我们约好春节后在北京相聚，哪知道突发的疫情，打乱了我们的计划，我们只能在电话和微信中交流，刚刚过去的国庆和中秋，我们还互致问好，但对于他真正的状况，我却一无所知：我真以为生性活泼爱说爱笑的长青大哥只是轻微脑梗，我总以为我和长青大哥还有大把大把的时间可以在一起谈天说地。

我真的很后悔，再忙，抽出个时间去保定看看长青大哥也还是可以有的。

长青大哥，原谅我的粗心和对你的不关心吧！

长青大哥，愿天堂的你没有痛苦！

（作者系司法部预防犯罪研究所副所长、研究员，
《犯罪与改造研究》和《黄丝带》主编）

长青 长青
——忆《黄丝带》原总策划石长青先生

宋建伟

农历十月初一是追思已故亲人的日子。

此时此刻,不由得想起了我最挚爱的老师、兄长、好友——石长青先生。

2020年10月27日上午,忽然朋友圈中传来一条噩耗:"我最挚爱的父亲石长青于今天早上逝世……"

正当我对此消息表示质疑时,该消息一下子就消失了。当时我的想法是宁可相信这个消息是不真实的,但随着网络信息持续不断传开,特别是看到《幸福的黄丝带》公众号连续几日的撰文悼祭,迫使我不得不相信这个不幸的消息。

我与石长青先生的结识,是从他就任《特殊园丁》杂志社社长兼主编时开始的。那时《特殊园丁》的名声很大,作为一份不可多得的全国监狱系统的文学期刊,不仅具有发行全国的国内统一刊号(CN13-1141/D),还具有国际标准刊号ISSN 1004-5376,而且还是本类别中的科技核心期刊和被点评期刊。

那时我是山西监狱报社的负责人,工作之余,我特别想将自己采访的稿子对外发表,借以扩大提升山西监狱系统对外宣传报道的影响与力度,当然这也是自己的职责所在。当看到《特殊园丁》上所刊载的来自全国各地的优秀作品时,羡慕之余,特别期待有朝一日也能在这一块仰慕已久的高端平台上发表自己的文章。

终于等到了这一天。

那是2002年下半年的一段时间,我从太原出发驱车400余公里专程到晋南运城采写了一篇5000余字的长篇通讯——《女老板爱心挽救濒危家庭》。

脱稿后,抱着试一试的想法,冒昧给石社长寄了过去,请他审阅并且再三声明:如果不够发表条件就不要勉强。出乎所料的是仅过了几天,石社长就给我打来了电话,说是稿子已经收到并安排发表,并鼓励我今后要多写这类稿子给他寄过去。

果不其然,这篇稿子很快就刊登在《特殊园丁》2002年第12期上。当时的我喜出望外,心里暗暗想,可真是遇上贵人了。

有了这第一次,之后每隔一段时间我就给他投一些稿子。他总是不厌其烦地帮我出主意、改稿子、登文章。如发表在《特殊园丁》2003年第2期上的长篇通讯《外籍犯兰甲中国服刑记》;发表在2003年第7期上的长篇通讯《请缨一线的"抗非"女功臣》等。

不仅如此,他还手把手地告诉我怎么加强文学修养,怎么引申文学创作,怎么细化故事情节,怎么讲好监狱故事……这些教导使我终生受益。

2009年10月,我有幸在保定中央司法警官学院参加三级警监警衔培训。这时石先生已经从保定被邀请到了北京,任《黄丝带》总策划。

2010年8月30日,东北华北西北14省区市监狱报年会在内蒙古呼和浩特市召开。得知消息以后,石先生提出参加会议,我当然是求之不得的。当时我任该年会秘书长,经与局领导沟通后,开会时特意留出足够时间请他发言。

在那次年会的发言中,石先生肯定赞扬了我们三北地区监狱报年会合作平台的做法,鼓励我们要进一步开阔眼界,拓宽思路,贴近生活,讲好监狱的故事,把三北监狱报的品牌打出去。同时详细地给我们介绍了《黄丝带》刊登稿件的具体要求,并表示要力所能及地支持我们三北地区监狱报的工作,特别是在文学作品方面的改进与提升。

此后,三北地区所属的省份的监狱系统,特别是山西局在《黄丝带》上发表的文学类的稿子明显增多,当然我本人也是石先生教导下的受益者。比如,由我本人撰写的《逃到天涯总是囚》《部长与我握手啦》《春风吹动少年的心》《特殊岗位上的娘子军》等长篇通讯,都是经由他审改后在《黄丝带》上先后发表的。其中的四篇还分别获得"山西法制好新闻"一等奖。

毫不夸张地讲,石先生以他的个人魅力和实际行动支持了我本人和我们的工作。在那次内蒙古开会之余,我们一起漫步在呼市街头,他似乎对这里的一草一木都显得特别的情深意切，后来才得知，他曾在这里当过兵服过役，与这里的土地和人民有着一份割舍不断的深情厚意。他这次成行的目的之一，就是想了却一下酝酿已久的怀旧叙故的这一桩心事。开会期间，他还兴致勃勃地给大伙讲了许多在内蒙古当兵时的亲身经历和有趣故事。

  2020年中秋国庆那天8时8分，我按常规发微信向石先生问好，直到晚上18时33分，他才在微信里给我回了个两手相拱手礼。我想着可能是他过节有点累了，不想多说话。哪知当时很可能他已被病魔折磨得奄奄一息，还挣扎着给我回微信……之后的26天竟成为我们的永诀。

  我曾多次邀请他带家人来山西喝汾酒、叙旧情，但如今这个愿望已注定成为一个永远不可能实现的等待。

  敬爱的石长青老师，您就像天边划过夜空的那一颗摇曳着炫目光芒的流星，默默照亮的是他人内心，燃烧的却是自己。

  都说天堂里没有痛苦，愿您在那里静静地安息吧！

  虽跨鹤仙去，但您的音容笑貌、您的为人师表、您的高风亮节，就像您的名字一样，在我们的心目中永远万古长青！

（作者系山西省监狱管理局民警）

人走春在石长青

张东波

2020年10月27日，时值深秋。司法部预防犯罪研究所《黄丝带》原总策划石长青老师突然离世。

我们惊讶！我们不信！但这却是无情的事实！

石长青师长、兄长、战友的音容笑貌，历历在目，宛若昨日，挥之不去。

您才70岁，为什么走得这样匆忙？！

先前的《特殊园丁》和后来的《黄丝带》，您作为社长、主编和总策划，倾尽自己的满腔热忱，兢兢业业，履职尽责，为我们留存了监狱劳教场所改造与挽救工作弥足珍贵的光荣历史，为一位位文字爱好者铺就了充满自信和阳光的道路，为一位位浪子回头注入了新生的希望和力量。

2016年以后，在面貌一新的《幸福的黄丝带》微信号，还经常看到您写的文章。您的文章有的诙谐幽默，有的朴实无华，但都有着革命军人退役不退色的精气神，有着当代警官退休不退志的坚定走向，给人以美好的启迪和指引。文如其人，文以载道，文以流芳。

2006年春天，在《黄丝带》编辑部，我有幸与您相遇相识。在向您学习并与您一起战斗的六个月里，您的言传身教让我获益匪浅，我们结下了明净如水的君子之交、兄弟之义和战友之情。

如果时光可以倒流，我愿回到2006年那个春秋。那是北京普通的一段时光，但在我心里却是永远难以忘记的美好岁月：那是我第三次走出所门，所领导派我到北京挂职学习"进修"。领导和同事专程送我到北京，在《黄丝带》编辑部，我遇到了兄长、战友的您。那时的您和蔼可亲，举止儒雅，步伐坚定，作风硬朗。可那时的《黄丝带》编辑部却并非我的想象，甚至可以说比较简陋。一间干净整洁的十几平方米的屋子，一套桌椅，一床被褥，就是您的办公室兼卧室。在您的桌子上、床铺上，铺满了书籍和需要编辑、校览和统筹的来稿。除此之外，还有许多事项需要您奔波，很辛苦劳累！在编辑部，工作时间最长的是您，到了夜晚，常常看到您一个人还在那认真修改稿件。

记得那年春天北京的一个早晨，听见雨夹雪的声音，您欣然走出房门，看到了春风拂煦京城的情景：杨柳泛出了新绿；春燕欢快的歌唱；农夫挂满了笑意。您用您的心和笔记录下了此情此景。我捧着您送给我的这份礼物——《春之序曲》，感到莫大荣幸！

时间过去14年了，我依然留存着您的这份诗稿。字如其人，字如春天。人虽走，字还在。春长在，石长青！

附：《春之序曲》

石长青

一

方听细雨叩窗纱
又见空中飘雪花
乍暖还寒挡不住
杨柳枝头绽新芽

二

春风又似剪刀时
裁出杨柳婀娜姿
枝条柔嫩轻摇曳
入歌入画更入诗

三

闲来探春走城郊
忽闻燕语耳畔飘
麦苗返青农夫笑
脸上春色胜柳梢

（作者系河北省石家庄市第二戒毒所退休民警）

你像天边划过的一颗流星

金 伶

这世上有一种人，亦师亦友，一生中与你见面不多，一旦相识，就能自然地带着温暖和力量，无论你处于热闹或是孤寂、得意或是落寞的境地，当他出现在你身边时，你都能感觉到被一种无形的温馨的气流环绕，当你听到他的声音时，你都能从他的描述中憧憬到美好的风光。当你猝不及防地听到他离去的消息时，你会彻夜难眠，回忆起有关他的点点滴滴，然后悲伤万分。

2020年10月27日晚上，突然在朋友圈刷到一条噩耗，一个陌生的男子用他父亲的微信号发了一条消息：我最挚爱的父亲石长青于今天早上逝世，现告知各位亲朋好友，生老病死自有定数，愿天堂没有痛苦！

天呐，将近一年没有联系，却是你与病魔搏斗的一年，再听到，已是天人永隔了，于是默默地流着泪写下一点文字，以纪念我心中那么热情洋溢的你。

十多年前，我曾在《印象北京——西边的橘子滚到了北方》的文章里对你有过一段记叙，是这样写的："刚抵京城的第二天，天空中飘洒着美丽的雪花，这年的头一场雪还堆在树窝，藏在草边，但对我一个南方人来说什么都是新奇的。母亲离世半年后，孑然一身的我提着一个小小的笔记本电脑，收拾了两件衣服就漂泊到了北方，刚落脚就接到一个老朋友的电话，说下班后要来看我。

当天下午六点，不顾天寒地冻的这位朋友坐地铁特地从朝阳来到鲁谷大街，我当时头脑里没有一点概念，不知道乘坐一个多小时的地铁而且转两趟车有多么远。朋友是一家杂志社的老总，十多年前我给他们投稿，一直保持着联系。当听说我到最高人民检察院工作后很高兴，一定第一时间来看我，没想到他真是说话算数，他在电话里告诉我，不要怕，在这个举目无亲的北方，你不会感到孤单的，会有很多新老朋友相伴。

那一天的黄昏，我和这个老朋友沿着长安街的西延线边走边聊，路两边高大笔直的白桦树在漫天的雪花中静静地矗立，山川有一种别样的冷峻。我们经过了北京市第一中级人民法院，又路过了中国国际广播电台的高楼，来到北京市人民检察院第一分院的红楼前，看着那高高悬起的国徽，我的心感到别样的亲切。

我俩谈起很多过去的人和事，朋友告诉我，警官学院的杜教授刚刚离世了，他年纪并不大，却倒在了课堂上。曾经的杜教授在讲堂上神采飞扬，活力四射的形象一下出现在眼前，没想到人生无常呀。我们一叠声感叹着时光飞逝，容颜易老。"

我和朋友以及杜教授的相识是源于20世纪90年代中期的一场笔会。那一年我刚考进检察院，一群来自各个省份的司法工作者，因为一次征文的颁奖，齐聚美丽的彩云之南，感受西双版纳的绮丽风光，领略景洪的秀丽山水。那时，我们是多么年轻，欢歌笑语飘荡在傣家竹楼的上空，半个月的旅程结下了深深的友谊。

朋友当时任河北省监狱管理局办公室主任，本以为是一个不苟言笑的中年男士，没想到，第一次认识，他就把我逗得哈哈大笑。当我们一群人去参观生态农场的香蕉园时，朋友跟在一个江苏笔友的后面，悄悄地学着他迈着外八字步伐，两只手也夸张地左右摆着八字，在南国的阳光下充满了喜感，而且越走越快，几乎贴着那人的背，江苏笔友浑然不觉，却把我们几个女人笑得东倒西歪。朋友中等个子，腮边有两个酒窝，他边学边笑得酒窝荡漾。那时起，一个中年男人的天真帅气给我留下了极深的印象。

笔会第二天，杜教授给我们分享了一堂精彩的刑侦课，他是一个很接地气的教授，既有理论水平，又有实战经验，因此讲课很风趣，但同时，他也是一个嘴尖舌利的教授，心地良善，嘴巴上可是不饶人一分一毫的。当他看到我一路上都把制式盘盘帽子挂在车窗上遮蔽太阳，又因为晕车不去泡烛光温泉，而且不和大家共进晚餐时，他就说我是不是太娇气了，这样能当检察官呀？他还开玩笑地说，你们家都在政法部门工作，会不会灯下黑哟？朋友听了，当场说道，女孩子爱漂亮怕高原的太阳不是很正常吗？人家晕车不去吃饭可以饿瘦条点嘛，就你这大教授会调侃人，不知道折磨了多少学生呢？杜教授嘿嘿地乐。晚上，朋友跑来对我说，政法大学罗教授老夫妇想去玉器一条街淘宝，他的普通话当地人听不懂，连怎么去都问不明白，你们云贵川的口音都差不多，快去给罗教授带路吧，我欣然从命。

那次笔会后，我认识了很多全国各地的朋友。如今，世事苍桑变幻，这群人各奔东西，能在一起相聚的已经没几个了。

在京城西四环外的鲁谷大街上，我和朋友又回忆起那次笔会的欢乐，心情愉悦。其实笔会开完不久，朋友就从监狱管理局调到杂志社当了社长，后来又被请到司法部主办的《黄丝带》当了总策划。在故乡时，他一直都在向我约稿，每月都按时把《黄丝带》邮寄给我。

朋友知道我爱到处旅游，说等春天来了带我在北京的地界上多逛逛。北京的冬天很冷，但屋子里暖气十足，不会被冻坏的。一路上，北方那高大的白桦树在冬日里显得那样伟岸，给我留下极深的印象。朋友说到了春天北京到处花红柳绿，人行道边观赏的桃花和迎春花开放了，机动车道两旁的树篱上月季和玫瑰也会错落有致，那时候颐和园的湖水解冻了，后海的热闹也回归了，我们可以去划船，还可以去爬长城，赶庙会，真有很多好玩的地方呢。听他这一说，我突然想起林海音的《城南旧事》来，心里一下充满期待，恨不得春天快快地来临呀。

我在这里一再提到的朋友，就是今夜我深深怀念的如师如兄的你呀——石长青，你是我刚抵京时赶来见我的第一个老朋友。为什么不告诉我们你病了，为什么这大半年来没了音讯，想必你不愿朋友为你担心吧？

汶川大地震后我北上来到北京工作，碰上了五十年不遇的暴雪，虽然我很喜欢在冰雪世界玩耍，甚至还学会了高山滑雪，但依然怀念南方的温暖。石老师经常在电话里跟我聊天，询问有没有需要帮助的事情。偶尔周末，我们会约好地方，逛逛李大钊等名人故居，在陕西餐馆吃碗羊肉泡馍，然后各自忙碌。

第二年四月初的一天，突然接到石老师的电话，说周六在人民政协大礼堂有一个活动，是彩云之南笔会的一位大姐举办的，那大姐曾是一名监狱警察，后走上了慈善之路，在北京成立了太阳村，她邀请了英美法及非洲大使的夫人，还请到了扮演孙悟空的六小龄童来庆祝太阳村成立十五周年，石老师则代她请了彩云之南笔会的朋友一起到会祝贺。那一天，石老师以老大哥的身份忙前忙后，又是召集人员又是照相，活动完了还跟我们一起吃了火锅，他谈笑风生的模样仿佛就在昨天。后来，我还听说，石老师编辑杂志之余，不时抽空去往北京远郊的太阳村，给留守在那儿的服刑人员的子女带去书籍和学习用品，在各大机关和太阳村之间搭起桥梁，帮助募捐和救助辅导，他趁着去各省市监狱出差的机会，又把这些孩子们的消息告诉服刑的父母，随时关心着太阳村里这群特殊的孩子。

石老师将要离开北京告老还乡的时候，他约我在后海见面。那一次，他给我谈了他的人生经历，有挫折也有坎坷，他还参加过对越自卫反击战，也被小人嫉妒过、陷害过，但他干事业的决心没有错，乐观豁达的天性没变，这一切都云淡风清地过去了。他妻贤子孝，孩子在北京工作后，他拿出了毕生的积蓄帮着儿子按揭了一套房子，如今两袖清风地回归田园，以后也可能随时到北京带孙子，顺便还可以见面的。

最后一次见到石老师，是因为山东的两名监狱长参加警官学校的培训，那两人也是多年的笔友，大家相约周末在保定聚会。当我坐上动车抵达保定时，石老师也听到消息赶来了。中午和杂志社编辑及监狱的笔友在一起聚餐，聊起各自的工作和生活，我说头年的五一假期我也曾到保定一游，上了狼牙山，爬了野山坡，吃了驴肉火烧，石老师一听，责怪地说，那怎么没有打招呼呢，这不是太见外了吗？我说因为是和天津的一大帮朋友来的，怕麻烦您，所以没有联系。饭后，我们一桌的人跟着石老师去了白洋淀，乘船游荡在青纱帐里，那一天，风和日丽，天气特别给力，我们还参观了直隶府。彩云之南结下的友谊超越了世俗的一切，大家万万没有想到有的人竟然是最后的欢聚，自此后一个轻松的转身就是永诀呀。

真没想到这么快我也到了回忆故人的年龄了，想着石老师的点点滴滴，对我的关心和爱护，以及对正义的向往和追求，心中莫名的哀伤。

石老师，你像天边划过的一颗流星，那么耀眼，那么明亮，你人虽去了天国，但你的音容笑貌深切地留在了我的心中。

永远地怀念你！

（作者系四川省广元市利州区人民检察院检察官）

亦师亦友石长青

陈江南

从未想到，一向硬朗的你，竟向病魔举起了白旗。

从未想到，一向温暖的你，竟舍得离开你的亲人、战友、姐妹兄弟。

从未想到，你的"粮食系列"写作计划才刚刚开始，仅有的几篇却成了绝笔。

时至今日，已过头七，千里之外，我不能到你的坟前祭奠，只能用你最喜爱的文字，回忆与你的点点滴滴。

第一次接到你的电话，是我在采写湖北省监狱管理局第一届十佳民警英雄事迹的路上。你字正腔圆的普通话传来，告诉我你是《黄丝带》杂志的总策划，叫石长青，如果我愿意的话，就叫你老石，或是石老头。一句话说得我哈哈大笑。你说我的稿子很适合《黄丝带》，希望我今后能多写监狱故事，向《黄丝带》多投稿。一时间让我受宠若惊，又心生欢喜。

说起来对《黄丝带》，我真是一见钟情，以至于到现在，经常有朋友说我的稿子有浓浓的"黄丝带"味。在我看来，它文学性浓，讲的又是我们监狱民警身边的事，犹如量身定做的精神佳肴，警犯皆宜。

今天，看了《黄丝带》高主编对你的回忆，我才知道，《黄丝带》的成长，你倾注了太多的心血和汗水，十几年来《黄丝带》一直坚持着你倡导的清新、隽永的风格，讲述民警和服刑人员之间的故事，有悬念，有曲折，有欣慰，也有启迪，吸引着全国太多爱好文学的监狱民警的热捧助力。

那次电话后，我们互加了QQ好友。从此，我的空间经常留下你踩踏的足迹。你对我文章的点评，在我看来，即便是批评，也是鼓励。

记得在看了我那篇写云南的游记《漫步彩云间》后，你说"江南啊，你这篇虽然文字很美，但仅就景写景，是不是少了思想？"你为我列了一长串书单，《古文观止》排在第一，忠言逆耳利于行，我于是扬鞭自奋蹄。

记得我的散文《读你》被《中国妇女报》刊登后，有一家顶着很大名头的协会发来邀请，说只要交一千元就可以成为会员。你告诫我说成名成家是好事，但"一定要找准自己的位置""咱就是管犯人的，熟悉的就是监狱的事，写别人都不知道的题材，你才能吸引读者"。你提醒我，"写作很纯粹，别被名利蒙了心"。你把你的作家朋友谈歌先生介绍给我，我读谈歌先生《城市票友》的读后感《束缚》后被谈歌先生收入他的博客。你总在打开我的视野，引导我提升境界，磨炼笔力。

还记得你邀请我来北京当"傻瓜"，因为耳鸣严重属疑难杂症，医生说是我长年熬夜爬格子引起的，告诫我至少当两年"傻瓜"，不思考，不提笔。那段时间我郁闷不已，十余年来，写作几乎成为我业余生活的全部，我知道自己放不下，却又提不起。你说，"首都医疗条件应该比你们那强些，这边我有熟人，说不定能帮到你……"

后来我在《黄丝带》上，看到你写的一篇《十年辛苦不寻常》，讲述的是在你的鼓励下，一位外省监狱民警坚持十年写作加入作协出书的故事，这让我知道，你对《黄丝带》通讯员都存着一份深情厚谊。

2004年冬，我终于见到了你。那是我和同事被公派到北京学习。报到的那天是周日下午，你自告奋勇给我这个"路痴"当地导。一路你背挺得笔直，嗓音宏亮而有磁性，中气十足，语气诙谐；一路你当免费摄影师，向我们介绍和景点有关的传奇，间或我们聊起稿子的事，总有说不完的话题。

那天天安门广场戒备森严，你陪我们足足站了两个多小时才过安检，我怕你吃不消。你说没事，石老头这身板还可以。

后来在天安门广场参观时，身后突然刮来一阵强劲的寒风，将我的冬帽刮到半空中，几经回旋掉在地上后，帽沿随风在广场上不断翻滚，情急之下，我跟着帽子紧追慢赶，你在后面笑得前仰后合。"风卷广场飞欲仙，人头攒动戒森严，帽舞长安十里路，恼也开颜，笑了开颜。"那份狼狈被我记在了QQ空间里，此后也成为我俩津津乐道的话题。

再到后来，你三次赴武汉战友聚会，每次都打电话给我，却又说时间安排太紧，不准我来看你；我和朋友们去青海旅游经过河北时，也曾向你电话致意；我们一次次相约下次相聚，没想到等来的不是下次，却是你驾鹤西去！

仿佛还在昨天，你还在向我念叨着创建全国监狱通讯员微信群，为《黄丝带》进一步发展殚精竭虑。

仿佛还在昨天，你还在雄心勃勃谈及你的"粮食系列"写作计划，准备在退休后再出新书、再谱新曲。

仿佛还在昨天，你还在内蒙古大草原和战友们恣意徜徉，照片中你"大鹏展翅"的雄姿，不乏往日的幽默、风趣。

仿佛还在昨天，你还提出为我的新书作序，后来因为"一个小手术"不得不搁笔。我没心没肺地将书稿寄给你，却没想到你的身体已恶化到那步田地！

仿佛还在昨天，得知保定发生疫情，我还打电话要你小心，那时候你还声若洪钟；国庆中秋那天我问候你时，你只是在微信回了两个拱手礼。回想起来，那是你走的二十六天前啊，那时的你应该是被病魔折磨得奄奄一息，却还在挣扎着给我回信息⋯⋯

得知噩耗的当天上午，我为一名自杀罪犯做心理危机干预。在和他共情，探讨生命的意义时，我告诉他其实那天我心里也不好受，因为一直关爱我的一位老师前一天去世了。我说今生有幸能成为亲人、朋友和师生，是彼此的缘分。这世上每个人，都是独一无二的存在，无可替代；而每个人的付出，都会使自己成为发光体，照亮他人，温暖自己。

说这话的时候，我清楚地感觉到自己即将溢出眼眶的泪滴⋯⋯

是啊，你从来就是一个发光体，生命戛然而止，光芒永不停息。

你的光芒，让《黄丝带》全体通讯员排起文字的仪仗，在群里为你送行。

你的光芒，让《幸福的黄丝带》公众号连续四天为你撰文悼祭。

你的光芒，让所有怀念汇聚成一首首奔腾的乐章，永远铿锵在心底⋯⋯

（作者系湖北省江北监狱民警）

书的密码

胡从发

2019年10月，已经84岁高龄的老干警曹伯，想把伴随他一生所钟爱的全部书籍赠送给我，但由于那时工作忙，又不是那么很在意，直到11月初，在曹伯再三催促下，才约定了一个周六早上去办理交接。

周六那天，因怕太早去打搅老人，正常上班时间，才开车来到曹伯的旧居楼栋，刚进楼院，见曹伯已迈开蹒跚离去的步伐。停好车，追上了老人，疑问道："曹伯，不是约好今早来取书，怎么准备走了？"

曹伯说："上班时间到了，你们忙，估计你不能来了，六点钟我就开始准备，等你来！"

一股歉意加温暖涌上心头……

书柜中的书籍已全都下架捆绑好，若大的书柜，已空荡荡的，显得有点清冷。另有几册用塑料袋包着，曹伯说："有三本书，我再看一看，以后再给你！"

也不知是什么书，他还要再看看。

2020年8月25日，也就是七夕那天，曹伯托人打电话，通知把剩下的书给我。因居家隔离，要老婆代行拿回了最后的三本书。猜想如果不是疫情，可能早给我了。

为什么把书送给我？为什么三本书又拿回去再看？为什么再三催促？种种疑虑萦绕心头，我开始翻阅赠书……

◆ 三类书

所赠书中，主要是三类书，一类是专业书；二类是专业工具书；三类是学术类专业刊物和书，以运筹学、思维科学、辩证法等为主，小说、文学、政治等书籍较少。

书籍多集攒于1957年至1997年，其后有20年的断档期，直至《习近平用典》出现。常规情况下，家藏之书籍，多半是主人认为有价值的书。

◆ 三证书

赠书中，发现有三份资格证书。其中一个是1981年8月被评为中级职称的资格证书；一个是1988年11月20日获得高级职称的资格证书。从资格证书上出生年月栏填写为1936年11月，才第一次知道曹伯的出生年月。获得高级专业职称日期，正好与其生日同月，那年他刚跨过半百，想必一定是曹伯一生中最光荣的事件。

一位高龄老者，把曾属于自己的荣誉，与曾经是自己饭碗的专业工具，无所保留赠了出去。

◆ 三册书

曹伯拿回重读的三本书是：1996年、1997年《系统辩证学学报》自订装年集和《习近平用典》。

1996年，一位近60岁的老人，正等待退休，即将永远地离开自己奋斗且热爱了40年的工作岗位，在等待批复的过程中，时间很快到了1997年，焦虑中，他恰好赏读了《混沌学的启事》等文章，帮助他消磨了依依不舍的静好时光。而《习近平用典》一书是他80岁生日那段时间买的一本新时代思想的书。

这让我明白了，原来，书籍是曹伯各时间节点的纪念册。

◆ 三观书

曹伯所从事的专业，是我大学就读的专业，老人所喜读与珍爱的书籍，似乎隐隐地告诉我：我一生把心血都用在工作上，所以专注于看一些专业书，很少看杂书，再就是为了有利于组织管理，曾研读了一些关于思维和认识的书刊，你是系统团队中学术冒尖者，你喜欢研究发表论文，这些书籍给你最合适，我希望你拥有辩证唯物观、正确历史观、端正从政观，望你从我读过的书籍中汲取营养，从我的缺失中汲取教训，从端正为政中汲取智慧！

◆ 三愿书

一位老者,把一生的书籍毫无保留地赠予我,84岁高龄的曹伯有着深远的思考,他在选择,他在抛愿,他在赠愿,他在寄愿……

曹伯赠给我的是他一生追求的智慧,我收到的是优选精神粮食,是认识纷繁世界的通关密码,正如托尔斯泰名言:"理想的书籍,是智慧的钥匙。"

当我初读懂这些密码,早已泪眼朦胧,心潮起伏。

我是有福之人,我应将这些书籍好好珍藏。

(作者系湖北省江北监狱民警)

另一个自己

张丽红

总觉得，这世界上存在着另一个自己，容貌相似，甚至性格、脾气都相似。

有次陪妈妈上医院看病，排队候诊时，见对面坐着一对年老的夫妻。我注意到他们，是因为他们长得实在太像了，简直像双胞胎，但我直觉他们应该是夫妻，毕竟有夫妻相的大有人在。

他们身材相似，个子都高大微胖，只是老头更高大些。脸部轮廓、眉目、鼻子、嘴巴亦如出自同一模子，除了老太太的头发比老头略长些。两人手上都各扶握着一根拐杖，两人举止投足、表情都像极了，还不时眼神一致望向同一方向……

我不禁悄悄与妈妈分享我的发现，妈妈注意了后也连说"真的好像哟！"

这时，他们的女儿（女儿的模样也像极了他们）拿着单子提着药袋过来了，弯下腰对老头说"药拿了，行了。"然后，扶起老头慢慢朝医院门口走去。他们留下了老太太，老太太还自顾自地望着另一边，"老夫妻"这回的目光没有一致了，他们是不认识的！他们不是夫妻！看到这，我与妈妈都惊奇地张大了嘴巴。望着老头与女儿远去的背影，我竟有些焦急了，恨不能提醒老头的女儿认真瞧瞧老太太，看看这老太太会不会是她父亲失散多年的同胞姐妹。

至于我自己，我没有亲眼见过另一个自己，但我从别处确信，这世上存在着另一个自己。

那天在小店买杂粮，老板娘微笑着把装好的杂粮毕恭毕敬地递至我跟前，说："老师今天不用上课呀？"

"我不是老师呀！"我知道她认错人了。

她将脸朝附近那间小学扬了扬，"你不是那所学校的老师吗……真的好像喔……你不说我都分不清……我囡囡在那读书……"

我笑着与她挥挥手道别，走老远，似乎还感受到背后那灼热的目光。

一直崇敬、羡慕教师，今生与教师这一职业无缘，我还曾寄希望于来生做一名光荣的人民教师呢。不想，今生，已有另一个自己帮自己圆了梦。偶尔，想像着另一个圆脸、短发、戴眼镜、斯斯文文的自己站在讲台上为莘莘学子解疑释惑，是一件多么美妙的事情啊。

晚上下班乘坐网约车，行程结束后，我已习惯为司机发个几元钱的感谢红包。"谢谢师傅，辛苦了！"红包不大，却是自己对司机诚挚的感谢和鼓励。他们深夜仍在路上跑生意，也是多么不易，他们又何尝不是为这座城市在默默付出？我还常想，或许他们当中的某一位是另一个自己的亲人也说不定呢。

端午节当天在单位值班，吃过午饭又念起儿子不知有无吃上粽子。读大学的儿子放假没回家，前一天在微信上问他学校食堂可有粽子？答曰没有。昨天没有，今天可有？正想念间，儿子发来了信息，一张开吃粽子的图片和一段让我顿刻安心的话，"水果店有粽子卖，老板送了一只给我。我经常去那里买水果。味道很好，和阿婆包的差不多。"牵挂，思念，安心，暖心。善心的店主，如另一个亲人般抚慰了一个孩子的胃，温暖了一位母亲的心。

有一种相遇，毋需相见。不论我们相不相似、相不相识，都不影响彼此真诚的祝福。

我想，这个世界真的可以很美好。

（作者系广东省广州市未成年人强制隔离戒毒所民警）

我的诗酒趁年华

张　保

熟悉我的朋友都知道我这人好茶不喜酒，我喜欢喝茶，喝好茶，喝各种好茶。对于酒，我一直不喜欢，一则酒量小，二则认为酒是非健康之饮，三则觉得酒是人际交往之媒介，非生活必需品。

但这一切在认识老弹之后都变了。

我有一个微信茶友群，不知何时爱茶的老弹混入了我的这个茶友群。老弹好茶，有时在我这里拿点好茶喝，就这样我们认识了。

大约五年前的一天，老弹问我："喝酒吗？"

我随口答："喝，不过酒量不行。"

老弹便告诉我，他有一个酒厂，在茅台镇还算比较大，酒不错，各种档次的酒都有，并且都是纯粮酿造。还说改天送我一箱酒，让我品品正宗坤沙酒的滋味。

对于老弹的随口一说，我没有当真。但让我意外的是，过了一段时间，我竟然收到了一箱酒，共六瓶，他们厂里的三种酒各二瓶。

我对酒外行，但我也知道这六瓶酒至少价值好几百元，甚是不好意思，所以大约半年后，我找了个机会送了不少茶给他。

君子之交淡如水，如果一味地收取而不付出，这样的友情肯定不会长久。正是经过这样的一来一往，我和老弹成为真正的莫逆之交。

老弹送的酒是典型的酱香酒，当时不知道什么沙不沙，现在回头看来，是碎沙、三坤、五坤各两瓶。老弹这酒虽然是好酒，但在我们安徽省不流行，对于有些"老酒鬼"来说，甚至会用"不喜"来评价这酒。我想了想，送人不妥，请客也不好，决定自己喝。虽然我不好酒，但休息时每次会喝一两，偶也有邀二三人去小酒馆坐一下。就这样，两个月竟然把这六瓶酒都喝完了，也渐渐喜欢上这酱香白酒了。

后来老弹经常在群里吹嘘他的酒比茅台好，茅台只是五年坤沙，他的酒有九坤，甚至十五坤。他会时常拿些酒来拍卖，我偶尔参与一下，但不太深入，我一不爱酒二不懂酒，只有多听多看少出手。

我有一个大咖同学，大学毕业后跟着一个老板做生意，用他自己的话说，过了十年纸醉金迷的生活，赚了钱，在40岁时就正式退休不上班了。但这十年的纸醉金迷的生活让他昼夜颠倒，经常失眠。他解决失眠的方法是每晚11点多喝二两白酒。他特喜欢酱香型的茅台镇酒，向我特别推荐过一款他喝过认为不错的酒。所以，看到老弹在微信群里拍卖酒，我看拍卖的最终价格的确比市场价低不少，也就偶尔出手拍一下，但更多的时候是用茶换酒。换来的酒，高端的招待朋友，同时也学我的大咖同学，中低端酒自己休息时每天喝一两，让睡眠更好。这个习惯一直延续到今年春节。一场疫情直接让我和酱香酒分手半年有余，直到现在九月份也没有喝酱香酒了，毕竟工作第一，况且我不嗜酒。

但老弹一如既往地在群里拍卖他的酒，时不时来个优惠大酬宾，配合他的商业活动，他有空时就向我们普及一下酱香酒的各种知识。在老弹的不断灌输下，我渐渐知道了酱香白酒工艺上主要分碎沙、坤沙，还有二者混合的混沙，而串沙则是酒精酒；知道了喝多头不痛是粮食酒的金标准；也知道了端午制曲，重阳下沙，女人踩曲，男人酿酒；还知道一年生产周期、两次投粮、九次蒸煮、八次发酵、七次取酒……

老弹喜欢吹嘘他的所谓品酒方法，他说喝高端酱香酒一定要小杯细品，感受它的细腻、幽雅、厚重和回味，喝后闭眼嘴，用鼻轻轻出气，感受它带来的复合香是一种极致的享受。他这话直接导致我在以后的时间里，有空闲就要品一小杯，只是从来没有喝出他说的那种幽雅、厚重的感觉，所以品酒我一直没入门。

今年疫情期间，老弹在群里炫耀他的好酒和他的酒知识，我们几个朋友起哄，要他搞一款高端酒纪念这次战疫。老弹很是为难，说每款酒的商标都需要审批，我说可以简单点，搞成订制酒，我们几位朋友拿，不售卖。于是问题解决了，我们搞了人生第一款订制酒。我订了四箱，说来也搞笑，硬是让朋友抢去一箱，喝了以后觉得不错，还想要，我只好说没有了。

从不嗜酒的我渐渐喜欢上了酱香白酒，喜欢上了酱香白酒带给我的苦辣感觉，正如生活带给我们的各种艰辛和无奈，而后的回甘又如那苦尽甘来，让我们看到了生活的希望。

没有茶的人生是不完整的，没有酒的人生更是缺少了激情和色彩。

诗酒趁年华，不需要嗜酒如命，只要在闲暇的中午或晚上，端上一碟花生米，倒上一杯酒，慢慢品，细细感受人生的酸甜苦辣，享受时光的流淌，也许就会体验到一个不一样的人生。

（作者系安徽省白湖监狱管理分局民警）

待客之道

刘凤英

晚饭后，我和丽泡了一泡 2006 年的老班章熟普。

这个茶由于原主人乱放在茶几上，包装纸已破破烂烂了。也正因为长时间暴露在空气里，干茶香气散失的过程中，渥堆味也几乎散失殆尽。闻干茶，有淡淡的木香。

取了茶，放在盖碗里养气。良久，将茶倒出，闻盖碗，留香了！古树茶才会迅速在容器中留下自己的气息。

第一道，洗茶入水。黝黑的干沫泛起，一股松烟味窜出。想起昨天张晶老师发的《再访三味茶庄》中曾有一幅图是苏东坡的茶联：茶笋尽禅味，松杉真法音。唐朝的灵一和尚说："野泉烟火白云间，坐饮香茶爱北山。岩下维舟不忍去，青溪流水暮潺潺。"诗中描写的这一味烟火气息，与日本茶道宗师千利休曾说过的"须知道茶之本不过是烧水点茶"有异曲同工之处。这些大师的法音，都是教导我们从微不足道的日常生活、琐碎的平凡生活中去感悟宇宙的奥秘和人生的哲理。

第二道，水冲入盖碗，十秒后，连茶带汤倒入另一个泡茶杯。清空盖碗，闻香，蜜糖香显。

第三、第四道都用茶水分离杯冲泡。

茶汤红浓透亮，入口有米汤样的爽滑，味道是甘甜。

这时候，小濮进来了。来一个新人，不管之前的茶有没有淡，都要重新冲泡新茶，体现对新朋友的尊敬。

重新烧水煮了一壶，投茶量九克。这次更好地析出了茶的内涵物质，茶汤一入口就甜蜜蜜的。

小濮眼界开放，活力十足。他诙谐地说，男人的男字是七划，女人的女字是三划，意思是一个人要有七分阳气三分阴气才和谐，很有意思。他自己动手在家做了一个水景，围栏七根石三根，寓意阴阳，高度一样，寓意男女平等。围栏围成一个圆，寓意家里男女都要包容配合才能形成合力和谐美好。

一边喝茶一边想，这样的氛围不就是如此茶之味甜蜜蜜吗？

茶喝得愉快。其间两次闻之前盖碗的冷杯香，都是花蜜香，不喧哗自有声。

老班章素以茶气霸道传世。接连的两泡茶喝下，我感觉有些兴奋。茶亦醉人何须酒？想起齐同民老师在收藏感悟笔记中关于十里香酒的文章中说"酒不可过量"。看来，茶也不可过量。很明显，这茶的喧嚣让我的小神经不安了，所以它们没有正常工作，而是张头拉耳窃窃私语。

"茶亦醉人何须酒？"的下一句是"书能香我何须花"。书比花高级吗？不见得。可以共荣，何必损友呢？实在不爱这句话。

班章在体内作乱，搅得大内不得安生。我突然怀念老普洱，它深邃的木香令人安静舒适，如阳光照进深林，灿然温暖却不破坏静谧，和谐共生。这是没有经过马背呵护，没有经历风霜雪雨千锤百炼的这泡班章所不懂的天地。老班章的甜，热烈，却如脱缰野马，横冲直撞，无视秩序。老普洱的甜，淡雅绵长，温柔呵护。

因此说，待客之道还是用老普洱更好。

（作者系云南省宝山监狱民警）

理想篇

秋收记

张学文

当下正是秋收的季节。农场那会儿，从黄河边到山麓下，远远望去，一台台的条块地里，玉米叶绿中泛黄。风吹来，玉米杆沙沙响，能感觉出玉米穗颗粒饱满，压得玉米杆摇摇欲坠，农场人从四面八方角角落落开始"围攻"玉米田，秋收开始了。

收割杂交制种玉米，先砍倒雄株，竖放；再砍倒雌株，横放。雄的是父本，雌的是母本。父本是同株异花授粉（玉米是95%异株异花授粉，5%同株异花授粉），籽粒作为下年的制种材料。因此，父本植株产量低，却极其珍贵，一籽抵万金。母本因抽去了雄穗，授粉完全来自父本的异花授粉（授粉率达95%以上），故而产量高。母本（杂交种）作为不同品种（品种是具有一定稳定性状的植物自交系）制种材料的结合，玉米杂交种应用于大田生产，商品产量高（地膜种植玉米杂交种，产量达到1500斤左右）、品质佳。商品玉米可以大规模增加养殖饲料、工业加工原料，可以说玉米浑身都是宝。

秸秆也是作为饲草、青贮发酵的原料。残留株杆、根系亦可肥田。其根系固定一定的氮、磷、钾元素，土壤极有利于下年植物生长。玉米制种收割完毕，农场的机械开始深耕。铁牛车"突、突、突"冒着青烟，一片片沃野松软软的、湿漉漉的、油墨墨的，散发着泥土的馨香。走在肥沃的耕地上，农场人心里已有了来年丰收的希望。

看啊！成片被砍倒的玉米制种田里，塑料袋装着金黄色的玉米杂交种，一袋袋立于田间，整整齐齐。恰似立于田间的哨兵，鼓着肚腹，有一种充实、可靠的感觉。每一块田里，这样的装袋立得越多，制种产量越高，农场人洋溢出的笑容就更灿烂。拖拉机跟在后面，装满一车车丰收的果实，欢奔着运往场院。整个玉米田沸腾着，没有闲着的人，都是忙碌的背影。

玉米制种父本籽粒，你可不能小觑。母本运完后，一袋袋竖向散落在田间，它可是繁衍后代的希望。下年或可作为新的父本，或可作为新的母本材料，一行父本或四行、六行母本，得到新的组合，孕育新的杂交制种。这是新的生命的开始。

农场人玉米制种干得多了，也便个个成了专业制种能手。玉米制种业，支撑起了农场新的经济，寄托出了农场人又一创新发展的希望。场院上，玉米制种袋一排排有规矩地码着。纵向的、横向的，一般是南北向，利于通风。码袋山高，丘陵一般绵延，农场人唯想码不下。这样码着，还要每天翻动；上面的翻到下面，下面的翻到上面。翻动一月左右时间，风干物燥，就要开始脱粒、精选、装袋。满载的车辆，就会不断向外运送。总算安全颗粒归仓，农场人这才心里踏实了。

农场人在香甜的梦乡里，会映现着玉米的一生，忘掉秋收的辛苦。是的，人的憧憬，也即希望，就是现实在梦中的样子。

每年秋后，土地耕翻出来了，耙尽了杂质（不易腐烂的塑料、瓦块等），平整精细，如水平面。汩汩的冬水开始浇灌。浇透土地，不留边角，才能有利于下年的玉米出苗。粪肥运送，地里堆得冒高。农场人闲不住，来年才会有丰收。修渠筑土，破除残埂断壁。春节才过几天，春种的准备工作就开始了。收拾机械，购置化肥、地膜、农药，农场的出进口车辆络绎不绝。土一稍动，卧肥、耙地、碾压、铺膜工作开始。平展展、竖条条的地膜铺展开来，农场成了白色的天地，蓝天白云浑然一起，天地间望不到尽头。

四月，春光明媚，大地回暖。随着土壤的温度、湿气上升，地膜下可见水珠呢。玉米下种开始了。下种可是细活，要仔细，粒粒见墒，一窝不能少漏。农场人这时似乎屏着呼吸，屈着腰腿，埋首于地垄间。他们唯想有什么差池。"春种一粒粟，秋收万颗子"，确实马虎不得。这样，接近一个月，点种、放苗、出苗、补种，担心的就是哪块地出苗不齐，哪个玉米不露头。

捱到苗齐、苗壮，玉米蹲苗差不多了，田间玉米禾敦敦实实，像一个个钢钻子，芦笋似的。开始追肥、灌水。需水的，泛黄的玉米，这时似乎喝足了水，在"吱吱"地叫；有点干涸的土地，吸着水，也在叫。真的，宁静的夜晚，偶尔走到地头，会听见玉米苗在叫；在农场人的梦里，疑惑玉米苗就是在叫。好神奇啊！在秋后玉米泛着金黄时节，风一吹，玉米"沙沙"作响。

有人说，玉米一生在叫，"吱吱""沙沙""沙沙""吱吱"。噢！玉米是有生命的活物，活物怎么不叫呢，玉米还怀揣梦想呢！

有人还说，玉米拔节期，走过玉米田，都能听见玉米"吧、吧、吧""嚓、嚓、嚓"，像人的骨节响。玉米的生长在猛蹿呢，简直争先恐后，每一颗玉米唯恐落后、落下。这是生命的迹象，人是要有精神的，玉米和人一样不也是有精神的。生命是蓬蓬勃勃、茁壮成长的。

黑油油的良田，金灿灿的玉米；果园飘香，牛羊壮。时至今日，秋天丰收的喜悦带给农场人的希望，时常洋溢在心间。

（作者系甘肃省白银监狱民警）

如此痴情为哪般

丁祖胜

在单位文宣中心的岗位已 7 年,到了该"痒"的时候。好在我能装,就是痒也表现的淡定和沉着,这是许多如我的同志,从警几十年后,被动获取的心理免疫力,也可称岁月烙印。

但始终有一种痛,一直是隐隐的,比如,我们的监狱文化本源思考,监狱自强历程的社会化评价,监狱未来的发展终究以何种形式与国家法治同步等等。这些看起来很虚,貌似高大上实则是我们一辈子追求的根,总担心丢了:干了一辈子监狱工作,到头来不知道自己职业价值所在,那一定是自卑和可悲的。所以,于我而言,未成可悲的后十年,理应有个交代了。

怎么交代,又能做什么呢?在我看来,真正能做的,唯有本职岗位的自我认知和时代进程中的点滴担当。

我的岗位在安徽省白湖监狱管理分局文宣中心,可以努力、可以多做的事,就是资源的相对高效运用和内在职能发挥。做实分内,做真岗位。建好监狱图书馆、创建并丰富监狱影像档案,把监狱的历史和根留住,是现在的所能。它能很好地回答外来户和后来者几个现实的问题:监狱人过去做了什么?监狱人读书吗?有自己的公益读书空间、特色藏书吗?

白湖的发展不易,需要原始材料的支撑和见证,更需要岁月记忆和留存。那些特定的创业历程,是宝贵的精神财富。如何让三四十年前乃至更久远的监狱影像资料得以再现,在世人面前展示出来,将监狱发展有"声"以来的视频素材最大化收集;专业化整理成集,做成大目录可以检索、可以追溯。让监狱创业者的身影永久留存,奋进者的足迹充分还原,让那些原本不该忘却早已找不到的监狱记忆——得以再现。

于是,查场志、寻根溯本、收干货。所有曾经接触过视频的人,无论在哪,一一拜访释怀,赢得共情热力相助。大 Beta、小 Beta、普通 VHS、高保真格式、各类专业DVCAM和家用DV。挖地三尺加穷追，"连抢带偷"加忽悠，老战友把珍藏版奉献出来、压箱底的当年视频再翻新、源头追溯得本真。

四百多盘集聚，当这些惊喜聚拢过后，惊恐也随之而来：这些普遍比新录用民警年龄还大的影像带，要转录的话，至少需要八台以上类型早已淘汰的专业设备，别说凑齐机器，就是连接线需要的古老卡龙头、莲花头、AV公母转换等，许多人都没听过。另有数盘损坏，需要拆开一点一段修复。断头的重新卡接，断带的重叠内粘，掉粉的先搁置，土法预热干燥。这些录像带，分别代表着特定时期监狱影像人生，如今，没有哪一种还在用，都已被数据存储卡取代。这些占满厨、桌、柜、箱，到处叠加堆放的带子，傻傻而期待地看着我，压力陡增。一定要让它们重生，一定要让前辈的影音来到我们身边，送给事业的接力者。

接下来四处打听，去二手市场淘宝、去发烧友群吆喝；经过数次纠缠，惊动了天（津）地（摊），欣赏了河（南）山（东），然后凭着记忆中的强弱电理论和肚子里可怜的电工技术，自制了系列连接头，然后插上电就跑，怕短路爆炸出人命。好在诚意所动，自制的转接口能用、租的好用、网购的会用。终于相对圆满。看着几大箱干燥净化处理的战利品，内心狂喜隐藏不住。终于看到了1985年的篮球，看到了舍不得穿的红领章警服，看到了已经远离的前辈……难得的监狱心声，得到了无私的袒护，这几十年前的视频资料，历经冷遇，闪现曙光。

历时数月，占用所有业余时间的录影带转录工程已经完工，标注已损坏的录像带经过一段一段地修复重新标签内容，反复清洗成像磁鼓用完四瓶高纯度酒精，布满岁月灰尘的外盒逐一擦拭。用毁的三台机器，其中就有当年结婚的豪华嫁妆放像机，作为商品，它的坏不但没有遭到主人嫌弃，反而赢得尊重和不舍。1000多个历史视频剪辑过后，除湿密封处理的那些古董，依旧珍藏着，期待技术的进步，它们会更出彩。至于影像重生监狱记忆，那种窃喜和满满的收获成就感，成为永久的精神财富。

但愿前辈所为，没有遗憾；期盼后生接力，善待！

（作者系安徽省白湖监狱管理分局民警，高级工程师，二级作家）

灶台的变迁

汪明启

1987年7月,我来到九成农场工作,至今已有三十多年。

三十多年来,乘着党的改革开放春风,农场民警职工生活的各个方面都发生了巨大变化。其中给我印象深刻的,是农场民警职工灶台的变迁。

每天开门七件事,柴米油盐酱醋茶。居家过日子,烧饭的柴火是大事。

刚到九成农场的那七八年,无论是总场还是分场,乃至各个农业中队的民警职工居住点,屋前屋后都是一座挨着一座的2米多高的棉花柴堆,上大下小的倒梯子形,顶部是一个如四面斜坡的屋顶覆盖着。柴堆顶面铺上一层稻草,防止漏雨。家家户户烧火做饭用的都是棉花柴。总场几栋楼房的屋顶都竖立着烟囱,那是一个楼道七八家住户灶台烟囱的共用出口。住楼房的土灶台烧饭,可能是农场所特有的吧。夕阳西下,炊烟袅袅,一幅清新淡雅的墨水画。

棉花柴起火快、火力猛,而且它的火势比麦草、稻草、茅草等强好多倍,而且烧出来的饭菜也特别香。自然,棉花柴是农场民警职工烧饭用柴的首选和必选。在2000年以前,棉花是九成农场主要的支柱产业之一,三分场、四分场都种植着上万亩的棉花。这样,农场民警职工烧饭的棉花柴不用发愁,就是农场附近的老百姓也沾了不少光。

每到下半年的十一、十二月,家家户户都忙着准备下一年的棉花柴。这个时候,种棉花中队的同志可吃香了,不要说一般人请求他们帮忙了,就是不少带长的,也要给他们递上几根带"嘴子"的"合肥""红塔山"等上档次的烟。把棉花柴搬运到家,可不是一件简单的事。要找到运送棉花柴的"手扶"、要找三四个搬运棉花柴的人手、还要请人把运到家的棉花柴码成2米多高的柴火堆。这也给那些热恋中的小伙子提供了向未来丈母娘好好表现的机会。

烧棉花柴，苦了那些住楼房的。他们要把棉花柴从楼底往楼上抱，一捆又一捆地抱上三楼、四楼。加上楼房的厨房空间小，一次放不下多少，一天往楼上抱柴要两三趟。阿姨们想出来个好点子，把棉花柴折成约一尺长的小段，扎成碗口粗圆柱形的小柴把，用稻草索把二三十个小柴捆在一起，抱到楼上码到厨房灶膛门口的空地上。这样，不占地方、省时方便、干净卫生。

记得有一年的三伏天中午，我有事到总场的一户二楼人家去，刚走到一楼楼道口，一股股热浪就从楼道内迎面扑来。来到他家门口，满屋烟雾缭绕，只听到老俩口说话声，却看不见人影。进屋后才看清，灶台上，阿姨的锅铲在大锅里翻炒不停；灶台下，往灶膛添柴火的老头子的芭蕉扇扇个不停。大汗淋漓的老俩口不停地直呼热、热……

那个时候，人们最怕的是棉花柴霉烂受潮，不说火势弱、火力小，怕的是点不着、烧不着。灶台上炒菜的使劲催，灶台下添柴的急得一头汗。一番烟熏火燎地折腾下来，菜，炒了个半生不熟；饭，也烧成了半熟夹生。

1990年左右，我在一位合肥女知青的家里看见灌装液化气，气罐钢瓶和灶头是她家人从合肥带来的。她家平时不用，只在家里来人或请客时才用。我见她转开钢瓶的阀门，把点燃的火柴头靠近灶头的气孔，"噗"的一声，一圈蓝色火焰直往上窜。炒菜时，随心所欲调控火力大小。

"烧液化气，又快又方便又干净！"

从那时起，我羡慕之余想的最多的是，我们什么时候能用上液化气？如果用上了，那该是一件多么幸福的事。

1994年年底，农场航运大队办起了液化气站。为了鼓励民警职工使用，农场出台规定，凡是购置航运大队液化灶、钢瓶的，每户凭发票给报销360元。一时间，农场基本上都使用上了液化气。液化气的使用，让坐办公室的同志下班再也不用百米赛跑似地往家里赶，中午还可以歇息打个盹。由于农场的液化气来自百余公里外的安庆，气价就比附近的安庆、望江地区高一些。为此，每次调整气价前，农场相关部门和液化气站的同志就要来老干部活动中心向离退休老同志做解释工作。

从此，农场的棉花柴不再抢手，棉柴堆也在一一消失。当然，还有不少省吃俭用惯了的老同志坚持烧棉花柴，但都遭到了子女们的强烈反对。时间一长，他们也就不再坚持，土灶台终被弃而不用了。

近些年，农场经济快速发展，民警职工收入大幅度提高，人们又盼望着早早用上环保洁净、安全便宜的管道天然气。

2019年9月份，农场决定引进"徽商长城能源有限公司"建设管道液化气，把"川气"送入家家户户。现在，这项重大民生工程终于落地，正在有序推进。时间不长，农场民警职工就可以享受到国家"西气东输"的"红利"。

短短的三十多年，九成农场的土灶台已经走进历史的深处，成为人们甜甜的回忆了。

（作者系安徽省九成监狱管理分局民警）

欢迎来到五图河

陈建洲

理想篇

欢迎来到五图河，在你们最好的年纪光荣入警，加入我们这个大家庭中。

看到了你们，就想起初入警时的我们，同样的青涩和谨慎。政工领导笑称我们是"三门"民警：离开家门到校门，离开校门到单位大门，直接走上工作岗位。给我们提出了很多要求，寄予了殷切厚望，希望我们能够早日成为一名优秀的监狱民警。

监狱民警，是一份光辉的职业。它是党和国家意志的执行者，人民群众合法权益的保卫者，肩负着惩罚和改造罪犯的重担，与社会的稳定、人民的安居乐业息息相关。习仲勋同志曾在"八劳"会议中对监狱民警作出过高度评价，他说："广大劳改工作干部为劳改事业作出了很大贡献，应当受到全党全社会的尊重。他们的所在岗位，要比别的方面工作还更艰苦，更重要，更光荣……我看能在这个战线上做这项工作，几十年如一日，那是党性很强的干部，是高人一等的干部。"

然而，光辉的东西可能会引起虚荣，虚荣心容易给我们一种觉得是鼓舞的心理，但那不是真正的鼓舞。如果虚荣心没有得到回应，那就会隐约觉得，愿望得不到满足，理想没有实现，开始怨天尤人，任由命运摆布。职业是为了实现人们的自我价值和社会价值。一份只想在人前炫耀的职业，会随着长期从事而感到厌倦、变得松动、情绪走向低落，最终背离了当初选择职业的初衷。

你们已经入职，可我还是希望你们能够重新审视这份职业，了解这份工作的全部内容和分量，理解它的所有艰辛和困难。它是朋友聚会时因为缺席摆上的照片，节假日阖家团圆时少去的身影；它是疫情以来 200 多天夜以继日的坚持，是职业生涯数十年兢兢业业的默默耕耘。前不久我和同事感慨，人生不相见，动如参与商，交接班时匆匆一瞥，便又是一个月的长久分别，虽然同在一个监区，半年下来只见了区区几面。即使这样，我们依然选择了它，选择了这样一份能给我们尊严的职业。

监狱民警的尊严来自这份职业对社会的贡献，来自所有监狱民警持之以恒的付出。我们拯救挽回罪犯的成果，真真切切实实在在地有利于社会、有用于人民。它使得我们可以带着最自豪的心情在领域里独自深耕，成为一个对社会有用的人。如果冷静地审视完这份职业，仍然充满热情，矢志不渝，那么就可以相信自己的选择，不是因为热情的欺骗，不是因为生活的逼迫。

同时，尊严也来自我们能够胜任这份工作。作为新警的你们，还要评估监狱民警需要的职业技能和能力，找一找自己还有哪些方面需要锻炼。总书记教育广大青年，梦想从学习开始、事业靠本领成就。只有迅速适应眼前这份工作，出色地完成领导交待的各项事宜，才能在工作中找到获得感，提高自己的职业认同。如果工作起来常常力不从心，又懒于磨炼职业技能，缺少了大家的认可，很快便会自愧不及，对自身和职业的评价下滑，逐渐产生人前人后的自卑心理。

当然，工作带来的可观收入，也是我们职业尊严的组成部分。随着自媒体的高度发展，满天繁星近在咫尺，各种各样的推文铺天盖地，甚至令人感到不安——奢侈的生活、孩子的成长、配偶的完美和个人的进步，无时无刻不在贩卖着焦虑。事实上，我们脚踏实地，依靠着工资收入，就能维持家庭的正常运转，逐步提升家人的生活质量，供得起房贷车贷，付得起孩子的学杂费，应付得了眼前的苟且，偶尔还能看一看诗和远方。

总的来说，工作是为了谋求个人发展和造福他人，这两点在监狱民警职业上得到了很好的体现。

今天，你们来到这里，朝气蓬勃。看到你们知识丰富、勇于担当且敢于创新的模样，我也看到了连云港监狱光明的未来。

愿你在被打击时，坚定你的选择，不忘初心；愿你在迷茫时，坚信你的珍贵，爱你所爱，行你所行，听从你心，无问西东。

再一次说一声：五图河，欢迎你！

（作者系江苏省连云港监狱民警）

省斋堂主

葛新成

省斋堂主是我的微信昵称，同行常以"堂主"来打趣。省斋是我的书房，堂主则是书房的主人。

近期，看张晶老师转发的一篇文章《一个斋号拍了2300万，文人原来这样取斋号……》，颇觉好玩，细读下来谁知"省斋"也赫然名列其中，只是此省斋非彼"省斋"而已。在张老师的指点下，决定好好研究一下它的传承关系。

上网找度娘，"省斋"的条目还真不少，古今皆有。有南宋诗人方岳的《山居七咏·省斋》一首："圣处终难举似人，二三子在最情亲。於中检点平生看，香缕萦帘眇此身。"方大人是安徽祁门人，进士出身，官至吏部侍郎，因触犯湖广总领贾似道被移治，又因得罪权贵丁大全被弹劾罢官。经明行修，隐居不仕，以诗名世，诗作多为描写农村生活与田园风光。想来，此诗应是归隐之后所作。百度这个小视频题为："不认识方岳，怎么能说自己有文化？"

还有同是南宋诗人金朋说所作的五言绝句《省斋吟》："修己师曾子，为人谋必忠。信诚交以道，传习熟加工。"金大人同为安徽人，休宁人，也是进士出身，因党禁归隐。曾子是《大学》《孝经》的撰写者，"吾日三省吾身：为人谋而不忠乎？与朋友交而不信乎？传不习乎"的提出者。宋代的朋党之乱丝毫不逊色于前面的朝代，绝句提出要"师曾子"似另有深意。

再有就是南宋廖行之的诗文集《省斋集》。古代文人多以书斋为文集命名，果然，省斋是廖行之的室名，取的正是曾子之言。他也是进士出身，以亲老归养，内行修洁，在官多善绩。

至此有点意思了：方岳之咏，金朋说之吟，是不是都是廖行之的省斋呢？廖行之（1137—1189年）生在方岳（1199—1262年）之前是无疑的，金朋说的生卒年虽不详，但他曾师从朱熹（1130—1200年）是有记载的，看来笔者的推断倒也不无几分可信。

一番研究下来，真的脑洞大开，尤其是古徽文化。看来自己是真的没文化，取名"省斋"完全是附庸风雅。

说起这个书房的名字还是有些历史的，那是20世纪90年代，自己穷的连一套房都买不起，蜗居在两间平房里。即便如此，还是花钱给自己搭了个不足十平方米的书房，那时的藏书不多，也就一个竹书架，两个铁皮档案柜。请堂哥给书房题个字，他却把"省斋"听成了"醒斋"，看看他都花功夫帮我装裱好了，便没再言语。心想自省也好，醒悟也罢，清醒就好。事实上却是时而清醒，时而糊涂；有些事清醒，有些事糊涂。好在一直处于自省中、醒悟中，没有因为外力的左右而改变初衷。

自己当初取这个名字也是受启发于曾子的"三省吾身"。那时候还在安徽省阜阳工作，当时参与副教导员岗位竞争，无论工作能力还是群众基础都势在必得，结果"煮熟的鸭子"还是飞了。苦闷之余告诉自己：要做石灰，越泼冷水越发热。自己奋斗的目标既然不是位子而是价值，就应该把价值体现出来。从那以后不仅工作的劲头没减，学习的势头反而更猛了，把更多的业余时间投向了理论研究。在岑来明老师的指点和鼓励下，渐入佳境，收获颇丰，也在研讨会上认识了张晶老师。

上帝给你关上一扇门，必然为你打开一扇窗。随着学习的深入，尤其对传统文化更深入的接触，渐渐看清了人性的弱点，看轻了自己的舞文弄墨。尽管现在已经过了知天命的年龄，仍不断追求着自我认知局限的突破，手不释卷，笔耕不辍，以文交友，以文拜师，乐此不疲。

张老师的点化，让我似有所悟：为学忌满，为文忌懒。研究几百年前的古人，不是专业人士，可能不具备那个功力。但穿越中又有几分似曾相识之感，难道他是我的前生？还是我是他的来世？

抑或是冥冥之中有个约定：内行修洁，为警求善绩。

（作者系安徽省马鞍山监狱民警）

人生如霞

戴文会

理想篇

想在月光下赏荷,却因为去得早,便漫步到了附近的洗马湖边。

单是蓝天白云下葱翠的山峦、清亮的湖水、和煦的微风,以及从洗马湖衍生出来的几个荷塘里的荷花;湿地里的芦苇、菖蒲、狗尾草等上百个多样性的植物;和在湖里、芦苇丛中、沟渠边栖息着的鹭鸶、野鸭等水鸟,就足够让人心生宁静,让灵魂恬适了。

走着走着,眼前一片红:天空中和湖里交织缠绵在一起的火烧云,生动地呈现在我眼前。

当夕阳坠下山顶的时候,西天燃烧起鲜红的霞光。离山顶远一点的姿态各异的云彩,便成了腾空而起的红龙金马,红海里游动的鲸鱼大虾,展翅翱翔的大鹏鸟,关公手中的大刀长矛,英雄胸前的大红花……

山顶附近厚厚的云彩,则变成了一片火海,下方宛如有一个正在喷发的火山口,令人炫目。

瞬间,眼前的草木,包括我们在内,连着奔跑的孩童都沐浴在金色的光波里,泛着涟漪的湖水变成了红湖。

湖中,神情安然的诸葛亮座像、奋蹄疾驰的泥塑战马更加神秘,让人想起诸葛亮七擒孟获,推行农耕的故事。据传说,诸葛亮南征至此,看到思茅的湖光山色,竟与南阳茅庐如此相似,遂下令全军驻足歇息,洗刷战马。当看到村庄上空袅袅升起的炊烟时,这个七尺男儿站在湖边,听着马儿嬉戏嘶鸣的声音,久久地向北张望着。那是他对家乡茅庐的思念之情,这个湖因此而得名。

随着太阳的西沉,红色的云变成葡萄紫、黑灰色压向山顶,宛如要浇灭山顶下那熊熊燃烧的火山口。

落日熔金。倏地,太阳的光亮不见了,晚霞消失了。从城里幢幢高楼透出热烈烈的光和影落在湖里,飘着茶香的边地小城,迎来了夜的繁华和喧闹。

刚才还在湖上空飞舞欢叫的燕子的身影也不见了,原来它们飞过湖面,回到温暖、热闹的城里过夜去了。

随之而来的是湖里的蛙声合着湖水拍打岸边的声音,与停歇在山林里、公园里繁茂枝头间的蝉儿声,伴着蟋蟀等小生灵的叫声,演奏出夏夜的美妙。

疫情,让我们错过了春暖花开的春天,却在夏天让我们感受到蓬勃的生命和力量。火烧云的出现,预示着天气将暖热、雨量丰沛、生物生长繁茂、蓬勃的时期即将到来。

其实,人生,很多时候就犹如这晚霞一样,刚才还在绚烂无比,转瞬就消逝了。

去不了远方,就好好珍惜眼前的生活。在这奔放、自由、旺盛的日子里,以成长的姿态,以进取的样子,做好该做的事。闲暇之余,和亲人一起尽情地享受每日喷薄而出的旭日,享受夕阳中的恬静美。能够平安终老,在人生最后的一抹黄昏,看尽湖光山色、迟暮与晚霞,就是人生中最大的幸福!想到这里,我的思想顿时开阔了很多。

一转身,柔和恬静的月亮从东边的山顶升起来了,我又奔向如梦如幻的荷塘。

(作者系云南省普洱监狱民警)

科技改变生活

何 杰

一

小时候，垸里几十户人家，只有一家安装了固定电话。其他的人家，每次去接电话、打电话，还要看人家脸色。每次给蔬菜、给鸡蛋，权当付费。想经常和南方务工的亲戚电话联系，甚是不便。平常给家人写书信问候，也是辗转很久才能收到回信。

长大以后，最大的感受是手机开始大范围普及，垸里每家每户都有几部手机。那户收鸡蛋抵电话费的人家，默默地将家里的固定电话拆线停机了。

各式各样的手机，发短信聊天问候，微信上互发消息、语音聊天、视频聊天，已经成了家常便饭。

时代巨变，通信更加便捷，天涯如在咫尺。

缘于社会的发展、科技的进步，科技拉近了人们之间的时空距离。

科技改变了人们的沟通方式。往日一封信件历经几天才能收到，现在通过手机短信视频问候亲友，瞬间实现，分秒必达。

二

上大学的时候，从鄂东老家到位于宜昌的学校，我早上六点钟出发，下午五点钟左右才到学校。沿途转车四五次，最难忘的就是汉口火车站到老宜昌火车站这段绿皮车之旅。绿皮车从汉口火车站出发，一路经过应城、京山，荆门，到达宜昌老火车站，历时四个小时。这条回家或返校的线路，曲折费时，陪伴了我大学四年的光阴。

2012年7月1日，汉宜铁路正式通车，武汉至宜昌的行程缩短至1个半小时左右。而此时，我已经大学毕业了，无缘在回家或返校的路途上，去感受科技发展带来的动车速度。

几年后，我到宜昌出差，第一次乘坐汉宜铁路的动车。蹑景追风的动车速度，干净舒适的车厢环境，让人心情愉悦的同时，不经意又勾起了大学时代的绿皮车记忆。

以前，从祖国的南方到北方，可能需要几天几夜的时间。现在，中国人交通出行，已从"全靠腿走"发展到"立体交通网"。

改革开放以来，人们不仅可以体会到我国交通运输的发展与变化，更能感受到时代的进步和变迁。高铁的飞速发展，将百姓生活带入了"坐地日行千万里，朝发夕至一日还"的"穿越"时代。

科技改变了人们的出行方式。过去，买票难、出行难是很多人的刻骨经历。现在，手机买票进站"刷脸"，快捷方便。

三

在武当山旅游的时候，我为了看日出，清晨从半山腰出发，爬山去金顶。到达金顶后，发现更有早行人，观日出的游客都已经聚集在观景台，人声鼎沸。晓月当空，观景台上的五星红旗在风中飘扬。

偶然认识一位来自江苏徐州的游客，用无人机在武当金顶上空航拍摄影。在观景台上的众多游客，唯有这位无人机摄影的游客最是与众不同。大家举起相机或者手机，对着旭日、朝霞，连连拍照留念。而此时，无人机已经徜徉在金顶上空，记录定格了武当日出的刹那美景！

我和这位徐州游客互加了微信，看到了他分享的无人机航拍摄影的视频照片。这些视频照片里，丹墙翠瓦，峰峦起伏，霞光万丈。用独特的无人机拍摄视角，展现武当山别样的风景，令人叹为观止。

下山途中，经过南岩宫墙外泛旧的照相屋，门窗紧闭，屋角挂着出售相机和胶卷的广告。看到这一幕，不禁唏嘘不已。

随着经济的发展、社会的进步，人们对美的追求也越来越高。万物有自己的风致，追求美，正是对生活的热爱。

科技改变了人们对美的追求方式。无人机遥感航拍技术是各种先进手段优化组合的新型应用技术。用无人机航拍技术拍摄的鸟瞰图、风景图，使人们从不同的角度看到世界上的人物与景物。独特角度捕捉的美感，恒久投影在人们的脑海中。

人们的沟通方式、出行方式，对美的追求方式，皆因科技而改变。

科技的进步带来了生产力的飞跃。科技是第一生产力，科技进步助力祖国腾飞，科技进步改变百姓生活。

科技已经走进千家万户，已经融入人们生活的方方面面。

人们的美好生活，因科技进步而精彩！

（作者系湖北省江北监狱民警）

观《少年的你》后感

朱 明

电影《少年的你》,直击人心,让人动容落泪。周冬雨一直是我喜欢的演员,灵气逼人,这次演得也非常传神,360度无死角教科书般落泪,剃发、素颜出境,脸上的雀斑也清晰可见,不浮夸,让人很有代入感。

上过学的人或多或少都会遇到过校园暴力,就算你读书好也会被排挤。电影中一个被欺负的女同学,身着写着 I need more space(我需要更多的空间)的T恤,是个小细节。《三联生活周刊》第1053期封面文章《中国式青春期》中写道:青春期涉及人类大脑与身心层面大量的探索与改变,在这个阶段,会发生两个普遍的变化。第一个是发育,我们会由此开始感受到身体的巨大改变和情绪的激烈波动。第二个是开始脱离父母,更多地与同伴交往。对个体而言,青春期是一个令人困惑的阶段。它对一个人一生的意义并不逊于童年早期,你不再是孩子了,但也尚未成年。

青春期,每一个人都要长大和自救。女主有信念,学习的信念,考上大学的信念。男主则帅气说出,你保护世界,我保护你。年少的人容易有英雄主义,小孩子讲对错,成年人只有利益。我们长大了、市侩了,也越来越羡慕这种少年英雄气概了。但是,不是每个女孩都能遇到她生命中的"小北"。远离爹妈,独自回家,被逼入墙角,希望有人大喝一声"你们干什么";希望有人在你无助的时候抱住你,轻抚脸颊说"都会过去的";也希望有人在你孤立无援的时候,给你爱的拥抱,告诉你"有爸爸在,没有谁敢欺负你"。生活远比电影残酷,有的人能够上学已经是不易了,更不是每个人都能平等获得他人的保护。

高中时我也被欺负过。那是高二的时候,有一次打乒乓球,三人呈品字包围我,其中一人上来就抢我球拍,我一个刺拳出去,那人鼻子就出血了。他们觉得我不好惹,也就走了。我从小是个胖子,单挑不怕,但是后来听同学说，有人带人在学校门口等我，我看形势不妙，那天在学校里没有出校门，第二天他们就没有再来，毕竟，来一次，带这么多人，管饭就要浪费好多钱。在这里我要感谢那个给我提供信息的同学，还要感谢我们的副校长，面对社会混子，怒喝他们不准踏进校园半步，否则报警。

在校园暴力的问题上，社会、学校有很重要的责任，老师、长辈要以身作则，让孩子在成长阶段拥有一颗善心。另外，作为少年本人，自己要学着变得足够强大，强大到别人不敢欺负你。校园暴力是未成年人三大毒瘤之一，预防校园暴力也已成为各国公认的一个难题。

要做好学生的保护和犯罪预防工作，其首要的必须要有良法。法者，治之端也。制定一部切合我国国情、适合校园学生成长特点的法律，坚守"预防"原则。降低和减少学生犯罪，最重要的还是要防患于未然。但是，也要让过错学生知"痛"促戒，形成法治震慑力、惩戒威慑力。促进学生形成敬畏之心，最终减少校园暴力的发生。

（作者笔名飞奔的牛，系浙江省未成年犯管教所民警）

成长篇

新征程从美好开始

童海浩

没有任何的刻意，自然而然走进一群新的有缘人。

像一片叶子粘着一片叶子，前脚挨后脚，到《犯罪与改造研究》杂志社上班的第二天和我的生日撞到了一起。

好的气候碰到好的果子，所有丰收的季节都一样；好的源泉碰到好的溪水，所有清甜的河流都一样；好的开头碰到好的结局，所有美好的故事都一样。

就这样，踏着美好，我步入了人生的新起点。

到单位报到的第一天，人事处的老师在给我交代完一些工作细则后，领着我到杂志社。

几分钟的路程，我的心一直七上八下，忐忑不安。在学校里上学、出国交流加一块有二十多年，虽然对毕业后离开学校的工作、生活有过期待与想象，但事到眼前，还是不免有些紧张和无所适从。

幸运的是，我从走进杂志社办公室的那一刻起，这些不安与紧张就很快消失了。当时杂志社正在开会，社里的前辈们都在。人事处的老师为我做了引见，我们进行了简单的介绍与相互的熟悉。整个过程，轻松而愉快，与其说是相互认识，不如说是杂志社的前辈们在帮助我，尽快地放下思想包袱，更好地融入集体。他们把所有的事都想在了我的前面，让我非常感动：从暖心口罩到暖胃饭票；从办公桌椅到软件配给；从熟悉工作环境到步入工作状态，一切都是那么的顺理成章又有条不紊，一种说不出的亲近油然而生，我仿佛回到了从未走远的老地方。

上班的第二天，刚到办公室，前辈们纷纷祝我生日快乐，这让我既意外，又高兴。说意外是因为，昨天自我介绍时一嘴而过的事，就被前辈们记了下来；说高兴是因为，在这样一个友爱的大家庭中，我能够畅想一切美好而诚挚的故事。趁着中午的时间，杂志社全员一块吃了顿便饭，既是我的"欢迎宴"，也是我的"生日宴"。前辈们的心意让我诚惶诚恐，唯一的遗憾就是自己口拙，没能把那些感激的话说出倒尽，无法跟满腔的情感相得益彰。

傍晚时分，窗外的太阳已经悠悠地落下，在楼房与高高的桦树之间，几种色彩在我的眼睛里穿梭着，十月份的风伴着它们，用闪动的叶子装扮着落日、楼房、桦树，以及一切美好的事物。

我的新征程从美好开始，而我们杂志社的美好故事未完待续……

（作者系司法部预防犯罪研究所《犯罪与改造研究》杂志社编辑）

转角，风起的日子

河在河东

每年一过九月，这里就起风了。

顺着山谷，风缓缓地刮过。山上也慢慢地变了颜色，整个子午岭林区也慢慢地步入了冬季。

来山区工作两个多月了，基本上适应了这里的生活。对这个山区小镇也有了初步的认识。

转角，好富有诗意的名字。记得有部影视作品，似乎叫《转角遇到爱》，一个时尚的偶像剧。我没有看过，但对这个名字，却偏偏记住了。我知道，是因为"转角"这个词语，这个融入我生命的地方。

转角是个地名，一个在地图上很难发现的小镇，位于渭北山区。那年的七月，我背着行李，在地图上查了好久，才找到这个地方。然后，到离家三十多里地的长途汽车站买了张赶往西安的车票，辗转倒车去转角那个地方报到。从此，我深深地记住了这个地名。

有人说，走出学校到工作，一个人才算真正步入了社会，才算真正长大了。

其实，当年毕业分配工作，是那个年代的一个特征，按计划分配，谁也不会不服从安排。分到哪里，就去哪里。也不会想自己去另外找一份工作。当然，计划体制时期的工作，也很难找。所以随遇而安的满足，也许是当今学子们难以理解的一种现象。不过，那个年代，就业真的很容易，只要你走进了大学的校门，就会油然而生一种自豪感和幸福感。

所以，我把转角刻在了我的记忆深处。因为，那是我走向社会的第一个地方，参加工作的第一个单位。我一直认为，转角是我人生的第二故乡。

从老家到西安，距离不远，但那时候的道路不好，车辆也差，跑了多半天，到西安时已经下午了。在玉祥门外的车站一打听，到旬邑的班车每天也就两趟，今天没有了，只得找地方住下。从车站出来，看见古城墙在傍晚的夕阳下显得深邃而巍峨，护城河边的小商店显得繁忙而凌乱。

第二天天刚蒙蒙亮，我就赶忙起来，赶往车站。搭上了去往旬邑的班车，记得很清楚，是那种"兰州"牌的客车，也就几十个人。慢慢悠悠地出了城，向西驶去。

刚走向社会的我，静静地贴在车窗上，看着窗外不断晃过的村庄和农田，心里不停地想，转角到底是个什么样的地方呢？

客车走走停停，遇到县城村镇都要下人、上人，到旬邑县城已经天快黑了。刚下车，天空黑云密布，狂风大作，要下大雨了。

唉，人生地不熟的，我急忙提起行李，先找汽车站，从地图上我知道，转角距离旬邑县一百多里，肯定是要搭车去的。到售票处一问，说是每天发两趟班车去往铜川，路过转角，我只能坐去铜川的班车。打听清楚了，我的心才安静下来，走出车站，看着阴沉的天空，发现前边不远处有一个古塔，给这个渭北高原腹地的小县城增添了几分厚重感。

旬邑是古豳州，公刘封地，历史文化名城，也是革命老区，曾是关中地委所在地。当然，这些都是我后来才了解的。短暂的停留，短暂的一晚，在懵懵懂懂中度过。天一亮，我就急忙提着行李铺盖，赶往长途汽车站。

雨后的渭北小县城，天空蓝格盈盈的，一丝儿白云在塔后漫无目的地飘着，像我此时的心情，飘荡着，凌乱着。

在车上等了一会儿，司机来了，喊道："人都到了吧？"也没人回答，司机就发动了车，嘴里的青烟也随着车子的发动，摇摇晃晃地飘向了窗外。

有时候，人在困境中往往有些难以叙说的故事。在开往铜川的客车上，我坐在车前靠近司机的位置，车慢慢地走着，从县城爬上了塬顶。这是处于渭北的山区小城，城在塬底，出城和进城车都要盘旋半天才能爬上塬顶。旬邑也一样，处在几个黄土塬的包围之中。满眼的黄土地，满眼的黄土山，我在车行中感受着这个陌生的地域，陌生的风土人情。到了一个叫职田的地方，看来大概二百多户人家，稀稀落落的几家商户，卖早餐。一些客人下去，买了些东西，车又慢悠悠地向前走去。走了一阵子，车从塬顶慢慢再进入了山地，山上的植被也越来越好。一会儿，车随着一个个弯道，进入了马栏山地。路边的窑洞在诉说着过去的故事。这里的住户和村庄也越来越稀少了。很快，车到了一个小镇停了下来，师傅说转角到了。

我下车一看，啊，大山里的一个小镇。

说是小镇，是因为镇上不过百户人家。原来，这里在秦汉时期十分繁华，据说常住人口有三十多万，是一个十分有名的地方。后来我才知道，在小镇西北的山上，就是秦直道经过的地方。想起秦直道，就想起了那时秦国的故事和故事里的春秋人物。

我默默地看着周围的一切，心里想，这里，将是我人生的第二故乡，是我跨入社会的第一步啊。

转角，我来了！

场部，一个处在高台上的四合院。这里是一个关押改造人的地方，我知道，我要和这里的山山水水、一草一木融为一体，我准备好了。

接待我的是一个老干部，后来才知道是当时的办公室主任。他问了我的情况，安排我住在场部客房，然后叫我去食堂吃饭。饭很简单，做饭的是特殊的人，我初步感受了这个特殊的单位。

时间过得飞快，不久我就和单位的同事们一起，从事着这个单调而平凡的工作。一天一天，每天都是这样。

不觉两个月过去了，山里的树木也开始变黄。最起眼的是，山谷里起风了。风一天比一天多，有时候是一夜夜地刮，伴着山谷空旷的云朵，伴着夜里沙哑的鸟叫声。我才深深地感到，这里的风真的很大。

从学校到单位，有时候适应起来真不容易。我们一起来的十几个学生，被分配到了不同的基层单位。

这个偏僻的山区小镇，地名听起来却有诗意的名字，有转角、柳树坪、南寺、关门、石底、石院、五一、江南等，听说过吗？就字面意思，有几个人能看懂呢。同在一个单位，但分布的地点却相隔很远，有的相距几十公里。

每逢周末，我们一块来的同学就相约去一个站上，一来看看同去的同学，二来看看这个站的环境，共同渡过那个年代落寞的时光。就这样，我们在空寂的大山里逐步成长起来，适应了那里的山，那里的水，那里朴实的人们。

随着山风的来临，转角也很快到了冬季。风成了这里的常客，每天都在不停地吹着。吹黄了山上的一草一木，也吹黄了这个山谷的美丽和灿烂。

随着时光的流逝,我们的稚气和天真也在这山谷的变化中慢慢沉淀。从起风到开春,是转角最漫长的日子。不是因为时间,而是因为恶劣的天气和漫山的苍凉。

冬季,是转角漫长的等待。

在这里工作的人们,已经习惯了这里的一切。煤炉子很早就生起来了,每天机关大院、办公室的烟筒都在冒着浓浓的白烟。繁忙的工作和荒凉的环境磨炼着这些默默奉献的人们,大山在诉说着他们无私而又辉煌的人生。

时间过去很久很久了,但每当到了九月,我就会想起那个遥远的地方,那个叫转角的小镇。我在心里想,转角,又起风了,又到了漫长的冬天了。

风起的日子,是转角这个地方不变的记忆,也是在那个地方走过的人的一个灵魂的印记。

每年一过九月,我都会想起,那里,风又起了!

(作者系陕西省监狱管理局民警)

我可爱的杏树坪

余 江

    杏树坪是子午岭山系中的一个小山沟，层峦叠嶂，被绵绵的渭北山地包裹着。

    从学校迈出社会的第一份工作，便是来到这莽莽大山之中。

    来了才知道这里是一个煤矿。矿区依山而建，矿部就点缀在这个叫杏树坪的地方。

    不经意间，来到矿区这片安静幽然的地方，几个月的时光就在平凡和平静中悄然逝去，没有留下什么惊人的壮举，也没有留下什么遗憾。

    只是，我穿着这身神圣的警服，自然感到了责任和担当。我深知，岁月的年轮，将因奉献而镌永。

    记得刚刚毕业时，自豪而又兴奋地来到这片肥沃又沃绕的土地，满目皆是碧色，心中的一腔热火在这片土地上无限蔓延。虽有几分紧张，几分恐慌，但在老同事的传帮带下很快就适应了这份工作。那时的承诺，立志明心，为民从警。那些个时日，有过伤心，有过紧张，还有过成功的自豪。杏树坪的这份工作简单也不简单，在我身边，有许多老干警，数十年如一日，把青春和终生都献予了矿区。他们斑白的发际、眼角的皱纹，把我深深的感染。

    他们很多人默默地在这座大山度过了几十个春夏秋冬，把人生最美好的韶华抒写在这静静的杏树坪。

    只短短的半年，我就与这里融为一体。作风严谨的老干警是我们这批新警的师傅。从业务到工作作风，从生活到执勤，我们同甘苦、共命运，矿上已成为我们人生中的又一个成长舞台。

    还记得今年的春节，监区早早就换上了新颜，寓意幸福的春联福高高悬起，闪烁夺目的彩灯装点在门窗上，灯光透过窗户温暖照亮着大地，爆竹声中一岁除，又是万家灯火的又一个团圆日，忙碌了一整年的人们在春节时节家人团聚，杯盘交错，但这种日子更需要我坚守在监区里。一年到头，服刑人员思念家的心情不比我们少，对于里面失去自由、宛若褪去羽翼之鸟的罪犯来说，这个日子正是他们心里容易出现波动的时间，监区的稳定、改造工作的正常开展，需要一线干警夜以继日地坚守，去克服警力不足的困难。

就这样，过年值守，成为我从警的一个考验，也正因此这个年过得别样，让我可以自豪地承诺：我在岗，请放心！

还有一桩桩的工作：交接，处理昨日值班未完成的事物，清监检查，昼夜巡查，谈话教育，分析思想动态情绪变化。日复一日的工作简单却又含重量，回首向来萧瑟处，每一项工作都宛如一个脚印，拼织、链接，将所有的错漏杜绝，将所有的隐患排查，档案资料收集、谈话记录等台账完善，不知不觉间又一个夜班在墙外渐亮的晨曦中迎来了一抹曙光。

从警虽短，但感受颇深。这份工作辛苦，却不孤单：身边有许许多多和我一样奉献的人，前辈们的敬业精神成为我职业追求的榜样。选择了这份职业，就意味着选择了奉献。多少个岁月，大家减少了陪伴家人的时间，内心的歉疚却化成了工作的动力。我想，我们的岗位，有我们必须要履行的职责，党和国家将这份职责交予我们，我们就更应该撑起脊梁，将这份责任好好完成。

爱小家，更爱大家。身为监狱人民警察，看着监区平平安安、秩序井然就是看着我的花开花落。

我爱大山里的杏树坪，爱这里的工作，更爱生活在这里的人们。

（作者系陕西省西安监狱警察，现在崔家沟监狱支援工作）

青春，那么远，这么近

贾黎萍

有一种声音经年累月，总在夜深人静时，呼啸而来，那是坪地的风声。

青春，如同那穿越坪地的风声，风过之后，但见满目的苍凉转绿，汗水趟过的土地，生命的律动和勃勃的生长，替代了所有行走的撕裂，昨天了无痕迹。

如风的青春，始于农场，一个叫北湾干校的监狱民警培训基地。

那是春风肆意的黄河滩地，寂寞了一冬的田野，因一群人的到来，重新焕发出生命的活力。

位于滩地的北湾干校操场，每天清晨，一群扎着小辫、梳着马尾的年轻女孩，听到嘹亮的军号响起，快速起床，穿衣戴帽，扎好皮带，跑步来到操场，列队集合。之后，和着口哨的节奏，跑步奔向黄河岸边。途中，有跟不上节奏的，渐渐落在队伍的后面，当她们气喘吁吁又返回操场时，原先整齐的队形被拉得很长，但清点人数时，却没有一个落在队伍之外。

不大的校园里，大礼堂，是干校的标志性建筑，是早饭后女孩们培训学习去得最勤的地方。每人带一个小板凳，当作自己学习的书桌，干校学习环境简陋，有延安抗大的氛围，严肃紧张却舒展活泼。

夏天带来久违的温暖。夜晚，此起彼伏的青蛙、知了，在宿舍门前的草丛里叫个不停，争相进入女孩们的梦境，青春的狂想，睡梦中渐次丰富。

初出校门不涉人事的天真，在女孩们青涩的脸上显露，经由春天的轻快，转眼间又变为夏天的繁忙。

翠绿的稻田旁，开始有了傍晚散步的人群。女孩们看星空，讲故事；稻田边散步，又读书；也有女伴，在黄河岸边行走，不知怎么踩到了一条菜花蛇，吓得魂飞魄散，待精神恢复正常后细看，那蛇一动不动，原来是一条蛇蜕的皮。那时，大家提着饭盒在食堂打饭，在大礼堂抢占学习座位，在操场上挥汗如雨,各自不同的脾性,演绎着绝不重复的节目。这节目里,嬉笑和憧憬更多点,也有妄想,夏夜恼人的蚊子引起的无名烦恼也很多。

半年的学习培训不算长,大家相识相熟,结下了友情,磨炼了意志,女孩们的身板结实了,脸红润起来了,而分别的日子却一天天临近。

终于,泪水、拥抱、别离和感伤汇集一起,在一个初秋的阳光下集体爆发,离别的愁绪和前方的召唤抗衡拉锯,最终,无人能够抵抗向往新生活的诱惑。

奔向新生活,失意和烦恼接踵而来。但在当时的年龄,我们还少有人明白,若没有理想,就没有屈辱,若没有向往,也就不会有经历的痛苦。34年后再聚会,当年集结于北湾干校的首批女民警学员,多数已到临近退休的年龄,岁月在她们脸上留下的皱纹和痕迹,被各自的淡妆悄悄掩饰。

气氛融洽,和和美美的聚会,显露了一群人到中年的气定神闲。翻出当年干校的集体合影,照片上统一的白色警服上衣和蓝的警裤,是青涩与不复返的青春,如花的年纪,近在眼前,炫目惹人。

有人唏嘘青春不再,对缺席不在人世的女伴惋惜遗憾。还有小激动,那是对从警岁月的集体怀念,谁都不能夺走的青春记忆。

成长就是一场青春的博弈和抗争。

想起初到寺儿坪农场的情形,满怀希望,却毫无准备地被抛在一个僻静的角落,博弈的战场看不见敌人,对手躲藏在一片寂静的坪地之上。

农场的冬天奇冷,大雪时常封冻一切生命的迹象,满目荒凉荒僻,寂静的街道上,天地灰蒙寡素,白飒飒的风中,行人寥寥,听见风在旷野上肆意奔跑,混合着青春的荷尔蒙,把热情迷茫与辗转的彷徨吹得四野飘零。

山脚下,许多隆冬刺骨的寒夜里,僻静的监区值班室,几点微弱的灯光,隐藏在西北风后,只剩下高秃树干白杨树的剪影中。守在山脚一排砖木混搭的职工宿舍里,静听隔壁一群精力旺盛的单身民警,白天的冬训,点名查号、谈心谈话结束后,在酣畅起伏的猜拳声中,彼此交流,释放寂寞,再续热情,如风的喊声在寂静中四处游走。

那是一种农场的声音,带着一种特殊职业的符号,那是一种青春的声音,带着酣畅淋漓的原始欲望,有强劲如风的生命节奏。多年以后,离开农场,辗转至铜城,在许多似曾相识的弥漫风沙中,那种声音似乎又追随而来。

在寺儿坪农场，我看到过大河身旁多年生长艰难、被盐碱侵蚀的苗木，稀疏的芦苇稻香，见过农场四季由荒芜到繁盛，鸡犬相闻，沙枣槐树飘香，瓜果盈门又归于寂寥的所有季节推进，成长抹不去的忧伤和欢喜，一一亲历见证。

回想起来，成长又是困惑的，甚至带着愚笨、天真，寂寞喧闹，悲伤欢喜，都曾经以轻浮或深沉的方式来对抗过。无法消释的乏味，忽晴忽雨的人事，一段无声落泪的时光，恰如几十年生命的承载。

再次相聚，女伴们笑得淡定轻松，全然忘了当初离别的痛苦。没有人讲述自己的青春，分别后经受过怎样的捶打，也许有的人的青春至始至终微波不兴，但是那些打掉牙往肚里咽的艰难岁月，总有人经历，只是无人再提，大家坐在一块云淡风轻。

我们在早春相识，到仲夏相聚。相聚的时间跨度漫长，穿越了生命由单薄渐次丰富，由无知渐次充盈的漫长一段旅程。能够平安相聚，无不透着欢喜。在生命正好的秋天，我们不谈伤悲，我们乐享明媚退色但更耐人寻味的秋天。

青春岁月，刻着风的记忆，也刻着二代监狱警察张树俭式的奉献的艰辛，刻骨铭心。

想到36年前，那个初醒人世的青年，被命运之手推到偏远的寺儿坪农场，内心有过怎样的彷徨和不安，最终，是什么重新点燃了青年的一腔热诚，我全然不知。只看到后来，在迷失者众目睽睽下，青年以敬畏的责任与忠诚对待从事的监狱工作，自死不改。

青春的热忱里有奉献的基因，从来不是一句空话。这是二代监狱警察的青春写照。坚守，安心农场心无旁骛，田间地头，监号监舍，挨个走过，风尘仆仆中不眠付出，寂寞苦守中温情与规章无缝衔接，有原则，有温度。二十多年埋头刑罚执行工作，在审查案卷中淹没，在数字核对中爬行，没有牢骚，听不到抱怨，最多的是对责任的态度，奉献的踏实。

创新工作方法，用制度规定、更多用行动践行。唤醒泯灭顽劣的人性，大墙内的刑罚执行之路曲折艰难。当走向城市，镜子里的白发，多病的身体，健康这个开始被妻子日日念叨的名词，成为青年最不愿直面的问题，直到生命的尽头。

这样的青春让人心生敬意，这样的奉献让人泪目。

青春与青春，何其相似！

想起去年，办公室见到的三个刚参加监狱工作的年轻人，三个"90后"的青年民警，监狱特警队见习刚满一年，热情饱满，初生牛犊的年纪，阳光般的笑脸，多熟悉！那是当年张树俭和我都有过的笑容。作为监狱的新生力量，他们的工作环境、生活条件今非昔比，可贵的是，他们身上同样具备我熟悉的那种品质，一种责任与奉献的优秀传统。他们被时代的光环笼罩，却不缺乏担当时代责任的自觉自醒。

没有疑问，当监狱警察是三人早已做好的选择。从警不过一年，大墙内的昼夜执勤，没有让他们产生职业懈怠，烧烤店里突起的火灾危险，又唤醒肩上的道义使命，三人没有做过英雄梦，却在一夜之间，用救火抢险演绎了一把当代监狱警察的英雄梦。

他们的青春有火焰的明亮，有燃烧的奋不顾身。

青春与青春，如此相似，又各具风采。但我知道，终有一天，每一个在生命世界里摸爬滚打过的青春，最终会走向远方。生活的意义，生命的坚守，最终都会变成一种岁月静好的平和与宁静。

且看眼前，山河无恙，家园变迁，朋友成旧交，慈亲作故人，谁能阻挡，青春在倏忽间就滑向中年的时代车轮。

三十余年，改革开放，创新发展，大墙外，各业奋进，一浪高过一浪的新生事物层出不穷；大墙内，新老更替，势不可当，从人员到装备，从思想到眼界，面貌崭新，全员跟进。

新思维，新发展，新变化，从低谷到平稳再到蓬勃发展，新一代监狱民警来自四面八方，他们不再说农场话，却懂得保护刚刚翻过页的监狱历史，承前启后，继承和发展新的监狱事业。向前看，是他们的现在和明天，有退潮，是我们的珍惜和了断。

乐享生命的宁静，是一种成长的姿态，此消彼长不止于人，世间万物，同此道理。该来的势不可当，远去的安然目送。

而回首身后，那曾经的鲜亮和青春的热情依然在奔跑，从没有停止过自己的脚步。

青春，这么近，那么远，却一直在我的视线中，站在它们交汇的路口，有一个声音在耳边回响：愿你陷入红尘半生，归来仍是少年。

这少年的青春，如坪地刚刚过去的劲风，依旧鲜活。

（作者系甘肃省白银监狱民警）

行走的月亮

古德英

临近子时，在这片熟悉的院区，在这个冷月清辉的冬夜，我加完班，从队部走向大门，走向停车场，一路溜达，明月引路，星辰伴随，蓦然想起，潭岗，我栖身于你，已经整整25年了。

皎洁的月亮挂在夜空中，一缕缕银白色的光辉透过轻薄如绢的浮云洒在院区里。通道两旁黑黢黢的芒果树，整齐而严肃地站着。无瑕的月辉，给树顶轻轻地抹上一层若隐若现的银晕。整个院区沉浸在幽谧与恬静里。

25年，斗转星移，沧海桑田，翻天覆地。2000年，潭岗所创建成全国首批现代化文明劳教所，所容所貌焕然一新，土坯瓦房消失了，鳞次栉比的高楼拔地而起；2008年，《禁毒法》出台，潭岗所更换了身份，强戒所取代了劳教所的属性；今天，现代化的人防物防技防手段在潭岗的血脉里落地生根，将昔日那落后粗放的管教方式推进了历史的尘埃。

大大的、圆圆的月亮，挂在无垠的天穹上，散发着柔柔的光，丝丝的凉风抚摩着脚下的路，在荡着岁月的涟漪，唤起我轻轻的记忆。夜色下的潭岗宛若被月光镀了一层银辉，美丽而神秘。

潭岗所的标志性建筑——外墙天蓝的综合大楼，自东向西呈弧形透迤地横亘着，在清莹高洁的月光下，显得气势磅礴。楼脊上的射灯很尽职，强烈的光线使溶溶的月色退居成寂静的背景。楼前广阔的运动场上，已铺就了崭新的赭红色塑胶跑道。足球场上先前如茵的绿草，应寒风的要求已褪换成褐黄的地毯。25年前，这一带都是鱼塘。那时，地价很贱，大量土地荒废，远没有地尽其用。

仰望苍穹，此时的云朵如乱絮般堆积，使得那月儿像只怕见人的小猫，飞快地从这一朵后面跑进另一朵里。月光有些扑朔迷离，一会儿落在院区里，一会儿又转到别处，像有人故意把一盏大灯晃来晃去地取闹。

视线越过高墙，正南方是废弃多年的水泥厂，颓败的轮廓在流动的月辉下依然鬼域空灵。25年前，缕缕带着硫磺味浓密的黑烟，从那里缓缓升起，随着南风一路吞噬过来，蚕食了整个潭岗的上空。在国家的强力推进下，都市人居环境的建设正稳步向前。现在，潭岗的上空天清云淡，周边鸟语花香，潭岗人呼吸的每一口空气都是清新的。

月光是琴键上跳动的音符，她轻云流水，她激情飞越。借着煜煜的月色，远眺西南方珠江对岸的楼房，此时正万家灯火，金字塔式的楼顶，在温柔恬静的月光笼罩下，在霓虹灯的烘托中，金碧辉煌，宛如海市蜃楼。灯火阑珊处，有我们潭岗所民警的住宅。25年前，那里还是一片农田，四野寂寥，月朗时是那样的空旷冷清。25年前，潭岗人是"乡下人"，地处僻远，交通闭塞，现在所门口就是宽阔的庆槎大道，广清连接立交桥虹跨而过，车水马龙，行人如鲫，潭岗人成了不折不扣的城市人。

经过AB门，看见姚叔和邱叔在值夜班。银色的月辉透过值班室的玻璃窗，与室内的灯光融合在一起，清润而碧澈，深深地照在两位老民警的脸上。他们两鬓已染霜，脸上堆叠着岁月的皱褶，呈波浪形，覆盖了他们曾经英俊的面庞。他们都到了快退休的年龄。几十年，弹指一挥间，当初意气风发、朝气蓬勃的青年，业已老态初现、华发早生。时节如流，岁月不居。回望过往，所有与潭岗有关的记忆都留在他们的青春岁月里，就像是一帧散发着淡淡书香味儿的古老画卷，令他们回味无穷。而那些与潭岗有关的成长，终将会凝成一颗星，闪亮于他们的心空。岁月，改变了他们的年龄，改变不了他们的初心；改变了他们的容颜，改变不了他们的精神；改变了场所的名称，改变不了警察的责任和坚守。

如果说时代的楷模们是一首砥砺前行的歌，催人奋进，见贤思齐，那么我身边这些可敬的前辈们就是一首循环的小曲，在熟悉的地方浸润着熟悉的人。新生的大门一次次打开，送走一批批合格的社会公民，而我们的戒毒警察依然守候在那里！

质朴厚重的大门，赭红高贵的牌坊，在月华下显得恢宏大气。居中高悬的熠熠生辉的警徽，在朗朗的月色下显得威严庄重，彰显着法制精神。大门口左侧的液晶显示屏，闪烁着醒目的警示标语。门楼上红旗招展。大门，恰如一道法制的鸿沟，隔离开两种人生的归宿。立在大门外，回望大院，庭院深深，深几许。一念地狱，一念天堂。贸然啖下的第一口毒品，生命即与魔鬼搭上了肩，人生即踏上了不归路。

门口两侧对称地栽着6棵棕榈树，像忠诚的卫士笔直地站着。那是南方常见的树，是一种力争上游的树，笔直的躯干，努力地向上生长着，高到丈许，两丈，参天耸立，不折不挠，伟岸，正直，朴质，严肃，也不缺乏温和，它应是南方树中的伟丈夫，象征着潭岗所严格执法、刚正不阿的民警们。

大门左侧不远处是巍峨矗立的生产大楼，楼顶鲜红的交叉形建筑标识，在月色下慑人心魄。生产楼内安装有水冷空调，开工日，戒毒人员在宽敞的车间安详地习艺。25年前，劳教人员大部分要野外作业，带班民警戴一顶草帽，脚穿布鞋，穿着晒得发白透着脏黑的黄半袖、黄裤子，带领一队队劳教人员插秧、收稻、开矿、烧砖……风里来，雨里去，又怎能想到今天生产现场的场面？生产楼下是呈三角形栽种着的3棵荫翳郁葱的榕树，密密袤袤的虬根静静地垂着，中和着生产楼的雄刚之气。榕树树高八丈，盘根错节，估计已有百年的树龄，它们像三位慈祥的老人，深沉地静立着，默默注视着潭岗的一切，见证着这里发展的历史。

月色，是潭岗不可缺少的元素。它使潭岗的韵味更加绵长，底蕴更加醇厚：旷阔邈远的夜空里，圆月好亮好洁，像是刚从山泉中沐浴起来，犹如天池的仙女，竟如此纯洁脱俗，如此光彩照人，月亮的周围，祥云朵朵，姿态万千，变化无常。它们有的像羽毛，轻轻地飘在空中；有的像鱼鳞，一片片整整齐齐地排列着；有的像羊群，来来去去；有的像一床大棉被，严严实实地盖住了天空；还有的像峰峦，像河流，像雄狮，像奔马……它们把天空点缀得很美丽，整个潭岗仿佛沉浸在银色的光海里。

我置身在这月光之海中。

月光洒满了我的衣服，温暖着我的心，我觉得自己是个幸运而幸福的人。25年来，我看着潭岗的发展与变迁。

我与潭岗共同迈着步伐，共同改变自己，共同走向成熟！

（作者系广东省广州市潭岗强制隔离戒毒所民警）

再见，崔家沟

张康寒

时间太瘦，指缝太宽，细数一下，今天已是来崔家沟的第423天了。

在来之前，除了知道崔家沟在铜川，关于崔家沟其他的事情一无所知。

来崔家沟的那天，一路上，车摇摇晃晃的，尤其是山路十八弯的那段摇，摇得可是记忆深刻。

第二天，绕着崔家沟走了一圈，深深感叹，这里可真是个沟！那时心里有些许不满，毕竟每天限量供应的水、宿舍楼里间断闪烁的灯、上下山才能看到的小广场商店、交通不便路途坎坷的回家路，从城市毕业后突如其来艰苦的上班环境，一时还真是有些难以适应。

但要是就这么轻易向生活低头，岂不是太没面子了？

上班后，每天除了跟着队长领导学习工作经验，还有听老同志讲述的各种生活经验，一天一天，一个月一个月，慢慢也就适应了这大山里的环境：水么，用桶可以接着，顺便强化了节约用水的习惯；超市买东西么，上下山跑跑，锻炼身体刚合适；回家路么，和同事拼车坐顺风车，一路还能聊聊天。后来，自己开车来上班，这不长也不远166公里的两小时路途，听着自己喜欢的音乐，看着从两边城市雾霾的街景换成纯净透彻的山路，让人忍不住要打开窗户，多吹吹这让人舒服惬意的山风，岂不也是人生美事？

可时间过得飞快，转眼间一年的时间过去了，所有的事情一加上"最后一次"，感觉就变了：最后一次值班；最后一次写台账签上自己的名字；最后一次下班跑步深吸这沁人心脾的空气；最后一次开车来崔家沟欣赏路边的山景。这"最后一次"就像是可乐瓶里最后一口可乐，虽然没了口感刺激的碳酸，但是多了几分让人回味的甜。

现在再细想，毕业第一年就有一份这样神圣的工作，还能有一次来铜川崔家沟上班一年多的机会，发现并了解这个地方这么多的故事，真是难得的机会。

耐得住寂寞才能守得住繁华，能在崔家沟这里坚持工作生活，不仅要有一份能吃苦耐劳的崔家沟意志，还要有一颗能耐得住寂寞的心。

白天值班，晚上夜班，每天 24 小时的监控，全年 365 天不打烊的工作，正是因为有了这么多默默奉献的人，才能让社会安定，让国家稳步发展。在这里工作的人，都是值得我学习的勇者。

没有华丽的词藻，只能用简单的文字表达这一年的感触，或许再去崔家沟将是很久以后，对于那时的我，也可能只能用一句"此情可待成追忆，只是当时已惘然"来表达心情，但这一份回忆专属于我，专属于我们这批支援干警。

聚散终有时，再见亦无期。

再见崔家沟。

愿此去前程似锦，再相逢依旧如故。

再见，崔家沟！

（作者系陕西省渭南监狱民警）

不断线的风筝

陈玉东

儿女生来便如风筝，总要远飞。

但在儿女无限接近蓝天时，别忘了，地上永远都有一条牵着你的线，线的那头就是珍贵的"家"！

考大学时，父母哀劝我选择离家近些的大学就读，但正值叛逆的我无情地忤逆了他们的苦口婆心，去了离家很远的湖南，上了一个自己也不知道是好是坏的大学，只知道离家很远就好。

四年间，我少有回家的念头，因为回家的票很贵，更多的是家里那句句重复的唠叨让我不能长待，即便有时很想家了，也压抑着这份思念，告诫自己要做一个向海而行的好水手，不能总是贪恋那安宁的港湾，于是我继续劈波斩浪，离那个等我归航的港湾越来越远。

毕业后，我熟络了当地的人情风物，也已不再是四年前的那个异乡人，而是以户籍不在这儿的本地客自居。那份润物无声的乡思被我埋在心底，只有在自己生病自顾不暇时、佳节独居时、夜深难昧时才会泛滥。

或为机缘巧合，当我难抵父母的三令五申即将离职回家时，却又有了新的目的地——新疆，中国的最西北，虽与家乡同位于北方，但这里比湖南离家更远！

我再一次违背了父母让我回家的愿望，顶着一路上父母对我再一次漫长的哀劝来到了新疆，这次劝归无疑是最久的，长达一年之久，或许因为这次确实离家太远了，我想更多是因为自己离家太久了的缘故，父母多年的思念在我这一次又选择忤逆的情况下终于爆发了。

一年后，父母彻底被我的固执击败，他们对我选择了妥协。但妥协之余他们仍保留自己的意见，"儿子，就算你打算留在那里，我们以后老了也不跟你去"！

他们用选择家乡，断了我让他们跟随我的念头。

如今，面对我这个已娶妻生子的游子，母亲说："儿子，你已经五年没有好好吃过妈做的饭了，妈去给你做。"

这一刻，"逆子"心里早已泣不成声：父母早已忘了自己当初放出的"狠话"，心甘情愿地为我做着自己最后的付出——带孙子。

当有一天，我在高兴于自己儿子长得越来越大时，无意间发现凑在孙子旁边的爸妈是那么陌生，他们衰老得太快，老的让我想不起他们年轻时的模样了。

酸楚入心，我勉强支起笑脸问："爸、妈你们怨我吗？"

爸妈笑了，没有回答，他们努力护了一辈子的"风筝"飞得高了、远了，但线始终还牵在手里……

一条长线，成全了梦想，牵牢了思念；放飞了自由，留住了守候。

"牵线人"老了，但他们尽力还在让风筝飞得更高些。

风筝知道，自己飞得越高，线就绷得越紧，而这重量都落在了线的那端。

风筝知道，即使再沉再紧，线不会断，风筝不会丢！

（作者系新疆生产建设兵团石河子监狱民警）

农场之路

柏丽娟

记忆是一枚情感的暗扣,常在不知不觉间弹起。

就像那天,在晃晃悠悠的公交车上,思想与视线正信马游缰,忽然瞥见两个少年在街边跳绳——郁郁葱葱的香樟树下,长绳飞舞,青春灵动,我一下子被什么呛住,眼前的时空瞬间凌乱,随即以越来越快的速度向两旁退去……

◆ 一个破茧成蝶的信念

作为知青,父母年轻时响应号召,带着我汇入"上山下乡"的人潮,涌进那片黄海滩涂。为将不毛之地整饬成殷实粮仓,他们毅然决然把青春留在异乡,把心血滴撒在荒原。

时光荏苒。不少知青得到机会后就想方设法回城了,我的父母却执意留下继续他们的建场之梦。白天,挑河、挖土方,大汗淋漓;晚上,熬夜剥棉花果,精疲力竭。

浓稠的夜色,简陋的小屋,斑驳的墙壁,弥散着一股土腥气的泥地上,卧满一小垛一小垛的棉花。灶台边上,煤油灯早已熏黑小半墙壁,油灯上孱弱昏暗的火苗,把父母忙碌的身影舔得很长很长……周遭万籁俱寂,只听见自己凑在油灯前写作业的"沙沙"声,还有父母轻声慢语的交谈声。

那些夜晚,在童年的印象中尤为漫长,却又散发着一种温暖而动人的光泽。再苦再累,父母从未抱怨过,始终身体力行,让我在粗茶淡饭中咀嚼出劳动的甘甜。那些没完没了的棉花,也不再面目可憎……我努力地读书,放学写完作业就帮着干活,收回晾晒在竹竿上的衣物,赶鸡进舍,帮着剥棉花果……

我坚信,毛毛虫终将破茧成蝶。

◆ 一段关于职业的期待

在知青们的建设下,农场越发生机盎然——红砖黑瓦替代了泥墙草席,一天八小时的上班制代替了无法自由支配时间的挣工分……父母也越发欣喜于生活的改善。

童年的天空逐渐明朗,日子一天天斑斓起来。从分场迁至场部后,我们搬进了新家。至今清晰地记得,当年屋后树影婆娑,流经的一条小河常年闪烁着梦幻般的光影。我很喜欢在那儿玩耍,夏天捉蝌蚪,冬日踩冰块,即使偶尔因为冰薄踩空落水,狼狈不堪,也乐此不疲。

"河水时而宽时而窄,水流声时而急时而缓",我把生活中的见闻写进作文,写成文字装进记忆的口袋。我的初中语文老师姓沈,他批阅完这篇《小河》赞不绝口,不仅在作文课上读给全班同学听,还送给其他班老师传阅。

沈老师并不知道,他的肯定激发了我对写作的爱好。从那时起,我期待有一天自己可以像他那样,从事一份梦想的职业,坐在一间宽敞明亮的办公室里,写下生活的喜怒哀乐,写下这个世界的美好……

◆ 一份现实契合理想的喜悦

20世纪90年代,礼堂、学校均焕然一新,农业设备实现了半机械化,办公条件和生活设施进一步改善,不少在外读书的毕业生选择返场安家立业。

19岁那年,我毕业并成为农场的一名监狱人民警察。如父母期待的那样,我沿着他们的足迹,继续扎根在这片热土。

我的第一任领导姓刘。报到的那天,他喊我一块儿"到田头瞅瞅"。

来到田头,朝阳正喷薄而出。

放眼望去,金色稻浪层层翻滚。细看,每一根稻杆都被饱满的稻穗压垂腰肢。清风徐来,挟带着清新的粮食芬芳。"昔日盐碱地,今日米粮仓",此情此景,令人振奋。刘队在一旁乐,"舍不得走了吧?"

回到场部,刘队又带我到办公大楼里走了一圈,经过一间办公室时他停住,"喏,你就在这里办公。"应声朝里面看去,呵,窗明几净,井然有序,心里涌起几分得偿所愿的幸福感。

打那以后,平日里整理文件、撰写材料;农忙时写广播稿、播"三夏"之声；闲暇间看看书、写写文章……我每天骑着"小木兰"，兴致满满地奔波在上下班路上。

适逢加班、开会，也会披一路月色晚归，偶遇检查和临时任务，也会放弃休息时间，但能实现职业与爱好的匹配、现实与理想的契合，年轻的心始终是明朗的。

工作二十余年来，因为岗位的调整，我先后多次迎接全新的挑战，而随着结婚和女儿的出生、成长，我又体验了更多的家庭角色。从青涩毕业生成长为游刃有余周旋于工作、家庭的职业女性，一路走来，我始终紧握一个又一个梦想的花朵，吐故纳新。

中国梦，并不虚幻，也不缥缈，它会出现在一方热土上、一片稻浪上、一张办公桌上，也会附着在清爽笔挺的制服上、淡然执着的笑脸上。

流光飞舞中，我坚信，那些梦想的花朵，正用许许多多比指甲盖还小的香汇成一股洪流，勾兑出我独一无二的、斑斓的人生。

心存高远，意守平常。

这就是属于我的，优美、深邃而坚定的梦想。

（作者系江苏省盐城监狱民警）

挂职三年

马寅骉

转眼间,我在安徽省芜湖市弋江区司法局三年的挂职届满,心中颇多感慨,届满之际,给自己一个小小的总结。

三年来,在大是大非面前旗帜鲜明、立场坚定;在大风大浪面前无畏无惧、勇于担当。以勤勉、务实、进取的事业心践行着对党的事业的无限忠诚;以高度的责任感与使命感践行着一名人民警察"不忘初心,牢记使命"的庄严承诺。

三年来,做到了换岗不换责、变位不变心,紧紧围绕延伸监管工作的总体目标,积极投入社区矫正工作的第一线,面对新的任务、新的课题、新的挑战,勇于探索、主动作为、克难求进,尽最大努力,使最大能力,把短期当长期,把挂职当任职。三年的挂职期间,我均以散文的形式向司法部《黄丝带》刊物投稿,抒发我的挂职情感,分别为"挂职一年间""挂职两年里""我的挂职单位",这也是我的另一种形式的小结。

三年来,始终把工作纪律挺在首位,无论是八小时内还是八小时外,一以贯之,以高度的责任感和使命感严格要求自己,牢固树立大局观念和一盘棋思想,大事讲原则,小事讲风格,学人之长,容人之短,谅人之难。始终恪守"五不""两好"的自我律条和工作法则,即谋事不谋人、到位不越位、主动不盲动、补台不拆台、献策不决策,当好局外人、做好份内事。无论是工作学习,还是生活休闲都以身作则,不利于团结的话不说,不利于团结的事不做,忠诚履职、干净担当,以铁的纪律时时刻刻维护好人民警察的良好形象。

三年来,始终把"认真和细节"贯穿于履职尽责全过程,注重培养专业作风和专业精神,做到干一行爱一行,爱一行钻一行,钻一行精一行。挂职期间,从零基础开始,坚持走访调研,了解并掌握社区矫正对象的思想状况、行为表现、生活状况，做到在实际工作中有的放矢；落实"双八小时"教育，认真备课授课，坚持每月4节集中教育，坚持集中开展《宪法》《刑法》《社区矫正法》等相关法律的宣讲，特别是以"梦与十九大"为主题的十九大讲座深受好评；组织社区矫正对象走进监管场所，通过感受"大墙内外"不一样的生活，使矫正对象内心深感警醒与震撼；与社会企业积极联系，引进圆珠笔组装习艺生产线，设立"捐资助学献爱心"公益劳动项目，两年间共组装500万支圆珠笔，其中1.4万元的加工收入全部捐助团委用于帮助80名困难小学生实现微心愿，受到社会好评。

　　三年来，始终致力于社区矫正的探索与发展，为构建良好的社区矫正局面，营造良好的社区矫正氛围，积极与工商、税务、工会、妇联、企业等单位或部门，加强交流与合作，形成社会合力，对社区矫正对象开展"扶心、扶困、扶技、扶业、扶学"等帮扶活动，大力开展职业技能培训，积极搭建就业平台，建立社区服务、技能培训、就业安置、教育改造"四位一体"的综合矫正基地，激励矫正人员认真悔过、重塑自我，让他们能够更好地了解社会、融入社会，增强生活信心，自我选择就业渠道，有效地预防和减少重新犯罪。积极探索民企社区服刑人员"请假难"问题，在外出申请、外出审批、外出管理、外出销假、经营外出、检察监督等环节，做好衔接配合，落实分级分类管理，加强区域协同，以充分发挥社区矫正职能，促进社区服刑人员更好地融入社区、回归社会，最大限度减少对企业生产经营的影响，既满足涉企在矫人员因生产经营需要而外出处理的实际需求，又做到监管宽严适度，预防发生脱管和再犯罪。积极探索《社区矫正法》的贯彻落实，与省级媒体联合召开座谈会，重点分析研读新法法条，探讨开展社区矫正执法工作中需要注意的重点难点、新法新增点，以及日常工作中的问题。积极探索"四灯"式分类管理，即对屡次违反监督管理规定和法院禁止令，予以亮红灯，严惩不贷，彰显法律的严肃性；对于自我要求松懈，时好时坏，予以亮黄灯，及时预警，增加走访频次；对遵纪守法，有立功表现，予以亮绿灯，实施宽松管理；对于生活无着落，无固定收入的，点起启明灯，加大帮扶力度，点燃希望。积极探索践行分类教育，在教育上因案情、性别等个性化差异，实行分类教育个别化矫正，7月组织了女性及未成年人、经济类、赌博及开设赌场类、醉驾及交通肇事类的专场教育，从满意度问卷调查看，满意度达95%

以上。在如何对待矫正对象问题上,建议用原中央领导人彭真同志提出的"三像"作为社区矫正工作的指导原则,即像父母对待孩子一样、像医生对待病人一样、像老师对待学生一样,个人认为较为准确,从影片《战犯》《西游记》中悟出社区矫正工作的方式方法,我在实际工作中也是这么做的,效果事半功倍。

  三年的挂职,我以个人的素质与品格、职业的操守与素养、工作的态度与能力,凭良心干事,凭能力做事,凭原则办事。赢得了挂职单位领导与同事的认可与好评,赢得了矫正对象及其家属的信任与尊重,虽取得了一些成绩,但绝非一己之功,这里我更要道一声感谢,感谢组织的信任,感谢挂职单位的关怀,感谢同事们的帮助,感谢矫正对象的理解与支持,我将老骥伏枥,继续奋斗,为社区矫正事业尽一份绵薄之力。

(作者系安徽省南湖强制隔离戒毒所民警)

锻造 10101

周 荣

在离开丫髻山的时候，也许我会做一个悠长的梦，培训这些天我们所有的身影都会站满竹影婆娑的山坡，站满波光粼粼的月牙湖边，站满警体训练时撒遍汗水的绿茵场，站满铺满月光或是弥漫晨雾的去往食堂集合整队的山间小道。

丫髻山地处句容、溧阳、金坛三市交界处，属茅山山脉，风景秀丽、人杰地灵，在她臂弯怀抱中的正是晶阳山庄——江苏省监狱人民警察实战训练基地之所在。我是在2019年10月初来到这里参加社招新警培训的，同期共有343名来自全省监狱戒毒系统本年度公招的"新兵蛋子"。

晶阳山庄的将军楼得名于曾在此开采竹箦煤矿的许世友，10号楼是紧邻它的附属楼，走进楼内左手第一间便是101室，朱漆木门的正中挂着金黄色亚克力材质的房间标牌：10101。

推门而进，稍显拥挤地摆放着三张高低木板床，五个床位住人，一个床位整齐码放着行李箱。这里有欢声笑语、挤兑吐槽的男寝场景，偶见休息日时连线吃鸡、英雄联盟的小战怡情，更常见的是整齐划一、干净整洁的警员宿舍模样。我就是在这里认识了我的四个舍友。

迁哥，淮安盱眙人，1990年生，在这帮以"95后"为主的新警中算是老大哥了。迁哥本科读的是服装设计与工程，大学毕业后入伍陆军野战军，驻扎房山卫戍首都，退伍后在服装厂就业，培训前在监区已经带着一条服装线的生产任务、管教24个服刑人员了。他因行伍出身，熟悉队列动作、作风素质过硬，在前期军训中被委任警体委员，帮教官带队伍、纠动作，帮新警整内务、正风纪，颇有人缘。迁哥可能也是新警中唯一会制作衣服的，在监区生产线上，哪个服刑人员"磨洋工"，他会立刻点出来，是个不好糊弄的"新干部"。

轩轩，济南天桥人，1997年生，山东政法学院应届生，"监狱三代"，爷爷、父母都是山东监狱系统的领导干部。轩轩浓眉大眼，性格直爽飒烈，是"若为爱情故，啥都可以抛"的性情直男，也是去旅游玩耍时会认真给同事挑选礼物的细腻小弟。他在校时就在山东省监狱实习过几个月，在监区除了带线以外，还做教改内勤。他常讲山东监狱的管理方式和值班模式，讲他爷爷一辈在监狱创立之初的筚路蓝缕，讲他父亲在单位开展工作的趣闻逸事，为我们了解监狱工作提供了更多的素材和维度。

阿洋，连云港灌云人，1996年生，镇江司法警官学校毕业。去年作为警校应届生，他享受特招比例，却棋差一招名落孙山，遂闭门发奋苦读一年，以社招身份上岸。阿洋是个机车仔，对很多摩托车型如数家珍，公务员体检那天他就是从家骑了五个多小时的摩托车抵达南京定点医院的。对机械的熟悉和热爱，让他在车间机修上别有所长，听说有时缝纫机故障不用等维修师傅到，阿洋就搞定了。

老习，济南章丘人，1996年生，新闻系才子。老习不但不老，而且高白瘦帅大长腿，胜过韩国欧巴。他有过两次出道的机会，一次是因为外形出众、精于街舞，差点和青岛某演艺公司签约当了练习生；一次是因为他善打王者荣耀，济南排名前十的号有三个是他的，被某个游戏直播平台看中邀其做主播。然而老习生在一个传统的山东家庭，家教严格、家风稳健，并不容他离经叛道。老习谦谦有君子之风，待人礼貌周全，有次雨天用伞带我，自己湿了大半。他的课堂笔记总是认真翔实、一丝不苟，对犯罪成因的家庭因素也颇为关注。

男寝最火花四溅的交流当然是熄灯之后的"卧谈会"了，尤其是理论课开讲以后，更是精彩纷呈。白天老师讲监区文化建设，晚上我们聊各自单位各自监区在服刑人员中开展过的文化活动，亮亮"特色菜"；白天老师讲监狱安全防范，晚上我们聊既往的警示案例，咂摸其中的分量和教训；白天老师讲从警生涯规划，晚上我们聊自己的期许和迷惘。有时聊着聊着，便各自起了鼾声，窗外繁星棋布、半月低垂，偶有夜鸟啁啾、萤虫微鸣，山谷的清风中隐隐飘散着青春之梦的香味。

训练场和课堂中的精彩瞬间已被太多的图文视频记录与呈现了，而宿舍里的光阴记忆却因既私密又日常而鲜有涉及。早在开训动员大会上，厅局领导就说新警培训是区分"民"和"警"的"分水岭"和"岔路口"。像10101这样的宿舍有近70个,在这扇身临其境的小窗中,我就目睹了这样渐变的过程,那些在刻苦训练中锻造的新警血性,在努力学习中增长的职业技能,在团结互助中铸就的集体荣誉感,都是我们在这片热土上弥足珍贵的收获。创造10101,离不开主训单位的润物细无声,也离不开参训新警的扬鞭自奋蹄。

人们都习惯于事隔多年后的回忆,仿佛老酒愈窖藏愈香醇,而我对培训经历的感受就像及时采撷的应季浆果,多汁、脆口而新鲜。

时光的车马终将辚辚远去,丫髻山下的"小飞机"们也都将回归到各自单位,从"试飞"到正式"通航"了。

道一声珍重,再相见时自是别样风景!

(作者系江苏省南京女子监狱民警)

我的写作人生

李　忠

我叫李忠，也许，父母取名时，想让我的人生多一些诚实，多一份踏实的凝重感。在我的成长过程中，我曾在荒芜的沙漠上艰难跋涉，曾在一望无垠的草原上策马牧羊，曾在险峻的独库公路旁看云卷云舒。苍穹下像火一般热情的红霞在天空中弥漫，荒凉和孤冷的自然风光刻画了我一个西北汉子的倔强！

◆ 找寻诗和远方

我像一根顽强的枝桠，植根于新疆这片热土地并努力地生长着、生长着。

从诗歌到散文，再到短篇小说的写作，一路走来我都在找寻着我的诗和远方。之所以说是写作，是因为在文学上我还只是一个业余爱好者，谈不上真正的文学创作。

从年少时的钟情到初为人父的欣喜；从初入社会的惶惶不安到经商时的挑战，再到从警时的尽忠职守。一路走来，我始终与文学和写作相伴。

少年时，在聊斋的鬼、狐、仙、怪里神游，做着荒诞不经的梦；经商时，整日奔忙，在艰辛与挑战中也总是忙里偷闲找些书来给自己充电；后来，有爱妻相伴，红袖添香亦是常读书到深夜。

从警后，一线执勤时，孤灯夜下窝在冰冷的被窝里，父亲珍藏的那一本本线装书便成了我的精神伴侣。在那些美好的故事里，我笑着、哭着、向往着。

有时候，我会在《牡丹亭》杜丽娘的温柔乡里沉睡；有时候，我会随着《赵氏孤儿》里那个可怜的孩子一起流浪；有时候，我也会在《救风尘》里为顾盼儿的侠义和聪慧所折服；有时候，我会在《西游记》里对孙悟空的神奇法术羡慕不已。从那时起，我尝试着给书籍撰写评论，每张页码纸上密密麻麻的钢笔字，记录着我和男女主人公的隔空对话。

远离家乡的工作和生活,唯有写诗,才能缓解我对亲人的思念。

那一段最为寂寥的岁月,也是我与文学及写作相处最为亲密的时光。它让我在孤寂和渴望中学会与自己的灵魂对话。

后来,我应邀到兵团警高专学校,给年轻民警讲授"监狱民警内心世界与文学写作"课程。我给他们讲一线民警执勤的故事;讲最初监狱文化的形成和发展;讲上下五千年悠远而深邃的中华文脉。在潜移默化中大家认识到在乏味的工作中"文学"是一味良好的润滑剂,它带给人们的精神享受是一种只可意会不可言传的奇妙感觉。

如今,写作已然成为我的一种生活方式,是生命中不可或缺的一部分。灵感,总是在最不经意的时候突然涌现。或许,这时候人性和灵魂才能碰撞出火花。

在岁月孤寂的长河中,内心总抑制不住与灵魂对话。写作能让我的内心静下来认真思考,疲惫的心得到休憩,受伤的灵魂得到抚慰。

同时,写作也是一件痛苦的事情,它会把自己的灵魂一层一层地剥开,又一层一层地缝合。

从第一次给《诗刊》投稿,到在各种媒体陆续发表自己的作品,从兵团监狱微信平台的主编到"忠哥文艺"的创办者,我从一个文笔青涩生硬且懵懂的少年到一个做人做事逐渐成熟且有担当的男子汉,这些成长与蜕变,是时间与沧桑酿就的烈酒,是流年与韶华追寻的诗和远方。

◆ 我的聊斋梦魇

"敕勒川,阴山下,天似穹庐,笼盖四野。天苍苍,野茫茫,风吹草低见牛羊。"穿着半旧军大衣的牧羊人悠闲地躺在草地上,一个五六岁的孩童骑在牧羊人的肚皮上,欢快地拍着手。此时,正是夕阳西下,清风徐来。

草原茫茫,孩童在牧羊人的故事里神游,兴奋的小脸胀得通红。"咯咯"的笑声传到很远、很远的地方。

我就是那个孩童,牧羊人是我的父亲。父亲生于书香世家,学贯古今,本是享誉一方的说书人。进疆屯垦戍边,让他成为令人敬仰的兵团人。我传承了他的血脉,亦传承了他的文才。幼时,我随父亲在这茫茫戈壁滩上放牧,累了,就听父亲讲故事,然后继续放牧,继续听故事,一直到自己想去的外面世界找寻故事里的故事。

"姑妄言之姑听之,豆棚瓜架雨如丝。料应厌作人间语,爱听秋坟鬼唱时",这是父亲在说故事前,总要唠叨的几句戏文。

《画皮》中那个金屋藏娇的书生怎么也想不明白藏匿的美人怎么会是妖呢?同样想不明白的还有那个小脸胀得通红的孩童。

紧接着,又有一个狐狸精出现了。她叫娇娜,书生为救她而死,而她又为救书生自毁千年道行,最终香消玉殒。

还有那个私配凡间的散花天女。

好多鬼、狐、神、怪的故事,让那个骑在父亲肚皮上的孩童兴奋不已。后来的日子,时常骑在马背上的他,不知为什么总是希望在草原上也能遇到一个狐狸精,不管是好的、还是坏的。

又是一个黄昏,少年的我斜坐在草地上看那缓缓下滑的太阳。一只黄色的沙狐不知何时溜到了我的身后,夕阳的光芒撒在沙狐的身上,居然像一团移动的火焰,那种美,带着仙境里才有的虚幻,令人一阵恍惚。突然,不识时务的猎狗,从远处跑来一路狂吠,吓跑了沙狐,把我从虚无缥缈里拉回现实中。

我知道,我的狐仙姐姐再也不会来了。

◆ 讲故事的人

我是一个讲故事的人。我继承了父亲说书人的基因和口才,一开口就停不下来。曾有朋友跟我说:"听你讲故事是一种享受。"

听到这话我很得意,也很惶恐。我怕我的故事讲不好,我怕我讲的故事不能给人以启迪。

我要讲的是我的故事,是我写作诗歌和散文的故事。

"不要问我从哪里来,我的故乡在远方,为什么流浪,流浪远方。为了天空飞翔的小鸟,为了山间轻流的小溪,为了宽阔的草原,还有那梦中的橄榄树。流浪远方。"这是三毛流浪在撒哈拉沙漠时写的诗。

在诗歌的世界里我亦是一个浪子。

从我读中学时收到的第一首情诗到我第一次给《诗刊》投稿,对于诗歌那种朦胧的、似有非有的情愫就在我的心底生根发芽。彼时,《诗刊》的编辑给我回了信，鼓励我创作。

那时的我是无知者无畏，总认为创作是件很容易的事情。但随着年龄的增长，才发现创作其实是非常艰难的。而灵感也是可遇而不可求。书读得越多，就会越觉得自己无知。

从警后，我在一线执勤时，曾有过一段非常苦闷的、孤寂的岁月。那是很多年前的一天，我背起行囊跟新婚妻子告别。我甚至都没办法告诉她我要去哪里？去干什么？因为那个时候连我自己都不知道。她在一身红妆里哭得梨花带雨，我的手稿在清冷的晚风里散落一地。

在那个艰苦的施工工地上，我们住的是地窝子，遇到阴雨天气，地窝就变成蓄存泥浆的水池。烈日的爆晒和肆虐的风沙，让我们的执勤服破旧不堪。饮用的水，都是从当地连队的水渠，用洗涮后的油罐车拉到营地的。天当被、地当床的豪迈感，让大家分不清自己的前世今生。就是在这样艰苦的环境中，我边工作、边偷偷地写作。写我的感受、写我对故乡亲人的思念。由于是偷着写，写作时精神高度紧张，所以，大部分都溃不成文。但那些都是我最为真实的感受，是我最好的精神财富。文学伴我在逆境和困境中，于无形中生出了一种不屈不饶且坚忍不拔的精神。

"在一个夏天，我离开你去了那遥远的边疆。路旁飘来的山野花香，弥漫着你深情的目光。到了秋天，我独自站在荒凉的山岗，夜风里的月光，摇曳出你微笑的脸庞。直到有一天，我满载着行囊，高兴的走出冬的冰凉，期待着你打开后的分享。"这是我在一线执勤时写下的《远山的呼唤》。它表达了一种生活的期盼，因为远方有亲人在等待。

有一年的端午，我和往常一样在执勤。妻子给我捎来一大包粽子。因为长途运输和天气炎热的原因，粽子到我手上的时候已有几分馊味，但我与同事们仍吃得津津有味。

我喜欢唐诗，喜欢李白的《早发白帝城》，其中两句"两岸猿声啼不住，轻舟已过万重山"在现代有时候会被引申为"走自己的路，让别人去说吧"。人生，难免会遇到一些坎坷和挫折，然而就是这样所谓的坎坷和挫折，敦促我更深入地了解人生哲理。

一次，我被调到离家较远的地方工作，岗位也发生了较大的变动。人生的得意与失意均在沉浮中。

当时一位非常好的朋友给我打电话说："李忠啊，我给你念两句唐诗。"他念的就是"两岸猿声啼不住，轻舟已过万重山"。

听了他念的这两句，我顿感那些流言蜚语如同两岸的猿声一样不值一提了。现如今，人生的轻舟已跨过千山万水向着更加美好的未来奔去，这让我至今都非常感谢那位朋友对我的鼓励和支持。

就是那个时候我写了《人到中年》（曾发表在《中国长安网》《亚洲中心时报》及《上海警苑》等刊物上）和《苦楚是完美人生的一部份》（发表在《幸福的黄丝带》及《重庆监狱》等刊物上）。

《人到中年》里面阐述了我对工作、生活、家庭的一些基本观点。人生的得意与失意，有时候真的不必太在意。人无论到了什么时候都要坚守自己的底线。

《苦楚是完美人生的一部份》是在我最为失意的时候，也是我人生处在最低谷的时候写的。苦楚，来自心底，它虽轻柔，但触到心房时，让人感到别样的难受。苦楚，虽伤及不到性命，却让人品味着一种无法挣脱的——苦和无奈。苦楚，是一段盛开的花。人们钟爱它摇曳的美艳，却不曾细想芊芊摇摆中它历经多少风吹雨打。苦楚，是一棵兀然挺立的松，虽默默沐浴着斜风冷雨，却平添了天地间的一份傲然。

"静默将何贵，惟应心境同。"心境，原有不同，但愿归于平凡。曾经的磨难，曾有的苦楚已尘封！从未泯灭的是这颗对生活、对未来依旧憧憬、依旧热切的心。

中年是人生的一道坎，此时上有父母需时时照顾，下有儿女需教育引导，而我们在中年的河流中拼命打捞，苦也好、累也罢，都只能自己扛。因为责任和使命，我们不能随意地过自己想过的生活。但又因为这样一份沉甸甸的责任和义务，中年会变得厚重、丰实，只要能无愧我心，便足矣。心若在、爱就在。我们缺少的从来就不是幸福，而是一颗感知幸福的心。

◆ **热爱生活的人**

我对音乐的感知力是与生俱来的。好的音乐可以陶冶人的情操。我习惯于用文字诠释音乐、用诗歌感知生命。诗歌走进人的灵魂。把生命从存在的复杂而虚伪的状况中拎出来。写人最隐秘的感知，写人类永远为之骄傲的想法，实现了的梦和难以诠释的梦。诗歌，写你生命的过程，写你的血肉和不屈的骨头。

小时候在草原上，我望着天上的朵朵白云、看着四处走动的羊群，总是喜欢自导自演，哼着自编的小调、跳着只属于自己的舞蹈。只可惜那时因教育资源所限，我没能受到正统的音乐和舞蹈的学习，这不能不说是一个遗憾。但幸运的是，老天给我打开了另一扇门，它给了我无限的写作诗歌的灵感。

诗歌感性的文字记录生活的点滴，也收藏人的心情。感性是我自身最为真实的表达。

时光挣脱岁月的怀抱逃得无影无踪，皱纹不知何时已爬上额头。我已然是一个成熟得有点顽固的老头。头顶上那几根跟随我多年的白发，见证了我悲欢交集的人生。我真的老了吗？有位朋友跟我说你还不老。她说三十岁的男人是成品，四十岁的男人是精品，五十岁的男人是极品。听到这些，我不觉一笑。

回想起自己还是成品的时候，在那而立之年，我一心扑在工作上。女儿的呱呱坠地增添了无尽喜悦。我用手中的笔记录下了女儿的成长。在我的诗歌里、散文里都可以找到她的影子。

"闭合的眼睑，在静谧的雨声里，拖着沉重的疲惫，跌入夜的黑幕。听，琴键迈着猫步，在黑夜里轻轻游荡。探出的梅花掌，如一缕烟絮堵住胸口。把郁结的情绪，在弦乐里一丝一丝，抽到若有若无。管乐的空灵，把寂寞的魂魄，勾的七零八落。跟着细雨，从天而降。一滴一滴，滑落屋檐的雨珠，钻进黑夜人的心房。冰冷的散碎一地。"这是我写给女儿的《夜雨》。此外，我还为她写下了大量的童话故事。如《会孙子兵法的毛驴》发表在"聚力阅读"上。每次给女儿讲童话故事的时候，她的眼睛都会睁得大大的，眼神里那种充满了童稚的期盼，让我感受到我与她血脉相连，感受到做父亲的欣喜与责任，更让我感受到父母恩。给年幼的女儿讲故事是我与她最好的交流，就如儿时我骑在父亲的肚皮上听他讲故事一样，生命一代一代延续，是如此的奇妙。

后来到了精品的年纪，在那不惑之年正是人生的金秋十月、硕果累累，有爱妻相伴，有女儿承欢膝下，事业也有了一定的基础。和谐、美满的家庭给我的写作带来无尽的灵感。

我上班的地方和家相距较远。每次都要坐火车，还要辗转汽车才能到达。那段时间往返于乌市与工作单位之间，在路上我是一个孤独的行者。窗外是一望无际的平原，树木极少。春天还有些绿意，夏天除了骄阳别无他物，秋天萧瑟一片，冬天是摧枯拉朽的白色世界。在这样的四季轮回中，我把工作和家庭扛在肩上，把文学感受藏在心底。用手中的笔写出了蕴藏于生活深处的万千世界。我在美篇上写作了大量的诗歌，如《陌上花》《秋日的私语》《茶》等。

同事和朋友们评论说我很有才华，我苦笑。因为我觉得绝大部分才华的背后是孤独与渴求，而在一定程度上来讲我还算得上是一个快乐的人。况且我所写作的诗歌和散文也仅仅只是个人爱好而已，远远谈不上才华。朋友们用"才华"两个字来形容实在是言重了。

现在我已活成了精品，到了天命之年，头上的白发也极少再去打理。就这样顶着一头白发，我依然在文字的世界里耕耘。工作已超越了本身的意义，不再单独作为一种谋生的手段，而是渐渐地成为了生命的一部分。文学于我而言亦是如此，它不仅仅记录生活、记录情感，更重要的是对文字的一种充满了浪漫与诗意的感受。在一个个方块字的纵横交错之间，感受生活的美、人生的美。

一个人的生活经历就是一座写作的富矿。我的童年交付给了草原。茫茫草原，有着诗一样美丽的风景。但也有着殇一样的荒芜。那时，我就随着父亲在草原上孤独地放着羊。有段时间，母亲带着哥哥去省城的医院看病，家中只剩下我和父亲。在百无聊赖中我居然学会了识别羊的脚印，能根据脚印分辨出公母和大小。无心插柳，没想到这门本事还会在我后来的工作中派上用场。

后来，我根据儿时的经历写了《盼望冬天》和《倒气》（发表于《幸福的黄丝带——全国司法干警优秀作品选》）。

《盼望冬天》讲述了一个在草原放羊的孩子，在春天刚刚开始的时候就急切地盼望着冬天的到来。因为冬天来了，母亲带着哥哥也就回来了。孩童本应是快乐的，但那个在草原上盼望冬天的孩子却是忧伤的。他极少说话，却能带领草原上各色花草和动物尽情地表演。他只是问父亲："妈妈什么时候回来？"只这一句就让众多的读者产生了共鸣。

《倒气》是由草原上一个用柳条扎羊嘴救羊的故事引申到我如何在工作中解决类似问题的故事。这也是从童年的生活当中得到的素材。

写作要学会从生活出发，从个人经历和感触出发挖掘素材、升华主题。在记录生活的同时也要学会从生活出发，从个人感触出发，但是要把个人生活融入广大在社会生活当中，把个人的感受升华成能够被广大群众接受的普遍的感情。

在一线执勤时，为了纪念一位战友，他是我的战友、兄长，亦是老师。那一年的秋风瑟瑟，我站在雨里看那满阶的落叶，却再也找寻不到他的影子。我写下了《你在哪里》。

"也许翻过一座座高山，在边塞的天山脚下，走进一座上城，穿过那群熟悉你的人群，到处可见你那闪烁的身影。"写作这篇散文时，我很悲伤、也很彷徨，我不知道该用怎样的语言来纪念这位亲爱的战友。起笔时悲痛万分，但我的笔调却非常克制。野夫在《乡关何处》中讲述那些悲惨经历和悲伤往事的时候，他的笔调亦是克制的。当波涛汹涌的情感在笔端奔腾时，我们需要理性的思考，下笔时我们的情绪需要张驰有度。

每个人写作的过程各有不同，每本书的构思与灵感触发也都不尽相同。只有运用丰富多彩的语言写出具有鲜明个性的、用无数生动细节塑造出的典型人物，才能得来匠心独运的文学作品。

后来，我开始写书评。写书评对我后来的写作能力的提升和思考问题能力的加强起到了很大的作用。

在写作的过程中我也遇到了很多困难。曾经有一段时间，我几乎停笔。人们都说哀莫大于心死，而我是哀莫大于心不死。停笔的那段时间，我去了草原，想从那里找到我儿时梦里的狐狸精，找到我的诗和远方。

在草原我真的又见到了一只火红的沙狐。当时，它从我的身前飞快地跑过，留下一片火红的影子，我的目光追随着它，一直到天际的尽头。

于是，我再一次回到聊斋的奇幻世界里，学着蒲老爷子的样式开始讲故事。在我的写作里讲着别人的故事，在别人的故事里流着自己的眼泪。不管是别人的故事，还是自己的故事，那都是心灵的颤动。

要讲好一个故事，一定要有敏锐的观察力和独立的思考能力，抓住故事中的矛盾，充分利用冲突。好的故事既吸引人又教育人；好的文字既华美又朴实，既灌注了个人情感又不流于主观。好作品没有想象中那么简单，也没有那么难。

我们用文学的方式讲述身边的人和事，让文学融入我们的生活和工作中，正如寒冬炭火、沙漠绿洲、极夜阳光，永远给人以温暖、力量和希望。

我写过一首《纵横四海》，我想用这首诗来表达一下我对写作和人生诗意般的理解。"盘古天地，凝结之气，化作绵延的江河，一路向东奔流到海。流淌的河水，带着青山葱翠的娇艳，卷起欢腾的浪花。听鸟儿在山谷里鸣唱，心旷神怡。一片落红，随波逐流，在滔天骇浪里翻滚。与掀起的浪尖，坠入万丈深渊，捶打着尖利的怪石。游历山川，山高水长，湍流不息。从一座山头，闯进茂密的峡谷，把大山的脉象，绘成九曲十八弯，直入云霄。闭月羞花，沉鱼落雁，携俏丽倩影，半隐山崖，挥袖惊鸿一瞥。山色空濛，隐迹天涯。"

◆ 青湖论剑

在兵团监狱宣传骨干培训班结束之际，我应常天平处长之邀畅谈"文学创作感"也将近尾声。

青湖论剑新征程，耳畔长鸣剑啸声。江湖风起云涌，独恋青湖剑影。

只有当你足够努力，你才会足够幸运。这世界不会辜负每一份努力和坚持。

文学是一棵植根于荒野的大树，忙碌时，可以在远处眺望那一片绿荫；疲惫时，可以在它的绿荫下小憩；失意时，可以在绿荫下静坐冥想。红尘中烟火沉浮，生命中能有这一片绿荫守护，是人生之大幸。

生活原本就有的模糊含蓄，决定了文艺作品的朦胧美。让我们一起用文字记录生活中的美，用文学洗涤心灵的尘埃。

（作者系新疆生产建设兵团第八师监狱管理局民警）

我当监狱警察的心路历程

焦泽渊

当我知道要成为一名监狱警察时，心中有点激动。

本来想做一名老师，机缘巧合成为一名监狱警察，我想监狱警察和老师也差不多吧，都是教育人、影响人。

上岗之前，我刻意调低些心态：工作对象可是罪犯啊，肯定不好改造，我这辈子能对几个罪犯的人生有正向的影响，就算是功德无量了。但想到能将走上歧途的罪犯带上正途，成为家庭的支柱、社会的建设者，改过自新重新做人，着实还有点小兴奋。

◆ 看山是山，看水是水

工作岗位就在监区，每天直接管理罪犯。度过最初丝丝惧怕和隐隐兴奋的阶段后，我发现他们是一个个普通的人，且还是挺可怜的一群人。他们人生走入低谷，感觉自己很失败，对不起父母与妻儿的期望，更愧疚的是让家人在外面受苦。

家里失去了主要的经济来源，还要担负起给受害人的赔偿和自己服刑期间的日常基本生活费开销。除了经济压力外，还有更痛苦的精神压力。亲人不仅要面对受害人及其家属的指责，还要受着后背被街坊邻居指指点点，父母在村里直不起腰，孩子在学校抬不起头。

每次家属来会见，妻子的怨恨、母亲的抽泣、父亲的沉默，窗户里面是服刑人员在道歉、自责，一个家庭就这么支离破碎，有很多服刑人员在服刑期间知道家人离世，那种发自内心的悔恨，那种对"子欲养而亲不待"的切实感受，使我感叹悲喜无常、人间惨剧。

"人溺己溺，人饥己饥"，我能感受到罪犯的内疚、他们亲人的痛苦，我经常会想象自己如果成了罪犯，自己的家庭会成为什么样。每每想到这里，我对他们的恻隐之心就泛滥了，会尽量满足他们不过分的诉求。也不会对他们日常要求得过于严格，这与对他们严格要求的我的同事们形成鲜明对比，或者更直白点，我在同事们中显得格格不入，甚至有点异类，不过我的同事们却没有指责过我，也没有看我像异类，我还挺感谢他们没有严重的排"异"反应，对我没有嘲笑，也没有指责。很多同事都是部队军官转业，做起管理罪犯这个工作得心应手，我知道慈不掌兵，我承认自己不是一个好的管理者，但我不想强迫自己，我只想做一个好的教育者。

◆ 看山不是山，看水不是水

我错了：对于罪犯真的不能这么简单的认识。

随着工作时间的增加，遇到的事情越来越多，我发现有些罪犯说谎话，内心毫无波澜，甚至在被戳穿时，还能稳稳地说出另一个版本的谎言，我找了一系列证据再戳穿时，他还能稳稳地说出3.0版本，就是不说实话，好气啊，简直就是个优秀的诈骗犯。

有一名罪犯在我面前说得好惨，身体有病不能劳动，我不忍他如此痛苦，答应让他慢点干，罪犯中的班长却跟我说他是装的，根本没啥事，我看到罪犯班长吼了他一句"好好干活"，他劳动速度立刻就成快要飞起的样子，这让我感觉自己受到了莫大的羞辱。

两名罪犯因为一点小事就能对骂起来，甚至动手。更有甚者，没事嘴欠就能挑起一个事端。我每次婆婆妈妈地教育一顿，回头就再犯，屡教不改，乐此不疲，罪犯班长揪了俩人的耳朵叫他们老实干活，俩人就那么老老实实地去干活了，不再争执，简单、高效。我就这么被罪犯班长上了一课，感觉自己的胸口被狠狠撞击了一下。

有的人撒谎成性，根本不值得信任；有的人吃硬不吃软，苦口婆心教育半天不如呵斥一句好使；有的人摸透我脾气，别人值班时老老实实，我值班时就自由散漫。

再看他们的档案，很多人劣迹斑斑，二进宫、三进宫，四进宫也不稀奇，我甚至见过一个35岁就已经第7次被释放的。

我像一个被渣男一次次伤害到心寒的无知少女，每给他们一次机会在他们眼中都是个笑话，我就像个傻子。

我跟同事诉苦，感觉自己被罪犯智商压制、智商羞辱，他们嘿嘿一笑，我立刻感觉到，我们可能走过同样的路。我们都是善良的人，我们都对他们抱有过期望，结果我们一次次失望了，上演过各种农夫与蛇的故事。

突然理解了我的同事们，他们本不是无情。我的同事们主要来自两类人，军官转业和大学毕业考的公务员，无论哪种类型，都不是低素质人群。我们热爱生活、热爱家庭、热爱工作，平时喜欢讨论工作问题、子女学习和教育问题，还有做菜问题。不面对罪犯时，我们工作沟通无比顺畅，我们与其他人交往彬彬有礼。

只是我们对罪犯很难"爱"的起来。耐心逐渐被磨掉，用心与期待付之东流，我们选择了保持距离。用规矩与纪律约束他们的行为，养成红线意识。行为主义特别好，简单、高效、标准化、易推广，容易接受，容易掌握，自己还不会伤心。

◆ 看山还是山，看水还是水

我从什么时候开始又"相信爱情"了呢？想不起来了，一点一点，不知不觉。

有天早上，罪犯们吃完早餐时，有名罪犯小跑到我面前说：警官，我给你带了个鸡蛋，你值夜班一宿没睡，脸色不好看，吃个鸡蛋补补吧，热乎的。

一看就是他自己的那份鸡蛋没舍得吃，我呵呵一笑，心想你这个贿赂悄无声息啊，鸡蛋虽小却打感情牌，小看我的警惕性了。虽然我精神不好，还不至于被这糖衣炮弹策反，便婉拒了他的鸡蛋。

很久后的一天，我突然接到他的电话：警官还记得我吗？我释放好几天了，我现在准备要创业了，感谢在里面你对我的教育啊，你们监狱警察好辛苦的，总是要加班……我印象中，他是那种很勤奋、智商却非常平庸的人，我担心他创业会很艰难，便赠了寄语：注意安全，保重身体，做好艰苦奋战的心理准备。

他向我表达了一番感谢、体谅和心疼，没错，是心疼。我很感动，没想到他释放了还会想起我，如此理解我们，他知道我们的辛苦，知道我们会经常加班。这事我说给大学同学听，他们都不信。好吧，我这种胸无大志的人当初考上公务员时也以为终于能过上音乐、阳光、茶杯的休闲养老生活，怎么也不会想到监狱警察还要经常加班到深夜，还要瞪眼值班决战到天亮。

防疫期间，回访某刑满释放人员回家情况，是否与当地司法局取得联系。他最后说："警官你们辛苦了，知道你们真的不容易，特别是这个疫情期间，监区警官在监狱里没出来过，我都释放回家了，你们还没回过家呢，我都放出来了没必要说好听的，就是感觉你们太辛苦了。"

还有一次，一个不是很熟的朋友给我打电话，说有个刑满释放人员想尽办法打听我的联系方式，找到我这个朋友时这条线已经找了第四个人了，朋友问我他是好意还是歹意，联系方式是否方便给他。

这个人我知道，交通肇事，出狱之前就问我要联系方式，说觉得我人好、想和我交个朋友。觉得我人好的人多去了，况且我没有和服刑人员交朋友的习惯，他这岁数比我爹都大，最终他也没有联系我，我想他可能是在服刑期间找不到信任的人吧，还是相信警察。

有一个大学肄业的罪犯释放前跟我说："警官，在这劳改不小心就会被其他人带得更坏，可我一直记得你跟我说过的一句话，'你和其他人不一样'，这几年这句话一直支撑着我，所以很感谢你，请放心我不会再来了。"

我有点不好意思了，没想到我温暖纯良的一句话还能有点作用。

在一次次接到正向的反馈时，我又逐渐"相信爱情"了，罪犯也是人，他们不是普通人，是有很明显的缺点、需要改造的人，可能这才是真正的普通人。

他们像是一个个问题儿童，这对教育者提出了更高的要求，想到这里，我把《放牛班的春天》又看了几遍，增加了几分自信。我要慢慢消除成见，发现各自优点，试试老师传授的皮格马利翁效应到底好不好用。

我们不能低估自己的能量，我们的正向引导对处于黑暗中的他们很重要，"坏学生"聚集在一起，负能量飘在天空，感觉有一团聚集的黑云常年笼罩在监狱上空。我们要用自身的勇敢、善良、正直去感染他们，我们不是蝗灾中最后一片粮食地，而是黑夜中的一个火把，驱除戾气、照亮黑暗；我们是茫茫大海中的灯塔，不惧风浪，指引他们正确的方向。

不忘初心，牢记使命。

还记得刚知道能做这份工作时，我的初心是：将走上歧途的罪犯带上正途，成为社会的建设者、家庭中的支柱。

我这辈子能对几个罪犯的人生有正向的影响，就算是功德无量了。作为一名理想主义者，世界应该有他原来的样子，即使知道路途有多艰难、多险恶，也要坚定不移地往前走，把这个世界建设成为我们想象中的样子。

每一名监狱警察都是一个火把，众多监狱警察汇聚在一起就是一团熊熊大火，照亮黑暗，温暖周围；每一名监狱干警都是一个灯塔，众多监狱警察汇聚在一起就是整个海岸线，永远在指引他们上岸回家。

这就是我们作为监狱警察的使命！

（作者系山东省威海监狱民警）

千帆过尽难忘曾经意中人

张凌霄

30岁刚过的我,大概真的不适合追剧吧:花了一天一夜,一口气看完了热播的电视剧《三十而已》。

该剧通过三个不同个性、不同阶层的女主角,在三十岁这个坎上遭遇的各种压力和不同选择的故事,成功引发了我们这一代人的共鸣和慌张。

虽然这部剧没有逃脱爽文的俗套,甚至把自己的价值观主线,都在多线索的跑道里搞得沉浮不定,但仍然不能淹没和否认这部电视剧的编剧是走心的。

以第二女主王漫妮的感情线,我谈谈我的感触吧。

沪漂王漫妮遇到和放弃的几段感情,其实代表了她的渴望和境界。首先谈谈她的初恋咖啡暖男姜辰,如果没有猜错,两个沪漂好青年是因为上进和励志吸引到了一起,但终于败给了他们的渴望——物质。纵使咖啡暖男有颜值、有品位、有理想,但掏空了口袋也买不起一个漂泊者要的物质上的安全感。

再说说相亲对象小张主任。海王梁正贤本性的暴露,是压倒王漫妮赖以漂泊在理想海面的最后一根稻草。她在三十而立的年纪回到家乡,何尝不想要一份平凡而幸福的婚姻呢?小张主任似乎在基本面上能给予她想要的一切。唯独给不了她精神的共鸣——有趣的灵魂。漂过,回家进体制的经历,让我更容易体会小张主任的行为处事。就连我都厌恶小张的随遇而安与思维固化,又怎能够让一个独立职业女性骈死于槽枥之间。局限、偏安、无趣、脱轨可能是他最大的硬伤吧,哪怕他看起来硬件优秀,可是他不能带给别人富足的精神世界。

"错过"了那么多好男人,王漫妮终于败在了海王梁正贤的降维打击之下。物质上财务自由,手上各种资源,环游世界,眼界开阔,衣着有品,风趣沉稳的绅士，可谓是有钱、有闲、有颜值。表象完美到就是文明和物质文明的双统一。难怪有人经常教导我这个直男："做渣男其实很难。"

其实王漫妮爱的倒不是海王的物质，而是海王能带来的这个世界不一样的精彩：极光、潜水、日威、区块链。这才是有趣的灵魂？但可能只不过是你看到平行世界的浮光罢了。王漫妮不断地通过自身的努力，希望能够配上那个世界的海王，得到她可以洗手做羹汤的婚姻，这是她的理想，也是她的尊严。如果他们不是猫和鱼的关系，也许这又是段灰姑娘与白马王子的成人版童话。

最后，我不得不说在大结局时，王漫妮与梁海王的偶遇以及对话绝对是本剧最精彩的神来之笔。经历了失意回家，温故了初恋踏实幸福，识尽了江湖险恶重新站起来的王漫妮，当听到梁海王还是故伎重施看极光、侃世界的骗小姑娘，只是莞尔一笑。当她真正可以嘲笑海王幼稚的时候，她的境界应该不只是单纯看到的物质和精神了吧。

我曾经以为"物是人非"是一种忧愁风雨、树犹如此的怀旧感伤。现在重读有了一种，当自己历经千帆过尽，境界不同，重新审视故事的时候可能会发现，风景还是一样的风景，世界也还是那样精彩，但是人可能不是心中原来那个人的感觉了。

只有自己去勇敢地接受这个世界的不一样，去改善自己的固执己见，广阔的心胸，才能有不一样的境界，去看山水还是山水，才能配得上对自己好的人，守护真正的幸福。

三十而已既可以理解为三十岁啦，折腾到此为止吧，也可以了解为just 30s，继续折腾。每个读者有自己的解读。悲剧比喜剧永远深刻，成人的世界不存在童话，不能逃跑。

脚踏实地，才能仰望星空，世界那么大，终究要有家！

（作者系湖北省江北监狱民警）

心素如简

李亚伟

不知道从什么时候开始，我不太喜欢过于复杂的东西了。

能简单的尽量不复杂，能直接的尽量不拐弯。在我的生活中，任何简单实用的东西都是我所喜欢的。有时候很多东西感觉稍一复杂便会显得很臃肿，没有了一点单纯的味道和干净的神韵。

或许我自己本就不是一个复杂的人，所以才会对所有简单的东西抱以好感。

只是，现实中我们想要简单并不容易。

一个人之所以复杂，是因为他想要的太多。或者是为了名利，斡旋于金钱和权力之间，把自己弄得筋疲力尽；或者是为了人际，想要照顾好身边每一个人的情感，最后却把自己弄得焦头烂额。

有时候也可能我们自身的欲望并不是很多，但是在虚荣心的推动下，任何小的欲望都会被无限放大，最后自己将自己变得越来越复杂。

其实，有时候一个人若想要简单，好像也并不太难。

只要自己不去在意别人所在意的那些东西，多关注自己的内心，只要自己愿意，一定会变得简单起来：心静，一切都不浮躁；心静，整个世界就不虚华。

浮躁其实是内心的软弱，虚华其实是内心的不安。

有一句话叫"心美一切皆美，情深万象皆深"。只要我们能常持一种快乐自足的心态，心素如简，那么世界上的很多东西都是一种浮夸，根本经不起推敲。

写着写着突然想到一个词——心安理得。仔细品味，感觉人生就应该是这样的。心若安好，便会很容易品味到人生的道理，懂得了一些道理，你当然会有更好的心态去迎接新的生活。我一直以为生活的本意就是用不刻意的追求去过一种随意的生活，很多时候我们一刻意便不能随意，一随意便会忘了当初刻意时的追求。生命就是这样的矛盾，初衷和结局不能完全契合，期望和结果往往也并不一致。我们需要做的就是保持一份随意，不刻意去雕琢。

我感觉要想过简单的生活，必须要有心素如简的心境。热衷于交际的人是无法简单的，因为他们太过嘈杂。一个人若能够安静下来，仔细品味生活的点点滴滴，自然就会拥有简单，远离复杂。有时候，复杂确实能给我们带来很多我们想要的东西，但是这些东西大都不能长久，经过岁月的淘洗，渐渐地我们会发现还是简单能够久远，能够永恒。

小孩子都是简单的，所以小孩子都很快乐，即使他们有烦恼，那烦恼也只是一瞬间，不会待得很久，因为他们考虑问题简单，不会将烦恼牵扯到生活中的其他方面，而成人就不同了。成人的世界是复杂的，所以当他们快乐的时候，这些快乐也因为复杂的东西所包围而不能传递出去，所以成人的快乐往往很短暂，有了烦恼，成人会把这些烦恼牵连到身边所有的事物，所以烦恼会被无限扩大。

以前的我喜欢喧嚣，就像我喜欢华丽的辞藻一样。而现在的我更喜欢平淡一点的文字，所以我更加喜欢安静了。因为喜欢安静，所以便疲于交际，不愿到更多的人里面去表现自己看似热情的消极。

我曾跟朋友聊天说，我们每个人在踏入社会之前都是一杯清水，慢慢地大家都会改变自己的颜色和味道。现在的我们大都太急功近利和浮躁，大部分人都想尽量把自己变成五颜六色的饮料，看起来好看，喝起来好喝。只有很少人想把自己变成一杯简单的白开水，有着自己独有的纯净和甘甜，给人以舒适和贴心。饮料的味道和颜色是这个社会直接加进去的添加剂，而白开水的纯净和甘甜却是自己在炉子上一次次煎熬出来的。

以前的我总喜欢喝饮料，五颜六色的饮料很解暑，也很好喝，你想要的各种味道都有。但是渐渐地我发现自己不那么喜欢饮料了，尤其口渴难忍的时候，还是矿泉水比较解渴。但是矿泉水里面总是有一种说不出来的味道，所以现在的我更喜欢白开水。我已经习惯了玻璃杯的纯净，也习惯了白开水的纯净。

我希望也在努力使自己变得简单一些，我知道，只要我愿意，这些并不难实现。

（作者系河南省许昌监狱民警）

口罩

邵逸诚

2020年，佩戴口罩成为日常，也许这是每个人从未想到的，哪怕是在"非典"时期，口罩恍惚也只是匆匆过客，没有留下太多的印象，而这一次的口罩却让我们终身难忘。

但我这里说的却是高墙内的一只流浪猫，它的名字叫口罩。

口罩是一只母猫，是封闭备勤期间民警姜平给它取的名字。如果没有疫情，口罩也许只是高墙内一个普通的流浪猫，因为疫情，民警与口罩接触的多了，便给它取了一个带有岁月痕迹的名字。

初识口罩是在一个午后，秋的阳光很温暖。民警姜平年岁高，每天需定时检测血压，在一次检测后去喂猫，我出于好奇也跟了去。口罩的"家"在办公楼前的一个铁板下，见到陌生人到来，口罩胆小地缩在里面不出来。姜平说不用看，只要一呼唤它就会过来。

我半信半疑，姜平就站在花坛前大声呼唤，三声过后，只见一只黄色的猫从花丛中纵身而出，很谨慎地环顾左右，慢慢地向姜平靠近，见我走近，又飞快走远了。

姜平说监内差不多有二十多只猫，办公楼前有四五只，口罩只是其中一只。二月初，口罩还是一只小猫，与其他猫相比，口罩很瘦，在众多小猫中抢不到食。姜平注意到后，有意识地用树枝挑食物单独喂它，经过近十个月的投食，口罩不再瘦小，毛色也不再凌乱、没光泽，身体胖了、毛色亮了，对人也亲近了，但仍很警惕，保持着一种原始的野性和警觉。

下一轮值封闭备勤时，姜平公休了。我突然想到了口罩，也许口罩正在等候给它经常喂食的主人。我在饭后准备了一些食物去找口罩，看见它正蜷缩在草丛中，我呼唤着口罩，可口罩只是与我对视，始终不愿过来，我只好把食物扔过去，口罩起身闻了闻，又几步一回头地钻进了草丛中，后来的几天，我常看到口罩在姜平喂食的地方转圈。

　　对猫，我一直以来都有一种说不出的感情。有时在想，这只黄色的猫一定与我曾经喂养的一只猫有着某种血缘关系，性格较接近，对陌生人都排斥。刚参加工作时，同事韩江正从北山带回一只黑色的公猫，这只猫除鼻子毛色是白的外，其他地方均是黑色，后来高墙内的猫都有这个很明显的特征，与别人家饲养的猫愿意亲近外人不同，这只黑色的猫始终不愿外人碰触，每次上下班时，只要我从北山回来，自行车铃声一响，它便从草丛飞快地跑过来，跟在我的自行车后面颠颠地跑。我住三楼，它每天下楼时都飞檐走壁地从三楼阳台跳到二楼，再从二楼跳到一楼，晚上归家时就没办法回了，到处跑，一次被高墙电网打掉一只耳朵。看到它的境况，"非典"时，我便把它送给常住北山的民警喂养，让它回归它的出生地。值班过程中，每当运土火车渐行渐远北山时，夕阳余晖下的猫，如孤狼般独自徘徊的身影总让我无端惆怅。

　　我母亲也喜欢猫，晚年时期，子女都不在身边，父亲走后，猫便成了母亲的伴。母亲捡回三只猫，两只送人了，最后一只猫常常跟着母亲，河边、田地、菜地，母亲到哪儿，猫都会跟到哪儿。猫跟着母亲，吃的和母亲一样，每天黏着母亲。当猫误食有毒的死老鼠死亡后，我把母亲接到城里，年老的母亲也如猫一样开始黏我，只要我不在家，母亲便感到六神无主，常无缘无故地担心我，常让女儿打电话给我。疫情时，母亲刚从医院回家，备勤值班的我就接到女儿的电话，说奶奶吃也不吃，坐又坐不起来，问我什么时候回家。我只能安慰女儿，爸爸快回家了。我常常想，孤独的母亲正如她喂养的猫，渴望着亲人回到身边。

　　当我备勤回家时，母亲不再黏我，而回老家的心态更浓，一定要我送她回去。我不知道是不是人有回光返照，也许如猫一样，当明知自己的生命将到终点时，离主人越远越好，可这时的母亲已经站不起来了，只有微弱的气息，只能勉强进食。后来，同事常安慰我说，疫情期间，还有好多民警受疫情影响没有陪家人最后一程，还好你最后几天陪伴了母亲，没有遗憾了。

　　马上又要轮值换班了，机关民警的警务值勤模式也调整了，姜平和我也不再进监轮值。我不知道没有姜平的投食喂养，口罩是否会常常想起他，想起曾经那个大声呼唤它名字的人。

　　不管口罩会不会想起，但我们会常常想起那个自由恣肆的口罩，那个给我们封闭期间带来快乐的口罩,想起那些封闭期间日夜废寝忘食的民警,他们如猫一样,时刻保持着应有的警惕和专注。

口罩的存在让我明白:每一段路,都会有人去眷顾,我们要做的就是走得尽可能精彩。高墙虽然限制了口罩的脚步,但并没有阻碍它与人类的交流。

高墙内的民警同样如此,现在的我们不再牢骚高墙的局限,而是更加认同一个人自我价值的肯定,不是来自外界纷繁喧扰的评价,而是来自那些可以滋养我们一辈子的东西:勤劳朴实、默默奉献、责任坚守……

(作者系湖北省襄阳监狱民警)

父亲篇

父亲的文字

简 敏

近 20 年，病痛一直与父亲如影随形，多少次感同身受，心急如焚。

记得 2012 年，我在他的病床边看一本薄薄的册页，边望着点滴，边用铅笔在天头地脚记下当时的心境。前些时，父亲偶然从书橱里看到了那本小册子，我想我的只言片语，对当时情境的描摹他是了然于心的。文字，就是连接我们父女心灵的一条小小溪流，其间浸润着书的芳馨，对人事的体悟，对岁月的回望，对将来的希冀。

作为 20 世纪 50 年代初生人，在当时的环境下，父亲只上到了初中一年级，虽不得不黯然离开学校，但在此后的 50 多年光阴里，文字却也一直伴随着他。我最早的记忆里，是三四岁时随他到县文化馆，经红漆剥落的大门，蹒跚着抬脚迈过高高的石头门槛再沿着台阶拾级而上，进得屋内（现在感觉就是从前的文庙之类的），从报架上取下报纸展阅，现在似乎都还能感受到他那种急切追寻文字的目光，他的背影一直印在我的脑海里。

2016 年 10 月，与"传奇奶奶"姜淑梅老人在省图书馆的惊鸿一瞥后，父亲开始提笔写长文。此前，他在我们那个川西的小县城也是有一些文名的，曾参与过编修县志的工作，书法作品在成都也参过展。只是，十年前他来到我工作的北方城市帮我照看女儿后，便中断了与文友诗文唱和的生活：那时县内的飞仙阁、西来古镇、石象湖、朝阳湖、成佳茶乡，宜宾的李庄，邛崃的平乐古镇，丹棱、眉山的名胜古迹，城郊的农家乐，都留下了他们的采风和挥毫泼墨的身影。

方格的稿纸，厚厚一叠，十本，旁边的添补更是细细密密，我无非就是承担了转录到电脑上的活计。在打字的过程中，也是在与父亲的过往对视和交流。20 多万字，父亲一个字一个字地写，我一个字一个字地敲击键盘。敲到会心处，不禁莞尔，敲到与我的记忆重合的地方，就沉下来顿一顿。父亲的文字，不温不火，平实朴诚，虽多俗言俚语，却也不枝不蔓。读来，仿若冬日炉火旁或者夏日月夜下，听老者向孙辈娓娓道来时光深处川西坝子那些风俗民情、那些工业时代或已失传的技艺。

譬如，制棕绳，父亲写"制作棕绳是将棕片除去两边夹子，在铁耙上抓成棕丝，先用竹转车将棕丝绞成粗细均匀的细长单股丝绳备用。一般棕绳用四股单丝绳绞紧在一起就成了，但要把它绞在一起成绳也不容易。"棕片长在棕榈树上，需要攀爬到树上割下来，再制成棕丝，一个"抓"字，颇为传神。往下看就看得眼花缭乱了，"首先得有工具：排子、码子、勾棒。排子就是在一寸厚、两尺宽、四尺长的木板上按标准钻好八个洞，穿入铁匠打好的弯拐形铁条，铁条一头有勾，用作系单股绳用，另一头穿过木板，将八根铁条固定在一个把手上，把手要能转动。将木板下方中间做一个方形凸头，把长板凳头中间钻一个如木板凸头大的孔，绞绳子时把厚木板插中孔中，按一定的长度将绳头八根系上排子，一头四股一组挂在勾棒钩子上套上锥形码子。人坐在木排后摇动排子，掌勾棒的人掌直勾棒，随着绳子收紧，向前缓慢转动。中间一人掌握码子，从勾棒头上开始，码子随着排子的摇动，缓缓地滑向排子，两根四股头的棕绳就制成了。棕绳用天然棕丝绞成，韧性好，不怕湿，承重量大，人们挑箩筐、背背篼都少不了它。"

不知为什么，读到这里，我就想起李子柒视频里那些娴熟的劳作，行云流水，热切温暖，一直觉得她在做一件"功德无量"的事情，为还原传统生活衣食住行孜孜不倦。而父亲的文字在某种意义上也为我们留下了珍贵的记忆。

又如，打草鞋。"草鞋的材料主要是谷草和竹麻。谷草要用当年收的新谷草，一打下谷子就晒干，没遭过雨淋的草韧性好，做成草鞋后才耐穿。竹麻就没那么简单了。冬天用当年刚生长成的嫩竹，专门请扯竹麻的匠人来扯竹麻。匠人将嫩竹的中间长节的部分取下，一节一取划开成片，放入火中烧软，烧的火候必须掌握好，烧老了、烧嫩了都不行。烧到恰到好处时，匠人取出竹片，用专用夹子夹着，使竹子表皮部分占大部分，里面小部分分开，往下一扯，一匹竹麻就成了。竹麻丝韧性好，将它撕开搓成粗细适当的麻绳用来作草鞋的经，谷草从中间节处掐断取上面部分用木棒槌轻轻拍破，使其变软搓成草绳作纬。"

如今，到一些古镇旅行的时候，也许能够看到卖草鞋的，但可能已经不是传统手法下制作的了。"要编成草鞋，光有草和麻还不行，草鞋架子也少不了。草鞋架子是用木头做的长方形框架。用硬杂木做成两根约一尺二长、一头大一头小的羊角形木条，成八字样，固定在前架横木上，八字羊角上刻上刻度用作编草鞋时好收好放，后面一个木板放在架子上供人坐着操作。还需要一副腰担，就是一节自然弓形的木头，中间最好有一个天然树钉，用来系麻绳。编草鞋时将腰担套在腰上，把用作经线的麻绳按规矩一头套在腰担上，另一头套在前方羊角上就可以开始编草鞋了。要是编线耳子草鞋，鞋鼻子上又有红绒头那才洋气呢。"

个体的经验，写下来，便有观照的价值。生活本就是如许片段排列组合。

不曾追问，就不曾产生寻找的动力。父亲说，"坚持写下去，也不奢望成书，只是为了记下当年那些事，让后来人知道，昨天是啥样子，我们是咋个走过来的罢了。"

（作者系山东省女子监狱民警）

父亲走了

殷耀斌

父亲走了，享年 84 岁。

父亲还是没能熬过 2020 年这个苦夏！

最后的这段日子，父亲是在煎熬中渡过的：起先是消化功能变差，食欲逐渐消退，每日进食逐渐减少。紧接着是消瘦，体力下降，活动的时间越来越少，最后发展到站不起来，无法行走。再后来，出现大小便失禁，日渐严重，直至完全不能自理。

没有人能够感知父亲的苦。父亲耳聋，给他买过很多助听器，但他都不戴，他习惯了无声的世界。他本就寡言，耳聋又导致语言功能严重退化，发音逐渐变形，后来没有人能听得懂他说了什么。他没有什么文化，认识几个字，但又不会写，与人的交流存在严重障碍，所有的痛苦和寂寞只有他自己一个人承担。和他在一起，基本上没有什么语言上的交流，每次去探望，只是用轮椅推着他出去晒晒太阳，天气不好时就推着他去其他楼层转一转。难得说上几句话，有时他说的话，我们费尽心思也猜不出来，最后只好不了了之。

父亲他们这一辈人，从部队转业后，响应党的号召，立志到最艰苦的地方去，参加了青海省农建师，继续戍边屯垦，在海西州戈壁深处的马海农场奉献了一生。农场条件艰苦，风沙肆虐，蚊虫猖獗，喝的是渠水，吃的是咸菜。在农场，常年吃不上新鲜的蔬菜，靠菜窖里储存的白菜、萝卜、土豆熬过一年的大部分时光，夏天时挖些野菜、苦菜补充，其余时间主要以咸菜为主。每家养一头猪，过年时宰杀，要吃一年。农场设施简陋，文化贫瘠，直到 20 世纪 80 年代才告别点煤油灯的日子。在这样艰苦的条件下，他们那一代人硬是凭着对党的事业的无限忠诚，奉献了青春和热血，奉献了一辈子的时光。可以说，吃了一辈子的苦，受了一辈子的罪。但他们毫无怨言，用实际行动为后辈树立了典范。

父亲是青海第一代农垦战士，扎根在戈壁深处荒无人烟的农场，垦荒造田，兴修水利，无私奉献，把最美好的年华奉献给了西部。父亲赶过马车，那是当时的主要交通工具，出行、运输、拉粮食、运材料，全靠它。小时候最喜欢跟车，感觉威风八面，风光无限！父亲时不时甩出一记响鞭，几匹马儿就奋力奔跑，还有我的欢呼雀跃。父亲做过水渠守护工作，农场干旱少雨，农业生产用水全靠水利设施。为此，修建了一座水库，储存高山融雪，并修建了几十公里的干渠和支渠，将水分流到各个连队。夏季灌溉期，要在各个站点驻点值班，主要工作是根据安排分配用水，同时还要开展防洪泄洪、清理淤塞等工作。有一年暑假，我没事干，骑自行车几十公里，到水库陪着父亲值了几天班，和他一起巡查、清淤、排洪，一起聊天、做饭，迎朝霞满天，看夕阳西下，很幸福，也很温暖。父母还承包过土地，种小麦。浇水、施肥、除草、收割，这些基本农活，我也都是那时帮着家里干活时学会的，一到假期主要的工作就是这些。我的左手手指上现在还有一个伤疤，就是那时候割麦子时留下的。父亲的耳聋就是那时在农田劳作时喷洒农药中毒引起的，影响了他后半辈子几十年，带给了他无尽的痛苦。

也许是父亲军人出身的缘故，他虽然身材瘦小，但体质尚可。在我的记忆中，父亲在80岁之前，没住过院，也未动过手术。虽然也有脑梗、高血压、高血糖、前列腺炎等基础病，但基本能够靠药物控制。父亲在70岁之后，就很少下楼了，因为他走起路来已经摇摇晃晃，步履蹒跚，而且走不了长路。那时是母亲在照顾他。但不幸的是，看起来身体很棒、岁数又比父亲小很多的母亲，却突然查出癌症，仅3个月就去世了。母亲去世后，父亲在孤独中度过了3年半的时光。这段时间应该是他人生中最黑暗的时刻，开启了药不离口的时期，每天的药也从之前的一两种增加到七八种。住院的次数也从无到有，而且越来越频繁，身体每况愈下。下不了楼的父亲，每到周末，都会趴在窗台上，期盼着子女回家，然后再趴在窗台上，向我们挥手告别。甚至在住到养老院不久，也找了一个合适的窗口，在他身体许可的情况下，与我们挥手道别。每每想起，都会忍不住泪眼蒙眬。他倚窗而望的形象，也是千千万万个年老父母对子女的依赖、期望，定格在我们记忆的深处，永远不会忘记。

当我下定决心，准备请上休假，在病床前好好伺候父亲几天时，父亲却突然走了。

  那天晚上，我接了一盆热水，给他洗了脸，擦了身，然后去倒水。回来时发现父亲呼吸已变得很微弱，等到医生赶来，紧急进行心肺复苏抢救，却没能让父亲再续上一口气。此刻，我彻底明白了什么是"子欲孝而亲不待"，实为终生的遗憾，泪水一下子模糊了我的双眼。从今以后，我再也见不到父亲和母亲了，所有的担子，所有的委屈，只能自己去扛了。

  效命报国赴远疆，历经磨难未张扬。艰辛岁月何曾惧，安逸时光太匆忙。对酒无言情未了，倚窗而望意绵长。雨声淅簌随风下，不尽相思过南墙。写下这首诗，已是夜半，窗外秋雨簌簌，相思断人肠。

  父亲走了，愿他在天堂不再受苦。

（作者系青海省监狱管理局民警）

爸爸，我想您了

汪 磊

2016年4月27日晚上9点左右，突然接到交警大队打来的电话，说父亲发生了严重的交通事故，当时心里咯噔一下，反复默念着父亲应该没什么事，应该是不小心把别人撞到了，始终不愿意也不往最坏的方面想。

带着隐隐的后怕，我把母亲、爱人和刚满月的女儿带着，开着车拼命往交警大队赶。然而，刚到交警大队，面对的却是冰冷的结果：父亲走了，永远离开了我们！

父亲走得太急，一句话也没留下。那天下午还开心地坐在桌子上一起吃饭、聊天，2个小时后就骤然离开，再次见到的时候竟在冰冷的殡仪馆，冰冷的事实，不得不接受的现实，不给任何机会让儿子去全力抢救，不给任何机会跟儿子说上最后一句话，不给任何机会让儿子去弥补太多未尽的遗憾，不给任何机会让儿子好好尽孝……

早已说好的，我们全家5月1日去游玩的，还没有来得及带您去北京看看，坐飞机……这个坎太陡，不接受也得接受，时间依然在走，闭上眼睛以为是在梦中，睁开眼睛却是冰冷的现实，每分每秒都得体味这钻心的痛，无数次设想，如果这样是不是就可以挽回，可是挽回得了吗？这次让我真正理解和感受了"生命"的脆弱，世事的无常，人生的不易。

以前，当听到或看到熟悉的、不熟悉的人去世，只是隐约地体会到一种悲哀，一种惋惜，慨叹人生无常，觉得这样的事情永远不会发生在自己的至亲身上，然而命运就是这样，恶狠狠地打了自己一记耳光。

如果不是意外，父亲还有2年就退休了，可以安然无忧，长命百岁，一家人在一起其乐融融的！

可如今，父亲已离开我们4年多了，带给我们的是永远无法弥补的伤痛。4年多来，我一直感觉到父亲似乎并没有离开我们，他就守护在我们的身边，庇护着我们全家人幸福和安康。

"树欲静而风不止，子欲养而亲不待"，这是人生最大的悲哀！

父亲，如果有下辈子，就让我再做您的儿子吧，今生我无法报尽您的恩情，就让我下辈子好好报答您！

父亲，您在那边还好吗？冷吗？饿吗？

父亲，我好想你！

（作者系湖北省孝感监狱民警）

与父亲重逢

华新华

父亲坐在一只板凳上,手握一把蒲扇,轻轻地摇着。我睡在床上,像一个睡在摇篮里的婴儿,做着甜美的梦。偌大的房间空旷,像宫殿。室外漆黑一片,星星和月亮好像在打盹。父亲也在打盹,手中的蒲扇停了下来。一只蚊子乘隙飞了过来,在我的光膀子上狠狠咬了一口。我蒙蒙眬眬地伸手打蚊子,碰到父亲手中的蒲扇,蒲扇掉到地上,我被惊醒。

原来是一场梦。

眼前没有父亲,蚊子倒是在耳边嗡嗡地叫。现实中的我封闭值勤,睡在一间偌大的办公室里,确实很空旷,因为有蚊子,我睡觉的时候没有关灯,蚊子就乘我睡觉的时候来咬我。

我要感谢蚊子,因为它的出现,父亲来到了我的梦中。之后,我静静地回味梦境,梦中的场景应该是我高考的时候,父亲到学校陪我。适逢盛夏,又是高考的关键时刻,同宿舍的同学都到校外找舒适的地方睡觉了,他们有的在外面租房子,有的住宾馆。囊中羞涩的我只能住在宿舍,平时有些拥挤的宿舍一下子空落落的。可是难为父亲了,为了让我睡一个好觉,他坚持不睡觉,给我扇扇子,在驱赶蚊子的同时,给我提供徐徐清风。

那时的我,没有想到父亲的不易,觉得我是高考生,受到保护心安理得。要知道父亲从家里赶到学校,坐了几个小时的车,已经很劳累了,晚上还要上"大夜班"。以致梦中的他打盹,才出现了蚊子乘隙咬我。就是这样,那已经是快到黎明了。

如今,父亲已经离开11年了,他在我的现实生活中消失了,留给我的是思念,是没有尽孝的愧疚。还好,父亲会出现在我的梦里。每次父亲的出现,都是我与他的一次重逢。梦中的父亲总是悄悄地来,然后悄悄地走,好像怕惊扰了我的梦似的。

日有所思，夜有所梦。之所以做这样的梦，是因为正值高考期，白天与一位同事谈论了高考的话题。我说到了父亲为了培养我读书，砍柴卖柴，说到了父亲陪我高考。我庆幸拥有这样的父亲，感恩父亲，他一边听着，一边为我父亲赞叹不已。

更多的时候，我与岁数跟我差不多的同事谈论父亲，我们有了共同的话题，一方面我们的父亲都永远地离开了，永远地留在了我们的记忆里；另一方面我们自己也都是父亲。虽然我们早已经过了情感容易失控的年纪，但是谈起父亲，言语中还是会流露出一丝丝忧伤。因为，对父亲虽然有很多的话想说，很多的事想讲，却不知道说什么好。往往开了头，说着说着，眼眶湿润了，情绪失控了。以致每次谈论父亲的时候，更多的是感慨，真正具体的事情涉及的很少。

我偶尔也与年轻的同事谈论父亲，他们的年龄与我的孩子差不多。虽然我知道以长者的姿态说教是不讨人喜欢的，但是我的亲身体会与人们常说的观点差不多，比如"子欲养而亲不待"，乘着父亲还在的时候，多孝敬父亲，又比如"父母在，人生尚有来处；父母去，人生只剩归途"。想到他们的父母都很健康，觉得这样说又不合适，往往话题很难谈下去，开了头就匆匆地结束，或者转到别的话题。

在言语中，我与父亲重逢，言语中的父亲匆忙地来，又匆忙地离去。

现在的我，自诩是一个文学爱好者，平时看看书、写写文章。其实，我在上学的时候只是喜欢看小说，那时的我，除了写老师布置的作文，没有进行其他的自主写作，也就谈不上真正的爱好文学。而真正开始自主写作，是父亲去世之后。虽然我萌生写作与父亲的去世没有什么联系，但是喜欢上写作之后，我陆陆续续写了一些关于父亲的文章。

每次在写作之前，我都会调动自己的情绪，会弄些小情调，营造一种氛围，比如听听音乐。写父亲的文章，我会听些关于父亲的歌，比如刘和刚的《父亲》："这辈子做你的儿子没有做够，央求你下辈子还做我的父亲。"比如筷子兄弟的《父亲》："多想像从前一样，牵你温暖手掌，可是你不在我身旁，托清风捎去安康。"

到真正写作的时候，我会关掉音乐，一个人坐在电脑旁，没有人打扰，自己静下心来，把平时纷繁的杂事放在一边，把生活中的一些不愉快放在一边，心平气和地、专注地敲击键盘，一个个方块字闪现在电脑屏幕上。

回忆具有选择性，总是先想起印象深刻的部分，要么是令人开心的，要么是让人痛苦的。回忆到什么也与自己的心情有关，就像欣赏风景一样，自己的心情怎样，看到的风景就是怎样。回忆可以是父亲的教诲，哪怕就一句话，可以是关于父亲的一件事，哪怕就一个动作，父亲在世时的种种在我眼前闪现，就像放电影一样。想起父亲曾经为了抚养我们所付出的努力，我为之动容，想起父亲为了培养我们所付出的艰辛，我为之感慨。随着年龄的增长，特别是当了父亲之后所经历的种种，我更能体会做父亲的不易。

我用文字把这些记录下来。文字不需要华丽的辞藻，华丽的辞藻反而显得矫揉造作，朴实的语言才是原汁原味的真爱。写父亲不需要想象，纯粹是亲情的真情流露，让爱在文字中流淌。这时候，通过电脑与父亲交流，在文字里与父亲重逢。文字中的父亲不再是来去匆匆，而是从从容容，也让这样的重逢很温馨，正如作家马家辉在一篇文章中写的那样："在文字故事里与父亲'重逢'是最稳当而温暖的形式。"

虽然父亲离去了，但是因为爱，我与父亲以特别的方式重逢了。不论是在梦中、在谈话中，还是在文字中，每次与父亲重逢，都让我再一次感受到父爱，也让我再一次寄托了自己对父亲的感恩和思念。

与父亲重逢是对父亲的怀念，是父爱的再体验，是父爱的传承和延续。

（作者系江苏省边城监狱民警）

母亲篇

母亲的针线笸筐

梁 银

母亲出生在 20 世纪 50 年代的一个知识分子家庭，是典型的大家闺秀。但母亲大半生给我印象最多的不是她那高逸清婉、流畅瘦洁的簪花小楷，也不是她那高超娴熟的厨艺，而是父亲给她用藤条编制的针线笸筐。

母亲的针线笸筐是个百宝箱，里面总是有大大小小的五彩纽扣，琳琅满目的镀金丝线，风格迥异的镶金花边，还有各式各样的顶针、针锥、鞋样、剪纸、花头布……

家乡有句顺口溜："女人三件宝——儿子、笸筐、大棉袄。"

小时候，家里条件不好，我们姐弟几个穿的鞋子全是母亲拉的千层底；我们上学背的书包，是母亲精心缝制的，上面还有我们每个人的名字；我们穿的衣服都是新三年旧三年，缝缝补补又三年。母亲心肠好，邻居家的孩子、亲戚朋友来串门，只要喜欢母亲做工的，她都会给人家做，甚至是小孩子的棉衣棉裤、小褂夹袄等小衣服。邻里的伙伴几乎都央求过母亲帮他们做些小东西，母亲总是有求必应，小伙伴们喜欢到我家来玩，喜欢跟我一起看母亲做手工活，那成了我儿时最大的骄傲。

在没有农活的冬天，母亲总是搬着她的小笸筐坐在院子里晒太阳，给我们姐弟做棉鞋、棉袄、缝补衣服。那时，我喜欢把自己用完的练习本交给母亲，看着她用剪刀剪成各式各样的花花草草和小动物，然后放在做好的鞋面上，再从笸筐里挑出彩色的丝线，在鞋面上绣出长尾巴小猫、嫩嫩的小草，再把绣好的鞋面镶边、上底，最后成了姐姐脚上的美丽绣花鞋。看着母亲灵巧的双手，觉得她就是个魔术师，一些看上去一点儿用处都没有的碎布头，在她手里成了漂亮的花手绢、可爱的布娃娃、多彩的香荷包；断了的丝线又成了五彩的毽子、流苏；甚至丢掉的香烟纸摇身一变，成了正月十五晚上我和哥哥手里的红灯笼。

——母亲篇——

渐渐长大了，看着周围的同学都穿戴上从商场里买的有着漂亮图案的衣服鞋帽，觉得好洋气，而自己手工版的衣服显得那么老土，便开始厌倦了母亲做的棉衣夹袄，不喜欢满是补丁的衣服，于是吵闹着让母亲从商场里给自己买来成品的衣服鞋帽，再也不穿她亲手做的衣物了。

再后来生活条件好了一些，家里人的衣服破了就丢掉，很少再缝缝补补，母亲的针线箩筐也渐渐用得少了，但她的箩筐依旧那么满，那样琳琅满目，却不再是我们姐弟的宝贝。可仍有一些邻居来央求母亲帮他们刚出生的孩子做些棉衣和虎头鞋，虽然母亲的眼睛越来越坏，哮喘的毛病日渐加剧，但她仍把做这些活当成一种乐趣。

父亲不舍得母亲劳苦，曾劝说过几次把箩筐丢掉，要她好好保养身体，可母亲却固执地把箩筐留了下来，只是放在了一个被人"遗忘"的角落里，直到姐姐有了女儿，母亲才"重操旧业"，用新鲜时尚的花样给外甥做了很多漂亮衣服。

大学毕业后，我选择到青海支教，母亲怕我受冷，连夜缝制出一件棉衣，在临行前偷偷塞进我的行李箱里。再几年，我成了一名监狱人民警察，家里的情况才有所好转，父亲母亲经不住我和姐姐的再三劝说，方依依不舍地离开老宅和黄土地，搬到了城里生活。

去年，因县里统一规划新农村建设，老房子要被推倒，我陪着母亲回了一趟老家，见到了在阴暗角落里放着的那个针线箩筐，上面早已布满尘土。母亲像抱小时候的我们一样，把跟了她大半辈子的针线箩筐抱在胸前，小心翼翼地吹去上面的灰尘，看一会儿，再用手翻翻里面的东西，那专注的神情，像是和久别的亲人交谈。春日午后、夏日帐前、秋日晨上、冬日窗下，她缝补了我们姐弟身着的一针一线，也编织起了我的整个童年。

如今，虽然针线箩筐被淘汰了，但母亲的身影、昏黄的灯光，还有那可爱的小箩筐时常走进我的记忆里，越来越清晰。

（作者系青海省东川监狱民警）

怀念母亲

刘 龙

2020年5月17日，86岁的母亲带着一身的病痛走了，永远地走了！

当我们将母亲送上山，送到父亲身边入土为安后，原先那种时刻为母亲病痛而紧张、担忧、害怕的情绪，虽历经几个月时光的消磨，依然挥之不去。我也曾多次劝告自己，往后不用再去为母亲的身体和起居忧愁焦虑了，不用再担惊受怕了，但想忘却，却总难忘却。

母亲身患心脏病（房颤）、高血压、糖尿病、脑梗等多种慢性、顽固性疾病已有二十多年，每个月我们都要到白湖医院为母亲开一次药，每次都是一大包。有的药一时短缺，我们还要外出到县城大药房购买。一日三餐，每次饭后母亲都要吃七八种药。由于长期和大剂量的服药，特别是副作用较大的如"地高辛"等药物，已严重地损伤了母亲的肌体和内脏。尤其是对味觉的损伤和破坏，导致母亲后十来年吃什么都感觉无味，看到我们端上来的饭菜就皱眉头，没有一丝食欲。

再到后期，母亲的记忆力也在减退，常常忘记吃药，每每因忘记吃药而引起病情波动，迫使我们多次将她紧急送往医院。后期，虽然由我们兄妹三人轮流当值看护母亲，照料母亲的日常生活起居。但无论当值或不当值，每天一觉醒来，首先想到的便是母亲今天是否起床了？是否吃饭了？饭后是否吃药了？是否能下床走两步？天好了，是否能坐在院子门口晒晒太阳？每天上班时总要扭头回望一下母亲的院子门（母亲和我住同一小区一楼），今天看到母亲的院子门没开，母亲是否病重了？等等，等等，这些脑海里固化了十多年的担忧，神经质似的不由自主的行为，已是我生活中等同于手头工作的同等大事。

现在母亲走了，虽然免去了我们身体上的劳累，但心理上仍然没有丝毫的减轻，常常会不由自主地突然想起，噢！我该回去看看母亲了，想着便会拔腿往家赶。有时一觉惊醒，浑身大汗，呀！赶紧送母亲去医院！稍微清醒后方知是一场恶梦。随后便是等待天明的漫长失眠……

看着天花板，我常想，想着母亲平凡而又不平凡的一生。

◆ 母亲来自农村

母亲出生于安徽省巢湖北岸一个封闭落后的山村，上有两个哥哥，三个姐姐，可惜三个姐姐早早地夭折了。虽然外公特别痛爱这个迟来的小女儿，并由其性子地把她养大。但传统的重男轻女思想和"女子无才便是德"的封建说教，在外公、外婆的脑海里依然是根深蒂固的。他们累死累活地土里刨食，把大儿子培养到大学毕业，却让他们的小女儿拿着一节竹棍，跟在猪后或牛后，满山遍野地追赶。

母亲生性要强，从小就跟着村里的小伙伴们结伴帮助家里干活，她打过猪草，赶过猪，放过牛，上山搂过松毛，到收后的田地里拾过别人丢弃的山芋。小小年纪，就做着与身形极不对称的家务。稍长后，便跟着外公外婆下田干农活，犁田耙地，插秧割稻，挑稻谷，点油菜，摘棉花，纺棉线，织土布，样样不让须眉。

母亲手巧，学什么会什么。当她野跑到七八岁时，外婆又逼着女儿拿起了针线。在当时的农村，女孩子如果没有一手像样的女红手艺，不仅不好找婆家，出嫁时，婆家脸上也显得无光。在外婆的严格要求下，母亲的一手针线活不仅在娘家那个大村落里妇孺知晓，有口皆碑。就是后来在婆家这个山村，也是姑娘、小媳妇们每每提起时人人都竖大拇指的。听外婆讲，当年有不少姑娘出嫁前，都曾悄悄地求母亲为其做两双撑面子的陪嫁布鞋呢。

我的孩子出生后，直到上小学毕业，衣、帽、鞋，尤其是鞋，基本上都是母亲在灯下一针一线做出来的。小家伙穿着奶奶做得不分男女的纯棉小花袄，踏着耐磨吸汗又透气的千层底布鞋，走在上学的路上时，曾引来许多同学家长的注目，纷纷打探在哪里可以买到？每每此时，我很骄傲地说：买不到，是奶奶纯手工"定制"的！

◆ 嫁到白湖

1953年，为了响应毛主席的"三个为了"方针，白湖被开垦为关押改造罪犯的劳改农场,父亲和他的战友们,来到当时的"安徽省地方国营白湖农场",担负起了教育改造罪犯的新任务。

1955年,受媒妁之言,听父母之命,由舅舅挑着极简的行李,把母亲送到了白湖农场下属的一个叫五大队的地方。这之前,母亲从来不知道她生命中的另一半到底长什么模样,是干什么的?22岁的母亲便成了白湖农场的一名干部"家属",和父亲开始了婚后的新生活。新衣是母亲亲手纺织的家乡土布,新鞋是母亲亲手自做。外婆陪了两床棉被、两个木箱、两只木盆,剩余的就全靠父母白手起家。

就这样,新的生活,陌生的环境,陌生的人群,加上母亲那双闲不住的手,强迫母亲由不适应到适应。住茅草屋,大风吹走了屋顶的草,端个凳子自己爬上去压几根粗柳枝;渴了,喝毛沟里的水,水浑浊了就打点矾;用三块石头摆成品字形,上面支上铁锅,一捆半湿的枯树枝,一把点火即燃的野茅草,泥巴墙的茅草屋前便升起了袅袅炊烟。有了烟火,便有了人气,便有了家的味道。

不识字的母亲,谨守的是"嫁鸡随鸡"的古训。她知道她嫁的这个男人,既是她生命中的伴侣,也是她终身的依靠。尽管她不知道父亲每天忙些什么,为什么总是十天半个月不回来一次,有时回来换件干净衣服就又走了。但她看到,这个大队的其他姐妹们的男人也都是这样生活着。这些男人们,匆匆而来,又匆匆而去,如同家乡的汉子们一样,日出而作,日落而息,周而复始。所以,虽然母亲感到闲闷地慌,但她也从来不问父亲的事,不拖父亲的后腿,她和她的那些姐妹们知道,她们的男人都在做"大事"。

◆ 参加"三八"队劳动

母亲生前引以为豪的就是她参加了白湖农场早期组建的"三八"队劳动,讲到了沈妈妈(沈健,老红军,当时白湖农场的主要领导之一)经常到她们"三八"队去看望她们,每次去,如果没有看到母亲,总会问"小张(母亲姓张)到哪里去了?"看到母亲后,总要将母亲拉过来,或者揽入怀中,说些既是安慰,也是鼓励的话,亲如长辈在疼爱自己的女儿。

农场初成立时,条件极其艰苦,计划经济下的副食品配给是有限的,缺钱少物,生活极度困难。当年来白湖的干部所带的家属,绝大多数是没有工作的，子女又多，且还有不少干部的父母也从农村老家随儿孙一起来到农场生活，我的祖母就曾在白湖生活了很长一段时间。仅靠父亲每月30元多点的工资，难以维继。面对干部家庭生活上的困境，1956年12月白湖农场组建了白湖"被服厂"，中队建制，独立核算。老红军出身的场领导夏长庚、沈健等，想群众之所想，急群众之所急，把农场干部家属组织起来参加劳动，既把这些闲散的劳动力聚拢起来，为农场的建设出力，同时也能让每个家庭增加一点收入，解决一点生活上的实际困难。

可能都是女同志吧，母亲她们亲切地称之为"三八"队。"三八"队的劳动任务主要是给服刑人员绗棉衣，也就是在棉衣还没有成衣前的片状衣片上用针线打趟子，将内外布面和中间的棉花用针线固定下来，不致于衣服穿上身后里面的棉花会向下滑坠，难看且起不到保暖作用。

但绗棉衣也是很有讲究的活儿，每片要绗多少趟，前后襟不一样，衣袖和腿片也不一样。绗多了不行，那将耗时费线；绗少了不行，固定不了中层的棉花。每趟的针眼多大也有讲究，针眼大了不行，外观难看，也极易被外物刮断；针眼小了不行，起不到固定的作用。这些都有较严的规定，否则就要返工。

做针线活是母亲的强项，师傅只要讲一遍，甚至不要示范，母亲起手就来，且绝不走样，每天的任务，母亲总是第一个完成，质量也是最好的。很快，母亲就成了一名优秀的手工劳动者，份外又兼职做了产品验收员，这是当年"三八"队领导对她的信任。正是由于母亲的劳动表现和产品合格的质量，加上"三八"队领导的汇报，引起了场领导沈健的注意。母亲说：沈妈妈没有架子，待人亲热！

随着干部队伍的不断扩大，家属数量也在不断增多，各农业大队成立后，家属们随各自的丈夫不断地调动、搬家、分开。再后来，各大队相继成立了"五七"连，也是群众性组织。母亲在"五七"连里，编过芦席，打过草席，抬过石头（烧石灰），打过草绳……再后来随父亲工作调动来到总场，在场部"五七"连里，夏天做冰棒，冬天做糕点甜食，直到20世纪80年代后期，母亲和她的那批白湖"三八"队的老姐妹们，接到一张类似奖状的证书后，被劝退回家了，主要是年龄关系。"五七"连随后被宣布为小集体建制单位，但母亲和她的那批老姐妹们，已不属于该单位编制人员。

没有了单位，没有了劳动，也就意味着没有了收入，没有了退休金，母亲只是一名白湖农场干部"家属"。看着自己洒满汗水，一路走来、一路不断壮大的厂区、厂房，和现在在里面拿工资的员工们，母亲心里很不是滋味。

◆ 洪水中冒险

白湖原是一个千年荒湖，是 1953 年靠人工开挖，由东西两个大圩子组成的劳改农场。母亲自从嫁给父亲后，我们家一直住在西大圩，到母亲去世时，白湖共经历了六次洪灾，且 1964 年和 1969 年的前两次大水，破堤蓄洪的都是西大圩。尤其是 1969 年的那场大水，我已经记事了。

7 月 14 日破圩那天，母亲已将家里的东西提前打包收拾好，随身带了一个小包裹，将我们四个小孩揽在怀前，随时听着大队部喇叭的通知。父亲依然在押犯中队回不了家，家里事母亲也从来没指望过父亲。等到傍晚接到大队喇叭通知，大队所有人员要全部撤离到串河大堤上的命令时，天已经要黑了，母亲领着我们，冒着雨，蹚着水，深一脚浅一脚地随人流往大堤上蠕动，好不容易上了大堤，天已全黑，大堤外的河边已有好几条大木船在风雨中静静地等候在岸边。母亲将我们四个孩子从泥滑的跳板上牵入其中一条大船后，便把随身带的小包塞给姐姐，叮嘱姐姐照看好弟妹后转身就下了船，消失在茫茫的雨幕中。

那天晚上，风声、雨声、雷声、人员上下船的嘈杂声、还有滑倒后小孩子们的哭喊声，持续了很久，很久。当所有的小孩都在母亲们的庇护下躲入船舱下的雨布下面时，我们四人还站在船头，冲着雨幕哭喊着"妈妈……妈妈……"

我们不知道，母亲将我们送上船后，她"违反"总场的"通知"和大队的"命令"，冒险蹚着逐渐上升的洪水，摸黑几里路，回到了自己的"家"中，将事先用绳子串连在一起的几件家具和包裹，借着上涨洪水的浮力，一步一滑，一滑一跌，艰难地拖到了大堤边，并拽上了堤岸。

事后，有阿姨问：小张，你真够胆大的！你是怎么看得见路的？母亲淡然地说：趁着洪水还没有全部上来，只要顺着模模糊糊的两排柳树中间往前蹚，就是走在机耕路上，不会出事的。树的外边才是大水沟，平时水就很深，我知道，那里才是最危险的。现在想想母亲都很后怕。

母亲之所以要冒险回去，是因为她经历过艰苦的岁月，她懂得和理解生活、生存的艰难和不易，她舍不得那几件随她生活了多年的家什，丢了找不来，丢了就折手。也只有苦过的人，才懂得珍惜、珍爱生活中的一切！

◆ 一生热爱劳动

由于从小就养成了劳动的习性，母亲的一生，从来不舍得休息，也不知道什么是休息。从我记事起，就没见母亲闲过，即使阴雨天在家里，也是丢下扫帚，便又拿起了针线。

从"五七"连回来后，她的眼早已经老花，不能再做针线活了。但她看到家附近的边角荒地较多，就在这儿挖一块，在那里挖一块，种上时令蔬菜。尽管她的子女们都已经成家立业，有着自己的工作，父亲的工资也足以保证维系他们老两口晚年的生活，再也不需要她在外劳动创收来贴补家用，但她依然热衷种菜。母亲年岁已高，身体又患有多种疾病，我们坚决反对母亲再从事高强度体力劳动，甚至为阻止她外出劳累而对她"发火"。

但要真正让母亲闲在家里，却又发现母亲除了无所事事外，就是生病，不是这里痛，就是那里不舒服，有时会躺在床上发出呻吟，闹得我们也心神不安。

一次，我向一名医生咨询母亲病情时，叹息道："老太太就是不听话，天天要下地、种地，劝都劝不了，真拿她没办法！"而那位医生却说："像你母亲现在的身体现状，适当的劳作，对她目前的身体和病症不无裨益。"

真被医生言中了，我发现只要母亲出去劳累一天，晚上回来，心情好，吃得香，睡得沉。尤其是当母亲将自己劳动的成果拿到院前晾晒时，看着满竹筛子的黄豆、芝麻、绿豆，笑容藏不住地露在脸上。

后来，糖尿病、脑梗和心脏病已使母亲无法正常行走了，但她拄着拐棍，一步一挪，仍然在院门前用大大小小的盆盆罐罐，种上辣椒、茄子。临去世前的一个月，还向别人要了一把小香葱苗，种在门前一个废弃的水磨石洗手池子里。如今小香葱绿油油的，长势喜人。但已是人去物留，睹物思人，徒生我们的悲伤。

◆ 母亲的爱

母亲自从来到白湖以后，除了可数的几次回娘家看望外婆外，几乎没有离开过白湖半步，她已将白湖作为自己真正的"家"了。

爱家庭。为了我们这个并不富裕的家，母亲勤劳了一生，节省了一辈子，也坚守了一辈子。母亲一生节俭，仅就衣着而言，我们就经历过新老大、旧老二、缝缝补补是老三、拼拼凑凑是老四的穿戴岁月。困难时，母亲虽然没钱给我们添置新衣服，但母亲通过巧改、巧拼、巧缝补，就是带补丁的衣服，母亲也总是把我们打扮得穿着合体、干干净净、整整齐齐，毫无邋遢现象，母亲决不想让别人瞧不起她的儿女，瞧不起她辛苦编织的这个"家"。

爱子女。母亲共生育了6个儿女，除了头胎的一对双胞胎未出世就夭折外，她的大女儿出世不久，因生病住院，被当年设备落后的医院确诊为"死亡"，并被送入太平房，母亲不死心，她抱着姐姐在太平房整整坐了一夜，直到第二天清晨，发现姐姐瘦弱的嘴唇微微地一动，她像发了疯一样，抱起姐姐又跑回到医生面前，这才救回了姐姐。

当我和妹妹出世后，一次三人同时出"麻疹"，高烧不退，因怕传染，无人敢接近，父亲又工作在押犯中队，根本回不了家。母亲便端来两大盆凉水放在床边，三条毛巾轮流不定时地给我们敷头，采取物理降温。那一个多月不眠的日日夜夜，她衣不解扣，身不离床，以冷饭凉水充饥，时刻不离地陪伴着我们，守护着我们。母亲是怎么熬过来的，到现在都不敢想象！

为了增强我们的营养，在买不到肉、也买不起肉的早期白湖岁月里，母亲每次从河边洗衣服回来，总能带回一些河蚌。那时，白湖的灌溉水渠里和鱼塘边，有很多那种能接种珍珠的大河蚌，黑黑的、扁扁的、厚厚的，母亲将它们捞回来，剖开清洗干净，配以姜蒜辣椒爆火炒出来，馋得我直流口水。在那些艰苦的岁月里，母亲烫过马齿苋，蒸过槐花，还撸过榆钱……我们在长身体的阶段，很得益于母亲的这种爱和呵护。

爱生活。母亲对待生活的态度是积极和乐观的。生活困苦时，她没有消沉和报怨过，总是想方设法改善它，积极乐观地应对它。生活改善后，她没有丝毫的奢侈和浪费，仍然坚持勤劳和节俭，掉在桌子上的饭粒，她会趁我们不注意时悄悄捡起来放到嘴里；孙儿们吃剩下的饭菜，她会把它们合并，留做自己的晚饭。看到儿孙们工作进步，事业有成，看到重孙辈们个个活泼可爱，她就忘记了自己浑身的病痛，信心满满地还要看着重孙子们上学，并要为他们付学费。没有对生活的热爱、对未来生活的向往，是做不到的。

◆ 奉献无量，贡献无价

母亲以白湖干部"家属"之身来到白湖，陪伴了父亲一生，支持了父亲一生，支撑了这个"家"一生。所以，母亲一生，在我的心目中，她和她的那帮姐妹们所做出的贡献，是任何奖状和荣誉书都无法褒扬的。如果没有她们，白湖的开拓者们在奉献中无法取得如此辉煌的业绩，"白湖精神"也不可能有如此深厚的内涵。父辈们所取得的成绩，是她们在背后默默的支持；父辈们所获得的证书或奖章，哪一本、哪一枚，不浸透着她们代夫尽孝、为夫持家、替夫育子的汗水！

母亲，终其一生都是"家属"，但劳苦功高，对家庭，对子女，对白湖，奉献无量，贡献无价！

◆ 对母亲的无尽思念

母亲后期病重，行无力，食无味，卧难眠。为了增加她的食欲和营养，我们兄妹想方设法、变着花样给她或买或做吃的，她喜欢吃糍粑，于是每天早上，我脸不洗、牙不刷，第一时间赶到小区外的早点铺，买两个热乎乎的油炸糍粑，送到母亲的床前。因为买得久了，早点铺的老板远远看到我来，就已将两块热糍粑包好递给我。

糖尿病人抗不住饥饿，但又不能过多吃米饭和面食。后期，母亲因病消化系统紊乱，很多食品又不能吃，吃不好就会腹泻，于是只能找替代品。冬季，我就去买藕，买那种小土藕，洗净后放一点小苏打用水烀出来，这种食品，冷热皆宜，当母亲感到"饥饿"时，就吃一小节。因为买藕，我还和那位卖藕的农民大叔混熟了，常常是过完秤后又给我加上两节。夏季，买黄瓜，超市、路边摊都有，洗净去皮，上下午各吃一根，既解渴，也缓饥，又补充维生素。我知道这不是最终良策，但也是实在没办法的办法。有两年，母亲很高兴地说：黄瓜解决了我一个夏天，藕解决了我一个冬天。

母亲走后，这三样食品我最怕看见，却又常常面对，只要路过街边的早点铺子，就会看到那炸的黄灿灿的糍粑，只要去菜市场，就免不了有黄瓜和藕。即使再忙，再不想去想，但看到这些食物，我就会想起母亲，想起母亲病重时我陪伴她的那些最后岁月。

我多么想再次在这条路上永远地跑下去,再为母亲买回糍粑,买回黄瓜,买回藕,再多陪陪母亲,但今生是没有机会了。

母亲,您在哪里?!

想见母亲,只有在梦中了!

愿天堂里的母亲,不再有病痛!

(作者系安徽省白湖监狱管理分局民警)

裁缝母亲

涂光军

人到中年，容易感物伤怀。

前不久，去市内闲逛，不经意走进一家衣服制作店。店主为70来岁的夫妇俩，以为我是来定做衣服的，老俩口热情招呼着我。

环顾四周，里面全是衣物，一边挂的是各种颜色的面料，一边挂的是已做成的旗袍、褂子、裤子。靠门口摆放着一台缝纫机。女的满头白发，正认真做着衣服；男的戴着老花镜，正在案板上裁剪布料。夫唱妇随、相互帮衬，不时有客人进出，在疫情防控还没完全结束的情况下，小店显得和谐、生动。

在闲聊中得知，老俩口已经儿孙满堂，生活不愁，并不依靠小店来谋生，只是丢不下几十年的缝纫手艺，为社会做些贡献，给别人带来幸福，自己也过得充实。

店主问我："有什么衣服要做？"

我只是哼哼哈哈应付，这让店主颇为落寞。

当我转身欲离开小店时，却分明看到女店主花白头发下那安适而又慈祥的眼神，让我心头一紧——我想到了我的母亲。

我的母亲叫王桂清，也是裁缝，只是早在28年前，母亲就离开了我们。

从我记事起，家里就有一台脚踏式"大桥"牌缝纫机，这在当时物资匮乏、生活落后的农村是非常了不起的。母亲依靠这台缝纫机，不仅可以让一家老小穿着一新，更可以为他人做一些过年的新衣服，挣一些钱补贴家用。当然，这台缝纫机还是一种财富和实力的象征，那时缝纫机是农村"三大件"（缝纫机、自行车、手表）之一，能购置一台这样的机子也是十分不易的。

母亲没上过学，但悟性高，自己学会了简单的数字加减运算等数学知识。母亲做衣服也没从过师，缝纫手艺全靠自己在实践中揣摩而成，典型的自学成材。做衣服时，她先用一把木板"米尺"及"皮尺"，把人的身高、臂长、腿长、胸围、腰围测量一次，再在面料上记下尺寸。然后按尺寸用剪刀下料，形成一块块布料，再用缝纫机把每块布料缝到一起，用锁边机对缝接处锁边，这样一件衣服就做成了。

那些年实行的是计划经济，镇上的贸易市场还未形成。每到年底，乡亲们要到镇上供销社凭布票购回布料，请来裁缝师傅做几天的衣服，这样，一家人过年就有新衣服穿了。母亲缝纫技术不错，为人口碑也好，经常被左邻右舍直至十几里外的亲戚请去挨家挨户做过年的新衣。母亲做的衣服，大小、长短合身体，颜色、款式合年龄，很受人们喜爱。是亲戚的不收钱，非亲戚的，按件数收手工费。当然，为哪家做，哪家得管中饭或晚饭。主人家还得用箩筐把缝纫机挑着早接去、晚送回。

我记事时，母亲在外做衣服经常把我带着，一则好让我在外"吃百家饭"，多长世面，好抚养；二则为了减轻奶奶的劳动，因为家里还有姐姐和妹妹要照顾。母亲做活时，我则安静地与主人家的小伙伴们一起玩。到了晚上，主人家用箩筐一头装着缝纫机，一头装着我，挑起来走几里的山路，一直把我们送回家。

等我稍大，会走路了，就很少随母亲做衣服了。但到了年底，母亲依然会被请去做衣服。母亲害怕一个人走夜路，于是我和姐姐、妹妹经常带着手电筒，走几里夜路去路上接她。为了不让母亲害怕，也为了给我们自己壮胆，我们一路走，一路扯着嗓子喊："妈——快回来——"声音在山间寂静的夜空里传得很远。直至听到母亲应答声，或见到母亲用手电筒在夜空里晃几下，我们心里才踏实。

小孩子害怕走夜路，不仅因为夜黑，更主要因为农村的人去世后，为了图省事，也是为了不让死去的人孤独，常会在路边建坟冢。即使是大人大白天路过，都心生恐惧，更别说我们几岁的孩子了，而且还是在漆黑的夜晚。在接母亲的路上，如果有坟堆的，我们姐弟几人常常前后攥着衣服，胆战心惊地经过。有时，路上遇到个兔子之类的小动物突然窜出来，那真把人吓得不轻。但在听到母亲的应答或见到母亲的电筒光亮时，这种恐惧感立刻消失。有母亲的地方，就有安全！

母亲人品如她的名字"桂清"一样，散发着桂花的清香。她到哪家做衣服，都是和和气气的，与主人家相处融洽。一边做衣服一边与主人家长里短唠家常，沟通感情。工钱给的多，不多收；给的少，不计较。有时哪家的男孩或女孩年龄大了，要找对象的，母亲还利用串门做衣服得到的信息，从中牵线作媒，既当裁缝又当媒婆，颇受欢迎。村上有好几对小年轻，在母亲的撮合下走到一起成了家。在他们结婚时，还将母亲接过去，当"证婚人"，奉红包、坐上席。母亲还说些俏皮话，把参加婚礼的客人们逗得个个眉开眼笑，开心不已。

改革的春风席卷全国，市场逐渐繁荣起来，镇上兴起许多服装店，农村人的生活模式也悄悄发生着变化。人们不再集中到年底几天做新衣服了，而是一年四季，随时可以到集市上购买成品衣服。这些衣服花色多、款式新、赶时髦，特别受年轻人喜爱。由此，母亲以及与她相似的"流动裁缝"逐渐被冷落。即使是我们自家人的衣服，也很少让母亲操心费神地做了，而是直接到镇上购买。为了不让缝纫机闲着，在供销社工作的父亲想办法购回几卷布料，让母亲在家里做男式"大裤衩"，供代销店卖。这样维持了一段时间，由于利润低，且家里农活本来就重，母亲就没再接这样的活了。

最终因为疾病，母亲在1992年走完了她52个年头，就离开了人世。而这台伴随母亲做了十几年活计的缝纫机，用布罩着，长期闲置在屋子一角，由已过门的嫂子偶尔保养、调试一番后，用来缝补一些破损的衣服。时间一长，机子老化得快，机械运转也不灵活，如垂暮、少动的老人。最后，见缝纫机的确没有多大用处，又占房间位置，哥嫂就把缝纫机当成废铁处理掉了。

母亲去世很多年，只要提到她，认识她的人都说她是个好人，只是命苦，勤劳终生，走得太早，没享到后人的福份。

如果母亲还在，她是不是也会和这裁缝店的店主一样，每天愉快地做着她喜爱做的事？是不是在缝纫机"嗡嗡"的吟唱里打发晚年时光，继续为人们的幸福而幸福着？回头一想，即使是母亲不再当裁缝，或者换作其他某种生活方式，依照母亲的乐观、豁达、与人为善的品性，以及坚定、执著、不屈不挠的那种精神状态，她同样也会赢得人们的敬重，收获晚年的安逸与幸福。

母亲在，家就在。

如今，在外地工作的我很少回老家，并不是因为缺少了家的那种感觉，一个重要原因就是见到曾住过的房屋以及山前屋后的小路、树林，都会触景生情，想起母亲，甚至伤感垂泪。

即使是这样，母亲以及母亲做衣服诸多情景仍经常在我梦中出现，只是梦醒时，却发现自己早已泪湿枕巾、不能言语。而于我，只有把"子欲养而亲不待"的遗憾加倍弥补到健在的父亲、兄嫂等亲人身上，珍爱当下、善待生者。

愿母亲在天堂安息！

（作者系新疆维吾尔自治区第四监狱民警）

母亲的菜地

叶 剑

国庆长假,在单位值了两天班回到老家,身心俱疲,百无聊赖,坐在院子里发呆,为长假未能出游而感到懊恼!

看到母亲拎着个篮子要出门,便随口问了一句:"妈,你去哪儿?"

"哦,我看烧饭还早,到菜地里去看看,这几天小青菜被虫子吃得厉害!"母亲回答道。

"等会儿,我跟你一起去,反正我也没事。"我鬼使神差地说了句。

母亲先是一愣,立马语气里充满了惊讶和兴奋:"好的,好的,你先去换一双你爸的鞋子,别把鞋子弄脏了,再去套一条长袖,那里蚊子多……"

"不用!"

我说罢,已经到了院子外,母亲便急匆匆地跟了我出来。

路上我问母亲,我们家什么时候又有菜地了,记得十年前征地拆迁之后就没有地了。话一出口我就后悔了,这不是明知故问嘛!

想想这几年,只要周末回老家,临走的时候母亲总会把一大包择净了的新鲜蔬菜塞给我!有时还要被我数落:"就你能折腾,这些菜值几个钱,不能好好地待在家里吗,真不让人省心!"

可母亲还是很认真地跟我说:"地被征后,我跟你爸没事做,就到处找地种菜,想想做了一辈子农民,总不能老是花钱到街上买,到时还能给你们接济点,再说自己种的放心啊。"

母亲接着说道:"这块地村里的干部说可以种到明年年底!我们有五分地呢(约半亩)!"眼神里满是喜悦和幸运!

约莫走了两里多地,出了村庄,眼前忽然出现了一大片亮绿。估摸着得有一两百亩,都被整成了一畦畦的,长短不一、宽窄各异地凑在一起。我想这应该就是像我父母一样的"新市民"(既无田地可耕作,又无单位可上班)

的杰作吧！

果不然，一直跟在我身后的母亲紧赶了几步，走到了我前头，示意我跟着她："就在前头了！"

夕阳下，我踩着母亲跳跃着的影子走着，忽然脑子里一闪！我有多久没有跟母亲这样走过了：小的时候最喜欢跟在母亲身后，蹦蹦跳跳地踩着她的影子走路，而且我可以把自己的影子完全躲进母亲的影子里，然后兴奋地大叫："妈妈！妈妈！快看，我不见啦！"这时母亲总是回过头来，俯下身捏捏我的小脸："我儿子最聪明了！"

现在步履蹒跚的母亲的影子再也装不下我了……

"到了，到了，就是这里了！"母亲终于停了下来！指着面前几块菜畦，"这些都是我们家的，这是毛芋芳，这是小青菜，南瓜这几天刚开始爬藤，那边是萝卜，今年的萝卜长得特别好，老头子（我爸）他弄了点鸡粪肥培的，还有用焦泥灰（用杂草混土烧制而成）覆的，你看比隔壁阿婆家的长得好吧……"

母亲兴奋的样子，就像孩子在给小伙伴炫耀她心爱的玩具似的！

母亲接着说："种菜要勤快、细心，不能让菜旱着，还要防止虫害。菜长得好，我跟你爸没事就到菜地里转转也蛮有意思的，既能活动活动身子还能打发时间……"

听着母亲的话，我心里一阵内疚，鼻子一酸，眼前一片模糊。此时此刻我真想化身成眼前这一株株小生命，还可以在母亲的细心呵护下再成长一次！好好陪在她老人家身边……

知子莫如母，我低头不语，母亲早已看出了我的心思，"儿啊！我和你爸身体都还硬实，你不要担心我们，要把心思花在工作上，在单位里要听领导的话，认真做事，真心待人，不用经常惦记着我们，我们能照顾好自己的！"

我只好转头，再也无法控制，潸然泪下……

天底下只有一种爱是不求回报的，那就是父母对子女的爱，儿女健康平安对他们来说比自己的命还重要！季羡林先生从小跟母亲聚少离多，他曾说：离开母亲是我心中永久的悔。在送别母亲时哭道：世界上无论什么名誉，什么地位，什么幸福，什么尊荣，都比不上待在母亲身边。

树欲静而风不止，子欲养而亲不待！这句话大家都知道，可是为什么总是要到你已逝去九泉化作泥沙，我暂住人间徒增白发的时候，才会真正体会它惆怅、无奈、后悔、痛心的含义呢？

趁父母还在，多回家吧！

（作者系浙江省南湖监狱民警）

爱要大声说出来

毛红星

封监执勤的第 28 天的凌晨 4 点多，我忽然梦到母亲右手的中指抽筋了，且抽得弯曲变了形，我上前帮忙，与母亲合力将弯曲的手指掰正，母亲疼痛的表情一下子将我惊醒，此后再无睡意，心中思绪难平。

不知何时，母亲的手脚变得经常抽筋，这两年几乎每天都抽。无数次的清晨，我都见她坐在床上弯着上身，费力地扳着自己的脚，痛苦地呻吟道："哎哟，我的娘呀！这抽得疼死我了，这咋搞呀？"久而久之，我对母亲的这种呻吟声麻木的"无动于衷"了。这方面，与我 13 岁的女儿相比，我甚感羞愧。她只要听到了，就会马上急切地问："奶奶，你怎么了？没事吧？"

有时候，我问自己，为什么不能像女儿那样开口关心母亲呢？我给自己找的理由是小时候就没有表达过，现在人到中年，嘴上关心显得虚假。我为自己找的理由心安理得。

我固执地坚持着自己的理由而"金口难开"。倒是母亲，对我从不吝言。腊月 29 日的下午，监区领导告诉我，因防控疫情的需要，监狱决定让我第二天开始封监执勤 15 天。收拾东西时，母亲关切地说："你把药带够，把衣服带好。"临出门时，她又问我："过年了能不能带些水果、瓜子？"我连忙摆手拒绝。想到 15 天回不来，照料瘫痪在床的老父亲便落在母亲一人身上时，我忍不住要叮嘱几句的，而母亲似乎猜到了我的心思，轻声地说："你工作要紧，你爸这儿不用操心，我有办法！"母亲永远都是这样，我参加工作 23 年来，她从来没有因我的工作抱怨过，一次也没有！

封监后第一次给妻子打电话，她问我要不要同母亲说两句，正在我想着该说些什么的时候，只听话筒里传来母亲兴奋的声音："红星，你在里面咋样？伙食咋样？犯人天天在干啥……"

我轻言轻语地回答着母亲的问题，一问一答，一声一念。要结束时，母亲又着重交待我要照顾好身体，管犯人时过细一点儿，老爹的事不要担心。

当得知封监延长到一个月后，晚上十点多钟，我打电话给妻子让她给我送衣物，还未睡的母亲听到是我的电话，接过电话同我聊了两句，在感觉到我的失望和担心时，母亲轻轻地笑着说："那咋搞呀？你是公家人，一个月就一个月呗，你老爹这块，我把你姐喊来了，天好就把他弄起来坐坐，没啥事，你不用操心！"

当封监期限由一个月变成疫情结束时，电话里的母亲依然重复着上面的话。

母亲只上了小学一年级，认识不了几个字，说不出什么大道理。我上学时，她说的最多的就是"好好学习，天天向上"。参加工作后，她交代最多的就是"安心工作，不要出事"。她生怕给我们添麻烦，从不给我们提过分的要求，偶尔提个要求，也显得小心翼翼。就像她手脚抽筋的毛病，在得知一个医生扎针有效时，饱受病痛折磨的她谨慎地问我们有没有时间带她去看看，得到肯定答复的她欣喜万分，即使得到否定答复时，她也只会说："没事没事，等你们有空了再说。"

在我因梦而表达对母亲的关心思恋之情时，她只是笑呵呵地说："人老了，抽筋没啥好办法治，家里还有药，没多大问题。你脚有痛风，你自己要多注意呀！"

一个电话，一句问候，竟是让母亲像孩子获得心爱的玩具般高兴，我一时凝噎，甚是惭愧。

母亲就是这样，宁愿自己承受疼痛，也不愿孩子为难。

母亲没有惊天动地的言行，只有默默的陪伴与付出。回家的路，或许只要三分钟，只有一公里，但这一次，我们却要用七十天，甚至更长的时间，方能回到家的怀抱。

夜里孤寂的灯，守着未归的人。待到山花烂漫、疫情解除时，我一定要轻轻地推开房门，给母亲和家人一个大大的拥抱，大声地说："我爱你们！"

（作者系湖北省襄南监狱民警）

母亲的远方

许科峰

年轻的时候,我在内心并不欣赏母亲:个子不高,微胖、腰粗,缺少女性的婀娜多姿,看起来像是一个立方块;虽读过高中,写一手漂亮的钢笔字,当过民办教师,搞过轰轰烈烈的社教运动,写的演讲稿在全县小有名气,可命运却阴差阳错地让她连一个正式工作都没有,每次填履历表的时候,她的职业都是"家属"。

父亲远在三千多里外的煤矿上班。母亲不是利索能干的女人,留在农村的她领着我和姐姐,常常太阳落山才能够从地里回来,等全村人都吃完饭,在村头东家长、西家短的侃大山时,我家的烟囱才开始冒烟。吃完了名副其实的晚饭,姐姐做功课,我就在母亲的教导下背诗读书。四岁的时候,刚学会写几个简单的字,母亲就教我写"我上大学了"这句话,于是,"我上大学了"就成了我会写的第一句话。母亲的这种教育方式和农村的妇女截然不同,经常成为劳动之余大家在地头田间取乐的话题。

20世纪80年代初,我们全家从农村来到了矿区和父亲团聚。家里又添了一个小妹妹,父亲一个人要养活五口人,生活的拮据可想而知。可在那样一个物质非常匮乏的日子里,全家五口人,每人都可以订上一份自己喜爱的杂志,丰富自己的精神世界。那时候,爸爸把单位看过的旧报纸拿回家,母亲每一份都要认真阅读,连报纸中缝的信息都不放过。母亲不允许我们把书坐在屁股下,母亲的心中总是充满了对知识的渴望,对优秀文化的敬仰,对书香气的迷恋。现在想来,我喜欢阅读的习惯,可能就是那个时候渐渐种在心田的。

长大的我,并没有像母亲期盼的那样,喜欢枯燥的学习。初中毕业后,虽然考上了高中,却不乐意去上。那些从广州、深圳打工的女同学回来,都打扮得洋气,嘴巴和指甲涂得像红漆刷过一样红润鲜亮,烫的花卷一样的头发,配上青涩面庞,让她们的青春和我是那么的不同。我的内心掀起了很大的波澜，想出去打工赚大钱。母亲及时劝阻我说，能安心读书的光阴很短，能打工的日子很长。我不得已，只得又拿起书包，重返学校。

心里没有远大理想的我，学习成绩一般，高考落榜是必然的，但上成人教育的大专成绩够了，母亲的眼睛又亮了起来。她顾不上家里娃多、没钱，出去凑够了学费，送我去读书，也算了却了她感受高等教育的心愿。

后来的光阴里，我考了公务员，有了一份体面的工作，结婚生子，成了母亲，也开始培养我的女儿背诗读书。母亲心里喜悦，闲暇时光总是用很多科学家、伟人的故事教育我的孩子，她经常对孩子说，要成为国家的栋梁，要为社会和人类做贡献。每每听到这些话，我就对母亲说，你一个家庭妇女，心中还豪气冲天，装的都是家、国、天下。

一个崇尚读书的家庭，对孩子的影响是潜移默化的。2015年，我在深圳读书的外甥女考上浙江大学，在"竺可桢"学院徜徉了四年。今年外甥女毕业时取得了"工学""文学"双学士学位，并且拿到了美国"西北大学"的硕士研究生录取通知书。我的孩子也不示弱，考到了哈尔滨医科大学的临床专业本硕连读。耄耋之年的母亲开心得像一个孩子似的，见了亲戚朋友就要谈谈高考、聊聊报志愿、叙叙去美国读研要办理哪些手续。

我知道在母亲心里，其实是有一点遗憾。就是她没有亲自看见、触摸过大学录取通知书，所以，收到女儿的录取通知书的当天，我用漂亮的红信封把通知书带回家，递给母亲。母亲疑惑的眼神看着信封，瞬间就明白了，然后去卫生间仔细地洗干净手，戴上老花镜，把通知书拿出来，认认真真地大声朗读起来，她那一口蹩嘴的胶东半岛普通话，逗得全家都笑了。

母亲心满意足，依旧在子孙们面前叨叨着努力学习，珍惜光阴。她这些年看的书、写的几十万字读书笔记装满了两个大书柜。晚上洗脚时，她都会抄一句话，趁着泡脚时候背诵下来。

如今，我越来越在内心里庆幸有这样一个母亲：她虽平凡，却有远见。不仅自己把业余时间都用在读书学习上，还不厌其烦地督促子孙们看书求学，立志上进，做一个有用的人。

我不再小看她，也不再嘲笑她的远大志向。因为母亲的远方，有希望，更有未来！

（作者系陕西省崔家沟监狱民警）

母亲是个童养媳

何小西

母亲说,她九岁的时候就失去了双亲,被奶奶接回家,做了童养媳。

母亲从小就尝尽了人间的辛苦,先去地主家做了几年长工,后来又在生产队当过妇女主任,由于不识字的原因,后来不了了之。母亲说,在生产队,她每天跟男人一样下田干一样的体力活,只为多挣点工分养家。

后来脚踝砸伤了,体力活干不了,但母亲闲不住,靠着缝补衣服维持生计。有一段时期,父亲下放,单位没活干,只有上门做工,几乎没有时间管子女的衣食住行。那时,母亲在家里养了一些家禽,天天盼望着长大,为的是过年时能喝口带荤油的菜汤。

那个时代,多子多福思想严重。38岁的时候,母亲又生下了我这个最小的儿子。兄弟姊妹多,无形中增加了家里的负担,好在父亲是个手艺人,每个孩子出生,父亲总是说,家里又多了一双筷子啊!只要落地,个个是宝!

母亲不认识钱,不认识自己的名字,好在父亲是一个裁缝,稍微认识几个字,寡言少语,只顾埋头苦干,家里家外的事情几乎不闻不问,母亲就常年跟在父亲后面做一些针线活,她似乎很得意:家里财政大权我从来没放手过。

我一直非常想知道母亲年轻时候的样子,不过很遗憾,从我有了记忆,母亲似乎就在慢慢变老。由于个人的忽视,我没给母亲照过相,这是我至今没法解开的一个心结。二哥说,母亲在身体境况每况愈下的时候自己去了上海照相馆,第一次照相,就成了遗像照。

记忆中的爷爷是空白的,听母亲说,爷爷被抓壮丁以后就没有了音信。母亲和奶奶关系很融洽,母亲常说,别看奶奶的脚是缠过了的三寸金莲,人可是心灵手巧得很,手工活麻利,一点也不输给别人。

母亲没读过书,但任何困难都不能改变她培养儿女的信念。即使在生计都成问题的年代，她依然千方百计地给儿女们提供安心读书的机会。"三代不读书，不如一群猪。不识字的苦我尝过，再苦再累也要让儿女念书，省吃俭用也要把学费抠出来，一定不能让儿女上不起学。"

母亲巴望着我们个个都能成龙成凤。母亲曾说，只要你们能念得下去，砸锅卖铁也供！

"穷年饿不死手艺人"，也许是父亲的裁缝身份让母亲多了一些教育培养子女的勇气和底气。

说来挺傲气的，我们兄弟姐妹五人中两个考学出来。姐姐哥哥也读到了初中，也算是难得。作为父母最后的希望，我几经周折，考学工作，总算满足了母亲的愿望。那段时间，母亲的脸上总是挂着幸福的笑，似乎早已忘记了童年遭过的罪和前些年受过的累。

工作以后，我过了一段无忧无虑的单身生活。单位与母亲住的地方不远，有事没事，我喜欢赶到母亲居住的地方看望她，逢时过节还顺便捎带一些单位发的福利，有时和母亲说说话，有时和母亲一起吃个便饭。那时，我发现，母亲额头上的皱纹特别舒展。由于贪玩，骑车回家，经常天色已晚，总能看到母亲端坐在案板旁静静地等，宽厚而慈祥，那时，母亲最美。

母亲告诉我："饭在锅里焐着，菜已经凉了，我给你热一下。下次早点回来，别让你爸等的太久，他生气了。你看，他先吃了，早去隔壁家看电视了，不然就到老金家唠嗑了。"我说："不要紧，你们先吃吧。"母亲说："那咋行？万一你到家了，我不在，你肚子饿怎么办？"听了母亲的话，我鼻子一酸，心里好一阵难过：母亲那是想我呀！也许，哥哥姐姐都成家了，我成了母亲唯一的牵挂；也许，无论多大，在母亲眼里，我还是个孩子。

父亲去世后，母亲一直住在老家。那时，母亲患有心脏病，伴有糖尿病综合并发症，她读懂了我们眼里的悲伤，非要保守治疗，怎么劝也不肯多花钱，我们只好依着她。好几次请医生上门治疗，可天不遂人愿，身体还是每况愈下。

后来，母亲病情迅速恶化，吃不下丁点东西，连水都喝不进去，人消瘦得不成样子。我回老家看望，心疼得流泪，却无可奈何。母亲未在我面前流过泪，也未喊过疼，反倒劝慰我，"我的病你们又不是不治，这病实在治不好，你们尽了孝心，我心满意足了。"其实，我多么希望命运坎坷的母亲能够在晚年得到慰藉和补偿，可是母亲却没有享受到。

突然有一天，兄弟姐妹都在场，母亲叮嘱，家里不和邻人欺，你们一定要团结，不能有纷争。那时，我的心突然涌出许多对母亲的敬意和悲凉。意料之中，母亲离开我的日子不远了。

冥冥之中，心有戚戚。某天夜半，我被电话铃声惊醒，蒙眬中惊坐，二哥告知，母亲去世，欲哭无泪，黯然独坐。时隔不到一年，母亲毫无征兆地追随父亲而去，工作地离家这么近，我却没有机会看母亲最后一眼，母亲也没给我留下任何遗言。

子欲养而亲不待。世上，从此再无母亲可喊。

（作者系安徽省白湖监狱管理分局民警）

母亲的回忆

贺 伟

我的母亲是一位农民，她勤劳、简朴，为了抚养五个子女长大成人，历经了千辛万苦，晚年深受帕金森病折磨，2020年春节前后病情恶化，最终医治无效，于8月12日与世长辞，享年80岁。

我的母亲善良、纯朴，深受全家人爱戴。她年轻时，每天不知疲倦地劳动；晚年不知享受，为了不给子女添负担，她仍日夜操劳。母亲突然离世，让我悲痛万分，她慈祥的面容和生前往事时常浮现在眼前。

20世纪70年代，母亲生下第五个孩子后一病不起，身体极度虚弱，一躺就是三个月，那时养活一家八口人的重担就落到了父亲一个人肩上。母亲为了分担家庭重担，自己身体刚好一点，就毅然下地参加生产队的劳动。

那时每年年底农闲季节，生产队都会要求每家农户出一个劳动力参加公社和县里组织的大型水利工程建设，百姓称之为出外差。那时机械很少，连推土机都是稀罕物，施工主要靠人肩挑手提。

那是一个寒冷的冬天，在汉江大堤筑堤固坝建设中，刚刚大病初愈的母亲也加入到建设队伍中，村民主要的任务是肩挑箩筐从大堤脚下将土石运到几十米高的堤坝上。母亲累得气喘吁吁，几次差点跌倒，但她仍咬牙坚持。肥厚的棉袄裹在身上让她热得透不过气来，她索性将棉袄脱下，穿着单薄的衣服挑着重担在寒风中艰难前行，就这样，母亲用羸弱的身体与父亲一道扛起了我们这个家。

哥哥儿时体弱多病，有一年身上长了脓疮，腿上几个大脓疮已开始红肿流脓，在村医务室用药后不见好转。母亲心急如焚，竟几次用嘴直接将其腿上大脓疮里的脓液吸出。后经多方打听，得知离家二十多里远的永隆有位老医生擅长医治此病，母亲便用柔弱的肩膀背着哥哥多次步行往返于此地求医。功夫不负有心人，在母亲的精心照料下，哥哥的病最终得以治愈。

小时候，我们家姊妹多，生活过得很清苦。一日三餐，我们时常填不饱肚子，每次饭菜端上来，几姊妹便争先恐后、狼吞虎咽。母亲总是等我们吃完了，才最后上桌，此时，盘子已见底，她便将锅底的一点锅巴加点温水泡泡，从罐子里夹点咸菜勉强对付，接着又匆匆去忙自己手头的活。

母亲从小因家境困难，未上过一天学堂，但她深谙读书重要的道理。为了让五个子女上得起学，母亲吃尽了苦，受尽了累，为了攒足子女的学费，她总是没日没夜地在地里劳动，希望每年粮食能有个好收成。

为了培养我，母亲更是费尽心血。记得我在上高中时，为了不耽误我的学习，放寒暑假母亲都不让我下地干农活，她宁可自己多干点，也不愿占用我的学习时间。我看在眼里，记在心里，发奋一定要好好学习，用优异的成绩报答母亲的养育之恩。

最终，我如愿以偿考上了大学，大学毕业后也找到了一份满意的工作，成为一名监狱人民警察，也是一名外科医生。

随着时间推移，儿女们相继成家立业。我这才发现，母亲老了，她头发花白，脸上爬满深深的皱纹，耳朵聋了，两眼昏花，常年沉重的劳动压弯了她的腰，行走时步履蹒跚。

一位年近古稀的老人，本该好好歇息，安享晚年。母亲却不改劳动本色，仍坚持每天下地干活。她常念叨，只要自己还能动，就要自食其力，不给子女添负担。

炎炎夏日，晌午时分，骄阳似火，人们大都在房前屋后的树荫下纳凉午休。此时，菜地里常常还能见到母亲顶着烈日劳动的身影，她满脸通红，汗水顺着她的衣角不停地往下滴。

寒冷的冬天，凛冽的北风吹在人脸上像刀割一样难受。田间地头常常能见到一位瘦弱的老人，她拄着木棍弯腰驼背在捡拾棉花，那就是我敬爱的母亲；母亲那双粗糙的手早已冻得像包子，手掌手背均可见多条冻裂、划伤的血口子，让人不禁潸然泪下，心疼不已。

一个夏天的上午，母亲仍坚持下地干活，最后突发疾病，晕倒田间，我得知此事，火速赶回家，将母亲接来住院治疗，经检查诊断为颈椎病、高血压。治疗后，病情刚好转，母亲就坚决要求办了出院手续。

当时，我曾恳请母亲搬来城里与我同住，以方便照顾。她说不愿打扰我的生活，坚决不肯，我拗不过她，只好将她又送回老家。

此事过后，我沉思良久，只有让母亲脱离农村，才能让其彻底摆脱繁重的劳动。

2012年，我在城郊找到一处二室二厅的房屋，将父母接过来居住。搬家那天，走进宽敞明亮的房子，望着新添置的冰箱、洗衣机等家当，母亲满脸堆笑。看到母亲开心的样子，我心里无比欣慰，但又愧疚没早些让父母住上这样的房子。

也许是在农村待久了，勤劳已成为母亲改不掉的习惯。刚到新家没多长时间，她就闲不住了。看到小区里和院子边有不少荒地，她便动手开垦出来，种上农作物及各种蔬菜。每到收获时节，母亲除了部分留用，大多用来支援了我。

此外，一到农忙季节，母亲还到小区边上农户地里捡拾人家收割后遗留的花生、萝卜、土豆等。捡回来的东西她自己舍不得吃，总是第一时间让父亲电话通知我拿回一大半。

我常告诉母亲自己不缺吃的，让她自己留用，她总说，能节约一分也算帮我减轻一分钱的负担，我无言以对。

农闲时节，母亲还是闲不住，每天大清早就到小区垃圾箱里拾破烂，她还多次叮嘱父亲不要将此事告诉我，以免我责怪她。母亲啊，我怎么会责怪您呢？我只会心疼您，不愿让您受累。

母亲辛苦积攒好久的破烂最多才换回十几元钱，可自己却一分也舍不得花，她总是用一块小红布包裹好几层藏在箱底。等我回去时，她便兴奋地拿出强塞给我，我让她留着自用，可她告诉我，自己大字不识一个，要钱没啥用。

母亲递过的钱，几次我都坚决拒收，当我要离开时，她便从住所三楼一直追到楼下，颤颤巍巍地来到我即将发动的汽车边，硬将那个小红布包从车窗缝塞进来。

汽车开出去老远，透过车内后视镜我还能看到母亲佝偻着身体站在路边目送我离去，我的泪水忍不住夺眶而出。

母亲常年劳累，最近两三年，开始出现双手颤抖，上肢经常疼痛，长期口服用药、外敷膏药和理疗治疗。去年下半年出现下肢无力，行走不稳，走路经常摔跤，有几次摔倒在菜地沟边，不能自己爬起，被好心的邻居发现后背回家中。

最后，我送母亲到医院检查，诊断帕金森病，虽然服了药，但效果不佳。生病期间，母亲仍然强撑着身体坚持下菜地劳动。

今年元旦过后，母亲出现站立、行走困难，从此她再没能独自下楼。

春节前，武汉突发新冠肺炎疫情，各个社区按上级疫情防控要求，实行封闭管理，因此，好长一段时间我没能去看望母亲。

突然有一天，我接到父亲的电话，说母亲的病情越来越严重，已卧床不起，大小便失禁，说话、进食都困难。听到这个消息，犹如五雷轰顶，我却无能为力，每天只能期盼母亲能挺过这一关。

今年四月中旬，等到社区部分解封，我才得以再次见到母亲，此时的她精神极差，说话吃力，反应迟钝。我便将母亲送到医院进行相关检查，诊断为帕金森病、脑梗塞、心功衰竭。

当时，由于还处在新冠肺炎疫情防控期间，普通病人住院、陪护都极不方便。依照专科医生的建议，我给母亲开了不少药，便将她接回家慢慢调养。

那时，单位的工作也很紧张，作为一名医生，新冠肺炎疫情防控责任重大，我便没有更多的时间来悉心照料母亲。其他几个姊妹也因离母亲家较远，且因各自工作繁忙不能及时到床前尽孝，我打算聘请一位陪护员上门为母亲护理，也因疫情原因未能如愿，照料母亲的重任便全部由老父亲承担。

父亲已年过八旬，且患有严重的腰椎病，自身行动不便，照顾母亲自然力不从心。母亲身体表面很快出现多处压疮，随后并发感染。对此，我无比自责，是我没有照料好母亲，晚年还让其遭受如此痛苦与折磨，我心如刀绞。

之后一段时间，我便尽量利用休息时间陪伴在母亲身边，定时为其翻身、压疮换药。此时，母亲已不能言语、咀嚼，每天只能吞咽少量流质饮食，我便间断地喂其少量牛奶。之后，姊妹们也各自停下手头的活挤出时间轮流过来照料母亲。

8月12日，母亲突然心跳、呼吸停止，永远地离开了我们。母亲安详地走了，她带着不舍与眷恋离去，我痛彻心扉。

母亲的一生是平凡的，但是她为了支撑这个家，一生都在做着不平凡的事。她不求索取，只讲奉献，为了让子孙们过上好生活，一心甘做"孺子牛"。临终前，她还在惦记自己的小孙女，嘱咐我一定要好好培养她。

我在整理母亲遗物时，在她的柜子里发现两袋过期的月饼和饼干，那是去年中秋节子女们为她买的，她一直舍不得吃。我们为她买的新衣服还压在箱底，也从没见她穿过。

母亲虽没上过学，但她教会了我们勤劳、简朴、诚实、善良。母亲虽然离开了我们，她的谆谆教诲和殷切期望我们将牢记于心，母亲将永远活在我们心中。

在以后的日子里，我要好好孝敬父亲，廉洁奉公，努力工作，以骄人成绩告慰母亲的在天之灵。

母亲，一路走好！

（作者系湖北省沙洋平湖监狱民警）

布鞋

张 瑞

小的时候，经常穿母亲做的布鞋。

那是一种用黑色布料缝制而成的鞋。

母亲是一个闲不住的人，冬天里，庄稼地里活儿不多的时候，她就把我们兄妹几个的破衣服拿出来，挥舞着剪刀，裁剪着。完毕后，又熬一小锅用白面粉沫儿加水后混成的浆糊。把裁好的破衣服张贴在案板上，花花绿绿，五颜六色的。这些做鞋的料准备齐全后，她就开始制作布鞋。

母亲制作布鞋的时候，我常猫在一旁，看母亲熟巧的工作，时不时，还充当一下母亲的小帮手。布鞋做好了，穿在脚上，那种惬意的感觉无以言表。

现在，我已很久没有再穿母亲做的布鞋了。

母亲还在农村的家中，我每年只是在春节的时候，才千里迢迢地往家里赶。过完春节后几天，送完了祝福，母亲又要忙碌起来，她还是要做布鞋的。前年刚出正月的时候，母亲就戴着老花镜，左手的食指上扣着顶针，右手挥舞着剪刀，又开始做起布鞋来。

当时，我还在熟睡，醒来的时候看着母亲就忍不住问她："你看你咋还在做布鞋呢？你看谁现在还穿布鞋呢？"

"谁说没人穿呢，看咱村里，村长还穿着布鞋哩！"

"村长？村长才没穿呢！咱村村长穿的都是皮鞋！"

"即使村长不穿，小老百姓也还是要穿的！"

"你做！我是不穿了。你做那么多，你和俺爸咋能穿那么多。做那么多，你不累呀！"

"那……你不穿，就留给我孙子穿……我的小孙子将来长大了，还要穿哩！"

我那时也才刚满20岁，离结婚生子还有很长的一段距离，对于结婚，还不曾考虑。母亲竟如此心急,竟想抱孙子了。

我想将来即便有了孩子,孩子或许也不会穿奶奶给他做的布鞋。现如今的孩子,还有几个穿布鞋的呢?

我常年在外地求学,行走在繁华的都市,穿梭在茫茫的人海,却很少见到穿布鞋的人。偶尔见到过一次,还是在一位老教授的课堂上:白发苍苍的老教授,穿了一双纯黑色的布鞋。看到的时候,我百感交集,实在亲切。

还有一次,是我一个人默默地坐在一间空旷的教室里,窗户外面无论多么的喧闹,室内总还是静静的(或许是我一个人的缘由吧),偶然有微凉的风拂动着我的面颊,美妙的很。我愉快地掏出一本久违了的历史书(那是我从家乡带来的,装帧的异常精美),扉页上歪歪扭扭地写着两行字:读万卷书,行万里路。我笑着,想起儿时幼嫩的自己。扉页过后,一张鞋样子猛地出现在我的眼前:这是母亲的鞋样子!不知是什么时候放到这本书里的。这应是十多年前的事了。那时母亲总喜欢把鞋样子压在我的书里,我那时也很乐意收集这玩意儿。我的那本书是母亲送的,是我9岁的生日礼物,我努力回忆着……

如今,我依然喜欢一个人,静静地,什么声息也不曾有过,微风依旧吹拂着,因为,这会让我想起儿时穿的布鞋,想起我的母亲。

(作者系新疆生产建设兵团第八师北野监狱民警)

母亲的最后岁月

杜微家

2014年4月,我母亲病重,从镇江市第四人民医院转到镇江市康复医院重症监护室(ICU),直到2015年1月,九个月的时间里,母亲一直没有清醒,最后因大出血离开了我们,母亲最后岁月的每一天都让我刻骨铭心。

那时候,下午的探视时间一到,我会准时出现在ICU病房门口。我和门口的工作人员已经十分熟悉,他们见了我总是客气地打招呼。我穿上白大褂,迅速来到母亲的病床前。先是观察脉搏、呼吸指数、有氧指数,血压、排尿量,鼻饲量。接着询问病床医生或者护士昨天的情况,用的什么药,做了什么检查,有什么异常。再去查看检查结果、护士的日志。管床的医生和护士换了几个,但是他们总是非常耐心地向我介绍每一天母亲的情况。拍的片子和做的血液检查,病情的稳定或者发展,也都仔细地给我解释,让我心中有数。

管床的蔡医生是一个年轻的女医生,我经常问她一些问题,她对我问的问题不厌其烦,但有点困惑,觉得我比较在行,就问我是学什么的,我说是学教育的。她说学教育的,对医学也懂得不少,我一笑了之。金主任是重症监护室的负责人,他们这个学科是国家重点医学科,是江苏省临床重点专科。金主任率领的团队,大家都很敬业专业。我母亲由于右侧肾结石,导致输尿管中段被堵,在右侧腹部形成一个储存尿液的囊肿,尿排不出来。金主任尝试用B超穿刺的方法,排除结石,但是没有成功,金主任安慰我说:"再想其他办法。"一次我到医生办公室,碰到金主任正在给其他医生说:"我们要从病人和病人家属的角度出发,要有爱心。"听到这话,我心里十分温暖。

长期卧床导致母亲肺部感染严重,各种抗生素用了个遍,还是不能控制病菌的肆虐。长时间卧床导致的褥疮,糖尿病造成的破口不易愈合,鼻饲的蛋白粉和人血白蛋白的购买,我都非常注意,还要经常检查翻身和拍背的情况,有的时候还要告诉陪护,翻身和拍背的注意事项。

随着时间的推移，母亲生命体征越来越弱。肺部感染，切开气管上了呼吸机，不能吃饭用鼻饲，后来鼻饲插管要穿过胃部到小肠；手脚静脉长期挂水已经硬化，在锁骨下埋上输液针管；有时一天的尿量只有几十毫升，尿量的变化反映肾功能的情况，右侧囊肿处也在往外引流，身上从上到下插满了管子。

虽然母亲没有知觉，可是每天的探视时间，我总是要到她的病床前，帮她揉揉腹部，握一握她的手，和她说说话，全当她能够听到，有时我似乎感觉到母亲的手在用力，她好像听到了我对她说的话，好像在安慰我说，"不要紧，我会好起来的""我感到很累了，想休息休息"。又好像说："你爸爸在等我啊，他一个人在那边很孤独"。

2015年1月3日晚上11点，医院打来电话，说母亲大出血，我和爱人赶到医院，医生经过处理抢救，血止住了，并进行了输血，医生说让我们先回去。凌晨1点，电话又响起，我心里预感到情况不妙，待赶到医院，医生正在做心脏按摩，母亲的呼吸短促，很浅，慢慢地心脏监护仪上的心跳变成了一条直线，医生说："我们尽力了。"

母亲走了，终年85岁。为怀念母亲，我写了《妈妈，我舍不得你》一首诗，在系统内的网上发表，用来祭奠逝去的母亲，缓解我的思念之情。每年的清明节和母亲的祭日，我也都要烧些纸寄托自己的哀思。

母亲出生在山东农村贫苦农民家庭，17岁当兵，在部队做卫生员，转业到地方当内科医生。在部队，她是救死扶伤的好战士；到地方，她是病人随喊随到的好医生；在家里，她是好妻子、好母亲。父亲重病13年，都是她每时每刻照顾在床头。她身上有着农村妇女的淳朴、善良、坚强、刚毅的品格。

母亲是我心中的一座丰碑。

（作者系江苏省镇江监狱民警）

亲情篇

门板上的日子

张建秋

在乡下，门板的功能除了用来隔离——隔出一个家里家外的世界外，还能派上很多用场。比如，冬天用来晒腌菜或萝卜干；夏天，可以当我和大哥午睡的床板，到了晚上，又成了一家人吃晚饭的餐桌和乘凉闲聊的所在。

炎炎夏日，午饭过后，母亲总是逼着我和大哥午休。那时，乡下罕有电扇，村上唯一的电扇是生产队的鼓风机，在房间午休，难以忍受。母亲体谅我们哥俩的痛苦，将门板卸下，一左一右搁在当门口的地上，门板一头下面垫上小板凳，产生一定坡度，就有点像小床的意思，因为前后门都敞开，不时有穿堂风吹来，尽管是热风，可多少有些凉意。

大哥睡得沉，眼皮却半睁着，黑眼珠一转一转的，我总以为他是假睡，欺骗母亲。母亲说，这睡相倒是我们家的看家狗，能防贼。

吃晚饭前，天色渐渐暗淡，成群的蚊虫开始忙碌起来，轰炸机似的，"嗡嗡"作响，蜂拥而至，稍不留神就吸进鼻孔里去。这时，尽可能多地消灭或驱赶蚊子是我的头等大事。母亲教我在洗脸盆的里口抹一点水，打上肥皂，产生黏液，我举着脸盆，从门里到门外奋力挥舞，不多几下，盆子上便沾满蚊子，就像密密麻麻的黑芝麻，一些蚊子半死不活，在肥皂泡沫里艰难地蠕动，试图做最后的挣扎，没有收拾进来的，也在我的驱赶下，四处逃窜。

若天气晴好，晚饭就在晒场上吃，搁在长条板凳上的门板便是餐桌。晒场一角摆着一堆柴草，柴草大多是残枝腐叶或多余的稻糠，半干不干，点燃后，袅袅烟雾随夜风飘散。整个小村，几乎家家如此，借着太阳的余晖或初上的月亮，一家人共进晚餐，既省了油灯铜钿，还能与左邻右舍攀谈攀谈（江苏省武进方言，相互交流的意思），也有人端着饭碗从东村走到西村，或从西村走到东村，边吃边走，见哪家门板上有新鲜的或好吃的菜肴，便坐下一起分享，老家人俗称"行（hang）饭碗"。

父亲身体不好，母亲总是设法烧些可口的家常菜，用心调养父亲的身体，如凉拌莴笋丝、蒸茄子、葱烧豆腐、大烧百叶、盐水煮黄豆。通常母亲把煮好的黄豆放在碗橱最里边，父亲用餐时取出一小碟，我能吃几粒解解馋，显然满足不了豆香对我的诱惑。第二天，待家里没人时，我垫上小板凳，从碗橱里偷偷抓一一把放进口袋，抓过后捋平整，担心母亲轧出苗头，发现端倪。典型的掩耳盗铃，自欺欺人。

偶尔有红烧鱼块、老母鸡汤或冬瓜骨头汤之类的大菜。兴许是属狗的缘故，父亲特别爱啃骨头，常常为了骨头缝里的肉筋而下足了啃功，那模样不亚于王景愚吃鸡，啃过的骨头扔地上，狗们只能望"骨"兴叹，悻悻而去。

吃罢晚饭，家人依次在浴锅里汏浴（方言洗澡的意思），也有隔壁邻居来借光。一般男人先洗，女人后洗。以前不懂，为啥要这样做，后来明白，男女有别，有一定科学道理。

第一个洗的叫"头汤"，很小的时候，都是父亲带着我洗，姐在灶膛不时添些柴火，确保水温，锅灶间弥漫着白色的雾。有时，我的小屁股不小心碰到铁锅边，烫着了，一下挣脱父亲，窜条头般跳到浴锅锅台上。洗好后，母亲用毛巾或旧衣裳把我身上的水擦干，轻轻拍打几下前胸后背，边拍边说"拍拍胸，弗伤风；拍拍背，呒灾晦"的老话——这老话究竟从何而来，我从未询问母亲，反正母亲这么说我也就这么听，且信以为真——然后把我抱到门板上，母亲再忙她的事去，待一切收拾停当，母亲摇着蒲扇从里屋出来，在门板或桌椅上坐下。

此时我们老家的张家塘，笼罩在夏的夜色中，安静而祥和。小村人家大多在自家门板前乘凉，已经漏风甚至几近散架的蒲扇，有一下没一下地拍打着袭扰的蚊虫，萤火虫在树丛边散发着点点光亮，努力宣示着它的存在和生命的价值。月光洒在弯前河上，微风过去，泛起碎银一般的涟漪，河对岸的农田里，或远或近的蛙鸣声此起彼伏。稍稍缓口气，母亲又用劳累了一天的手，轻轻抚摸我脖子周围的痱子，我躺在门板上，仰望夜空，月亮在白莲花般的云朵里缓缓穿行，时隐时现。隔壁的浩兴公公、福大伯伯、细姑父等年长者，在闲谈中估摸着稻秧的长势和今年的收成。

"明月别枝惊鹊，清风半夜鸣蝉。稻花香里说丰年，听取蛙声一片。七八个星天外，两三点雨山前。旧时茅店社林边，路转溪桥忽见。"

许多年后，每当我读起辛弃疾的这首《西江月》，门板上的日子就会浮现在我眼前，是那么清晰，那么生动。

（作者系江苏省监狱管理局副研究员，江苏省监狱理论研究首席专家，南京大学法学院、南京师范大学心理学院硕士生导师）

家有九宝

乌日娜

九宝,一种水蜜桃,果形偏大,营养价值很高。

我家的九宝是一位千金,二月出生,体重九斤,携爱降临,自备九宝礼盒。

今年的儿童节,我选礼物的压力升级了:颜色、款式、趣味、喜好、需求等,需要综合的因素又多了。我想我也在面临一种现实,一个小婴儿眨眼间长成了小宝宝,如今想要称呼5岁的她叫小女生了。我甚至情不自禁和我的父母一样,开始回想女儿的很多成长故事。

九宝身上九个宝,期待着、分享着、珍藏着……

第一个宝是健康。

九宝经常夸赞自己很努力,哪怕是让人觉得无所事事不能出门的日子,这让我忍不住想问她做了什么努力?她会认真瞪大眼睛告诉我说,自己努力长高了、多吃了蔬菜、多吃了水果、做了拉伸运动、没有吃冰淇淋……九宝还对自己的外伤非常谨慎,骑自行车摔跤以后担心自己骨折,向姥姥、姥爷再三确认过不需要送医院后才稍微安心,坚持督促姥姥对擦破的皮肤消毒、贴创可贴治疗。这些努力在那些年的我们身上是时常被忽视的,很少被正式提及。

爱他人首先应该有能力爱自己,爱惜自己的身体、经营自己的健康是一件很重要的事。所以,九宝的这份努力我给了一个赞,告诉她继续努力保持健康。其实我还想对孩子说,你一直很努力,在妈妈肚子里就努力长得很结实,体质好,抵抗力强。这份与生俱来的宝既是给家人最大的礼物,更要悉心呵护成为自己最大的宝。

第二个宝是表达。

九宝的言语表达总是不断刷新我对幼儿语言能力的认知水平。一次,在接九宝从幼儿园回家的路上看到了一棵被风吹断的树枝。我思考了一路,想努力用一种贴近孩子的表达方式和她分享。

当我牵着九宝走近那棵断枝时，对她说："你看，小树宝宝不好好吃饭，被风吹断了！"

九宝轻扯了一下我的手，望向我说："妈妈，可能是风太大了！小树宝宝想长大，也不能太着急，要慢慢长。就像小宝宝一样，如果我一直长、一直长，把咱家的房顶冲破怎么办？"

一个不满4岁的幼儿，用生动的语言和肢体动作向我解析了一根树枝被风折断的主客观因素，同时还运用拟人方法助阵，揭示人类成长道理。我记录了很多九宝的成长妙语，原本是因为孩子的语言实在太有趣，后来却在不断记录中感知到了她的成长。

言为心声，言语是一项本领，表达是一种境界。女宝宝总是自带语言天赋，我经常享受九宝的这份得天独厚，她经常把我宠溺到不能自拔。她会叮嘱我晚上外出跑步注意安全，末尾加一句"我妈妈这么漂亮我有点儿不放心"。用心倾听，用心感受，用心表达，生活总有不一样的温度，这是一个可以使人幸福的宝。

第三个宝是坚持。

九宝还是一个不会用吸管吮吸的小宝宝时，我试图拿一罐酸奶"诱惑"她，做一个自学成才的实验。见到酸奶的九宝兴奋地手舞足蹈，马上把插在酸奶瓶中的吸管放在嘴里。结果绞尽脑汁，使出了吃奶的力气，酸奶还是一点儿都没有到她的嘴里。几分钟过去了，看得出她想放弃，把吸管拔出来，还想把酸奶瓶甩出去，可还是耐着性子，把吸管塞了进去。神奇总发生在无数次想要放弃又默默坚持下去的一瞬间，当再次开启一次新的征程，她终于成功了，一项本领到手了。

九宝一直坚持读书，从几个月大时候的听故事到如今5岁的听书，春夏秋冬一天不落，哪怕是在暑期的长途旅行车上也坚持读书。她还坚持研究恐龙，把博物馆的恐龙馆走过了无数趟、科普视频看了无数遍、讲解听了无数次，可以随口说出好多种恐龙灭绝的原因，远胜于我对恐龙的知识储备。在我备考遴选的时候，我尤其羡慕、特别仰望九宝的这个宝，如果我也能像九宝一样用5年甚至更长时间去坚持，我是不是不需要空留感慨了？很多被赋予价值的东西都是从坚持中得来的，坚持是一个宝贝。

第四个宝是纯粹。

九宝的小肥脚肉嘟嘟的可爱极了,我特别喜欢把她的小肥脚拿起来亲亲,还忍不住留了很多照片。她的小肥脚在我的脑海中永远立体、特别深刻。记得有一次,她走着走着突然停了下来,那时刚刚学步,走得还不是很稳,我瞬间有点惊慌,连忙蹲下查看究竟。她将双脚停顿了片刻,小心翼翼地挪开左边的脚,同时有点摇摆不定地俯身拾起了脚下的一片叶子,然后又开心地继续向前走。原来只因为一片叶子,一片黄色中间有些微绿的落叶。

当女儿从蹒跚学步到奔跑跳跃,时间已经冲淡了很多细碎的模样,却令人难以忘怀那只小肥脚的停留、那次小心翼翼的呵护、那份纯粹的热爱与尊重。九宝的这个宝我常常借用受益,担心自己置身于茂密的森林却找寻不到那一片叶子,一份纯粹的热爱、温暖与幸福。

九宝不止九个宝,当下斟酌细数,将来还会不断更新。生命的妙趣大概就在于一边经历、一边欣赏、一边期待、一边有趣、一边思考、一边超越,仿佛一段探寻宝藏的旅程。

每个孩子都是宝贝,他们降临到我们身边,让我们感受生命的奇妙,让我们重温成长的足迹,让我们的生命得到延续。每个孩子都是宝藏,他们至纯至善,用心成长,丰富了我们的时光,更教会了我们人生。

(作者系湖北省汉津监狱民警)

家有小棉袄

苏明胜

我家的小棉袄是 2016 年 10 月 23 日出生的,老婆总是埋怨我记忆力差,我就索性把手机密码设置成女儿的生日,屏保设置成女儿的照片,这样每开机一次也就想她一次。

我常自责自己是个不合格的父亲,自从女儿出生到现在,陪伴她的日子屈指可数。而这一晃又是两年不见了,她已经从我印象中牙牙学语的婴孩成长到现在每天奶奶带着去上幼儿园的小朋友了。

白天忙工作还好,不会去胡思乱想,可每当夜深人静的时候,总会控制不住地想家人,特别是想孩子。我不知道在这些没有我陪伴的日日夜夜里,她跌倒了有没有想要我这个父亲抱一抱,她生病了有没有想要我这个父亲摸一摸,她难过了有没有想要我这个父亲哄一哄。

然而,在她最需要我陪伴的时候,我却都缺席了。

去年过年和家人视频,老婆随手拿起几个玩具问女儿是谁买的?女儿的答案都是爷爷奶奶姥姥姥爷和妈妈,唯独没有爸爸。这让我非常懊悔没给孩子买过玩具,女儿没有一句"这是我爸爸给我买的"的话让我心痛:我一心想成为父母的骄傲,却忘了成为女儿的骄傲!

上周,老婆给我说,女儿和别的小朋友本来在一起玩得很开心,可后来,别的小朋友爸爸过来把他们叫走吃饭,她就问妈妈,"爸爸啥时候从新疆回来?"

老婆和我都不知道答案,只有骗她,"等爸爸工作忙完就回来了"。而她四岁的生日愿望居然是爸爸去幼儿园接她放学,给她的小伙伴们证明她是有爸爸的。

血缘这个东西真的很神奇,每次和家人视频,我和父母总有说不完的话,可是和女儿只打个招呼,女儿就跑开去玩了。但是,只要她遇到玩开心的事情,她总是会跑过来抢镜头说,"爸爸你看",然后又一溜烟没影了。

我知道她对我有点陌生,但还是趁着有限的视频聊天分享她的快乐,虽然两年不见,但是那份爱一直停留在那里,只增不减。

在这场突如其来的疫情防控面前,哪有什么超级英雄,不过是一个又一个平凡人把自己的所能拼凑起来,舍小家为大家,然后才有了划破黑夜的光亮。

我们累,却从不止歇;我们苦,却从不回避。

因为,我们是光荣的监狱人民警察!

(作者系新疆生产建设兵团图木舒克监狱民警)

外婆家的炊烟

姜　波

　　那一个夏日的傍晚，当都市的人们还在炎热中叹息的时候，山间已经变得清爽起来了。夕阳还未落下，悠闲地依在远山，将柔和的余晖洒满山林和路面。

　　我在下班后驱车回家，在转过一个弯道后，忽然看到一家农家院落的烟囱里飘出袅袅炊烟。那是一户破旧但干净的院子，从虚掩的门缝中，可见一位老奶奶抱着柴火的蹒跚身影，像极了当年外婆的样子。

　　掐指一算，离开家乡，来到深山里工作，已经整整12个年头了。我也从一个不谙世事的毛头小伙子变成一个被生活磨去棱角的中年男人。那天的炊烟一下子就将我又拉回那个从小长大的小村庄。

　　我的老家在陕北遥远的一个小村庄。外婆家有一个小院子，外墙是用河里打捞的石头砌成，在院子里垒了一个小灶台，外婆就在这个灶台上做饭给我们吃。

　　外婆家对面是一座山，山下是一条河。我和表弟有时在山上玩，有时在河里玩。不管我们在哪里玩，夕阳西下的时候，表弟看到家里升起炊烟的时候，就大声喊："哥，烟囱冒烟了，饭马上好了，该回去吃饭了。"我们就一路飞奔回到家里。可有的时候，我们玩的忘记了，就能听到外婆的声音，喊着我俩的名字，叫我们回家吃饭。

　　从小，爸妈管教很严，我就特别喜欢往外婆家跑，外婆宠小孩，放任我们闹。乱跑一天，在夕阳西下、炊烟升起时跑回家。玩累了，吃上香喷喷的饭菜，心里确实比蜜还甜。我最喜欢吃的是外婆煮的玉米，用筷子插着，举着吃，那种香甜可口，现在想起来都会流口水。那时候觉得山好大，河也好宽，怎么玩都玩不够。直至今日，回想起来，再没有比那段时光更快乐的日子了。

独自在外的年轻人，都有一个衣锦还乡、荣归故里的梦。我也曾想混个一官半职，多赚点钱，买个小汽车，再置办一身好行头，鲜衣怒马，风风光光地回到小山村，让外婆高高兴兴地在院子门口等我。

可这一天迟迟没有到来，等来的却是外婆抱柴禾准备做饭的时候被一个三轮车撞了。接到消息后，飞速赶回老家，外婆躺在医院的病床上昏迷着，鼻子里插着氧气管，生命垂危。但当我哽咽着叫她，"外婆，我回来了！"她竟然还能微微睁眼，叫出我的名字。

外婆顽强支撑几个月，最终，还是永远地离开了我们。

今年夏天，带着妻子和小儿子一起回到老家，院子已经破败不堪，让人不忍直视，对面的山也被挖掉半边，木然地立在那里，曾经宽阔的小河，也几乎干涸。

当下，在繁华的城市中，已经再也看不到那袅袅升起的炊烟，再也没有那种日暮归鸟的生活气息了。

只有在乡间，还偶尔能看到那夕阳下的炊烟。

每次再见到炊烟，就仿佛又见到外婆蹒跚的身影，仿佛又吃到外婆煮的玉米棒，仿佛又回到那段无忧无虑的童年时光。

如今，窗外暮霭沉沉，远处灯火阑珊，又是年关将至，又是游子归家探亲的时节，而我却再也看不到外婆家的炊烟，再也吃不到外婆做的饭菜了……

（作者系陕西省崔家沟监狱民警）

不开化的姨夫

刘玉功

从外表看,我的姨夫绝对是个老实笨拙的庄稼人。

我的姨夫身材宽短,腰板壮实,行动迟缓,少言寡语,谁也不会把他跟智慧两字联系起来。

其实,我的姨夫并不是个木讷的人,他用心经营着自己的土地和家业,用心地过日子,甚至很具有做生意的天赋。

与米脂东乡那带老一辈农民相比,我的姨夫有明显与众不同之处:第一,他不盲从。大伙儿一窝蜂地种洋芋加工粉条的时候,他却在自家地里只种一亩洋芋,够一家人来年食用就行了,他把有限的土地因地制宜地种上各种豆类、成熟期不同的玉米、向日葵和花生等,还栽了一整条梯田的红葱;他家少量的水地里也不光种蔬菜,还种了大片的辣椒、大蒜,明显超过了自家一年的用量。第二,他从来不让地里出产的东西剩下,总是在它们风干、萎黄、变腐之前,趁早把它们卖出去,脱手变现。第三,他喜欢赶集。不管地里的活儿有多紧,每到农历逢五逢十县城遇集的时候,农贸市场上总能看见他那矮墩的身影、黝黑的脸膛和微微闪光的额顶。他静静地蹲在某个向阳的墙脚下,面前摊开着从袋子里掏出来的一捆红葱、两挂辣椒、三串紫皮大蒜,还有解开扎口的小布袋里亮出的红小豆、灰扁豆、黑芝麻等,反正是家里有什么就祟什么、地里上来什么就卖什么,一年四季他总有源源不断可出售的特产。

我姨夫的东西成色好,饱满、圆润、光亮,簸拣得干净,透着庄稼人用心劳动的精致,一看就不是超市里的大路货,也不是小生意人整囤零卖的商品。第二年春天,在乡里洋芋粉条大量滞销、人们心急如焚的时候,我姨夫依然逢集必至地做着他的小买卖。有时候,他翻山越岭跑四五十里路到桃镇的集市上,花七八十元买到一条瘦瘦的小山羊,赶回来精心喂养一两个月,喂得稍稍长大一点儿，毛色柔顺、样子中看一点儿，再拉到县城的南河滩牲口市场去卖，少说也能挣个三五十元，有时甚至翻倍地赚。

姨夫年轻时没有赶上时髦，他不会骑车，无论到哪里都只能迈开两条粗短的腿用厚脚片儿步行，庙弯村离城十多里地，他不知用脚步丈量了多少个来回。他走在路上，总是随身带着一个曾经装化肥的蛇皮袋子，袋口扎住，两头鼓鼓囊囊地装着东西，中间瘪瘪地搭在他的肩膀上。

姨夫不喜欢外出打工，也没有学会什么特别的手艺，只种庄稼、喂牲口，却一辈子手头活泛，从来不缺零花钱；他白手起家，修房造屋，丰衣足食，还在信用社陆陆续续存下十几万元，成为村里屈指可数的殷实人家；儿女们都沾他的光，个个在城里买房时都得到老爸的资助。但是，有人却说老汉死脑筋，不能与时俱进，否则还会更富有。也许大家说的也不无道理吧。

那年腊月二十五，春节前最后一个集市，像以往一样小小的县城里拥满了赶集购置年货的人，街道上人头攒动，摩肩接踵。姨夫卖完了他带来的山货，又买了些对联、鞭炮、调料、香纸之类过年用的东西，捎着编织袋准备出城回家。他低头走在人群里，盘算着今天的买卖。

也许是他正在走神，也许是他有点耳背，身后一辆摩托车开过来，他竟毫不知觉，左车把一下子挂住了棉袄，只听"啊！"的一声他就倒在了地上，编织袋也从肩上滑落下来，甩在一旁。街上行人立刻团团围住摩托车和倒在地上的老头儿，人们都想着一场好戏即将开演。但是谁也没有料到，姨夫从地上醒过神来，抬头扫了一眼四周惊讶的众人和一脸煞白惊慌失措的骑摩托的小伙子，他自己却满脸通红，一骨碌爬起来，拾起袋子搭上肩膀，默默地挤出人群，走了。

旁边不知谁轻轻拽了他一把，"忙着走什么呢，你！"

还有人在耳边悄悄提醒："让年轻人出点儿血，就这么白撞了不成？"

"这老头儿也太瓷了！"好多人责怪他。

可是姨夫却满脸灼烧，头也不回地径直走开，几乎是落荒而逃。

走在路上，他才慢慢感觉到右侧腰窝里有点不大对劲儿，走起路来隐隐作痛。回到家里，他把袋子往墙角一扔，就爬在炕上痛苦地呻吟起来，害得我姨忙颠颠地给他又是揉搓按摩，又是拔火罐儿，又是贴狗皮膏药，撩拨了好几天，直到过完年才总算不疼了。

村里有人听说了这事，就对姨夫说："大叔哎，你可真是不开化，如今都什么社会了，吃了亏也不声不响的。你要是躺在那儿不动弹，那骑摩托的少说也得掏给你千把块钱赔偿费。要不然，你上县医院检查检查，做个CT什么的，他还指不定要花多少呢！"那人还说："你没听人说过，那个什么地方母鸡被过路车撞了，主家都要求去医院做个CT的，何况是人呢？"

姨夫却不以为然地摇了摇头说，"满大街的行人，人家都好好地走路，只有我被挂倒了，可见是我自己有问题。当时我臊得恨不能找个地缝儿钻进去，哪里还顾得上耍赖呢！"

后来我寻思，姨夫虽说是个农民，但他似乎有自己做人的原则。想象一下，假如姨夫那天躺在街上半天不起来，讹人一笔不小的赔偿费，眼前是沾了大便宜，但是，往后有谁看见这老头儿又蹲在农贸市场的墙根下卖东西，还乐意跟他打交道呢？

（作者系陕西省榆林监狱民警）

警属之爱

于 翔

今天的气氛有些不太对!

不声不响的,警属们就悄悄聚集在了一起:有年轻的妻子、年幼的孩子,还有爸爸妈妈,一大家子人全都来了。

监狱小警正准备去上班,看到这一幕愣住了,感觉不太好,颇有一种后院起火的味道。

赶紧走上去问了句,"咋啦?"

爸爸轻描淡写地看了一眼,"没事,上你的班去,我们开个会!"

"啥会啊?"好奇心作祟的小警忍不住追问。

"和你没关系,快走吧!"

"好吧,我还是个局外人!"小警心想。上班时间很着急,使不得马虎,无心再聊,小警快步踏出了家门。

家人们围坐成一圈,爸爸先开口了,"今天我们来开个会,聊一聊警属们关心的问题,拖了这么久,也该解决一下了!"

谜底揭开了,这个会原来是一次特殊的家庭例会。

有些问题,小警自己是意识不到的。

就算他能意识到,也是不愿意承认的。

就算他肯承认,也不太可能会改。

家人们可就不太情愿了!所以他们准备了各自的"提案",焦急地等待着"大会"的通过。

女儿先开口了:"我希望爸爸一年里必须有一天可以由我选择的休息日。爸爸忙我理解,但他答应我的事从来没有做到过,陪我画画,一个电话就跑了;开家长会,永远都是妈妈来;表演舞蹈节目,只有我一个人是爷爷奶奶来的……"

小姑娘满脸的委屈,警爸简直成了生命中最熟悉的陌生人。

"好好记下孩子说的!"奶奶看了一眼爷爷,眼神里满是心疼。

"好的,孙女的提案,爸爸给她一天由她选择的休息日,陪她做答应了却没有做的事。"爷爷一笔一画工工整整地记录下来。

一家人把目光转向妈妈,妈妈有些犹豫:"我其实也没什么。"

"没事,该说的说,有我们在!"爷爷端坐在众人中央,拿出了长辈的气势。

"来一次旅行吧!"妈妈的语气中充满着无奈,"以前说的,是陪你走过人生中最漫长的路,现在离得远不说,全靠手机'云陪伴',欧洲的雪山不敢奢求了,九寨沟的美景怕也有点赶不及,不行就去郊游吧,爷爷奶奶也去,多呼吸新鲜空气,对身体好!"

这个听起来很玄幻的"出口转内销"的故事,触动了一大家子人的神经。

"目标得一步步来嘛,我来做他工作,还是可以期待的嘛!"爷爷的话语中略带歉意,但更像是一种安慰。

翻到下一页,继续书写起来,"儿子,多陪陪最爱你的人,给你定一个今年必须实现的三步走目标,这周,陪家人一起去郊游;这个月,带上媳妇孩子一起去看看祖国的大好河山;今年,兑现你的承诺,带妻子去看看国外最美的雪山。不给自己一点压力,你肯定发掘不了自己的潜力。"

接下来就轮到父母了。

爷爷和小警一样,也在同样的岗位上奋斗了大半辈子,在他看来,儿子是最优秀的。他对监狱人民警察这份职业,有着近乎于执着的热爱,干工作有热情总是好的,但有一点,儿子太不顾忌自己的身体了。

黑白颠倒的作息,总被他说成在忙份内事,矫治教育只争朝夕,插不上嘴,只有在儿子熬完整宿顶着大亮的太阳回到家时,给他准备点吃的。

"爸,我不吃了,太困了,我先睡一会儿。"答案总是拒绝。

接下来的一天儿子就陷入了"请勿打扰"的模式,饿着总是伤身体的,但太累了却也让人心疼……

这样下去,免不了身体要垮下来!

爷爷沉思了一下,翻到下一页,继续动起了笔,"人是铁,饭是钢!儿子,爸今天以很严肃的态度要求你,补觉前吃点东西耽误不了多少时间,像你这样动不动三餐并做一餐吃，忙工作精力肯定也跟不上！就十分钟，多少吃点东西，吃完再睡，把你的胃养好。"

爷爷的笔停了下来，一大家子的心愿都写下了，接下来的问题，就是向小警宣读了。

"他跟我说今天白班，四点就下班了"妈妈说。

一家人围着圆桌坐着，给小警空出了位置，除了满满一桌热气腾腾的饭菜，还有三份饱含家人期待的提案。

时针飞快地转动着，家人们的心却很焦灼，短信没有回，那肯定是又在忙了。

不经意之间，九点了，女儿该睡了，一家人集体宣读倡议的时刻终究没有到来。

当夜色深沉到漆黑，门锁终于再次发出吱呀的声音，小警回家了，看着守候在圆桌边的父母。

"爸、妈，怎么不早点睡呢？"

"不放心你呀，总算回来了。"

"有什么要和我说的吗？"

"没，没，快休息吧！"

一天的会看来是白开了。

这大概就是来自每一名警属最纯粹的爱吧！

（作者系江苏省高淳监狱民警）

温暖的瞬间

李志国

那天晚上，我和母亲沿着小区环形公路散步。

小区幽静，寂静无声，只有一片柔和的月光斜斜地洒进楼宇之间。我的前面蹒跚走着两个人，一个是半身不遂的老妪，另一个是搀扶她的中年男子，看样子是母子俩，男子搀着母亲的胳膊，两人低声细语地说着话。

男子用手指着天空的月亮，高兴地说："妈，你看，天上的月亮，像不像根香蕉，我把它摘下来送给您。"

老人听了，咯咯地笑起来，"儿子啊，你又把我当成孩子来哄！"

这幅真实的画面，正是你陪我蹒跚学步、我陪你夕阳漫步的写照，老人的银发微微地颤动起来，在月光下愈加耀眼。那一刻，我的心情也变得如月光一般轻盈。

朋友给我发来一段视频，寂静的秋阳下，洁净的大街上，缓缓地走来两位老人。准确地说，是一个男人背着妻子独自在行走，怕时间长了妻子会掉下来，他就把妻子绑在他背后，妻子的双脚只是随着他坚实的步子拖移。面对一群围过来的好心人的赞赏，男人露出憨厚、羞涩的笑容，他的妻子虽然说不出话来，但她的脸上也流露出幸福的表情。我想，他的妻子虽然因一场突如其来的疾病失去行走的能力，但她却拥有一个男人的真爱，这份爱就是支撑她继续向前"走"的信心和力量。

最近看到一对打工夫妻，男人将沾满灰尘的薪水交到女人手里，女人满眼的幸福，羡煞众人，两人确实苦得很平凡，爱得很平凡，但却是很幸福的，爱可以让身体变得滚烫，可以让生活充满希望，知道在这个世界上还是有人关注着你的，在累的时候知道家中还有人在等着你。

很多人都有这样的心理：摘不到的星星，总觉得是最亮的；手里溜走的鱼，总觉得是最肥美的；看不到的电影，总觉得是最好看的……其实，世间最珍贵的就是当下的幸福。

有人的地方才有家,有家的地方才能幸福。很多时候我们将金钱看得太重,缺少时间去经营爱情。一种心安叫我等你回家吃饭,因为你在,所以心安。

其实,只要我们多留意,生活中那些温暖的感人瞬间无处不在,对我们而言,这些友善的表达,有时只是一句温馨的问候,有时只是一个灿烂的微笑。同样,别人也会还以一句温馨的问候,也会报以一个灿烂的微笑。

孟子说:爱人者,人恒爱之;敬人者,人恒敬之。世间的情和爱莫不如此,它们也是相互作用的,你付出多少真情,自然就会得到多少真情;你付出多少真爱,自然也会得到多少真爱。因为,真情、真爱从来都不是用金钱来衡量的,而是尊重与尊重、真情与真情、真爱与真爱的互换,是人们发自内心的真切感受和触动。

给社会更多的关注,给他人更多的关心,给家人更多的关爱。唯如此,我们的生活才会更有意义,我们的生命才会更加饱满。

愿我们珍惜生命中的每一天,感受世间的温暖,让真情、真爱流淌在心间。

(作者系新疆生产建设兵团芳草湖监狱民警)

奶奶走了

吴 翔

大年初一,我与第一批进监执勤的战友一起进监封闭执勤。

进监前,我在微信朋友圈上仪式性地发布了"失联"公告,收到了很多点赞。我想,这一个个的点赞,既是对监狱人民警察在危难关头迎难而上的赞扬,是对我这次封闭执勤的关怀,也是对我们能战胜疫情、凯旋归来的祝福。

从刚进监的兴奋,到心理学上的瓶颈期,再到目前的艰苦阶段,过去的三十多天,我和战友们一直在自己的岗位上战斗着、坚守着,期盼着战"疫"的最后胜利。

2月25日,封闭执勤的第32天,监狱提升了警务防控等级,我像往常一样值班、处理问题、罪犯教育……但妻子的一个电话打乱了我平静的生活。

"奶奶走了!"

电话那头,妻子哽咽着告诉我。

简短的四个字,如同晴天霹雳,我有点茫然不知所措,与奶奶相处的点滴瞬间在脑海浮现。

奶奶今年83岁,是个淳朴善良的老人,虽然儿孙孝敬,她却坚持一个人住在老家,她说那是生她养她的地方,一花一树、一草一木都相伴了一辈子,舍不下。门前的几块田地,她喜欢种点瓜果蔬菜,每次听说我们要回去,她总是拄着拐杖颤悠悠地在厨房忙碌好几天,做上满满一桌好菜,看到了我们开怀畅饮的样子,她就乐得合不拢嘴。

我们曾多次劝她不要再去忙农活,她口头答应了,可当我们开车离开后,她就一个人拿着锄头,佝偻着身子前往田间劳动,我看见了,没有去阻止,我想,也许农家人是闲不下来的。

三年前,奶奶上楼时摔伤,做手术换了股骨,需要做恢复训练。刚开始,奶奶撑着器械,走两步就会满脸汗珠,那艰难的脚步,仿佛回到了我蹒跚学步的时候，我总是不放心，要去扶她。但奶奶却很坚强，总是说："我自己来，就像你小时候，经常扶着怎么学会走路。"就这样，奶奶逐渐摆脱需要人扶的依赖。

上初中那会儿，我在老家上住宿学校，由于海拔高，气温变化很大，一到冬天，刺骨的寒风吹得干枯的树木咯咯作响，学校的操场上，白雪茫茫，变成了我们打雪仗的乐园。每次出发去学校，奶奶总是叮嘱我多穿点，免得感冒，少不更事的我，觉得老人太啰嗦了。

有一年冬天，我到校的第二天就开始下雨降温，在一阵疯狂玩耍后，我感冒发烧了，就在我孤独无助的时候，突然有同学喊我去拿东西，来到门卫室，原来是奶奶坐在那里，满是老茧的双手提着一满袋东西，气喘吁吁地告诉我："冬天冷，怎么衣服都不多带几件！"说罢，将一袋衣服递给了我，嘱咐了几句便转身离开了。

看着奶奶远去的背影，那几十里的山路对她来说有多艰难啊，我自责又心疼。

奶奶是个地地道道的农家妇女，在那个艰难的岁月里，她没有上过几天学，却拼尽了一生的力量将子女们送进学堂，送出大山，过上了稳定的生活，而她自己却在那个山沟里守护了一生。

在她们那一辈人眼里，去世后希望子女都能来送最后一程，热热闹闹地入土为安，可是在疫情肆掠的特殊时期，我不能回家。

想到这些，泪水不禁模糊了我的双眼。

知道奶奶走了的消息后，监狱领导和战友们纷纷以各种方式，对我及家人表达慰问和关心，家人也对我表示理解和支持，让在悲伤与思念中手足无措的我感到莫大的安慰。

我深知，战"疫"关键期，不能有丝毫差错，任何原因导致一线减员，都可能前功尽弃。作为监狱人民警察，必须要有更多的奉献和付出，我是一名战士，战"疫"必须舍小家、为大家，除了坚守，别无选择！

亲爱的奶奶，对不起，没能回来送您最后一程，您一路走好！我一定会化悲痛为力量，继续坚守岗位，继续勇敢战斗！

等到战"疫"胜利时，我定带着捷报，去您的坟头拜祭，告慰您的在天之灵！

（作者系湖北省恩施监狱民警）

姥姥的"饺子馆"

王 喆

前段时间，有一部很火的电视剧——《姥姥的饺子馆》，通过饺子馆为主线的串联，讲述了姥姥的人生心路历程。

我的姥姥心里面似乎也开着这样一个"饺子馆"，她一直在用心经营着自己的"饺子馆"，微笑着面对生活中的点点滴滴。

小时候，每次去姥姥家，都嚷嚷着让她包饺子给我吃。那时候，姥姥看起来还很年轻，和面、剁肉、拌馅、擀皮……每一个步骤都是那么的熟练。看着案板上一排排饺子兵在整齐的列队，肚子中的阵地早已频频告急的我，便迫不及待地央求姥姥赶紧命令它们奔赴战场。不一会儿，一碗碗冒着热气的饺子被脸上笑开花的姥姥端了上来。我下手直接抓一个塞进嘴里，快速咀嚼，饺子馅的味道很香，姥姥是花了功夫的。

吃了几个之后，我放慢了速度，开始慢慢品尝这美味，突然感觉有点嚼不动，便把肉馅吐了出来，是一大块肥瘦相间的肉，便询问姥姥：为什么不把肥肉去掉，把瘦肉剁得细一点？姥姥告诉我说：肥瘦相间的大块肉馅吃起来才香嘛，我年轻的时候哪像现在这么轻易就能吃上一顿饺子？只有过年的时候才能吃上一顿，都是大块的肉馅，吃起来可香了，那个年代能吃上这样一顿就非常知足了，我们要感恩这个好时代……姥姥的话我当时并没有听进去，只是觉得这顿饺子越吃越没味。

后来上了中学，又去姥姥家吃饺子，姥姥鬓角间的白发明显增多了，岁月给她的脸上留下了痕迹，唯一不变的还是停留在她嘴角间那熟悉的笑容。

这次姥姥依旧重复着之前的步骤，只是在准备肉馅的环节花了一番功夫。经过"滚三滚"的环节，热气腾腾的饺子上桌了，一家人围坐在一起分享这美味，姥姥是吃得最开心的那个。

但是吃着吃着，桌上除姥姥之外的家人先后都感到饺子馅很咸，盐肯定放多了，便不约而同地问姥姥究竟放了多少盐，姥姥很自信地讲道"和平常一样啊，我吃着正好啊，一点也不咸啊"，姥姥依旧在大口地吃着饺子，只不过在略过大家的表情后，姥姥嘴角间那抹笑容逐渐消失，伴随着严肃的表情似乎陷入了某种沉思。后来听舅舅讲，那顿饭之后，姥姥一连又包了几顿饺子，在吃饭时姥姥会听取大家的评价，在得到大家一致认可后，姥姥脸上终于又露出了久违的笑容。

前段时间回家，恰巧姥姥在我家，姥姥已是满头白发了，身子骨也不如以前硬朗了，而且变得唠叨起来，似乎有很多聊不完的话题。我妈那天又准备了饺子馅，打算中午包饺子，便邀姥姥一起参与，不过姥姥坐在沙发上却摆摆手，不愿意参与进来，嘴里嘀咕到"老了包不动了，味觉也不行了……"

虽然坐在沙发上，姥姥眼睛却不时瞅着包饺子的桌子这边，嘴里又讲起了各种不同的故事，只是这其中时不时地还穿插着"多放点馅子，好吃""盐放适量，不要太多""饺子皮别擀太厚……"的叮嘱，像是对后辈的传授。

过了一会儿，突然静了下来，而后传来一阵鼾声，循声而去，是姥姥打盹睡着了，此刻她的嘴角又露出了那熟悉的笑容。估计在梦中姥姥又回到了给小时候的我包饺子那一刻，面带微笑、熟练地重复着每一个包饺子的步骤……

此刻姥姥心中的"饺子馆"依然在忙碌地营业，姥姥依旧微笑着面对生活，这也是她的人生态度。

随着时代的变迁，如今，吃一顿饺子很容易，包一顿饺子也不难，经营好一家饺子馆相比过去也变得更加从容；或许在我们每个人的内心深处，在经营心中这家"饺子馆"的过程中会遇到各种难题与困境，但请不要迷惘与心急，在当前的盛世下，我们更应该有理由、有自信能够像我的姥姥一样微笑着经营好自己心中的这家"饺子馆"。

（作者系江苏省高淳监狱民警）

家兄

马小磨

我没料到，家兄这么有勇气，加入了与疫情的奋战。

我很是担心，他上有父母，下有正读书的儿子，而且，好多年前，单位破产，他早早下了岗，揣着500元钱出门打工，再到做生意，最后生意失败，要不回别人欠他的钱，却还了所欠的外债。无奈回家，只靠镇上一个茶叶店惨淡经营。继续无奈，买了辆旧车跑网约，生活似乎对他一点都不眷顾。

但自大年初二起，他每天都准时背着药箱，从楼梯间走向大门外，到街道，再到路边垃圾桶，还在镇上的卡点执勤、值夜班。他把茶叶店提供给社区做登记点，捐献几千元的茶叶，帮社区给居民发口罩，挨家挨户登记体温，帮居民联系物资。总之，拉条幅时，有他；张贴宣传时，有他；打扫卫生时，有他；劝说不配合的居民，也有他。

他忙得不亦乐乎。

我们除了叮嘱他注意安全外，还是这些叮嘱。

春节前几天，市区各社区已经开始宣传。对于襄阳人来说，新冠肺炎突如其至，但貌似并未引起很多人重视。

超市里，购置年货的人一波又一波。路上，车堵得如同挪移。

我担心开网约车的家兄，提醒他不要出车，出门戴口罩。在我看来，乘客都是危险源。而且他还要时常到父母那里做做饭，哪里知道病毒藏在哪个角落？但也知道，他必须出门载客，那是他唯一的经济来源，尽管生意一般。至于那个茶叶店，货不少，可营业额几乎等同于零。年前，他必须储备一点。

或许是同样的担心，他年前不再出车了，专心帮父母收拾屋子、烹炸过年食材。

年三十，他终究还是接了一单。是个打工的外省乡下人，为了多挣点钱，耽误了回家的行程，得知处处开始封路，着急要回家，却四处找不到车。

同是奔波者。犹豫再三，家兄终于接了单。一路颠簸至村中家门口，对方表示感谢要多付钱，他却并未多收取一文。返回途中，好多地方开始封路。所幸，那时省道还未封，家兄赶了回来。或许，之前常年在外，更能体会那份思乡的情愫，才不顾路途颠簸接单吧。

大年初二，家兄给我送来蔬菜便离去，说是回镇上原单位旧房子，他并未告诉我，此去要当志愿者，许是怕替他担心。

约中午时分，家兄发来图片和短视频。自此，我们才知晓他此行的目的。

说实话，突然看到他这样，我一愣，想起他当年在浙江打工的时候，为了多挣钱，有一段时间，他曾在夜里跑摩的。人生地不熟，常常接不到单。即使接到，也被对方把价砍得只保住成本，但他还得跑。无数个晚餐，在路边匆忙解决。他总是一边等人，一边啃馒头。

想着他平日里的艰辛，再看看这些照片、视频，我很是意外，又满是敬意。我清楚，对于很多下岗多年又生活维艰的人来说，抱怨多于其他。然而，家兄却一直很阳光，总是说，慢慢来。

有人说，疫情是一个放大镜，让人性的善与恶、美与丑更加引人注目。

这些天，除了在一线奋战的医护工作者，还见过很多志愿者，有运送物资的货车司机，有清洁工，有拉运病人的的士师傅、快递，还有很多很多。没有埋怨，只有尽心尽力。

这每一个灵魂都很美，美得高贵！

（作者本名马汉琴，系湖北省襄北监狱教育科民警）

节日篇

记得住的春节，忘不掉的乡愁

田　霞

　　大街小巷大大小小的红灯笼逐渐多了起来，商场的玻璃橱窗贴上了各式的剪纸，把年的符号、年的韵味儿都彰显了出来，传递着春节即将到来的气息。对于常年离家在外的人来说，每到过年，故乡就成为心头越来越痛的结，回家的渴望就像一根无形的弦在心底越来越紧。

　　每当年关将至，鞭炮声从零零星星到密如炒豆，那段短短长长的归乡路，便成为每个在外游子的征途。我在路的这头，故乡在那头；我在这头，亲人在那头；我在这头，期盼在那头。伴随着逐渐多起来的鞭炮声，压抑住归乡情切，坚守完腊月二十九，匆匆踏上归乡之路。回家，回家，回到现在越来越难以回去，却永远被称为故乡的地方。

　　一上高速，车明显地多了起来，虽行走缓慢，但总比走走停停或停滞不前好。坐在副驾上的我有着无数的闲空，透过车窗玻璃，一辆辆各式的车挨挨挤挤往前凑。车上或坐满了人，或未坐满的位置上堆满了物件。每个人脸上的表情将内心的情感完全表现了出来：急切、焦虑、担忧，又充满了期望。

　　看着他们，就像看到了自己的内心。自己何尝不是这样？心情一样，每个人的目的也一样，那就是回家，顺利回家！回到阔别已久的故乡！只有春节，才会有如此的吸引力；只有春节，才会让大家在平日忙碌中难以想起的故乡如此鲜明！

　　我的老家是川南的一个小镇，距离赫赫有名的酒城也就20分钟左右。故乡过年的味道，是鞭炮的火药味儿。每年腊月二十六、二十七开始，鞭炮声就在小镇和小镇周边的乡村里零零星星地响起来，勾起无数人的期盼，催促着筹备年的脚步。到二十九、三十，鞭炮声稠密起来，这是很多移居外地的人回老家上坟祭拜祖先，把初一的事儿提前做了。三十吃团圆饭前，大部分家庭会放一挂鞭炮，在噼里啪啦声中向先祖祈祷、敬祝。除夕夜11点到12

点半，不约而同的鞭炮声震耳欲聋，此起彼伏，将整个夜晚淹没在鞭炮声中，新的一年来了！

到这个城市工作的第一年，因工作关系没回成家，城市的局限和规矩，使除夕前和除夕没有鞭炮声，根本感受不到年的气氛。至此后每年不管多晚，我都会尽量赶回家，回到有鞭炮声的家乡，随着噼里啪啦的鞭炮声迎接春节的到来。

时光如流水般潺潺而过，每年新年来临，在外工作的、打工的都会从四面八方赶回家乡，让平日冷清的小镇、乡村热闹起来。来年家里有老人过寿的、要结婚的，都会利用春节回家的机会办酒。所以，在短短的几天里，人们一天比一天忙，忙着走亲串友，忙着吃酒席。镇上大大小小的酒肆饭馆日程排到正月十五以后，天天生意爆满；每个村子每天总有那么几家人声鼎沸，客来客往；村子上空也总是炊烟袅袅，肉香飘逸，酒香回荡。一年未见的亲朋好友大快朵颐地吃着特有的九大碗，就着浓香的美酒谈天说地，倾诉一年未见的喜悦，感慨一年的变化，交流挣钱的门道。兴致所到，男人们还要挽起袖子，大声吆喝着划起在城里人看来喧嚣不文明的拳。响亮的划拳声助添了整个酒席的气氛，引得吃过饭闲聊的老人们、女人们也逐渐围拢来看热闹。谁要赖了，大家跟着一起起哄；谁豪爽地一杯杯喝下，大家又一起喝彩！其实，他们喝的不是酒，而是一年未见的喜悦，是即将分别的不舍，是未来一年相聚的期盼！

在外十几年，每至春节，对家的思念就会随着春节的脚步越来越浓，就会不时品咂故乡过年的味道。"初一早晨的汤圆，中午的面"。这是老家亘古不变的风俗。说实在的，吃过很多地方的汤圆，包括名气很大的，但我觉得都没有初一早上父母做的红糖芝麻汤圆好吃。汤圆粉子是用爸爸妈妈年前精选的糯米自己做的。三十晚上吃过晚饭收拾好后，妈妈慢火细作地将芝麻炒好、炒香，然后和上等红糖一起碾碎、碾细。初一早上在噼里啪啦的鞭炮声中，当我睡眼惺忪地起床时，他们已经做了满满一筲箕白白圆圆的汤圆。爸爸将一个个汤圆细心地放入已烧好的水中，随着沸腾的开水，一个个上下翻滚，最后慢慢浮在水面上，白白胖胖、圆圆润润。爸爸根据"四季大发财""六六大顺"等为每个人盛上。趁着热乎，轻轻咬上一口，早已融化的红糖顺势流了出来，红糖的醇厚甜润滚烫加上芝麻的香，让舌尖立马跟着跳舞，味觉跟着兴奋！

初一中午吃面，而且是素臊子面。我不知道多少地方有这风俗，但我老家就是这样。初一早上吃过早饭后，就去上坟，祭拜先祖。到中午时，就吃面，青菜可以有，但一切与荤腥有关的都不能放。即使荀臊子，那也只能是豆腐干、笋丁、蘑菇等素菜和芡粉一起勾芡。虽然没有油，但是豌豆尖的清香加上自然鲜的素臊子，淋上几大勺子清油熬制的又麻又辣的辣椒油，即清香又鲜，还麻辣，让人酣畅淋漓又痛快。中午不沾油荤，据说是为了对先祖的尊重与纪念，不知从哪代起传至今日，并还要传下去……

月是故乡明，人是故乡亲。家永远是过年的主题，故乡永远是春节时最浓烈的思念。烟雨红尘，诉不完的是乡思，斩不断的是乡情。

这一程，山长水远，下一程，定是温暖情长！

（作者系四川省川西监狱民警）

又是一年春节到,菜薹就着腊肉炒

彭 莹

来武汉定居十年,每年过了寒露时节,武汉的菜市场必会出现一样红紫色的蔬菜——菜薹,这是一种武汉非遗名录的限定食物,也是一张武汉的名片,叫人饕餮之心难以抑制。以至于外省、甚至海外的湖北人,每每到节令时都会想起它独特的味道,油然而升一股思乡的情愫和怀念儿时的情怀。

每到春节,在外省工作的同学回到武汉总要捎上一把菜薹,趁着带回去一周内还新鲜着,清炒、蒜蓉、酸辣、腊肉炒几相宜。有的不能回老家的,关系好的同学更是想着法儿的保鲜邮寄到外省,亲切的同学情和家常感绵延在两地。

多年居住于小洪山,这里是武汉远近闻名的洪山菜薹产地,每到岁末年初,正是洪山菜薹历经风霜寒露,脆嫩可口、味道甘甜之时,一盘红菜薹上桌,生生打上了楚地独有的标签。

初到武汉时很不理解,武汉人对洪山菜薹有着特别的情感和隆重的仪式感,武汉作家池莉女士居然还专门写了一篇文章叫《假如你没有吃过菜薹》——里面写到"需要摆明菜薹的正宗血统,就叫洪山菜薹",还称"菜薹哦菜薹,真的是我对武汉这个城市最深最深的一份眷恋"。

据说,洪山菜薹以宝通禅寺内、小洪山上 1500 多年历史的洪山宝塔下一处"塔影田"种植出来的最为珍贵——"钟声塔影映紫菘"说的就是寺内仅有的 5.7 亩地,菜薹在钟声的沐浴下静静生长。

我好奇地百度了一下:"菜薹,由白菜易抽薹的品种经长期选择和栽培驯化而来,别名紫菜薹、红油菜薹,主要分布在长江流域一带,以湖北栽培最为著名。据史籍记载,红菜薹在唐代是著名的蔬菜,历来是湖北地方向皇帝进贡的土特产,曾被封为'金殿玉菜',与武昌鱼齐名。它营养丰富,紫红色的富含抗衰老的花青素。"原来,荆门家乡吃的菜薹和武汉的菜薹是如出一辙，武汉三镇、大江南北，延及整个江汉平原，都有生长，深受广大人民喜爱。

再回想一下，小时候缘何不爱吃，大概是小时候家乡荆门的菜薹瘦弱纤长，带着一丝青涩，在那个物质并不发达的年代，对于孩子来说，这丝丝青涩被放大了，犹如当时不爱吃的苦瓜、南瓜等，不靠肉长香，难以下咽，而当尝遍人间甘饴后，最原始的才是最稀缺的。

那一日从石牌岭和吴家村经过，路过街角小公园，惊见公园名曰"洪山菜薹公园"，夜黑时怕眼昏花，揉睛细看，果真如此，随即用手机搜索了一下，发现这个公园创下两个"武汉第一"：第一座以蔬菜命名的公园；占地面积最小的公园。

武汉现有的两处洪山菜薹产地，那处"塔影田"受寺庙灵气庇佑，远离尘嚣与践踏，普通人很难吃到；另一处便是在石牌岭西路雄楚大道公交站边上的80亩洪山菜薹基地，就在菜薹公园后面，一部分由洪山乡的乡民代代承袭，一部分由大型农户承包，在高楼大厦裹挟中，难得一见那一兜兜向上生长的菜薹，一副傲雪凌霜的风姿，每次瞥见了就会想起一点儿时关于乡村的回忆！

洪山区自古代就是九曲十八凹，湖泊众多，避风向阳，温暖湿润，形成一个小小盆地，非常利于菜薹的水分蓄积和甜度储备，洪山一带的土壤为灰潮土，其母质是一种长江碱性冲积沉积物，含有丰富的微量元素。清代的《武昌县志》《汉阳县志》就有关于"味尤佳，它处皆不及"的记载。此外，洪山宝通禅寺一带，千百年来，因长江洪水漫溢，洪水夹带泥沙从各处垄地在此沉积下来，加上北有洪山，阻隔寒风，南有南湖，气候温暖潮湿，十分适合红菜薹生长。经过历代祖先精心耕作，加之品种优良的菜薹，才渐渐地成了"系出名门"的武汉招牌。

又是一年春节到，菜薹就着腊肉炒。

何时掐？怎么炒？老和嫩的区别？是荤素还是凉拌？各花入各眼，最终一盘油光水滑的鲜嫩菜薹端上桌，算是对新年最好的祝愿！

（作者系湖北省汉口监狱民警）

最爱吃那柴火饭

张　展

早晨送孩子上学，听广播"幸福960"里的一则公益广告，父亲喋喋不休地说准备了一桌好菜，妈妈也把房子收拾干净了，女儿却欲言又止地说：过年回不了家了。父亲的声音戛然而止，沉默了好一会才说："没有关系，还是要以工作为主。你不回来，我和你妈妈就可以简单点了。"结束语说："父母盼的不是过年，而是你能回家团圆。"

一句话瞬间戳中了我的泪点，眼泪在眼眶里不停地打转。转眼，我已三年没有回家过年了，今年早早就请好了探亲假，一定要回家过个年。

年关将至，回家的脚步越来越近了，思乡的情绪也越来越浓了。中午，突然想起了妈妈做的柴火米饭和那香喷喷的锅巴。于是，土豆切片、过油、淘米、下锅，电饭煲的口感设置成"锅巴"，启动。静待1个小时后，一锅香喷喷的柴火米饭出锅了。我一边嘎嘣嘎嘣地嚼锅巴，一边感叹现在科技的进步，电饭煲也能烧出柴火饭了，一边却又觉得少了点什么？细细想来，那应该是真柴火饭的香味，应该是妈妈的手艺和家的味道。

小时候，爸爸每年秋天都会去山里砍柴，储备在家里，用于冬天生火做饭。印象中，我随爸爸第一次去山上砍柴，高兴的又蹦又跳，好不容易爬上了山，我抡起柴刀就朝一棵树砍去。爸爸马上叫住了我，说："这些长大了的树木不能砍，来年可以留做木材用。只需要修掉多余的树枝就好了。"

于是，我又拿起柴刀去砍树枝，砍了大概三四根就没有力气了，吵吵嚷嚷要回家。爸爸便对我说："砍柴也有技巧的，不要用蛮力，而要使巧劲。"只见他左手拿住树枝，右手抡起柴刀，呈45度角劈下去，手起刀落，树枝就掉了下来，好像不费吹灰之力一般。原来，看似简单的体力活，却也蕴含着生活的哲理。

柴砍好了，最头痛的是怎么拿回家。只见爸爸把带来的稻草编成的绳摆在地上，把树枝放在上面，三下五除二，手脚并用麻利地把绳子一系，就成了一捆柴火了。两捆柴火绑好后，爸爸用扁担一钩，往宽厚的肩膀上一挑，健步如飞地朝山下走去。爸爸也给我捆两捆小柴火，其实也就三四根，可是我不会用扁担挑东西，走着走着柴就从肩上滑了下来，如此反复，一路跌跌撞撞总算是到了家。

新鲜的柴火是点不着的，需要放置家中晾干才能用。这边爸爸正在码柴火，那边妈妈叫我帮忙生火做饭。我先在炉灶里放些容易烧着的树叶，然后把手伸进灶里，用火柴点着了树叶，待火稍大一点，再慢慢地把晾干了的树枝放在树叶上，用树叶把树枝引着，慢慢就把火生起来了。虽然总算把火点着了，但每次鼻子还是会在灶壁上碰的黑黑的。

火烧大了后，只见妈妈在清洗干净的大铁锅里放上点猪油，待油化了后，把切好的土豆片倒进锅里翻炒，炸到两面金黄色时放点盐巴，然后再加入淘好的大米，盖上锅盖。大概十来分钟后，妈妈就让我不用再加柴火了，她这时会认真地看着灶里的火：这个时候的火候是最重要的，如果火大了，就会把锅巴烧黑，甚至把米饭烧糊；如果小了，就出不了金灿灿、香喷喷的锅巴了。所以，每到这个关键时刻，都是由妈妈来掌控火候的。大约再过五分钟，妈妈就会把鼻子伸到灶台边，用手扇一下锅盖上的蒸气，闻闻饭香，听听锅里"霹雳吧啦"的声音，就明白差不多了。于是把灶里的明火灭了，留下一点柴火灰，用余温继续烘烤就好。

待到这边炒菜锅里可口的菜出锅了，就可以开饭了。每次做柴火饭，锅底的锅巴几乎都是我包了。小时候，妈妈还会在灶里放进去两个红薯，饭吃完后，香喷喷的烤红薯也就可以吃了。

时光飞逝，现在父母年龄也大了，身体也不如以前了。但是我们每次探亲回家，他们一定会给我们做柴火饭，做我爱吃的锅巴。

我想我们每一个人都有一份关于家的记忆，也许是一道菜、一桌饭，也许是一件物品、一张照片。过年了，大伙能回家的一定要回家看看。

最后，真心祝愿天下父母身体健康！

（作者系新疆生产建设兵团花桥监狱民警）

记忆中的年味

惠 强

过年,是每一个孩子最兴奋、最向往的事情。

从腊八开始,家家户户就开始筹备过年的东西,这就有了"小孩小孩,你别馋,过了腊八,就是年"的谚语。

记忆中,一进入腊月,村里各家各户便开始磨面粉、磨杂粮和调料,每家几乎都养了过年猪,准备过年吃的肉,这是一家人最期待的事情。所有材料备齐后,女人们就开始蒸、煮、煎、炸各类食物。

辞旧迎新,腊月二十四,全家老小忙着收拾屋子,打扫干净卫生后,用从集市上买来的过时报纸把墙壁糊一遍,再贴上几张象征吉祥平安的彩画,年轻人住的地方喜欢贴上一些当红明星画,换上新装的窑洞就比平时亮堂了许多。墙壁上的报纸在缺少图书的农村,还可以帮助孩子了解外面的世界,学习一些课本上没有的知识。

在以传统农耕为主的农村,人们过年时不仅自己要过好,还要给帮助他们耕地拉车的牛和马准备优质草料,以此犒劳这些无声朋友一年的辛勤付出,就连看家护院的大狼狗,也能在三十晚上吃上两个白面馍馍。

大年三十,是全家人最忙的一天。从早一直忙到晚,祭拜祖先,贴春联,包饺子,准备年夜饭,家族的人聚在一起守夜过年。我们穿上了新衣服,吃着瓜子、花生,从父母手中接过那笔可以由自己支配的压岁钱,虽然不是很多,但已经期待好久了。

初一跟着大人给家族里的长辈拜年,初二跟着父母去外公外婆家,长辈们不是给吃的就是给压岁钱,能开心好久,还时不时地清点一下自己的"收入"。

从第一次看小品《昨天今天明天》开始,以后每个除夕夜我都会准时守在电视机前看春晚,听着《春节序曲》和《难忘今宵》,告别旧的一年,迎来新的一年。

过年就像一台戏，随着时间的推移和剧情的发展，一起过年的人和地点也在不断变化。爷爷，奶奶相继离开了，再也不能陪我一起过年了，按照老家习俗，亲人去世三年内过年不能燃放烟花爆竹，不能贴红色的春联和门画，因此过年时也异常寂静。我们磕头拜年的地方也从炕头换到了桌头，爷爷奶奶的遗像前摆着各种供品，无论我们怎么磕头，也不会听到那既熟悉又亲切的声音了。

大三时因为假期去上海打工，我第一次在外面过年。结婚那年，家里添了新人，过年时也多了几分喜气，现在过年时父母的注意力也开始从儿子身上转移到了孙女的身上。

工作以后，我才明白为什么每年春晚上主持人总会说"在这举国欢庆，阖家团圆的日子里，让我们向那些因工作需要，仍坚守岗位而不能回家过年的人们，道一声谢谢"。2019年本不打算回家过年了，当我腊月三十赶回家时，父母是既高兴又意外，过了个团圆年。

相比以前，原来那浓浓的年味越来越淡了，脑海里能搜索到的关于过年的记忆似乎也不是很多，而且大部分还是儿时的记忆。现在过年，再也不用盼一年，再忙一腊月了，只要去一趟超市，过年的东西就备齐了。

随着改革开放后经济的飞速发展，人民生活水平越来越高，物质生活极大的丰富了。以前只有过年时才能见到的东西，现在每天都可以看见。以前只有过年时才过年，而现在我们天天都在过年，所以现在的年味淡了，而记忆中的年味却越难忘了。

（作者系新疆生产建设兵团幸福城监狱民警）

别样的新年

任 宏

记不清楚有多少次了,大年三十轮我值班,家里人也习以为常,不足为怪。

进入监门,随处张灯结彩,悬挂着灯笼,所有门上都贴着喜庆的春联,红光耀眼,渲染气氛喜人。

大年三十晚间组织服刑人员会餐、收看春节联欢晚会后,又准备大年初一的文体活动,极力想营造新年狱内的喜庆氛围,让服刑人员度过一个美好的传统佳节。

未料想,大年初一一大早,分监狱组织召开专题会议,传达上级疫情防控指示,加强新冠肺炎疫情防控,监狱进入高度戒备状态。随即,准备好的各项活动全部取消,监狱全力以赴投入疫情防控"阻击战"。初二,监狱执行封闭管理,每14天为一个周期,民警分班进入狱内轮换值守。封监期间,坚决不能出入监门,吃住都在监狱。

监狱大院里,春联依旧鲜艳夺目,大红灯笼依然高挂,不同的是,春联旁边多了"疫情就是命令,岗位就是战场,坚决打赢疫情防控阻击战"等宣传标语,给人心情复杂、难以言状的感觉。每一个人都带上了口罩,将大半个脸遮住,使得气氛凝重,如临大敌。

随后十多天里,大家除了做好正常的监管改造工作,每天对号舍和活动场所进行六次消毒,还要做好专项登记;对全体服刑人员进行体温测试,密切关注每一个人的体温变化;主动与湖北籍服刑人员谈话,了解他们的家庭情况,掌握其思想变化,按照上级要求,给他们与直系亲属通电话的机会,稳定其改造情绪,维护良好的监管秩序;给服刑人员讲解疫情防护知识,督促落实防护制度,不厌其烦地强调个人防护的重要性,增强每个人的自我保护能力,坚决杜绝疫情发生。

我所在的监区还负责狱内值守民警的一日三餐,每天从早到晚,根据配给的蔬菜、副食品，分门别类，择洗干净，想方设法搭配好，做出干净、可口、营养的饭菜，保证每名同志吃得健康卫生，以充沛的精力投入工作。

战友们的每一天忙碌而紧张，每一项工作都不敢有丝毫差错。

每当夜深人静，值完"瞪眼班"回到备勤室，望着窗外清冷的夜空，心情都无法平静。年前，将近耄耋之年的老母亲因意外骨折才做了股骨头置换手术，术后一直由我姐照顾，年前我姐也因为一大家人等她过年回了家。我们兄弟俩原本想着春节值两天班，还有机会回家照顾母亲，好好陪母亲过个年，没有想到突如其来的疫情打乱了计划。大年初一正在值班，接到上级命令，我被列为第一批封闭在监狱里值守的人员名列，我弟和我在一个单位工作，当得知他也在第一批值守干警中，我当时就傻眼了。

想着正值春节，大家都想与家人一起过年，无法开口和谁调班，更没有办法向组织张口，我心里一横，拿起警务通给远在西安的母亲打了个电话，说明情况。还好，母亲非常理解，叮嘱我好好值班，家里什么都有，不用操心。这还不算，在铜川新区的家里，妻子还要照顾腊月二十九住进了医院的78岁的岳母……封闭期间，与外界没有联系，也不知母亲咋吃饭，伤口还疼不疼，愈合得怎么样？岳母的手术到底做了没有？

人道是，自古忠孝难两全。无奈，面对严峻的疫情，我只能做个不孝子了。

14天的封闭结束了，回到家里，见到母亲我哭了，她却笑了。

转脸看见阳台上的海棠发出了嫩芽，楼前树枝上的喜鹊叽叽喳喳。

我感慨，春天该来了！

（作者系陕西省崔家沟监狱民警）

节到端阳

谢春武

在《学习强国》挑战答题中看见一道题，问哪一个选项与端午有关。答案是"彩线轻缠红玉臂，小符斜挂绿云鬟"，原来又已节到端阳。

"轻汗微微透碧纨，明朝端午浴芳兰。流香涨腻满晴川。

彩线轻缠红玉臂，小符斜挂绿云鬟。佳人相见一千年。"

苏东坡被贬惠州时写过不少诗词给视为知己的侍妾王朝云，这首《浣溪沙·端午》为其一。此时，朝云已病重，东坡希望端午五彩丝线系臂、浴兰汤能为朝云辟邪驱恶。但还是未能敌过岭南瘴气，不久便香消玉殒。端阳岁岁至，客死他乡的朝云，不知是否思念维扬熏兰、五彩小粽……

端午总非一个讨人喜欢的节日，每近端午，母亲总早早地采撷粗壮的带红色节跟的水菖蒲和艾草，缠绕一起悬于家门上。有些家门上除了照例的菖蒲、艾草，冷不防还飘一道黄纸黑字的符，似乎藏着某种神秘的力量。在我看来，这是一种强大的威严守住某个家门。但既然要守，必有攻的力量，或一种看不见的邪恶，它在哪里？在我身边吗？小时候，瞅着门上的符和蒲草，乱七八糟地想，总觉得害怕，急急走过，不敢往那符上多看一眼。

端午是必吃粽子的。

袁枚《随园食单》记杨州洪府粽子说：取顶高糯米，检其完善长白者，去其半颗散碎者，淘之极熟，用大箬叶裹之，中放好火腿一大块；封锅闷煨，一日一夜，柴薪不断。食之滑腻温柔，肉与米化。这洪府是富可敌国的大盐商，可不惜资材人力图一饱口福。糯米火腿皆精挑细选，蒸粽子居然耗时一整天，实在奢侈。袁子才出入豪门间，不解耕耘之苦，不懂采箬之险，更不识贫穷人吃肉之难。

老家俚语：初一裹乖粽，初二裹来送，初三裹来拜神，初四裹来自己嗷。母亲总会裹几粒一角尖长呈锥形的粽子，名曰枪粽，左右各一悬于脖上作玩具又可供食。老家另有习俗，倘若家里长辈过世，过世后的第一个端午是禁止做粽子的。端午前，母亲常自言自语地说某亲戚家去年谁过世了，要多下点米做了粽子送过去。初三的拜神粽那更是重中之重。夏丏尊说：不但人要吃，鬼要吃，神也要吃，较之于他民族的对神只作礼拜，似乎他民族的神极端唯心，中国的神倒是极端唯物的。这长幼的事、神鬼的礼，都办妥了，才安心制粽自己吃。

老家粽子凡四种：豆粽，碱粽，肉粽，粿粽。豆粽、碱粽制得最多，只因此二类粽耗用食材最少。豆粽取材方便，仅糯米加上剥下的四季豆豆子，无其他荤料。碱粽更是简单，除了糯米，只略加小苏打，橙黄透亮，带着碱水箬叶的清香。蘸了同样橙黄透亮的蜜糖吃，竟有清淡简远之味。食肉动物更喜欢的肯定是肉粽。五花肉为主料，切小块，辅以香菇、香葱下油锅热炒，满屋喷香，配料虽佳，然费钱，一枚粽子加一小勺。肉料虽少，也勉强算是肉粽了。老家有一种其他地方少见的粿粽，糯米洗净磨成粉，加了红糖和事先红烧好的五花肉萝卜干混搅成泥。粿粽入口甜中有咸，别有几番滋味。

制好的粽子缠于撕成细丝的大片棕叶，棕叶头端打个结，粽子连同棕叶一大串，一起下锅蒸熟，沉沉的悬于通风的屋子或过道，微风吹过，箬香肉香米香乱飘。小时候油水少总爱吃肉，肉粽少豆粽多。我解一个粽，看是豆粽，胡乱又包起缠上，再缠上已是衣冠不整。再解一个，又豆粽。再解，那水煮过的棕丝牢固坚韧，我脾气急，把那缠粽的活节拉成死节，气急败坏地大喊："妈，肉粽在哪里？"

岁月悠悠，往事如粽香，带着家乡原野的味道。我曾不解袁枚"淘之极熟"的意思。请教母亲后方知，制粽之糯米需淘七八遍至水清，如此方不易馊。但数天后总是易馊，母亲剥开馊了的豆粽，总不舍扔了！

每年端午过节回家，母亲总要指着屋内悬着的粽子告诉我说这是肉粽那是豆粽，怕我不知道肉粽在哪里。母亲对子女的爱，就像那棕叶头上的结，丝丝缕缕牢固又紧密，扯也扯不断。

（作者系福建省闽西监狱民警）

我爱你，中国

童 江

时光踩着固有的节奏迈进了 10 月。

71 年前，就在这硕果累累的深秋，新中国诞生了。

71 年沧桑巨变，71 年辉煌巨著。

2020 庚子年，中秋和国庆并肩而来，天地同庆，日月同辉。

团圆相聚品味月饼祝福祖国，这是全民幸福的时刻。这一刻太珍贵，百年难遇的大吉庆。我们不能只看到惊喜的巧合，这当是 71 年来，中华民族过关斩将、将东方这颗最灿烂的太阳高悬于世界上空的宏伟展现。

这一年，最让人自豪的，是作为一个中国人。这一年，一个摄人心魄谁都要正视并重视的话题，那就是，全民抗疫！这是一场始料未及呈席卷之势蔓延的灾难，爱国情最至诚的体现，就是与祖国同呼吸共患难。

中华上下五千年，传统文化灿烂辉煌。新中国从诞生到站立，从砥砺前行到崛起奋进，伟大的中华民族就蕴含着非凡的气魄。疫情来袭，遍地英雄。生死时刻，全国人民能够迅速围成一盘棋，聚成一条心，拧成一股绳，戮力同心，以全体同胞安危为己任，以"国家兴亡，匹夫有责"为使命，以最大无畏的精神穿越生死线，共筑钢铁长城，同仇敌忾。

从年初到现在，疫情防控阻击战从上到下弦弦相扣。党中央总领全局，医学专家挂帅前行，全体中国人自助互助思想言行高度一致，将病毒打击防范遏制到没有立锥之地。逆行者更是以生命赴使命，以舍生忘死的革命精神绘出了亮丽的风景。武汉保卫战的巨大胜利，体现出全体中国人休戚与共、克己奉公的家国情怀。

蒹葭苍苍，白露为霜。深秋后的祖国，在丰收的喜悦里，威严而祥和。这是全体中国人拼搏奋斗的骄傲成果。

我所工作的监狱虽地处边远山区，面对长腿不长眼的病毒，丝毫不敢懈息。人员聚集的特殊场所决定了疫情防控的特殊性，绷紧责任这根弦，任重而道远。

年初，接到命令的监狱党委迅速在第一时间宣传动员，"党旗飘扬在一线，打赢抗疫阻击战""抗击疫情，人人有责""疫情就是命令，防控就是责任"，各种横幅标语迅速出现在监狱各个显眼的位置，一场没有硝烟的阻击战迅速拉开了帷幕。

冬去春来秋高气爽，现在，站在馒头山上，俯瞰而去，监狱如同镶嵌在森林里的一颗白玉，平安而祥和。不远处，文化广场乐声悠扬，男女老少幸福满怀。月饼飘香，彩旗招展，节日的气氛迎面而来。

然而这美好的一切，离不开监狱民警的呕心沥血。在抗疫这条战线上，我们建造着百密而无一疏的防火墙，迫使病毒不战而退。从年初到现在，近300个日日夜夜，我们高举抗疫旗帜，让警徽在大墙内璀璨闪烁，竭尽所能扭转疫情带来的不利局面。截止目前，封闭管理模式已经执行三个季度，最初的不理解甚至怨言，全部释然。从省局到地方，从地方到每个部门，每位监狱民警都是以最高度的责任感投入到抗疫队伍，个人服从组织，小家服从大家。党组织是战斗堡垒，党员是模范先锋。无论在监狱封闭执勤，还是奔赴灾区前线支援警力，全都是默默燃烧，如雪无声。

监狱抗疫扎实有效，继续保持零疫情的改造局面，就是对祖国生日最好的献礼。

中国自古都是大国大爱。我们放却一切成见，对国际社会给予最宽宏大量的支持和救援，中国迎来了国际社会的普遍赞誉和肯定。那个可爱的塞尔维亚总统，亲吻五星红旗流泪感谢中国的一言一行，深深地温暖着每个中国人的心。

现在，疫情在国门外依然猖狂、势头不减，我国时不时有外来输入病例，抗议成了常态化。疫情在人间还要肆虐多久，无法确定。但2020年注定是个抗疫年。在祖国71周年生日之际，我们献给祖国生日的最大礼物，就是最非同寻常的抗疫成果。

至此国庆中秋节，祝福你，祖国。

我爱你，中国。

（作者系陕西省崔家沟监狱民警）

职业篇

外面的花开了吗

汪 彤

　　早晨一睁眼，打开手机便匆匆忙忙给爸妈发个微信："今天不能去看你们了……"

　　八点值班测体温，下午监控班要上到晚上八点半，我心里默默盘算一下：十二个半小时。

　　我当然不能把这么长时间值班的事情告诉爸妈，他们会心疼我。可我并不觉得累，比起在监狱里封闭四十多天，天天费心、劳神管理罪犯的那些同事们，我坐在监控室值班，看监控镜头"找问题"，这又算得了什么呢！

　　我喜欢运动，替同事们测量体温，也算是活动身体，比我坐着几个小时不动、苦思冥想写东西好得多。

　　我脱掉警服，换上白大褂，这是一件瘦人、胖人，无论高矮都能穿的"均码"白大褂。洗得干干净净，浆过的棉布，已被洗得服帖在身上，手放在宽宽大大的口袋里，感到很绵软。

　　疫情期间，监狱机关大门，除了进出运输食品物资的车辆，很少打开。同事们用门禁卡刷开电动小门，进进出出。一张长条桌放在值班室门口，每天早上，机关科室派两个人，轮流在这里值班测体温。

　　穿白大褂的两个同事在门前忙碌，一个手拿体温枪，给同事们测量，一个登记名字和温度。临近上班，两个白大褂被团团围住，人们排队测体温，都要赶去门厅刷脸签到。

　　今天来测体温的同事，看到穿白大褂的人，都惊讶地笑了："你们兄妹俩一起值班啊！"他们看看哥哥，又看看我，大家都戴着口罩，看不到脸上的表情，眼波里流露出一些微笑。

　　哥哥体谅我，让我坐着登记人名，他在大门口站得像一座雕塑。他做事认真，远远看到有同事进门，便帮他们打开电动门的按钮，免得站在小门外，

职业篇

在包里和口袋里翻半天门禁卡。

哥哥测量一下体温，就会报一个人的名字和温度。有的时候他只报体温，也不报名字。我知道二百多人的单位，不是全都能叫上名字的，我会手忙脚乱地仰头看一眼，赶紧把人名写在温度前面。有时候我看了也记不清名字，心里发慌着急，哥哥安慰我："温度只要正常，实在写不上名字也不要紧，待会再想……"

我却不甘心，抬头再看看那个新来不久的同事，正好和他的眼睛碰到一起，他叫我一声："汪姐"。我尴尬地说一句："对不起，我又把你的名字忘了。"我的口罩遮住脸，脸已红到耳根。我埋怨自己的记性，都问过人家好几次了，怎么还记不住呢？

"我叫李宏伟，没事，姐，我也经常忘掉别人的名字。"穿着警服的小李，身材挺拔，性格温和。他边安慰我，眼角流露出微笑。

"你是这次封闭刚从监狱里出来的吗？"过了上班的点，进出的人少了，我便跟小李聊聊。

"是的，汪姐。"小李进到大门里，却张望着门外，似乎在等着什么。

"听说你们隔离加封闭四十多天了，你怎么不在家好好休息？还来单位上班呢？"我纳闷地问小李。

"汪姐，我父母在外地，我回去看过了，都挺好。我单身又没事，监狱里每天的蔬菜需要从机关大门送到监狱大门，我每天都在这里等送菜的车。现在里面的同事们管理罪犯很辛苦，外面许多同事也被隔离在备勤楼，机关能跑腿的男民警没几个，我听说单位缺人手，我休息了几天，就来帮帮忙。"小李打开话匣子跟我滔滔不绝的聊开了。

"我要每天检查这些蔬菜的质量，不要把坏了的东西带进监狱，同事们和服刑人员吃了会生病。我在监狱里面封闭了四十多天，每天就盼能吃到可口的三顿饭……"小李还想往下说，可能觉得自己说得太直接，又有些不好意思，停住了。

小李接下来说了些什么，我一个字也没有听到。我脑子里一遍一遍回想同行姐姐在微信群里写的最后一句话："如果胜利的花朵有颜色，如果花朵是五彩缤纷的话，希望奇迹在2020年，会有一片颜色是属于监狱人民警察的藏青蓝。"

早上值完测量体温的班，中午在办公室的桌子上趴一会，看两页书，算是我最好的放松和休息。下午来到监控室，一上班电话便响个不停。各个监区都会在这个时段，准时、准确地把押犯基本情况向指挥中心做详细、具体的汇报。

很多同事，我已经有几个月没有碰到过他们了，他们的声音让我感到很亲切，隔离和封闭期间，只能在监控上远远看他们执勤的身影。

"病犯情况稳定……"当一个同事在电话里向指挥中心汇报完情况时，我赶紧问一句："是晓刚吧，你辛苦了！"

"是汪姐呀，刚才没听出是您的声音。"晓刚也像很久没有见到同事一样，在电话里很亲切的问候。

"你们在里面怎么样？累不累？"我想知道里面民警的封闭生活，我没法采访他们，为他们写点什么，抓住机会就在电话里问开了。

"挺好的，汪姐，就是14天值班时间有些长，觉得有些疲惫。我的孩子也上学了，每天也没人接送，心里有些不踏实。都快一个月没到外面去了，汪姐，外面的花开了吗？"

"外面的花？"我有些惊讶地回问。难道监狱里花坛的花没有开吗？我心里想。

"哦！汪姐，山上的洋槐花开了吗？每年洋槐花开的时候，我都带着家人和孩子去山上采花，回来母亲给我们蒸洋槐花馍吃……"

我沉默了，心里有些难过。疫情虽然好转，社会上也复工复产，但是隔离封闭的监狱民警，仍然是战斗在疫情一线顽强坚守的英雄们。

"晓刚，外面的花开了，山上的洋槐花……你封闭出来的时候也就开了……"我喃喃地对着电话说。

我心里想：那些胜利的花环上，一定有监狱人民警察的藏青蓝……

（作者系甘肃省天水监狱民警）

高墙内的石榴红了

赵 珏

监狱劳动改造车间的楼下种了一排石榴树，夏天里绿叶葳蕤，亭亭如盖，橙红色的花朵星星点点点缀其间，散发出一股股沁人心脾的花香。七月中旬，石榴的花渐渐谢了，花肚渐渐大了起来，转眼又到了九月，石榴渐渐红了，圆圆滚滚的，有的裂开了嘴，露出红玛瑙般的石榴籽，好像刚出生的胖娃娃憨憨地笑着。

就在这个石榴红得正艳的时节，她穿上了火红的衣服，迎来了她的新生。

我带着她缓缓地走过石榴树时，她用低低的语音自言自语似的说："石榴又红了！"

我愣了一下，脑海中立刻浮现出以往她的点点滴滴。

第一次注意她，也正是石榴红的时候：那天，我带着几个病犯去病监看病，刚路过石榴树，她突然靠近我，怯怯地说："报告赵管，石榴红了啊，熟透了吧……"

连个石榴都要惦记着，"贪婪"是她给我的第一印象，我不满地打断了她的话，用嘲讽的口气说："你就这么想吃石榴吗？那你就吹口气把石榴吹下来。"

"哈哈……"周围的服刑人员都笑了起来，只有王某怔怔呆立了许久，才挤出一丝尴尬的微笑，讪讪地退回队伍中。

此后，我开始留意这个平时并不起眼的王某，话不多，不惹事，可她好像对石榴有很深的执念，每每路过的时候都要仰着头多看几眼，神色凝重，心事重重。

谜底揭开缘于一次接见，她不满十岁的女儿穿着不合身的旧衣服来见她，隔着厚厚一道玻璃，话没出口两人的眼泪就先落了下来。

闲谈间，她提到了石榴树，只是那棵石榴树却是长在她老家的院子里，她问女儿说："石榴树老了吧，结的果子还甜不？"

她又说："你爸爸去世了，家里没个依靠，石榴红了，不要贪吃，留点拿出去卖，以前都卖三块钱一个的。"

她还说："你小时候家里穷，没什么好东西的，石榴红了，一家人就围在一起吃石榴，那个时候好幸福……"

话里全是她对家的牵挂，我开始后悔那天嘲讽的话语。她曾经犯了错，但仍然保留了对家人最真的情感：在她抬头仰望着石榴时，一定也会因为家人而生出柔软的一面。

从那以后，我就主动和她谈心，鼓励她好好改造，会对她说："石榴红了真好看。"她也渐渐地和我说了很多，家道的艰难，女儿的乖巧，误入歧途的悔恨，新生之后的打算。

"石榴再红了，我就可以走了。"她这样说。

她真的要走了，通往新生的路并不长，很快我就办好了新生手续，把她送出了大门外。在走出监狱大门的那一刻，她突然转身深深地对我鞠了一躬："赵管，谢谢你！感谢这段不堪的经历中让我遇见了你这样一个好警官！"

我的眼泪止不住掉了下来，我忽然明白她为什么要如此郑重地感谢我：这群社会边缘的女人，在改造这条路上艰难跋涉的同时，仍然会抬头仰望，仍然保留着一份牵挂的执念。而我们要做的，不正是唤起她们人性的正面，让这个群体，顺利回归成为社会的一员吗？

在挫折中给予鼓励，在黑暗中给予光明，这也许就是我们奋斗的真正意义……

（作者系湖北省汉口监狱民警）

青山一道同云雨

徐霞客

有些路走过后才知道艰辛。

面对席卷而来的疫情,我有幸参加了监狱第一批封闭执勤,在连续14天的封闭值班中,我协助战友们从事了很多原先从未接触的工作,首次体验了那些岗位鲜为人知的甘苦,目睹了身边一些催发泪点的感动,与平时难以谋面的同仁结下了深厚的革命情谊。往后平凡岁月,再过多少年,追忆今天惊心动魄的峥嵘年光,我们倾注了心血和热情,融入了甘苦和忧乐,写满了情感和寄托,应该欣喜这段韶华无悔。正如我刚上班时,被抽调参加了安徽省庐城城东新区征拆工作,除了春节全年无假,征地、拆迁、补偿、回迁、建设……一战便是四年多,把人生最华美的诗篇挥墨在这片5.73平方公里的热土上,现在每次驱车行驶在宽敞的马路上,内心总压抑不住一种自豪感。

一天半夜巡班结束后,睡意暂失,独自倚床遐想,一阵依稀的报数声飘入耳际,"1、2、3……"循声而看,料定是伙房监区在组织罪犯出工,抬头仰视苍穹,一轮圆月普照大地,柔和的月光泼洒在步履匆匆的行人身上,好似树影摇曳。按亮警务通,时间松懒地指向凌晨4:30。陡然间,内心泛起丝丝的感动:疫情期间,国人多宅居家中,就连平日勤劳的菜市小贩、早点摊主也无奈地"闲赋"家中,躲藏在温暖的被窝里,而我们监狱民警却一切如旧。

刚进入梦乡,迷迷糊糊地听到脚步声、对讲声、口号声……民警开始组织罪犯出工了,静悄悄的监管区顿时热闹起来,东方的朝阳也已微微露出笑脸。送餐时与刚值完"瞪眼班"的民警擦肩而过,他们浅浅的微笑中略带些许疲倦,孤独的身形拉长灯影绰绰的背影,倒映在沉睡的路面上……高墙内的孤寂,有时也是一种美丽。

新的一天开始了。这些只是一个缩影,也只是一个代表。

封闭执勤的14天，我们基本脱离了与外界的联系，恍如隔世，忘记了时日。元宵节，也是外无烟花，内无歌声，可能是平生最清冷的一个节日。偶尔只能从电视上搜寻到疫情的动态，每一天疫情数字的攀升，都令我们既倍感痛心，又难免紧张。

一天，两天，三天……警力少、高强度、超负荷、全封闭，特别是押犯监区民警犹如连轴转的"陀螺"，刚进入监管区那种身心轻松的新鲜感渐趋消退，特别是第二批执勤民警不再轮换后，监狱连续封闭作战的记录不断被刷新，40天、50天……疲惫、焦急、忧虑不时袭来，时刻考验着我们的心智和毅力，调节、隐忍、宣泄，有时人是最脆弱的，但有时人也是最强大的。面对严峻的疫情防控形势和高标准的监管要求，不容我们有丝毫的懈怠、厌战。在凶残的病魔面前，不是只有死者和病人才承受了灾难，芸芸众生都在为这场天灾付出代价。

岁月里，有些遇见，注定很暖。老邢、小闵和我三个人每天都在同一办公室办公，相似的性格、邻近的卧室，经常是同起同睡、同吃同喝，闲暇之余，总聚在一起东聊西说、胡吹神侃，把每天的日子都打发得开开心心，我们戏称为"三人小组"。短暂休息上班后，老邢和我在同一个办公室，小闵喜欢隔三差五过来报个到、叙个旧，工作上也相互帮衬。特殊时期积淀的友谊会镌刻在我们内心深处，愈久弥香。

封闭执勤的每个傍晚，当罪犯还未收工时，教学楼前的运动场上光影斑驳，我总喜欢顶着乍暖还寒的春风邀约三两同事漫步上三五圈，谈论的话题总离不开疫情，也离不开监狱系统，我们一直在遥想武汉的一些监狱纵然伤痕累累，也在守住阵地。经常也会讨论这场灾难给监狱工作带来的思考，监狱如何汲取经验教训，民警队伍管理、执勤模式调整、突发事件处理……作为监狱民警，作为青山人，我们总期盼青山多妩媚。有时，我们也会抬头探望四楼，猜想医学隔离区民警的生活境遇，对比之下应该是"墙外的想进去，墙里的想出来"。

我时常想，国难之际，很多平民英雄舍小家、为大家，演绎了太多感人的故事，有的甚至阴阳两隔。小学同学作为医院呼吸内科医疗骨干，告别幼小的双胞胎女儿，主动请缨援助武汉。当他凯旋归来时，我想当面讨教他毅然决然做出选择时的挣扎心境。一天，他的朋友圈转发了一篇在武汉结识的战友写的《老江，走了》："老江走了，我第一感觉是麻了，过了一下，才想到要哭，要写！这场战役，没有硝烟，却不知不觉，带走了我多少战友，让我心疼，心疼到麻木。"看后我泪眼模糊中感悟：人生没有生而英勇，只是选择无畏。

同事的妻子即将临产，封闭执勤的他每天饱受煎熬，期盼着时间能够快进，交接班后能飞奔回去守护在妻子的身旁，然而暂停轮换的消息犹如晴天霹雳，归家之日遥遥无期。我想那刻他彻身五味杂陈，无奈、无助、担心、痛苦……"忙点好，不然好想家"，一墙之隔，"城中城"里的他，偶尔打来电话，说起了心里话。而当婴儿"呱"的一声，传来母子平安的喜讯，心头再多的牵挂瞬间转为儿女双全的幸福。这段记忆他会刻骨铭心，历经这般淬炼的他今后还会有跨不过的坡坡坎坎？天空没有翅膀的痕迹，而我们已飞过。

青山一道同云雨，明月何曾是两乡。

青山的柳条绿了，武汉的樱花也应该开了。

我们在，他们就不会孤独。疫情过后，我们继续千里守望。

（作者系安徽省青山监狱民警）

特殊玫瑰园

覃秋林

疫情封闭执勤期间，我瞄准监内杂草丛生的那个小角地，耐心等待雨季过去，便翻新挖锄、连根拔草、平整暴晒，两天后播上菜种。

小白菜、玻璃菜、白黄瓜三小包种子撒下去，尚余一截空地，寻思着种点什么花儿。

玫瑰高贵，个性傲慢，只与浪漫沾边，恐被这儿的荒蛮吓坏，连花蕊也不吐。据说月季是玫瑰移栽南方的翻版，气质传承着玫瑰家族的高贵血统。月季比起玫瑰，花开得更茂密，一簇一簇的毫不吝啬，璀璨之极；花期更长，记忆中一年四季都有花开；枝桠无刺，不防人触摸摘取；尽显南方朴素无华、平易近人的地域品格。花与人一样有品格，这品格也是真诚、善良和美好的类属，距诚挚和忏悔亲近。就月季吧，尽量多选种些花种花色，不必卑微，这片寂寞女人国，比任何地方都渴望。

待过些日子，地里长出第一片青菜叶子，我会在《夏日最后一朵玫瑰》小提琴的缠绵低吟下，带领她们中的一部分人来这里，零距离观摩，我要轻声耳语于她们，这鹅黄色是春天的颜色，当然也是希望与未来的颜色。再过更长些日子，待月季根、茎、杈、叶、花都长齐长满了，就如英俊少年长成翩翩英姿小伙、胖嘟嘟的小女孩变成曼妙少女，我再带她们中的另一部分人来这里，零距离凝视，我要坦露深深笑靥告知她们，这缤纷花的世界，其实也是高墙外缤纷的世界，当然也是希望与未来的世界。

这两部分人，有一个名词区分迥异：短刑期与长刑期。

总得给这月季花取个名字。这名字注定与文学有关，与诗歌有关，与阳光有关。

我想起前几年写的一篇论文——《当今女子监狱，文学有什么作用呢》，2016年发表于江苏司法警官学院主办的《学界》。这篇11000余字的文章开头是这样的:"因笔者在其监狱文学专著《大墙内那片天空,阳光依然灿烂》一书中,曾经亲切地将自己工作了 24 年的 XX 监狱称作'玫瑰园',真诚地把与自己朝夕相伴的特殊姐妹喻之为'特殊玫瑰'。在每年给她们的新春贺卡里,热情地赋诗填词,赞扬和鼓励她们说,你们每个人都是这座特殊玫瑰园里的一朵不可或缺的玫瑰,在阳光的沐浴下,同等地吐露芬芳。诗意般高贵而善良的涵喻,典雅而丰富的祝愿,拉近了我和她们的心理距离。在一种只有将自身的心灵之树,深深地扎根于厚重的文学土壤上,才可能自然呈现出的精神品质之花的层面上,笔者和她们集结了,博弈了,融合了,最终达成和谐友好的教育与被教育关系。"

特殊玫瑰园。是的,就命名"特殊玫瑰园"!

多年来,我一直想在这片荒芜的片地种上玫瑰花,哪怕是南国的变种翻版也好。我想在每一个可能挤出的小隅片角地,都虔诚地播下种子,用花的色泽、花的秘语镶嵌描绘高墙下这片天空。我想鲜花盛开时,阳光会簇拥而至,越过高墙与电网欣然缤纷地播撒进来,高墙下的这片天空,阳光依然灿烂!

当然了,伴随而来的自然还有数不胜数的《夏日最后一朵玫瑰》们,这许许多多的古今中外的经典音乐,会翻越高墙与电网,欣然缤纷地跳跃而进。届时美妙的古典音乐旋律会在这片沉寂的上空盘旋,会氤氲着这片荒芜焦渴的土地。

到那时,我要笃信地告诉高墙里的女人们,这缤纷的花和阳光的世界,其实也是高墙外的缤纷与阳光的世界,当然更是希望与未来的世界。

(作者笔名爱晚亭,系广西壮族自治区女子监狱民警)

我是一名女警摄像师

易雪芹

2016年，我借调到孝感监狱教育科，时任教育科科长的梁孝成殷切地望着我："你会不会用摄像机？"

"不会，在原来的单位，我只拿过照相机。"

梁科长满脸的为难："照相机有人拿，我们科室现在缺一个扛摄像机的，实在是缺人，摄像机没人接，编辑机还散在地上……"

"好，我试试吧。"

迎着梁科长期望的目光，我只犹豫了一瞬间就爽快地点了头。

在我20多年的工作生涯中，经历了多次转岗，每一次转岗都曾面临完全陌生的工作。40多岁才开始学习摄像，虽然年龄大了点，但我并不十分担心，无非是活到老学到老。

请同事帮忙安装好编辑机，将摄像机摆在办公室上，打量着我的新装备，轻轻舒了口气。

编辑机虽然买的是组装机，但配置很好、内存很大，运行起来速度飞快。灯光下黑色的摄像机闪着柔和的光。摄像机九成新，4K，是一款入门级专业摄像机。最让我满意的是机身不笨重，不足10斤，属于专业摄像机中较轻的，我虽然是个女同志，手执肩扛试了试，感觉还行。轻轻抚摸着摄像机，好奇地打量着它的各种按键，我感到了内心的雀跃。

没有说明书，密密麻麻的按钮大多不知什么意思。我通过财务科找到供销商电话，辗转多日，终于得到了一份电子版说明书。

编辑软件是购买编辑机时赠送的，但单位没人擅长。感谢万能的度娘，让我搜寻到学习编辑软件的各种教程。我告诉自己别着急，每天抽一个小时在网上学教程，一天进步一点点就行了。要学的东西太多，着急了，我怕自己会崩溃。网上教程良莠不齐，找不到免费教程时，我也花点银子充值学收费的教程。虽然工作是单位的，但知识学会了，却是自己的。

大约两个月后，我接到了第一个比较重要的任务：录罪犯参加"中华魂"演讲比赛的视频，刻光碟上交省局。

接到通知时，简单的摄录、编辑、导出等技术已心中有底，但还有刻录光碟的问题没解决。临时抱佛脚，我连夜在家加班搜寻刻录光碟的教程，所幸运气不坏，摸索尝试成功。

当我把刻录好的光碟交给梁科长时，梁科长笑了："你真的以前没接触过摄像机吗，我看你都会呀。"

我笑了。当时把单位最好的摄像机交给什么都不会的我，他是无奈之举。现在工作能正常开展，没有拖后腿，他松了口气，我也松了口气。

在实践中自学，进步很缓慢，但每一点进步都很实用。刚拿摄像机时，有一次进监院陪领导视频督查，突击偷拍罪犯收工时队列行进及民警检查的情况。我没带摄像机支架，硬着头皮肩扛摄像机拍摄了一个多小时。十几支队伍拍摄下来，第二天发觉胳膊都抬不起来了。吃了这次亏，自此后，无论通知我进监的命令多么紧急，我都不会忘记背上摄像机支架。

这个摄像机用自动档拍摄室外场景，效果非常好，但室内拍摄，总有不如意处。拍摄监舍、大厅、生产车间等场景后，每次回放都发现有部分画面效果不佳。后来发现，这是室内有大块的玻璃窗进入光线不均匀造成的。很长一段时间我钻入牛角尖，试图通过手动调节各种参数来解决，饱尝失败的挫折。某一天顿悟，不用调参数，调站位就能解决。钻出牛角尖，又进步一点点。

监狱有大型的适宜向社会公开的帮教活动时，有时会邀请孝感电视台的记者来拍摄报道。请专业团队制作专题片时，他们会到我电脑里挑选历史视频资料。我抓住这些机会观察他们的工作，向他们请教，受益良多。

2018年，和副政委官立功沟通后，得到领导支持，我拥有了一间录播室。在这间录播室里，我满怀激情，写稿、录音、将深入各监区拍摄的教育活动视频制作成《孝感监狱新闻快播》，利用电教系统向全监播放。没有播音员，我到处求援，第一期节目是请我读大学的女儿帮忙录音的，后来又请了同事潘建梅传媒专业的儿子、监狱新录的民警……

很感谢我的同事兼闺蜜严心玲，她原先是小江湖监狱的播音员，后来成了我的专职义务播音员。我制作了 20 期节目，有 10 多期是她帮我录音的。不求名利，只是尽我们所能做点事情，共同的追求也让我们收获了更纯真的友谊。

这一年，我还拍摄了第一个改造故事片——《高墙内寄出的汇款单》，讲述了一个五进宫的"刺头"张某在监狱孝文化的感召下，由民警引导着改过自新，用实际行动孝敬母亲的真实故事。幡然醒悟的张某积极改造成长为劳动标兵，将 3000 元劳动报酬寄给重病缠身的母亲。事迹被宣传后，监狱许多罪犯也将劳动报酬寄回了老家。

这个故事的拍摄对我是一个挑战，为了重现张某的改造历程，根据剧本，我在镜头脚本中拟定了 70 多个拍摄场景。场景涉及民警个别谈话、心理咨询、张某打架斗殴、张某关禁闭、和母亲通信、打亲情电话、参加孝文化主题活动、张某转变前与转变后各种劳动镜头。为了真实，我们还到张某的老家拍摄了监区民警家访，当地司法部门帮扶、张母在地中辛苦劳作等镜头。

科室同事汪磊、陈星旺负责协调布置重现场景，我负责拍摄。拍摄的半个月里，我一直处于疲劳和兴奋状态。疲劳是因为为了避免失误，我拍摄的备用镜头远远多于需要镜头。摆弄着十几斤的摄像器材，仰拍、平拍、俯拍，体力总是觉得不够用。为了帮我节省体力，不仅汪磊、陈星旺常帮我背摄像机架子、拿摄影包，司机石磊也常给我帮忙。兴奋是因为我在其中体会到了创造的快乐、和同事共事的温暖。

最后，剪辑师帮忙剪辑出一个小小的作品，12 分钟。我利用电教时间在全监多次播放。后来省教育处也利用云课堂时间在全省监狱播放了。凭心而论，从艺术价值上来说，这个作品太一般。然而，这拍摄的是监狱真人真事，从这个角度来说，它是不一般的。

对于张某，我知道他这段当电影主角般的拍摄经历是难忘的，我希望已经"五进宫"的他出狱后想走歪路时，忆起这些，能犹豫一下，坚定走正路的决心。对于监区基层民警、心理咨询师，我重现他们开展主题活动、个别教育、家访、心理咨询等辛勤工作的场景，希望他们得到被肯定的幸福感。对于那位被儿子伤透了心的可怜的老母亲，她全程努力配合我们的工作，也见证了我们的辛劳，我希望监狱为他儿子做出的努力，能让她感到温暖，看到希望。

4年来，我身着警服，左肩背着摄像机支架，右手提着摄像机，出现在孝感监狱的各个场所。

我的镜头中有欢笑。炎炎夏日，监狱为彝族罪犯庆祝火把节。罪犯载歌载舞，监狱民警挥汗如雨，无论是民警还是罪犯，每个人的后背都是透湿的，然而每张脸都洋溢着欢乐；红歌会上，红旗飘飘，彩带飞扬，嘹亮的歌声直上云霄，传递出积极向上的力量。

我的镜头中有真情。省内省外的司法部门主动前来帮教，通报罪犯家中亲人情况，叮嘱他们好好改造；全国道德模范吴天祥不顾年事已高，顶风冒雪匆匆到监狱"探亲"，在春节前为罪犯赠送礼物和祝福；社会爱心人士身穿火红的义工服，募集善款、组织活动，向罪犯传递来自社会的爱与温暖。

我将这些正义和关爱用视频展示出来，希望在罪犯心中播下善的种子。

镜头中更多的是眼泪。一位身患绝症的老人，千里迢迢坐着轮椅从河北到孝感，只为见上儿子最后一面。一位女儿，13岁才第一次见到爸爸，抓住爸爸的手叮嘱他好好改造，早日回家。

我拍摄过一次特殊的家访，在癌症病房内，老父亲一滴眼泪也没流，淡定地面对摄像机交待后事："我是绝对活不到你出来的，你要有思想准备，出来后真心改过，承担起家庭的责任，照顾好你的妈妈，否则，我死了也不会原谅你……"后来他儿子出狱时，通过监区民警找我索要这个视频。逝者已逝，但如果出狱新生的人能记住这段遗言，我觉得我们的工作就是有价值的。

几年来，摄像机已成为我的心爱伴侣。我是监狱教育改造工作的忠实记录者，也是工作的参与者。肩扛摄像机，身负民警使命，我在岗位上体味着工作的充实与快乐。

（作者系湖北省孝感监狱民警）

一只饭盒的自述

于 翔

我是一只饭盒,我的主人叫苏小煜。

从抗疫初始至今,我已经陪伴他走过了近九个月。

那是大年初二的早晨,本在家陪伴家人的他收到了立即回到单位的通知短信,我就是在那时被他妻子买回,塞进他的行李箱中。

快出门前,苏小煜的女儿,家里的小主人飞快地奔向爸爸,泪水在眼眶里打转,不停地说,"爸爸,你这就要走了吗?"

他没有说话,只是微微地点头。

孩子拿出手心里珍藏多时的卡通贴画,"爸爸,把你的饭盒拿出来!"

她小心翼翼地用双手将那只卡通小马贴在了饭盒上,"看着它,你就知道我在想你了。"

就这样,苏小煜开启了他的抗疫旅程。

在逆行道路上,每个人都是最勇敢的奔跑者,时间弥足珍贵,按时吃饭,成了工作之余最奢侈的愿望。

我被静静地放在桌上,看着他来来往往地奔忙,"主人,你得按时吃饭啊!"我焦急地默念着,但渐渐的,看着他满头的汗水,我习惯了事与愿违。

这天,当时针指向十一点,一切都很平静,苏小煜拿起我,看来,他要去食堂打饭了。我心中一阵暗喜,身体是最重要的,家人还都在等着你呢!

"报告!"门外突然的声响将我打断,这名服刑人员从新闻里了解到家乡最近普降暴雨,今年女儿应该快高考了,他还没有联系上家人。

"你别急",他一边耐心地宽慰,一边拨通了职能科室的电话。最终,在当地司法局的帮助下,这位父亲顺利联系上了女儿,而苏小煜,他再一次错过了他的午饭。

在和妻女的短暂通话中,他时常会突然停住,牙关咬得生响,妻子十分心疼，"又吃了凉饭吧，记得要吃药！"

但他总会倔强地说，"没事，我抗得住！"

这样肯定是不行的，在家人们的关爱下，一件我的"棉衣"被送了进来。

这件"衣服"看上去很精致，细密的针脚，应该是孩子妈一针一线缝出来的，内胆里塞上了棉絮用于保温，揭开"帽子"，是一张做工精细的提醒卡片，卡片上是女儿稚气的字体，"爸爸，记得吃饭，按时吃药，保重身体！"

苏小煜感觉眼角酸酸的，虽然离家很远，但他们此刻都会望着天上这轮明月吧！

"老婆给做的？羡慕哟！"出神之间，背后的老张拍了拍他的肩膀。

"哈哈，想吃老婆做的菜啦！"小煜打开了话匣子。

在这段坚守的岁月里，只有完成了一天所有的工作，他们才会迎来属于自己最自由的时光。这时如果能扎堆泡一碗康师傅，那当然是最好的。

"等一下，我去拿水壶。"小煜一个转身，却发现老张飞快地用小剪刀剪开一根火腿肠，丢进了我嘴里。

"给你加个餐，小伙子光吃面营养哪够！"

并排坐着，一块吃泡面，他们聊得很开心，我也觉得暖暖的，我想几十年后，这应该是他们最难忘怀的一段时光了吧。

我是一只饭盒，我的主人是一名普通的监狱人民警察，在抗疫的第一线，我时常被冷落，但我希望无数个像苏小煜一样的"他"在为工作努力拼搏时，也不要忘记家人的期盼。

守护高墙的心灵园丁们，请你们相信，只要意志坚如钢铁，再冷的寒冬也会过去，等到春暖花开，亲人们将微笑着迎候你们凯旋！

（作者系江苏省高淳监狱民警）

盼春回您也归

武子渲

深夜，听到手机的提示音，我立即打开手机微信，屏幕上是小姨发来的"安好勿念"，和一张微笑着带着深深勒痕的自拍照，这是我们和远赴武汉驰援的小姨的约定。

2020年2月13日，徐州163名医护人员急赴疫情一线整建制接管武汉市第一人民医院一重症病区。其中有一位平凡的医务工作者，她是一名党员，是两个幼儿的妈妈，也是我的小姨，在疫情暴发时，第一时间向单位递交了请战书。

2月12日晚23点，小姨接到了支援武汉的通知，即便早有心理准备，但消息太急促，她依然有些来不及安顿家中的大大小小：年迈的父母、做过两次手术的婆婆和两个幼小的孩子（大儿子刚上幼儿园，小儿子刚满周岁），同样在医院工作的爱人，平时也无更多的精力照顾家庭。

都说一方有难八方支援，从中南海彻夜不眠的灯光到普通家庭的日常，是整个中国在行动。抗击疫情，在党中央的坚强领导下，是全国各地人民的协同援助，是全体医务人员的共同作战，更是全体党员的冲锋陷阵，而这背后有成千上万家庭在行动。

在我们家，我看到了万千家庭的缩影：小姨的爱人与婆婆连夜为她收拾、准备；全家人轮流前往小姨家，洗衣拖地、带孩子做饭，不留余力；家人烙饼、包包子、好吃的一定会送小姨家一份。全力支持使小姨放下顾虑与担忧，安心前往武汉，放心投入战斗，全心抗疫攻坚。

小姨飞到了武汉，全家人的心也跟着到了武汉。2月14日，小姨到武汉的第二天，与她视频时我惊奇地发现，小姨平日爱惜的长发剪得如同男士般利落，她笑着说："这是送给自己的情人节礼物，快看我最帅的样子！"

此时，妈妈离开视频，在一边泪流满面，素来坚强的妈妈又一次流下了

职业篇

担心的泪,"不小心掉线"的大姨再次出现在镜头时,眼睛也是红红的。

"吃得怎么样?"

"家里请放心,你在那边安心工作!"

"保护好自己!"

这些话似乎永远都说不够,但到最后,万千关怀只凝结为"不早了,休息吧,有时间就在群里报平安",透露着满满的担心与关爱。

小姨飞到了武汉,也带去了所有的爱。第二次视频时听小姨讲,她第一天进舱面对面接触患者时,满是心疼,看着八十多岁的老奶奶一个人躺在病房孤独无助的样子,心疼地掉下了眼泪,内心暗暗发誓一定要像亲人一样照顾她们。每天除了正常的用药换水,伺候大小便,还和老奶奶聊天,鼓励她正确面对、积极治疗。此时,小姨把所有的爱带给了武汉的患者,却无法给自家幼小的孩子母爱:三岁的幼童每天嚷着想妈妈,门铃一响,他就跑去开门,一边跑一边喊着妈妈,即使每次打开门都是失落;刚周岁的孩子习惯了母亲的怀抱,每每哭到疲累才罢休。

小姨说:"孩子们需要妈妈,但武汉更需要医务工作者!"

昨日视频时,小姨明显瘦了,看上去有些疲惫,可能是怕我们担心,强打精神微笑着,因为长时间佩戴护目镜和口罩,额头和脸颊有多道深深的压痕,鼻梁被磨得有些红肿。

小姨说,根据防护要求,进舱之前得裹上一层又一层厚厚的防护服,由于防护服不透气,穿上后只要稍微一动就汗流浃背,每次护理完一个重症病号,就像淋雨一样全身湿透,且缺氧到急需坐下休息,而小姨为了能多护理病人,仅靠调整呼吸来平复。小姨进舱前便控制饮水,为的是节约防护服。

我问小姨,这么艰苦,你后悔吗?小姨坚定地说:"我是医务工作者,救死扶伤是我的职责,我是一名共产党员,国家需要,我义不容辞,没有后悔一说。"是啊,短短两句话,是抗疫前线千万儿郎的心声。家国大义,热血儿郎,如今祖国有难,如何能不挺身而出?

小姨的武汉一行,给我深刻上了人生精彩的一课。通过直接、间接的了解,我学习了成千上万抗疫工作人员不怕艰苦、不怕牺牲的大无畏奉献精神。

我是一名警校生,一名新时代青年,今天的我还不够强大,只能退守在家,用最普通、最平凡的方式与疫情战斗。今天的我,唯有积累知识,苦练本领,方能茁壮成长，增长才干，为明天成为一名合格的司法警察做准备，未来在祖国需要时才能够挺身而出！

夜里，我做了一个梦，英雄的城市已然恢复热闹，樱花盛开，大街上人来人往，抗疫取得全面胜利。我们全家在徐州观音机场翘首以盼，只见小姨面带微笑，捧着一束鲜花走下飞机，走向我们，两个宝宝扑进妈妈的怀中，紧紧拥抱。

正如梦境一般，冬已尽春不远，疫情终将被战胜，武汉的樱花也将盛开，盼望奋战在一线的"逆行者们"早日平安健康回归家庭。

（作者系江苏省司法警官高等职业学校学生）

亲情

蒋 莉

在一档电视节目中做客嘉宾质问自己的妈妈："（如果）我是杀人犯你还爱我吗？"因为他不满母亲一贯以孩子行为对错的标准来"爱"自己，让他自幼就感受不到父母无条件的爱，内心对爱既渴望又怀疑。

在家庭中，过于理性的爱往往让亲人之间产生隔阂，但毕竟血浓于水，亲情其实是最容易凌驾于对错和利益乃至生死之上的感情。

我所工作的单位里就关押着许多所谓"犯了错误不配被爱的人"，作为他们的亲人，是否因为他们的错误而不再爱他们了呢？在听了一些他们和家人的通话录音后，我颇为动容。

◆ 母子情深

电话刚接通，不待打电话的人张口，这位母亲带着哭腔的声音就急切地响起，"儿子，你怎么到现在才打电话？妈妈都想死你了，你怎么了？发生什么事了？告诉妈妈呀！"

儿子支支吾吾，答非所问地打起了岔，不肯告诉母亲他犯了错误，被禁止打电话一段时间。

母亲有所觉察和担忧，叮嘱儿子："你在里面千万要听领导话，不要听别人挑唆打架闹事……"

儿子也有悔意，连连答应着。毕竟是年轻人，最记挂的是自己的兄弟朋友，电话里向母亲询问他们的近况。

母亲对儿子的朋友也很熟悉："大鹏子刚开了个店，就在你姨的店旁边，王军今年结婚了……"

介绍完后，母亲紧跟着又说："儿子，你虽然关在里面，我觉得你不比他们差，你比他们都聪明，就是一时犯了糊涂，妈相信你出来后，比他们都好！"这话让人动容，妈妈眼里的孩子永远是个宝。

电话这头的儿子似乎笑了，并关心起了妈妈："妈，你最近身体怎么样？家里生意可好？"

"我好得很，家里都好，你千万不要担心家里的事，妈妈就担心你……"许多话还未说完，时间已经到了，电话自动挂断了。

成长路上，遇到坎坷，孤身走在黑暗中时，总有一道光照会在脚下，那是妈妈的目光。

◆ 如此父子

这位父亲如祥林嫂般，每次给儿子打电话都要抱怨："我在这天天劳动，累死了，我都这把年纪了，哪能干得动活，我要找领导换岗位，我会写字，能干点写写画画轻松的事，唉！这里的饭菜也不合我胃口……"

儿子总是耐心地听父亲说完，劝慰道："在里面又不是在家，想干嘛就干嘛，别人不也一样累吗，不可能让你搞特殊化呀，你多忍忍……"父子俩的角色好像颠倒了，儿子像父亲，父亲却像儿子般任性，让人感慨，这位身在囚牢的父亲有这样懂事的儿子，虽不幸又何其幸。

这日，父亲又打电话给儿子，开场白照旧是一通抱怨，儿子耐心听完后，告诉父亲自己在家为弟弟操办结婚买房之事，父亲听了很高兴，有这样能干的儿子，他很放心家里的事，说着说着又把话题扯到自己身上，怨天尤人起来。

儿子这次忍不住说道："爸，你总是不管不顾，什么都要按自己的想法干，你能不能改改你的性格，不然以后出来了，我真担心你还是那样！"

父亲大怒："改什么改，我都这把年纪了，你让我改性格，我改不了，你知不知道我现在多受罪！"

儿子沉默了一会儿，哽咽道："爸，你知不知道我好累，家里什么事都靠我，我心里好累，头发都白了好多……"

父亲这才慌了，低声喃喃道："我知道，我知道……我改，我改……"

男儿有泪不轻弹，但愿儿子的眼泪能落进爸爸的心里。

◆ 夫妻缘分

接电话的女人一声不吭，男人"喂喂"了好一会儿，女人才答话："你有什么话就讲！"

男人讪讪地问："家里可还好？"

女人不耐烦地答道："就那样！"

男人继续关心地询问关于女人和家里的事，女人或冷言冷语，或沉默不语，男人大约心中有愧，也不计较。

这日，男人又给女人打电话，女人依旧态度冷漠，基本不说话，都是男人一人自问自答。末了，男人幽幽地说道："你的心我都知道了，你是变了。"回答他的只有沉默。

又一个电话日，男人再次拨通了电话，试图和女人沟通彼此存在的问题，他说道："我都明白，你变了……"

"你明白什么？！"电话那头的女人情绪有些失控，大声道："你知不知道我一个人带孩子有多难，两个小孩吃喝上学都要钱，这几年我贵一点的水果都不敢吃，衣服也舍不得买，我压力好大，你知不知道？那天亲戚请客，等我去了，人家都吃的差不多了，没人看得起我……"女人的话像溃堤的洪水一样汹涌而出，男人沉默了。

有时，恨是因为爱，冷漠只因情深，所谓夫妻缘分，需要且行且珍惜。

……

在听了许多的亲情电话后，我确信，大部分犯了错误的人依然被亲人爱着，不曾被放弃。能始终被无条件爱着的人是幸运的，无论人生之舟遇到怎样的风浪，总有一盏爱之灯引领和温暖着他们，让他们心怀希望，回归航道。

（作者系安徽省白湖监狱管理分局民警）

重启明天

焦莹慧

职业篇

清晨,在一阵吵嚷的鸡鸣狗叫声中,我睁开了惺忪的双眼。

此时天已大亮,一边懒散地想着起还是不起,一边想到这个周末将是春节长假以来的最后一个周末了,于是便兴奋了起来:工作群里已发了下周一返岗复工的通知,这是个令人振奋的消息,又似乎是一个值得记忆的日子。

我们度过了一个漫长的假期,同时每个人仿佛都经历了一场涅槃重生般的洗礼。在这场没有硝烟的战争中,有人逆向而行奔赴疫情一线,有人守望相助、传递爱心,有人筹款筹物紧急驰援,有人坚守方寸之地筑起健康防线。每一个平凡的人做着一件件不平凡的事,时常令我们热泪盈眶,又时常令人感到心潮澎湃。

回想我这两个月的生活,大抵也是一半一半:一半的时间在家里,一半的时间在单位。疫情刚刚暴发时响应国家"外防输入,内防扩散"的号召,每天只能宅在家里,百无聊赖之际不停关注着各种媒体报道疫情发展形势,越发显得惶惶不可终日。于是就有了各种排解压力和焦虑的方式,看着朋友圈里八仙过海各显神通,琴棋书画诗酒茶,无所不能,倒也乐得躺在沙发上享受着各种视觉大餐,更有甚者,抖音上大显身手。原本与病魔做斗争是一件很可怕的事情,却因为人们的乐观而成为一个个动人的素材。

接着,大年初四,单位里的一群"90后"小警,在工会微信群里的一封封请战书又让我那颗渐渐苍老的心脏再一次泛起了波澜,"若有战,召必回,战必胜",他们以他们年轻的热情彰显着新一代监狱人的使命与担当。

大年初六,我满怀激情地回到单位,尽管面对病毒我弱小而无力,但我熟知"合抱之木,生于毫末;九层之台,起于垒土"的道理。面对困难,我还是可以做一些力所能及的事情。

疫情吃紧时,我不得不留守在单位,出于常人之心,在灾难来临之际却不能和家人在一起，还是会有一点点伤感，可是这种小情怀很快就被身边的大爱所感动："舍小家为大家"的战友们一批接着一批加入了封监执勤的队伍，我满含热泪目送他们走进阻断疫情的大墙。直到今天我还记得代表单位去慰问时小孟的爱人谈笑风生中所说的那句"坚持，坚持，再坚持！"

面对他们，我能做的只有仰视和一次次的感动。

也正是在单位的这段时间里，在一天一天的期盼与等待中，我学会了与时间相处，在草木生长中感知希望，在一朝一夕中寻找生命的价值，以一颗平常心看待生活。

三月初，随着疫情的阶段性好转，我终于可以回家了。我满怀雀跃，一路奔跑一路欢歌，我不仅是为此而感到快乐，更是为身为中国人而感到幸福和自豪。

我一边行走一边大声地朗读，"你所站立的地方，就是你的中国；你怎么样，中国便怎么样；你是什么，中国便是什么；你有光明，中国便不会黑暗。"

（作者系陕西省庄里监狱民警）

不是一个人在"战斗"

谢倩倩

第六轮的封闭执勤中,邹星已经连续在岗整整90天了。疫情以来,他从无后顾之忧,习惯了一心扑在工作上,习惯了家人的默默付出,这都源于"大家"和"小家"的温暖怀抱。

◆ 父亲

"老婆子,这俩'不孝子'已经三个多月都没给我打过照面了,现在年龄大了不中用了,还拖着个病身子,有时真想追随你而去,可我又想,必须得撑着,不然等俩臭小子抗疫凯旋归来时,他们向谁炫耀去……"

一位头发花白的82岁老者坐在床上,望着墙上老伴儿的遗像痴痴地笑着,似乎又陷入了一种混沌状态。

记不清多少个夜晚无法入眠,就这样盼望着……

◆ 儿子

此时此刻,同城的郊外,躺在狱内备勤室床上的邹星也在辗转反侧。他挂念患有高血压、心脏病,最要命的是还有阿尔茨海默症的老父亲,不知他有没有好好吃饭;他操心今年步入人生第一个重要阶段,刚踏入高中校门的女儿,不知她能不能很好地适应新的学习环境;他担忧单位、家两头跑,既要照顾不能自理的父亲,又要随时关注女儿学习的妻子,不知她一个人是不是能应付得来。

人生中最重要的三个人,终究成了他一生最愧对的人。

◆ 兄弟

邹星的弟弟同样也在监狱工作,还是某大队负责人,因警力紧缺,同样咬牙坚守在岗位上。

在这种疫情时刻，兄弟俩不管是部门负责人还是普通的老党员，他们时刻谨记责任在肩，开弓没有回头箭，唯有坚守才能弥补忠孝两难全的缺憾。

◆ 战友

两个多月前一个月朗星稀的夜晚，妻子像往常一样拨通了视频通话，这是他们夫妻俩话家常的专属时光。不一样的是，今天妻子的笑容格外甜美。

"媳妇，今天遇到啥大美事儿啦，瞧把你甜的。"邹星忍不住地好奇。

"有两件事要告诉你，一件好事儿，还有一件你听了可能要生气的事儿，你想先听哪件？"妻子卖了个关子。

"快讲吧，别吊我胃口了。"邹星已迫不及待。

"海成今天来家里了，帮着给爸洗澡、理发、刮胡，换了新衣服，还把家里打扫得干干净净……"

"他咋找到咱家的？咋知道老爹需要人照顾的？你给我们领导打电话提困难了？"还没等妻子说完，邹星连珠炮似地提问。

"我还想问你呢？"妻子委屈道。

"好了，先不给你说了，我赶紧拨个电话问问，顺便得道个谢。"

"我……"妻子嘴巴张成O型盯着"通话已结束"几个字，"还有件事儿没说呢……"

原来海成是邹星所在监区的副监区长，这轮他刚好赶在家中居家备勤。由于杨海成比较年轻，比起头衔他更喜欢同事们叫他海成。

刚挂掉视频电话的邹星迅速拨通了海成的电话。

"喂，小星星……"电话里传来杨副监平时搞怪的声调。

"海成，今天真是麻烦你了，我都不知道该怎样感谢你。"

"老哥，你说这话可就客气了，前面狱内执勤监区领导和我电话碰头时，才得知你家情况，他们也是无意间听其他同事提起的。于公，作为监区领导，没能及时了解掌握民警的实际困难，是我们的失职，这是我该做的；于私，你是我的老哥，你爸就是我爸，儿子伺候父亲是应该的。"

此时，男儿有泪不轻弹的邹星湿润了双眼。

◆ 组织

后来，邹星追问监区领导，才得知，监区知道他的实际困难后，第一时间组织帮扶的同时并向监狱领导汇报，监狱党委对此事高度重视，又专门安排外联组成员定期上门服务，一再要求后方保障工作必须做到位，要让一线的兄弟们没有后顾之忧。

原来，幸福指数的提升源于这有爱的大家庭。

◆ 妻子

隔天晚上，妻子又打来了视频电话，邹星才恍然想起，昨晚媳妇还有件事儿没说呢。

"媳妇，昨晚对不起，今天继续，你又做错啥事儿了惹我生气？"邹星嘿嘿一笑。

"其实我觉得吧这是件对的事儿，我把工作辞了。"妻子说得云淡风轻。

"啥？你疯啦……"邹星想再说些什么却开不了口，又一次红了眼眶的他只能隔屏凝视着妻子。

"瞧你那傻样，爸现在身边离不开人，你可以安心踏实工作，闺女以后也有了'御用大厨'，一箭多雕，以后咱们家的小日子会越过越有生机。"妻子的笑容很满足。

"可是……"

"别可是了，累一天了你早点休息吧，我给爸和闺女热牛奶去了。"没等邹星回话，这次是电话那端的妻子抢先挂了视频。

"她是那样离不开她的孩子们，如此热爱教育事业，如今为了老爹，为了我，竟然就这样舍弃了，做出这个决定时她得有多痛！"一想到这里，堂堂七尺男儿的邹星已泣不成声。

连续的视频通话中，妻子说，老爹时而清醒时而迷糊，但嘴里一直念叨：儿子就要胜利归来了！妻子还说，这两个多月的时间里，海成从未间断，坚持每周至少两三次到家里来，给老爹换洗、收拾卫生，每次还会给女儿带好吃的。妻子总是说：你们单位就是温暖的家。

光阴的年轮印刻成暗色的皱纹。选择了这份职业，就要将一腔热血奉献给党和人民，时刻准备着为这份崇高的事业牺牲一切。

老父亲，待吾凯旋归来！

往后余生，用力弥补！

（作者系新疆生产建设兵团第八师北野监狱民警）

社区矫正故事多

齐 勇

　　我，一位来自大墙内的戒毒工作民警，2017年底进入社区，成为一名基层社区矫正工作者，在安徽省南陵这片人文、开放、法治、活力的土地上参与了一起又一起挽救灵魂的故事，我因他们的改变、涅槃、重生而感到延伸监管的意义。

　　"我是社会垃圾人，对什么都无所谓了"，患有艾滋病的矫正对象孙某因滥伐林木罪被判刑三年、缓刑五年，面对工作人员宣读的监管要求，他最后竟丢下这样一句话。当时他就引起了我的注意，入矫谈话时抛开严肃的问询，我从案情到家庭、从现实到经历，和他进行了深度的沟通。

　　原来他曾有一个幸福的家庭，诚信勤劳，2000年和妻子在外打工，建起了小楼房，也积攒了二三十万元的积蓄。三年前春节回乡，同村一个开场子的混混高某拉他捧场，孙某碍于面子，前去碰碰运气，没想到将打拼十几年的积蓄输个净光，还欠下几万元的高利贷。面对上门不断讨债的人群，绝望的妻子留下两个儿子离他而去。为了讨生活，孙某和姐夫采伐林木触犯了刑律，因生活混乱感染了艾滋病，打击接二连三。

　　对孙某误入歧途的情况，我给予了极大的同情，坚持正面引导，鼓励他树立生活信心，放大他勤劳诚信的优点。每月包案走访时，一边言明监管规定的严肃性，一边告诉他谁来逼债随时举报，我会在第一时间给予帮助。渐渐地，他与我建立了良好的信任关系，也保证服从监管，改邪归正，他在家乡何湾承包了600多亩水田，利用自己老房子养殖了30多头猪，一切正向好的方向发展。可是2018年一场非州猪瘟的暴发让他损失惨重，得知情况后我和司法所长第一时间赶到他家，帮助他依法申请相关补贴，给予其创业的信心，第二年他又开办了小型猪场，日子渐渐好转。

　　春节来临之际，恶势力高某前来暴力逼债，并威胁孙某的两个孩子，临走时拿走了伍千多元抵债物品。收到他的求助后，我带人连夜到现场锁定了证据，及时上报线索，公安机关介入进行调查处理。今年，通过诚实劳作，孙某还清了债务，家庭生活步入正轨，在新冠疫情期间还主动参与卡点值班，协助司法所往返几十里地上门宣传国家的疫情防控政策。

长期在监所执法，我深知公正是执法者的底线。"不怕狠、不欺软，一把尺子量人"是我工作的原则。

社区矫正对象程某仗着做生意积累起来的人脉和自己成功人士的身份，丝毫不把司法所布置的学习教育和公益活动当回事，不屑于司法所干部的监督管理。在一次随机点验时，发现他不请假外出黄山，电话里我们警告他已经违反了监管规定、立即返回，不耐烦的程某在电话里撂出了"少废话，明天我还去湖南长沙联系业务"之语，说完"啪"的一声挂了电话。三天后，通知该人员来中心接受处理，我亮明身份，依法对其训诫，并警告处理。

在给其配戴电子腕带过程中，程某威胁一位年轻的工作人员，我当即固定证据按程序提请公安机关给予程某行政拘留六天的处罚。在处理过程中一个知名人物多次打电话给局领导说情均被拒绝，拘留后的程某深深感受到了执法的威严，不像以前那样嚣张了，言语和行为收敛了许多，我们及时将法治教育跟进，指出守法和违法的成本、守规和违规的代价，通过此次违规的果断处理，程某心服口服，从内心树起了对法律的敬畏。

"谢谢！齐大队，路过台州一定要打电话给我哟"，这是半年后我电话回访周某某时的言谈。两年前，周某某因盗窃在浙江南湖监狱服刑，因改造表现积极被裁定假释，走出大墙成为社区矫正对象。刚开始，他还能珍惜机会，遵纪守法，服从司法所监管，并经人介绍和在南陵打工的贵州籍女子娟子恋爱结婚。可时间一长，游手好闲、好吃懒做的劣根性渐渐显露出来，经不起狐朋狗友怂恿和劝说，合股开了一间棋牌室，整天打牌，夜不归宿，即使妻子分娩，他也没有丝毫收敛。为此，妻子失望至极，带着行李和出生不到一周的孩子回到了台州，一个家庭面临着破裂。当司法所工作人员对其进行教育时，他摆出一副死猪不怕开水烫的架势，接到所里报告后，我决定单刀直入，首先通知周某某来我办公室，就其行为和后果言明利害关系，如一错再错，收监就是我们的决心。周某某受到了震慑，但依旧心存侥幸，为此我每天重点关注周某某定位情况。在掌握有关证据后，决定和司法所同志到其家中夜查夜访，也得到其父母的支持，一次、两次……共十次，周某某从一开始的打的回家被动应付到主动在家，最终周某某退出了棋牌室的股份，保证回家居住。此时，我们一边和远在台州的娟子及其姐姐取得联系，通报周某某的转变情况，全力做好小家庭的复合工作。在大家联合教育帮助下，电话里周某某诚恳地向在外的妻子低头认错了。

通过谈话，我发现周某某在监狱学过裁剪技术，鼓励他到县城内一家大型制衣厂找一份正当工作。由于是技术熟练工，厂方给他开5000元高工资，周某某深深地体会到生活的价值和意义。通过四个多月洗心革面的行动，娟子最终原谅并接纳了周某某。2019年正遇国庆七十周年特赦，周某某符合特赦条件，经严格审查被特赦。特赦后的周某某来到妻子和孩子的身边，在当地找到一份物流驾驶员工作，勇敢地承担起一个父亲和丈夫的家庭责任。

南陵县有300多名矫正对象，每天上演着不同的矫正故事。作为故事的参与者，我虽平凡，但故事中的人向好重生，更多地融入社会、回归家庭，我的事业将灿若星辰。

（作者系安徽省南湖戒毒所民警）

监狱警察的晚安

李 环

夜深了，窗外的雨仍在淅淅沥沥地下着，偶尔听到大颗的雨滴在不锈钢雨棚上的回响声，远处传来汽车经过马路溅起水波的声音，说明今晚的雨大到下水道也不能立即排掉积水。

空调压缩机的声音是低沉的轰隆隆，监控视频主机的声音是婉转的呜呜呜，时不时传来楼道应急灯充满电的滴滴提示音，旁边一起值班的女警在查看视频时轻叩鼠标的短促滴滴声，我发现我的耳朵好极了，能听见这样细微生动的声音。

因为值班所在的楼层比较高，久坐起身活动肩颈转头时能看到近处监区围墙上的灯光明亮静谧，也能看到巡逻的武警在灯光里的挺拔身影，而远处的居民区在黑夜里的星星点点灯火，不知怎的，突然觉得心里特别安定和欣慰。

是的，夜班执勤就是守护人民的警惕眼睛，监狱关押的是曾经破坏社会正常秩序的罪犯，刑罚执行不仅是使他们与社会隔离，防卫广大人民的安全，同时也要改造他们，使他们改过自新，刑满释放后不再危害社会，能成为守法的自食其力的公民，这是非常艰巨的任务。在有限的刑期内要让他们转变犯罪思想、纠正生活恶习、习得劳动技能、养成良好作息、培养健全人格，这既是监狱警察的历史使命，也是监狱警察的政治责任。中国在实现伟大的中国梦过程中太需要一个安全、稳定、和谐的环境了，如何让这些阻碍发展的群体变成支持和顺势的群体，这是监狱目前最直接的任务。

习近平总书记于 2020 年 8 月 26 日为人民警察队伍授旗并致训词，在全程观看授旗仪式的过程中，我始终热血沸腾，授旗既是无上荣光，也是激励。伟大和光荣来自平凡和艰巨，来自对每一个执法环节的严谨认真，来自警察队伍的奉献乃至牺牲，也来自绝大多数基层警察在无数个黑夜的默默守护，来自像我一样的女警睁大眼睛盯着监控视频，不寐到天明。

时间在黑夜里显得漫长，当驻监武警部队的起床号吹响，晨曦的一抹亮色出现在阴沉沉的天空，各种响动的声音丰富起来，又是一个保证了安全的夜晚，人们的晚安是礼仪性的问候或者道别，而我们监狱警察的晚安是对任务完成的交代。

所以，每次值完夜班，我都可以自豪欣慰地默默说一声：晚安，中国！

（作者系贵州省遵义监狱民警）

春天里的坚守

杨 霞

"妈妈,你什么时候回家?"

临行时,儿子用期盼的目光望着我。

这个春节,儿子没吃好,也没玩好,许多愿望等待着我帮他在这个春天去实现。

我回答儿子说很快就会回来。没曾想,竟然食言了:这一去,竟在狱部待了两个多月,过上了没有欢笑而独处的封闭生活。

作为监狱警察,从加入抗疫队伍的那一刻起,就是一名战士,责任与坚守同在。所以,儿子,妈妈别无选择!

我是在北林场长大的。北林场是监狱所在地,在浙江最北端最偏僻的丘陵地带,是一块不大的地方。童年的记忆中,林场里挺快乐,挺亲切。特别是到了春节,吃零食,放鞭炮,走家串户去拜年,林场就是我幼年时光的儿童公园。记忆深处,子弟学校组织最多的活动就是采春茶、采油茶。后来,我外出读书,直至重返监狱工作,对北林场的钟爱从未改变,始终如一。搬迁到县城居住后,除了偶尔值班,我便很少在北林场居住,在这里过春节就更少了。时隔近20年,因为新冠疫情,我又一次在北林场长时间居住,而且这一次的坚守,是为春天而战。

2020年春天,注定是一个不平凡的春天。

这个春天告别冬天似乎晚些,过节时还非常冷。接到全员返岗执勤的命令,我大年初二从丈夫的老家江西匆匆赶回来。几年没去看望公婆,这次只住了几晚就走,挺过意不去的。幸好老人们都理解,因为我和丈夫都是警察,单位有需要,召必回,回必战。

回到单位,原本并没有长期坚守的打算,所以来时匆忙,准备不足。可是,接踵而至的全员封闭、隔离、备勤,餐饮后勤保障承担着巨大的工作任务。

战疫开始，随着就餐人员猛增，防疫消毒、采购物资、烧饭做菜、打包配送、协调管理，餐饮部像全速开起的马达，超负荷地日复一日运转着。作为监狱餐饮部主任，在三个关押点两大餐厅间穿梭，我那疲惫的脚步就不敢停下来。

坚守在这个春天，我每天都会接到很多电话，总感觉忙忙碌碌。执勤区的、隔离区的、备勤区的、领导的、部门的、送餐的、送货的、承包公司的，近2000人的后勤供给，琐碎又繁杂。此刻，我才感受到"兵马未动，粮草先行"的真正含义。看是小事一桩，说是饭菜问题，但做不好，影响的却是整个战疫士气。为此，我和餐厅的同志们不敢懈怠，付出了前所未有的努力和艰辛。这些天，监狱领导亲自指挥，大队领导一线指导，在相关部门的配合下，我们冲上去了，我们扛住了，我的战友们都是好样的！

坚守在这个春天，看到最多的字眼是"抗疫""责任""坚持"。

作为监狱警察，疫情就是命令，必须义无反顾。与这个春天作伴，想的最多的是换防、解封、回家，作为有血有肉的人，谁都渴望平安和团聚。我在后勤一线奔波，虽然很累，时常还有些怨言。但相比之下，在隔离区、封闭区的同志，承受了更大的压力和煎熬；守卡检测的同志，风雨相伴，昼夜守护，他们更艰难、更辛苦。我从战疫中的同志身上深深感受到，在这佩戴口罩的非常时期，忍受孤独，坚守责任，战胜困难，是一种意志的磨炼，更是一种精神的考验。

坚守在这个春天，我竟然习惯于早起，非常惊奇。古人云："春眠不觉晓"。我体质不算强，每年到了春天，便睡不够、叫不醒，最为揪心。没想到，战疫中配送早餐，需要在五点多起床，六点便开始打包送餐。若不是责任在身，内心强大，肯定坚持不了。感谢各支部抽调来相助的女同胞们，跟着我粉碎睡梦，起早摸黑。我是本份，她们是帮忙，是援助，我从心里感谢她们！

昨晚北林场忽然有闪电，有雷鸣，一夜的风雨声，不绝于耳，嘈杂窗外。空旷的夜色中，多了几分孤独，也多了几分惆怅。即使思绪万千，对我而言，承受孤独已是常态。

我听到外面的树在呐喊，感慨春天的不易。北林场有各种树，既熟悉又陌生，许多树与我一起长大，它们是我的伙伴，一同经历了风雨。清晨去上班，餐厅南面的腊梅竟然花落一地,哦,这是它以生命代价对春天作出的承诺。公园里的茶花,在我们坚守期间,花开又花谢了。前些日子还在奔放的紫玉兰,不经意间也已铺满地面,准备告别春天。是的,忙忙碌碌中,稍不留意,春天竟过得如此之快。

坚守在这个春天,儿子、母亲、老公的日子也无乐趣可言,他们多么希望我回家团聚。儿子上网课,希望妈妈回家帮帮他;父亲六年前去世,母亲独居在县城,高血压、糖尿病一直折磨着她,我且不能尽孝,母亲却还要我好好工作,不要管她;家里那么多家务扔给一个大男人,而他要我管好自己……我心里满是亏欠,好想回家。

然而我更清楚,这个春天已经没有太多相聚的时间,我们的战疫还在进行,我的责任和孝心,只能留在我默默坚守的这块土地上,留在这个难忘的春天里。

对亲人的爱,我会好好珍惜、好好回报,有你们的支持,我会变得更加坚强。

春天里的坚守,我,无怨无悔!

(作者系浙江省南湖监狱民警)

机关食堂

石圣华

位置还是那个位置，食堂却不是原来的食堂了。

每每走近机关食堂，它的旧貌新颜、前世今生，恍若两幅熟悉而又陌生的画面，幻灯片似地切换着，穿越十多年的光阴。

记忆中的老机关食堂是一排陈旧的平房，20世纪70年代前后的建筑，青砖黑瓦，墙壁上渐渐剥落的白色字样依稀可辨："抓革命，促生产"云云。

进入21世纪以来，老机关食堂实际上已经衰落了，朝北的大门紧锁着，东面屋顶的大烟囱了无气息，偶尔在阴郁的午后或者雨霁的黄昏，几只鸽子栖落屋脊，静静地打量着小区里的人家。

每当看到这些祥瑞而寂寞的鸽子，我就会想起一首流行歌曲的歌词："天青色等烟雨，而你在等谁？"我觉得，这一句深情的诘问是对彼时彼地的鸽子们最好的摹写和观照了。

后来有一段时日，工人师傅承包了这个食堂，在里面做老面馒头、包子、花卷等，记得是在夏天，我去买过几回，味道真心不错，只是偌大的依然整洁、散发着烟火气息的食堂成为做面食的小作坊，委实有些单调，有些可惜。那时我想，属于一个时代的机关食堂已完成它的光荣使命，该退出历史舞台了。

果然，为了配合2007年九成建场50周年庆典，老机关食堂一夜之间被夷为平地，继而建成两个并排的篮球场。那阵子，很多同事怀念起机关食堂来，说起食堂里曾经的热热闹闹，回味着在那里吃过的美味佳肴。

"那年头，最受好评、最受欢迎的是粉蒸肉，油滴滴、香喷喷的，一点也不腻口，才几毛钱一份，总是供不应求。"有人边说边咂巴着嘴儿。

时间转眼到了2019年，经过紧锣密鼓的建设，在老机关食堂原址上矗立起一栋雄伟气派的大楼。新的机关食堂多功能结合、高标准设计，用"高大上"来形容一点也不为过。

老实说，我不想用过多的文字记述一个食堂的功能布局和优美环境，那必定是乏味的、无趣的。再者，说的再多，也不如大家亲眼目睹、亲身体验，百闻不如一见嘛！

我想说的是，如今，吃饱吃好已经不是生活中的问题，人们注重的是吃的环境、吃的氛围，追求的是吃得舒适、吃得快乐，新机关食堂的宽敞、精美、亮丽，正是新时代民生期待的关切和回应。

楼顶西面，靠近办公大楼的位置，一个钢构立方体高高耸立，据说在其中三面将安装时钟，由此看来，新的机关食堂同时会被冠以"钟楼"之名，成为九成畈的标志性建筑。

醒目的时间刻度，匆匆的生活步履，新食堂承担起新使命，伴随着时钟的滴滴嗒嗒声，书写属于它自己的历史，直到有一天，像曾经的老食堂一样，被后来的人们追忆、怀念。

（作者系安徽省九成监狱管理分局民警）

亲人之情

王燕虹

我是一名刚刚走上监管改造一线的民警。

我上进、热忱，但是缺乏工作经验，我用自己的视角观察、体验工作。

这是一个普通的接见日，我在接见室家属入口例行检查，熙攘的接见大厅里，来探视的人拎着大包小包，像海浪似的一层层涌过来。一张张陌生的面孔，令人目不暇接。

蓦然，一个小女孩悠然的身影吸引了我的目光，她大约四五岁，穿着白色连衣裙，踮着脚尖，一个小跳，一个转身，俨然是一只纯洁无暇的白天鹅，旁若无人地跳着芭蕾。

我忍俊不禁，乐出声来。这个可爱的小女孩，把这里当成芭蕾舞剧院了，真是天真无邪啊！

转念间，一阵广播喇叭声响起，服刑人员的家属们如海浪般朝我涌过来。新一批接见开始了，我站在入口，迎着涌过来的人流。人们迅速找到自己的亲人，隔着玻璃窗热烈地交谈起来。我仔细地巡视，密切关注着一个个家属区接见窗口。

忽然，我发现一个窗口的接见人员相视无语。赶忙奔过去，下意识地嘟囔着："对不起，是电话线路不通吧！我来帮你们拨！"

家属区坐着的是一个20岁左右的青年，面容酷似朴存熙，面容清秀。他的旁边坐着的，正是那个穿白色连衣裙跳芭蕾舞的小姑娘。他笑着摆摆手，腼腆地说："谢谢您，不需要，她听不见！"

我顺着他手指的方向看去，呵！可不是，对面坐的是一个新进的聋哑服刑人员，隔着玻璃窗朝我们灿烂地笑着，满脸的皱纹笑得像一朵盛开的菊花。

我松了口气，挑起手指，做出让他们用手语交谈的示意，然后，微笑着站在一侧旁观。令我意外的是，他们仍然只是对望着，微笑着，没有任何举动。

职业篇

我转念想，莫非是我在旁边影响了他们的情绪？于是，连忙转身离去。

转了一圈回来，令我大跌眼镜，他们三人仍然灿烂地对望着，笑着，这是怎么回事？踱到那青年身后好奇地问："你们怎么不用哑语交谈呢？要抓紧时间呀！"

他沉静地笑了笑说："我不懂哑语！"

哦，我一拍脑袋，匆忙拿来纸和笔，递给那青年，得意地说道："你不会哑语不要紧，你写给她看呀！"

可是，那青年又摆摆手，笑道："她不识字！"

我一听，呆住了。

片刻，我指着对面的服刑人员问："是你妈妈？"

他点点头。

我又指着旁边的小姑娘问："是她的奶奶？"

他点点头，答道："对，她是我哥的孩子。"

在我们交谈的时候，小姑娘低着头，沉浸在自己的世界里，恍然不觉周围的一切。

我迟疑地问，"小姑娘听得见吗？"

他摇摇头。

我心里一紧，问道："你们是从哪里来的？"

"浙江！"

我用眼睛示意对面，问他："她怎么来到这里的？"

他嗓子沉了沉，笑着说："她来上海亲戚家里帮忙，不慎走失半年多了，后来是这里的警官帮她和我们取得联系。我们来看看她，再给她送些吃的。"

我忍不住问，你怎么知道她要吃什么呢，他淡淡地答道："我就给她买些她以前喜欢吃的东西。"。

我心里不禁发酸，忙岔开话题，指着小姑娘问："她几岁了？"

"四岁，在上幼儿园。"

我又问："她知道来这里看奶奶吗？"

他摇摇头。这时，小姑娘和奶奶微笑对视。望着祖孙间交织的眼神、亲密的笑靥，我一时无语，胸中却涌动千层波涛。

会见结束了，这个青年牵着小姑娘从我身边走过。他腼腆地一笑，好像在安慰我似的，愉快地说道："我考上了上海的大学，以后来就方便多了，再见！"

我由衷地说："再见！"祝福地朝他们挥挥手，望着他和穿白色连衣裙的小姑娘渐远的身影，我的心头涌动着两个字：亲情！

这就是人们说的亲情，就是亲人之间存在的那种感情。亲人是跟你有很亲密关系的，不管发生什么事都不会改变的人。亲情有时候很无奈，你不能选择父母或是兄妹，无论他们高尚还是卑微，相连的血脉是无法割舍的亲情。

望着熙熙攘攘来探视亲人的人流，我的眼眶渐渐湿润了，眼前一片模糊，耳畔回响起罗文的那首《亲情》。

（作者系上海市南汇监狱民警）

难忘的怀远挂职

马来胜

我在安徽省蚌埠工作十五年有余，见证了蚌埠戒毒所从无到有、从简陋到逐步完善、从普通所到部级文明所的不平凡创业路。这期间，我分别于2014年、2016年和2018年至今，先后三次在安徽省怀远司法局矫正中心挂职，见识了不同舞台上的别样人生，体验了与过去完全不一样的工作，收获良多。现把我在怀远矫正中心延伸监管方面的点点滴滴分享给大家，算是对我所全面工作的一个补充吧。

◆ 多方助力协调矫正个体开业

2014年初，怀揣着领导的殷切嘱托和谆谆教诲，我到怀远司法局报到，因为深知自己相当于蚌埠所的一个对外窗口，故而在司法局里，无论是平时上下班还是下乡检查、上课、宣讲等，都认真对待，竭尽全力去做好。怀远司法局主管社区矫正的局领导王书记和社区矫正中心马主任都是宽厚仁慈的好领导、好兄长，对我的工作鼎力支持。

一次和王书记去常坟镇上课，课间休息时，有个社区矫正对象紧锁双眉、苦着脸凑到我跟前，说自己叫孙某某，因诈骗被判二缓三，判缓前在上海某修车厂上班，是合伙人之一，现在因被判缓，不能去上海上班了，咋办呢？我说"可以给你介绍个工作啊"。他叹口气说，这几天也尝试过找工作，都不合意……又聊了会儿，我明白了他的苦衷：想重拾老本行，自己开厂，却顾虑自己的身份怕办不成，我告诉他先不着急。

没课的时候，我把这个情况向王书记作了汇报。王书记说，只要孙某某有办厂能力，政策上是完全可行的。当即我就向王书记请缨：协助孙某某办理开厂相关事宜。王书记笑眯眯地说：很好，可以作为一个扶助创业的典型例子。

下班后我找到孙某某，问办厂事宜。他仍心存顾虑，畏葸不前。我就鼓励他，让他终于下了决心。之后十几天，我带着他跑营业执照、税务登记证、场地、人工等。各方面都比较支持。只是在租场地时，他看中的那个场地的房东因他的身份，不敢租给他，说怕被骗。为此，我们又跑了三次。第三次时，我把房东叫到边上劝道：请放心，他过去虽然有过诈骗行为，但现在已悔过自新，古人不是说浪子回头金不换吗？我还悄悄告诉他"现在孙某某的身份是社区矫正对象，他的行踪由我们社区矫正中心监管，你不信他还不信矫正中心吗？"房东会心地笑了，终于放心地把房屋租给了孙某某。

经过紧锣密鼓近一个月的操办，"孙某某汽车修理厂"挂牌开业了。

前段时间路过孙某某的修理厂，据他说生意兴隆，越办越火，厂房扩建了，维修技工也扩招了。当前，就业是落实中央"六稳六保"要求的首要任务，"孙某某修理厂"也算小有作为。

◆ 深入社区学校落实禁毒宣教

根据上级要求，挂职民警要积极参与组织集中教育，而我本就是教师出身，因此，在矫正中心，上课、宣讲是我挂职工作的主要内容。

作为一名戒毒民警，我太清楚毒品的危害了，毒品问题与艾滋病、恐怖活动并称为当前人类社会的三大公害；而且，太清楚禁绝毒品，重在预防。所以每次出去宣讲，无论是在分中心还是到社区、学校、企业，禁毒宣传都是我要讲的一个重要内容。希望通过宣传，使听者能提高识毒、防毒、拒毒的能力和水平，时刻保持自我防范意识，永远远离毒品，珍爱生命。

夏某，十八九岁，长相文弱得像个小女孩，中学毕业后暂居家待业，父母是跑长途的，常不在家。在古城镇的一次课后，他找我聊天透露，他隐约觉得有个同学染毒了，很怕自己会被拉下水。得知此情况后，我当即把他列为重点帮扶对象。此后，和他保持紧密联系，一再叮嘱他远离这个可能吸毒的同学，远离KTV、夜总会、网吧等场所，万万不可因寻刺激、图享受、消愁、解闷而去尝第一口毒品。

可怕什么，偏偏来什么。2019年大年初三深夜，夏某打电话给我，说自己刚刚吸了一口毒，好难受。我急忙问他在哪里，他说在高铁站附近的一个KTV外面，我让他等一会儿，即刻开车去找他。十几分钟我到了，打他电话却关机了，只好四处寻找，终于找到正蜷缩在某小区外路边一棵树下的他。在开车送他回家的路上，他告诉我，他在上海打工的发小回来了，邀他吃饭，发小还带了女友，一起吃过饭后他说送送他们，就一起去高铁站，到了高铁站离发车还有两三个小时，于是去附近的KTV唱唱歌，唱了一会儿，他们两个就鬼鬼祟祟地躲在角落里吸毒，看到这一幕他想起了我对他的叮嘱，起身欲走，可是他们不让他走，说怕他报警，还非逼他吸一口，后来他趁他们吸毒后没注意的时候悄悄溜出来，给我打电话。他说他只是吸了一小口。当即我把他发小在KTV吸毒的情况电话报告了当地派出所。然后表扬他：你做的对，一是装模作样只吸了一下，二是赶紧离开并打电话给我。我让他一定要汲取教训，把这个发小的微信电话全拉黑，以后万万不要再和他联系。

送他到家后，他父母正着急，我又单独和他父母聊了一会儿，告诉他们别只顾赚钱而不管儿子，要多陪陪、多关心，别等到儿子学坏了，世上可没有后悔药。他父母小鸡啄米似的连连点头。自此后，老夏出车时就把儿子带在身边，帮着上下货，熟悉熟悉路线，打打下手。

我仍然一如既往地和夏某保持着联系，至真至情地关心他、鼓励他：好好工作，大胆追求美好生活。据说最近他谈女朋友了，准备结婚了。

看到他走出阴霾，健康成长，我由衷地为他高兴。

◆ 协助调研摸排创新监管体系

为加强社区矫正工作，进一步探索新时代社区矫正工作的新方法、新路径、新手段，怀远县司法局对社区矫正工作进行了大刀阔斧的改革。

一是创立分中心，整合全县司法行政人力物力资源，在局机关设立社区矫正中心，在全县范围根据地域相连、人口集中、交通便利等因素，创立了五个社区矫正分中心。

二是加强软硬件建设，在人员安排上，优化人力资源，配好专职社区矫正工作人员。在办公场地上，为社区矫正分中心提供专门的办公场所。

三是加大业务培训，司法局分阶段、有步骤地对社区矫正工作人员进行培训，提高他们的业务能力和水平，让专业的人做专业的事。

改革后的分中心运行情况怎么样？对矫正对象能否收得下？管得住？不出事？局领导让我以旁观者的身份进行一些调研。为此，我多次到各分中心去摸情况、看细节、找问题。

和榴城分中心的宋队聊天的时候，他说：过去碰到难管人员，一方面会以各种借口推脱不管不问，另一方面也不知如何去管、无从下手。现在则不同了，一是你必须管，没有借口了；二是经过了专业化学习培训，能够从容应对了。拿近期解矫的难改人员严某来说吧，他因赌博被判刑，因健康原因而保外。他辩说自己被抓时只是在赌场转转玩玩，而开赌场的老板因事先得到消息至今逍遥法外，所以他对执法工作一直有抵触，牢骚满腹。根据这种情况，我对他并没有进行生硬说教，而是根据同理心去体验他的处境，一定程度上接纳他的看法，站在他的立场来考虑，以钉钉子精神，一锤接着一锤敲，循序渐进，适时对他进行心理疏导、普及法律知识，促使他慢慢对过去看不惯的事情释怀，逐渐能理性地认识自己的罪错。

效果如何呢？我找到了严某的解矫留言："感谢宋队长解开我心里的疙瘩，我以后一定开心生活，不辜负宋队长的教诲。"

还有一个案例也很能说明问题：白莲坡分中心社区矫正人员孙某，在家喝了酒和老婆吵架，一气之下开车离家，打算出门消消气，没想到路遇交警查车，当即因酒驾被羁押看守所。第二天一早检察院就到分中心调走了孙某的执行档案，档案里从报到始，宣告、帮扶、集中教育、社区服务、访谈等都记载得清清楚楚、明明白白，检察官调阅后没找出任何瑕疵，赞叹道：没想到工作做得如此规范、细致。

案例还有很多，不再一一赘述。实践证明，怀远司法局的改革创新是成功的。

挂职三次，对怀远这块热土越发依恋，挂职经历将是我人生的一笔宝贵财富。而我的挂职也得到了司法厅的认可，先后两次授予我挂职先进个人。

今后，我会更加努力地做好挂职工作。

（作者系安徽省蚌埠戒毒所民警）

奔波的幸福

王 清

铿锵玫瑰节，受监狱党委委托，我与罗彬彬、陈凯两个年轻人去看望家在金坛的执勤同事的家属。

很荣幸，我领到的任务走访家庭最多，26家。

这26个同事的家分布在金坛南北东西中各个地方，便有同事笑着说"你这个可能要跑很多路噢"，我只能说他真的不懂：当他和我一起走访后，一定会和我的想法一样了，只嫌少不嫌多。因为走访以后就会知道我们同事的家属是多么的可爱。更何况在疫情如此紧张的时刻，我们能够走一路，看一路，收获一路，不啻大金坛一日游。

最先去的是张建兴家，但他爱人吴琴坚持不肯接受我们带过去的慰问品，说张建兴现在还没有进监区，再说也是他的工作。在吴琴这个弱小的女子身上，我们看到的是坚持和自觉的气质。

去王玲家，是她妈妈接待的我们，一个干净、清爽的阿姨。问她有啥困难，"没有！"回答得十分干脆。还顺便赞扬了一下身边的保安，说保安经常帮助她。有这么个优秀、情商高的妈妈，难怪有这么优秀的王玲呢！

高洁的爱人叫高浩，真的是天生一对。这小伙子太可爱了，知道我们要来，特地问了我们几个人，分别给我们三个人准备了三份不同的果汁。这哪里是我们慰问他，分明是他在慰问我们！高洁，我只能说你好幸福啊，有这么好的老公！

左邻右里的两家同事，一个是吴凯和葛芳。他们一开始都在单位上班，后来小孩回金坛，葛芳没办法只能回来照顾。她把老公丢进监区，其实她也想回来战斗，好样的一家！另一个是毛慧芳。她和我同一年参加工作，而且她的老公和我是老乡，没想到他们夫妻俩都封闭了，只留下儿子一个人在家。小伙子学霸一个，自理能力也很强。"晓涵，有困难吗？""没有，小意思，请伯伯放心！"让我不得不感慨"后生可畏"啊！

刘伟的家在半岛花园，这个名字很配他爱人——孟繁花。花园里繁花簇锦，一个朴实的没有多少言语的好妻子，说的最多的就是"感谢""应该""没有困难""请组织放心"。叫花的人是不是都有一颗像花一样美丽的心灵？

薛兴森是我多年的同事，很熟悉，也住在半岛花园。内敛不多话能干的爱人——张静，像他一样，模范夫妻。

管媚的老公是一个帅气的小伙子，热情客气。一再说请组织放心，没有困难，唯一的就是小孩子还小，特想妈妈。我知道年轻帅气的小伙子也特想他的娇妻，只是不好意思说。我告诉他，估计管媚也很想小宝宝，当然可能更想另外一个大宝宝，祝福你们幸福的一家，有时候想念是一种不一样的幸福！

倪建中、刘艾霞夫妻俩也是一个在监内执勤、一个在家照顾小孩。在监内的兢兢业业，先锋模范，在外面的任劳任怨地照顾着家，其实也心系单位。照顾好家，照顾好孩子，让前方的老公安心打仗也是一种奉献！

最不容易的是徐华的爱人。老父亲刚刚去世。为了方便小孩上学，不得不搬到一个不熟悉的城北小区。又因为刚刚从连云港回来，内向、明理的徐华的爱人自觉在家封闭隔离，一个外地人搬到人生地不熟的金坛城最北面。徐华，你可一定要对那个叫王青的女人好哦！

庄凌的家在西阳，最难找的一个地方，也是相对最自由的一个地方。庄凌的爱人黄蕾是位老师，通情达理，带着两个可爱的宝宝。我们一到村头，热心的村民看到我们的警车，就问是不是到庄凌家？神了，说明我们庄凌家的人缘好。看来好同事到哪里都好！

盛杰的老爸是溧阳人，不远百里跑来金坛开了一个修理厂，而且生意挺好。一听说我们要来，老爸老妈早就到店门口等着我们，热情地非要为我们做点啥。我说要不下次我们同事到你家修车，你可得又便宜又实惠。老俩口爽快地说："没问题"。他们家的汽车修理厂就在薛埠汽车站对面，整洁干净，师傅手艺高超。

陶坤的爱人赵英也是可敬可爱的医务人员，而且三八节这一天也在岗上班，无法回来。他的妈妈接待了我们，一个很有气质修养的妈妈，很骄傲地告诉周围人，这是我们陶坤的同事，来看我们了！请组织放心，她说她一定会全力支持陶坤的工作，没有困难。我真想再和她多聊一会儿，因为她很像我的妈妈。

徐兰的爸爸听说我们要来，特地跑到罗村街上，就是为了让我们少走点路。多善解人意的爸爸！

金坛景阳花园小区是我们同事最多的一个小区。方林江、尤凯、王克华、许志鹏、侯灿江、程杰、吴伟都住这里。跑了一个下午，我们终于到了许志鹏老爸开的小店暂歇。许爸爸太客气，又是饮料，又是矿泉水，这还不够，听说我胃不好，又每人泡了一杯红茶，细心＋爱心的许爸爸！

吴伟的小孩还小，爱人丁浩杰不方便下楼，电话一再表示歉意，让我们都不好意思了。吴伟，你可记得多打几次电话给小宝宝，让小宝宝多听听你爷们儿的声音。

方林江、尤凯、王克华、侯灿江的家人我都非常熟悉，也就直接告诉他们四位同志还有一段时间才能回家，可要做好思想准备哟。他们齐声说："放心，理解，打电话时也都说了，让他们安心工作，家里一切 OK。"没想到程杰也住在这个小区，而且跟他妈妈还有点面熟，因为我也在这个小区住了十年多，属于老人之一，这个年轻的我熟悉的妈妈居然就是我们程杰的妈妈，好样的！

下面看望的是我们帅气的彭阳的老爸和彭阳的爱人。彭阳的老爸年轻、精神，刚从外地回来。彭阳的爱人端庄秀气，他们绝对是郎才女貌的一对。

杨正华的爱人钱玉林是常州监狱机械厂的员工，也在执勤上班中，一家人都工作在第一线。钱玉林还是我的学生呢，我教了她两年。钱玉林每次看到我都叫王老师，封闭出来后你也要叫我王老师哦。

最后慰问的是盛伟俊的家属。说实在的，在水泥厂上班的盛伟俊的爱人刘丽辉有点"过分"！她说慰问品可以不要，她应该得到一束鲜花。哎，盛伟俊啊，你平时不要总是给老婆项链、工资卡等，有时候说不定一束鲜花更好。你出来以后可记得欠刘丽辉一束鲜花啊！

短短一天的走访带给我很多感动，很多感触。我只能说有你们这样的同事真好，有你们这样的同事家属真好！

现在，每天看着忙于工作的兄弟姐妹们，我有很多感触，总想写点什么，可是又总不敢下笔，因为我觉得无论多少语言，都不能准确表达你们此刻的辛苦、你们的不易、你们的难处……你们打的是一场从来没有经历过的最艰难的战斗，而且可能还不被系统外的人理解，但你们却无怨无悔。

每次开视频会，我们包括宗政委都需要仰视你们，因为我们要面对大屏幕，这是客观的无法改变的事实。其实仰视你们也正是我们内心情感的真实流露：正在一线奋斗的你们，是值得我们用感激的目光、感激的情怀去仰视！是你们辛勤艰辛的付出保证了新康的安全稳定！

你们和你们的家属是最美的人，我特别欢喜你们！

（作者系江苏省新康监狱民警）

列车上的"个别谈话"

王道广

我没想到这次意味深长的"个别谈话",居然是因为一段特殊时期的旅程。这次旅程,让我如此强烈地感受到一种责任,让我逐渐走进他的真实世界。

"我只有一件事情非常担心,我回去的生活怎么办?家里早就没人了,啥都没有,我可怎么活呀!"

从接到他到火车站的途中,他絮絮叨叨了一路,整个人显得很焦虑,时不时地搓着手,反复挠着自己的光头。虽然我多次明确地告诉他已经联系好村委会帮助他安排近期的生活,但他还是很焦虑,半信半疑,我想也许是因为他早先坏事做多了的原因吧,他不相信村里会管他。

这是小周又一次刑期结束,再次踏上回家的路程,面对那个早已物是人非、依旧困顿的家,他五味杂陈,本能地有些抗拒,新的生活对他来说依然艰难。

"你还有一些亲戚在村里呀,能真的不管你?你不要太担心……"

当听到我提起他的那些亲戚时,小周的眼中充满了愤怒,"哼,指望他们,我早就饿死几回了。打小他们就没有真心管过我。"

"血浓于水,怎么说也是你的亲戚呀,再说这么多年过去了……"

小周听完我的话,陷入了一阵沉默,双手揉搓着衣角,慢慢地抬起头,脸有些抽搐,结结巴巴地说:"我,不会去找他们,感觉自己就像是要饭的一样。您能理解吗……"

出发之前,我通过当地司法所的同志已经了解了有关他家庭的一些情况,只是没想到他们的关系比想象中的还要僵。

十几岁,小周的父亲因病去世,母亲离家出走,好几个叔叔伯伯却没有一人愿意管他。于是他就跟着别人混社会,坏事做了不少,与人打架斗殴更是家常便饭,牢饭吃了不少却依然改不了火爆脾气……

每每想起他的经历，以及和他一样的失足青少年，我就觉得很痛心，每一个失足的故事背后都有一段不幸福的生活。在青春叛逆期，在最需要人生正确指引的时候，父母缺位了，很早辍学了，和一帮狐朋狗友闲混，整日无所事事、好吃懒做，就这样逐渐走上了犯罪的道路。小周就是这样，父母离他而去后，他成了亲戚眼中的累赘，像皮球一样被踢来踢去。

"也许是厌烦了那些人吧，我又不是条狗，别人嫌弃，干嘛还死乞白赖的，哎……"说着，说着，他的眼圈红了，也许是想起小时候那些心酸的往事，泪水直打转，肩膀微微地耸动着，"现在想起来我恨透那个最先教我学坏的人，不过他也罪有应得，判得很重……"

我用手拍了拍他的肩膀，"说出来是好事，都过去了，现在你也成人了，你可以选择你接下来的人生呀……"有时候，忘记是为了活下去，而记住是为了更好地活下去，重要的是接下来你要过什么样的人生。

夜，慢慢地铺满它的黑，轻轻地抚平岁月的创伤。普快火车慢吞吞地在广袤的平原上行驶，哐当哐当地响个不停，偶尔一束刺眼的白光照射进昏暗的车厢中，这注定是一个难以入睡的夜晚。小周坦言自己很多年前就有失眠的毛病，不停地在车厢里踱步，坐卧不安。看我们不放心的样子，他主动回到座位上，并向我们做了保证。

火车上最多的就是时间，最难熬的也是时间，我们聊了很多，从家乡的变化、他的成长经历，到他的工作经历。一提到他的工作，他很自豪地说自己安装通风管道的活做得好，在天津、武汉等地都做过，但是自己不喜欢去工厂上班，太受约束了，不符合自己的性格，还是想单干。我耐心地听他说着，并引导他分析自己的优缺点，明确今后谋生的方向。我很关心他今后要走什么样的路，真心不希望他再重蹈覆辙了。

如果生命是一条河流，谁是你的摆渡人呢？从事改造工作这些年来，渡人的过程也是渡己的过程，就像老师一样，谁不希望学生学好呢。

"王教，有时候我觉得没指望，生活真的太难了，我不知道我是否能够坚持下去……"

"成年人的生活里没有容易二字，我们都经历过苦日子，更应该知道幸福的生活来之不易，我们都没有含着金汤勺出生，除了努力奋斗没有捷径。你想不想听一听我的故事，站在你面前的我也曾经一蹶不振，也曾经身无分文，也曾经觉得自己一无是处，也曾经觉得生活中的坎是过不去了……"他全神贯注地听着我讲了一些自己早年的经历，从他的眼神中我发现有些东西在闪烁。

"王教，您放心吧，我一定会重新站立起来的，一定好好活着！请您相信我。"

"我相信你，但我要提醒你，要做好吃苦和坚持的准备，不要轻易放弃。有些看似好赚的钱往往是让人生亏本的陷阱，有些看似赚得辛苦的钱却可以让良心踏实。"聊着聊着，不知不觉，夜深了，那些刺耳的声音仿佛转瞬间消逝在夜空中，我感觉一种神奇的化学效应在空气中发生。这一夜，他终于可以安然入睡了。回家吧，流浪的孩子！归来，希望你的内心已经成熟。

夜空中，耳边响起他自己作词的那首改编歌曲《亲情电话》的旋律，"轻轻地拨着一阵阵号码∥打个亲情电话给老爸老妈∥问问远方的亲人们∥你们好吗∥告诉你们我也很想家∥悄悄地说着热乎乎的话∥就是爱人孩子也放心不下∥你说我们的家乡变化很大∥其实我也很想回家∥亲情电话∥带我带我回家∥知心的话儿说不完也放不下∥新生的道路坑坑洼洼∥我再也不怕风吹雨打∥亲情电话谢谢你了∥是你让我多了信心少了羁绊……"

（作者系湖北省汉阳监狱民警）

坚守

雷小倩

在陕西省铜川耀州区和富平县相连接处,有一个在外人眼里颇为神秘的单位,陕西监狱罪犯职业技能教育监督管理所(原陕西省新耀水泥厂),单位始建于1969年,原为氧化铝生产线,1981年更名为陕西省新耀水泥厂,开始生产水泥,2018年5月更名为陕西监狱罪犯职业技能教育监督管理所。

我是1995年参加工作的,一起上班的有10人,在参加工作的厂史培训班上,当时的政治处袁主任就自豪地告诉我们,单位属省司法厅、省监狱管理局的下属单位,也就是省垂直管理单位。性质特殊,建厂初期,主要担负原留厂就业人员的管理与再就业的职责使命,在过去的岁月里,共接收改造刑满就业、解教就业人员1500多名,其中包括60多名国民党党、政、军、特人员。全厂占地21.9万平方米,距离耀州区不足2公里,交通便利,拥有独立的铁路运输线。现在的主要任务是水泥生产,水泥生产设计能力为15万吨/年,总之一句话,前景光明,大有前途,当时听得热血沸腾,暗自庆幸自己走对了门,生活有了保障。

但好日子没过多久,从1996年开始,由于水泥行业不景气,工资发放成了问题。当时我自己单身一人,勉强凑合,可那些成了家的,夫妻二人在同一个单位,工资又不能按时发放,加上单位年轻人多,要养育孩子,要学习进修,所以日子过得捉襟见肘,好处是当时交通没现在方便,大家一周上县城采购一次,平日出门少,穿着也是警服,大家都精打细算、相互鼓励,也算是苦中作乐,把紧巴巴的苦日子过得也有滋有味,别有一番幸福。直到1999年拿上工资卡后,日子才有所好转。

从2004年起,按照省监狱局统一安排部署,单位男干警赴红石岩监狱支援帮扶工作,从最初的25人到高峰时的40人,大家抛家舍业,远离家人,住在集体宿舍,吃着大食堂,但大家服从大局,不讲条件,毫无怨言,克服

— 职业篇 —

各种困难,这一坚持,就是15年。有的干警戏言,在外单位待的时间比在本单位长,对兄弟单位的熟悉程度比本单位高。现在支援帮扶监狱、延伸社区矫正工作已成常态,帮扶男干警人数占全体警察人数的三分之一以上,机关工作大多依靠中层领导干部和业务骨干运作,但大家毫无怨言,秉持"我是一颗螺丝钉,哪里需要哪里钉;我是革命一块砖,哪里需要哪里搬",担当尽责,默默坚守。

经过常年的一线实践锻炼,广大警察队伍积累了丰富的监狱管理工作经验,精神面貌积极向上,队伍凝聚力、执行力和战斗力显著提高。在大家的共同努力下,单位环境发生了翻天覆地的变化,生产区和办公区绿树成荫,一年四季美各不同,春天杏花、桃花、樱桃花竞相开放,绿色盎然;夏天果实累累,蝉鸣声声;秋天天高云淡,月季和各色野菊花交相呼应,生机勃勃;冬天白雪皑皑,相约上班一路赏雪畅谈,呈现出一幅天人合一的和谐画卷。办公环境越来越好,窗明几净,设施一应俱全,吃饭单位有食堂,上下班以车代步,休息有备勤室,锻炼有健身馆,大家认真工作、健康生活,幸福感越来越强烈。

岁月静好,是因为有人为你负重前行。从青葱少年到中年大叔,从满头青丝到两鬓斑白,一路走来,一代代职教所警察职工永葆政治本色,胸怀使命,肩扛重担,用默默坚守与无私奉献维护了一方稳定,守住了一方平安,为监狱事业再创辉煌贡献力量。

(作者系陕西监狱罪犯职业技能教育监督管理所民警)

将命运握在手心

吴志平

那天，云淡风轻，正是监管区开展集体教育的日子。

我走上讲台，告诉他们，今天咱们先不讲文化课，我打算先给你们算算命。

"算命？"人群中躁动起来，纷纷交头接耳小声嘀咕，警官也会算命，这还真的算是大稀奇了。

"有谁愿意上来，让我先算一下？"我刚说完，几乎所有的服刑人员都举起了手。

兴致很高的张冲（化名）被我邀请上台，今年19岁的他，中秋之夜在大排档吃宵夜，因与邻桌的小青年发生口角，冲动之下拔刀相向致人重伤，刚入狱不久。他自告奋勇上讲台来，是想请我给他算算是否自己的命中该有这样一番牢狱之灾。

我让他舒服地坐在凳子上，然后问他："这个世界到底有没有命运？"

他略一沉思说："这个嘛，我认为当然是有的咯。"

我接着问："那命运究竟是怎么回事呢？"

他感到有些为难，但还是给出了答案："命运是一种不可捉摸的东西，比如我因为冲动犯罪而入狱，我认为这就是命运！"

我追问："那既然是不可捉摸，也就是说你认为，你的这次犯罪是不可避免的，对吗？"

张冲被我问得有些不知所措，脸红红的，显得局促不安起来。

我见状便没有再继续刨根问底，而是温和地让他伸出左手。我说，咱们今天的"算命"马上开始，这也算是给大家正式上课。听到这里，在场的人全都正襟危坐起来。我便象征性地给他们讲了一些有关生命线、爱情线、事业线等诸如此类的话。大家听得趣味盎然。

忽然，我转身对张冲说："请把左手伸好，照我的样子跟着我做一个动作。"他高高举起左手，慢慢地而且越来越紧地握起拳头。末了，我问："握紧了没有？"

他有些疑惑，答道："握紧啦！"

我又问："那些命运线在哪里？"

他机械地回答："在我的手里呀。"

我大声追问："请问，命运在哪里？"

这时候，张冲犹如受到当头棒喝，恍然大悟地说："原来，命运也在自己的手里！"

是啊，命运线掌握在你自己的手里！命运就掌握在我们在座的所有人的手心里！

听我说完，现场一时安静下来，随后掌声响成一片。

我让张冲走下台去，继续说道："其实，监狱警官并不是算命先生，我们更多的是要教会你们做人的道理，启迪大家洗心革面重新做人，而不是像算命先生一般告诉你宿命的理论。无论何时何地，你们都要记住，命运都攥在自己的手里，而不是在别人的嘴里！这，就是命运。"

……

后来，刑满释放后的张冲给我写了一封长信。

他在信中感叹道：警官，自入狱以来，我从来没有真正地在内心深处反思自己，我以为当初的犯罪只是运气太背，命中难逃此劫，那次听了您的"算命"课之后，我幡然醒悟，真切地认识到当时的犯罪并非命运，如果那一刻我能克制住自己，不那么冲动，也许就不会被关进监狱了。但从那以后，我再也不冲动行事了，凡事都三思而后行，因为我深知我命由我不由天，我始终将命运线牢牢地攥在自己的手心里，也是将命运自己掌握。如今，我在自己的家乡开了一个小卖部，虽说不能大富大贵，但日子过得还挺惬意的，谢谢您！

看罢来信，窗外已是繁花似锦，阳光正好，微风不燥，一切都是那么的美好。

（作者系四川省邛崃监狱民警）

四季篇

春天还会远吗

余智明

在办公楼门内的左侧，有一棵不大不小的梅树。

每年寒冬时节，上下班进出大门，老远都能嗅到那丝丝缕缕的香气，目光也会不自觉地被树上那些花儿牵过去。若是遇到加班，一个人晚些出门，则会踱步树下，老朋友一般地与之深情对望，再做几个深呼吸，然后才回家，让梅香伴我一夕好梦。久而久之，心里不由意外生出"上班有邂逅，下班有馈赠"的惊喜，聊以给每日伏案的劳顿带来一份赏心的慰藉。

农历鼠年春节前夕，一天下班出门，我习惯性地又把目光远远地跃栖到梅树上。哦，树上斑驳的黄叶不知何时已被风刀霜剑撵得所剩无几，枝上往日那一丛丛、一簇簇、一团团的花儿，竟然也一朵朵、一瓣瓣掉落树下，那一刻我仿佛听见梅树在发出一声声齿缺而嘶哑的叹息。转念想起"俏也不争春，只把春来报"的诗句，不觉释然。是啊，梅花已开，梅信已送，春天还会远吗？！

就在举国欢庆新春佳节之际，新冠病毒疫情暴发了，原本良辰美景的春节竟被各色各型口罩包裹得严严实实，更给万户千家带来谈虎色变、风声鹤唳之惊悸：面对张牙舞爪的新型冠状病毒，丝丝寒意不时从背脊生出，料峭寒风中，春天又在哪里呢？

面对来势汹汹的新冠病毒疫情，我接到任务，随省局工作组到宜宾片区相关监狱督导疫情防控工作。行程中，每到一处，脚步穿过"战疫"的硝烟，目光定格熠熠警徽，寒风中的高墙电网显出从未有过的镇定自若。我不得不为各监狱及执勤民警井然有序的组织管理、严丝密缝的防疫措施、细致入微的战斗作风、斗志昂扬的精神面貌而心生感动和钦佩。我深信，监狱安然无恙的背后，必然有无数纷繁的付出、奉献和牺牲在奋力支撑，我短暂的停留显然对此不敢深挖——我纤细粗浅的笔如何能承载战友们那一份份舍生忘死的大爱呢！走出监狱大门，路边忽然闪现一团殷红，停步看去，原来是一树昂首挺胸的海棠，寒风当头，竟无一丝怯意，朵朵花儿如火如炬，如歌如颂。一阵暖意爬上心头，我不禁暗忖：海棠已红，春天还会远吗？

心，终有不甘。黄昏，在回程的高速公路上，汽车风驰电掣，我的思绪也波澜起伏，忍不住在手机上写下这样的句子：

《不》

如果脚步会暴露狙击病毒的枪膛

我可以不出门，甚至

连门把也不挨

如果病毒正掀起飞沫传染的气浪

我可以不张口

甚至，连大气也不出

如果兄弟姐妹都已认清病毒的狡猾伪装

我可以不吹哨，甚至

连咬碎的牙

也不吐

不！不！不！

铁窗内有我的守望

不！不！不！

高墙下是我的战场

冒着硝烟出发

向着胜利出发

每一个民警都是一堵阻断病毒的墙

每一片警徽都是一抹点燃黎明的曙光

时序更替，白云苍狗。或许，春的脚步不该、也不会为谁加快或为谁迟缓，除非宇宙法则被谁改变，否则春天叩门的声响也终是任何外物，哪怕战争、灾害和病毒都无法阻挡。纵然新型冠状病毒依然顽固肆虐，口罩下的中华儿女依然用最坚决、最勇敢、最团结的行动与之鏖战，万众一心向着胜利接力冲锋。当我们每天打开电视、翻看报纸、点开手机，那一声声高亢激昂的号角足以令人热血沸腾，那一个个浴血奋战的捷报无不令人豪情满怀。感染新冠病毒确诊病例也由最高的五位数逐步降到四位数、三位数、两位数……我们还有什么理由怀疑"红雨随心翻作浪，青山着意化为桥"的日子还会远呢？

是啊，梅花已开，海棠已红，迎春正牵着一江碧水从天际滚滚而来。春天，春天还会远吗？！

（作者系四川省监狱管理局民警）

沙雅的春天

郭剑敏

春天是给人带来希望的季节。

在内地北方，大雁开始北飞，燕子回还，冰雪消融，河流解冻。河堤、山坡上的小草冒绿，带着露珠，伸着懒腰，一天一个变化。柳树开始冒芽，杨树开始飞絮。冬眠的小动物开始出来活动，小鸟在枝头歌唱，河里的鱼儿在绿波中嬉戏，春天的降临带给大自然一片新的景象。天空特别的湛蓝，空气特别的清新，一阵春风吹过，飘来阵阵花草的清香。春风拂面，人也神清气爽，散步田间地野，踩着软软的泥土，敞怀散发，心生豪情万丈。

然而，在新疆的南疆则是另外一种景象。这里是戈壁滩，没有太多的植物，视野平坦而开阔。由于天山的阻挡，这里的冬天并不寒冷，一冬几乎没有下雪。记得仅有的一次雪飘了半个多小时就停了，雪花马上就化了，不久烟消云散。不过南疆的春天也格外的别致，有别于内地的不同。

我们处在阿克苏地区的沙雅县，相较于冬天，早上九点半天还黑着，快十点才蒙蒙亮，而春天，九点钟一轮红日便静悄悄地从地平线上一跃一跃地出来了。冬天渠里的冰已渐融化，代之而来的是天山融化的雪水顺着阿克苏河、和田河、叶尔羌河汇集成塔里木河流淌下来，通经沙雅，经过提灌被分配到各个渠系。水汩汩地向前流着，灌溉着周围的果园、林地和棉田，苹果树和梨树开始冒芽了。干涸的土壤像一个初生的婴儿尽情吸吮着母亲的乳汁一样，土壤里不停地冒着泡，打着漩儿直至喝饱。布谷鸟咕咕地叫着，来回穿梭。野鸡也出来觅食，在田梗间寻找，非常警觉，一般都是成双配对的，雄的翎羽特别鲜艳夺目、趾高气昂的。林间的啄木鸟当当地敲着树木，啄食树木上的害虫。喜鹊欣喜地喳喳叫着，还有乌鸦，乌鸦的叫声少，虽不好听，但也不影响春天的景致。一群鸽子带着哨声呼啸而过。兔子也出来凑热闹，顺着林地田梗乱跑，有时突然跃起，来个优美的体操动作，又倏地不见了。

散养的家鸡悠闲地踱着方步，不怕生人，在草丛林间啄着食物。家鸡通体黑色，体形健壮瘦消，有野性，也可"飞"。农场的工人骑着摩托车带着铁锹，在各个渠间奔忙，调整水层。

我们宿舍楼前有三条小狗经常嬉戏。其中"小白"最为可爱，那两条小狗是"白二"和"小黄"。大家对它们照顾有加，经常给它们食物和水，它们也坐享其成，怡然自得。只要一喊"小白"，它便会欢快地摇着尾巴亲昵地向你跑来，蹭你的裤角，向你撒娇。

中午的太阳暖暖地照着。衣服不用穿太厚，一会儿就会感到特别热，以为是到了夏季，会造成时空的错觉。不像在东北，即使开春也是春寒料峭。

沙雅的春天，太阳落山也晚，七点多钟天还亮着，而家乡那边五点半就黑天了。这边真正天黑在八点之后。晚间的落日是非常值得留恋和欣赏的！

景色固然美丽，但新疆勤劳的棉农们已开始春耕准备了。

新疆沙雅的春天是美丽而安静的，但远在内地的武汉的春天注定是历史上最不平凡的春天。

春节期间，全国人民紧急动员，打了一场抗击疫情的全面战争。疫情像一面镜子，照亮了一切，照出了人生百态、世间善恶。人间真情常在。此次疫情在世界上展示了我们的战时动员能力和我们伟大的社会主义制度优势，以及中华民族顽强不屈、愈挫愈勇的大无畏精神。世界对我们刮目相看，对我们的行动由原先的说三道四，到现在的高度赞赏和效仿。世界本不太平，有了中国的存在，给世界起到了定海神针的作用。

疫情渐渐褪去，美好的日子一定会来临。借用毛主席的诗词《七律·送瘟神》作结："春风杨柳万千条，六亿神州尽舜尧。红雨随心翻作浪，青山着意化为桥。天连五岭银锄落，地动三河铁臂摇。借问瘟君欲何往，纸船明烛照天烧。"

2020年的春天是世界百年未有之大变局的一个特殊春天，是中国走向复兴的前奏。而我所在的新疆沙雅的春天，就是祖国大地上的一朵美丽的浪花！

（作者系内蒙古自治区乌塔其监狱民警）

被风吹过的夏天

张 恋

"七月的风懒懒的,连云都变得热热的。不久后天闷闷的,一阵云后雨下过。夏天的风,正暖暖吹过,风轻轻说着,温柔懒懒的海风……"

午后,耳畔是慵懒的女声低吟浅唱,微微的风拂过,看着窗外的世界:碧绿的树叶,世界是安静的绿,芭蕉绿过了墙,楼上墙外一片绿叶婆娑的爬山虎沿着墙壁蔓延而上,一路浩荡到了云里去。

夏天的阳光里,馥郁的栀枝花香味窜入心扉,走出门,沿着湖边人家自种的菜地边,脑子里总要悠远地冒出古人的诗句:"几畦蔬菜不成行,白韭青葱着意尝"。雨过云开的菜园里,雨洗后的苋菜,嫩叶尖上下缀着水珠,更有一种情意绵绵的清新舒展。

返家途中,顺手在路边摊贩处买了叶片肥厚的苋菜,搓洗时如打翻了颜料,炒得烂熟一点,直看着白蒜瓣也成了深红,夹到碗里时,白米饭和白瓷碗的边都被染成妖冶的胭脂色,小时候乡土岁月里吃过的馒头发糕,那一点动人嫣红,其来源正是于此。

"桃花颜色苋菜饭",不由得想起儿时最爱吃的红红苋菜汁泡的米饭,色泽诱人。小时候外婆家菜地间种在瓠子架下的空当里,齐崭崭地呈现于地头的苋菜,鲜嫩欲滴的颜色,叫人灵魂静滞。

夏季的餐桌上,靓绿的黄瓜、红艳的米饭、碧绿的小豌豆一颗颗似小珍珠摆在瓷白盘中,还有红粉色番茄夹着灿黄的鸡蛋汤,很容易让我想起孩提时的童心与柔嫩。

这些舌尖上的味蕾总能勾起童年住在乡下外婆家的回忆,南瓜藤攀缘在水塘边的瓜架上或是矮墙长篱上,有的借助树枝引领,爬到有烟囱的屋顶上。南瓜花开的时候,也是夏夜星空下流萤闪烁的时候。这时候,外婆总会把南瓜花去掉花蕊,洗净轻挤干水,切碎备用,再打一碗鸡蛋,添入一两新碾的小麦粉，放点盐，搅匀了，在锅里摊成粑粑，清香宜人。也可以将鲜红辣椒切成小圆圈，炒出清香味美的菜。

盛夏时节，外婆喜欢搬一把藤椅放在家门口，坐在穿堂风中打盹。蝉鸣声从绿荫中穿透过来，"知啊，知啊……"卖瓜的来了，拖着板车，上面堆着大大小小的瓜，还带着泥印子，显然是从自家地里摘下来的。叫卖声带着侉味儿，在巷道中回荡，和蝉声分外合拍，并不搅人清梦。

剖开西瓜，一阵夹杂着清凉水汽的甜香飘了出来，我总会忍不住赞叹道："夏天到了啊！"

感觉小时候的夏日非常漫长，倒是从来不觉得热。夏日到来，和月季花香、泡桐花香、花露水气一起散开，让人回味无穷。

这样的暮色时分，在阳台边，听归鸟啼鸣……厨房的小瓦罐里"咕嘟"煮着莲子小米粥，消暑解渴，我把夏天"煲在粥里"了，泡一壶薄荷茶，端起茶小啜，舌尖唇上有淡淡的清香，闭目回味有着缕缕清凉，仿佛转身于青山绿野间了。

夕阳醉了，落霞醉了，斜阳浪漫地滑过窗台边的纱幔，窗外的花丛中有一朵白色的栀子花开得正艳，与众不同地独自绽放着，闻着花香，想回到童年时居住的乡下，夏日绿树浓荫下一晌好梦，风吹修竹，雨打芭蕉，午后蝉声，稻田蛙鸣，喝着绿茶，给远方的友人手写书信……

（作者系湖北省洪山监狱民警）

秋的边城

华新华

面对越来越寒的冬天，我忽然就怀念起刚刚过去的秋，怀念那秋的边城。

秋天刚来边城的时候，只是时间的概念，阳历八月八日立秋，是人们凭着千百年的体验约定俗成的。这时的秋天产生的效应更多的是边城人的心理作用，边城人会说："立秋了，终于可以睡个舒服觉了。"盼望的秋天终于来了，边城人如释重负，好像经过了一场激烈的战斗，这时战斗终于结束了。事实上，这个时候秋天还没有真正到来，还是夏的天下，阳光依然炽热，蚊子苍蝇依然有恃无恐，尽管梅雨季节早就过去了，边城人稍一运动还会汗流浃背。

正因为是夏的天下，刚来的秋天像娇小的婴儿，还很稚嫩，只有避开夏天的锋芒。她不能在阳光炽热的大白天大摇大摆地出现，就在晚上偷偷地来，趁着太阳休息的时候来，趁着月亮在岗的时候来，趁着人入睡鸟归林的时候来。就是稍晚时候还有秋老虎呢，秋老虎还会发挥凶猛老虎一样的余威。这时的秋天像刚到婆家娇羞的新娘，处处小心翼翼的。以致一开始边城人感觉不到秋天的到来，依然穿着短袖，大口地喝凉茶，依然延续着盛夏时的做派：即便晚上稍微有些凉意，边城人也懒得更换秋天该穿的衣裳。

秋随风而来。边城的风是山风，山风会依着山的走向，山风还会借助山势。山风消解了副高压，吹散了热沉闷，吹来了秋高气爽。秋随雨而来，"一声梧叶一声秋，一点芭蕉一点愁。"秋雨乘着秋风之力，打在梧桐叶上，打在芭蕉叶上，声音里透着清凉。一轮秋风一场秋雨是难以奏效的，风轮番上阵，雨一场接一场的下。"一场秋雨一场寒，十场秋雨穿上棉。"秋很耐心。秋雨浇灭热火的同时，也让边城人心生相思，"三更归梦三更后"，半夜时分梦里回到了故乡，故乡也该凉爽了吧。

一轮又一轮的秋风解暑，一场又一场的秋雨浇暑，秋天的氛围越来越浓厚，终于有了秋天的样子，秋天也就真的来到了边城。

边城的秋天来了，树有知觉。树叶变色，形成秋天特有的五彩缤纷的样子。秋色最大的特点是变化的，它随着树叶颜色的变化而变化，也就是说秋色不是静止的而是动态的，是活泼灵动的。如果说春天万物重生，春天的五颜六色是生长出来的，那么秋天的树叶早就长在树上，只是颜色在改变，秋天的五颜六色是绘画出来的。秋天就像一个画家，树叶是她作画的纸，秋风秋雨是她作画的笔，画家在树叶上画上各种颜色的图案，然后染上各种色彩，有杉树叶、银杏叶、梧桐叶的黄，有枫叶的红，配合着香樟树这样的常青树的绿，让秋色绚丽多彩，堪称大师的杰作。画家一边作画一边给人欣赏，边城人不仅仅欣赏到了诗情画意的画卷，还享受到了画家作画的过程带来的美感。

之后树叶脱落，不论树怎样挽留，变了色的树叶如同变了心，怎么都是要离开的。到万事俱备的时候，瑟瑟的秋风一吹，树叶飘落，归于尘土，滋养树根。如果这时候你在树下行走，一边走一边低头看手机，一片树叶轻轻地飘落在你的头上，请不要生气，那是画家的友情提醒：不要做低头族，抬头欣赏秋天美丽的景色吧！

"一叶落知天下秋"，树叶都掉落了，秋天来了。这个时候的早晚，一阵秋风拂面而来，人们裸露的手臂肌肤起了鸡皮疙瘩，禁不住打个寒颤。不过，随着太阳的升起，温度也在提升，到了中午，走在阳光下穿着短袖衬衫也暖洋洋的。有人早晚穿起了外套，早晚穿上了中午也就不脱了，有人依旧不穿，秋天也就成了边城人乱穿衣的季节，这也是边城的秋天所特有的样子。

春天花枝招展，花香袭人，春姑娘是坐着花轿来的，也可以说春姑娘是花仙子的化身。事实上，秋天也不缺花香。被李清照称颂的"自是花中第一流"的桂花，把花的颜色发挥到了极致。到了"八月桂花遍地开"的时候，黄色的金桂、白色的银桂、红色的丹桂齐聚边城，同样的花香袭人。秋天还有被称为花中四君子的菊花，一副与世无争的样子，很讨陶渊明的喜欢，也因此有了"采菊东篱下，悠然见南山"的悠闲与惬意。

秋天的花和春天的花有得一比，秋天的果实春天却比不了，秋天是收获的季节。瞧，大片的农田里金黄色的稻穗沉甸甸的，山地里南瓜滚圆滚圆的、扁豆粒粒饱满，丰收的景象让付出劳动的人们笑得合不拢嘴。

边城人来自全国各地，有安徽、江西、湖南、湖北、河南、河北、黑龙江等，为了同一个目的来到边城，他们是游子，是边城的"异乡人"，他们的亲人在遥远的故乡。秋天的夜晚，独处寂寥的"异乡人"常常思念故乡的亲人，忍受着相思之苦。在这里我送给边城的"异乡人"（包括我自己）一首刘禹锡的《秋词》："自古逢秋悲寂寥，我言秋日胜春朝。晴空一鹤排云上，便引诗情到碧霄。"我希望"异乡人"像刘禹锡那样洒脱地面对离别。

边城原来不叫边城，叫小茅山。

小茅山矮矮的，山上只有草没有树，名副其实的茅草山。后来，一座水库依小茅山而建，取名仑山湖。湖水不仅灌溉着农田，也让山有了灵性。

边城人在山上、在路边、在荒土坡上种植柳树、香樟树、桂花树、梧桐树、桃树、石榴树、杉树、琵琶树等，让小茅山焕发了生机，把荒土坡改造成了公园。再后来，有开发商在湖边建造了别墅群，号称"世外边城"，慢慢地把这里称为边城的人越来越多。

边城的秋风、秋雨、秋色、秋花、秋实、秋思都是边城秋天的元素，这些元素与边城的山水树木花草融合在一起，让这个江南的小山村有了诗情画意，形成了边城秋天特有的样子。

如果你在秋天来到边城，你一定会惊叹边城的美。如果你仅仅佩服大自然的神奇力量，那是你还不了解边城，秋天边城的诗情画意是边城人创造的，是他们让边城从一个不毛之地变成了人间乐土，是他们创造了边城的神奇。

边城的秋天因为他们而美丽，未来的边城会因为他们而更加美丽！

（作者系江苏省边城监狱民警）

桂花飘香

邵逸诚

金秋时节，正是桂花飘香时，单位办公区距高墙不远处的金桂花树已迎风开放，微风吹过，盈盈的花瓣四下飘散，和着秋的阳光，空气中便饱和着满满的醉人桂香，有的人说，那是思念，也有的人说那是牵挂，还有人说那一团团、一簇簇的是爱人的心房……

桂花树为常绿乔木，终年常绿，枝繁叶茂。桂花每年9月到10月中旬开花，她没有玫瑰的艳丽，也没有百合花的高雅，却有"独占三秋压群芳"之美名。长势强，枝干粗壮，叶形较大，叶色墨绿，花色橙红的为丹桂；长势中等，叶表光滑，叶色乳白色的为银桂，花朵茂密，香味甜郁；花呈淡黄色，可每2个月或3个月又开一次的为四季桂。丹桂和四季桂的果实为紫黑色核果，俗称桂子，"桂子香浓凝瑞露"写意了秋实晨露的美景，"桂子月中落，天香云外飘"，则寄托着人们对美好生活的向往。

相较于丹桂、银桂和四季桂而言，金桂更有着一种独特的韵味，金桂叶片浓绿，花色金黄，花香馥郁，浓郁中透着淡雅，醇厚中蕴含着简典，耀眼而不炫目，簇拥而不张扬，"何须浅碧深红色，自是花中第一流"，展现给人们她闪亮的一面。

单位的桂花树让我想到了一个美丽的神话传说，相传月亮上广寒宫前桂树生长繁茂，几千年砍不断，永远也砍不光，砍树人叫吴刚，汉朝人，他修道仙界，因犯错被贬谪到月宫，日日做苦差使，以示惩处。高墙内的囚子因违纪改造，与其何其相似，与吴刚不同的是，他们不必做苦差使，他们在民警的帮助下，每天学习着法律法规，努力斩断自己的心魔。

那个秋天，当送别远行的战友到远方时，我送他六个字"不要怕，不后悔"。待到桂花香飘时，"画阑开处冠中秋，占断花中声誉"。如今，桂花飘香，往事如昨，岁月静好，只因有你负重前行。

"问讯吴刚何所有,吴刚捧出桂花酒",是一种思念;"欲斫月中桂,持为寒者薪",是一种执着;"莫羡三春桃与李,桂花成实身秋荣",是一种不悔。

我爱桂花,更爱如桂花般执着、不悔追求的人们……

(作者系湖北省襄阳监狱民警)

连云港监狱之秋

孙茂成

这个色彩明艳、红潮氤氲的秋天，注定是温暖、厚重、充满激情的。

今年的秋天来得确实有些晚。寒露的节气快要砸到脚后跟儿了，满世界还是一点儿也看不到落英缤纷、秋霜泛白的景象，甚至连树的叶子仍是那般昂扬地傲立枝头，没有一点向季节妥协的意思。

炎炎暑气退，流光万里同。疏林幽远，穹天高蓝，原野里秋收机械声的喧闹，包括高墙内辛勤工作的我们，愈加轻松了的心情。清秋掩去了五彩缤纷，素色占据了季节的主题，在瘦尽的花城里，在凉凉的晨风里，去寻找那束留香的花朵，在心间心甘情愿地勾勒出一幅感秋、恋秋的图景。

虽然季节还没来得及换装，但在深秋的狱园里，草木葳蕤、大紫大绿的闹热，统统因为那些成熟的果实们的粉墨登场，彻底暴露了这深绿世界刻意扮嫩的促狭——苹果笑红了脸，海棠果儿挤上了枝头，一嘟噜一嘟噜猩红的山楂毫不掩饰地展露饱满的肚腹，还有月季花丛中那些不知名的野果儿，也不甘寂寞地探头探脑，园子里的花花草草竞相释放着那秋风里的一抹抹斑斓，好似一幅幅赏心悦目的油画……

更灼目的还有那铺天盖地的"中国红"——监区内的人们都沉浸在新中国成立 70 周年的喜庆里，监舍楼、习艺楼、教学楼、监区活动室，到处都是触目可及的鲜艳五星红旗、排山倒海的生日祝福；《我和我的祖国》《歌唱祖国》《我的祖国》，一曲曲旋律激昂的经典红歌，不时在监狱上空荡漾。

在"壮丽大中国奋进新时代——庆祝新中国成立 70 周年文艺演出"中，服刑人员们用自编、自导、自演的舞蹈《欢乐"中国龙"》、快闪合唱《我和我的祖国》、独唱《草原上升起不落的太阳》、情景剧《万恩千爱》、歌舞《中国功夫》、大合唱《国家》等文艺节目，为祖国庆生。观"红影"、读"红书"、唱"红歌"系列活动汇集成了一片红彤彤的海洋，似乎在真切而坚定地告诉人们，在这个具有特别意义的秋天里，热烈、喜庆、丰实、成熟、感恩、温暖，成了渲染季节的全部元素。

多彩的秋季，自有橙黄橘绿，自有丛林尽染，自有红旗招展。用心去感受，用爱去体味，用砥砺的豪情和坚定去丈量通往远方的路。秋日的阳光，醇厚迷离；清秋的天际，彩云流丹。人生如四季，兴衰荣枯，相似相同。梦的秋千，荡过四季的高墙，感伤中携带着欣喜，失落中夹杂着快慰，这样一种人与自然的奇妙暗合，确实令人感叹不已。

在秋风里感怀，在秋天里感恩，在晚秋里做着春天的梦，在秋高气爽的心情里眺望祖国大好的河山。警徽闪耀，家国情深，妻子瘦削的肩膀，儿子蹒跚的步履，父母凝重的叮咛，还有我矢志报国的梦想，都在这天高水碧、景致壮美的清秋里幻化成可能的真实。要感谢秋雨涤净了心头的阴霾，要感谢秋风坚定了前行的脚步，更要感谢这丰硕的秋天带给我美丽的心情。

秋天从来都是一个多情的诗人，它在伤秋、悲秋、恋秋的同时，还会以一种淡然、矜持、苍劲的姿态，唤醒人们对于美好事物的怀恋和追索。

沙沙作响的清秋暖语，感化了所有秋意瑟缩、万物凋零的懊恼，把别样的成熟、冷静、欣悦和感恩，替代成岁月特别的馈赠——"秋水文章不染尘"的高洁，替代了"昨夜秋风凋玉树"的失落；"云在青天水在瓶"的安然，替代了"挑灯起作感秋诗"的怅惘；还有那"最是橙黄橘绿时"的喜庆、"愿做落红化春泥"的无悔，以及"我言秋日胜春朝"的欣喜和展望，替代了所有曾经的岁月流觞，给予了我最难得的礼遇和鼓舞。

似乎对秋天有着一种与生俱来的偏爱。风的清凉，绿的墨黛，云的舒卷，天的高远，甚至监区花园里那几株不知名果树上悬挂着的红彤彤的小果实，都会给我带来别样的惊喜。我潸然一笑，把目光投向了窗外，怀想着自己能够穿透漫长冬季，在一个晴明的早晨，回望来路的曲折和蜿蜒，才倏然发现自己已经走过雪原、走出寒夜、走向更加美好的明天。怀想着自己在一个拐弯的路口，不期然迎来春天的一簇花、一抹绿，才会使我倏然懂得，原来生命的色彩也会这般多姿多彩——暖秋里的感怀，无论怎样删繁就简，遗留在心底的总有温暖在徜徉，一如这深秋海滨大红大紫的热烈，一如那星星般散落狱园的怒放秋菊。

我不禁将目光再次投向杂色斑驳的大花园，在枯叶衰草身畔，在绿意花影背后，正有一些秋菊，赶上了好的时候，含蓄地、恬静地、无声地绽放。这儿一丛，那儿一簇，自有别样的矜持，别样的景致，别样的节操，威武成一个个凛不可欺的金甲武士，昂扬着小小的不屈的花盘，怀揣美好的愿想，笑对寒风凛冽，笑对岁月磨砺，笑迎未知的挑战——凌寒怒放，不忘初心，玉汝于成。

这，也许就是一个民族的气节，或者是这个民族的精神、民族的未来。

（作者系江苏省连云港监狱民警）

别有微凉处

程 建

一场秋雨一场寒。

细雨霏霏，濡湿了午后的天空。天地之间像悬垂了一幅若有似无的水晶碎玉珠帘，遥看似无，近瞧丝丝缕缕欲断还连，又似扯不断的金丝银线，纷纷扬扬，迷迷蒙蒙。

近处的低矮楼房都不情愿被丛丛绿树遮掩，只露出白的窗与灰的墙，不甘心地刷一点存在。树们团团簇簇挤挤挨挨，撑起经历整个闷热夏季，不小心膨胀了的如荫如云树冠，甭管哪个品种，兀自用夏末最后的精彩深绿着，只在冠的外缘有点点微黄的前兆，透露迎秋的谦卑和顺从。细雨一冲刷，排排列列愈加青翠，醒得眼睛舒适而放松。

远处，几座高楼霸占着灰蒙蒙的天，更远处，十几座高楼绵延起伏，装饰着城市的背景。些许虚幻缥缈，像海市蜃楼，定睛细看，其实都是新近崛起的热销高层大盘。

我想起了幼时上学，每天步行往返 12 里地到学校，那时也写过被老师当作范文的习作，每次都会写到东方露出鱼肚白，我迎着朝霞上学堂，好似那个年代的标配。乡村农场的天空，是东方鱼肚白，是朝阳喷薄而出，是天边绵延的青山。而现在，我只看到如雨后春笋般崛起的高楼。

细雨绵绵，打湿了我的思绪。想起悲秋名篇《秋声赋》，唐宋八大家之一欧阳修笔下的秋天，"其色惨淡，烟霏云敛；其容清明，天高日晶；其气栗冽，砭人肌骨；其意萧条，山川寂寥。""百忧感其心，万物劳其形"，此情此景不禁"思其力之所不及，忧其智之所不能，宜其渥然丹者为槁木，黟然黑者为星星"。四季更迭，生老病死、周而复始，六一居士难抑"物既老而悲伤""物过盛而当杀"的悲观。而历史上另一位中唐诗人刘禹锡著有《秋词二首》，又表达了另一番秋思秋悟。"自古逢秋悲寂寥，我言秋日胜春朝。晴空一鹤排云上，便引诗情到碧霄。"不同于《秋声赋》隐喻人生之秋的苍凉落寞，刘禹锡诗意境昂扬向上、旷达乐观。同一种景象，不同的心绪。

造物主的博大在乎包罗万象。一千个读者，一千个哈姆雷特。一季的变迁，一季的感慨万千。不用去评判谁的感触更真切，"子非鱼，安知鱼之乐""子非我，安知我不知鱼之乐"，世间万事万物，我只负责欣赏诸多可爱之处。博采众长，为我所用。

当代作家峻青也写过《秋色赋》，行笔所至，盛赞秋天的丰收景象，瓜果飘香万紫千红，欣欣向荣绚丽灿烂，结尾更发出了"我爱秋天，我爱我们这个时代的秋天"的高音礼赞。

毛主席吟秋，气势磅礴浑然天成，彰显气吞山河的领袖胸襟和舍我其谁的英雄气概。"一年一度秋风劲，不似春光。胜似春光，寥廓江天万里霜""独立寒秋，湘江北去，橘子洲头""鹰击长空，鱼翔浅底，万类霜天竞自由"，耳熟能详的词句，曾陪我渡过少年求学时光，而今读来，仍令人热血沸腾，足以抵御初秋寒凉。

细雨蒙蒙，浸湿了黄昏的期待。天空在秋雨中彻底暗黑，远处的高楼用灯光勾勒雄姿，栋栋幢幢，比赛谁更靓丽。我自七楼向下看风景，楼下路灯照妖镜般毫不留情照出雨雾真身，喷着气，小而细碎，战败般苟延残喘，没了脾气又磨叽磨蹭着，不肯随天色收兵而去。街上小车玩具积木般，亮着白的车头灯、黄的示廓灯、红的尾灯哧溜哧溜跑，是主人着急忙慌地归心似箭。公交车最奢侈豪华，亮着一圈圈的红色示廓小灯，外加迎面车头闪亮的路线号牌、车尾的滚动广告字幕，招摇着，妖娆着，缓缓送走最后一拨乘客，收班回站。

今夜起，年内最后一丝暑热退出季节舞台，"中国农民丰收节"的戏台正式拉开帷幕。各种文化惠民演出，各种直播特产山货将轮翻上阵，助推新时代的精神物质生活大丰富、大提高、大发展。

秋风秋雨，映照人生之秋，也应洒脱从容。翻阅尼采的《快乐的知识》，"一个不断成长的人，总在发生着变化，即便对着同样的物品，也不会感到丝毫厌倦"。快感与不快从思维而来。人们总以为，快感与不快是外界给予自己的。然而，它们其实是从自己的思维中产生的。真正自由的人总能给人以潇洒印象，是因为他们精神与内心抛弃了多余的东西。断舍离，放弃偏见与执念，停止牢骚与不满，抛弃对他人愤怒与厌恶的情绪，修炼自身，顺从内心呼唤，感受四季变迁，自如看待事物，自由发挥能力与个性。

　　秋天适合反省，更适合收获。

　　秋雨声声，秋雨淅沥，别有微凉处，从容却似君。

（作者系湖北省襄北监狱民警）

又是一年桂花香

刘青松

虽然疫情仍在持续，但随着复工复学，湖北大地的烟火气渐浓。

我与妻子并肩漫步在小区的健身步道上，深深呼吸着自由清新的空气。

"哇，好香啊，桂花的香味！"妻子兴奋地说道。是啊，不知不觉，又到了一年丹桂飘香的农历八月。今年的桂花香味特别沁人心脾，尤其弥足珍贵！

去年此时，我们把住院的母亲接到小区静养，等待下一个化疗疗程。一早一晚，父母亲惬意地徜徉在小区内，尽情地吮吸着桂花香。母亲意味深长地对我和妻子说："这个小区的条件好，看到你们这么幸福地生活，我蛮高兴的咧。"

时间过得真快，距离母亲在今年3月疫情正吃紧的时候离开我们已经有半年多了，但她老人家的这句话却一直萦绕在我的耳边。此时我和妻子又走在这桂花树下，更激起了我对母亲的无比思念……

我边走边与妻子回忆着母亲住院养病到疫情封闭期间的点点滴滴，都共同感慨着时光悄然流逝，感叹着母亲命运多舛。好日子刚刚开头，我可怜的母亲却被无情的癌细胞夺走了生命，每每念起，总是让我心痛不已。

"我们只有生活得更好，才对得起坚强而伟大的母亲啊！"我紧紧攥着妻子的手，自我鼓励道。

"是啊，我们一定要幸福地生活，照顾好你爸爸，才不辜负她老人家的希望和心愿。"妻子温柔地注视着我，脸上写满了心疼与爱意。

沉默一会儿后，妻子鼻子酸酸地接着说："哎，老公，春节因封闭隔离未回咸宁。中秋国庆节期间我们回趟咸宁吧，我有点想老爸老妈了……"

是啊，今年疫情特殊时期，湖北人隐忍地伟大着，牺牲的太多，也失去了太多。现在生产生活秩序正逐步恢复，回妻子老家补上一顿团圆宴，的确应该。

　　咸宁是桂花之城，妻子对桂花也情有独钟。我们刚结婚时，住在单位的小平房里，妻子便在屋前栽下了一株桂花树，为我们当时清贫单调的生活增添了无限乐趣。想必现在那棵桂花树已枝叶茂盛、花香四溢了吧！

　　"老婆，我们就10月2号回咸宁吧。你先跟二老提前打个电话通报哈，让二老高兴高兴。"我若有所思地答复着妻子。

　　我和妻子继续携手走在桂花树掩映的小区走道上，嗅着芬芳的桂花香，我把妻子的手握得更紧了些……

（作者系湖北省江北监狱民警）

记忆里那个温暖的雪天

胡馨元

每个人生命历程中总有那么些温暖的事,而这些温暖大都宠溺着我们的童年。

已记不清那时的我多大,只记得那天清晨起床,推开大门,映入眼帘的是一片白茫茫的冰雪世界。

那天的天气虽冷,可我心里却兴奋极了:上学的路上,早起的行人留下了一道道自行车辙印和一个个杂乱的脚印,我不愿走别人走过的路,非要另辟蹊径,咯吱咯吱地踩在厚厚的雪上,那种触感极为美妙,美妙到上学的路程也好似缩短了许多。

上课时,老师在讲台上绘声绘色地讲着,可我的心却在操场上,眼神也会偶尔瞟向窗外。幸运的是那天有一节体育课,更幸运的是主课老师并没有通知我们"体育老师生病了"。

那一节体育课,我们全班同学飞似的跑到操场上打起了雪仗。童年的雪质真的很好,双手只需轻轻一握,一个雪球就成形了。雪球制作的速度很快,因而我们的雪仗打得就很激烈。甚至有顽皮的男生悄悄地推着一个大雪球来到体育老师身后,猛地搬起来投到他身上,老师也不生气,笑呵呵地抖掉身上的雪渣。童年的冬天又好像不是很冷,但我们的脸蛋、双手却红彤彤的。

时间太快,希望拖堂的这节课却按时下了课,大家只好背着书包又咯吱咯吱地踩着雪回家了。

那天,白雪似乎是爱上了这片大地,又或者是爱上了玩雪的孩子们,虽然已过半天,却丝毫没有融化的迹象。推开家门,院子里的雪还没有扫去,厨房的窗户被一层厚厚的雾气覆盖,显得暖融融的。

推开厨房门,一股暖气扑面而来,我急忙摆摆手,打散这雾气,这才看见厨房的圆桌上放着一个铜火锅,周围摆满了洗净的菜,爸爸妈妈正忙碌地切菜、摆盘。

火锅！今天我们一家在大雪天吃火锅！

回忆到这里，我的这段记忆渐渐地蒙上了一道柔光滤镜，既而又被那股厚厚的雾气包裹，很暖、很暖……

现在的冬天也会下雪，火锅店也开遍了大街小巷，而那松软的雪却不复存在，那些欢闹在雪地里的旧友也很难聚齐，那个覆盖暖暖热气的火锅也找寻不见……

我小心翼翼地将这段记忆保存好，时不时地拿出来回忆一番，因为它是我记忆中最温暖的雪天。

（作者系江苏省龙潭监狱民警）

冬之魂

邹双菊

春天的阳光,夏夜的明月,秋天的红叶,冬季的雪花,这些,都是各个季节里最迷人的东西,是各个季节的魂灵。

四季之中,我不爱冬天,但却偏爱冬天里的雪。而今,又恰逢"小雪"节气,在这"寂寥小雪闲中过"的日子里,让我不禁去回想起那种雪花飘飞的情景,幻想着明天就能够有一个白雪皑皑、玉树琼枝的世界。

对于雪,我总有一种像欠了什么似的感觉:从小时候的作文到从警后偶有闲暇时的班门弄文,也都没有写过关于雪的什么,这就如喜欢一首歌,却从来没有把它唱出来过似的。

其实,雪的可爱,在于它的晶莹剔透、冰冷清灵。

"千片万片无数片,飞入梅花都不见。"它像一只抓不着的精灵,有一种可远观而不可亵玩焉的意味。人们多把雪或喻之为鹅毛或喻之为盐,这些似乎都不贴切。毕竟,"玉堕冰柯,沾衣生湿",这岂是鹅毛和盐所能有的灵性?

有时想想,觉得真是奇怪,为何大自然会生出如此精致美丽、晶亮圣洁的小玩意,非地下生水里长,却是从天而降,不请自来。虽然雨雪的形成,物理课上早已学过,然而在你没有亲见它的产生,唯见漫天无尽的飘落时,实在是不能不感叹这是一种神奇。

雪之可爱,也在于它的广被大地、覆盖一切。它将世界装扮得银妆素裹、璀璨圣洁。让所有的腐朽和污秽得到暂时的消失,也让所有的心活了起来。

"千山鸟飞绝,万径人踪灭。孤舟蓑笠翁,独钓寒江雪。"这种雪裹山川、万籁俱寂的致极况景,实在是唯仙人所有。我们虽没有清福消受的了,但雪盖大地时,有声与无声,都是一样的妙极。脚踩雪地的"咯吱"声,雪折树枝的"咔嚓"声,都一样清脆醒耳,如鸟鸣泉响,是一种自然之音。

还有一种情趣，是初入职时才体会到的。

单位地处市郊，远离城市的喧嚣与热闹，平日里的工作枯燥而乏味，正让人烦闷时，新年过后的那场初雪却一下子雀跃了我们年轻的心，也坚定了我们扎根监狱的心：雪地里，一群人你追我打，大呼小叫，热闹非凡。待到跌坐在地，也还在吁吁气喘，满头稀湿，仿佛从枪林弹雨中爬出的"勇士"，忽地后面"啊"的一声，是谁将小雪块放进谁的领口里去了。

其实更妙的情趣，是在玩雪之后相约去监狱附近的小餐馆吃个火锅，那又烫又麻又辣的一锅热汤，让人感觉寒意顿消、疲劳远离。再看室内白雾升腾，室外"风吹雪片似花落"的内外辉映，又让人感受到异乡的别样情趣，更是监狱人别样的风景。

所有这些，于我都是曾有的记忆，此时回想起来，仍觉有趣而温馨。

有一首咏雪的歪诗，"黄狗身上白，白狗身上肿。出门一啊喝，天下大一统。"初读来，觉得滑稽可笑，但笑过之后细细品味，却感到甚有意思，实在是歪打正着，活脱脱将一种雪天的情景体现了出来。

是啊，只有雪，这冬季的魂灵，才是这个季节里心中永不凋谢的花絮。

（作者系贵州省第一女子监狱民警）

晨

陈忠萍

我从睡梦中醒来，睁开蒙眬的眼睛，梦魇中的情景让我感觉是那么的压抑与沮丧。

为了摆脱此时的心境，我比往常更早地起来跑到每天必经的林荫道上。

天才蒙蒙亮，薄薄的晨雾像一层轻纱弥漫在身旁。使人感觉好像穿行在仙境一般。树梢上偶尔传来几声鸟儿清脆的鸣叫声，划破了寂静的清晨，是那么的悦耳动听。

微风轻轻拂来，脸上潮丝丝的清凉。树上悄然飘落下来几片树叶，打在我头上，好一丝叶香。

西边天空悬着一轮满月，它的银辉洒满大地，我慢跑着，它紧跟着，好似在给我指引方向；东边天上出现了一抹朝霞，慢慢扩大着它的晕圈，渐渐染红了半个天际。

我坐在小桥上小憩，桥下的河水哗哗地流淌着。拦河张着一张大鱼网，时而有小鱼跃出水面，更增添了意趣。

啊，这一切是多么的清新与恬静，大自然塑造的美是无可比拟的。

我忘情地沉醉于其中，纷繁的尘世早已游历于灵魂之外。

人一旦融入大自然，就会感觉世间的万事万物都是那么的渺小。

美丽的大自然能荡涤人的心灵，洗净尘世的浮燥，让人变得从容而淡定。

我想起词作家阎肃老师说过一句话：人的一生只有三天——昨天，今天，明天。昨天已经过去，你无法改变，明天还未到来，你无法预料，而只有今天，才是我们要珍惜和把握的。

我往回跑着。

不知什么时候，在红霞的映衬下，大半个太阳已经跃出地平线。望着那轮冉冉升起的红日，我想，我又会拥有一个快乐的今天。

（作者系湖北省江北监狱民警）

云的遐想

赵瑞英

云，大自然的馈赠，变化多端，姿态万千。

不知道从什么时候开始，喜欢抬头仰望辽阔的天空，与其说是仰望天空，倒不如说是欣赏那一朵朵、一片片、一块块变化莫测的云。

没有风的时候，云是静止的。那一朵朵云，似棉花般绽放，丰盈饱满，好像正等着主人去采摘，抬头看了好半天，它仍是一朵棉花状，并不曾改变；那一片片云，犹如上下翻腾的海浪抑或是滚滚流动的江水，在某个时刻被某位摄影爱好者摁下了快门，而留下的画面；那一块块云，有时堆积起来如鱼鳞，排列规则，生动逼真，让人不由感叹造物主的神奇，还有人说天空出现鱼鳞状的云是要下雨了，也不知道有没有科学依据。

有风的时候，云是动态的。那片云，刚才还犹如一匹奔腾的骏马，不一会儿这匹马便随风向四处扩散，慢慢地，耳朵看不到了，尾巴看不到了，四条腿和头也看不到了……直到再无一点儿马的影子。其实即便无风，云的静止也是相对的，抬头细看，只要你目不转睛，再随意找个参照物，还是能看到它在慢慢地移动，只不过天空太高太辽阔，让人肉眼几乎看不到云在动，这也正符合物理学中运动的绝对性和静止的相对性原理。

所以，云是变化莫测的，也是漂移不定的。

风大时，云是咆哮的、低沉的，它的形态变化大且快，特别是大雨将至，乌云密布，天昏地暗，黑压压的云如滔滔江水奔涌向前，儿时总听大人念叨："云往东一阵风，云往南水涟涟"，并不知有无道理还是在念顺口溜。古人常以云作诗作词比喻心境和处境，唐代诗人岑参在《白雪歌送武判官归京》中曰："瀚海阑干百丈冰，愁云惨淡万里凝"，用暗淡的阴云映衬塞外送别之情和乡思离愁。

风小或无风时，云是飘逸的、轻灵的，短时间无法看到它的变化，好像一个无忧无虑且悠闲的人,特别是在晴朗的日子,抬头仰望天空,那一团团洁白无暇的云,常常能冲刷心灵上的蒙尘,给人慰藉和安然,让人感到纯净透彻、神清气爽,生活中一些小的烦恼和不愉快很快也会烟消云散。"云卷云舒,去留无意",是无数人向往的浪漫和潇洒,然而现实中,有多少人为世俗名利所羁绊,人们渴望云的自由,却挣脱不开世事的缠绕。我们应该学习唐代诗人王维的思想境地,他在《终南别业》中写道,"行到水穷处,坐看云起时",表达了在亦官亦隐中仍能随遇而安、超然物外、豁达恬淡的开阔心胸和人生境界。

云,大自然赋予了它千姿百态的美,也赋予了我们无限的想象和向往。

云是自由的,而我们能自由地欣赏云,领略它的千变万化,体味它带来的不同感受,以它为题吟诗作词写文,不也是一种自在的幸福吗?

也许我们更应该学习云的品性,随遇而安,随风聚散,在艰难的人生修行中,始终保持一份恬淡从容的心境,在生活的苦中慢慢享受那一丝丝甘甜。

(作者系河北省邯郸监狱民警)

冬雨畅想

郑　杰

夜半，迷迷糊糊听得窗外"滴答滴答"作响。

忽得醒来，耳目瞪明，下雨了！

犹豫着要不要起床：夜深人静，马路上没了行人，两旁只有芒果树，高大青翠，那是另一个世界，另一种美好；南地再暖，必竟是冬天，从被窝出来，实在舍不得。若是夏天，夜半有雨，我会起来，立于窗前。有一次，见我立于窗前，老婆便问："大半夜，不睡觉，怎么了？"我答："看雨。"

我喜欢雨，从小就喜欢。生在北地，一年下不了几场雨的。夏天，偶有暴雨突至，短则几分钟，长也不过十几分钟，家里的小院、小院外的街道，水流成河。那是我的节日，光着脚板，在水里踩。

读书时，学了一个词"雨打芭蕉"，便托着腮想：芭蕉是什么样？雨打芭蕉又是什么样？毕业后，一路向南；南地多雨，南地有雨打芭蕉啊。

南地的雨像极了孩子，爱耍性子。刚刚还艳阳高照，突然就上来一片云，突然兜头盖脸雨就来了，停下车，手忙脚乱地穿好雨衣，雨偏偏又停了。有时想反正又下不了多一会儿，偏偏它又下个没完没了。

天微亮，醒来，雨还在，高兴。

起床洗漱，做早餐，边做边看窗外，雨啊，我出门前，你可不要停。出了楼，手里拎着伞，却不撑开，任由细雨沥沥轻抚头发、脸庞、脖颈。冬的雨，有些许凉，却更清爽。停车场门口，一株三角梅，叶翠花艳，枝条斜逸，沐在雨里，正高兴。让路过的人，也高兴。骑车走在路上，花花绿绿、五彩缤纷、颜色各异，那是行人撑的雨伞、穿的雨衣。

北地，我的老家，平原上的一个小村子，冬天不下雨，下雪。

冬天，春节，会同老婆一起回老家。南方人，从没见过雪，对于下雪，老婆是很期待的。住了十几天，盼啊盼，盼下雪。雪，终究没来。

见惯了雪的爹妈，也盼雪，每晚准时看天气预报，每天早起先抬头看天。终究，还是没下。我们返南地的第三天，下雪了。爹妈打来电话，满是遗憾。

孩子慢慢长大了，在南地，孩子遇到一处节庆活动，人工造雪，美其名曰人工造雪，不过是肥皂满天飞。肥皂满天飞，孩子异常高兴，大喊："雪，你好。"

我说："这哪是雪啊！"然后，说起老家，说起老家的雪。对老家的雪，孩子充满了期待。

想来，我不但喜欢雨，也喜欢雪。

想来，我不但喜欢雨，喜欢雪，也喜欢花、鸟、虫、树、草。

如此，再想来，我喜欢的是生活。

（作者系福建省漳州监狱民警）

励志篇 ——

默默奉献为谁甜：记劳85级刘树全

孙 平

2019年6月14日，我带队到渤海之滨参加第二届全国高校"教授杯"乒乓球比赛，除了比赛获得的收获以外，我还有一个收获，就是见到了32年未曾谋面的一个学生，这对我来说是非常宝贵的。

这个学生就是西北政法学院（现在的西北政法大学）劳改管理系第一届的刘树全。

对刘同学，我一直印象很深，原因在于他有一个特殊的绰号——美国人。1987年初，我作为西北政法学院劳改管理系的年轻教师，带领10多位学生到陕西省富平县庄里镇陕西第七劳改支队和陕西省第一监狱实习。我住在第七劳改支队，这个单位是从原陕西第一监狱分离出来的，两个单位一墙之隔，对外称为陕西省钢球厂。

在实习的学生中，有一个学生个子不高，也不爱说话，见了人还比较腼腆，但是他有一个体貌特征，就是鼻子大，而且鼻头有点红，因此同学就给他起了一个外号叫"美国人"。刘同学毕业以后就回了家乡。1988年左右，我主持编写一本服刑人员访谈录的小册子，因为要收集一些素材，和刘同学联系过，他提供了一个服刑人员的素材，之后就断了联系。到了2017年，我写了一些学生访谈的文章在微信上传播开来，有一天收到了他的信息，告诉我他是刘树全。我一看到这个名字，就立刻想起了这个叫"美国人"的学生。他在微信里非常激动地告诉我，总算知道我的下落了，这么多年一直都想见到我。我问他现在在干什么？他说在一所监狱当警察。我在广州，与他相隔万里，见一面谈何容易。刘同学说他一直没有来过广州，很想到南方走走，估计这个愿望要到退休后才能实现了。

这次刘同学到我住的地方来看我，把夫人也带来了。他的夫人原来在一家企业工作，现在已经退休了。夫人显得比刘同学年轻，心气也比刘同学高。

2020年9月，西北政法大学律师学院院长、继续教育学院院长、培训中心主任李集合陪杨宗科校长到广东，他是刘同学的同学，私下告诉我说刘同学这个"美国人"找了一个漂亮的媳妇！有一年刘同学一家三口到西安，李集合接待了他，见过刘同学的夫人。在聊天的过程中，我发现刘同学的夫人比他能说，他还是那么腼腆，一说话脸就红，倒是鼻子不红了，好像也不大了，一点也没有"美国人"的样子了。

刘同学个子没有长高，但是人比以前胖了许多，也比以前成熟多了。我们两个站在一起照相，显得刘同学比我这个老师还老成。刘同学一直在监狱一线当警察，是个普普通通的基层人民警察，看得出来他对自己的工作和生活非常满意。倒是他的夫人在一旁对他的工作不太满意，抱怨他干这个工作不是太好。刘同学是一个知足常乐的人，他夫人虽然不时插话表达自己的看法，但还是能够感受到她也非常认可刘同学的为人，认为刘同学是一个老实人、一个好人！

其实，刘同学还是一个自信的人、一个精神力量强大的人，任何诱惑对于他这样的老实人来说都是不足挂齿的，他有他的定力。刘同学来看我，给我带了两盒麻花。这里的大麻花非常有名。我还有一位西北政法学院劳改法系的学生，第一届本科生王志强也在当地。有一年我出差，在当地监狱管理局工作的王同学正好在外面出差，托人给我带了一个硕大的麻花。我好不容易带回广州，结果家里人都嫌太油腻了，害得我自己吃了好长一段时间，所以我对这里的麻花印象深刻。但这次刘同学送的麻花包装已经非常科学了，都是小袋包装，小麻花，吃起来不费事。我把刘同学带的麻花分给了同行的教授们，他们都说非常好吃。

刘同学告诉我，我住的地方离他住的地方有1个多小时的路程。我问他的单位在哪？他说在城市的边上，周围都是监狱，大大小小有七八所。刘同学所在的监狱关押了一部分传染病、艾滋病服刑人员，刘同学就在负责关押传染病、艾滋病服刑人员的监区。

没有吃晚饭，刘同学和夫人就开车回去了。他说现在没有时间，等退休了，一定要去广州看我。监狱警察确实辛苦，倒不是说他们的工作量和工作强度有多大，就是离不开人。一旦在一个岗位工作了，往往就是一个萝卜一个坑，你不在，别的人很难顶岗。另外，监狱安全管理一天比一天严格，作为一名有三十多年工作经历的老警察感到自己肩上担子的分量。所以，刘同学没有退休之前，他都不奢望到哪里去远游，虽然也会有休班、休假。但工作性质决定了岗位需要就必须立刻回去，外出基本上也是在单位周围，不可能走远。

◆ 世间最难是改造

在监狱中被关押的服刑人员，其本身的思想及行为习惯不可能随着生活环境的改变而自然改造，这需要强力的介入，需要监狱警察不断进行思想感化，这里有一个从强迫改造到自愿改造的改造规律的问题。在监狱中的服刑人员不仅要通过参加劳动改造，还要通过教育活动进行思想改造，能否得到思想改造是衡量监狱工作质量的标杆，但是往往思想改造的质量在监狱里得不到最终体现，最终的体现是在服刑人员出狱之后回归社会才能进行检验。如果说一个刑满释放的人又重新危害社会了，那么思想改造的成效也就是不佳的。

像刘同学这样千千万万的监狱工作警察，他们的工作就是改造人，有人把这项工作称为世界上最难做的工作。

刘同学是新中国成立后我国培养的第一批监狱管理专业的大学生，1985年入读西北政法学院劳改管理系，当时只有西北政法学院和西南政法学院开设了这个专业，前三年招收的是专科生，后来改成了本科。刘同学家里祖祖辈辈都是农民，没有人考上过大学，能够出一个刘同学这样的大学生按照刘同学的说法也算是祖坟冒青烟了，刘同学非常自豪！能够上大学就是光宗耀祖的事，哪还管是什么劳改管理专业，哪还管是大专还是本科，反正都是上大学，只要是大学生就够了。所以，刘同学对能够上大学是非常满意的，对能够分配到监狱工作也是非常满意的，对能够穿上警服当一名警察更是再满意不过了，至今，刘同学都非常感谢西北政法学院劳改管理系的培育。

刘同学于1987年9月分配到家乡的一所监狱，一直没有离开过这所监狱，也一直没有离开过监狱基层一线。他真正践行着人民警察满腔热忱地坚守在大墙之内、恪尽职守、兢兢业业、任劳任怨，当好每一天班，站好每一天岗。面对传染病，特别是艾滋病、结核病等服刑人员，无所畏惧，敢于担当，愿意承担风险，愿意把困难留给自己。像刘同学这样默默无闻的监狱警察还有千千万万，他们才是最值得尊敬的人民警察！

与艾滋病等传染性疾病打交道的警察比起一般监区的警察来说，工作难度要大的多、风险也高许多。一些艾滋病服刑人员都认为"刑期比命长"，能不能活着出去，还说不定呢，还需要改造什么？因为血液、体液传播的特殊性，这对与服刑人员朝夕相处的监狱警察造成了一定的威胁。刘同学在这种岗位已经工作多年，他对这一切都已经习惯了。

　　刘同学的工作更多的是与服刑人员零距离聊天、谈生活、拉家常，潜移默化地进行法制和人生观教育，进行思想的改造。有的服刑人员得了传染病后失去了生活的信心，要么申请"安乐死"，要么寻找自杀的机会，这时就更能考验监狱警察的工作细致程度和耐心程度。

　　刘同学在耐心疏导方面有一套自己的"绝活"，别人管不了的服刑人员到了刘同学手里往往老实了。在外人看来不可思议的事情，在刘同学看来习以为常了。有的警察心理压力大，不敢给妻子、孩子讲自己的工作情况，刻意隐瞒工作性质，刘同学作为老警察还要给年轻警察做思想工作。家人的担忧、社会的误解都是可以理解的。刘同学认为传染病监区的工作虽然艰苦，但总得有人来做。既然做了就一定要做好，不能有任何纰漏。

　　不少服刑人员在监狱治愈了传染病，对监狱警察的工作给予高度评价。每当有刑满释放的服刑人员与刘同学话别时，刘同学才觉得自己的工作具有特殊意义，才感到无比自豪。刘同学所在的监区也获得了不少的荣誉，有司法部一级的，也有省一级的，更有家属和亲属给予的。

◆ 芳华永驻时光里

　　我和刘同学自1987年7月分开以后一直未曾谋面。到了2017年，他看到我发的一些《青春的念想》中的文章后与我取得了联系。我问了他一些原来的情况，他也会在微信里给我回复。刘同学曾经发给我一段他的历史信息，回忆了大学的珍贵时光。

　　到了回忆的年龄了，说明刘同学真的也老了。刘同学是1965年出生的，比我这个老师只小1岁，今年也有55岁了。他的回忆文章是对大学生活的回忆，也是对青春岁月的追忆。现在读来还感到十分亲切、真实。更使我感动的还有一点，就是他把1987年我带他们十几个学生在陕西省第七劳改支队实习时的日记一直保留着。这可是难得的西北政法学院劳改管理系的"史料"，也可以说是新中国监狱管理的"史料"。

回想起30多年前带队实习的情景,许多事情往往能够迅速地浮现在眼前,但许多事还是忘记了,特别是具体的实习时间是从什么时候开始到什么时候结束,记不起来了。多亏刘同学的日记帮助我回忆起来了,要不是刘同学保存30多年的日记,估计我带领的学生也会与我一样忘记了。

看着刘同学发来的照片,我知道有的学生已经去世了,大多数学生都已经年满50岁了,他们都已经开始步入人生的后半段了。从这点说,我们要感谢刘同学的细心,这方面正是刘同学的优点。刘同学看起来像个粗人,其实他是粗中有细,他有一颗真诚的初心。刘同学能够保存自己的日记到今天,说明一个老警察没有忘本,他的日记其实是共和国监狱发展史上的重要藏品,如果有一天能够在中国监狱历史博物馆展出的话,我想刘同学就为西北政法大学培养的新中国第一批监狱管理专业的学子留下了最为珍贵的历史资料。

刘同学是一个平凡的监狱警察,但是我们从他们身上看到了国家富强的希望。正因为有刘同学这般基层警察的默默奉献,社会的安全才能够得到保障,人民才能在安全、平和的环境下幸福地生活!让我们向千千万万奋战在基层一线的普通的警察致敬!

(作者于1981年在西北政法学院法律系读书,1985—1991年在西北政法学院劳改法系(劳改管理系)任教,现系广东开放大学副校长、法学博士、教授)

"老骥伏枥"张纹邦

王文来

第一次与他相遇，是在1999年浙江省监狱工作研究所组织撰写《依法治监论》的会议上，给我的第一感觉是"骨瘦如柴"，但"满腹经纶"，后经打听他就是被司法部誉称为浙江"三邦"（张邦友、陈邦友、张纹邦）之一的张纹邦老先生。

自此以后的20年里，时时与他相遇共事，受他指教与点拨：张老先生对浙江监狱系统，甚至全国监狱系统的"劳改经"了如指掌、道道不绝、理论深厚、妙笔生花的做事做法，始终在我心中挥之不去、剥离不掉、无法忘怀。

许多年来，已经退休的张老先生一直奋斗在监狱劳动理论研究战线上，不仅以"老带新"的形式传承着监狱学术薪火，而且传承着监狱文化历史事业。浙江监狱系统进行的每次重大学术研究、课题调研、监狱历史编纂、监狱文化建设都离不开他，离不开他的智慧，离不开他特有的书写方式。2008年筹建"浙江省监狱博物馆"时，又有他奋斗的身影，又是他"战斗"的阵地，使我再次有倾听他、跟着他、学习他的机会，从此我俩结成了"忘年之交"。

打开《浙江监狱博物馆陈列内容设计方案（讨论稿）》（以下简称《设计方案》），张老先生的名字排列其中，他是《设计方案》的工程师、主攻手、操刀者和最终审核定稿者之一。

张老先生那时的《设计方案》（2008年9月8日版）分为：序厅：党和国家领导人对监狱工作的指示，关怀鼓励，走在前列等三个部分；第一展厅：古代监狱（约公元前21世纪至1840年），包括中国监狱的起源，古代监狱的名称，古代监狱的设置，古代监狱的管理，古代刑罚、刑具和狱具，古代刑罚的残酷，狱神崇拜；第二展厅：清末、民国狱制改良，包括沈家本与清末狱制改良，民国时期的浙江监狱设置，民国时期浙江监狱的管理，民国时期的刑罚与刑具，革命志士的狱内斗争；第三展厅：中华人民共和国成立后的浙江监狱,包括梁柏台与新中国狱制的创立,浙江监狱的建立、组织机构、刑罚执行、狱政管理、狱内侦察、教育改造、队伍建设;第四展厅,浙江监狱工作成果,包括改造罪犯的社会效果,监狱生产成果,工作研究与理论研究成果,境外和国际间学术交流,宾客参访留言。这种方案主题突出、结构清晰、逻辑严密、主题鲜明、抓住历史主线、陈列内容丰富、路径脉络顺畅,使布展者容易把握,使实物资料、历史图片、文字说明融为一体,突出了陈列布展的操作性、史实性和真实性。

随后,张老先生开始精心指导撰稿者撰写《设计方案》的内容。《设计方案》是浙江监狱博物馆建设的基础,是展示监狱发展历史的精髓,是展示监狱成果的精神园地。强将手下有强兵,在张老先生的带领下,由浙江省长湖监狱的陈光明、浙江省监狱工作研究所的宗学煌为成员,全身心地投入到了《设计方案》历史史料的寻找工作中,他们翻阅了《中国法制史》《中国历代监狱大观》《中国监狱建筑》等史书,翻阅了新中国成立以来的《浙江省监狱史》,收集查阅了浙江省各个监狱发展史料,还去了山西省、河南省、重庆市、上海市、江苏省和北京市实地考察古代监狱遗址、现代监狱建设,全面收集监狱发展史料。在此基础上,对收集的资料进行分别管理、分类整理、提炼升华。在浙江省长湖监狱陈光明的努力下,和浙江省研究所宗学煌形成初稿的基础上,张老先生举起手中的那把"妙虎",慢慢地"砍",拿起手中的那把"刀",慢慢地"刻"、精心地"绣",最后形成了符合博物馆建设的陈列内容与《设计方案》。曾记得,张老先生在撰写过程中,他的手总是不停地抖,就像今天的"抖音"一样,"抖"出来精致的文字,"抖"出来丰富的精神,"抖"出来展示监狱建设发展的伟大成就与辉煌史诗。

张老先生为"浙江省乔司监狱陈列馆"陈列工作倾注了宝贵的精神力量。2009年9月"浙江省监狱博物馆"布展陈列工作,全部移交浙江省乔司监狱,由浙江省乔司监狱副监狱长郑辉建、研究所所长王文来、监狱民警谢晓琦、顾晓浪、陈利琴等人组成展陈小组,全面负责布展展陈工作。针对陈列的内容,如何布展是十分重要的工作,既要反映监狱历史的真实性,又要突出重点、要点和关键点,还要全面反映监狱历史发展进步的成就,对于不具博物馆陈列理论素养,又没有实践经验的我们来说,是更大的难题。在布展展陈的具体工作中,我的年纪最大,责任也最重。

在监狱党委和副监狱长郑辉建的直接领导和支持下，聘请张老先生作为高参与总顾问，进行了陈列内容的挑选、甄别和确定工作。例如，陈列馆的"序厅"，起先确定陈列的内容很多，把"党和国家领导人对监狱工作的指示，关怀鼓励"都布展陈列出来，后来在张老先生的指点下，最后确定"序厅"的"顶"由"九个人字体的'人'字"板块，以体现浙江省监狱博物馆是反映我国监狱发展历史的，"墙"的南面由浙江省地图标注浙江监狱分布，喻意着浙江省监狱博物馆是体现浙江省监狱发展历史的，正东面的"墙"由毛泽东主席论断："人是可以改造的，就是政策和方法要正确才行"，喻意着党和国家领导人对监狱工作的指示、关怀鼓励。另外，监狱博物馆在整体上要反映出三个人物：清末狱制改革家沈家本，新民主主义时期的革命家梁柏台，新中国的监狱理论家王明迪，此三人都是浙江人，以反映出浙江人文、人才辈出、人杰地灵的文化精神。

张老先生是奉献自己甘于成就他人的人。2000年，我撰写《浙江省乔司监狱简史》，经张老先生近一周时间的统稿、修改与整理、完善，成为全省监狱系统最好的一篇"简史"。2008年开始编纂《浙江省乔司监狱史》时，经他指点指导、修改的《浙江省乔司监狱史》成为全省监狱系统最全面、最真实反映监狱历史的一部史书。

张老先生在"浙江省乔司监狱陈列馆"布展建设中所起到的是"主心骨"的作用，在陈列馆起用10周年之际，写下这些文字，是对张老先生最好的记忆。我从事监狱理论研究工作二十多年来，能遇到张老先生，是我的荣幸，张老先生是我写作生涯中的指路明灯，还是我为人处事的榜样！

（作者系浙江省乔司监狱民警）

星光不负赶路人

赵 桥

一

S君曾是我的同事，年龄较我小一轮。

他的学历不算高，只是财会专业中专生，毕业后分配到我们单位财务科。几年后，基层警力十分紧张，监狱党委适时进行人事调整，裁减机关科室的冗员，年轻的男民警充实到一线监区，S君自然名列其中。

从比较轻松、惬意的机关，到改造和生产任务很重、责任又很大的监区，有些人思想上一时转不过弯，能力上也不能适应基层的工作要求。

S君似乎没有什么怨言，到了监区，不仅从最烦琐的内勤干起，在改造罪犯这一他原本十分陌生的领域开始从头学起，而且在他人靠打牌、喝酒来休闲解闷的时候，他则潜心于学习和写作，把工作和生活的经历、感悟形诸文字，先是小"豆腐块"，后来是大块的文章，陆陆续续在系统内外的一些刊物上发表，一个开始只和冰冷数字打交道的人，不经意间成了单位有名的"笔杆子"。

没几年，S君就从基层再回机关，只是不再重操会计这个旧业，而是先后在办公室和政治处这样综合素质和文字水平要求高的部门，担任副主任、科长等职，干得风生水起。前几年，他又被省级机关看中，调到更高的平台上，发挥他爱读书、爱思考、爱写作的特长去了。

二

阿紫——真名王玉兰，是我一位非常陌生又熟悉的朋友。

这句话看着有点别扭，有点费解。但是没错，她确实是我的陌生朋友，我们素未谋面，但又非常熟悉，在这微信时代，距离已不是问题，没有见面的微信好友，有时候比天天见面的还聊得欢、走得近。

我们是因为喜欢做"文字搬运工"，偶然相识成为微信好友的。

前不久的现代快报"读品周刊"曾有一篇长篇报道《文学创作的兴化现象》，专访了阿紫。开头是这样的：

"在兴化戴南镇，今年54岁的农妇王玉兰是个名人。高中学历的她，四年间出版了《沈小菊》《大沪庄》《玉兰和她的孩子们》三部小说。"

冰心先生有一首脍炙人口的小诗：

"成功的花

人们只惊慕她现时的明艳！

然而当初她的芽儿

浸透了奋斗的泪泉

洒遍了牺牲的血雨。"

这首小诗用来描写阿紫，再贴切不过。报道只写了她的成功，只向读者展示了一朵"现时明艳"的"成功的花"，而没有具体介绍这背后"奋斗的泪泉"和"牺牲的血雨"。

通过微信交谈，通过阅读她的乡土气息、草根本色的作品，我大致勾勒出她的人生轨迹：高考失利后，回到农村结婚生子，耕田种地，买船跑运输，进城打工，回到小镇开服装店，超市做营业员，开办小学生培训班……这份履历表，放在任何人的人生档案里都是沉重的。有人被这份"沉重"消磨了人生锐气、进取精神，甚至被压垮。而阿紫，总是微笑着面对生活、感受生活，把经历的苦难化作笔底的粲然一笑，用一篇篇文章、一部部作品，支撑着自己对生活的执着信念，并且影响着身边人。

一直自称"戴南农妇"的阿紫，是江苏作协的会员。

三

在单位的宿舍楼，小陈和我是"背靠背"的邻居，我们有时足不出户，打开前阳台的窗户就能聊天、对话。更多的时候是在后阳台，他有时候递过来一碟自己卤制的牛肉，我可能递过去一小碗红烧排骨。我们的后阳台仅一墙之隔，推开窗户就能握手。

我和"80后"的小陈是"忘年交"。这种交情，不是因为这样推杯换盏、吃吃喝喝而建立的。认识他的时候，他还没有搬过来。

12年前，我调到政工部门工作，当时小陈入警也只有三四年，是一个监区的内勤，那时我还不认识他。

认识他并成了后来的"忘年交"，实属偶然中的必然。当时我感觉到基层的内勤日益不受重视，青年民警普遍不愿干，全没有20世纪八九十年代"一个内勤顶半个指导员"的鼎盛状态，就抽空到基层调研，与小陈有了一次简单的接触，不过几句话而已，过后也只记住了这个话题，而淡忘了他这个人。谁知道不到10天的时间，中午快下班的时候，小陈去食堂吃饭，顺道拐进我的办公室，交给我一本4A纸打印装订好的《内勤工作手册》，十多页纸，有文字，有表格。

后面的故事不必赘述。这本切合监狱工作实际的小册子，不只引起我的兴趣，更让分管改造工作的领导激赏，当即要求在内网发布，供全监内勤学习。分管领导还提请监狱党委研究，在全系统比较早地配备了监管、改造"双内勤"；每季度开展"优秀内勤"评比工作；在监狱的竞争上岗工作中，也给予内勤一定的政策倾斜。这些举措不仅调动了内勤的工作积极性，更促进了监管改造工作。应该说，小陈的这本小册子在背后发挥了一定的作用。

小陈后来在组织科、办公室、狱政科等多个岗位做过领导，现在则是由监区教导员转岗到监区长的位子，挑更重的担子，承受更大的压力。

这么说，不是想说小陈偶然地通过一本小册子改变了自己的职场命运，更不是说职场唯有升迁才算成功。我说说他的另一面，大家就一定会知道，他的每一点进步都是必然的。2014年，他外出挂职一年，这一年里，他通过了司考，拿到了律师执业资质，现在兼任单位的公职律师；挂职回来任监区教导员，又通过考试入读东南大学法学院的在职研究生，已经顺利毕业。

如果没有持续不懈的学习，当初小陈能在短短的几天内拿出那本内勤工作小册子吗？以后会有一步一个脚印的进步轨迹吗？因为小陈和S君一样，完全是个"学习型"的年轻人，我才乐意和这样的人结成"忘年交"。

今年到现在，我和小陈再也没有过从后阳台递盘子递碗、互通有无的故事了。一场突如其来的疫情，让他不是在监区上班，就是居家隔离了，他单位的这间宿舍只能暂时"闲置"。多数的时候,我们也只能借助微信等聊一些学习方面的事情。和作家阿紫一样,我和小陈无奈地成了难以见面的"微信好友"。真期待着打开后阳台窗户,能和小陈聊聊学习、聊聊吃喝的正常日子快点回来。

三个小故事,都是生活中熟稔的人和事。相信每一个人的生活中也一定不乏这样的人和事。

"星光不负赶路人",说的就是这样一些平凡而又不凡的人!

(作者系江苏省句容监狱民警)

苦楝树的歌咏

王福星

　　苦楝树是极普通的树，但也是不平凡的树。

　　苦楝树普通，是因为它既没有惊艳的颜色，也没有夸张的外形。它经常长在乡村的旷野、荒坡、路旁、池边，或其他不被世人关注的角落，在人流如织的公园或繁华喧嚷的闹市，似乎很少看到它的身影。也许它平凡的树形很难进入园林专家的法眼，或许它朴素低调的个性令它难登大雅之堂。难怪从古至今，鲜有文人墨客愿意花上点心思，去关注这种普通得不能再普通的树木。

　　然而苦楝树在我的心目中，却又是不平凡的树。

　　最早认识苦楝树是在孩提岁月：在故乡闽西下洋小镇，我家老宅屋后的金丰溪畔，有一株歪脖子的苦楝树，不知从何时起，它便在那里临水而立，溪流充足水分的滋养，让它长得枝叶繁茂、树干硕大。记忆中，苦楝树下曾是我童年的乐园。夏天的苦楝树会挡住似火炎阳，为人们撑开一片荫凉。我和小伙伴们在树下嬉戏打闹，玩捉迷藏时，胆大的孩子还会爬到树上躲藏。隆冬时节，苦楝树虽树叶落尽，但那挂满枝头的苦楝树果，经风霜吹打后变成好看的金黄色，虽有大人说过这种果不能吃，但贪嘴的我偶尔会采摘一颗，剥了皮放进嘴里，在微涩之后，竟能品尝到一丝甘甜。

　　从警校毕业后，我分配到地势偏远的监狱农场工作，在那里的房前屋后、田间小径，随处可以看见一些大大小小的苦楝树。在那个寂寞的环境里，我喜欢在清晨或傍晚沿着农场的黄土路一边散步，一边观察路旁的风景，而时常进入我视线的就是那些苦楝树。我发现无论土地贫瘠或肥沃，苦楝树都能生长，像坚守岗位的战士默默守护这片土地的安宁。春夏之交，苦楝树会开出淡紫色的细碎花朵，走近前去，还能闻到一股淡淡花香，无论是那小花或是那浅香，都一如苦楝树的个性：卑微而不炫耀，低调而不张扬。

"苦楝树"因何得名,我曾百思不得其解。不过随着人生阅历和生活际遇的累积,我似乎也慢慢品出了苦楝树的"苦味"。

苦楝树不但普通、低调,而且最关键的是它还能忍受生活的苦寂。无论在荒郊野地,无论环境怎样恶劣,它都能顽强生存、坚韧生长。通过手机"百度"了一下,我知道这种树木具有耐寒抗风、耐烟尘、抗二氧化硫等有害气体的特点,它这种吃苦耐劳、忍辱负重的个性,也许正是我们当下的人们所缺乏、所需要的吧。因为人生总要面对各种苦难挑战,生活中也时常要品味苦辣酸甜,惟有能吃得苦中苦的人,才能真正体会到人生的甘甜,这也是监狱工作三十几年来,苦楝树带给我的人生感悟。

2020年,一场突发的新冠肺炎疫情打乱了世人的正常生活,我们监狱民警为了将疫情阻击于监墙之外,严格执行司法部下达的最高等级勤务模式,不少战友连续封闭隔离执勤长达两个月,有家不能回,工作生活都在监区,付出了常人难以想象的辛劳。疫情期间,按监狱安排,我每隔三两天就要穿上防护服进入监区参与某项工作,在监区的生活区与生产习艺区之间的小路旁,经常看到几株苦楝树挺立在那里,为单调的监区送来翠绿和清凉,也为高墙电网下的寂寞世界带来生机和希望。面对这些生长在监区的苦楝树,面对封闭坚守在特殊岗位的监狱民警,我突然发现:这些默默坚守的民警们,其实就像这些苦楝树,有着平凡朴实、吃苦耐劳、忍辱负重、以苦为乐的美好情怀!特别是当防控疫情取得阶段性胜利,当那些援鄂归来的"最美逆行者"受到英雄般的迎接待遇时,我的战友们却依然在不被世人所知的监区角落默默坚守,虽然没有鲜花掌声、没有媒体竞相报道,他们却依然无怨无悔,继续执行长时间封闭在监区、没有正常家庭生活的值勤模式,就像那些不爱炫耀、不事张扬、不争不怨、默默付出的苦楝树!

那一天,我特意在监区的一株苦楝树下驻足仰望,风吹过,树叶沙沙轻响,恍惚间,我似乎听到这些最不起眼的苦楝树,正在发出一种来自灵魂的低语轻唱,而这样的歌咏,不也应当献给高墙内那些朴实低调、默默坚持、无怨无悔、始终在艰苦环境下保持一种工作韧性的监狱民警吗?

愿苦楝树的歌咏,在更多人心中回荡共鸣!

(作者系福建省闽西监狱民警)

《子规啼血》有感

韦 华

"子规半夜犹啼血,不信东风唤不回",这是宋朝王逢原的诗。而作者黄兰政以"子规啼血"为名,写了一本有关监狱题材的小说《子规啼血》。

在读《子规啼血》这本小说之前,我并不能把书名和改造罪犯联系起来。在品读小说的过程中,我也曾疑惑,作者取此书名的寓意究竟为何?在认真看完了这本小说之后,我恍然大悟,此书名寓意深刻!

早春时节,子规(即杜鹃鸟)半夜三更还在叫,叫得嘴巴都流血了,要把春天呼唤回来。同样的,监狱人民警察改造罪犯,就是要用心血把罪犯呼唤回来,帮他们把春天呼唤回来。

《子规啼血》讲述的就是改造罪犯的故事,此异曲同工之妙啊!

《子规啼血》以四川巴中监狱民警汤洪林的事迹为原型,刻画了监狱警察真诚唤醒迷途浪子、挽救迷途羔羊的高大形象,展现了中国监狱不断发展壮大的历史。细细品读之后,小说给我的几点感触颇深。

有感一:小说真实再现了监狱发展的历史。

小说虽然讲述的是四川巴中监狱发展的故事,却是中国监狱发展史的缩影。从20世纪90年代,监狱民警职工的工资还有罪犯的吃喝拉撒都靠监狱自筹资金,到现在监狱布局调整基本完成,国家保障监狱经费,中国的监狱经历了从艰苦奋斗到逐步发展的过程。

看到巴中监狱的发展,也让我想到了广西监狱的发展历程:我是"劳改单位子弟",是警二代,也是监狱发展的见证者。父辈的追捕逃犯、野外"带班"、为劳改单位创收等工作,我有目睹、有耳闻,到现在亲历对罪犯的管理教育,我感受到了中国监狱的一步步发展。

现在全国监狱系统各监狱单位经过布局调整,大部分搬离了大山,远离了边远地区,各项基础设施越来越现代化、管理越来越规范、智慧监狱建设不断加强，中国监狱经历了巨大发展变化，迎来了崭新的历史时期。小说紧贴监狱工作发展的实际进行描写，虽然写的只是巴中监狱的发展，却可从中"窥一斑而知全豹，处一隅而观全局"，了解中国监狱发展变化的过程，了解中国监狱人一代代奋斗的历史。

有感二：小说的主题鲜明突出。

无论时代如何变化，我国监狱"惩罚与改造相结合，以改造人为宗旨"的工作方针不会改变。和小说题目《子规啼血》相呼应，小说以大量的篇幅描写了监狱人民警察如何管理、教育、改造、转化和挽救罪犯。

罪犯喀力，少数民族，语言不通，不服判决，不认罪，改造中不断申诉，是个"顽石"。汤洪林为了帮助喀力申诉，不顾自己阑尾炎发作，冒着身体的病痛，为喀力去成都民族大学找翻译，去达州法院解决申诉的问题，让喀力深受感动。

罪犯钱涂的孩子生病了，汤洪林出钱帮助孩子看病，钱涂刑满释放，汤洪林支持其应聘谋生创业，在巴中监狱"春雨帮教行动"上，钱涂作为刑满释放人员创业成功的代表进行了发言，"监狱给每一名服刑人员在心里点亮一盏灯，我要为这盏灯的光明添油"，钱涂这发自肺腑的发言，也让我们看到了监狱改造罪犯所取得的成效。

汤洪林抓捕脱逃罪犯陶义天受伤昏迷，了解到陶义天是因为妻子要离婚，才不安心改造的，汤洪林几次去到陶义天家中，做其妻子的思想工作，解决其妻子就业问题；在陶义天父亲肝癌病危的时候，汤洪林顾不上照顾自己病重的父亲，帮助陶义天申请特许离监探亲，汤父在弥留之际，叮嘱汤洪林"穿——警——服就——代表……"嘱咐汤洪林牢记穿警服就代表了党和国家，代表了正义和牺牲，汤洪林也用自己短暂的一生践行了这句朴实的话。

小说的整个主题，无不体现了监狱人民警察改造罪犯像子规啼血般唤醒莘莘囚子迷失的灵魂，为他们挽回春天，救赎人生的无私、大爱精神。

有感三：小说展现了监狱人民警察的良好形象。

我从百度上搜索了汤洪林的事迹，1980 年 4 月出生的他，曾任巴中监狱六监区党支部书记、监区长，是巴中监狱历史上最年轻的监区长。2017 年 3 月 7 日，汤洪林在洽谈工作途中，因突发疾病昏迷，经医治无效，3 月 12 日永远地闭上了双眼。家属遵照其生前意愿，将其眼角膜捐献，已让一名法医和一名小男孩重见光明。2017年9月28日,四川省委和司法部联合召开表彰大会,追授汤洪林"全国司法行政系统一级英模"荣誉称号和"四川省优秀共产党员"称号。

《子规啼血》以汤洪林的事迹为原型进行描写刻画,从汤洪林身上,我看到了监狱人民警察忠诚守责、敬业奉献、敢于担当、公廉执法的无私情怀。同时小说还描写了其他几位人物,比如面对监狱的艰难处境,誓将监狱搬出大山的杨监狱长,他心系监狱发展,敢于突破藩篱;管理科何科长,虽然描写他的笔墨不多,却能看到他像严师也像慈父,从他身上我们看到老一辈监狱工作者兢兢业业、任劳任怨的品格……这些都是监狱人民警察的真实写照。

我是警二代,父辈扎根在边远的监狱单位,在艰苦的环境中,为了改造罪犯,任劳任怨。在我的记忆里,作为劳改干部的父亲,没有节假日概念,劳改队就是他的家,早上早早带罪犯出工,下午很晚才回到家,吃完了饭,晚上还要下监舍,他和罪犯待的时间远远比和家人相处的时间长。

在小说中老一辈监狱工作者身上,我看到了父亲一辈监狱工作者的身影,在那艰苦的年代,他们默默付出、无私奉献,为监狱的发展贡献了毕生的精力。在大力弘扬时代楷模的今天,大批像汤洪林、禹凌云、刘彦一样的监狱人民警察,也在默默守护着社会和谐安宁,保障着人民安居乐业,他们是新时代监狱人民警察的优秀代表,从他们身上我们看到了新时代监狱人民警察的风采。

有感四:小说有着朴实而接地气的文风。

"四川省大巴山脉西段米仓山,层层高山把坪河小镇紧紧包裹。镇子头上簸箕大一片天,站在巍巍东山公路上说一句话,都可能被西山上的人听着……"《子规啼血》开篇优美的文笔、细腻的描写,一下就把读者带入了那个年代、那个环境以及那个情景中。因为描述的是四川巴中监狱的故事,《子规啼血》文学语言采用了四川方言的形式展现,语言朴实、通俗易懂,方言恰到好处的运用,浓浓的乡土气息,让人感觉真实、纯朴,符合四川监狱的特征。同时小说从小处着手,讲述了监狱发生的点滴小故事,有罪犯脱逃、监狱搬迁、管教罪犯等,令人身临其境,真实而接地气,是监狱工作的真实展现,我不得不佩服作者扎根基层、扎根生活写实的创作手法。

(作者系广西壮族自治区桂林监狱民警)

我们监狱的老前辈

段 飞

一个偶然的机会里，我有幸和监狱的两位老前辈相处了几天：一位是巴音郭楞监狱医院第一位院长朱乃丁；另一位是监狱建设之初的建场"元老"肖允钊。

几天的相处，两位老前辈给我讲述了监狱创业的艰难和他们人生的经历，这让我为他们那种吃苦耐劳、艰苦奋斗的精神所深深地感动。

新中国成立初期，我们监狱的老一辈同志在戈壁荒滩安营扎寨，不仅肩负着收押和教育改造罪犯的任务，还要大搞农场建设，植树造林、开荒种田。没有电，就点煤油灯照明；没有粮，就自力更生养活自己；没有房子，就自己动手盖茅草房、挖地窝子……夏天喝涝坝水，冬天靠取冰融水来解决喝水的问题。面对常人难以忍受的重重困难和艰难险阻，他们不计个人得失，早出晚归、风餐露宿，不讲条件，夜以继日地忘我工作，发扬一不怕苦、二不怕死，甘于拼搏的大无畏精神，白手起家敢叫荒山变良田、敢叫戈壁变家园，靠的是忠于党和人民、忠于职守、严于律己的理想信念。他们的艰苦奋斗和无私奉献，不但教育改造好了一大批罪犯，还为国家创造了巨大的物质财富，他们无愧于"无名英雄"和"人类灵魂工程师"的光荣称号。正是他们那种不屈不挠的精神，才开创了我们新疆监狱从无到有、从小到大、从弱到强的辉煌历史。

"当时监狱医疗条件有限，那种艰苦环境现在是无法想象的，一个听诊器、一个温度计就是全部家当，白天我们在田里带工，晚上回来给民警和罪犯看病，躺下的时候已经是凌晨了。那个时期每个人都干劲十足，一心向党，为了加快监狱建设和发展，不掉队，不松懈，那种精神我现在想起来都很感动……"朱乃丁回忆说。

"我是一名少数民族干部，1964年参加工作，1971年入党，如今虽然退休了，但我始终记得我是一名共产党员，是党培养了我，在国家需要我的时候，我依然会尽我最大的努力奉献我的一切。"退休后的朱乃丁本可好好安享晚年，但是他的医术已经名声在外，刚一退休就被库尔勒市维吾尔医院以及各个社区医院争相聘请为"编外医生"。多年来，他把自己的精湛医术毫无保留地用在为各族人民群众医治病痛工作中。我问他这么做图什么，他指指自己胸口上佩戴着的党徽说："总书记讲过'不忘初心'，我是警察，是医生，更是党员，我不图钱、不图利，图的就是对得起我当初的入党誓言！"

朱乃丁老院长用实际行动践行了监狱人民警察忠于党、忠于使命的铮铮誓言，弘扬了白衣天使心系患者、医技双馨的职业精神，更向我们传递了敢于担当、一心为公的责任意识和躬身耕耘、不计得失的价值观念。

朱乃丁老院长的事迹感人，肖允钊老前辈的事迹一样感人。

1959 年，才满 24 岁的肖允钊就积极报名参加援疆工作，他说："我们家乡的条件较好，风调雨顺，过上了好日子，可是新疆还比较贫穷、落后。我们有志青年应到祖国最需要的地方去，广阔天地大有作为，学文化、学技术，为党、为国家、为建设新疆发挥我们的聪明才智，愿将青春献给祖国的边疆人民。"他的坚持和决心感动了家人和带队干部，当地政府很快批准了他的申请，次日他便与 80 多人一起登上了西去的列车，行程 4000 多公里，历时 15 天，终于到达目的地，从此开始了支援边疆建设的新生活。

1961 年 7 月，肖允钊同志到四十里城子劳改农场（现在的巴音郭楞监狱）任管理员，兼劳教干事、出纳等。1980 年，由于工作突出，肖允钊同志陆续当上了中队的副中队长、中队长等职务。无论在哪个工作岗位上，他都发挥"见困难就上"的精神，主动承担责任。在巴音郭楞监狱工作的 20 多年来，他先后三次被监狱党委授予"优秀党员"，两次被授予"优秀党务工作者"的荣誉称号。他说："苦过累过，但我还是坚持下来了，是什么在支撑着我，那就是一种信念，一份对党的监狱事业的无比忠诚和热爱。"

肖允钊说，所有的艰难困苦都没有动摇我们投身于监狱事业的决心，我们以队为家，以警为荣，为的是心中的那份执着和坚守；舍小家为大家，无怨无悔，咬定青山不放松，为的是将罪犯改造成守法公民。

老人说这些话的时候，脸上露出了欣慰的笑容。

听着两位前辈的讲述，我被他们那种爱岗敬业、无私奉献的精神深深地感染着、感动着，敬佩之情油然而生。

在历史的长河中，新疆老一辈监狱人民警察在平凡的岗位上书写着不平凡的业绩，不论春夏秋冬，严寒酷暑，打埂种粮、修建房屋、铺设道路、开渠引水，渴了喝口涝坝水，饿了吃一口自带的干馍。面对恶劣天气和艰苦的生活条件，他们从不叫苦，春天狂风肆虐，沙土眯得眼睛都睁不开；夏天酷热难耐，满脸的汗水夹杂着尘土流下来；到了秋天蚊虫叮咬，满身是包；冬天冒着严寒下湖打苇，衣单粮少。

现如今，我们的巴音郭楞监狱无论民警住房、办公条件、区域卫生环境还是罪犯管理场所等，都已经旧貌换新颜，发生了翻天覆地的变化，民警办公楼、备勤楼，一栋栋监舍大楼拔地而起，监舍大门前竖立的高杆灯，到了晚上发出耀眼的光芒，亮如白昼；绿树成荫、小渠流水，环境怡人；宣传栏随处可见，文化氛围浓厚；路面硬化，道路宽阔笔直，现代化网络科技的运用和强大，在罪犯管理上实现技防、物防和人防的结合。

我虽没亲眼见证监狱从无到有、从小到大、从弱到强的发展过程，但我知道这些变化一定是一代又一代监狱人无私奉献于监狱事业，甘于吃苦耐劳换来的。作为新时期的监狱人民警察，我们要珍惜、传承并发扬光大老一辈精神，把巴音郭楞监狱建设的更加美好！

（作者系新疆维吾尔自治区巴音郭楞监狱民警）

奋进的岁月

胡安乾

重阳节到来之际,老干科李科长让我写一篇从检感悟。写什么呢?想来想去,我就写写20世纪八九十年代,自己在检察院机关后勤部门工作的那些事吧。

1978年8月4日,我从地委行署小车班调到毕节检察分院工作。我当过工人,当过兵,后来却成为一名高级检察官,2010年光荣退休,是检察机关教育了我,培养了我。

那个年月,刚刚重建的检察机关条件艰苦:检察分院没有自己的办公室,全院19个干警分挤在借用的几间办公室内。那时内勤收集各县数据只能靠电话,由于线路经常被占,一整天都难以收全地区的数据。虽然物质条件比较艰苦,但我们的精神状态很饱满,每天上下班,东奔西走,像上紧了的发条、拉抻的弹簧,忙倒是忙,感觉特别充实。

那年月,分院里仅有一辆格斯69吉普车,一部半自动打字机,两台油印机。无职工宿舍,退役军人的家属都是住在临时租的旅店里。

1980年,地委行署投资5万元为我院在地区公安局、中级法院内新建办公楼。当时分院共有干警54人,每年财政拨款除去人头经费外,公用经费人均仅有2000元,除去各种开支,业务经费所剩无几。由于业务经费紧张,大多数干警出差都是坐客车。在城区办案,就骑自行车。当时的出差补助,每天8角钱。出差回来后,还不能及时报销车旅费。

检察院重建初期,条件虽艰苦,我们很乐观。这种艰辛困苦的生活和工作,历练了我们这代人应对困难的能力,锤炼了我们的意志,增加了我们遇到挫折从容不迫的勇气。现在想起这些工作经历,心里不是苦而是甜。

1987年7月,经地区组织部批准,我被任命为检察分院办公室副主任。我感到责任重大,便找准自己的位置,认真履行工作职责,怕辜负同志们的信赖和帮助。我边学边干边摸索，对检察后勤工作有了初步认识：后勤工作繁、杂、脏、累、险，要搞好后勤工作，就得处理好人际关系尤其是人与物的关系——人与物的关系处理不当，就会影响人与人的关系，直接影响全院检察工作的正常运转；后勤服务管理工作必须为检察业务服务，领导工作涉及何处，后勤服务工作就要延伸到何处——领导班子坚强有力，才是开展好全院检察工作的关键。在做好领导班子服务的同时，办公室还要竭诚服务，确保全院各个部门的正常运转。

1988年，根据最高人民检察院全国检察机关行政装备工作会议精神，我们着重抓好改建和扩建办公用房和职工宿舍，开通无线通讯装备、办公用具用品及器材装备工作。分院党组向地委打报告要求设置行政装备科，同年9月，经地委批准，分院成立行政装备科，后改为计划财务装备处。其主要任务是：财会、车队管理；办公设备用品及枪支器材、交通工具的购置及管理；机关办公用房和住房建设维修；负责检察机关后勤服务及管理工作。我任行政装备科副科长，为了全院检察工作的正常开展，我跑上跑下，找财政，见领导，向他们介绍检察机关的职能和作用，给他们讲我们开展工作存在的困难，尽量争取他们的理解和支持。

从1983年至1992年，在地委、行署领导的关怀下，分院先后增加经费上百万元，不仅解决了办公综合用房问题，也解决了干警的住宅问题。

从1992年至1995年，得到各级领导的重视和关心，我先后被推荐到行政装备科科长、计划财务装备处处长的领导岗位。个人荣誉是小事，我却深感肩膀上的担子越来越重。机关后勤管理工作常常要从一些不起眼的小事做起，例如会务工作，需要抬桌子、搬板凳、端茶倒水，如果这些不起眼的小事做不好，就无法保证大会的顺利进行；迎来送往、电话的接进送出等，是再小不过的事，却代表了检察机关的精神风貌，做得不好，会直接影响到上下、内外关系，如果接待外宾的小事处理不当，还可能影响检察机关的形象。在从事机关后勤工作的这段时间里，我总会对自己高要求，严自律。我总会自觉不自觉地同别人比，实事求是地比贡献。一比就产生了勇气，明确了奋进目标。对财务、车辆管理等从管理制度方面进行了完善，仅汽车修理费用开支一项，与前年同期相比节约了8万余元。还制订了各项行政管理制度，规范了工作程序，协调了工作关系。

在行署、财政的大力支持下，在分院党组的领导下，行装处全体同志艰苦奋斗、协同努力，毕节检察分院的各种装备得到了升级改造，上了一个新台阶。

分院机关后勤保障工作成绩突出，引起了上级的重视。办案经费有保障，行政管理制度上墙，警械整齐摆放，对新装备的警车等精心养护，干警住房得以协调解决……1993年，毕节地区检察分院计划财务装备处被评为全省先进集体，我本人也被评为全省"十佳后勤标兵"。我出席了在贵阳召开的全省检察机关表彰大会，向大会作了先进事迹介绍，喜滋滋地领回了一块先进集体的奖牌。我佩戴着"十佳后勤标兵"的绶带同省院领导合影，那高兴劲儿可想而知！

与此同时，最高人民检察院授予贵州省人民检察院毕节分院计划财务装备处先进集体铜牌奖，并颁发我处奖金8000元。我深知，荣誉是党和人民给予的，它不仅仅属于我个人和计划财务装备处，更属于毕节检察分院这个团结向上、积极进取的大集体。

我无比珍惜检察官生涯中的点点滴滴！我无悔曾经是一名检察人！

这些年，亲眼见到毕节市人民检察院的现代办公高楼又在金海湖新区拔地而起，从当初的一穷二白到如今的欣欣向荣，案件信息查询、统一业务系统应用、加强信息化建设等举措走在了全省检察系统前列。2014年，检察分院得到最高人民检察院文章宣传和通报嘉奖；职务犯罪侦查一体化模式、立体化预防平台建设、行政公益诉讼探索等工作，成为贵州检察系统的一面旗帜；多媒体示证、电子物证实验室和远程视频审讯等电子检务工程建设迈入全省先进行列……毕节市人民检察院的变迁，用"日新月异"来形容，一点也不夸张！

作为一个老检察官，眼看一批批有知识、有文化、有理想的年轻检察官成长起来，将老一代检察人精神发扬光大，我倍感骄傲和自豪！

（作者系贵州省毕节市人民检察院退休检察官）

等那风雨后的彩虹

蔡 涛

今天，2020年3月29日，是民警兄弟姐妹们再次封闭入院后连续执勤的第42天，也是接到命令放弃休假回所的第63天。

疫情起初，谁也没料到情况会这般严峻，大家把这个病毒看得太轻了。1月27日，根据上级要求，所党委紧急召回了春节休假民警，实施全封闭管理，禁止一切人员进出，并对场所进行全面消杀。归所前我还思忖着，回所加班顶多半个月就可以休息了，因而也没带太多的换洗衣物。

随着时间推移，形势越来越严峻，我们意识到短时间内回家是不可能的了。除了坚守别无他选。执勤备勤之余，大家都戏称，外面到处都不安全，只有监管场所是最安全的，我们也如是自嘲。直到个别兄弟省市的监管场所出现疫情，大家才认识到我们监狱戒毒所也是抗疫的重要战场，我们再也不能自诩为全世界最安全的地方，我们就是疫情防控的最前沿，我们要坚决做到的，就是在这个大家看不到却异常瞩目的高墙院内战斗到疫情结束，然后奏响凯旋的赞歌。

这就是一场战斗，但是我们无畏！

这次封闭入院，作为戒毒所教育矫治科唯一入院的民警，除了做好日常教育活动的安排、组织外，我还肩负着院内这群最可爱的人的宣传报道工作。记者媒体们看不到高墙院内发生的一切，我这个小小的通讯员就充当起了他们的眼睛。

不说今年即将退休却仍然坚守一线值班备勤的阳叔凌晨3点晕倒在工作岗位上仍不言弃，不说结石发作疼痛难忍的剑哥和血糖一度飙高到20.7且结石反复发作的柳大在坚持吊完水后继续坚持工作，单是那几个初为人父的年轻小伙，每天只能在执勤的间隙和家人视频连线，眼泛泪光，这种奉献精神就足够让我动容了。即便有人私下吐槽值班太累，但第二天他仍能够精神抖撒地出现在执勤岗位上。

63天，顽强坚守！

就是这样一群不为人知的戒毒民警——坚守、无畏、奉献！我因此有了数不清的素材，疫情期间，我一共发表了通讯报道8篇，累计报道先进事迹25人次。

疫情起初，我和同事们一道创作了一首抗疫歌曲《可爱的人》，反复打磨，在领导和同事们的大力支持下录制了出来。起初是临湘电视台把这首歌制作成城市版的抗疫歌曲MV，上报给省文化厅组织的抗疫文艺作品评选。后来，为了更好地宣传咱们的抗疫工作，宣传咱们这群可爱的人，我们拍摄了上千组镜头，边学习边剪辑，制作出了岳阳市强戒所版的MV，先后被湖南省戒毒管理局、湖南省司法厅官方公众号发布和转发。目前，这首抗疫歌曲的全网视听量已经近百万，我为自己所在的这个集体感到自豪。

今天的雨很大，犹如疫情刚暴发时那几天一般大。

早起查完班，这双在疫情期间踢烂的鞋底已经完全被大雨浸湿了。望着这双湿透了的制式皮鞋，我发愁，愁的是不知道还有多久才能结束高墙院内的封闭隔离管理，然后换上新鞋，更愁的是当初是穿大棉袄来的单位，疫情结束时该穿什么衣服回家。

杰哥戏称："我要是喜欢，六月天我也穿大红棉袄。"

是啊，衣服鞋子这都不是事儿，正如《可爱的人》歌词里唱的："风雨后，有彩虹，为了爱，新生……"

这场雨终将会停，这次疫情也终将会结束。这座城市历尽了千辛万苦，终将迎来风雨后的彩虹，终将凤凰涅槃浴火重生。

同事们都还没喊累，我也还能继续坚守。我坚信，希望的曙光就在不远的前方，我等，等一场风雨后的彩虹。

（作者系湖南省岳阳市强制隔离戒毒所民警）

"抠门"的老乔

胡 旭

我们单位的老乔整天乐呵呵地,好像从来没有烦恼和忧愁。

老乔喜欢夸奖人,许多时候夸得人有些受不了。遇到他,总能给人一个好心情。

屈指一数,老乔退休已12年了。那一年,恰逢建监50周年,监狱在九月组织一次隆重的庆祝活动。遗憾的是,他在之前到了退休年龄,办了手续就离开单位,回渭南老家了。那段时间,表面看起来老乔依然如故,整天还是乐呵呵的模样,其实稍加留意就会发现,他眼里不时闪现出一种离别的神伤,精神也远不如从前了。

改革开放初期,全国兴起文化学习热潮,大家纷纷参加自学考试,老乔一口气读完14门功课,顺利过关,成为监狱第一批通过自学考试,拿到法律专业大专文凭的几个干警之一,其中数他年龄最大。

在单位,老乔的节俭是出了名的。一碗面里倒点酱油、放点盐,或两个馒头就大蒜,就是一顿饭。常年一身警服,穿得颜色发白,衬衣领口都磨烂了,也舍不得换新的,十分扎眼。当行政保管时,把一本稿纸从中间劈开,当作两本来发;领导批的东西,从他手里一过,也得省着发,无论人家说什么,也无济于事。有许多人认为他太抠门,更有甚者当面说些风凉话,他也不介意,总是乐呵呵地一笑了之。

老乔的"抠门"有个特点,舍得出力,不舍得花钱。在招待所当所长时,一点架子都没有,服务员干的他都干,服务员干不了的,像修理门锁、挂门帘、钉窗纱、绑拖把,甚至疏通下水道之类,他也都干。在他的眼里,能修的就修,可省的就省,指望买新的或者花钱找人干,门都没有。他调到办公室负责单位各类证照办理工作,每次年审缴费时,好像要花他家钱似的,总要与人家软磨硬泡,想方设法尽量争取少交点。晚上,只要办公楼里的走廊黑灯瞎火,大家都知道，那一定是老乔在值班。他值班，不但恪尽职守，而且操心楼上的水电，有人前脚打开走廊灯进办公室，他后脚就跟上关掉，还要再看看卫生间水管关好了没有，一晚上楼上楼下能跑几十趟。有一年冬天，一个深夜，看到一个办公室里一直灯亮着没动静，他以为里面没人，急得团团转，就把走廊电闸拉了。结果弄得人家值班的没法用电褥子，一夜冻得要命。第二天，气得人家追到办公室里找他。可事后，每逢他值班，还是老样子。

有一段时间，他张口向同事讨要小孩穿过的旧衣服。开始让人琢磨不透，他的孩子都大了，要小孩衣服干什么？尽管搞不明白，大家还是给了他许多。后来知道了，原来老乔有一次回老家，看到农村人经济远不如城里人，便想向同事要些不穿了的旧衣服，送给农村亲戚。于是，大家就把不穿的衣服都给了他。他高兴极了，每次回老家，都是大包小包的不亦乐乎。

老乔工作一辈子，在矿上每遇同事家里婚丧嫁娶，都要前往"随礼"表示心意，"随"出去的"礼"无数。许多人还等他给两个儿子办婚事时还"礼"，他却不声不响地在孩子单位把婚事给办了，退休时处理掉房子，一走了之。

老乔退休走得利落潇洒，这么多年再没回来过。可单位的人都还记得他，经常打听他的近况，提起他的"抠门"，赞叹他的节俭。

（作者笔名牧石，系陕西省崔家沟监狱民警）

追光者

黄丹丹

刚刚还沉浸在辞旧迎新的欢快喜悦中，却未曾想，一场猝不及防的新冠肺炎疫情，将全国人民推进了苦难深渊。由于其极强的传染性让国人闻之色变，一时间全国各地都纷纷宣布进入一级响应状态，很多省份在党中央的部署下紧急动员医护人员奔赴疫情区域。

这是一场没有硝烟的战争，考验的是每个人的善良，同时考验的是每个人的灵魂。从全国医护人员、志愿者全力抗击疫情，再到整个中国动员起来与疫情抗争，全民族吹响的是慷慨悲壮的冲锋号。

监狱实行封闭值勤模式，从部署到执行，行动迅速而坚决。江苏监狱系统根据省局的统一部署，迅即合理调配警力排班，唯一的目标就是不让监狱成为疫情的侵害之地。

作为一名退役军人、一名共产党员、一名监狱人民警察，坚决站在工作岗位上，认真履职，响应党和国家的号召，就是我践行社会主义核心价值观的应有之举。

今年，我是作为单位轮训民警参加南京女子监狱的轮训，没有想到，原先在部队中的紧急拉练，如今变成执行一级响应的措施。以前在部队，身着橄榄绿，是军人的职责与使命；如今身穿藏青蓝，是警察的荣誉与担当。衣服的颜色可以变，身份可以变，但是作为共产党员的初心与使命不能变。

作为从未在一线执勤过的监狱工作战线的"新兵"，对于管理罪犯、监区工作一无所知，如今要深入一线封闭执勤，对我来讲是从未有过的考验，我一定要通过这场考试，交一份合格的答卷。

有朋友和我开玩笑，网上说我们这里是最安全的地方，其实他们又怎知道，"最安全的地方也是最危险的地方"，人群的高度密集、人员身份的特殊，需要我们以"万无一失，一失万无"的谨慎全力应对。

不知从何时开始，"逆行"成为负重前行的代名词，现今无论是在疫情一线的医护人员，还是在执勤一线的公安民警，抑或是严防死守的社区人员，在大灾大疫面前，他们从不缺乏面对的勇气，我们也一样！

作为监狱民警，我们职责在身，使命在肩。

在封闭值班的这段时间，我来不及体会所谓的新鲜感，因为，全国每日公布的确诊人数，让我觉得工作的紧迫感与重要性。看着监区姐妹们忙碌的身影，体会到的是作为女子监狱人的不易，作为监狱人民警察的不易。

基辛格在《论中国》里面写道，"中国人总是被他们中间最勇敢的人保护得很好"。

现在，我有幸成为了那些"最勇敢"的一员，能够在特殊时期与姐妹们一起经历史无前例的考验，对我来讲是一笔财富，更是值得铭记一生的荣耀。

黎明的曙光终会穿越黑暗，我们会继续坚守初心，逆风前行，做迎接胜利曙光的追光者。

（作者系江苏省盐城监狱民警）

英雄就在身边

吴志毅

自从1998年军校毕业分配到海南工作后,由于部队战备任务重,20多年来,春节时期我基本上很少回江西都昌老家。今年春节前夕提前向所领导申请,得到几天的假期,我喜出望外。不想腊月二十七到家后的第二天,就传来武汉由于新冠肺炎疫情"封城"的消息,我心里无比沉重和揪心,这可是从小到大从来没有听说更没有经历过的事!

很快,家乡封路了,村里不进外人了,单位实行封闭性管理了……不行,照这样下去,如果等待假期结束,可能封路封航,就回不了海南了。于是,我改签机票提前回琼。正月初四到海口,跟单位领导汇报后,按要求实行居家隔离。

从电视网络等媒体得知新冠肺炎传染性很强,返程中我是眼镜、口罩、手套等装备全副武装,回家后不出门、不聚会,在家里躺着就是为国家做贡献。但从微信工作群里看到单位领导、同事都在忙着"抗疫",而自己像个"废人",很是无奈和无助,有种"想帮忙却被人拒之门外"的感觉,又一想:不居家隔离,不自行隔离14天,谁能证明自己是"健康"的?!作为特殊场所,一旦疫情没有阻击好,后果不堪设想。再一想,反正是分批进行封闭性管理值班执勤,自己编入第二批也是一样的。"做通"了自己的思想工作后,我就一心一意在家待着"躲疫情"。

人的思想有时会很矛盾,以前工作很忙时很希望休息休息,现在"闲"了下来却希望出去工作,特别是闷在家里四五天后尤其烦躁,吃不香,睡不着,坐不住,看(书)不下。

家里有四大名著藏书,印象中《红楼梦》好像没有从头到尾看过,打开一看,实在看不进去,找出《羊皮卷》,勉强翻看几页。总之,就是百无聊赖,空虚无助，很想出去走走，不过马上提醒自己：不怕一万就怕万一！就是邻居，也有意回避会面。为此，我还在微信朋友圈里说出自己的封闭感悟：世上最远的距离莫过于——你我均在阳台，却彼此不说话。

居家隔离的日子，关注单位微信工作群，有时偶尔干一些上传下达、电话联络的工作，有一点点的充实感和成就感，其余更多的是看电视、手机，关注着疫情变化，看到全国确诊和疑似病例数字一天天在增加时，很是着急和担忧。

一方有难，八方支援。全国各地都派出医疗支援队奔赴武汉抗疫，特别是那些可敬的"白衣天使"们奋不顾身地，冒着生命危险，挺身而出，逆风而行，奔赴在抗"疫"第一线，挽救了成千上万个生命，挽救了成千上万个家庭。他们从一般的医护工作者、普通的"凡人"，成为人们心目中的"英雄"。人们感慨和赞叹：世上没有从天而降的英雄，只有挺身而出的凡人。对这句话，我从孩子的同学杜贞乐的妈妈的事迹中得到深刻的感悟。杜贞乐的妈妈是海南省人民医院护士，大年初一，她舍小家为大家，奔赴省人民医院传染重症负压病房，救治肺炎重症患者，随时随地都有被感染的风险。每天凌晨4点，身着厚重防护服，开始连续5个小时的高强度工作。为节约防护服，她5个小时不吃食物、不喝一口水，到现在已经在医院连续工作30来天了，没有回过家。她的先进事迹被《海南消防》等媒体宣传报道，同学和老师们都为有这样的家长感到骄傲自豪，在班级群、朋友圈纷纷点赞，尊称她为"英雄"。

再放眼我们监所，看看我们身边的同事战友，不也是有许许多多舍小家顾大家，如"杜贞乐的妈妈"式的"凡人"，他们在疫情面前选择了逆风而行，坚定地履行了职责，有的是夫妻两人同上阵（同一个监所），有的是夫妻双方都在抗"疫"一线（一个是警察、一个是医生），有的是把年幼的孩子都托付给了老人，有的是下狠心提前为孩子断奶……他们都是平常的"凡人"，但在国家困难、人民需要面前，没有辜负"人民警察"这个伟大称谓，努力把"平凡"的事做好就是"不平凡"，他们就是人们心目中的"英雄"！

正是因为全国有无数个这样的"凡人"、有无数个这样的"英雄"，新冠肺炎这个毒魔才慢慢败下阵来。

我们相信,疫情很快就将过去。没有一个冬季不可逾越,没有一个春天不会到来。我们总将拥有艳阳天!

(作者系海南省罗牛山强制隔离戒毒所民警)

山水篇

浅读厦门

杨筱英

作为西北黄土高原的土著，海滨城市对我而言总有着无法抵挡的诱惑，厦门，便是其中之一。

向往了许久，迎着初夏的清风，来到美丽的鹭岛，赏读这里别样的风光。

去往市区的路上，或金黄、或深红、或粉白的花儿，令人目不暇接，这些花儿开得密密实实、如火如荼，以极大的热情欢迎每一位到访厦门的人。不时在眼前掠过的一只只白鹭，美丽端庄，优雅大方，犹如身材高挑的知性女子，这里是名副其实的鹭岛。厦门的东道主除了人，就是这些美丽的白鹭了。

鼓浪屿，是厦门独具魅力的一张名片，来到厦门，鼓浪屿是必去之处。20世纪20年代，英美法等西方国家的传教士来到鼓浪屿，修建教堂，成立学校，这里早早就受到了西方思想观念与生活方式的影响。岛上弹钢琴的人很多，钢琴博物馆、音乐学校声名远扬。郑成功高大威武的塑像矗立在鼓浪屿的码头，这位收复台湾的民族英雄，被民众铭记于心，永远缅怀。

鼓浪屿流传的爱情故事里，最感人的当属文学大师林语堂先生的爱情：林先生的妻子是鼓浪屿富户之女廖翠凤，先生结婚后便把结婚证烧掉了，他说结婚证只有离婚才用得上。岛上的美景与林先生对爱情的无限忠贞，吸引了不少新人在此拍婚纱照，祝愿他们的爱情也像林先生的爱情一样幸福美满、天长地久。

小时候听《鼓浪屿之波》，被宛转悠扬的曲调打动，再长大一些，读《致橡树》，知道了居住在鼓浪屿的诗人舒婷。

舒婷有一篇文章，记录了她与即将外出上学的儿子的对话："希望你领回来一个女朋友。"

"我不领回女朋友，我要抱回来一个小 baby。"

"呵，那我更乐意！"

母子之间轻松愉快的对话令人莞尔。

毓园，是为纪念我国妇科医学的奠基人、鼓浪屿的好女儿林巧稚大夫而专门修建的。林巧稚终生未婚，没有自己的孩子，却亲自接生五万多名婴儿，她是众多孩子的母亲，为中国的医学事业付出了毕生的心血。

鼓浪屿面积不大，古朴幽静，温馨浪漫。漫步在青石铺就的街道上，欣赏中西合璧的各种建筑，还有不时在耳边流淌的钢琴声，心绪不由静下来、慢下来。这里，需要用脚步慢慢丈量，更需要一颗不疾不徐的心来慢慢品味，细细思量。

几次坐车从厦门大学门口经过，平常学生上课，不能参观，周末又适逢校庆，只能遗憾地外观这所我心目中高大上的美丽校园了。陈嘉庚先生创办的厦门大学、集美大学，为国家培养了大批的优秀人才。先生在海外打拼多年，事业成功后，深情回馈乡梓，厦门市政府修建了"归来堂"，感念先生对家乡教育事业的一份赤子之心。"爱国华侨领袖"，先生无愧于这个称誉。

中山街、曾厝垵作为厦门代表性的商业区，是外地游客必去的地方。中山街时尚、繁华、现代，是厦门的商业龙头、经济中心。曾厝垵作为曾经的渔村，随着城市建设的步伐，发展成小吃种类繁多的现代商业区，不少建筑是南洋风格的"番仔楼"，一座座番仔楼，叙说着一代代华侨曾经的付出与收获，记录着一个个光阴的故事。

如果说中山街是厦门的大家闺秀，曾厝垵无疑就是小家碧玉了，两个商区各自成一体，又相互呼应，共同为厦门的发展贡献着力量。

厦门岛上不乏巨石。我和朋友居住的是一家名为"旧日时光"的民宿，一进门，便惊住了，偌大一块石头，不！应该是母子相连的两块石头，从一楼大厅矗立到二楼。巨石本来就在这里，还是搬运而来？我们好奇，温文尔雅的民宿老板缓缓道来，巨石一直就在这里，房子是围着石头盖的。我不禁浮想，"旧日时光"，是对世世代代居住的这片热土的感怀，怀念这里的沧海桑田，怀念这里的风风雨雨，怀旧以思新，更要过好今天的生活。

转悠累了，街边一碗当地特色的沙茶面，麻辣鲜香，滋味悠长，刚好抚慰焦渴的肠胃。街边随处可见的芒果，价格实惠，甘甜爽口，令人唇齿留香，完全颠覆了我以往对于芒果不甚香甜的偏见。美食、水果温柔地化解了那份初到异地的生涩。

黄金海岸大道上，高大挺拔的椰子树整齐地矗立在路旁，像忠诚的卫士守护着这个美丽的城市。这里清新无比的空气，南国风格的椰风海韵，不由得让人深深陶醉。

海滩上，我们几个友人，像冲出教室的小学生，激动兴奋之余拍照留念，赏碧海蓝天，听波涛阵阵。深邃的大海、辽阔的大海、苍茫的大海，你到底隐藏了多少秘密，让人类不能停下对你的探寻。

不远处的岛屿就是台湾的金门大旦二旦岛，竟然离得如此之近！"一国两制，统一中国"八个醒目的红色大字矗立在海岸边，心中不由感叹，台湾，本身就是中国的一部分，是和我们同根同源、骨肉相亲、血脉相连的一家人。

作为旅游城市，厦门是漂亮的、优雅的。然而，瑕疵也在所难免，景区门口身体残疾的乞丐随处可见，不由得让人心中戚然。这是城市发展中外露的伤疤，需要修复，需要完善。但愿下一次来到厦门，映入眼帘的是更漂亮、更人文的美丽鹭岛。

（作者系陕西监狱罪犯职业技能教育监督管理所民警）

重上飞来石

田长锁

自疫情以来，海南的监狱实行封闭隔离备勤执勤模式。长时间的连续封闭值班，使自己对外面的世界无比憧憬和向往。

封闭值勤期间，再读《红楼梦》对这石头记又有了更深层次的理解和感悟，看罢确实是一把辛酸泪。电视连续剧《红楼梦》片头中的那块神姿仙态的"飞来石"，它就在被称着"海南第一山"的东山岭上。入秋以后，疫情防控形势向好，居家轮休的要求也随之宽松。于是，说走就走，欣欣然来了一场一家老少游。

东山岭顺山势而上依次建有气势恢宏的寺庙佛殿，最为壮观的要数山顶上常年有人伺奉添油上香的潮音寺，远远望去仿佛一顶金光闪闪的皇冠镶嵌在蓝天白云间，佑保苍生，泽被天下，看见就让人敬畏肃然。

在万宁的时候，曾两次登临浏览过东山岭和飞来石，因为是抬眼即见、抬足即登的地方，所以并不觉得有什么稀奇、价美之处。

而当离开万宁后，每当谈及万宁时又总要把东山岭和飞来石搬弄出来，好像所有的人和事都绕不开她，好像万宁都在围绕着她转，其实不是万宁在围绕着她转，而是她已成了万宁的一张名片，或者说一颗瑰宝镌刻在每一个曾经生活在万宁的人心上，所以一说起万宁，首先就得提起东山岭和飞来石，而一说到东山岭和飞来石就又有一种引以为傲的感觉。

入秋时节，但山色和路花却不减春夏，人们还是像往常一样从万宁北师大附中大门口进入公园拾阶而上。

阵阵山风吹来，清凉飒爽，荡尽心中凡俗污秽，满眼红花绿叶，凝露滴玉，清香泌人心脾。竹影婆娑，松针掩映下青云晨雾造就了一幅清明写意的风景，摇招着诗和远方！

当人们不禁为自己的直奔而忽览沿边风景而悔恨，也更为这么多年的勇往奔跑而痛惜时，想起在万宁的生活，心总是清纯明丽。累了可以感受菊河那冰清玉洁的滋润；苦了可躺在太阳河岸边的长堤上点数星星，遐想一下对岸星空下田野里的风景；愁了可攀爬东山岭把心中的愁苦和烦恼对着飞来石尽情吼叫，应山歌会人云亦云地一一作答。虽然回不到往昔，但却为发现了路边别有的风景而高兴！

渐行渐远地万宁城区被登山人甩在了身后，一个劲地往山顶峰飞来石攀爬，周边一路的风景从未用眼扫视目击，到折叠蓬莱香窟稍做休息时，在凳子边的草丛里可以看见鲜艳夺目、滴滴玉坠绽放的野花，不禁会想起一位万宁摄影爱好者在互联网上传的东山岭的美景图片，他用竹叶、松针、石凳、台阶、通道、云雾、晨光、露珠、野花、护栏、古砖等这些一路上随眼即见却又被人们忽视的东西呈现出东山岭的另一种内在的感观美。

伫立山顶，极目远眺，莽莽无量，峰峦叠翠，远山青黛，郁郁葱葱，一幅山中有画、画中有山的图景应运而生。

回头鸟瞰风光旖旎、景色秀丽的万宁城区，芳容尽收眼底：一马平川的万宁海湾海风推搡着油绿清波翻腾，蜿蜒曲折的太阳河似一条随风飘逸的玉带缠绕着万宁城，也缠绕着人们归去来兮的心。

重上飞来石，已然不是当年的追风少年，但飞来石还是当年女娲补天时所遗漏的灵石。

高处风景好，登高不胜寒，人亦是如此，有时虽不能爬到制高点，但只要过好每一天，活好当下，家人在侧，就是快乐和幸福。

（作者系海南省美兰监狱民警）

飞越千山

胡少元

草原、沙漠、雪山,和那远古的呼唤,陪伴我来到广袤无垠的大西北,来到有"戈壁明珠"之称的乌鲁木齐。

世事变幻,疫情变化,但挡不住我对色彩斑斓壁画的想象。我穿越神奇俊秀的独库公路,登临如诗如画的天山天池,猎奇古老的"地下引水工程"坎儿井,饱览准噶尔盆地上灿烂的五彩城,徜徉一望无际的巴音布鲁克草原,沉醉在伊犁薰衣草的花海中。

画是美的,境是醉的,蔓展在时光隧道上的情感,闪烁着唤起记忆的光亮。我打开尘封已久的相机内存卡,惊喜地发现,从武汉天河机场来乌鲁木齐的航程,清晰地记录着飞越的轨迹,消失的时光,一帧帧在眼前重现。

大漠之心,从飞机上天的那一刻就有了。机翼掠过苍茫的云海,翱翔在天空,原来仰望的白云,像棉花一样在身下铺展,我的心同背包里的单反相机一起跳动。

飞机平稳飞行后,我幸运地换到了靠窗的座位。透过机窗玻璃,视野里笼罩着一层薄薄的云雾,梦幻般展露着苍翠的荆楚大地。蔓延的山峦,绿色的平原,灵秀的河水,还有牵挂的心事,挥手之间,渐行渐远。

心因高远而笃定,境因空阔而幽美。天空看天,天外飞天,上面一尘不染,蓝得耀眼,下面壮美雄奇,变幻莫测。那一座座从平原凸起的青山、高原,被一只神秘的手,错落有致地镶嵌在绿色的画布上。黄色和灰青色交织的山川,散发着勃勃生机。千里山河身下过,万里情怀随翼飞,此生此行,何其壮阔,何其雄伟。

告别高原,飞机奔向苍莽的高山。起初高峰上只有几缕雪线,洁白无瑕,熠熠生辉。接着雪线铺展、蔓延,逐渐将山体淹埋,把山峦变成银白色的世界。高峰上的云朵也变得娇滴滴,像含情的面纱一样湿淋淋地在那里留恋。

那是一种悲壮的美，冷艳的美，沉静的美。一条横穿山岭的路上，雪峰望着雪峰，雪被连着雪被，山石露出的褐黑色面目，威猛，生硬，铁一样冰冷，利器一样闪着寒光，在阳光下傲视群山，古朴凝重。让你在惊愕间感受到千年雪峰的沧桑、豪壮与绝世的霸气。

山再高，道在其中攀升，山再大，路在其间延伸。千古的慧光在山道上灵动，指引着我们向前，沿着云烟的翅痕，顺着山间的河流，进入柔软无边的草原。

草原如碧湖一样安详。静静地躺在群山环抱的摇篮里，在绵延中起伏，在伸展中荡漾，在梦幻中翻滚着诗意。青草从容地欢送风走，热情地迎接雨来，笑盈盈地看着阳光。静态的风景，浪漫的情意，天使般的青春，让人如痴如醉。

越过高山，便踏入沙的王国。满眼是风抚摸的痕迹，到处是风走过的印迹。空旷的荒野，只能听到风沙的低吟。吟颂炼狱后的坦然、尘嚣后的静穆、风沙狂舞后的纯净，仿佛看到风雕的脸上露出的微笑。

走出沙漠，心游走在蓝白相间的村镇，感受着古朴与空旷的大漠风光。那纵横驰骋的高原，那清新碧绿的水库，那蜿蜒流淌的河流，让心久久游弋在广袤的疆域上。

"看，天山！"随着一声喊，机舱里的空气顿时活跃起来。博格达雪峰如一艘洁白的巨轮，倾出漫天的光亮，徜徉在莽莽苍苍的天山山脉；如梦如幻的天池，散发着柔柔的仙气，露出那惊艳的芳容；连绵不绝的群山，冷峻而沧桑，峥嵘而神奇，惊亮人的眼。

心，触摸了天涯，坦荡如苍；人，站在了天山脚下，走进规范有序的闹市，感受了山河的血脉与草木的温度，平静如水。

大地辽阔，世相迷离，我们亦常常在如烟世海中丢失了自己。如果不是隔离，这些尘封的照片可能永久遗忘，也可能在某个失意的夜晚醒来，拨开凡尘缭绕的烟火，追寻疆鄂一渡。那时才能感到上天在静静地看着自己，以风的相送，以云的相望，以光和声的轻响，以天高地远和时间的温馨与浪漫，让自己从那寂寥的时空中听出回响，感受大美中国天外有天的神妙。

宇宙之大，世界之广，不同的维度，有着不同的感受。维度越少，生活的空间就越趋向扁平，凡尘就越密密麻麻重合在一起。维度越多，生活就越丰富多彩。思索的位置，决定了思索者的深度；审视的高度，决定了审视者的温度。

把我们带向未来的是飞翔。雄心之下，其实是一片空旷，除了希望，就是深邃温润的情怀。

（作者系湖北省沙洋平湖监狱民警）

请来海南看大海

周东风

大海，对于多数人而言，是神一般的存在。

文人骚客笔下是一种风味，才子佳人往往是浪漫情怀，渔村渔民则是痛爱相随。

大海，首要是看。所以很多人老是说去看大海。只怪老祖宗创造的中华文字太过丰富，一个"看"字，就把向往大海的心情、领略大海的丰采、感悟大海的神韵、探究大海的秘密全部勾画出来。但也因这个"看"，又体现的是过客的身份与心态。

我，来自湘西北山村，18岁那年第一次看大海，是穿上水兵蓝的第二年。在虎门沙角完成由民到兵、由普通兵到专业技术兵的转变后，被分到海南三亚某军港。那是我第一次看到大海。

记忆中没那么兴奋。站在军舰前甲板眺望，海上一片平静，海水很蓝、很清。很毒的太阳照射在身上，一会儿就感到火辣辣的。但照在海面上，却好像很温和，偶尔有微风，还金闪闪的。打破海面平静的是水中的"傻瓜鱼"和海面上飞翔的鸟，来回折腾着平静的海面泛出小小的浪花。

尝尝味道是必须的。很多诗人常写捧一瓢海水、拘一簇浪花送人，那真的很浪漫。其实，海水的咸味与海风掀起浪花的腥味，一般人真受不了。有一年，我从南沙回来，带了海鲤给朋友，他后来给我来句，弄坏了锅碗瓢盆，我很是有些怒意但也能够理解。

正因是看，所以一定要极目远眺。只是无论是极目楚天舒还是更上一层楼，你看到的就是海。当然，也许你的眼中，会看出很多不一样的色彩来，会看出很多不一样的味道来，会看出很多不一样的景象来。但在我看来，海就是海。如果你远航过，去过咱中国南海的西沙、南沙，那海就更是一望无际的海，那海水也一定由蔚蓝变成深蓝。

因为是看，所以你很难有战风斗浪的艰辛历程。

我在从军中经历了1990年的一次特大台风，那万吨级的军舰犹如一叶孤舟，那艰险，文字无法描述，幸运的是，我们赢了，活着回来了。1995年，我随舰参加南沙战备值班任务，历时183天。舰艇多数时间在海上锚泊，要那时给你看大海，就会把你所有的好心情都看没了。后来又经历过一些台风与随舰远航，但时间不长且危险度都低，那就经常看看舰艇在海上犁出的灿烂浪花，欣慰着国家海军装备的迅猛发展。

如今，海南正建自贸港，这大海更有看头了。

来吧，来海南看大海，当然啦，最好是不仅要看，更要在海中斩风踏浪，体验海的神韵风采，也尝尝斗海艰险。相信你一定会是海南看海人中的胜利者。

来海南看大海，我等你！

有点小遗憾，因抗疫封闭，一张照片没有。

来海南你自拍的，会更靓更美。

（作者系海南省海口监狱民警）

河西走廊纪行

刘应尧

我对河西走廊，一直非常崇敬和敬仰：这是一块富有传奇的土地和热血大漠。半个多世纪过去了，但是，红军浴血河西走廊的故事依然鲜活；王震将军率西北野战军沿河西走廊徒步挺进新疆的背影依然清晰。还有那一首首荡气回肠的边塞史诗，依旧回响在古战场的云霄……

那一天，乘坐的轿车穿越乌鞘岭，驶进茫茫的戈壁，一路向西奔去。此时身心早已放飞在河西走廊千里戈壁之中。放眼眺望，祁连山峰已白雪皑皑，秋风萧瑟的"银武威""金张掖"在夕阳的沐浴下，宛若身披金丝衣裙的新娘。

武威古称凉州。自唐朝以来这里就是边塞诗人饮酒赋诗的地方。因中国旅游标志物"马踏飞燕"出土于武威雷台汉墓，从而使这座古城更具魅力，且闻名遐迩。张掖处在河西走廊中部，汉武帝时在此建郡，取"断匈奴之臂，张中国之掖"之意，是著名的河西四郡之一。

位于"312"国道旁的山丹县长城保存之完好在国内实属罕见，是用泥土夯成的徒步行走怀古的好去处，有诗形象地形容这一段长城，说它"像一根蜿蜒的贵族腰带流落在民间，像挂在祁连山下浩浩马场上的一只遗弃的马鞭"。

这块当年红军血染的红色土地，在改革开放后的今天，已发生了翻天覆地的巨大变迁，正焕发着勃勃生机，红军先烈若有感知也会为之欣慰和感叹，那一望无际茫茫戈壁是他们万古长存的胸怀，那一丛丛灌木是他们生命生生不息的化身。此时，我恍如看见浴血高台、血染倪家营子与敌奋勇拼杀、悲壮阵亡的千余名红军官兵正手捧鲜花欢笑着、跳跃着，向这片他们浴血奋战过的土地奔跑而来……

酒泉是河西走廊之行脚步停留较长的地方。车到酒泉已是下午，顾不上旅途疲惫，放下行囊便去"西汉酒泉胜迹"公园游览。公元前121年，汉武帝派骠骑将军霍去病西征匈奴，大获全胜。汉武帝从长安赐御酒一坛犒劳将军，霍去病认为功在全军，于是将酒倒入泉中与将士取而共饮，从此"酒泉"美名流传至今。古酒泉流淌至今，已有2100多年的历史，它是汉王朝凿空西域、开疆扩土的历史见证。

因是深秋时节，公园内十分冷清。步入公园正门不远处可看见古酒泉现存遗址。清澈的泉水从泉眼不断涌出，然后流进前方的湖泊中。

在古酒泉的前方和天然湖泊的中间空地上，有一组大型石刻雕塑群。雕塑群画面恢宏壮观，人物栩栩如生。雕塑画面是无数西汉将士簇拥在大获全胜旌旗下的霍将军左右，各将士手持酒杯开怀畅饮的壮观场景。驻足雕塑群像前，思绪仿佛回到了远古战场。喊杀声、马嘶声和战鼓咚咚声，不绝于耳……

公园内湖泊岸边的柳树、胡杨、沙枣树形态各异，依水而生的茂密芦苇，弯着婀娜身姿倒映在湖面。它们与飘落水面的秋叶，构成了一幅水天秋色油画。

酒泉给我最深印象的是它的绿化。尽管它是一座戈壁城市，但它的大街两旁和环绕全城的全是林荫长廊，这一切怎能不让人怀念左宗棠。左宗棠调任陕甘总督及任钦差大臣的14年间，曾两次驻节酒泉，督办新疆军务。1876年，左宗棠第二次驻酒泉大本营，同年10月奉命回京路过酒泉，他从陕西出发，进军新疆。沿途修路架桥，植树造林。有资料记载"自泾州以至玉门关道种柳，连绵数千里，绿如帷幄"，这就是人们称颂的"左公柳"。左宗棠两次驻节酒泉期间拓宽城市道路，种植杨柳。自己捐重银修葺酒泉公园，疏浚湖泥，环湖筑路，树轩置亭，栽花种树，美化公园环境。

其中有一件小事，足以说明他对植树造林的重视和对破坏树木行为的严惩。一天左宗棠微服出巡，发现乡民骑驴进城将毛驴拴在树上，而毛驴大啃树皮，无人过问，故将这头毛驴牵到鼓楼杀戮，悬首示众，并当中宣布"从今后若再有毛驴毁坏树木，驴和驴主与此驴同罪，格杀勿论"。从此，城内树木得到保护，长势旺盛，郁郁葱葱。左宗棠的好友杨昌浚应邀西行至酒泉，见驿道两旁杨柳成行，所到之处绿树成荫，触景生情，吟诗道："大将筹边尚未还，湘湖子弟遍天山。新栽杨柳三千里，引得春风度玉关。"这首诗道出了左宗棠植树造林的真实情景，成为流传甚广的佳句。

离别酒泉，热情好客的朋友带我去游览向往已久的嘉峪关长城。嘉峪关城楼是明代长城的最西端。城墙之上有东、中、西三座城楼，在夕阳照耀下，巍然对峙，蔚为壮观。城楼设计十分考究，它由内城、外城、楼阁和附属建筑组成，易守难攻，固若金汤。登上城楼已是夕阳时分，整个城楼和那段伸向陡峭山腰的悬臂长城，以及四周戈壁大漠尽情沐浴在金色的夕阳之中……

站在城楼之上，极目远眺：若隐若现的古长城，连绵不断的祁连山积雪，看不见飞鸟，也没有绿草，一派空旷辽远的萧瑟。这才恍然感悟戈壁瀚海中"大漠孤烟直，长河落日圆"的瑰丽景象。

此时此刻，欣赏着千年雄关恢宏壮观的磅礴气势，面对空旷戈壁和肃穆的祁连山，心情无比凝重和沧桑。怀想和凭吊曾在这块热血大漠上屡建奇功的霍去病、左宗棠、成吉思汗、西路军红军等古往今来的无数英雄……

（作者系甘肃省临夏监狱退休民警）

青海速记

文锁勤

西去青海，一直是个遥远的梦想。偶有数次，连梦都留在青海湖里。

十月金秋，梦想成真。

别兰州，土黄扑面而来，深沟鱼贯而入，高岭一望无际。

起伏如浪的祁连山，就像一条追不上、甩不掉的尾巴，如影随形地突兀在眼前身后。入湟水谷地，光秃秃的山顶，零星点缀着几束衰草，光棍汉似的孤单。汹涌的湟水，紧贴着山根沟槽，挟裹着泥沙土石，穿越山腹，从天际的那头，马不停蹄地奔走过来。河岸，林绿成荫，田陌纵横，村舍成片，牛羊四散，城郭相连，煞有诗情画意，自然是风是水养育出来的高原江南。

西宁又西，地势渐次升高，星星点点的树木，绝处逢生。路侧山体褐青灰淡，幕布一样，低压在头顶，和远远的天边，密实地搭接在一起。牧民在悠闲地收割青稞，黄里透黑的坡地，一块挨着一块，补丁似的勾连成片，又在半山腰嘎然而止，神似女人横卧时圆滑流利的腰段。

男人头着毡帽，在插满盘根虬枝的玛尼堆前歇息礼佛；女人顶包头巾，心有其事地转着经筒吟诵祈祷。畜粪和着奶香，漫延在硬扎扎的风里。小路上，有拖拉机满载收完的青稞，突突地爬坡。远处有黑黑的牦牛悠闲地吃草，有盛大的羊群在自由地撒欢，还有溜光的马儿在草甸水潭贪情地渴饮。

到了日月山，海拔陡然高升，树木全部绝迹，百草成为主角，土黄一望无垠。山脚有牵着牦牛、骆驼、骏马、藏羊的牧人；有手兜玉石、佛珠、经筒、法器、唐卡、古玩的小贩。皆长袖宽袍，毡帽筒靴。高原的主人，以笑脸和盛装，温暖地接迎来客。象征着天空、白云、火焰、绿水和土地的五色经幡，随风飘扬；洁白的哈达，在起伏却又辽阔的高处，织成一个迎风呼啸的圣神阵营。爬上山顶，站在黄土文明与草原文化的分界点，蕃唐联姻，汉藏和亲的神秘面纱，在历史的回溯倒影里哗然揭开。回望日月亭，文成公主远去的背影，依稀还在西行的路上。

入青海湖盆地，太阳突然神秘地出现了，火球一样，闪着灿灿的光芒，烘暖地照在头顶，耀眼的金黄，缭乱了视野。一条笔直流畅的公路，像黑色的流线，划向朝西的远方。

眼中，草和牛羊化身主角。一众前往拉萨朝觐的信众，三叩九拜，一路匍匐，虔诚地用身体丈量高原，嘴里念念有词，像在用心灵与天地对话。

逶迤绵绵的青海南山，清晰可见；雄宏壮丽的大通北山，苍茫杳远；巍峨雄伟的日月东山，巍巍壮观；峥嵘嵯峨的橡皮西山，影影绰绰。近处是马群、羊群、牦牛群；远处简陋的马棚、羊舍、牛栏，若隐若现在没膝的黄草间。

在看不完的枯黄里，西海不期而至。碧澄的湖水，波光潋滟，夕阳洒射在水面，薄薄雾气，恰似一面宝镜，平嵌在高山、草原之间。湖边，扎满密密麻麻的帐篷。女孩、阿妈、黑白牦牛、高头大马，成为游客留恋不舍的模特，骑在马肩牛背上30元一张的费用，馈我世界上最廉价的肖像，一幅幅高原红泛浮传递而出的纯朴和热情，顿生接迎这风这雨、匍匐这光这热的张力。湖畔整齐如画的田间，油菜花黄似金星，细小但繁密，纤弱却壮美，那翻腾和骚动的气象，就像是在热烈隆盛的聚会。

而格尔木，还在青海湖以西远远的前方，传说中那是一个河流密集的好地方，近700公里的遥途，这一次，只能是奢侈的念想。此时，面对浩瀚无垠的大青海，美丽神秘的三江源，遗憾自己和所有人，只能算是匆匆过客。

离开青海时，高原风还在恋恋不舍地挥手致意，油菜花灿灿地微笑着。

我以长久地注目和回望，向高原深情相报。

青海，再见！

（作者系陕西省崔家沟监狱民警）

跨越天山

冯静轩

26年前,我出生在美丽的新疆建设兵团五家渠市。

作为"兵三代"的我非常热爱脚下的这片土地:新疆之大,占国土面积的六分之一;新疆之美,有万顷良田、瓜果飘香,更有浩瀚沙海、银装素裹。

从小我就梦想能像鸟儿一样,离开地面,冲上云霄,前往平时无法到达的地方,俯瞰这片朝夕相处的大地。

一次偶然的机遇,让我实现了儿时的梦想:我乘坐飞机,从乌鲁木齐起飞跨越天山山脉抵达南疆地州。

旅途那天,天朗气清。万米高空上,我从机窗俯瞰到在苍穹的大地上卧着一条蜿蜒磅礴、连亘数州的"巨龙"。这条巨龙就是天山山脉,它巍峨壮美,一眼望不到尽头,连绵不断的白云如同俯卧在其身旁。

天山是一座全长2500公里、横跨四国的巨大山系。新疆深居亚欧大陆中心,处于极度干旱的地带,天山上的近万条冰川,就像巨大的固体水库,储存了大量水源,从这里发源了370多条河流和众多湖泊。水,将这片干旱之地的命运彻底改变,孕育了千万生灵。提到天山,不得不提天山之巅"博格达峰",在海拔5000米级别的高山中,博格达峰的攀登难度排名世界第二。大气环境的变化和频繁的人类活动,加速了冰川消融,为了保护冰川,博格达峰不再对外开放。或许,远眺而不去打扰,才是欣赏它的最好方式。

天山山脉的山顶终年积雪覆盖,白皑皑的群峰雪线下,是蜿蜒无尽绿色的原始森林,白与绿交相辉映般的重叠,如彩虹的绚烂、霞光的耀眼。看着那充满魅力的天山山脉,我体会到一种蓬勃的气势、一种无畏的精神、一种无私的奉献、一种坚韧的信念。让我深深感受到她雄壮的风采,朴素的品格。

俯瞰天山山脉,一段历史在我脑中浮现。沧桑65载,兵团战士们也像"巨龙"一般,展现无畏的精神、无私的奉献、坚韧的信念,他们在万顷戈壁荒滩上兴修水利、开石拓土，战风沙、顶酷暑、屯垦戍边、保家卫国。他们军装虽脱，但军魂犹在，兵团人血脉里流淌着忠诚，骨子里渗透着军魂。沙海老兵们像胡杨一样把根深深扎在沙漠里，就像习近平总书记提出的："心中有了信仰，脚下才有力量。"一代代兵团人展现了"死在戈壁滩，埋在青山头"的奉献精神。

回想现在，作为一名新时代的兵团监狱系统青年干警，更要让兵团精神的激情和脉动传承下去。让兵团事业传承发展，永不变色；让兵团监狱事业薪火相传，发展壮大，时时刻刻铭记"我们从哪里来，要到哪里去"，这样才能不忘初心、牢记使命，更好地完成身上的职责与担当。

俯瞰巍巍天山，心中激起蓬勃的斗志。天山山脉的层峦叠嶂如同遇到的众多困难与挑战，这将考验我们是否有无畏的精神和坚韧的信念。保持一种坚定的信仰，相信风雨之后有彩虹，相信日落之后有繁星。每一次经历，都是一笔财富，每一次历练，都是一种成长。守住初心，不忘使命。

（作者系新疆生产建设兵团第六师新湖监狱民警）

后　记

习近平总书记在党的十九大报告中指出：文化是一个国家、一个民族的灵魂。文化兴国运兴，文化强民族强。没有高度的文化自信，没有文化的繁荣兴盛，就没有中华民族伟大复兴。中国特色社会主义文化，源自中华民族五千年文明历史所孕育的中华优秀传统文化，熔铸于党领导人民在革命、建设、改革中创造的革命文化和社会主义先进文化，植根于中国特色社会主义伟大实践。习近平总书记在教育文化卫生体育领域专家代表座谈会上的讲话中再次强调，"中国特色社会主义是全面发展、全面进步的伟大事业，没有社会主义文化繁荣发展，就没有社会主义现代化"。毫无疑问，司法行政工作文化是社会主义文化不可或缺的环节，是社会主义现代化实现的内在要求，是司法工作文化繁荣发展的必然需求。

为了贯彻党的十九大精神，坚持以习近平新时代中国特色社会主义思想为指导，谋划与推进全国司法工作的改革与发展，充分发挥司法工作在全面推进依法治国中的重要职能作用，大力推进我国司法工作文化建设，推进我国社会主义文化建设，司法部预防犯罪研究所连续三年组织策划、编辑出版了2017年卷、2018年卷与2019年卷《幸福的黄丝带——全国司法干警优秀作品选》，得到了全国广大司法干警的青睐与好评，也深受广大社会读者的喜爱。为此，司法部预防犯罪研究所继续组织策划和编辑2020年卷《幸福的黄丝带——全国司法干警优秀作品选》。2020年卷将保留以往的成功做法，全面展示全国司法干警丰富多彩的精神世界与文化生活，并以此为视角，反映我国以人民为中心的司法工作改革与发展的壮美篇章。

2020年卷由司法部预防犯罪研究所高文、李芙、席逢遥三位同志负责策划组织，《犯罪与改造研究》杂志社全体人员负责入选作品审定，办公室与人事处全体人员负责联络工作。由于水平有限，书中如有不当之处，敬请批评指正。

编　者

图书在版编目（CIP）数据

幸福的黄丝带：全国司法干警优秀作品选．2020／高文主编．—北京：中国检察出版社，2021.1

ISBN 978-7-5102-2545-1

Ⅰ.①幸⋯ Ⅱ.①高 Ⅲ.①中国文学－当代文学－作品综合集 Ⅳ.①I217.1

中国版本图书馆 CIP 数据核字（2021）第 014094 号

幸福的黄丝带——全国司法干警优秀作品选（2020）
高　文　主编　李　芙　席逢遥　副主编

出版发行：	中国检察出版社
社　　址：	北京市石景山区香山南路 109 号（100144）
网　　址：	中国检察出版社（www.zgjccbs.com）
编辑电话：	（010）86423704
发行电话：	（010）86423726　86423727　86423728
	（010）86423730　86423732
经　　销：	新华书店
印　　刷：	北京中石油彩色印刷有限责任公司
开　　本：	710 mm × 960 mm　16 开
印　　张：	31.75
字　　数：	512 千字
版　　次：	2021 年 1 月第一版　2021 年 1 月第一次印刷
书　　号：	ISBN 978-7-5102-2545-1
定　　价：	116.00 元

检察版图书，版权所有，侵权必究
如遇图书印装质量问题本社负责调换